◎ 山西现实题材长篇作品丛书

杜学文／主编

孙峰 著

在河之洲

山西出版传媒集团　北岳文艺出版社

BEIYUE LITERATURE & ART PUBLISHING HOUSE

·太原·

图书在版编目(CIP)数据

在河之洲 / 孙峰著 . —太原：北岳文艺出版社，
2021.3

(山西现实题材长篇作品系列 / 杜学文主编)

ISBN 978-7-5378-6349-0

Ⅰ . ①在… Ⅱ . ①孙… Ⅲ . ①长篇小说—中国—当代
Ⅳ . ① I247.5

中国版本图书馆 CIP 数据核字（2021）第 002233 号

在河之洲

孙　峰◎著

//

出品人
赵　瑞

项目负责人
陈学清

责任编辑
刘文飞

书籍设计
张永文

印装监制
郭　勇

出版发行：山西出版传媒集团·北岳文艺出版社
地址：山西省太原市并州南路 57 号　邮编：030012
电话：0351-5628696（发行部）　0351-5628688（总编室）
传真：0351-5628680
经销商：新华书店
印刷装订：山西人民印刷有限责任公司

开　本：787mm×1092mm　　1/16
字　数：400 千字
印　张：29
版　次：2021 年 3 月　第 1 版
印　次：2021 年 3 月　山西第 1 次印刷
书　号：ISBN 978-7-5378-6349-0
定　价：98.00 元

目　录

第 1 章　冥婚　　　　　　/ 001

第 2 章　迁居　　　　　　/ 016

第 3 章　放火　　　　　　/ 032

第 4 章　当兵　　　　　　/ 047

第 5 章　赠房　　　　　　/ 061

第 6 章　偷尸　　　　　　/ 076

第 7 章　罪孽　　　　　　/ 091

第 8 章　解放　　　　　　/ 105

第 9 章　代沟　　　　　　/ 118

第 10 章　琴书　　　　　/ 133

第 11 章　置业　　　　　/ 147

第 12 章　回头　　　　　/ 162

第 13 章　惩恶　　　　　/ 177

第 14 章　继承　　　　　/ 191

第 15 章　算计　　　　　/ 206

第 16 章　闹腾　　　　　/ 221

第 17 章　良心　　　　　/ 236

第 18 章　分地　　　　　/ 251

第 19 章　放纵　　　　　/ 265

第 20 章　书院　　　　　/ 279

第 21 章　门第　　　　　/ 294

第 22 章　出轨　　　　　/ 308

第 23 章　晃荡　　　　　/ 323

第 24 章　早恋　　　　　/ 337

第 25 章　开矿　　　　　/ 352

第 26 章　杀狗　　　　　/ 366

第 27 章　筹划　　　　　/ 380

第 28 章　起步　　　　　/ 396

第 29 章　长远　　　　　/ 410

第 30 章　塌陷　　　　　/ 424

第 31 章　涌泉　　　　　/ 439

第1章

冥婚

每个清晨，宋长河都觉着自己在飞。

几百只野鸽子扑棱棱飞起来的时候，他就觉着自己依附在每一对翅膀上，所有的生命过程都琐琐碎碎分开，然后洒到目光所及的每个可以落脚的地方。

每个清晨，宋长河都想飞，越老越想，越走不动路越想。

他想自己就是只老鸽子，看着子孙后代展翅高飞，自己也想再扑棱起来，不飞远，就是想飞起来看看曾经耕种过的土地、爬过的山、越过的河。

宋长河知道他的儿子们在镇子里、县城里、省会里，他也知道他的孙子们在全国各地，有的还去了别的国家。但他们不管去了多远的地方，就像他养的这些野鸽子，总是会惦记着这个院子。

院子里有大片黄芩，从发芽到开花再到落叶，四季更迭，再粗再高再茂盛也是那个样子。人呢，就像黄芩，根里带的总会表现出来，努力变或者不变，年岁自管自地增，一百年过去。

能有这一切，都和那个叫薛黄芩的人有关……

每个清晨，宋长河都会围着这片黄芩地转一圈，思绪就会飘到后山，飘到那个早春，被狼叼着的四女儿浑身上下只围了一块紫红色的布，像黄芩花那样的颜色。

然后他就听到一个声音：沟底的，没事吧？

自结婚后，老婆何桂花先是生了四个儿子，接着，又接连生了四个姑娘，只是年景越来越差，虽然四个儿子瘦干巴地成了人，四个姑娘却先后夭折。

第四个姑娘得病的时候，宋长河不在家，他送大儿子去县城当学徒，来回走了三天。

这个姑娘已经六岁，看着很皮实。不知怎么的，孩子突然就肚子疼，打着滚儿地喊疼。以为饿得出去乱吃了不好消化的，何桂花刚开始没在意，只是弄了些消炎化食的草药熬汤给她喝了两天。

第三天，好像好了，但睡一夜早上就没醒，等宋长河回来看闺女，已经不成人样，只有出的气没有进的气了。

何桂花哭得死去活来——一堆孩子要吃要喝，她不能带着病女儿去镇里——就算有人帮她看孩子，她也不能光着身子围着块破麻袋片子去镇上啊。大儿子临行，她搜罗家里所有的布料，包括身上穿的，东拼西凑才给弄了一身补丁"新"衣服……

县城到家四十里平路、三十里山路，宋长河进家一口水没喝，抱着闺女就走，紧赶慢赶，进到镇子跑进药铺，郎中没号上脉，怀里的孩子已经咽了气。

宋长河只能抱着往回走，出镇子在路边坐下流了会儿泪，抓了几棵草嚼了嚼，咬牙蹒跚着一路歇了七八歇。天蒙蒙亮，宋长河爬过"石梯子"，再向前一里多路就到家，但他知道不能再走了。

他把孩子轻轻放到一棵核桃树下。尽管只有三家人且隔着老远几孔窑洞，但也算个村子，有规矩——人死在外头，遗体不能进村。

早春时节，他伸脚踩倒一片草，露水打湿裸露在外的大脚趾头，他毫无知觉。将硬邦邦的孩子放下，喘口气，抹把泪，宋长河摇摇晃晃地迈步回家。

进门前在门口归拢了一把干草，在院门里点着。已经起床在熬玉米面糊的何桂花顿时泪流满面，手里盛着半瓢玉米面的马勺咣当掉在地上，随后一声呻吟就瘫软成一堆了：我苦命的妮子啊……

看了老婆一眼，叹口气，宋长河进窑洞一声不吭，先舀了半瓢凉水咕咚咚喝干，再伸手从炕上抽出一半草席。

还在睡觉的几个孩子被直接扔到干土炕上，惊醒又不敢说话，大点儿的老二老三开始哭泣，他俩都明白，又一个妹妹不在了。

这几年，年年冬天编草席，年年死孩子，光景是越过越恓惶……拎着铁锹夹着草席，宋长河挎过还在冒烟的那堆火，很快来到那棵核桃树下，不由惊出一身冷汗：孩子尸首咋地不见了。

醒过神来，赶紧查看地上痕迹，他马上明白是被狼叼走了，尽管两天一夜粒米未进，瞬间的怒火让他爆发：畜生，人都死了还要被欺负！

山里的狼很狡猾也很矫健，往往一口咬住与自己差不多大的猎物，随即就甩到背上，跳跃着飞快跑窜。宋长河扔掉草席，挥动铁锹顺着草丛里并不明显的荒草断折处追了出去。

他三步两步就到了沟边，抬眼就看到一只半大的狼嘴里叼着孩子尸体，已经快窜到沟底。怒从心中起，宋长河大喊一声："畜生！"然后抡圆胳膊，手里的铁锹像标枪般甩出，自上而下铁锹"唰唰"作响，但力度不够，扎在离狼十多米的地方。

那只狼一拧身，叼紧尸首，顺着坡继续往沟底窜。

这是一个落差二十多米的沟，在这连绵沟壑的塔儿山里算浅的，中间较缓的地方已经被开垦成一小块一小块窄窄的梯田，宋长河扔出的铁锹就扎在一块梯田里，把柄还在来回晃动。

连日劳累，用力过猛后两眼发黑，但他死盯着顺沟底往前窜的狼，孩子身上的破烂衣裤上下翻动，补丁摞着补丁，硬邦邦地打在狼身上，有轻微的声响，不觉就悲愤填胸："畜生，老子今天追到天边也要杀了你！"

他边骂边抬脚，不管不顾顺着坡地一溜烟冲了下去。一人一狼身后都是尘土如线，快到交叉处，宋长河已经红了眼，跨步就蹦下了一个两米多的土埝，眼见着一脚就踹到狼身上，那畜生一扭身向另一侧坡跳去。

也就在这一刻，已经落地的宋长河弯腰伸手拉住了孩子的脚，滋啦一声孩子的身体拉了回来，但上衣被扯破，那条死咬着衣服的狼也被拉了个跟跄滚在地上。

顺手把孩子放到一边，宋长河弯腰就摸起一块半大石头，抢起来就砸到了狼腰上——铜头铁尾豆腐腰，山里的人都知道这句话，迎面遇到狼不能跑，如果手里有家伙就照直打狼腰，因为这是狼身上的薄弱部位。

也许是应了这句话，也许是砸对了地方，那条狼在地上翻个滚，龇着牙再没有站起来。宋长河不敢怠慢，弯腰又摸起一块更大的石头，双手举过头顶狠狠地砸到狼头上，噗嗤一声，那条狼四肢抽搐，眼见着就不动了。

喘口气，这时候宋长河才觉着两腿刺痛，从坡上冲下来，酸枣枝条密布，已经将他的两条腿划拉得鲜血淋漓，从高处冲下来蹦到地上，蹾的力量大，双脚更是酸疼难忍。

回头看一眼孩子，静静地在山坡上一动不动，他一屁股坐到地上，浑身瘫软。

大大地喘了几口气，他伸手抓起几把黄土撒在腿上，仍在流血的小口子很快凝结。宋长河觉着嘴里发苦，扭头就近拔了两棵可以吃的野草，随手甩掉土，连根带叶塞进嘴里慢慢嚼着，苦涩的野草顺着喉咙向下吞咽，他突然就想放声大哭。

"沟底的，没事吧？"

一声吆喝从沟顶传下来，宋长河抬头看是一个中年男人，远远地看不清脸，但可以判断不是山里邻居——附近几个山凹洼村二三十家人，全是沾亲带故，都是从山东沂蒙山陆续逃难过来的，而这个人的说话明显不带一点儿山东味，是纯正的山下镇上口音。

他咬着牙摇晃站起来，冲头顶那人的方向摆了摆手："没事！没事！"

"你是打死了一条狼吧？啊，孩子怎么了？"沟顶那人眼尖，宋长河看了眼孩子尸首，心里酸楚且有点儿不耐烦，可人家是好意，也不知怎么回答，只是摆摆手说："没事！没事！"

两腿带脚就像不是自己的，宋长河不再看沟顶，上前一步从狼嘴里扯出孩子的破烂衣服，再挪到孩子尸首跟前，简单裹了裹，伸手抱起。

沟顶那人没走，他居高临下看着那孩子已经僵硬，有些怀疑这是个死孩子，再看孩子头上长发飘动，不由心里一动。

眼看着宋长河抱着孩子拖着狼，艰难顺着坡爬上来，有一个多时辰才气喘吁吁地到了他跟前。

"坐下歇歇吧，抽袋烟。"这个中年人自己也觉着站累了，看沟边不远处有一堆石头，就走过去。也就在这一瞬间，他看着孩子手脚耷拉着，确定宋长河抱着的孩子死了。

宋长河累坏了，他只想尽快把孩子埋了，然后回家躺在炕上睡一会儿——他们这个地方讲究死人必须埋得比活人高，预示着来世出人头地——要不然他在沟底就挖个坑埋了孩子了。

看着这个有些眼熟的中年人坐到那堆石头上，掏出烟袋锅子装烟叶，宋长河不由得咽了口唾沫，没多想就顺手放下孩子尸首，扔下狼的尸首，蹒跚地走到跟前。

那个人点燃烟袋锅抽了两口递过来道："解解乏吧！"

没客气地接过来深深地抽了一大口，宋长河马上知道这是好烟叶，再看这人穿着，浑身上下没有一块补丁，更难得脚上穿着一双不多见的皮鞋，明显是大户人家。

宋长河再抽两口递回去，对方摆手说："你抽完这锅吧！"

沉默。一个看着狼旁边的孩子，一个深深地抽着烟。

宋长河抽完这锅烟，在旁边石头上磕掉烟灰，再伸手撩起上衣下摆把烟嘴擦了擦递过去道："好烟。"

那人接过烟袋锅，信手就放到旁边石头上，缓缓开口道："我叫薛黄芩，是咱镇上中药铺的大东家，我见过你，你叫宋长河，每年都会去我的铺子卖山茶根。"

瞬间想起，宋长河马上肃然起敬道："是。"

这片山有三五个向阳草坡有山茶根，不很多，宋长河略微懂点中药，每年深秋都会去挖，既不跟人说也不多挖，保持年年有。挖回去的山茶根在隐蔽处风干，留少许家里人上火冲水喝，其余悄悄去镇里中药铺子卖点钱救急。

宋长河不知道山茶根学名就叫黄芩，这个薛黄芩小时候突患急病，咳嗽不止，并且久治不愈，有个游方郎中给开了一剂药："黄芩30克，加水两盅，煎至一盅，服用半月即可痊愈。"家人将信将疑，但还是依法服药，果然有效，等病好后，就给孩子取名黄芩。

薛黄芩家本是做染坊生意，由于这个遭遇，薛黄芩对中草药产生了浓厚兴趣，后来就到处学习，到他接手家族生意后，便逐渐改成了中草药铺。

薛黄芩这次进山就是寻找野生黄芩的，宋长河每年去卖的黄芩根成色非常好，他思谋着看能不能大面积种植。

早春事不多，在山里转了几天也算踏青，薛黄芩发现大多地方庄稼都不好好长，这山里石多土少，唯有宋长河刚才打狼的沟里似乎可以试试种黄芩，他这么早过来就是想问问这都是谁开的荒地。没想到碰到这么一茬子事情，还有这个宋长河，他看过那几处野黄芩的向阳坡，很惊奇宋长河有这个细水长流的品德，几乎每一丛下都留根，并没有一次性挖干净。

收售中草药，薛黄芩不常出面，由于宋长河的黄芩根成色好，他就嘱咐下面人，宋长河再来，喊他。也就匆匆一面，当时只是问了下名字与黄芩产地，有客人来，他就转身进里屋了，宋长河只是隐隐约约记得这个东家的长相。

薛黄芩再看一眼孩子尸首，然后关心地问了下孩子情况，他懂一些阴阳八卦，简单地在心里算了算，就没再拐弯。"成河，我有个儿子去年不在了。我看你是厚道人，想跟你商量下，给孩子配个阴婚。"顿了顿，薛黄芩叹口气，"你说个条件吧。"

宋长河不由悲从心来，但他明白，这样做，起码孩子会有个棺材，有无来世再说，强忍着泪水说："行。没条件。"

之所以这么快就答应，真是想着孩子活着受罪，死了嫁个好人家享福，就是这么个朴素想法。

薛黄芩站起来说："我是个做事利落的人，你可以在咱青山镇打听我的为人。这样吧，孩子我抱走了，回去安排好会捎个信让你参加合葬仪式。"

宋长河点着头站起来说："行。"

薛黄芩走到孩子尸首旁，脱下身上的长褂，弯腰把孩子裹严实抱起来，随即改了称呼："亲家，你等我的信。"

看着薛黄芩抱着孩子拐过一个梁子向山下去，宋长河又歇了一气才叹口气起身走向死狼，突然觉着身后石头堆上有闪亮，扭头发现那个黄铜烟袋锅横放在一块石头上。

扭身过去拿起来想去追薛黄芩，但实在浑身酸软，想想过不了两天就见面，便将烟袋锅插到腰间的草绳上。再上前将那条死狼扛在肩头缓缓回家，逐渐爬高的太阳晒得他微微出汗，腿上的伤更加刺痛。

他夹着草席扛着死狼进了门，何桂花吓了一跳，看宋长河阴沉着脸，也不敢多问，只是上前接过草席回屋再铺到炕上——家贫如洗，一家人就睡在这破席子上，要不就得直接躺在土炕上，夏天好说，冬天冰冷睡一夜都暖不热。

为啥没给孩子裹住再埋，她不敢问，估摸是找到了其他东西代替……"溜光席"是当地对穷人的戏称，也就是没有褥子，光身子睡光席子，一床破烂棉被两头扯，都盖不严……

何桂花铺好席子出窑洞，看宋长河已经将那死狼两条后腿栓在老梨树上了，她赶紧再进窑洞，从土灶上端出盆，准备放狼的肠肠肚肚。

看宋长河拿把杀羊刀给狼开膛刨肚，何桂花忍着泪问了句："孩子埋好了？这狼是？"

宋长河一只手拿刀，另一只手从狼肚子里掏出血淋淋的狼心，叹口气扔到盆里，再拉扯出狼的肠子，把事情经过一五一十地说了下。何桂花扭头看了眼窑洞窗台上的铜眼袋锅子，不由得眼泪横流，抽抽搭搭，泣不成声。

宋长河已经开始剥狼皮，听老婆哭不由就不耐烦起来，低喝一声："哭啥？人死不能复生！给孩子找个好人家，起码有棺材，阴曹地府不受罪，来世转个好人家！"

何桂花强忍着，止住哭，转身去水瓮舀水。院外传来脚步声，老二领着俩弟弟各背着一捆柴火进来，最小的老四看宋长河在剥狼皮，有些欣喜，把一小捆柴火扔在西墙下就跑过来看。

每年这个时候，青黄不接，饥一顿饱一顿，小孩子看到肉肯定会流口水，这也没啥。宋长河强忍着浑身酸疼，想尽快把这狼皮剥下来，然后剩下就交给老婆去收拾，午饭就能给孩子吃上肉了。

老三也跑过来，没有看着被剥皮的狼，而是蹲下看着宋长河的腿："爹，你这腿咋地都破了，疼吗？"

宋长河爱怜地看了眼三儿子道："孩，没事，不疼。"

老四伸手捅了下嘴尖滴血的狼头说："爹，你真厉害，都能打死恶狼！"说着话，口水就流了出来。

这山多石，山谷里有些稀疏的山林，也多不成材，满山遍野最多的是杂草荆棘，野物不多。野兔子、山鸡、獾还常见，狼估计就那么十多只，也不成群。

每年秋天，宋长河也会上山下几个套子，或者挖出几只獾，但都不肥，炖一锅清汤寡水，孩子们啃不了几口肉。这只狼虽说有些老，有几个地方的毛都微秃了，但很壮硕，杀个十多斤肉问题不大。

山里的狼都善跑，一般很难抓住，宋长河刚到这山里时吃过一次狼肉，具体记不清是怎么打的狼，只记得肉有些糙，也腥气，但吃到肚里热烘烘的，很受用。

想到这里，他也咽了口唾沫，加快了剥皮速度。好不容易把这张皮完整地剥下来，宋长河几近瘫痪，踉跄了两步走到院子边，把狼皮晾在一团杂草上，回头招呼道："哎，你先剁下来几块给孩子们煮上，我睡会儿去。"

宋长河蹲下，把手上的血污在土里擦搓了几下，咬着牙忍着全身疼，站起来进了窑洞。他四仰八叉地躺在土炕上，两秒钟不到就打起了呼噜。

这一觉睡到太阳偏西，肚子叽里咕噜地抗议，宋长河被饿醒，只觉着浑身像散了架，用手撑着勉强坐起来。他发现裤子被脱掉了，羞处盖着一块破布，腿上已经被擦洗过，然后涂抹了很多"马蹄泡"——这玩意儿消炎止血，效果很好，每年他都会从山上捡回来不少，就在西窑一个破瓦罐子里放着。

炕桌上放着一碗肉，已经凉了，凝了薄薄一层白色油，有几根野芽菜在其中，很是诱人。实在是饿，宋长河端起来先喝了口汤，然后狼吞虎咽，一碗吃下肚都没吃出个味道。

夕阳正好，斜斜照进院子，一片金黄。

死了孩子的事情不是不想，是想也没用。何桂花坐在窑洞口给宋长河缝补裤子，她仍旧悲痛欲绝。女孩子在山里死去也许只有娘心疼，她的妹妹刚生下就被摁进尿盆溺死——口粮从没够吃过，男孩子有多少都会养大，但女孩子就一句"养活不了"，便随意处置了。

何桂花小名叫拽——山东方言读四声，就是使劲扔掉的意思。她上面有俩姐姐，生下她看还是女孩，她爹拎起来出门就拽到沟里了。

命不该绝，她正好被拽在一团厚厚的蒿草垛中，缓过劲开始放声大哭，她娘不敢吭气，他爹听了一会儿心肠发软，走出去又把她捡回来。

到八岁，家里终于生出个小弟弟，也确实揭不开锅，她爹跟宋长河的爹当年是一起逃难出来的，关系不错，于是就一句话，一个子也没给，她便到了宋家当童养媳。

宋长河的娘是山里出了名的厉害，抽旱烟，脾气暴躁。自她进了宋家的门就被随意磕打，做一家人的饭稍微慢点，婆婆一烟袋锅就砸到她脑袋上。前前后后脑袋被打破十多次。

好不容易熬到十五岁跟宋长河圆房，总算搬出来另过，但山里能开出好荒地的沟坡大多被占了，好不容易找了这个地方，打了两孔窑，勉强糊口。

宋长河话不多，但脑袋聪明好使，最主要的是从没动过手打她，这在山里人家是很少见的。她婆婆那么厉害，公公火了还要踹呢，所以，她很知足。

日子就这么紧紧巴巴往前过着，孩子却松松快快两年一个从不缺席，现在生了八个，四个儿子健健壮壮，可四个姑娘就是不到六岁上就夭折了……

何桂花叹口气，伸手抹抹眼泪，想自己也许就没有养女儿的命。这时候宋长河在屋里使劲咳了一声，尽管裤脚上还有俩破洞，但她还是赶紧站起来，伸嘴咬断线，进屋把裤子递过去——家里现在唯一的一条男性可穿的囫囵裤子。

也就是这时候，屋外传来问讯："长河在家吗？"

宋长河明白这是薛黄芩托人捎话来了，赶紧套上裤子下炕。"在，在。"

来人是后山一家，也是山东逃难过来的，辈分算起来宋长河该叫舅舅，赶紧招呼坐下，何桂花也舀了半瓢水递过去。

来人略微坐了坐就告辞，眼见天要黑，人家还有三里路要赶才能回家。就捎了一句话："薛老板让你明天上午太阳半竿子高到镇上他药铺。"

何桂花递过去瓢就回窑洞了，麻袋片子改不成衣服，实在见不得人，要不是亲戚都不出来。

听信后，宋长河也没多说，拿着薛黄芩的烟袋锅翻来覆去琢磨，人家是大户，明天是不是要大办个仪式？自己带点啥？

家徒四壁，就算有这个心，也没可带的礼物啊！放下人家的烟袋锅子，他拿出自己的旱烟卷巴了一根狠狠抽起来。

好似过年吃了顿饺子，有些荤腥，这一碗肉不管好吃难吃，很受用，再加上痛快的睡眠。抽了一根旱烟后，宋长河把剩下的狼肉用砍斧剁成小块，何桂花提着一筐狼杂碎下沟在小溪里也洗干净。这个傍晚，这个贫瘠的小院子是满足的。

恰逢农历十五，月大如盘。临睡前，宋长河让一家人坐在院子里砸杏仁，这是去年秋后初冬的存货，也就剩下个底底。

这条沟沟底有数百棵野杏树，当时分家单过，宋长河要这两孔烂窑洞，冲的就是这沟杏树——杏干可以当粮食，杏仁可以榨油，点灯炒菜都可以，就是有些苦。

每年刚打春，一沟的杏花怒放，整个家里都是香味扑鼻。到了初秋，就有早熟的杏儿了，如此哩哩啦啦可以吃到上冻。这时候烂掉在地上的杏儿都只剩杏核了，几个孩子每天都能捡拾好几筐，基本就够多半年炒菜及点油灯用。

把一个杏核放到蒿草编制成的窝窝里，拿块石头砸下去，基本杏仁就完整跳了出来，宋长河让何桂花挑好些的装了一小布袋，算是给薛黄芩的一个礼物吧。

二更天宋长河就摸了起来，尽可能穿戴整齐，甚至穿了件不合季节的夹袄，实在是没有再好些的衣服了。

月已偏，他站在院子里的核桃树下撒了泡尿，然后紧紧裤带就出发了。这一路深一脚浅一脚，幸好自己路熟，一般人是不敢摸黑走这样的山路的。转过十八盘，爬上石梯子，再顺坡走鬼见愁，好不容易到了沟底，黎明前的黑暗到来。

宋长河找块大石头坐下，这一路紧走，浑身是汗，他摸摸腰间自己的烟袋锅忘记带了，而薛黄芩的烟杆眼袋都绑在布袋上，按说抽一袋也看不出来，其实就是看出来，薛老板哪里还会在乎一袋烟啊。但那是人家的，让抽跟自己偷着抽是两回事。

宋长河咽了口唾沫，从旁边随手摘了根野草叼到嘴里，咂巴咂巴嘴，把想抽烟的念头压制了下去。

天终于蒙蒙亮，宋长河又赶了阵路，青山镇已经在山脚下了，他知道自己紧走也就半个时辰能到，松了口气，扭头看东方。红霞如丝丝红绸被点燃，逐渐旺起来。

这是"早烧"，宋长河叹口气，心里琢磨"早烧不出门，晚烧热死人"，但愿不要返程被雨浇。

太阳刚露了半个头，宋长河已经来到薛黄芩的中草药铺子前，略微喘了口气，见药铺伙计打开了店铺的门。

薛黄芩有嘱咐，伙计问了句是宋长河，马上迎进去安排早饭，白面馒头端上来的时候，宋长河的心都快跳出来了，打小活到现在三十多年，这白面馒头就吃过一两次。

吃了两个，便不再去拿，嘴里的香甜似乎有罪恶感，要知道家里还有四个孩子，还有老婆喝着稀得能照镜子的玉米面糊糊呢。

冥婚仪式很简单，无非两家的父母再伤一次心，获取一点点虚无渺茫的安慰罢了。

从薛家的祖坟出来，宋长河本想直接回家，刚半晌午，太阳也真是爬了有一竿子高就又钻入云里了，随后起了风，他真怕被雨浇在半道。

薛黄芩就这么一个儿子，十七岁准备订婚，却被土匪劫去，准备赎金的过程中，这个孩子逃出土匪窝被乱枪打死。这两年薛黄芩心灰意冷，中草药的生意基本交给伙计打理。

"结了婚"进了祖坟，薛黄芩看着新坟黄土垒高，不由悲从心来，又掉了几滴泪，白发人送黑发人，宋长河不由得上前劝慰了几句。

仪式结束，薛黄芩对宋长河说："亲家，不着急走，咋地也得回家喝一杯再说。"

宋长河不好推辞，只能点头，默默地跟着薛家到坟地办事的人群。他不知道的是，这顿酒喝来了一个院子三十亩梯田，这顿酒喝来了一个家族兴盛。四十年后，齐刷刷燕云十六州，齐刷刷十六个孙子全部农转非，端上了铁饭碗，在三乡五里无人不知无人不晓，且个个竖起了大拇指。

回到中药铺后院，酒菜已经准备好。端起一杯酒，薛黄芩看了看一圈作陪的左邻右舍，再看身边穿着破旧的"亲家"，然后就站了起来。"我这个亲家是非常憨厚的人，我的烟袋锅昨天落在他家，他居然一下都没动。"说到这里，薛黄芩神神秘秘拿起烟袋锅，"我这个烟杆是黄金做的，一个穷得揭不开锅的人家，却又把这黄金烟杆送了回来，甚至烟袋里的烟丝都没少一根。"

这就是人品。

一顿酒没喝完，大雨随风至，薛黄芩说："下雨天，留客天。"坚决不让宋长河走。

雨一直下到天黑，又是留宿。亲戚们都走后，薛黄芩跟宋长河又聊了很久，无意又发现一个巧合——俩人的老婆都叫桂花。

薛黄芩说当年老婆刚出生，有个亲戚送了一罐桂花蜜，于是就叫了这个名字，她姓白，白桂花。

说完这个，薛黄芩有些疑惑："你岳父走南闯北见过桂花树吧？"

宋长河苦笑着说："哪跟哪啊，逃难到这儿后，他老人家到今天都没有出过咱县城。"

略一沉吟，宋长河叙述了自己老婆苦难的童年：她到了八岁都没个官名，就叫拽，签署童养协议时，立字据的人问起叫啥名字，岳父说没名字。于是当场要起个名字，岳父家姓何，叫何拽肯定不行，立字据的说女孩子叫个啥花吧，岳父看着黄瘦弱小的丫头嘟囔了一句"什么花？鬼花"，于是立字据的就写了个何桂花。

这像个笑话，可俩人都笑不出来，薛黄芩是修养，宋长河是怜悯——当年进自己家的何桂花，头发稀疏，虱子成堆，都往下掉。

大清早进了门，记得当时老娘一把薅住就拎了起来，然后拖拉着下沟，一下就把她的小脑袋摁进溪水里，那可是刚开春，溪水冰冷。

跟在后面的宋长河已经十多岁，那是自己的"媳妇"又加上宋长河心善，忍不住就上前把母亲的手扳开了，已经喝了几口溪水的何桂花被呛得咳嗽不止，宋长河的母亲哼了一声，转身回去了。

宋长河等何桂花不怎么咳嗽了，伸手把自己昨晚悄悄省下的半个窝头掏出来递过去，何桂花马上接过去狼吞虎咽，然后再次噎得咳嗽起来……后来她自己蹲在溪边洗了头，宋长河就一直默默地坐着看着她。

不觉就到了一更天，俩人唠着嗑，不觉也喝了不少酒，薛黄芩终于开口说了留下宋长河过夜的原因——青山镇后面的山上有他家三口老窑洞，附近有三十余亩梯田，这些年雇人耕种，自己基本不管，精力都在中药铺，所以经常种一葫芦打一瓢。"现在咱俩是亲家了，这窑洞就送给你们家住，地呢你种，打下粮食够我家这几口人吃，剩下都归你。"

宋长河猛然站起来，薛黄芩不容他拒绝："我这中药铺每年收入不错，儿子没了，也没多大心劲了。咱俩是亲家，我也看重你这个人，将来我老了，你儿子多，照顾我们一下。这是昨晚我老婆的主意，也是给我们盘算后路。"

思谋了一下，宋长河再坐下，薛黄芩的年龄跟自己父亲差不多，他说的这个应该不是糊弄人，而自己确实如天上掉下来大元宝般——要知道在他现在住的山里，十多家四五十口子人也没有弄出这么多这么好的田，他来镇上就经过这些地，地块大，土也肥，虽说也是旱地靠天吃饭，但就没法比。

"这样吧，我把我小儿子过继给你。"宋长河咬了咬牙，从牙缝里挤出来这句话。虽说饥一顿饱一顿，但他惜子，即便对孩子们从来不苟言笑，也从未动过孩子们一根指头。

薛黄芩马上点头："就这么定了，我们搞个过继仪式，但孩子不改姓，只要来往密点，这个谁都不用明说，咱哥俩儿知道就行。再说了，只要有感情。你的孩子跟我的孩子有啥区别？亲情也是培养出来的，这事就这么定了。"

说完话，薛黄芩站起来，从桌上拿出两张早已写好的字据："我还有个远房兄弟，虽说不来往，但避免麻烦。窑洞与地的事情这里都写清楚，你摁个手印就行了。"

宋长河感激万分，哆哆嗦嗦地摁了手印，他大字识不来一箩筐，且不要说这是天大的好事，就算是卖身契他也摁了，在心里他已经把薛黄芩敬为天神。

第二天一大早，宋长河就爬起来，先是把中药铺打扫干净，然后把中药铺后面薛家的两进院落也打扫得一尘不染。

薛黄芩起床时太阳已经露头，他满意地看着忙碌的宋长河。"吃口饭你赶紧回去吧，一大家人等着你呢。我意你早早搬家过来吧，今年地的种子我也准备好了，你安顿好家就赶紧播种，时令不等人啊。"

"另外，"薛黄芩直接将语气改为吩咐，"我打听过，你现在家附近的地都种成黄芩吧，我估算了下，带上你每年去挖的野的，这些地的黄芩够咱们药铺用了。"

有这些好的梯田，原来的荒了也不可惜，宋长河想都没有想黄芩值多少钱，种子都是人家的，那点荒地种一葫芦收一瓢，没啥。

临别时，薛黄芩又给他拿了一大袋子玉米面。"不用不好意思，"薛黄芩拱拱手，"这是给你搬家用的，也不用再客套，自此咱们两家血脉相连。"

宋长河不懂这文绉绉的话，照样子拱了拱手，一口浓浓的山东话："从今天起，俺一家人都把您当恩人。"

他不知道的是，对他来说这么突然的事情，都是薛黄芩计划好的，那天他抱着孩子进的就是薛家药铺。

薛黄芩有个侄子，是他堂哥家的，但那个家伙好吃懒做，吃喝嫖赌抽五毒俱全，折腾死了亲妈、养父后，每天到处惹是生非。薛黄芩碰到这个侄子正眼都不看，但儿子死后，侄子却没事就来家里献殷勤，烦不胜烦。

很明显，这个侄子是冲着他这份家产，肯定不会给他养老送终，所以他早就有心过继个孩子，宋长河的人品与光景便合适，当下世道也需要留后手，于是冥婚加过继，双方都有了依靠。

第 2 章

迁居

其实上一代已经分家另过，这个叫薛平的堂侄子是没有资格来跟自己争什么，但毕竟自己无后，活着的时候没事，哪天自己没了，这个堂侄子说是薛家唯一继承人，镇里都会认可。所以，薛黄芩就是想搞个过继仪式，以此来堵住薛平的嘴。当然，他首先看的是宋长河的人品，这样的人靠得住，只是这个过继仪式急不得，要不然宋长河估计会过意不去，厚道人最不想占便宜。

薛黄芩很明白，这份家产给了外人也不能给这个狗屁堂侄子，自己的哥哥就是被这不孝子气死的。

薛黄芩的堂哥比较老实，娶媳妇的时候都三十了，是临镇的一个寡妇，薛平是带过来改的姓。

这个薛平来青山镇时已经十五六岁，啥活都不干，那时候家里条件不错，很快学会各种恶习，他后爹管不了，亲妈身体不好，没多久就死了。想办法给薛平从外地娶回个媳妇，以为能管住，可他照样该干吗干吗，媳妇天天挨打受不了，很快跑了。

薛平更加有恃无恐，有一次去县里赌博，欠了大笔钱，差点被人家剁了胳膊，是他后爹卖房卖地到处筹措才把他赎回来。当时薛黄芩本不想给，但看堂兄哭哭啼啼的，也给拿了不少钱。

回来后薛平一家就搬到了村外仅剩的油坊住了，再后来这个家伙不思悔改，油坊也输给了他人，薛黄芩的堂哥觉着活得实在窝囊，便悬梁自尽了——打发人都是薛黄芩出的钱，去的时候带了几个伙计先把薛平狠狠揍了一顿。

该是成了仇人，但这个薛平癞皮狗般照样见面就喊"叔"，不知用什么门道又赢了两间房，继续在青山镇混日子。尤其是薛黄芩的儿子死了后，这个家伙有事没事就溜达到药铺，实在烦不胜烦。

含着金烟袋美美地抽了一袋烟，薛黄芩中午还破例热了一壶酒，想着宋家很快就搬到前山自己那窑里，这半年多没住人，随即安排伙计又去收拾了一下。

当然，这么做也不全是为宋长河这个人，薛黄芩还有自己的打算，他打听过，这个宋长河在镇里打长工的时候，就是有名的庄稼把式。

互惠互利——这也许就是薛黄芩的初衷，宋长河想不了这么远，他想的全是知恩图报。

人逢喜事精神爽，原本走多半天的路，宋长河半下午就回去了，路过薛家那三孔窑洞，他还进去看了看。

因为年年雇人来种地，窑洞几乎啥也现成，土炕上居然还有两床破被子，说破但比自己家现在晚上盖的好多了。尤其是窑洞出来的院子，平展展的有一亩大，居高临下可以看到青山镇全貌，甚至更远。

宋长河喜欢种树，这样的院子看在眼里马上就变成桃树杏树梨树花椒树，还有院墙附近的杨树槐树泡桐树……他转了一圈，发现院子中间长着几棵野黄芩，明显是移植过来的，随即就明白，这是主家薛黄芩的名字。他不识字，但这个镇里唯一的中药铺老板名声很大。

这个院子不远处有个断崖，崖顶上还有一片松林参天林立，顺着断崖根再往后点有眼泉，虽说小得可怜，但细水长流。旁边一个蓄水坑也积得满满当当的，清澈见底。

掬一捧水喝两口，跟山里那窑洞下小溪流一个味，不由就抬头看。说起来，山里窑洞下的河流再向前就消失了，估计就是顺着石头缝流到了这边。

一脉相传，宋长河微微点头，赶紧拔腿匆匆往回赶。

家里基本断粮，何桂花早上出去捋了一篮子榆钱，掺和了家里最后两把玉米面蒸了一锅窝窝。孩子们中午对付吃饱，随后在院子里嬉闹，她把锅里的窝窝渣子归拢到一起塞嘴里，还有俩窝窝舍不得吃留给宋长河。

每年这时候都得出去借粮，西窑悬挂着的半袋玉米是说啥也不敢动的，那是种子，到了秋天收回来还得还账。

本就想这个事情，所以看宋长河背回来粮食也不惊奇，只是随口问了一句："这是在谁家借的呀，能借出来这么多？"

宋长河放下玉米面袋子，忍着激动先舀了瓢水喝了，然后才开口："今晚摊煎饼，明天就搬家！"

搬家？何桂花惊呆了："住得好好的，往哪儿搬啊？"

从小受苦，好不容易有个家，就算穷得叮当响，也是个窝。搬家？出什么事了？何桂花几乎被吓着了。

宋长河简短地说了事情的经过，最后说："背回来再背过去太麻烦，把这袋子面都摊成煎饼，明天上午就搬过去！薛老板说随后再借给咱粮食，咱好好干，秋后一并还给人家——其实地就是人家的，留够咱吃的，剩下都给人家送下去。"说完他掏出字据，"都签字画押了。"

何桂花没有头绪，但知道这是好事，而且在这个家她只会顺从，尤其内心对宋长河是完全的信赖。她坚信她男人不胡来，家境总会慢慢好起来的。

当下，能天天吃饱饭，那是件多么奢侈的事情啊。

宋长河心情明亮，看媳妇搅面糊糊，拢柴火准备摊煎饼，随即喊过二儿子宋承义："儿啊，给爹念念这字据。"

宋承义十五岁了，正长身体，中午的俩榆钱菜窝窝几口下肚，这会正饿得难受，所以眼睛就没离开母亲。要知道，香甜的玉米面煎饼也就是秋后才能吃几天，还得是风调雨顺的好年景。

在山里认字的娃娃凤毛麟角，也不全是穷，主要是认为没用，字不顶吃不顶喝，有认字的时间去开点荒地才是最重要的。在这点上，宋长河属于"异类"，没了私塾，新学堂在镇里设立后，最先不要学费，他得知后就把大儿子宋承仁及二儿子宋承义都送了去，他对俩孩子说："爹不识字，但听说书的说过，识文断字才能不穷。"俩孩子在镇里读了两年书，他挖药材卖黄芩的钱基本都贴补了，就这样还是东家借西家当，最初兄弟分家还有桌子椅子，如今家徒四壁都是为孩子读书。后来兵荒马乱，俩孩子也就回来了，认了很多字，也能简单写个啥了，但家仍旧是穷得叮当响。

听见父亲叫，他赶紧走过来接过字据。这张字据是薛黄芩自己写的，文言文夹杂着白话文，宋承义磕磕绊绊地念着，大致解释着，等宋长河听懂了，何桂花的煎饼已经摊出一摞。

更加感动的是，薛黄芩一文不收将窑洞送给了自己，关于地里的收成，只说取三成，没有明文规定几斗几石，换句话就是说宋长河想给多少就多少。

看孩子们可怜巴巴地围在何桂花旁边，他不发话，没人敢动煎饼，于是接过字据仔细叠好，对宋承义说："去吃煎饼吧，告诉弟弟们今天管饱，明天一早起来搬家赶路。"说完，卷了一根旱烟美美地抽了一口。

三儿子宋承礼与四儿子宋承智各拿着一张热乎乎的煎饼过来："爹，你也吃。"

宋长河接过两张煎饼叠在一起，踌躇满志地对俩儿子说："咱搬到青山镇旁边的山上后，有条件的话，你俩也要给我去念书。"

俩小家伙都点头答应，宋长河想自己都三十多了，所谓而立之年，这该是个转折了，想着光景会变化，突然眼眶就有些湿润。

这一夜何桂花就没睡，虽说这个破家可以搬的就锅碗瓢盆那点东西，可毕竟是生活了近二十年的家，看着土灶都觉得不舍。

自十五岁开始，她在这里生了八个孩子，这个窑洞、这个小院子、院子下的小溪流、满沟的杏树都成了她生命的一部分。

宋长河也就睡了半宿，到天亮的时候，仅有的几件农具已经擦干净捆绑好了。他惦记的是农活，三十亩地啊，好好努力一年，粮食就能够吃了，那是长这么大想都不敢想的事情啊。

天蒙蒙亮，叫起来孩子们。

其实起这么早，也不是全为赶路，小点儿的孩子都没个像样的衣服，实在没办法，何桂花昨晚把西窑的草帘子摘下来，给孩子们弄了个草褂。她自己是女人，得有廉耻，赶路又不能躲在草里，只能是把能找到的布条子都想办法缝在一起，对付了一件上衣，裤子就用那块围着的破布两面剪个口，套腿上再用绳子拴到上衣的布条上。

关上窑门，上了锁，再闭上院门——其实这就不叫个门，就是上下左右四根棍子绑上酸枣刺。

一路没见人，翻石梯子的时候老三的草褂子被扯散，宋长河脱下上衣给孩子穿上，自己光着脊背，走得快倒也没觉着太冷。

孩子们新奇没啥感觉，但这一路何桂花不断地回头，直到走进新院子，顿时惊呆了。

院子里虽然杂草丛生，但又宽又大。窑口向南，又宽又深不说，还抹过泥灰，光溜溜的不沾土，地面更是用砖头平铺，这是山里最有钱的人家也不敢奢求的。

齐刷刷三孔正窑，两侧还有五口小窑洞，仨孩子也都惊呆了，就像长工突然混成了地主。何桂花愣在当地不敢相信，但看宋长河已经挥动铁锹在院子里铲草，她才呼唤着二儿子去帮宋长河，指挥老三去砍柴，老四像怕生似的紧紧跟着她一个窑洞一个窑洞地转。

昨天过来的时候，宋长河激动过，这一刻激动仍在，但已经化成一股动力，他要好好报答薛黄芩，当下唯一能做的就是种好这季庄稼，今天把家安好了，明天就要下地去。

天蓝得像水洗过，抬眼往下看，窑洞前一直延伸到山下的路边，都是自己可以耕种的土地了，他想笑想流眼泪想喊想磕头，手里的铁锹更是上下翻飞，光脊背马上就冒汗了。很快，院子里的灌木就被铲平了，剩下的蒿子过不了几天就会变成老婆的引火柴。

晚饭一家人围在一张桌子上，椅子也够坐，宋长河记得昨天过来看的时候还没有，而现在不但多了水瓮，甚至炕上有三床半新的棉被，加上原来的旧被褥，晚上睡觉都有了盖的。在原来的家里，每逢冬天最冷的时候，何桂花一床破被窝仨孩子。

最感动的是，炕上还有一包袱衣物。

这是过年都没有的场景，孩子们都有了八成新的衣服穿，要上衣有上衣，要裤子有裤子，尽管不太合体，但这是梦寐以求的啊。

宋长河吃着煎饼就着狼肉，心里无数遍感恩薛黄芩。

随后的日子，宋长河带着仨孩子，没白没夜地在地里挥汗如雨，但好似不觉着累。

天公作美，这是个好年景，风调雨顺里眼看着玉米、高粱、谷子拔节长高，南瓜、长豆角铺满地塄……

安家后第二天，宋长河背着那张狼皮去了镇里，薛黄芩坦然接受了这个礼物。宋长河手巧，这狼皮剥得非常完整，四肢与狼头一般都没法保留的部分，他都给完好留下了。

抚摸着狼皮，薛黄芩说自己阴雨天腰疼，一直想找这么一张老狼皮。狼皮比狗皮有灵性，传说中如果晚上有强盗小偷入宅，狼毛会直立起来刺醒主人，这个没人真试过，但大冬天睡在上面，腰腿部是暖的，这个是老辈人传下来的说法。

宋长河笑着说："那就好，我们家就算一年四季不关门，小偷也不进去，除了人啥都没有。"

"这是我缺的，"薛黄芩也笑了，"会有的，只要有人，啥都会有的。"

离开的时候，薛黄芩指着中药铺门口的一辆平车道："亲家，这车上有种子，还有些粮食，够你家对付到秋收了。对了，这车也给你，地里干活用得着。"

搓着手盘算了下，估摸了下这车粮食是多少，宋长河坦然上前握紧车把手。"亲家，不打借条了，秋后我送来十五车。"

薛黄芩摆摆手说："这个不说，地都快荒废了，今年你一车也不用送，算我投资，有啥明年再说。"

宋长河摇摇头，但没再争辩，他从小就坚定一个信念：事情是做出来的，而不是说出来的。

薛黄芩上前一步，又低声说了句话："当下兵荒马乱，有了粮食存回你山里老窑洞去，那地方偏，关键时候可以救急。"

宋长河突然有些明白薛黄芩这样慷慨的原因，但这也不是什么龌龊的交易，人家不过是物色一个靠得住的人，就算是"交易"，他也受益太多。

宋长河点头，也低声说："我那老院子下面沟里成片杏林，再往后有个天然溶洞，洞口杂草灌木丛生，里面有十多丈深，一般人根本找不到。"

薛黄芩面露喜色，如释重负地拍了拍宋长河肩膀。"我听说日本鬼子就要打过来了，抽时间你再下来一趟，咱们往山里转移一部分东西。其实这些东西也没啥用，这世道，先保命吧。"

三天后，薛黄芩与宋长河各背了一大包东西，天没亮就从青山镇出发。正午时分，他们到了杏林沟，扒开杂草灌木，扑啦啦从里面飞出十多只不知啥名的鸟。

宋长河进来过几次，往里走了几步，然后指着斜下方说："那儿还有个小洞洞，应该是流水冲的，咱先用块石头卡着，你把东西放进去，然后用石头盖住，没人能找得到。"

薛黄芩毫不犹豫地上前把包卸下，宋长河也上前摘下包，转身出洞找了几块差不多大小的石头。宋长河将一块中等大小的石头塞到那个小洞里，再伸脚进去往里踹几下，直到完全不动了。他不放心，又找了一块差不多大的石头扔进去，狠狠砸了几下，确定不会往下掉了。

薛黄芩上前将两个大包袱塞进去，有叮当的声响，他也没有避讳宋长河。"家里值钱的就这些了，亲家，这秘密就你我知道，如果我有啥不测，这些就是你的了。"

宋长河搓搓手道："你说啥了，呸呸呸，好好的吧，你人缘好，又干着济世救人的营生，哪来什么不测。"

上面盖上两块大石头，又找了些碎石扔到上面，表面上就啥也看不出来了。

第一年搬到前山，庄稼丰收，黄澄澄的玉米铺满了院子，原有的几棵老枣树上下披挂。小米、豆子、红薯、土豆一车车拉回来，从来都是吃了上顿没下顿的一家人，兴奋之余唯有感恩薛黄芩。

立冬前，宋长河开始往薛黄芩家拉收成，薛黄芩都没多要，他说这些粗粮他家吃得不多，宋长河说那卖了给他钱，薛黄芩笑着摆手道："钱我更不需要，你看这铺子收成足够我用啊！"

宋长河还是卖了一半左右收成，换来的钱分毫不差都给了薛黄芩，随后又往老窑洞那边送了不少——一是薛黄芩说过要准备，日本鬼子好像占了县城，青山镇虽说偏远，可听说鬼子们有喝油的车，比马跑得快，随时都可能过来；二呢，这边老鼠太多，后山的老窑洞全是石头，很少见老鼠；三是亲戚朋友都在后山住，这些年借了人家的粮都该还上了。

这一年第一场雪下来的时候，何桂花正挺着个大肚子摊煎饼，土灶上熬着红薯小米粥，二儿子教俩弟弟在认字，这是薛黄芩给他们的书，为此，宋长河严令俩小子每天都得照猫画虎写满一块青石板。

也就是天擦黑刚准备点灯的时候，薛黄芩跟白桂花骑着马上来了，路过地边，气喘吁吁道："快，日本鬼子到镇里了。"

宋长河正往地里拉粪，他把镇里的学校等公家地方的粪坑都"承包"了，在山脚下挖了个大粪坑，农闲时节就用粪桶挑回来倒进去，然后垫一层黄土，如此一年下来一大坑肥就能种些细粮了——薛黄芩吃不得粗粮，他计划来年秋天种两块地的小麦。

"鬼子来了？"宋长河吓了一跳，马上喊他们先回家，随后快速把平车推到堎头，拉过一捆高粱秆散开盖住，撒腿就往回跑，这时远远听到枪声在镇里响起。

两家人根本来不及收拾，落荒而逃，薛黄芩把自己骑的马让给何桂花，二儿子与三儿子一人牵一匹马在前，宋长河背着四儿子，薛黄芩跟在最后，顺着山脊就往后山急奔。

山路本就陡峭，雪又是越来越紧，总算跌跌撞撞到了石梯子。马是上不去的，宋长河指挥二儿子把马牵到崖下避风处，缰绳拴到前腿，让它们在山谷活动又不至于跑远。自己跟三儿子迅速爬上石梯子，再从腰间解下备好的长绳，一个接一个把剩下的人都拉了上去。

所谓石梯子，就是山里人的一个称呼，这是前后山的分界岭，几乎垂直，天然有几个落差，来回有人走，就顺势开凿了几个坑，别说天寒地冻、雪满黑夜，就是夏天晴朗的白天，没走过的人都不敢爬。

见人都上了石梯子，宋长河才松口气，回首看镇里，红彤彤火光冲天，隐约好似能听到哭爹喊娘的呼喊。薛黄芩突然叹口气，悄悄地对宋长河说："亲家，我看亲家母可能快生了。"

宋长河回头看了眼坐在地上的何桂花，她摸着肚子，一脸痛苦，可一声不吭。

"承义承礼，你俩扶着你娘！"宋长河弯腰背起四儿子承智，上前对老婆说，"你得忍着点，不管怎么说，咱得回到家才能生。"

俩儿子已经上前扶起母亲，何桂花苦笑一声，对白桂花说："亲家母，不碍事，回咱家就保险了，狗日的鬼子翻不过这石梯子。"

一行人前搀后扶，半夜时分终于回到老窑洞这边，何桂花腹痛如刀绞，宋长河点着杏油灯，再打火烧热了土炕。平躺到一堆烂棉絮上，何桂花咬着牙忍着不出声，就等着孩子爬出肚子。

这是第九个孩子了，她已经习惯了。

后半夜，宋长河在县城做学徒的大儿子宋承仁跑了回来，气喘吁吁地说县里镇里都被鬼子占领了，他是绕路跑回来的……看见大儿子回来了，何桂花没了牵挂，疼痛似乎减轻了很多。

俩桂花一个窑洞，其余人一个窑洞，薛黄芩咬了几口煎饼，黯然神伤道："多年的基业肯定被鬼子糟蹋了……"

宋长河一边留神隔壁窑洞的声响，一边安慰薛黄芩："不怕，只要人在，其他都是身外之物。"

这话也是多半年前薛黄芩劝宋长河的，今时今日，立身处境，再恰当不过了。

薛黄芩与宋长河烤着火，一夜没有合眼，孩子们挤在炕上哆哆嗦嗦也都没睡好。天光大亮，隔壁窑洞传出婴儿的哭声，微弱得像小猫咪。

宋长河赶紧起身，将早已烧热的一石盆热水端了进去，只见老婆疲倦地躺着。白桂花抱着孩子笑着说："恭喜，带把儿的。"

宋长河放下盆出来，薛黄芩正站在院子里看着石梯子方向，白桂花的话他听到了，也笑着对宋长河说："恭喜亲家，仁义礼智信终于凑齐了！"

有藏的粮食和现成的石磨，只是没油没盐，勉强对付了两天，实在是担心那个刚有了些热乎劲的新家，宋长河说他去趟新窑那边，一是拿些日常用品，二是远远看看镇里什么情况。

薛黄芩担心出事，但宋长河已经把绳子往腰上缠。"没事，这路我熟悉，这山我也熟悉，有情况随便找个山沟跑，没人能追得上。"

临出门，宋长河回头嘱咐大儿子："如果觉着情况不对，就带着你伯伯婶婶下沟，顺着杏林沟往里钻。"

说到这里，他冲薛黄芩点了下头，薛黄芩明白是到了杏林沟进那个山洞。这是只有他俩知道的秘密。

雪有寸把厚，漫山遍野白花花的，太阳刚露出头，斜射的光线一片片迅速映过来，静悄悄地迅速笼罩了一切。

　　宋长河心急如焚，吃不上油盐尚在其次，老婆估计受了惊吓下不来奶，新生的孩子本就早产两月，三天了就抿了两口小米稀饭，如果老婆不尽快下奶，这娃儿小命肯定不保。他思谋着回到新窑洞那边，还有两只鸡给捉过来，虽说不是老母鸡，但老婆喝下鸡汤能下奶，也能给孩子喂两口。

　　到了石梯子，宋长河已经微微出汗，他解开老棉袄领口的扣子，把腰间的绳子解下来，找了个粗点的灌木丛，上前拴牢一头，直起身子往下看，到处都是雪，青山镇的房子影影绰绰，就像白布上的点点黑。

　　把绳子另一头拴在腰里，抓着中间绳子扔下石梯子，宋长河不再犹豫，小心翼翼地下了石梯子，刚站稳喘口气，一声马嘶差点儿没吓瘫他。

　　扭头看，来时薛黄芩骑的马正在不远处打着响鼻，三天了，缰绳绑在腿上不能跑远，这两匹马就在石梯子附近啃干草，也是又饿又冻，看见人，这俩畜生也知道打招呼，它们也想回到舒服的圈里。

　　宋长河上前解开两匹马的缰绳，翻身骑上一匹，另一匹乖乖地跟着往新窑洞方向走去。

　　再翻一个小山包就能看到新窑洞，但刚到沟底，就听到一阵叽里咕噜的说话声远远传来。宋长河判断出说话的是日本人，迅速跳下马背，把缰绳缠到马脖子上，在两匹马屁股上各拍了一巴掌，两匹马顺着沟底就往里跑了。马蹄在沟底的杂草积雪中踏出噗噗声，宋长河的心跳着咚咚响。新窑洞在高处，声音传过来就大些，谷底回音大多吸收在山壁缝里，宋长河看马跑远了，估计山包那边没人听见。

　　宋长河站在谷底想了想，咬着牙顺着山包就爬了上去，快到顶时他悄悄探头望，远远看新窑洞那边在冒烟，有两个穿黄大衣的陌生家伙在院子里抽烟。

　　宋长河缩回头，明白新窑洞已经被糟蹋了，别说两只鸡，就是有一群，也被这些王八蛋吃干净了。翻个身躺下，正午的太阳刺得他眯起眼，他没觉着怕，脑子里就一个问题：怎么办？

　　这是日本人占领了镇子后设的一个岗哨。此时是一九四四年冬天，日本人已经走向末路，一股流寇被中国部队紧追不舍，慌不择路，进了青山镇才发现再往里都是大山。八路军在山里神出鬼没，他们更不敢进，只能驻扎下来等待援军。

这些宋长河明白不了，他只知道自己刚刚有点起色的家园被侵占，恨得牙根痒痒，只是传说中"青面獠牙"的鬼子让他不敢轻举妄动，思量来思量去想不出招。

从口袋里掏出一个硬邦邦的窝头掰下半个啃下肚，再抓两把雪塞嘴里吞咽，宋长河看着太阳逐渐偏西，仍旧一点办法没有。新窑洞这边肯定是不能去，估计到不了跟前就被放倒了，枪子可是不长眼；去镇里估计可以找到点盐，可老婆下奶的母鸡没卖家。

那两匹马不知为何又转了出来，宋长河顺着坡溜下去，翻身骑上马就从谷底往下跑去——这是去青山镇的另一条路，多绕十多里，但基本在山谷里头。

天擦黑时，一人两马气喘吁吁地绕到了青山镇正面。青山镇死气沉沉的，这些作孽的小鬼子也不知把镇子糟蹋成啥了。正是晚饭时间，可没有一家院子里有炊烟，宋长河更是不敢进去了。

耳边全是小儿子有气无力的哭声，茫然无措中他突然想出一招——把这两匹马骑到十多里外的另一个镇上卖掉一匹，然后拿卖马的钱买一些日常用品及两只鸡，他想这个薛黄芩应该可以理解，再说等日本鬼子走了，拼两年买马还给他就行了。

天已擦黑，不容再转念头，他调转马头就朝着他去过的一个镇子奔去。雪过天晴，半个月亮映得大地银光闪闪。两三天没有好好吃东西，马儿越跑越慢，宋长河知道再这么跑下去马就废了，于是勒住马儿下来。路边恰好有块麦田，苗儿翠绿，在雪里很是扎眼。

两匹马啃着麦苗，上面的雪正好也能解渴，宋长河知道这不会伤了明年收成——马儿吃的都是那些长势过快的麦苗，这些麦苗要扛过整个冬天，如果长得太高的话，不但耗费掉过多的养分，而且有可能在春天来的时候，没后劲了到夏天麦粒都不饱满。就像走山路一样，起初跑得快，消耗掉过多的体力，在后面就会没力气，不如不急不缓的人爬起来快。再说马儿啃草不狠，基本只是吃掉表面的，不会伤到根部。

站在地边，半个窝头啃下去，宋长河有些担心，这个点赶过去，另一个镇子都半夜了，马儿卖给谁？估计得到明天早上才行吧。看马儿吃得差不多了，宋长河牵过来再骑上，浑身像散了架般，咬着牙伸手拍了拍马屁股，颠儿颠儿就顺着路往前跑开了。

远远看见要去的镇子，月已偏，正想今晚去哪儿过夜，突然就听到拉枪栓的声音，而后一声喊："站住！干什么的？"

宋长河打了个冷战，乖乖地勒住马，跳下来。两个穿土布军装的男人端着枪迎上来："干什么的？"

宋长河喘口气，赶紧回答："我是山里的，老婆生孩子没奶，出来买两只鸡下奶。"

"山里的？"其中一位年龄大些的根本不信，"山里的哪来的马？还是两匹！举起手来，一看你就是鬼子的汉奸！"

一句两句确实也说不清这马怎么回事，也不知道啥叫个汉奸，但跟鬼子连在一起肯定不是好东西。宋长河乖乖地举起手分辩了一句："我不是汉奸，就是个开荒种地的。"

那位年龄大点的兵对另一个幼稚娃娃脸说："你继续站岗，我带他回团部好好审！"

说着上前搜了下宋长河的身，除了一身破烂衣服啥也没有。这个兵哼了一声，把枪斜挎在身上，伸手牵过两匹马的缰绳。"跟我走！不是汉奸特务就是小偷！你这样子怎么能养得起马？"

跟在后面的宋长河判断这是打鬼子的中国人部队，就说了实话。"这是我亲家的马，日本人进了我们青山镇，亲家还有亲家母跑到我山里的窑洞躲，这是他们骑的两匹马。"

这个兵更加不信了："大家大户的会跟你这样光景的结亲？"

宋长河张口想说冥婚，可听口音这个兵不是当地人，估计说了也不懂，只是看对方不凶，就问了句："你们是干什么的？"

"干什么的？"这个兵很自豪地挺直了腰杆，"我们是八路军，专打日本人的！"

宋长河听薛黄芩说过日本人快来了，要是八路军在就好了，八路军是咱中国人的部队，是日本人的克星。

宋长河不再害怕，跟着这个兵进了一个院子。门口一左一右站着俩小伙子，灰布衣服灰布帽子，很精神的样子。牵着马的兵打了个敬礼："报告！村口抓到这个人，骑着一匹马，牵着一匹马，搞不清楚身份，就带过来了。"

俩站岗的还没开口，院子里传出爽朗的笑声："搞不清楚身份就抓人啊？来，进来，我看看怎么回事。"

这个兵回头对宋长河说："跟上。"

两人两马进了院子，一个身材中等、年龄跟宋长河差不多的人站在院子中间正抽纸烟，这个兵马上两脚并住，再举手敬礼："报告团长……"

团长摆摆手，上前两步，借着窗户前挂着的马灯上下打量了下宋长河，问："老乡，怎么回事啊？"

知道是八路军，又这么和颜悦色，宋长河鼻子一酸，一五一十地把事情的经过说了一遍，包括老婆生了孩子不下奶也说了……

听他说完，这位团长上前拉住他的手。"老乡，委屈你了。来，快到屋里坐。"说完，他扭头对那位有些不知所措的兵说，"不知者不为罪，你给这位老乡道个歉吧，我想他是会原谅你的。"

宋长河马上摆手说："不用不用，他没怎么着我。"

团长笑着说："我们八路军有三大纪律八项注意，这八项注意第一条就是'说话和气'，第五条是'不打人骂人'，他这是有违反的倾向嘛。"

那个兵马上抓住宋长河的手："老乡，是我错了，请你原谅我的粗鲁。"

不知这是握手，正不知咋回事，这个兵已经松开，马上敬礼："老乡，我道歉。"

宋长河手足无措，摆着手说"没事没事"，团长笑眯眯地接话说："这样吧，你的两匹马我们买了，这么晚了你也没法回去，明天早上让陈排长送你回去。"

原来这个兵就是陈排长，他马上立正道："是，团长。"

团长回了个礼："你回去继续站岗吧，明天早饭后到我这里报到。"

陈排长答应着出去了，团长喊过来警卫员："这个老乡肯定没吃晚饭，你去准备一下，加个菜，我俩一起吃。"

宋长河哪见过这样的场面，更加不知道该怎样了，手脚都没地方搁。好在这个团长没架子，拉他在炉子跟前坐下，递给他一支纸烟，还给他点着。

团长和他唠家常说自己姓宋，就是追着这股鬼子过来的，宋长河马上站起来说："我也姓宋，咱们是本家。"

宋团长也有些惊喜："是吗？好，本家，听口音你老家是山东的吧，哪个县的？"

宋长河说是蒙阴，宋团长说："知道，咱部队很多战士都是那的！那儿的人都踏实能干。"

正聊着，警卫员端着饭菜进来。宋团长让着宋长河坐到桌子跟前：一盘炒豆腐、一盘炒豆芽、两碗菜糊糊、几个窝头。

宋长河确实饿了，他这个人也实在，拿起个窝头啃起来，三两口就吃下去一个。团长伸手又递过去一个说："来，吃菜，吃菜。"

这三天就是对付。一顿饱饭下肚，宋长河很是满足："本家团长，我吃的折成钱，从卖马的钱里扣除吧！"

宋团长笑了："不用了，既然是本家，咱们就不分彼此，你该是比我年长一两岁，老弟我请了，从我津贴里扣就是了。"

两人随后又聊了会儿，宋长河确实大一岁。宋长河把青山镇的大致情况说了下，当他说到薛黄芩送他的窑洞有三四个日本兵时，宋团长插嘴问："怎么能不被发现，摸到你家窑洞里？"

宋长河想了想说："那就只能从断崖下去，拴个绳子溜下去，没有人能想到那儿能下去人。"

宋团长马上喊警卫员拿过纸笔说："老哥，你给大致画个草图。"

宋长河捏着笔像捏着个放羊铲，出了一身汗才笨拙地画了个草图。宋团长看看表，说："老哥啊，明天一早我让陈排长带两个战士送你回去，顺便你带他俩看看那个断崖。"

宋长河满口答应。宋团长喊警卫员通知排以上干部马上过来开会，随即送宋长河到对面屋，交代道："本家老乡哥，你就安心睡一觉吧。"

躺在热腾腾的炕上，听着对面屋的声音，隐隐约约的，宋长河也听不懂。也是真累了，他很快就进入梦乡。

第3章

放火

很多年后，宋长河仍记得这个场景，每个细节都清清楚楚，他给孙子们说了一遍又一遍，他总是说："咱老宋家就是从那时候开始才被看得起，也才有了现在。"

这个最开始其实是送老大承仁、老二承义跟宋团长去当兵时说的。在那个战乱的年代里，"好铁不打钉，好人不当兵"，但宋长河对俩儿子说："在这山里，除了种地没别的干的，你俩都识字，这是一条出路。这个宋团长是个好人，这个部队也是好部队，肯定没错。"

这个念头从躺在八路军团部那个炕头时就有了，但朦朦胧胧，没理清楚，从山里出来发生太多事情，他一晚上惊醒了好几次。

第二天早上，宋长河被喊醒，宋团长递给他一个布袋子。"老乡哥，这里面是你两匹马的钱——部队真缺马。另外还有俩猪蹄子、一袋子盐巴，算我送给你的，拿回去熬给你老婆喝吧，我们的医生，就是部队的郎中说这个下奶，熬的时候记得少放盐巴。"

宋长河马上说："这可不行。"伸手就从布袋里往外掏银圆，"盐巴与猪蹄子我得付钱。"

宋团长笑着把他的手摁住了，说："咱们本家，就是一家人，不用再客气了。"

顿了顿，宋团长斩钉截铁地说："放心，不用几天我们就把日本鬼子消灭在这大山里，还你们安定的生活！"

陈排长牵着两匹马，两个战士各牵着一匹已经在大门口等着了，宋团长送出来再次跟宋长河握手。"老乡哥，拜托你给陈排长带路，但到了断崖附近你不能过去。"说到这里，他扭过头对陈排长说，"一定保证老乡的安全，侦查到路径后把宋大哥送到'石梯子'再返回。"

陈排长立正敬礼："保证完成任务！"

四个人上马，宋团长跟宋长河摆手道别："老乡哥，咱们很快会再见面的，就在青山镇。"

这时候的宋长河还未下决心，所以没提把俩儿子送到这支部队的打算，上马后他满脑子都是断崖，他不明白宋团长要干啥，但能感觉到很重要。

宋团长很清楚，日本鬼子占领青山镇是暂时的，补充给养就会离开，他们知道背后有追兵，但大山他们轻易不敢钻，那么只能固守待援，或者找其他出路。但青山镇是守不住的，人生地不熟，短时间又构筑不起什么大工事，如果追兵赶到，他们只能往山里撤退，而宋长河的窑洞院子肯定是重要的集结地。

这都是宋长河过后才想到的，宋团长半夜没睡，就是琢磨这个。如果提前安排一个营的战士悄悄摸到宋长河的院子里，把日本的哨兵悄无声息地干掉，自己人冒充一下，等镇里战斗打响，敌人退到山里集结，两头合围，就把日本鬼子包了饺子。

临出发前，宋团长告诉陈排长可以把这个意图给宋长河透露，而他们攻击的时间，这个事情就不能说了。

一行四人悄悄绕过青山镇，很快进了谷底，到了石梯子绕过来到新家窑洞的路口，宋长河悄声让大家下马。随后牵着马尽量不出声响，往谷底深处走了会儿，再示意把马拴好。

　　大家围成一圈吃了干粮，宋长河指了指右侧山坡悄声说："爬到上面，顺着沟边往上走个二里地就是这个山的顶了，到时候估计着往前他们看不到，约莫半里地就到我家窑顶上了，旁边就是断崖。"

　　陈排长点头说好，接着吩咐："老乡哥，你在这里看马，等我们一会儿。如果太阳落到一竿子高我们没回来，你自己走就是，如果听到枪声马上跑，往你家石梯子那边跑，翻过去就不要回来。"

　　宋长河想着一大家人，不，是两大家人都揪心等着他，有心马上就往回走，但想到人家又是管吃管住，又给盐巴给猪蹄，有些过意不去，而且陈排长他们不熟悉路。

　　不容再多想，他点头又摇头："你们不熟悉路，还是我带你们上去吧。"

　　陈排长说："不行，你在这里等，我们得保证你的安全！"

　　宋长河笑了笑："宋团长是怎么说的？'一定保证老乡的安全，侦查到路径后把宋大哥送到石梯子再返回。'这话的意思就是让我带路侦查到路径，要不他怎么不说让我直接回呢？"

　　陈排长犹豫了一下，宋长河已经站了起来。"时间不等人，一会儿天黑了啥也干不成了。"

　　看宋长河不由分说已经往坡上爬，陈排长指着一个小战士说："你留下照顾马匹，剩下人跟上。"

　　很快到坡顶，宋长河指着自家窑洞位置贴着陈排长耳朵介绍了下情况，院子里不知为何没有哨兵了。

　　这里离窑洞直线距离不过五十米，只是中间还有个小沟壑，陈排长默默记在心里。

　　没有哨兵，仨人猫着腰顺着沟边赶紧往上跑，到了顶后宋长河顺势趴下往下指了指，陈排长跟战士也爬到他身边，这里看窑洞几乎就在眼皮底下，一个日本兵正在院子右前方坐着抽烟，一支枪靠在旁边的树上。

　　没有停顿，宋长河手脚并用，在草丛里往前爬，陈排长跟那个战士匍匐前进，身后雪地里三条痕迹逐渐向前延伸。

　　到了断崖，院子已经真切到了眼皮下，三个人大气都不敢喘，宋长河指了指断崖上高低不等的二三十棵柏树，打个手势，指了指下面的院子，又指了指腰间当作裤带的一截绳子。

　　陈排长明白他是说把绳子绑在树上就能往下溜了，点点头，随即从兜里掏出纸笔，把一块石头上的雪轻轻拨拉干净，开始画。

　　一袋烟的工夫，陈排长画完收起纸笔，指了指来的路，山顶风大，又趴着不敢动，宋长河都有些被冻麻木了。

　　太阳逐渐西斜，三个人回到沟底才搓手哈气，不敢多停留，赶紧上马顺路赶到石梯子。简单告别，陈排长仨人四匹马顺来路返回了。

　　宋长河便抓把干净的雪塞嘴里，看陈排长他们逐渐远去，便抓住被风吹得来回摇摆的绳子爬上石梯子。抽回绳子，再看沟底三个黑点顺着山谷往前快速移动，舒了口气，满心激动地迈开腿，往家的方向飞奔。

　　天黑透了他才回到老窑洞，薛黄芩与大儿子一脸焦急地迎了出来。

　　进了窑洞，宋长河从布袋子里掏出盐巴、猪蹄，剩下的银圆动也没动就递给了薛黄芩："亲家，我做主把那两匹马卖了，这是钱！"

　　薛黄芩没有接，苦笑一声："我以为那两匹马早被狼吃了，再说你给我钱，在这里怎么花？"

　　宋长河还是把钱塞给薛黄芩，随后把这两天自己的经历讲了一遍。说话间，薛黄芩的老婆白桂花动手熬出猪蹄子汤，端给宋长河老婆，宋承仁也把盐巴捣碎放到野菜糊糊里。

　　这两天宋长河的儿子们也没闲着，砍柴顺带采了些干枯的野菜，还捡回来一堆干熟了的杏仁。为了活着，多年的生存经验开始起作用。

　　第二天一早，白桂花喜滋滋地出来说："嫂子奶下来了，小家伙终于吃饱了，这会儿睡着了。"

　　何桂花把孩子放到炕上，下地开始张罗摊煎饼，这两天就是孩子们胡对付弄饭，基本都是夹生的窝窝头。白桂花把自己穿的棉袄脱下当作被褥裹住了孩子，而她只剩下夹袄，薛黄芩就把自己的褂子脱下给了她。

看白桂花实在是喜欢自己的这个小儿子，宋长河于是对薛黄芩说："亲家，我这个小儿子过继给你吧。"

这是旧话重提，薛黄芩知道宋长河诚心诚意，但他拒绝了："我这个人命硬，注定无子无女，别把孩子克了。这样吧，认个干儿子，不改姓，仍旧是宋承信。"

至于此前说的过继，还有仪式，薛黄芩不提，宋长河也就没吭声，这兵荒马乱的，那些个事情肯定没法弄。

何桂花闻言喜不自禁，看着孩子熟睡的小脸，不由就抹了抹眼圈。

这个上午，孩子们捡柴、提水、挖野菜去了，宋长河陪着薛黄芩抽烟聊天，但他的心思一直在新窑洞断崖那边。实在忍不住，他对薛黄芩开了口："亲家，你说我去帮帮八路军好不好？"

薛黄芩吓了一跳："你帮？怎么帮？你有枪？"

宋长河摇头说："没有枪，但我可以上断崖提前把绳子拴好，等宋团长的兵来了，省时间。"

薛黄芩沉思了一下说："你这个想法不错，只是这太危险了，万一被院里的日本鬼子觉察，枪子可是不长眼。"

宋长河说："这个不怕，那地方熟，就我一个人，动静不会大。最主要是人家送咱盐巴，又帮我老婆下奶，救了咱儿子，这个恩情得报答。还有，我也不知道团长是多大的官，肯定不小，一堆人围着转，可这个本家团长一点儿架子都没有，开口闭口喊我老乡哥，要不帮帮他们，我心里过意不去啊。最主要的，如果不把日本鬼子在镇子附近弄死，估计会窜到咱这里，到时候可就麻烦大了。"

薛黄芩点头称是："我也听说这八路军就是咱老百姓的部队，作风好，能打鬼子。可……我还是担心你的安全。"

放下烟袋，宋长河站起来说："没问题，我是这山里长大的，那个山坳坳里有几块啥样的石头都清楚，就算鬼子听见动静，翻个身子顺着沟往下跑，三钻两钻，那些狗日的就找不见了。我是盼着八路军赶紧把这帮畜生杀干净，也不知道把咱家糟蹋成啥样了？"

想着逃出来时看到的青山镇火光，薛黄芩也咬牙切齿地说："这帮畜生早晚遭天谴！你说咋样就咋样吧，我帮你干点啥？"

"搓绳子！"

一家人齐上阵，能用的材料都用上了，三根结结实实的长绳终于搓好。稍微休息会儿，饱饱地吃了一顿煎饼，宋长河就站起来准备出发了。何桂花不知道自家男人要去干啥，但从他凝重的脸色就能觉察，肯定是有风险。很少在宋长河跟前多说话的她，忍不住嘱咐了一句："当心点。"

宋长河哼了一声，没接话，提着盘好的绳子对大儿子说："你薛伯伯要送我一截路，你跟着。"随即，三人就出了窑洞。

太阳在正头顶，山里异常安静，脚步声好似都有对面山壁的回音。出窑洞不远，薛黄芩就悄声告诉了宋承仁要去干啥，很快到了石梯子，宋长河把绳子扔到石梯子下扭头："你们不等了，先回去吧，我天黑前就能搞定。"

薛黄芩与宋承仁坚持要在石梯子上等，说万一有个闪失也能有个接应。宋长河不再争论，麻利地下了石梯子，捡起三盘绳子挎在肩膀上，顺着路开始急奔。

太阳逐渐偏西，一切顺利，他再次趴在自家窑洞顶上，看下面的院子，仍旧是一个日本兵站岗，屋里最少应该是俩，因为能听到对话的叽里咕噜声，听着就觉恶心。

连着悄悄缓缓打了几个滚，宋长河到了一棵树跟前，看有碗口粗的根部肯定能承受，就慢慢解下一盘绳子，来来回回缠了两三圈拴牢靠，再把绳头牵出来，往前拽了拽才放下——等宋团长的人来了，伸手往前扯，再悄悄放下去就行了。隔着两丈再弄好一个，翻身打滚正准备找第三棵树，身后突然传来窸窸窣窣的声响，不由头皮发炸，想回头看浑身却僵硬得动弹不得，直到一个手掌轻轻拍到他背上，宋长河吓得几乎尿了裤子。

他勉强扭头看，陈排长的脸孔近在咫尺，全是感激。陈排长凑到他耳边说："谢谢老乡啊，你慢慢往下撤吧，剩下的我们来做。"

宋长河看到陈排长后面有十多个小伙子，都是八路军军服，一个个紧紧贴在地面趴着，他们穿得并不厚，但在雪里就像在棉被中，一脸的热气腾腾。

热血上冲，他摆摆手，指指绳子，再指指自己，然后往下压手腕，意思是干这些他在行，让陈排长趴下。

陈排长理解了这个意思，只看宋长河一个翻身又滚了两滚，就要靠住一棵柏树时突然停住，随后把肩膀上的绳子解下，缓缓绑好，那棵树没有丝毫晃动，他不由得冲宋长河竖起大拇指。

夕阳如血，缓缓落入西山，红彤彤的天空真如火烧着一般。宋长河干完活儿，仰头看着天，心里没了紧张，就像在自家院子里。

听着身边一群年轻的呼吸声，他突然心里一动，顿时就下了决心："等打完这一仗，就让老大老二跟宋团长这群人去拼个生活。"

宋团长制定的行动计划是这样的。一个营的战士当天傍晚前隐蔽到山里，一半战士天黑后摸到陈排长侦查到的"天然壕沟"据守，另一半要从断崖下去，在宋长河家的院子周围埋伏。宋团长带领主力部门从青山镇正面攻击。根据侦察员报告，这群鬼子并没有在镇里构筑工事，估计战争一开始，他们就会退守进山，到宋长河窑洞院子附近集结。那儿沟壑密布，是个天然的防守阵地。到时候，三面合围，力争全歼了这群鬼子。

这场战役的重中之重就是陈排长先带一个班的战士于天黑前潜伏在断崖上，入夜后溜下断崖解决掉岗哨，随后接应半个营的战士埋伏在宋长河的院子周围。这个营携带了重武器，还有火炮，待敌人撤出镇子进山后，居高临下狠狠轰击他们，震慑与打击并举。

就在这个营临行前，宋团长拉着陈排长的手嘱咐："小陈，这场战役胜败关键就是你，如果处理不当惊动了敌人，会影响整个战争——胜败在此一举！"

陈排长看宋长河拴好了第三根绳子，知道这个任务完成一小半了。他们也带了两根，本就是偷袭，一次下三个人已经可以了，这个断崖有十多丈高，几乎如刀切般笔直，整个崖面光秃秃的，寸草不生，敌人是想不到这里会下来人的。关键是下去之后的战斗，通过观察，下了断崖后正面就是开阔地，只能贴在断崖上往前移动到与正面窑洞平行方向，匍匐前进到窑洞前，然后迅速解决敌人。

十二个战士解决三个（或许是四个）日本鬼子，问题不大，但是要做到无声无息，不让这三四个鬼子发出警告或者开了枪，这是最大的难点。

太阳西沉，火烧云像被吆喝的羊群，朝着落日方向缓慢收拢，宋长河觉着自己使命完成，缓缓爬到陈排长跟前，悄声说："下去后，中间窑洞炕中间有存的粮食，我用泥巴糊着呢，如果鬼子没发现，你们拿出来吃点。"

陈排长听完点头，这不是事，战士们都带着干粮，他脑子里一直在想，怎么能无声无息地把这里占领。

宋长河看陈排长没吱声，本想说"俺走了"，随即就变成了"还有啥事情需要俺来办吗"。

"转移注意力！"陈排长脑海里全是接下来的战斗，不由自主地悄声说了这句话。说完，他意识到不合适，便扭过头在宋长河耳边悄声说："谢谢你了老乡，接下来的事情我们办，你快撤下去吧。"他把自己的帽子脱下来，给宋长河戴上，看宋长河愕然，笑了笑低声说："咱上次拴马的地方有自己的部队，他们不知道你在，你戴着这个帽子下去不会被误解。"

宋长河不知道误解是什么意思，但他明白陈排长已经把他当成了自己人。他也知道"转移注意力"这句话的含义，就是评书里说的声东击西嘛，这么偷偷摸摸从断崖下去，肯定是想悄悄解决这几个鬼子。他还知道如果这几个鬼子开了枪，那这声响会很清脆，在青山镇的鬼子肯定听得清清楚楚……

陈排长冲身后摆摆手，随行来的战士悄无声息地向后退了几米，他拉了宋长河一下，俩人也往后退。多半个太阳已经落入大山，风不知从哪儿钻了过来，吹得崖顶那些灌木丛来回摆动。

宋长河轻车熟路地顺利返回陈排长送他回来拴马的地方，那顶军帽起了作用，埋伏在附近的士兵都没有出声。带队过来的营长从草丛里出来，此前团部见过一面，随即在沟底悄悄说了阵子话。

宋长河跟这个营长大致说了下附近的地形，捡了根棍子在地上划拉，这儿多深，这儿有片林子，基本说清楚了，营长就让他赶紧回，临别握着手说："你立了大功。"

往回走的路上宋长河有些惭愧，念叨着这算啥大功。如何"声东击西"，尽管营长排长都没说，他知道马上就要收拾这帮子日本鬼子了。

待宋长河再次爬上石梯子，夜已深，月如银盆挂在天上。在山里，无论冬夏还是春秋，晚上基本不点灯，因为没有那么多油可以烧。从十岁到了这里，宋长河看了二十多年日出日没、月起月落，他知道冬天的满月是一年中最高的，也是持续时间最长的，一般早晚都能看到，基本整夜都在。

薛黄芩与宋承仁早就等急了，好不容易看到他爬上来，舒了口气。连续多日的奔波使宋长河浑身酸疼，他大致说了下情况，从薛黄芩手里接过一袋烟，猛抽了几口。

宋长河靠在一棵大松树上，吐出一口淡淡的烟，风吹得松针唰唰响。

薛黄芩看宋长河过了烟瘾，跺跺脚说："咱回吧，家里人等急了，我也有些饿了。"

宋长河直起腰，语气坚定地说："不行，我还得帮帮他们！"

薛黄芩愣了下，说："亲家，还怎么帮？你不是都拴好绳子了吗？"

"声东击西！"宋长河说完这四个字站起来，"八路军不熟悉咱这地方，来，帮我琢磨琢磨，怎么样能在镇子里弄出些大动静？"

薛黄芩看他意志坚定，沉吟片刻说了个主意——得在青山镇弄出大声响，只有这样才能给陈排长他们创造机会。

这个陈排长也想过，从部队驻地出发到断崖的路上，他跟营长提出过，营长回答说不好弄，一是对青山镇内不熟悉，二是怕打草惊蛇。

宋长河听薛黄芩这么说，马上把自己的想法和盘托出："想办法把镇子边那个废弃的油坊点着，我有一次在里面避雨，看存着很多木料。"

这个油坊是薛黄芩堂哥的，被他那不孝的继子给赌博卖了，后来这个堂哥在油坊旁边的树上上吊自尽……

薛黄芩叹口气，说："是个主意，但兵戎相见，可不是闹着玩的，谁知道那儿有没有埋伏的日本鬼子啊。咱也不知道啥时候开战，如果正好过去赶上，子弹可不长眼啊！"

宋长河看了一眼薛黄芩，肯定地说："应该是天亮才开战，这深更半夜打开了，鬼子窜进山看不到了……再说那油坊在镇边上，肯定不会有鬼子。"说到这里，他抬头看了看背后这几棵松柏树，招呼大儿子："快，你爬上树去，折下来一些树枝，我好背着去放火。"

松柏枝叶点着后会噼里啪啦响，这里风俗是大年初一起来搭起一堆松柏枝条接神祭天，当地叫"搭墟"，跟鞭炮一起点。松柏枝条含油脂较多，容易点着，火光冲天也预示一年红红火火。

爹的话音刚落，宋承仁马上就爬上这棵碗口粗的柏树，他听爹分析了情况，明白这是好办法。看承仁伸手把够得着的树枝都折断扔下来了，薛黄芩知道多说无益，宋长河的秉性他也了解，是认准了不回头的主。

不多时，一大捆松柏枝条堆到石梯子边，宋长河从那根搭在石梯子边的绳子上抽出一股，在尖石头上磨断，捆好松柏枝条背上，对薛黄芩说："亲家，你跟承仁回家吧，不要跟家里人说我干吗，省得担心。我办完事就回去了！"

薛黄芩摇头说："镇里我比你熟悉，我跟你去看着人，望望风吧。"

宋承仁马上说他去，年轻跑得快。

一个人确实心虚，来不及多商量，宋长河马上决定薛黄芩跟他去，毕竟路熟，就算撞上了日本鬼子，可以谎称出外躲了两天，回镇上的家中看看。

俩人下了石梯子，宋承仁把绳子拽了上去，说好了天亮带着干粮过来接他们，但绝对不能下石梯子。宋长河临下石梯子拍了拍大儿子的肩膀说：

"如果日本人窜过来，全家人就交给你了，要以最快速度带家人进杏林沟，往里走，躲起来。"

薛黄芩看到了这时候，宋长河也没有说起那个隐秘山洞，张口想说话，宋长河笑了笑说："这只是万一，我想八路军会把这群鬼子干掉的。"薛黄芩就没再说话。

俩人一路小跑到了拴马处。已近午夜，营长看他背着一捆松柏枝有些不解。

宋长河喘口气，三言两语说了想法。营长正在担心山顶断崖，思考片刻，马上说可以，随即喊来几个战士："跟上去，保护好俩老乡！"

宋长河说："不用，人多扎眼，我跟我亲家点了火就跑回来了，就是得派人通知断崖顶上趴着的陈排长，火光起，噼噼啪啪响，要抓紧时间动手！"

营长说："这没问题，我还是派几个战士远远跟着你们，我们八路军就是老百姓的部队，不能让你们俩出事！"

薛黄芩看着这个比他小十多岁的"亲家"很亢奋，似乎毫无畏惧，很男人——思维敏捷，谈吐明快，眼神坚毅，浑身上下都充满爆发的力量。而自己小跑了这段山路，累得气喘吁吁，多年不劳动的躯体发酸发软……

随即，这位营长掏出干粮分给宋长河与薛黄芩，说："你俩稍事休息，待通知到陈排长后，你俩再出发，不管情况如何，首先是自保。哦，就是在保命的前提下再点火。"

"无所谓。"吃了点东西，宋长河觉着更有激情，这些年生活的压抑、生命的沉重在这一刻似乎全部要释放，如果给他一杆枪，估计马上就能拿着往前冲。

营长正在斟酌如何说话，薛黄芩察言观色，上前拍了拍宋长河的肩膀："咱们得听营长的安排，这件事不能太鲁莽，如果提前暴露了目标，估计对整个战局都会有不好的影响。"

冷静下来，宋长河接过一个战士递过来的水壶喝了两口，点点头，然后扭头对营长说："我懂了,谋事在人,成事在天。"

营长笑了笑:"我信你们,事在人为,人定胜天。"

远远看见一个黑影在沟边弯腰迅速跑了回来,营长此前派这个通讯兵上过断崖,当着宋长河与薛黄芩的面安排:"你去告诉陈排长,有俩老乡会去青山镇放火,给他们创造条件,看到火光听到声响就动手。如果火没有点着,按原计划行事。"

通讯兵到跟前跟营长敬礼道:"已经通知到。"

宋长河与薛黄芩马上站起来,营长上前握手说:"明天晚上,我请你们二位在青山镇喝酒。"

顺着沟底往前,宋长河走得飞快,薛黄芩小跑着才勉强跟着,后面一个班的战士远远跟着。月已下沉,他们终于绕到青山镇附近。宋长河站住喘口气回头摆摆手,跟在后面那一个班的战士就地俯下身子,他低声对薛黄芩说:"我一个人慢慢过去吧,你也在这里等着。"

薛黄芩喘着气看看四周,然后指着镇边影影绰绰的几棵树道:"那儿有条路,从油坊通出来,油坊卖了后,接手的主家今年好像在这边喂牲口。从这里过去都是开阔地,镇里随便高点的地方都能看到,咱们再往前走走,从那条路过去,路边的树可以给咱们打掩护。"

镇里的油坊一般是秋后才开工,到春耕大忙的时候便收摊。油坊以黄豆、花生、芝麻、棉籽、油菜籽等为原料进行榨油。榨油后剩下的渣为圆形,村里人都称为油饼,大户人家拿它喂牲口,而穷人家都会在没吃的时候,把这些饼粉碎掺和些野草蒸来吃。

这个油坊有些年代了,不高的两间老房子,因为严重漏雨,主人今年夏天才废弃掉,将榨油设备搬了地方。

俩人猫着腰走到路边,薛黄芩靠着一棵树停下来,宋长河按照薛黄芩说的,走了个折线,然后小心翼翼地靠近那些树边的地堰猫腰往前走。

整个镇子非常安静,日本鬼子进驻后就这两天,几乎把家家户户能吃的都抢走了,鸡兔狗羊牛都被屠杀殆尽,要不这个时候鸡该叫第二遍了。

这个油坊的门窗被主人拆去了，木料堆了数十根。宋长河喘了口气，小心翼翼地把自己背着的松柏枝条塞到这些木料中间，再从兜里掏出薛黄芩给他的洋火，这时候才发现个问题：拿什么引火？

在山里，蒿草或干枯的玉米、高粱叶子，随手就能拢起来一堆，就算是半干的木柴都能引着。这个破油坊除了这堆木料，四周空荡荡的，去哪儿找引火的材料？

宋长河不由得急出一身汗，伸手解开老棉袄领口的扣子，计从心来。来不及再考虑，他迅速把老棉袄脱下来伸手就撕，棉絮掏出来揉成一团，塞到那堆木料下，再把三根火柴并起来划着，心不乱手不抖就伸进了棉絮中。

棉絮迅速着起来，宋长河光着膀子站在旁边看着，直到木柴被引着，他才跑出这个破油坊。他两只手上下搓了搓肩膀，不由就打了个寒战，弯着腰不再走那条路，而是从开阔地跑向薛黄芩藏身处。

油坊内屋顶本就多年存积有油污，那些木柴也干燥，火势很快大起来，那些松柏枝在火中噼噼啪啪响起来。青山镇里传出大声的呵责，也有灯光亮起来，宋长河什么也听不见，耳边只剩下呼呼的风声，他拼命往前冲。

火光起的时候，陈排长带领着战士顺利地溜下了断崖，黑夜里那团火很不真实，隐隐约约能听到噼里啪啦的声响。他果断地挥手，带头直接扑向窑洞。

三个鬼子没有脱衣服，正躺在炕上打呼噜，门被踹开后惊醒，叽里咕噜刚喊了两声，就被战士们上前摁住，靠在炕沿的枪都没抓到手里。

陈排长没有进窑洞，按照战前安排，他带着三个战士直接奔向院子边沿的岗哨，估计是踹门的声响惊动了岗哨上的鬼子，这家伙朝着陈排长就端起枪……

寒风中，宋长河跑到薛黄芩藏身的地方，脚下一软，一个趔趄摔趴在了地上，赤裸的胸脯被地上一个尖头石子划破。

一左一右两个人迅速上前拉起了他，宋团长刚毅的脸庞出现在他面前。

"老乡哥，辛苦你了。"

原来大部队已经把青山镇三面围拢，恰好团部就在这个方向指挥，跟着过来保护宋长河与薛黄芩的班长汇报了情况，团长指示他们回自己埋伏点了。随后，团长低声对薛黄芩说："我亲自在这里迎接他，他是勇士。"

宋团长脱下自己身上披着的大衣，伸手给宋长河穿上。微弱的月光下看宋长河胸膛前出了血，低声命令警卫员带宋长河去找医务兵。

战争是拂晓开始打响的，噼里啪啦的枪声断断续续持续了一天一夜，就像过年时从山里听镇上响鞭炮，到大年初二再放了一阵猛烈的"鞭炮"，当地风俗是接财神，现在是送瘟神。

宋长河躺在上次睡了一夜的房中炕上，薛黄芩坐在他旁边照顾他，胸前的伤并无大碍，只是团长有命令，包扎好后就撤退到这里。

这"大年初一初二放鞭炮"就是他俩聊天，这场战争在第二天太阳升起时结束，从俩抬伤员的人嘴里说出战争惨烈，宋长河很是懊恼没有在跟前。

日本鬼子在青山镇抵抗了一天一夜，在往山里撤的时候被"包了饺子"。

留守在驻地的"老弱病残"，包括宋长河与薛黄芩，在中午时分接到命令，傍晚时进了青山镇。

这场战役是硬碰硬，日本鬼子跟八路军在青山镇步步硬抗，几乎是一条街一条街肉搏，一个院子一个院子争夺，直到鬼子被"挤压"出青山镇，按"计划"撤到宋长河老院子附近，埋伏的士兵枪炮俱下，这才把鬼子们打慌乱。随后两个多小时，眼看着自己的战士一个个倒下，宋团长红了眼，他提着枪怒吼着冲在最前面。三个方向的八路军围追堵截，终于把这股鬼子全部歼灭。

战争结束后，宋长河在镇里看到陈排长，担架上的他脸上盖了块白布，整个胸脯都被炸烂了，看着就像塌陷的一个窟窿，但年轻的脸上异常平静。宋长河再次赤膊——他把宋团长披在他身上的大衣脱下来，缓缓盖了上去，再把陈排长送他的帽子摘下，恭恭敬敬给陈排长戴好。认识也就四天，从部队驻地村口被误解到断崖顶上俩人亲密对话，这条鲜活的生命就留在了这里。

那个日本哨兵开了一枪并没有打着人，他没有继续开枪，而是伸手摘下树上挂着的马灯，顺手甩向旁边的一堆柴，这时候跟在陈排长后面的士兵也开了枪，很准，直接撂倒了对方。但这个鬼子倒地前，已经从腰间摸出手雷，被子弹击中后，手雷居然也朝着那堆柴甩过去。

只见陈排长飞身扑出，整个身体压在了手雷掉落的柴堆上，一声闷响，他被炸起来，直挺挺地落下砸灭了那堆柴上刚起的火星。

由于伤亡比较重，宋团长请示上级后，就地休养，在青山镇驻守了两个多月。

薛黄芩的中药铺并没有受到多大损失，日本鬼子拿走了一些止血消炎的药物，在战争后又被收缴了回来。薛黄芩就让部队医院设在了自己家的大院里，取药煎药也方便。

宋长河就在镇里待了半天，胸前的小伤口对于他来说根本就不是事，但这是宋团长的安排，又是消炎又是抹药。要是搁往常，顺手抓起一把黄土摁上去，很快就会结疤好了。

薛黄芩忙前忙后地帮部队处置伤员，他是真被感动了，这是一支很特别的部队，和颜悦色、勤勤恳恳，替老百姓挑水扫院子，从团长到普通士兵，纪律严明，正如他们说的"不拿老百姓一针一线"。

第4章

当兵

青山镇很快恢复平静，八路军战士更是融入每一户的生活。宋长河惦记家里，看薛黄芩忙活，就想要回到山里，薛黄芩说："暂时不要让我老婆下来。"——白桂花的年轻貌美让成了他的心理负担。

避开人，他私下对宋长河说："你我的家人暂时还是住在后山吧。"

笑了笑，宋长河第一次没有听他的，裹紧部队给的一件大衣，他认定这个宋团长跟这支部队是好的。一个山里人对事物的判断很简单，对人更是，就是简单的好坏之分。

很快，一家人搬回了新窑洞这边，宋团长在这里设置了岗哨，一个班的战士早已把院子窑洞打扫得干干净净，但正窑他们根本不进去，而是在断崖附近放草料等的小窑洞里住。

看宋长河一家人回来，这班战士马上站直身子敬礼问好。何桂花吓了一跳，宋长河笑着说："看着这些孩子，跟咱家老大老二年龄差不多，多懂事。不怕，这都是咱本家团长的兵，八路军战士。"

砍柴，挑水，帮着收拾院子，这几个战士打完招呼就去忙，宋长河笑呵呵地看着他们，就像看着自己的儿子一样。

第二天大清早，宋长河就把白桂花送回镇里，这个女人要求如此，薛黄芩看到也没说啥。宋长河返回来，把中间窑洞炕中间的粮食挖了出来，让媳妇何桂花赶紧摊煎饼："多弄点，我有用。"

在院子里的八路军岗哨都是自己的粮食自己做饭，宋长河这是要干吗，但何桂花不问，给小儿子喂饱了奶，赶紧去忙活。

山里女人没有坐月子的概念，基本都是生了孩子两三天就下地，第九个孩子了，早已经习惯了。生这第五个儿子，尽管刚开始担惊受怕，但有猪蹄子汤喝，还能吃饱饭，以前想都不敢想，何桂花从来没觉着这么满足。

宋长河卷了根旱烟，把老大老二俩儿子叫到跟前，把这几天的事情大致叙述了下，然后指着正在他家院子里出操的战士说："想不想去当兵？这样的兵我觉着能去，说不定能弄出个前程。"

太阳正头顶，白花花地照着，但没有多少温度，但宋长河说出了这几天早就盘算好的事情，浑身发热，盯着俩儿子的目光也是热乎乎的。

宋承仁摇头，宋承义点头，宋长河笑了笑道："不是跟你们商量，是一会儿就跟我下去镇里，我跟本家团长说一声，你俩就跟他好好干吧。"

宋承仁张了张嘴没说话，他知道自己这个爹说一不二。兄弟多，这么多张嘴在家里，他也知道生活有多难，自己跟老二两个壮劳力都走了，家里的负担更是要全压在爹身上。

何桂花已经摊出了不少煎饼，俩孩子坐在她身边吃着煎饼，有些不舍。宋长河送孩子当兵这事没跟老婆说，她也不多问，多年形成的习惯，这家她只管做饭穿衣，其余事情不发表意见。

看儿子们吃饱了，宋长河拿出个干净包袱，上前包着煎饼，低声跟老婆说了声："老大老二，我要送去当八路军了。"

何桂花正盘腿坐在鏊子前舀玉米面糊，手一抖，木勺子掉进盆里，溅起几点玉米面稀糊糊，掉到鏊子上滋滋响。她赶紧伸手，下意识要去热鏊上抹去这稀糊糊，宋长河抬手挡了下说："不怕烫啊？先不摊了，够了。"

刚到宋家时，何桂花八岁多就要跟着婆婆做一家人的饭，有一次也是手软掉了木勺子，抽着烟袋的婆婆伸手就把烟袋锅砸到她小脑袋上，顿时血流满面。

当时已经十二岁的宋长河正好在跟前，上前抓了一把草灰给摁上，眼看止住血。婆婆也觉着下手狠了，自己坐到鏊子前开始摊煎饼。宋长河的父亲已经骂上了："你这要人命啊，死婆娘，下手不能轻点啊……"

宋长河拉着何桂花的小手下沟里，那时候杏花正好，蜜蜂嗡嗡地飞来飞去，宋长河让她坐到小溪边，脱下褂子蘸水给她擦干净脸，还给她找了一块蜂巢，放到嘴里嚼几下甜甜的……

真快啊，一晃二十多年过去，自跟宋长河十五岁圆房，已经生了九个孩子，老五没过满月呢，老大老二这要去当兵了。也不知道说啥，脑子里乱糟糟的就这么胡乱想着，眼睁睁地看着宋长河带着俩儿子离家走，何桂花眼泪才止不住地流下来，起身上前拉着老大老二的手千嘱咐万叮咛："孩子啊，干啥不要往前冲太快啊，随大流安全。"

宋长河不耐烦地说："什么话？妇人之见。是福不是祸，是祸躲不过。当兵得有当兵的样子，我的种不能窝囊。就这样吧，走！"

提着二十多张煎饼，也没有啥行李，就是身上穿的衣服，宋长河带着俩儿子进了青山镇。这一路上，俩儿子不停地回头，何桂花站在院子边沿不停地挥手，越来越远，也越来越清晰，直到硬生生印在心里。

进了镇子，宋长河没有去薛黄芩家，而是带着俩儿子直接进了团部。解放了青山镇，他在这里进出过几次，团部很多战士都认识他，一个站岗的看到他笑了笑，不等他说话就进去汇报了。

这不就是团长说的赤胆英雄嘛！昨天团长还说找他喝两杯酒呢！二营长也说过欠他一顿饭……脱下棉袄赤裸上身点火引开敌人注意，陈排长他们才能顺利拿下岗哨，要知道当时敌人开了一枪，八路军击毙鬼子也放了一枪，鬼子还引爆了手雷，这个"声东击西"在这场战争中功不可没。

宋团长听到通报，亲自迎接到门口，宋长河也不客套，直接把俩儿子往前一推道："本家团长，我这俩儿子交给你了，识文断字，跟着你我放心。"

宋团长很是感动，紧紧地握着宋长河的手说："本家老哥啊，你是这场战争的功臣，这又送子上前线，真是民族大义！我代表咱们团欢迎！"

宋长河也激动了："我是个大老粗，不懂啥大道理，但我能感觉出咱们这支部队是老百姓的部队，跟着你走没错，有前程。"

抬眼看了看俩孩子，宋团长上前拍了拍宋承仁的肩膀道："你就给我当警卫员吧，人前你叫我团长，人后我就是你亲叔叔。"再摸摸宋承义脑袋说："你去炮兵连，那儿正缺有文化的战士，好好干，肯定有前途。"

看俩孩子被安排好了，宋长河把手里提的包袱递给宋团长。"本家团长，这是你嫂子摊的煎饼，家穷没啥好吃的，这是一点心意，你收下。"

宋团长推开不接，哈哈笑道："老乡哥啊，你是咱团的功臣，我还没给你送礼物呢，你倒是先给我拿来了煎饼。来来来，正是饭点，咱哥俩喝一杯，煎饼你得拿回去，青黄不接，鬼子又刚刚糟蹋过，粮食就是命啊。"

"来人！"宋团长喊了声，"把二营长叫过来，他欠我这老乡哥一顿酒，这顿饭扣他的津贴，哈哈哈，走，喝一杯。"

在部队的主持下，镇里成立了很多协会，那晚跟宋团长、二营长喝了个大酒，宋长河后来醉了。天亮醒来发现自己躺在自家炕上，脑袋生疼，院子里出早操的士兵已经回来，在做饭。

他缓缓摇着脑袋问何桂花："昨晚我咋地回来的？"

何桂花抹了把眼泪说："走回来的呗。儿子没回来，你跌跌撞撞地回来了！咋地，想让八抬大轿抬回来？"

宋长河下炕到瓮里舀了一瓢凉水，咕咕咚咚喝下去才觉着舒服些。他能记起宋团长开了日本罐头，肉不是肉味，粉面子不是粉面子味，但吃起来很爽口。至于酒，仨人都是用的茶缸子，也不知道喝了多少。镇里酿酒的老马从地里刨出来一小瓮，宋团长给了他仨银圆，他觉着太占便宜，就又刨出来一小瓮。

这几乎是原浆酒了，当地又是旱地高粱，一般这样的酒常人最多半斤便醉，宋团长算是个酒量大的，喝到八两也舌头大了："老乡哥，你就放心吧，我把你这俩孩子当我自己儿子。"

宋长河酒量很一般，但平时也好这口，只是日子过得太窘迫，吃都吃不饱，哪还敢喝酒，偶尔给人家打短工，东家高兴赏两口才能过过瘾。

他记得最后宋团长说让他当啥协会会长，他身醉心不醉地马上说不干，要专心伺候那些地，给老婆孩子吃饱穿暖。

宋团长说："你说这个就是觉悟不高。"

宋长河说："觉悟不懂，我只认人。"

宋团长说："你认我吗？"

宋长河说："活这么大，最认的就是你。"

宋团长说："认我就听我的。"

宋长河说："认你也不能全听你的……"

喝到几乎失忆他也很明白，青山镇藏龙卧虎的，一个"山猫"（对山里人的一种调侃，指没见过世面。山里人也嘲讽山下的村里人，称其为"地耗子"，但这就是针锋相对，搞不清楚特指什么。）当什么镇里的官，他更明白部队一直在可以，有靠山大家不说啥，部队一走肯定被找后账。

何桂花看宋长河喝了水，指指炕头。"这是送你回来的俩兵给你带的东西，好大一包，我也没打开。"

宋长河过去打开，煎饼都在，还多了七八瓶罐头和剩下的一小瓮酒。

宋长河愣了几分钟，然后揽着太阳穴，抓起俩煎饼，剩下的往里推了推说："给我剥根葱。"

何桂花放下吃饱了奶的小儿子，穿鞋下炕。"咋地把煎饼又拿回来了？"

宋长河嗯了一声，看着这堆东西，知道宋团长是感恩，估计也有让他继续当啥主席啥主任的心思。他若有所思地吃了一张煎饼，想最近不能下青山镇了。

三天后，一身戎装的大儿子二儿子回来了，还给宋长河带回了一封信。信是宋团长写的，大意是说抗日救亡，人人有责，希望他能出山，拯救万民于水火，领导青山镇的人民武装，将来再有来犯之敌，好痛击之。

很多词语他不懂，"拯救万民于水火"他更不知啥意思，俩儿子要解释，他摆摆手道："大意思我知道了，但肯定不能去。你们俩都走了，你们娘还有仨弟弟都要吃饭，革命有你俩就够了，我伺候好这些地就行了。"

看俩儿子穿着精神，帽子武装带都有模有样，何桂花很是高兴。她有些崇拜地看着宋长河，心想："我这个男人头脑一直好用，比山里人都强，想事情都比常人想得长远。只是这镇里当啥头头，肯定不行，一个泥腿子种庄稼行，当官那可不是谁都行。"何桂花知道自己男人做事稳，但认死理。

宋长河没有让俩儿子代写回信，只是请他俩转告宋团长："部队需要啥尽管说，俺砸锅卖铁也支持，这个啥武装队长啥协会长就不要勉强俺了，俺干不了，也不想干。"

部队是进入腊月后开拔的，在此期间，宋长河一次也没有去过青山镇，他安心地拉着平车给地里送肥，天寒地冻的，他硬是把一坑沤过后的农家肥都堆到了地里。

开拔前，俩儿子回来过一趟，留下两个银圆，说是部队给的。宋长河知道是宋团长的安排，也没有客气，家徒四壁，需要添置一些东西，但他不知道是俩儿子回来告别的，部队有纪律不让说。

这一次，不到两千人的青山镇，有五六十个青壮年跟着当兵走了。

一年后日本鬼子投降，宋团长的部队在附近，头先离开的有七八成的小伙子回来探过亲；四年后新中国成立，陆续有回来探亲的，但不足五分之一了；又五年，抗美援朝结束，据说青山镇当年跟八路军走的只剩下不到十人，其中包括宋承仁宋承义哥俩儿。宋承义少了个耳朵回来，转业复员到了石城县工作；宋承仁毫发无损地住了两天就又回部队了，他已经是营长了。

这次开拔静悄悄的，老百姓谁也不知道，就连自己窑洞院子住的这几个兵啥时候走的都没动静。

只是早上起来，看院子里没了扫院子的兵，而他们住过的小窑洞里干干净净。宋长河叹口气跟何桂花说："八路军估计离开镇子了。"

说起来，送儿子去当兵就不操心了，可心里还是惦记，于是他就去镇里，说是跟薛黄芩商量种麦子的事情，但发现镇里没有来来往往的兵，还是腿软了一下。

至于打仗的时候这个窑洞院子里死过人，宋长河只是猜测隐约知道，但他不怕，因为他知道那个排长娃娃也是在这里牺牲的。

在返回石梯子那边的路边沟里掩埋着五十多具日本鬼子的尸体，这个镇里只有一个人知道，但他也不敢说。这个知道的人就是薛平，就是薛黄芩堂哥那个过继来的儿子，这家伙在日本鬼子进镇子后，胆大包天地去偷日本人的临时"食堂"，被逮住揍了一顿，鬼子小队长问他知不知道翻过这山的路，他怕死就说知道。

战争开始后，他被绑着带到山里，找时机滚到一个沟里，摔断了腿。打扫战场的八路军发现了他，这家伙谎称是被抓住带路的，正好五花大绑，也就没人怀疑，便被抬回镇里。薛黄芩知道这家伙不是好东西，但医者仁心，还是让大夫给他接骨上药，捎带给了他一些粮食，让他慢慢将养。

这个春节是宋长河记忆以来比较殷实的一个年。经过"同生死"，薛黄芩更加照顾宋长河与这个家，此前的所有计划都不再提，他知道不需要了，尤其是认了宋承信为义子，"亲"上加亲，俨然已经是一家人。

进了腊月门，薛黄芩让伙计上山送了好几趟东西，基本上帮宋长河备齐了年货，还给仨孩子做了新衣服。

这对宋家来说，真是破天荒，往年包顿饺子不是没面就是没肉。至于年货，最多是一小挂鞭炮，炒点落花生。感激之余，宋长河把这些年货拿出一半送到后山，他老父亲已经八十多了，这一年又是搬家又是忙农活又是"帮忙"打仗，基本没去看，所以除了年货，还给老父亲拎去了宋团长给的小瓮烧酒。

其实分家的时候他搬出来，四哥跟爹娘一起，尽管没啥，但说的是四哥养父母，所以基本上家产都留下了。

宋长河也是兄弟五个，他最小，当年老父亲在山东老家实在是过活不下去了，就带他跟他最小的哥哥逃难过来，老家的房与地就留给了前三个儿子。那年，宋长河才十二岁。

来到这里后不久，宋长河就被送到青山镇给一户人家当长工，这家人心善，对长工们都不错，活儿也不是很重。恰好隔壁人家就是一个说书的，每天干完活儿到了晚上，宋长河就去听人家教徒弟练习，一来二去，他成了半个"专家"，原来老百姓嘴里的"说书"叫石城琴书。

青山镇这家说琴书的是家传，据说起源于元朝末年，这些年尤其红火，附近乡镇无论红白喜事，还是给小孩过满月百天，给老人过寿，都会请他们，过寿的经常要"说"七夜。

这是一种土生土长的民间说唱艺术，一架小琴、一个木鱼和一个八角鼓，音乐婉转缠绵、悦耳动听，唱腔纯正优美、高亢清亮，语言幽默风趣、故事性强，深受附近老百姓喜爱。

不管是谁家"办事"，夜晚听琴书基本都是热闹非凡，临时搭台子，几盏风灯挂上，全村人差不多都到，一场四个小时，不管是几个人说唱，基本都要讲完一个故事段子。大户人家办喜事，都会连续说唱三天，最多有九天，那就得连续说大本的故事。

当地人管红白喜事、满月过寿、建房上梁等都叫"办事"，这个字面意思也对，不管是啥大事，无非是一件件的事情叠着，分配开来逐渐办完便圆满。

这个琴书以唱为主，说唱相间。大场面的时候，说书班子人员增加到四人左右，同时增加了三弦、四胡、笛子、板胡等乐器，表演曲目多取材于传统文化，以颂扬忠孝节义为主要内容。

由于石城县靠近河南，山东逃难移民过来的也有不少，这个琴书经过反复改良，融入河南坠子的一些唱腔和演奏，表演曲目也加了齐鲁文化和中原文化。

这就是宋长河痴迷的原因，能听懂，很多故事也大致知道，尽管石城琴书的音乐语言以当地方言为蓝本，但很快也就熟悉了。

石城琴书无论是腔调的构成、旋律的进行，还是节奏的划分，都依据当地的语言习惯，演绎为语言的朗诵体。基本格式为送腔，就是七言诗，还有九字句、十字句。所有句子都分为上、下句，有两句、四句、六句、八句、十句，甚至更多的成双句子。另外，甩腔和大滑很有特点，对叙述故事、刻画人物、制造气氛等方面有着不可替代的艺术功能。

以上这些内容宋长河基本不懂，其实老百姓都不懂，班子里也是约定俗成，代代相传。宋长河如醉如痴地听了七年，直到他父亲重新开凿了两孔窑洞，把他叫回去跟何桂花圆房，自此生活压力巨大，就很难得闲听琴书了。但这七年就是他接受教育的七年，也造就了他重信义的性格。

宋长河基本不识字，但这个琴书朗朗上口，很多段子他都能背下来，有时候心情好，他就给儿子们"说"一段，尤其这两年跟三儿子经常"唱几句"，宋承礼都会几段了。

五个儿子按辈分中间字是"承"，而后面的"仁义礼智信"就是听书学来的。

这一年大年初三，他带着小儿子跟何桂花到薛黄芩家走亲戚，"黑白"桂花逗孩子，老哥俩又喝了不少酒。

薛黄芩端起杯子："亲家，你说说，你咋地就知道自己能生五个儿子？"

宋长河笑了："我不知道，但这五个愣小子就这么一个个生下来了。"

薛黄芩摇摇头："我就是奇怪，你不知道能生五个，为啥就能想起'仁义礼智信'？如果生仨，那"智信"怎么办？"

哈哈一笑，宋长河端起一杯酒道："亲家啊，你这是想不开，生到老几就叫到老几，全了就全了。我听说琴书的讲'仁义礼智信'为儒家'五常'，我不懂，但知道是好字好意思，就用了。"

薛黄芩读过私塾，后来学中医更是读了不少书。他端起一杯酒道："处处皆学问啊！亲家你听琴书都能学会这些，来敬你一杯。"

"反正喝酒就得聊天，"薛黄芩说，"你儿子的名字你还是要懂一些——

孔子最早提出'仁、义、礼'，孟子延伸为'仁、义、礼、智'，董仲舒又补充为'仁、义、礼、智、信'，这就是'五常'。"

"亲家啊，你五个儿子名字最后的字，祖祖辈辈都讲究，也是做人的根本，只是太多人做不到啊。你知道风水上要讲金木水火土，还有咱过年贴对联说的平安、健康、幸福、快乐、长寿，要么对应"五常"，要么就说能做到要求才会有福报。"

没想到这么复杂，但听着是说好。宋长河在琴书里听过孔子孟子，但知之甚少，董仲舒是个谁，他听也没听说过，于是端起一杯酒喝了，张口想问但忍住了。他想就算人家说了自己也不知道，肯定也是个大圣人。

他拿起酒壶，先给薛黄芩倒满一杯，再给自己倒上。"亲家，你说的这个太高深，我说个正事吧，我有求于你。"

薛黄芩笑了笑，说："咱们认识一年多，我觉着你不愿意欠人，好像也从来不求人，今儿个这是咋了？"

宋长河不由脸就红了，自己先把酒喝了，说："我是想求你给咱镇里说琴书的欧阳师傅说说，让老三承礼去跟他学，算是学个糊口的本事吧。"

"这是小事情。"薛黄芩提起酒壶给宋长河再倒满，"我跟欧阳师傅一直关系不错，喝完酒我就给你去说，肯定没问题，出了正月就让孩子下来拜师吧！"

宋长河闻言，赶紧端起酒杯，急急火火道："别出了正月啊，说好了，我明天就把孩子送下来。"

薛黄芩端杯跟他碰了下，说："喝酒吧，出了正月十五，让孩子再玩几天，你以前经常听琴书，也见过欧阳师傅教徒弟，很严格的，学徒的日子很苦啊。"

宋长河心里说"我儿不怕苦"，但嘴上不好再说什么，他连声道谢，接连干了三杯酒。窗外西北风呼啸，自入冬那场雪后就再没下过，干冷干冷的。

正月十六，宋承礼正式拜欧阳师傅为师，礼物是薛黄芩准备好的，宋长河已经不知道如何感激了，只能随后半夜进山，套了几只早春的野兔子，没啥肉，他就是冲着毛皮去的。一个月后，宋长河让何桂花用几张野兔子皮缝个坎肩，送给了薛黄芩。

自此，宋承礼成了石城琴书第二十八代传人。

转眼就河开燕子来，宋长河早早就开始忙地里的活儿，老大老二都去当兵了，老三在镇里学琴书，老四在家里帮何桂花看老五，他突然觉着孤独，每每忙到腰酸背痛，这个感觉就如山压下来。

这一年只下了两场雨，稀稀拉拉就是地皮湿。宋长河没日没夜地在地里忙活，但到秋天看着半人高的玉米秆上几个豆荚大小的玉米，一点儿办法也没有。

好在头年有些余粮，只是连吃带运到镇上给薛黄芩，还变卖了一些，再加上日本鬼子糟蹋掉了一部分，过完年没多久就又开始捉襟见肘。

可是生活不许你孤独，很多事情要面对，宋长河都愁出了白发。头年冬天就没下雪，到立夏节气了，更是滴雨未降，山脚下本来需要一大步才能迈过的河流，萎缩成时断时续的一小股。宋长河挖了个蓄水坑，不算多大，流一天一夜只能积蓄了个底底。窑洞后面的泉水也不是天天冒水，只能勉强够家用。后山的存粮除了种子，其余都搬过来，家里只能勉强糊口，何桂花也是看着面袋子做饭，并且又开始加野菜。

大豆是一担担水挑上来种的，但活了不到六成，这可是比较耐旱的农作物。眼看着种玉米的节气要过，宋长河着急得嗓子冒烟，如果不下一场透雨，就是种下去也会很快干巴，可这天上连块黑云都没见过，每天都是白云一团团来回晃动。天瓦蓝瓦蓝的，让人生厌。

薛黄芩有个上午骑马到山里，擦着汗坐下喝了口水。"这老天爷是怎么了，一直也不下雨，我看镇里的地都难下种，咱这坡地肯定更没招吧。"

宋长河倒一碗水，指着窑洞后的那个泉眼，叹口气说："可不是，自打我十多岁来这里，路旁边的小河就没断过流，这再不下雨，肯定就干了，人畜吃水都是问题。"

薛黄芩点头说："是个旱年景，这条小河跟你老院子下面那条连着呢？"

宋长河伸手捡起个树枝在地上画了图，说："亲家，你看这山走势，老院子这边的沟底比咱这边都高，那条小河的水往前就不见了，肯定是渗到石头缝里。水往低处流，这不只能往咱这个院子这边嘛。"

薛黄芩抬头往石梯子那边看了看，说："有道理，我看今年这地种了也白种，浪费种子，要不这样吧，最近咱药材铺子里事情多，你下去帮我弄弄铺子，我给你开工钱，买粮肯定也够家里吃。"

宋长河知道这是亲家照应他，本想随口就果断拒绝，只是顾忌薛黄芩面子就委婉地说："我要是下去了，这地真就荒废了。"

薛黄芩说："放心吧，知道你放不下这地，所以我给联系了一批核桃树苗、苹果树苗，等下雨后，在太边缘的地块咱都种上，这玩意儿可是长久之计呢。至于好地块，捎带着看啥能种就种，不能种，来年再说，或者到后半年咱都种小麦——不可能一年都不下一滴雨吧。

核桃树太熟悉了，在那边老院子就有五棵，只是年年打下核桃一颗也舍不得吃，都挑到山下村子里换粮食换旧衣服了。至于苹果树，这可是稀罕物，活了这么多年也没吃过几次苹果，老院子里倒是有棵苹果树，年年花开满树，但到了秋天，总是成不了几个果，等孩子们满怀希望摘下来，也就核桃般大小，不是虫蛀就是偏头的歪裂模样。

这应该是个好事，最主要这地本来就是薛家的，宋长河没有犹豫就说好。"咱这高处的梯田，石头多、土少沙多，种啥也是种一葫芦打一瓢，种上核桃树、苹果树，一劳永逸——我把山下蓄水池再挖大些，多储存些水，种树估计够用了。"

"再说这老天爷不会真让咱老百姓饿死吧，估计雨快来了。"宋长河扔掉手里的木棍，"亲家，你说是不是这山里打仗，惊着了山神？明天我去镇里庙里拜拜吧？"

薛黄芩笑了笑，说："拜拜也好，只是咱镇里的庙里这些年没和尚，基本荒废了。"

宋长河说："心诚则灵，我找时间下去。至于帮工药铺，这个事情再说吧，就算是种树也得先挖树坑。"

俩人聊天时，何桂花就准备摊煎饼，这是这个家当下最好的食物了。很快就摊下叠好一摞子，薛黄芩看着小脚的何桂花端过来，赶紧伸手拿起一张煎饼，咬一口对何桂花说："亲家母啊，我把你家承信带到镇里去住吧，这孩子聪慧，明后年就给他上学。"

他把这个"你家"咬得很重，但何桂花闻言怔了下，随即就看宋长河。宋长河点点头："这是好事。亲家你费心了。"

何桂花只好跟着说："亲家你费心了。我帮他收拾东西吧。"

薛黄芩说："不用收拾了，镇里啥都有，去了添置就是了。我家那桂花天天念叨这个干儿子。"

这是真的，还有个事情没说，就是那个薛平，因为腿骨摔得粉碎恢复不好，每天瘸着去药铺觍着脸要吃要喝。打不得骂不得，薛黄芩便又想起当年说的过继。仪式不用搞，孩子住到家里啥都说明了，但他仍旧不想跟宋长河明说。这个人做人刚烈，当时八路军让他去镇里当民兵队长，居然连山都不下。如果他知道这个事情，肯定会说薛家这一份家产不能要，所以就不说，只说孩子读书认字。

"其实，"薛黄芩笑了笑，"不管你家我家，咱们是一家。"

孩子两岁多，还不是很懂，只是离开娘想哭，被薛黄芩举起来放到马上，便新奇地笑了。薛黄芩扶着孩子说："走，干爹带你去镇里。"临行回头说："你们想孩子了，随时下来镇里，药铺旁边有个院子空着，我已经让伙计收拾出来了，房子里啥都现成，来就能住。"

宋长河摆手，何桂花点头，吃住在镇里，就为看孩子，这夫妻俩谁都做不到。只是这么小孩子就离家，两口子还是难过了好几天。

扛着镢头铁锹，手上的血泡变成老茧，几百个树坑总算挖好，镇里的庙里没来得及去呢，一场大雨就下在立夏当天。

电闪雷鸣，倾盆如注，宋长河站在窑洞口，看着层层梯田在雨中深深地吮吸，远远能看到提前挖好的树坑很快积水。

再往远看，青山镇在雨中朦朦胧胧，他脑子里一直琢磨薛黄芩说给药铺旁院子的事情，突然觉着带五儿子去镇里住，薛黄芩肯定打什么算盘，肯定是好事，但隐瞒了什么呢?

他扭头看老婆正盘腿坐在炕上缝补衣服，四儿子承智在她旁边"抓拐"，小脑袋随着沙包上下来回晃动，小手有些匆忙地抓着那几个已经磨光的羊膝盖骨。

再难的生活也有祥和，宋长河返身回窑里，从炕头拿过烟袋锅装满，提过一个凳子又坐在窑洞口。看雨势渐缓，他心里念叨了一句：足够了。

第 5 章

赠房

这个中药铺坐落在青山镇靠北的位置，薛家几代人经营，已经形成前铺后院的大格局。薛黄芩头脑灵光，人也厚道，又把左右两个院落买了下来，左边院落一半做库房，一半给请来的坐堂医生住，而右边的院落一直空着。

他跟宋长河说这个院子他付过定金了，但一直没有签买卖契约。"你就摁上个手印，余款我付。这院子算我给干儿子承信留的，也省去很多麻烦。"

那个立夏，那个雨天，宋长河就是琢磨这个事情，当时薛黄芩只说住，他的回答都是"这可不行"，现在突然说送，他具体不知道这么一个四合院值多少钱，但对于他这样的人家来说，肯定是能把人吓傻的价格。

关键这是白送，绝对不行，宋长河脑袋摇得像拨浪鼓："不行，不行，干儿子是干的，没过继没改姓，没这么给房子的。"

薛黄芩猜到是这回答，上前拍了拍他肩膀，道："这事情就么定了。"

宋长河搓搓手，往回退两步，道："我不摁这个手印，亲家，这可不是小事。"

薛黄芩看着自己这个亲家，心里更加的钦佩，他对宋长河的评价就是"大丈夫"。这个人穷得有志气，真正能做到"富贵不能淫，贫贱不能移，威武不能屈"。最先喜欢他也许就是那不多的黄芩药材，但后来通过一件一件事印证，尤其是拒绝宋团长下来镇里任职，那可不是一般人可以做出来的。

"要不这样吧，这房子我先替你付钱，你慢慢还。"知道急不得，一下子说不通，薛黄芩顿了顿说，"我没了子嗣，年纪也逐渐大了，你来帮我经营这药铺，分红我每年扣除一部分，就当还账如何？"

这个上午薛黄芩捎信让宋长河下来到镇里，本就是说拉树苗种树的事情，又突然说到房子，宋长河没准备，但知道这个事情不能再一口拒绝，他也知道薛黄芩是走一步看三步的人，尤其好脸面，所以委婉地说要回去跟老婆商量下。这明显是继续推辞，在当地，妇女有客人来吃饭都不会上桌，家里的大事情一概是男人说了算，尤其是宋家。

薛黄芩没有再说啥，随后留宋长河吃了午饭，说好等核桃树苗子、苹果树苗种上后，宋长河就下来到他药铺帮忙。

饭后烈日当空，宋长河没再歇息，拉着一车树苗子往回走，路上反复想这个事情，结论是不能要，再好的东家没有这么给房子的！那么给小儿子改姓？薛黄芩说过他命硬克子，自己也实在舍不得啊……

回到家没跟老婆提这事，也不再想，这事就当没听过。

雨后天放晴，晾晒了几天，宋长河用两天时间，起早贪黑把这几百棵指头粗细的树苗子都种到地里，祖辈务农，他知道这个时令种树有些晚了，真有些忐忑不知能成活多少。

薛黄芩没说怎么种，只说高处几块平点的地种苹果树，坡地两边见缝插针种核桃，因为核桃树成材挂果时间长，院子周围种上不用管，对此，薛黄芩就俩字：由你。

其实这些个树苗弄回来，种成个啥薛黄芩就没在意，他就是想让宋长河逐渐下到镇里管理药铺，这地本就是撂荒多年，其实打多少粮食无所谓，药铺的收入很丰厚。但对于宋长河来说，地就是命，所以他很珍惜，稍微好点的平地他都舍不得种树，核桃、苹果那玩意儿又不顶饱，最主要的是树长起来，地就被拔得没劲了，根本没法再种庄稼。

实在舍不得糟蹋地，有几十棵小指头粗细的核桃树苗就栽到窑洞院子门口两边了，顺着路两边种了有半里多。

只是这雨来得太迟，过了节令，但地不能荒，他还是想办法稀疏苗距行距，种下了高粱、土豆等，半个月后，这才按约定去了镇里。

等他到了中药铺说了今年地里的情况，薛黄芩笑着说："无所谓，树苗呢，能活多少算多少，不行明年清明前后补种就是了。至于庄稼，我看今年就这样，能收多少是多少，大不了咱们买粮。"

到现在，宋长河已经明白这是薛黄芩在断他的"后路"，反正这些坡地一半多种了树苗，没了那么忙肯定不能闲着，这镇里药铺不来也得来，让他忐忑的是，自己不识几个字，也不会算账，来药铺能干什么。

"干什么？"薛黄芩说，"这里我是老板，你就是二老板，基本不用干啥具体的，盯着咱们的铺子就行。"

宋长河说："这可不行，那岂不成了混日子吃闲饭的！"

薛黄芩不再藏着掖着，开诚布公道："可不能这么说，你在这里帮我盯着，我就省心。再者，当下兵荒马乱，咱家老大老二不是都在部队吗，你在，就没人敢欺负咱。"

有些明白了，说不好听这是借势，这也没啥，但当二掌柜肯定不行。宋长河反复盘算，一袋烟工夫，总算张开了口："亲家，我还是回山里去。栽上树了，地里可以套种一些粮食蔬菜，这个药材铺我真不能插手，实在不懂，也实在不能。"

不等薛黄芩再说，宋长河已经往外走，后院白桂花逗得孩子咯咯笑。他又站住说："亲家，不是驳面子，只是前山这窑洞我住下已经感恩之至，再加上咱们走这么近了，有事你捎个信，我马上下来。"

薛黄芩跟到门口，没有生拉硬拽，他看着宋长河走远，苦笑着念叨一句："等生米煮成熟饭再说吧。"

回到家时，天还没黑，宋长河扛起个锄头就下了地。他老婆有些纳闷，到晚上问他："不是说去给亲家弄药铺吗？为啥回来了？"

宋长河扑打着身上的土，说："咱不能蹬鼻子上脸，我原想给他看看库房，晾晒晾晒药材，这是出力的活，但亲家说让我当二掌柜。"

何桂花问："啥叫二掌柜？是不是甩手掌柜？

宋长河笑着说："差不多吧，所以我就回来了，庄稼人就干点庄稼人该干的，这样踏实，也才不会被人看不起。"

这一年，旱了一个春天，又涝了一个夏天，雨是三天两头下，地里的草疯长，宋长河天天在地里除草，那些晚了节令的庄稼倒是郁郁葱葱，看来秋天还是有收成。

还有那些树苗子，在雨水的滋润下，大多都冒出新芽；他在这些果树地里种了南瓜、红薯、土豆，还种了些山豆角、长丝瓜。

眼看着就要进入秋天，那些没种树的地里，玉米的天花出来了，高粱也开始出穗，宋长河欣慰地给何桂花说："人勤地不懒，这错了节气照样能长庄稼。"

何桂花点头，指着院子里那几棵越发茂密的黄芩说："这雨水多了，啥都长得快。"

宋长河说："我早就琢磨这个院子，亲家名字叫薛黄芩，所以这院子里种黄芩，咱也不种其他的了，明年春天我去山里挖些野黄芩根，咱种一院子，亲家上来看到也高兴。"

入秋后，雨水依然丰足，于是地里各种蔬菜丰收，山豆角都长一人多长，南瓜更是滚满了地，土豆红薯都挣破了地……

处暑过后的一个早晨，宋长河去地里弄了一车蔬菜给薛黄芩送，但薛黄芩在半路截住了他："亲家，大喜啊大喜。"

宋长河愣了下："亲家你这是咋了，什么大喜？你要去哪儿？"

"我要去你家啊。"薛黄芩气喘吁吁道，"日本人宣布投降了！"

宋长河放下平车，浑身发抖，不由得就攥了下拳头。"狗日的，天杀的……"

"走走走，咱哥俩得喝两杯。"

宋长河弯腰去拉平车，薛黄芩一把拉住他，说："扔下扔下，不打紧不打紧，走，亲家啊，喝酒去喽！"

"不能扔，"宋长河还是拉起平车，"这菜新鲜，咱正好弄着吃啊！"他边走边说："这打走了日本狗，我老大老二也出力了……"

薛黄芩说："就是，就是。"随即就举起拳头喊了几声："打倒日本帝国主义！"

一声比一声大，到最后声嘶力竭，完全没了药铺东家的矜持，宋长河拉着平车，不觉间就流下热泪。

这一天是一九四五年八月十五日，中国传统七月初七牛郎织女见面日的第二天。

青山镇开始有人放鞭炮，鬼子虽在这里驻扎了没几天，却做下不少伤天害理的事情。薛黄芩药铺隔壁杂货铺的姑娘，刚十五岁，就被狗日的鬼子拉走，等宋团长带着八路军打过来，才在日本临时据点找到，已经被糟蹋得奄奄一息，后来还是没救过来。

老哥俩儿都喝醉了，薛黄芩拉着宋长河，二人跟跟跄跄的。"亲家，走，咱俩去看看老三承礼，再让欧阳师傅给咱们唱一段琴书。"

出了药铺，已经是半下午，青山镇街上熙熙攘攘，不远处的戏台，更是人声鼎沸。原来欧阳师傅已经跟徒弟们过去了，天擦黑就要唱琴书，免费说唱，就为抗战胜利。

戏台上挂满了马灯，都是镇上各家拿来的，薛黄芩拉着宋长河来到跟前，回头看有个伙计提着板凳跟着，伸手接过长板凳，吩咐道："回去提十斤煤油过来，给这些灯都添满油。然后就关了铺子，让郎中与伙计们都过来听琴书。"

伙计答应着跑回去，薛黄芩笑着放下板凳，拉着宋长河坐下。宋长河还从来没坐这么靠前，这都是镇上有头有脸的位置，他向来都是在后面找个地方席地而坐，拼命仰着头。宋长河说："亲家你坐这里，我到后面……"

薛黄芩一把拉着宋长河坐下，酒后的他非常自豪："你家老大老二俩儿子都是八路军，你这个爹就配坐这里！从今往后，你在镇里都配坐这前头！"

没办法，虽然很是不自在，宋长河只好坐下，但那种自豪感比薛黄芩更强烈，老话说"子荣父贵"，那就是这个时刻。

这个晚上，欧阳家的琴书班子唱了整整一夜，薛黄芩跟宋长河就听了一夜。才学了不长时间的宋承礼居然登台说唱了一段，这小子天分不错，又能吃苦，欧阳师傅很喜欢他，天天亲自指导。

宋承礼的说唱尽管稚嫩，但有板有眼，宋长河努力让自己平静，但三小子说唱完自己的段子，鞠躬下台博得掌声叫好声不断，让他不由得热泪盈眶。

大家说到天亮，也都累了，为了给薛黄芩面子，欧阳师傅带宋承礼上场压轴，说唱的就是"朱元璋收复燕云十六州"，这是欧阳师傅自己最近改编出来的，最后说到四百年耻辱一年收复，全场掌声雷动。

宋长河知道，这一段肯定以欧阳师傅为主，承礼就是打下手，但这可是压轴，说明欧阳师傅看重这个徒弟，他激动之余就决定，拉一车菜下来送欧阳师傅家去。

天亮了，薛黄芩与宋长河几乎不动窝地听了一夜，戏台前很多小孩子席地而睡，大人们都在板凳上揉着发麻的腰杆，欧阳师傅带宋承礼说唱完鞠躬，全体起立再次鼓掌。前排镇上有头有脸的人物都上前跟欧阳师傅寒暄，要欧阳师傅带徒弟们去家里吃个饭。

欧阳师傅一一笑着作揖："谢谢，谢谢您了！这个饭我们昨个晚上开场前早就定了，要去薛老板家叨扰一顿。"

薛黄芩也对几个镇里人物作揖："各位若不嫌弃，一起去我的药铺后院，大家陪欧阳师傅喝一杯如何？"

众人纷纷说回去收拾下就去。"我带酒"，"我有刚弄好的猪头肉"……

宋长河跟在薛黄芩后面，闻言愣了下，低声对薛黄芩说："你在这里支应一下，我现在回药铺跟他们一起准备。"

薛黄芩笑了笑，低声说："放心吧，后半夜我已经安排了，估计这会儿白馍馍都蒸熟了。你昨天拉来的一车菜正好派上用场。走，咱回家去。"

宋长河提着长板凳，薛黄芩捶着腰，老哥俩一点儿困意没有。进了药铺，果然见后院几个伙计都在忙碌，欧阳师傅带了十多个徒弟，一多半是正长个子的半大小子。薛黄芩笑着吩咐道："啥都多做点啊，这帮小子能吃一头牛"。

院子里摆放了五个大方桌，饭菜基本都准备好了，宋长河看自己没啥干的，就对薛黄芩说要回去。薛黄芩愣了下，说："不急在一时，吃过饭再走。"

"这一夜没回去，老婆会着急。再者，欧阳师傅是带徒弟来吃饭的，我怕我在这儿，承礼会觉着别扭，别再翘尾巴，这会影响他以后学艺。"

这是一方面，薛黄芩知道宋长河是怕他做难，坐上桌肯定不妥，坐下桌也不对，不由得竖起大拇指："在这个识大体上，我终究是不如你。"

他喊过伙计给宋长河装了十多个白馍馍，不由分说就挂到了平车上。宋长河也没多礼让，因为欧阳师傅带徒弟们很快要来，于是道别就拉上平车往回走。

正午时分，又累又困的宋长河回到家。何桂花正着急，看到他拉着平车到了山脚下，随即就弄了一锅菜糊糊，昨晚摊的煎饼还有，又去院子边拔了几颗羊角葱，剥好洗了洗。

从车上取下包袱递给老婆，宋长河舀了一瓢凉水咕咚咕咚喝下去，喘口气开口说："日本鬼子投降了！"

何桂花正打开包袱看是啥，随口接道："啥投降？"

宋长河把水瓢挂在水瓮沿上，说："就是日本鬼子被咱儿子的部队打败了！"

啊，一失手，包袱掉在地上，这个窑洞从没见过的白馍馍滚出来，四散开来，何桂花眼泪横流："是咱儿子把他们打出去的吧？"

虽然没见过日本鬼子，但五儿子出生就是因为日本鬼子来，躲回老院子担惊受怕，差点儿没下来奶。在她心里，日本鬼子就是鬼怪，张牙舞爪吃人不吐骨头。

宋长河没有生气，蹲下捡起一个白馍馍吹了吹土，咬一口，很香甜地咀嚼着，再捡起来一个递给老婆，一脸的自豪，含含糊糊道："肯定有咱儿的功劳！"

"那……那咱儿子都好着的吧？"接过馒头，何桂花踮着小脚问完这句话，眼睛却看着山下，目光里全是期待。

宋长河愣了下，脸上表情不变，又咬了一口馍。"什么话，部队不是咱家，有纪律，想回就回啊？去喊小四回来吃饭，是不是割草去了？"

是死是活？缺胳膊少腿没？从昨天薛黄芩半路截住他开始，他心里想的也是俩儿子，想得抓心挠肺，只是没处问没处打听。

他想起第一次见"本家团长"，人家反复说的就是纪律，部队在镇里秋毫不犯，走的时候都是静悄悄的，所以俩儿子肯定不能跑回来报平安。他只能安慰自己：宋团长带出来的兵都是个顶个的好汉，也都是听话守规矩的兵。

也就是去拉树苗的时候，薛黄芩顺带送了两只小羊，宋承智喜欢得不得了，每天都是早早去割草回来喂羊，兄弟五个就剩下他在家，确实一下子就孤独起来。

宋长河看擦着眼泪的何桂花去沟边喊孩子，就回到窑洞，伸伸胳膊蹬蹬腿，困意上来，倒在炕上，很快就睡着了。

梦里全是白茫茫的雪，他好似又趴在了崖顶上，反复琢磨腰间的绳子捆到哪棵树上结实，身后密密麻麻全是戴军帽的八路军战士，他把脖子扭得生疼生疼，也没辨别出哪个是自己的儿子。正想伸手揉脖子，不知从哪儿过来一个人，伸出一个巴掌拍向自己脑袋，他下意识地想躲却又躲不开，耳边响起一声叫："亲家，醒醒。"

宋长河一激灵坐了起来，只见薛黄芩一脸是汗，气喘吁吁，手里捏着一张纸，结结巴巴道："孩子的信，孩子的信……老大承仁的信。"

宋长河揉揉眼睛，第一反应是孩子出啥事情了，老大写的，那是老二出了啥状况？再看薛黄芩紧张而兴奋的样子，凭借这两年的相处，他猜大概不是孩子。那是日本鬼子又打进来了？

正在这时，薛黄芩骑上来的马挣开了缰绳，打着响鼻把脑袋伸进了窑洞。阳光正斜射在窑洞口，一个马头影子逐渐拉长。宋长河反而不再看薛黄芩手里捏的那张纸——自己不识字，肯定是有事，要不薛黄芩不会这么着急，但不管是啥事，得先稳住。

他冲薛黄芩笑了下，下地趿拉上鞋，到窑门口弯腰伸手捡起马缰绳，非常沉稳地回头道："亲家，咱到院子里坐。"

宋长河睡了两个时辰，何桂花与承智吃过饭，娘儿俩去后沟捡柴去了，院子里静悄悄的。他把马儿牵到崖边的老榆树跟前，拴牢了缰绳，强忍着内心的猜测与不安，又从马鞍子旁边解下薛黄芩的烟袋锅与烟袋，这才不急不缓地走回窑洞口。

估计受宋长河感染，薛黄芩已经坐在一块石头上，气也不那么喘了。

中间一个废了的磨盘，四周高高低低有几块相对光滑的石头，这是宋长河一家人吃饭的地方。宋长河走到跟前坐下，拿起薛黄芩的烟袋锅，装满烟丝递过去问："亲家，信里说啥？"

两天一夜几乎没合眼，薛黄芩没有接烟袋锅，微微叹口气："你先抽，我给你念信，这信其实是给我写的。"说完没动那张纸，接着又说："承仁原话说这封信是冒着风险的，是违反纪律的，但念及薛伯伯对宋家的恩情，所以硬着头皮写了。"

宋长河听了这几句稍微松了一口气，心里念叨第一句是孩子没事，第二句有些疑惑："薛黄芩咋了？"

说没咋也没咋，说咋了就真咋了，薛黄芩开始念信："薛伯伯，日本鬼子投降后，我们的根据地将很快进行土地革命，也就是说我们要打土豪均贫富，青山镇估计过两天就要开始。据我了解，你在镇里并没有多少土地，加上我父亲耕种的梯田算不上什么地主，但你的房屋是超过标准的，如果到时候普查戴上地主剥削阶级的帽子，恐怕遗患无穷。望伯伯接信尽早打算。"

宋长河点着烟袋锅抽了两口，这段话大致明白，插嘴问了句："啥叫遗患无穷？"

薛黄芩苦笑一声："就是倒霉事情会没完没了。"

"不至于吧？"宋长河马上接话，"你是个好人、善人，又是开药铺救人，不至于！再说了，房子是你辛苦赚来的，没偷没抢，怕啥？"

薛黄芩摆摆手道："亲家你不懂这个，我听说过，这也不是一年两年了，咱这里偏僻，一直没有这么干罢了。"

说到这里，他低声说："你明白我为何往你的后山洞里藏东西了吧？这是后路啊。你明白我为何让你帮我经营药铺，当二掌柜就算是合作了；你明白我为何让你下去镇里住了吧，房子给承信就算早做的打算啊。"

这些基本明白，但这跟"遗患无穷"有啥关系没明白。烟丝估计装瓷实了，宋长河努力抽了两口就抽不动了，他把烟袋锅在屁股下的石头上磕打了几下："亲家，你接着念。"

薛黄芩伸手要烟袋锅："不念了。就这些。对了，还有一句，说他哥俩都好，让带话给你们让放心。"

对宋长河来说，这才是最重要的信息，但薛黄芩只是一句带过，宋长河这才明白，大儿子写这封信真是主要为薛黄芩。

其实信上面还有三行字："阅后即焚，切切。另，最好不要告知我爹娘，他们也没个主意，让他们安心过日子就好。烦请辛苦带口信给我爹娘，告知我与二弟均好。"

真没主意，宋长河挠挠头问："亲家，那你怎么打算？"

薛黄芩把这页信折成一条，擦根火柴点着伸到烟嘴跟前，深深地吸两口，那长纸条迅速燃烧过半。他看着火继续往下，觉着烟袋似乎没着，就伸手把烟袋锅子对到那条"纸火"上，又猛猛一大口，烟丝溅着火星开始发出暗火，轻烟袅袅。

"为啥烧了信纸？"宋长河马上明白事关重大，不能给人留下把柄。

"我的打算，"薛黄芩抽口烟深深地吸到肚子里，眨巴了两三下眼睛才吐出来淡淡的烟，"分离左右房，缩小经营规模，不再看病，只买卖中药材，够养活一家人就好。"

宋长河没听懂啥叫"分离左右房"，其余听了个大概，他没有插嘴，因为薛黄芩并没有说到重点，或者说是与他有关的重点。一夜未眠，大早上又陪着赵家班子吃饭，估计就是吃饭时间接到的信，便马不停蹄地赶来了，看他两眼通红、心急火燎的，如果就是缩小经营规模，不值得急巴巴跑这里来，肯定是跟自己有关，宋长河也大致猜出还是"白送"房子。

他没有猜错，薛黄芩抽完这袋烟就说了："上次我说的房子的事情，跟眼下的情况不谋而合，你摁手印吧。"

看宋长河皱眉头还要拒绝，薛黄芩急了，用手指点着石磨上的信纸燃烧后的灰烬，左右看了看低声说："你咋这么糊涂，承仁写这信是犯了错误的，违反了纪律，往大了说是提着脑袋给我通风报信。"

宋长河吓了一大跳，马上站起来道："不至于吧。"

"你不要这么大声，"薛黄芩摆摆手，"坐下说话。信上的字句是表面的东西，背后的意思你不明白。"

宋长河弯腰伸手把那信纸燃烧的灰烬抓碎，然后吹口气，看着都散落到地上才坐下。

薛黄芩叹口气，伸手搓了搓脸说："世事要变，承仁说这个'均贫富'，我想可不是一句话，值钱的东西日本鬼子来之前咱俩就藏了，那么现在就是三个院子，我就两口人，肯定会被'均'，与其给了别人，不如给了你。再者，只有这样才能避免遗患无穷。"

总算全部都听明白了，但这样凭空得到人家一个庭院，仍然觉着不可以。他最不爱听"马无夜草不肥，人无横财不富"之类的话，尤其是恩人家赠与，这院子不是刮风刮来的，也是一砖一瓦积攒来的。

左右想还是不能要，宋长河知道薛黄芩不喝冷水，没接这个话茬："亲家，我给你烧点开水，这个事情从长计议。"

"从长个屁，"薛黄芩腾地站起来，"你脑袋进了土了吧，这跟上次说的不是一回事，这次你接了我这院子是救我！再说我是给我干儿子的，他没成人，你这当爹的帮他摁下手印，你怎么这样顽冥不化？"

第一次听到薛黄芩讲脏话，宋长河不懂"顽冥不化"，也不问具体啥意思，但很快就恢复平静："房子你给了你远房亲戚或者亲家母的家人吧。"说完这话就自顾自进了窑洞，舀出水到半窑倒进土灶上的锅里，然后抱过柴火，弯腰抓了一把碎柴火引着，再拿过两根粗的棍子嘎巴一声折断，塞进土灶里。

薛黄芩哭笑不得，又是钦佩又是生气，索性不再理会宋长河。他确实口渴了，随即站起来走到马跟前，从马鞍子旁边的袋子里掏出一饼茶，再走到土灶跟前。"把这个切一块熬进去。"

宋长河抬头看了眼，黑乎乎的一块，好像是发霉的树叶子团起来，又用小的土坯模具砸结实，方方正正一块，有些树叶的叶柄还上扬着。他伸手接过去，很是稀奇："这是……"

"这是茶，"薛黄芩返回到磨盘前坐下，"古话说，老百姓开门七件事'柴米油盐姜醋茶'，就是那个茶。"看宋长河更加糊涂，他笑了笑："书里说普通老百姓就是为这七件事活，每天早上起来就开始了。我觉着这是说南方，咱们这里很少能喝到茶。"

薛黄芩捶捶腿，接着说："这是一个跑中草药的朋友给的，茶叶压制的茶饼，看成色不错，尝尝吧。提神醒脑，舒心解乏。"

宋长河拿着茶饼进窑洞，又探出头："亲家，切多少？"

薛黄芩掏烟丝装烟袋锅。"可多可少，多了苦少了寡，适中。嗯，你弄核桃那么大两块就差不多了。剩下的你放到干燥处，慢慢喝吧，我还有，要能喝惯，下次上来再给你带几块。"

宋长河没敢使劲，拿菜刀剁了下，茶饼连个刀印都没留下，他拿起茶饼翻来覆去看了一圈，觉着侧面容易弄开，就把茶饼竖起来，再剁，果然劈下来两块。他拿出来扔到锅里，这两块茶叶冒着褐色摇摇摆摆沉了下去，已经冒泡的水从这块茶开始，很快闻到了一股清香。待水沸腾，那两块茶叶散成了一片一片的叶子，上下翻滚在锅里。

宋长河拿出两个碗洗干净，抽出还在烧的木柴摁进土灶前的灰里，再拿水瓢小心地荡开茶叶，舀了两碗端到石磨上。

看宋长河再次坐下，薛黄芩心平气和地开了口："亲家，首先我没有亲戚，属于三代单传，爷爷辈上先是没孩子，过继了个儿子，后来才又生了我爷爷，那个过继的爷爷生了我堂哥，就是那个二流子薛平他继父，这不也死了嘛。"

说得嘴巴发干，薛黄芩端起碗吹了吹喝一小口，说："你可能不知道，我们族上不是本地人，是我爷爷辈才迁过来的，左右没亲没故。你嫂子也没有家人，她……她本来是我养在石城的小老婆，当时就想着多生几个孩子，但看来不是女人的问题，唉……"

没想到薛黄芩突然说起过往，尽管来来去去相交甚密，但这是第一次。宋长河不知道怎么接话，只能掩饰地盯着那碗茶看。

放下茶碗，薛黄芩又拿出烟袋掏烟丝道："常言说，行善积德独一个，杀人放火儿女多，我明白自己身体，也信命了，这辈子注定孤独，这个求不来的。"

宋长河忍不住开了口："杀人放火儿女多？"

"这是生死轮回，民间传说、佛家说的因果报应。"薛黄芩觉着自己有些口无遮拦，宋长河五个儿子齐刷刷，可又不知怎么解释这句话，只好含糊，赶紧转折，直接说重点，"房子给了你，你不会乱说，肯定会保护我。最主要的是你俩儿子在部队，没人敢对你咋样，这样就间接保护了我。而且，承信本就是要过继给我，是我怕命硬没让他改姓，义子就是亲儿子，只要有感情，姓啥也会给我养老送终。"

宋长河端起碗吸溜着喝一口，确实味道不错，山里泉水本就清冽，煮茶更是有股子清香，再无"退路"，人家话都说到这分上了，只好勉强说："那好吧，我慢慢给你还房钱。"

薛黄芩赶紧摆手，又想骂娘，强忍着说："我说亲家啊，你是真不明白，还是揣着明白装糊涂？我要你的房钱，跟我有房不一样吗？"

"不一样。"宋长河再喝一口茶，很享受这口热茶从嘴里吞咽到肚子里的感觉，"我不傻，明白你的处境，也知道你的意思。我慢慢还钱，这事就咱俩知道，老婆孩子都不说。"

"只是我这光景，还钱得慢慢来。"宋长河说，"我之所以敢答应，是因为老大老二应该很快能给我些钱，肯定能还上。"

薛黄芩是真服了，这个宋长河是条真汉子，品质如高山般巍峨，又如清风般坦荡干净。

不再说了，薛黄芩从兜里掏出两张字据，再掏出一张红纸，随即倒点茶水弄湿。"行，依你，这是房契与交易合同，摁手印吧，这日期是去年的，我故意写的。"

是有备而来，宋长河仍旧有些犹豫："你再念念这合同，我听下内容再摁。"薛黄芩指着半山腰道："太长了，意思肯定是你的意思，亲家母与承智就要回来了，这事就咱俩知道。

宋长河抬头看，老婆背着一捆柴，四儿子牵着两只羊已经到了窑洞院子下面。

一式两份，宋长河摁好手印总觉着不踏实，倒不是怕薛黄芩害他，而是怕薛黄芩白白给予，自己无法还这个恩情。

确实如此。

半个月后，部队再次进驻青山镇时，宋团长已经是宋旅长了，他开始主持整个石城县的土地改革。青山镇上，由于薛黄芩名下只有一个院子及药铺，再加上在抗日战争时期对八路军有过重大贡献，只是给他定了个上中农。

宋承仁已经是警卫连副连长，镇里忙了几天才骑着马回了趟山里，宋长河一如既往不参与这些运动，反正就是一个山里农民，本分种地纳粮就好。宋承仁委婉地批评了自己的爹，说这是劳动人民翻身做了主人，要积极参与，尽义务帮人民子弟兵尽快解放全中国。

看儿子回来，宋长河本来熬好了茶准备好好跟儿子唠唠，闻言不由就想发火，但见宋承仁还带着俩兵，就只说："我一会儿就去弄一平车菜送到镇上军营，本家团长好久没见了。"说完站起来要去舀热茶。何桂花早已给端了出来，于是就不再跟儿子多说话，招呼跟着的俩士兵喝茶。

"本家团长"到镇里的消息早就听说了，薛黄芩派伙计捎的信，知道大儿子回来了，只是左盼右盼。镇里到山里这窑洞院走着也没多远，就是不见回来。

何桂花急得想去镇里看儿子，宋长河马上制止道："他不回来看你，你就不要去看他。"

好不容易回来了，可是进门没说几句话就开始教训，宋长河心里哼了一声："翅膀硬了我也是爹，你也是儿。"

看着老婆忙来忙去做吃弄喝，宋长河忍着气把宋承仁悄悄拉到断崖下面，然后把那房契拿出来让儿子看。宋承仁看了一遍说："银货两讫，买卖成交，这房契也都是你的名字，不是五弟承信。"

宋长河没有再说话，把房契拿回来装好，暗自叹口气道："我猜大概就是这样。"

宋承仁说："我见过薛伯伯了，他的成分也划定成上中农了，因为为抗日做过贡献，救助过八路军战士，所以家里的财产没有清算，反正都是治病救人的药。"

宋长河松了一口气，知道薛黄芩不会遗患无穷了，但这个房子……他叹口气，不想跟大儿子多说，就摆手道："去吃煎饼吧，你娘一天叨叨你十多遍，多吃点她就高兴了。"

宋长河没有猜到，薛黄芩这左边的房子拱手送给了他，右边的房子也把房契户主改成了"义子宋承信"，这个根本连招呼都没给打，反正就两口人，中间四合院完全够住。

只是薛黄芩没想到，他这么干净利索处理了房子后，招得那个名义上的堂侄子薛平怀恨在心，直接导致自己惨死暴尸。

第6章

偷尸

部队只在镇上住了一个来月，批判了几个大地主，捎带上富农，随后这些地主富农开始每天扫大街、掏茅坑——反正是镇里公家的脏活累活，还动不动就被揪出来游街。

薛黄芩安然无事，却心有余悸，上中农跟富农就差半个格。对此，他对宋承仁很感激。

当年宋长河当长工的那家被定为地主后，赶紧托人捎口信到山里，说"请到镇里说合，如能请贵公子高抬贵手，感激不尽，必有重谢"云云。

这些事不清楚也不想清楚，宋长河摇摇头，对送口信的说："请转告老掌柜，我不能去，更不能说这个话，承仁会秉公办事。"

宋旅长只在镇里住了一夜，他负责整个石城县的土地改革，还得招兵买马，忙得脚不沾地，回到青山镇主要就是祭奠一下抗战时在这里牺牲的战友们。

围歼了那个日本鬼子小队后，牺牲的八路军都统一掩埋到村后一个大坟里，当地就叫"八路坟"。埋葬后，"本家团长"不让立碑，说随后都会迁走，只是在每个棺材里都放了刻有名字的木牌。

祭奠完后，部队留了一个连队指导土地改革工作，协助成立民兵武装组织捍卫成果。这些具体工作还是当地人自己做，部队只是指导性意见，毕竟各个村的情况只有当地人熟悉，定成分也得结合每个村的富裕程度。青山镇下辖十五个村子都有"指标"，比如当年打日本鬼子，"本家团长"驻扎那个村的地主，其拥有地产房产，放到青山村连富农都够不上——但按规定，只能高不能低，每个村都得有，这个标准很不科学，但必须执行。

青山镇住的部队最大的"官"就是宋承仁，土改就是他全权负责。

宋长河在儿子探家后第二天，挑了一担菜到了镇里，进了部队驻扎的老镇公所，"本家团长"离开没见到，二十多个兵见是副连长的爹来送菜，个个立正敬礼，把宋长河弄得都不知咋走路了。

司务长收了菜，坚持要付钱，说："我们不拿群众一针一线。"

宋长河发火了："我是群众吗？我是宋承仁的亲爹。"

司务长没办法，赶紧去请示，正在跟镇里临时领导班子成员商谈事情的宋承仁笑了："好吧，那就收下。我爹种的菜好吃着呢，他舍得下肥。"

宋长河也不见儿子，放下菜从军营出来，就去了薛黄芩家。他找见人直接说："亲家，我老婆说这几天秋老虎天气，下面太热，让你俩带着老五回山里住几天。"

薛黄芩以为何桂花想孩子了，马上点头说："让我老婆带孩子跟你上去住吧，我这里忙着呢，还得给宋连长准备一批中药材。"

"谁？"宋长河愣了下，他本想叫亲家上山再把这个房契合同的事情改下，得把慢慢还钱这一条写进去，要不然这么白得一套院子，他寝食难安。

薛黄芩哈哈大笑："咱家大儿子嘛，还能有谁，宋承仁连长啊。"

"副的！"宋长河接了一句，他知道准备药材不是小事，便不再多说啥，就等着白桂花提着包袱领着宋承信出来。有个伙计牵过马备好车，白桂花上车搂着孩子，宋长河上前把扁担筐子放到车上，接过缰绳拉着马车就出了镇子。

路上，两岁多的宋承信问东问西，一句一个干娘，宋长河默默地坐在前面车沿上就是听，白桂花跟他聊，也是问一句答一句，甚至都不回头。

白桂花是整个青山镇最漂亮的女子，很多孟浪男子会以买药为名去药铺，透过连接的院门，只为能看她一眼。

两个桂花在一起有说不完的话，再加上这个夏天确实热，白桂花一直住到立秋才回镇里。薛黄芩上来住了几天，又急急火火地下去镇里。"大部队捎信来说还要一批消炎药物，我得催着伙计们尽快收起来。"

这次土改，镇里动静很大，前面提到宋长河当长工那家也被分了房分了田，只给留了一个院子几亩地。

好在都是本乡本土，宋承仁正如他名字，尽量仁慈，只对房对地，对人只是简单"斗争"，跟附近乡镇比"温和"太多。

大儿子在镇里开展工作，宋长河送了菜回来再没下去过。至于分房分地，镇里领导主张给宋家分，宋承仁直接拒绝："镇里我们有个院子，地呢，窑洞下的梯田当年薛黄芩先生已经赠与，我们家不够格。"

但宋家的成分被定成贫农，这个他没说话默许了，按说有房有地，起码该是个中农，只是这房这地也就是这两年的事情。

不管这些，宋长河自管自在地里忙活。宋承仁完成工作后，临别回来看了看，跟娘说了会儿话，跟爹在地边打了个招呼，就骑马带队离开了。

秋收，忙活了半个月，收成还说得过去，尤其是那些果树，大多数都已发芽，眼见着是活了。

仍旧是往老窑洞那边藏了些粮食，又在新窑洞的炕下都藏上。薛黄芩托人捎信说今年就不要往镇里送粮食了。

以为是薛黄芩吃的够了，宋长河不知道是国民党的部队打进来了，被分了房分了地的地主富农拿出些私藏的"金银细软"，于是房与地又被夺回，几个当时很积极参与土改的人还被押送到了县城的大牢。

一天夜晚，薛黄芩带着老婆和承信上来，犹如丧家之犬般惶惶不安："亲家，国民党这两天在大清洗，凡是通共的都要抓起来。你住在山里，他们估计没顾上，但肯定会有人背后乱说。"

"镇里的狗腿子到处咬人，那个薛平瘸着条腿蹦跶得很欢实。"薛黄芩叹口气说，"这个家伙对咱们两家恨之入骨，就是因为当时房子……不说这个了，赶紧起来跑吧。"

就像日本鬼子那次，宋长河半夜被惊醒，知道肯定不是好事，手忙脚乱地提起鞋跟问："啥叫通共？"

薛黄芩擦擦额头的汗水说："你啊你，真是除了种地啥心都不操啊！咱家承仁、承义都在共产党的部队，承仁就是党员干部，承义好像也入党了。"

这些宋长河搞不懂，但明白是"本家团长"的对头来了，也就是俩儿子的对头来了，马上说："咱马上回老院子。"

他们匆忙收拾上路，一行如逃难般再次翻过石梯子时，天刚蒙蒙亮，青山镇突然响起了噼里啪啦的枪声，薛黄芩马上做出判断："这是咱的部队打回来了。"

此前就不知道镇里有国民党兵来，但宋长河听薛黄芩这么说，想他说的"咱"，肯定是说自己俩儿子的部队，惊喜地问："你确定吗？不用回老窑洞了？"

薛黄芩抹着汗，沉吟片刻，说："得看镇公所旗杆上飘的是啥旗子。"

两个桂花商量了下，带着俩孩子回老窑洞那边，老哥俩儿就在石梯子这边坐着，等天大亮后悄悄去镇里看看啥情况。

枪声时断时续，响了半上午，他们有一句没一句地聊。待太阳升起两竿子高，终于没了声响，两人又坐了会儿才下了石梯子，走到镇边，远远看到红旗在镇公所上方迎风招展。

是八路军，但军装发生了变化，也不是宋旅长部分的，上前问后得知，以前叫八路军，现在叫人民解放军。

这部分解放军住了半个月，把上次的土改成果又恢复，还处决了两个打击报复比较凶的地主。很快，石城再次被解放，那些被抓进大牢的回来继续领导全镇的工作。

那些告密的狗腿子受到惩处，但薛平却趁乱跑了。

随后，解放军招兵买马，每天操练。薛黄芩跟宋长河商量来商量去，决定两个娘儿们跟孩子还是住在后山窑洞，不过这次没日本人来的那时候艰苦，被褥、柴米油盐都齐备了。

没多久解放军走了，提心吊胆半个月，国民党果然又来了。薛黄芩再次跑到山上，老哥俩儿在前山窑洞住着，一个睡一个放哨，发现情况不妙就往后山跑。

估计镇里的事情都折腾不完，所以没有兵上来，老哥俩儿对付了没几天解放军就又打回来了……依照宋长河意思，薛黄芩就不要下山去镇里了，这样拉锯扯锯的，不安全。但薛黄芩说："解放军方面总说需要药材，咱的孩子在部队是领导了，得弄。"

这个晚上的聊天，薛黄芩有些亢奋也好像交代后事，第二天一早要下山回镇里的他把几饼茶叶递给宋长河："这个你喝吧，最后几饼存货了，等世道太平再买吧。最近你不要下去镇里了，如果有事情，这两个家都得你顶起来。"

宋长河不接，说："你不也得喝？"薛黄芩叹口气说："现在镇里能坐下悠闲喝茶的时间没有了，再这么拉锯战下去，估计吃饭的时间也没了。"

怕啥来啥，于是出了事。

已经入冬，本是农闲时节的青山镇反复进部队，刚开始鸡飞狗跳，然后就陷入死寂，被分房分地的跟分到房分到地的都不吭声了，该怎么过怎么过，任由部队来来回回，今天是你的明天是他的。

薛黄芩的尸体被吊在镇公所门口的时候，是个大清早，刚数九，但已经开始冷起来。

宋长河去老窑洞那边送日常用品，晚上怎么也睡不着，总觉着心慌。好不容易睡着又被噩梦惊醒，随即起来往前山窑洞这边走。走到石梯子时天色渐亮，他手脚并用往下爬，那根拴了两年多、帮助上下石梯子的绳子突然断了，好在他基本快下到底了，眼明手快，转身跳到了下面一个平地上。等站定回头看，半截绳子飘起来像招魂幡，心有余悸摇头想，要是再高点，掉下来估计得摔个七荤八素。

脚被震得发麻，宋长河觉着这是个不好的预兆，随即就觉着眼皮跳，左眼跳了右眼跳。他看了眼青山镇的方向，更加心神不宁——解放军这次走的时间有些长了，尽管镇里已经发展起来民兵组织，但跟正规军比还是不堪一击。

这次进镇的是国民党一个痞子团，他们像土匪般悄然进镇，很快击垮了民兵，然后开始血洗青山镇。在后来的石城县县志有这么一段描述：一九四七年初冬，一股国民党反动派痞子团逃入本县青山镇，他们无恶不作，在青山镇犯下了滔天大罪，杀害了数十名我党党员及友好人士。四十天后，他们被解放军某部围剿在青山镇后的沟中。

薛黄芩被抓的时候还在被窝，门被踹开后，衣服只穿了一半，就被一伙惨无人道的家伙拖去了镇公所。

匆忙间，他看到薛平阴笑着站在这几个兵痞后面，顿时明白这个家伙告密了。

所谓"审问"就是简单地问了几句："你是不是给共党提供过药材？"

薛黄芩下身赤裸，两手捂着裆部，冻得哆哆嗦嗦道："我是开药铺的，治病救人是本分，我眼中没有什么党派，只有人命关天。"

对方又问："你是共产党员吧？"

薛黄芩没承认也没否认，看到这群蝗虫般的兵痞后面，薛平拿着自己的金烟袋，知道说啥也没用了，于是从容地脱下棉袄，把两个袖子朝后系在腰上，这时候的他更像一个原始人，除了裤裆被简单遮挡，其余部分全部赤裸。

他遮住下体，得以站直身子，义正词严道："我说过了，我是开药铺的，只知悬壶济世。"

那个审问的人很不耐烦地摆手道："拉出去。"

这个上午，处决了三十多个人，镇公所后院被鲜血染红，每一声枪响都是一条人命。青山镇的老百姓恨得牙根痒痒，但什么都做不了，只是关着门不敢吭声。

这个审问的细节，是当时在镇公所看门的一个老光棍后来说的，这伙儿国民党兵进驻后他来不及跑，被逼着烧水做饭，于是目睹了这一切，吓得都尿了裤子。

他们杀一个，便用绳子一头拴住双脚另一头拴上石头，吊到镇公所门外的墙上示众。

到了正午，这些国民党兵把老百姓从家里轰出来，集中到镇公所门口的戏台前围起来，剩余的兵开始在各家各户翻箱倒柜，值钱的全部被搜刮。

薛黄芩的一个伙计看到东家被吊在墙上，差点哭出声来。这个小伙计去过几次宋长河前山窑洞这边，他从人群里偷偷地跑出青山镇，气喘吁吁地进山告诉了宋长河。

没有太慌乱，这一天惶惶不安的宋长河反而镇静了下来，他给小伙计弄了吃喝，然后才问了细节。小伙计老家也是后山的，吃饱后就告辞了。

宋长河默默流了会儿眼泪，然后抽了两袋烟。他回想着跟薛黄芩结识后发生的一切，心如刀割。随后宋长河咬牙切齿地念着"薛平"这个名字，他知道现在还不是报仇的时候，还有大事要先做。

月上中天，宋长河扛着一把铁锹便下了山，薛家祖坟在青山镇北边不远处，冥婚时候他去过，原本走三四个时辰的路，他一个多时辰就到了。

宋长河没有任何顾忌，没有往青山镇看一眼，只是趴在坟前磕了几个头，然后挥动铁锹，在薛黄芩儿子坟的左上方开始挖。地有微冻，刚开始有些费劲，去了冻土层就是黄土，到天快亮的时候他基本挖好了一个墓穴，浑身被汗水浸湿。

当地的土葬基本是先挖一个三米多深的长方形坑，然后下去坑里朝北往里掏一个墓穴，平常这样的活儿，三五个小伙子也得干一天，宋长河一口气没歇，一个人一夜就挖成了。

宋长河从墓穴里爬出来，浑身瘫软，但没时间歇，随即把铁锹埋到挖出的土里，朝老窑洞走去。

这是个阴天，灰蒙蒙的天上暗云涌动，风越来越大，尤其石梯子没有绳子徒手攀爬，几次差点儿掉下去。

半下午，宋长河回到老院子，何桂花在窑洞口看他进来，问了句："咋又回来了？"宋长河没吭声，到土灶边聚了一堆草叶又回到门口，在点燃的时候，何桂花浑身瘫软，眼泪已经止不住，她想这是老大老二哪个不在了。风把点燃的草叶吹得四散，宋长河用脚再扒拉到一起，再吹散，再扒拉，他的眼泪也开始往下滚……

火很快被吹灭，宋长河叹口气再次返回院子站到窑洞口，双目含泪盯着白桂花道："嫂子，我哥他没了！"

何桂花哽咽着不说话，白桂花一直看宋长河忙活，这话如晴天霹雳，她愣了一瞬间，随即像被雷击般摇晃着就往后倒。宋长河赶紧跨前一步，伸出手就要碰到白桂花赶紧又缩了回来，在旁边正伤心的何桂花赶紧拉了一把没拉住，俩桂花都跌倒在地上。

正在里面跟哥哥玩耍的宋承信慌忙跑过来："干娘，娘，你们咋了？"

宋长河没有进窑洞，他爱怜地看了眼最小的儿子，随即盯着何桂花说了一句："你照顾好她，我还有事。"

下到杏林沟，朔风更劲，宋长河丝毫没有觉着冷，他浑身像在燃烧，脑海里就一个信念——不管怎么样，得先把亲家薛黄芩好好安葬了。

杏树枝条密集，随风如鞭来回抽动，互相之间碰撞发出嚓嚓的声响，天空越加灰暗，已经接近傍晚，沟里的风回旋交错。宋长河往地上吐了口唾沫，伸手护住脸，憋住一股劲往沟深处钻了进去。

"旋风旋风你是鬼，我拿小刀割你腿。"小时候碰到旋风，都是吐口唾沫反复念叨这两句，宋长河脑子一直在计划怎么埋葬薛黄芩，但这个儿时念叨的"口诀"突然冒出脑海，因为那个山洞前，一个大旋风搅起枯叶，飞沙走石，真有些瘆人。

时间来不及，宋长河不顾后背冷飕飕，硬着头皮绕过那个旋风窝，爬进了那个山洞。刚进去，迎面就蹿出一道黑影，吓得宋长河"呀"的一声惨叫，一屁股坐到了洞口。他凝神一看，是一只野兔子，连蹦带跳出了洞口。

宋长河喘口气，就着微弱的光线，掏出一个袋子打开，抓了几把银圆放到一边，想了想又多抓了两把。他叹了口气，把袋子捆好放回原处，仍旧用石头堵住，再看地上一堆银圆犯了愁，这怎么带？

左右都是光秃秃的石壁，旋风仍旧在肆虐，宋长河咬咬牙，脱下棉袄放到地上，把两个袖子放到一起打了结，再把银圆放到还有体温的袖筒里，赤裸着上身赶紧提着往回走。

他哆哆嗦嗦地再次进了老窑洞，掀开破旧的棉门帘，发现白桂花头上已经缠了一圈白布。不由想老窑这边哪来的白布？难道是她从内衣里撕下的，有钱人穿衣服里三层外三层，而自己的老婆跟自己一样都是光身子裹个棉衣。

白桂花已经停止哭泣，只是目光呆滞地看着外面的远山。

何桂花看自家男人光着脊背进来，吓了一跳："你这是咋了，有衣服不穿，光着膀子干吗？"

宋长河已经冻得说不出话，两只手也冻麻了，把手里棉袄放到地上，凑到火炉前烤了一阵才恢复知觉。

何桂花从地上拿起他的棉袄提了下，觉着沉甸甸的，问："啥？倒出来赶紧穿上吧。"

宋长河伸手解开那个结，把银圆倒到地上，赶紧穿上棉袄。何桂花惊呆了："我的天啊，这么多钱从哪儿来的？"

白桂花不看那些银圆，失神地回头看着他："我男人在哪儿，我要去送送他。"

宋长河叹口气，把棉袄扣子一个个系上，说："这是亲家的钱。嫂子，等几天，我会安排你送的。"

何桂花从炕上摸出条布带子递给他，宋长河伸手接过围在腰里再系住。家里穷，这两年还是薛黄芩接济才有那么几件衣服替换，搁在往年，一家人到冬天都在炕上坐着，缩在破棉被里哆哆嗦嗦，因为家里就一件棉袄，谁出去谁穿。现在起码每人有一件，刚冷的时候穿上，再冷了就系上根布带子防寒风钻进去。

接着烤火，宋长河摸了摸身上，发现没带烟袋锅，就从地上的一堆玉米秆上撕下一片干枯叶，揉了揉再摊开，然后从窑洞旁边挂的烟叶上撕下几片，揉碎放到玉米叶上，慢慢卷好开口才说话。

宋长河没有隐瞒，把事情的经过说了一遍，包括他已经打好了墓穴，准备拿这些银圆去另一个镇上买棺材。

宋承智在旁边插话："爹，薛伯伯还在镇公所墙上挂着，你买下棺材怎么办？"

这话很孩子气，但也问到了点上，何桂花也有这样的疑问："他爹，你怎么把亲家尸首弄出来？"

白桂花听到尸首，又开始嘤嘤地哭，宋长河从烧炕的火灰里夹出一个火炭，点着自己刚弄好的烟，狠狠抽了一口说："偷出来。"

"偷？"屋里除了他跟两岁多的小儿子，剩下的三个人异口同声。白桂花止住哭声，摇头道："狗日的那么多人，还有枪，不能去。"

宋长河有些佩服这个女人，这时候还能识大体，只是他决心已定。他抽着烟，装作很随意的样子说："我对镇里熟悉，今晚下去买好棺木，天亮前悄悄进到镇里，趁狗日的熟睡时把亲家背出去安葬。"

"不行！"从来不拿主意的何桂花斩钉截铁，"你这跟去送死没啥两样！你也说了，镇公所墙上挂满了尸体，狗日的这是沾边就杀……这么一大家人，没了你都得死，不许去！"

这个女人自从嫁到宋家，从来没有做过宋长河的主，甚至连高声说话都没有过，这几句话说出来，宋长河正好抽了一口烟，不由就呛了起来，咳嗽了好几声才好点，随即就站起来："你个老娘儿们懂个屁，好好看着孩子，"又顿了下，接着说："还有亲家母。"

宋长河说完，四处察看，准备找个包袱把银圆包起来动身，他知道另一个村子有木匠做棺材，得赶紧，这一夜来回折腾时间怕不够用。

何桂花张嘴还想说话，坐在炕沿的白桂花站起来："亲家，你得好好计划计划。我家男人在世的时候经常夸你，人有志气，做事肯下力气，又厚道，咱不能再去送命了，咱这么一大家子人都靠你。再说，再说亲家母还有孕在身。"

宋长河扭头看了眼何桂花，目光温顺很多，老婆怀孕从不跟他说，直到肚子大起来他才知道，但家穷活儿多，该干吗还得干吗，他只能默默多干些。

说完这些，白桂花叹口气，好似没了力气，挪动了几下小脚，一屁股坐到了窑洞口："亲家，你好好划算划算，我知道拦不住你，你们老哥俩儿关系好，可明摆着就是去送死，绝对不行的。要走，你从我身上踩着过。"

说到这里，两行眼泪再次流下她美丽白皙的脸庞，背着光都看得清清楚楚，她比薛黄芩小差不多二十岁，算下来比宋长河都小很多，但开口便是尊称，"嫂子"宋长河从来没有离过口。

怕时间来不及，宋长河着急地跺脚搓手。"嫂子，我昨晚挖墓穴时想了一夜，没有办法，只能偷！不能让亲家一直露天晾着，小伙计说他，他都没穿衣服！挂的一溜子尸体里，就他还光着呢！"

白桂花六神无主，但没起身离开窑洞口，只是声音低低的，压抑着又哭起来。

这时候宋承智走到宋长河跟前，开口脆生生地说："爹，你不是给我讲过岳飞声东击西的故事吗？"

宋长河知道这不比此前，但脑子里马上转出一个主意。他伸手摸摸承智毛茸茸的脑袋说："好孩子，你比爹聪明。"又对白桂花说："我先去买棺木，重金雇人抬到坟地。然后到青山镇，就像上次引开日本鬼子一样，我去找个房子放火，把狗日的们都引过去，趁机去背上亲家，然后进坟地安葬。"

白桂花扶着门框站起来道："我也去。我得送他一程。"

宋长河看了眼她的小脚，不知该怎么说，带她去肯定不行。他扭头看了眼何桂花，何桂花明白，就上前对白桂花直截了当地说："亲家母，你就不要添乱了，他去是提着脑袋，带上你更麻烦。"

宋长河上前一步，先呵斥了老婆："你咋地说话呢？"再委婉地对白桂花说："嫂子，山里人没规矩，说话直接，你甭见怪。一切都得等我先把黄芩哥安葬了！我会替你磕头，过了这几天，等风声不紧了你再去上坟。"

白桂花叹口气，没有坚持，又开始低声抽泣。宋长河从炕上拿起一块破布，弯腰把银圆裹好，塞到腰间的布条中，再摁摁结实，说了声："我去了啊。"

俩桂花到窑门口，看一条黑影已经出院子飞奔出山脊，她们知道下面是十八盘，过去就是石梯子……这一夜，她俩都没睡，伤心加担心，听着窗外的动静，有个风吹草动都心惊肉跳。

宋长河一路小跑，等赶到另一个村子时，已近凌晨。好在没看到驻兵，他随即直奔那个木匠家，敲开门只说买口棺材，并且要送到青山镇北。

阎王要你三更死，谁敢留你到四更——这个点来买棺材的有，加点钱也送过，但青山镇这两天杀了很多人，附近村子都有耳闻，木匠摇头说不送。宋长河从腰里掏出银圆，拿出十块，对方摇头，再加五块仍旧摇头，又加五块，木匠看着煤油灯下闪亮的银圆咬了咬牙："再给我徒弟两块，我们去送。"

宋长河没有任何犹豫，点头说成，但他伸手从中又拿回去五块银圆说："棺材送到青山镇北，在进山的路口等我，我还有个事情，赶到后给你剩下的七块。"顿了顿又说："八块，再给拿一套衣服。"宋长河想起薛黄芩的伙计说的，薛黄芩几乎全裸。

木匠答应着喊徒弟安排推车，宋长河帮他们把一具棺材抬到平车上，再拿起一身寿衣放到棺材里，又悄悄地从木匠工具匣子里拿起个斧子塞到怀里。眼看着木匠跟徒弟推着车上了路，怀里的斧子都焐热了，他才转身从田地中间抄近路向青山镇奔去。

西北风如鞭子般抽过来，田地里的野蒿一团团地滚动着，宋长河迎风低头弯腰往前，满脑子想着一件事：这么大的风要是放火，等于烧了整个镇了的房了，肯定不行。

怎么办没想好，青山镇已经到了跟前，脑海里全是薛黄芩的样子，想自己这两三年能够让一家人吃饱，还安排三个孩子的前途，全是人家的功德，不由得咬了咬牙，心里发狠：就是舍了这条命，也不能让薛黄芩暴尸街头。

此时是后半夜，正是人熟睡的时候，镇子里静得怕人，只有风在街道上横冲直撞、呼呼作响。

没有办法就是办法。宋长河把斧子抄在手里，弯着腰从北门顺着墙根就进了镇子。进来前他四下看过，整个镇子黑漆漆的，就镇公所房下还有点微弱的亮光。

拐过十字街，再过石牌楼，远远就看到镇公所墙上黑乎乎挂着一溜尸体，都冻硬了，还在来回晃悠。宋长河靠在石牌楼下面的柱子上，心就要从嗓子眼跳出来了，他深深地喘了口气再探出头看，惨淡的月光下，那些尸体都是头朝下，果然就是处决过的那些人。

前后左右观察，确定没有兵卒，宋长河踮着脚尖再没犹豫，靠着镇公所的围墙就弯腰蹿到了跟前。地上的血迹黑乎乎一摊摊，悬在墙上的尸体在风里微微摆动，他的头发马上就乍起来。

宋长河仔细辨别，看到第四个就是薛黄芩，只见他两眼圆睁，吊得时间久了，全是白眼仁……

不知为何，突然就不怕了，他先屈身把薛黄芩脑袋抱到怀里，再慢慢站起来，腾出一只手挥动斧子轻轻割绳子。天寒地冻，绳子硬邦邦的，他来回割了十多下才断了一小股，抱尸体举斧子的两只手都酸了，只能都放下甩了甩。

镇公所里突然传出一阵呼噜声，吓得宋长河差点儿尿了裤子，但这时候不能害怕，再看一眼薛黄芩的模样，怒从心中起。他不管不顾地一只手抓住薛黄芩光溜溜硬邦邦的腿摁到墙上，另一只手举起斧子，瞄准脚上头的绳子狠狠地砍了下去。

绳子断了，他一只手根本抓不住薛黄芩光溜的尸体，也不知咋倒的，尸体带着他摔在地上。"扑通"一声，在寒风呼啸中，略显沉闷。

他屏住呼吸，轻轻把压在他身上的薛黄芩推开，听镇公所里仍旧呼噜均匀，赶紧爬起来，扛起薛黄芩的尸体就走。

俗话说"死沉死沉"，宋长河没把薛黄芩背出青山镇就觉着没力气了，只是不敢放下，头都不敢回，咬着牙往前一步步拖着走。

总算看到薛家的坟地，他拼着最后一点力气把薛黄芩的尸体弄到昨晚挖的坟前，往前一扑，再次被尸体压在身下。

宋长河努力扭头看着一边，身子下的新土冰冷冰冷，他悲从心来，不由就想大声哭嚎……由于耳朵跟地面接近，这时候平车轻微的吱吱扭扭声传过来。

宋长河几乎没了力气，推了三四次才把薛黄芩推到一边。他缓缓爬起来，半跪在薛黄芩尸体旁轻轻说了几句话："亲家，我知道你死得冤，黄泉路远，且等等，我给你穿好衣服，给你装进棺材再走。"

扭头看，远远的，俩人推着平车已经到了路口，他赶紧直起身子往过走，感觉两条腿都不是自己的了，只是麻木晃动着往前。

仨人心照不宣不说话，伸手抬起棺材就进了地，到新坟跟前放下棺木。木匠跟徒弟看着赤条条的薛黄芩尸体，脸都吓白了，转身就要走。宋长河上前一步拦住，扑通就跪下了："两位，且慢，这是青山镇开药铺的薛掌柜啊，他无儿无女，他对我有恩，请帮帮我，我一人把棺材弄不进坟啊。"

这个木匠跟薛黄芩有过交道，知道薛黄芩为人厚道，叹口气道："行吧。你赶紧给他穿衣服。"

等三个人把棺材放进墓穴，再把薛黄芩放进去，盖棺填土立起个新坟，天已经微微明了。

宋长河趴下磕了几个头，不敢再停留，起身跟着木匠师徒往路边走，到路口，一摸银圆，突然发现一块都没有了，包袱都不见了，这半夜的折腾，掉到哪儿根本想不起。

看宋长河浑身上下摸，木匠摆摆手道："背尸的时候掉了吧，甭找了。我认识你是山里的，你跟薛黄芩非亲非故，能做出这个义举着实不易，我收的已经够多了，你赶紧进山吧。我们也得回村了，这个事情查出来，咱仨都得砍头，躲躲吧。"说完，跟徒弟转身就走。宋长河也来不及再多想，扛起铁锹就向山里走去。

剩下的银圆跟斧头都在镇公所门口，原本站岗的士兵半夜太冷就回去了，清晨出来发现这一切。这个家伙脑袋聪明，他知道尸体被偷走自己罪责难逃，就捡起斧子扔了，把银圆据为己有。随后他玩了一个花招，把最边上的尸体弄到薛黄芩挂着的地方，再把衣服剥了，仍旧腰里裹了棉袄。

没有人去数尸体个数，暴尸七天后，上头一声令下，这些尸体堆成一堆浇上汽油点上火，就都在镇外头一个沟里烧了，好似什么都没有发生过。

宋长河基本累得走不成道，扛着的铁锹倒过来当拐棍拄着，再次回到老窑洞，用了一天时间。这一路他走走歇歇，在避风的地方还睡了两三个时辰，浑身上下软绵绵的，走两步就想往前栽。好不容易挪进老院子，掀门帘的力气都没有，只是哼了一声就扑倒在地。听着老婆在耳边惊呼，宋长河像跌入万丈深渊，两眼一闭就啥也不知道了。

再次醒来已经是次日中午，宋长河两天两夜没吃没睡，来来回回走了上百里路，他硬是靠着报恩的心，舍命完成了这个壮举。

三年后，宋承仁、宋承义俩儿子回来，他问："亲家薛黄芩，就是薛伯伯，他是你们的人吗？"

宋承仁点头说："是，薛伯伯给我们部队捐赠了一大批药材，我们正准备发展他入党，手续都批下来了，没想到他就遇害牺牲了。"

宋长河只字没提自己怎么埋葬的薛黄芩，只是点头说了一句："我听镇公所看门的老光棍讲，杀了那么多人，唯一没有求饶的就是我这亲家。他是条汉子，听说他光着身子仍旧站得笔直，是叉着腰被枪毙的。"

第 7 章

罪孽

宋长河不向别人提自己埋了薛黄芩，但那个木匠的伙计看风声过去，就到处宣扬宋长河的壮举。但不管谁问，他只是笑笑，一个字也不多说。

知道薛黄芩已经入土后，白桂花再没当宋长河与何桂花的面哭过，只是闷头开始准备"头七"的各种祭品。

一家人躲在后山窑洞里，缺这个少那个，为此，宋长河又冒险下了次山，去临镇买了些东西，半夜去半夜回。俩儿子是解放军，他这个爹是国民党在青山镇的头号缉拿对象，只是因为打日本人时八路军神出鬼没，最爱在山里设伏打游击，再加上拉锯战频繁，国民党只是龟缩在镇里不敢进山。

到了薛黄芩被杀的第七天白天，宋长河知道拦不住白桂花，只是嘱咐一句："到了坟上不能大声哭，不能点火，要是招来国民党的兵，咱都跑不了。"

白桂花点头"嗯"了一声，跟着宋长河就出了门。时令已经进入深冬，一日冷过一日，过石梯子时，裸露的石头如冰块，女人根本抓不住，白桂花是宋长河用绳子捆着腰慢慢坠着放下去的。

在前山窑洞待到傍晚，两人都有些别扭，一路上都是宋长河在前面走走停停，白桂花挪着小脚紧紧跟着。连年战祸，山里空无一人，再加上当年入夏后雨水丰足，野草干枯后都有半人高，白桂花战战兢兢的，大气都不敢喘。

到前山窑洞后俩人吃了些煎饼，为防不测，宋长河找了根绳子绕到断崖上拴好，如果有国民党兵追上来，这便是留了后路。弄好这些，宋长河没进窑洞，只是在院子边抽着烟看下山的路。

天擦黑，宋长河在窑洞口咳嗽了一声，白桂花就提着包袱出来了。俩人走了几步就发现，下山的路高低不平，白桂花小脚根本走不了，没下俩坡就摔了一跤。

没办法，宋长河停住脚步，把腰间勒棉袄的布带子解下来递过去一头说："包袱给我，你抓住布带子，我拉着你走。"

好不容易下了山，宋长河感觉脸上突然一下点点冰凉，于是停住转身说："嫂子，老天含悲，开始下雪了。"

白桂花紧跟着没有停步，一头就撞在宋长河胸脯上，俩人闹了个大红脸，好在四周黑乎乎的都没看到。宋长河赶紧扶了一把白桂花，转身就往前走，那根布带子由松到紧，一直到坟地都再没松弛。

白桂花忍不住就想号啕大哭，可青山镇的点点灯火就在不远处，她咬破了嘴唇，只是磕头，任由眼泪在脸上流淌。

十多年前，薛黄芩有一次去石城县送草药，回来买了一车东西，其间他跟伙计在一个饭店吃了口饭。等出了城好远，白桂花突然露出脑袋来，把薛黄芩吓了一跳。

伙计赶紧勒住马停下，白桂花下车跪在车边，她不是本县人，是哪儿的自己也说不清，因为两三岁就被拐卖到此地一家妓院。十五岁的她被老鸨逼着接客，趁机会跑了出来，慌不择路就钻进了薛黄芩的车里。

薛黄芩叹口气，想起刚才在城里有几条汉子到处找人，上下打量了下白桂花，打扮确实有些风尘的味道，但很清丽。他上前扶起白桂花问："姑娘，现在已经出城了，下一步怎么打算？"

白桂花擦着眼泪摇摇头道："我也不知道，能逃出苦海已经不易，真没啥打算。"

看看左右无人，薛黄芩斟酌了一下才说："姑娘，你一个女人家举目无亲，到哪儿都不安全。要不你先跟我回家，我儿子三岁多了，奶妈也该离开了，你先帮我看几年孩子再做打算，如何？"

白桂花没有家的概念，自打记事就在勾栏娼寨挨打受气，如今见薛黄芩举止有礼、稳稳重重，而且也没有其他办法，便点头答应了。

把白桂花带回家后，薛黄芩又去了趟县城，他给白桂花付了赎金，把她的卖身契拿了出来，以杜绝后患。兵荒马乱的，老鸨们生意不好做，见跑了的还有人回来给钱，啥都没问就拿出卖身契。

就这样两人朝夕相处两年，白桂花有个夜晚就进了他的房间，说要嫁给他，且发誓说此生此世只属他一人。

老婆生儿子难产死了已经三年多，薛黄芩一直没有续弦。白桂花年轻貌美，要是能生几个孩子，那该多好。他虽然爱怜，但救人危难不能乘虚而入，便摇头拒绝，最终架不住白桂花以死相胁，于是白桂花从孩子的"姐姐"变成了"后娘"……

想着过往，白桂花脑袋磕在地上，心里默默念了几句："那边等我！你把我当人，宠着我爱着我。我至死都会为你守寡，不会再改嫁！"

宋长河忍着悲伤，把祭品一件件拿出来，直到拿出一个纸糊的梯子，顿时犯了难：当地丧殡习俗，"头七"要烧个"梯子形状的东西"，为让魂魄顺着这"天梯"到天上，要不然就得下地狱；荒野里一览无余，点着火有很大可能被镇里国民党放哨的兵看到，但不让薛黄芩"上天"肯定说不过去。宋长河没有其他办法，只能就近摸了一堆石头，在薛黄芩坟前垒了个桶装。

他伸手抠了几把黄土，将这个"石头桶"四周大致"糊"住，赶紧低声招呼："嫂子，放这里面点吧。"

雪时有时无，白桂花划着火柴点着"天梯"，宋长河赶紧站起来用身子挡在青山镇的方向，很快烧完，总算松了口气，可悲伤过度的白桂花却歪歪斜斜晕倒在他的脚下。

男女有别，不能背甚至不能扶，宋长河急得来回搓手，如果国民党兵发现这微弱火光随便往这边开几枪，那可怎么办？要是追过来，白桂花的小脚根本跑不了！

薛黄芩的坟黑乎乎地立在那儿，万般无奈他就趴下磕头，一边磕一边念叨："亲家啊，我得赶紧把嫂子弄醒，这地方不能久停啊。"

他磕过了头，也不往起站，跪着移动到白桂花跟前，伸出大拇指使劲掐向她的人中，心里没有数到十，白桂花咳的一声，长长出来口气，直起身子继续哀哀低哭。

宋长河觉着自己都冒汗了，赶紧站起来说："嫂子，咱磕个头得赶紧回了，如果狗日的们发现，咱就跑不了了。"看白桂花没有动，他有些急了："嫂子，咱俩可都是人家要抓的人，如果被抓了，可没有好啊。"

听到这句话，白桂花终于颤颤巍巍地站起来，俩人一前一后在坟前又磕了三个头站起来，宋长河递过去布带子，白桂花却没有接，再次跪下磕了三个头才回头拉住布带子。

一路上跌跌撞撞，那根布条子紧绷绷拽着，勒得手生疼，怕白桂花再晕倒没法弄，宋长河一路不敢停，只是步子放小放慢。

终于进了前山窑洞里，宋长河点着油灯才发现白桂花额头都是血，不知道怎么管也顾不上管，他穿着鞋就上了炕，伸手把炕桌翻过来挡在窗户前。青山镇高点的地方往山上看，一准儿能看到这里，有亮光就容易暴露。

弄好这个，宋长河又去外面抱了一些柴，很快把炕烧上，屋里逐渐温暖起来，他马上就往外走，到窑洞口回头说："嫂子，瓮里有水你洗洗，我给你拿个马蹄泡……早些睡吧，我去旁边窑洞，有事你就敲墙。"

他从山崖上放杂物的小窑里找出个马蹄泡送进去，然后掩门出来再没进去。薛黄芩曾给宋长河说过，马蹄泡是一种菌子，学名叫马勃，是一味中药材，有止血抗菌的作用。这玩意儿没有成熟前可以吃，熟透了，里面的菌成了面面，止血消炎效果不输白药。虽然叫不上学名，但每到八九月，山里随处可采到马蹄泡，山里人家家户户也多少都有这个东西，孩子们在山里割草不小心弄破手指头都知道采个马蹄泡止血，很有效。

三孔窑洞两孔有炕，但只有中间这孔是火炕，宋长河进了另一孔窑洞，不觉就打了个寒战。窗外的雪仍旧稀稀疏疏地飘着，估摸着后半夜会更紧，明天回后山窑洞时路况是个问题。实在忍不住冷，宋长河出去抱了些柴火，在窑后头点了一堆火。又累又困，他抱着胳膊靠在火堆旁，很快就睡着了。

雪在天亮后开始密集，很快就笼罩整个大山。宋长河揉着腰出来到茅房，不由叫声苦，这天怎么回老窑洞那边？

虽说去不了也饿不死，这里有粮食，还有藏起来的一筐子红薯，只是这孤男寡女的怎么能老在一起，还有老婆孩子那边肯定揪着心。

他再抱一堆柴进窑洞，然后从另一孔窑洞后面的地窖里拿出十多块红薯，待火烧出火炭把红薯埋了进去。这时候他听到旁边窑洞门响，知道白桂花出来了，但并没有起身出去打招呼，听着脚步声是去了茅房，就更加不做声，只是用根柴棒仔细翻着炭火中的红薯。

天地仿佛被雪缝在一起，密密麻麻鹅毛般的雪片更像是做布鞋打胚子，一层摞着一层，窑洞口往外都看不到几丈远的院墙。

红薯烤好先给白桂花送过去几块好些的，然后自己狼吞虎咽吃了三四个，他打定主意，今天务必回老窑洞那边一趟，家人安心是一说，另外得把老五背过来，避免俩人抬头不见低头见的尴尬，还有重要的一点——得让白桂花活过来，她把承信当亲生儿子对待。昨晚在坟地看着不对劲，如果没有了盼头，怕这女人寻了短见。

吃饱了，身上就暖和很多，宋长河给白桂花说要回老窑那边报个平安。看那几块红薯没动，昨晚拿过来的马蹄泡也没动，他不由叹口气道：

“嫂子，人死不能复生，你得保重。”

白桂花默默点头，额头倒是已经结了痂，坐在炕上好像被冻住。宋长河把那几块红薯放到火坑口说：“你得吃点东西，我晚上回来把承信背回来给你做伴，这雪下这么大，一时半会儿你过不去后山老窑。”

她顿时转头看宋长河，随即说：“路上慢点，别把孩子摔了。”

宋长河看她这样，有些放心了。路上又冷又滑，尽管路熟还是跌倒好几次，他浑身酸痛，但不敢停留赶紧往回走。回去大致说了下情况，简单吃了点东西就又出发。何桂花对此一句话都没多说，她知道自己男人这么做肯定有这么做的理由。等宋长河背着已经睡着的宋承信再次返回前山窑洞这边，又是深夜了。

听到院里的脚步声，白桂花吓得大气不敢喘，赶紧抓起一把剪刀。宋长河在窑洞门口低声说：“嫂子，我把承信带过来给你做伴，他睡着了，你接一下。”

白桂花这才安心，吁了一口气，赶紧起身下地开门接过孩子，抱着孩子坐在炕沿。她有些脸红，说：“我不会生火，也点不着灯……”

宋长河放下老婆给白桂花带的煎饼，点上油灯，然后闷头去抱柴，再点火烧上炕。再闷头出来带上门返回自己这边，这才赶紧再生火，把已经湿透的衣服脱下慢慢烤干。

来来回回对付一个多月，宋长河两头跑着照顾。待到进腊月门，解放军终于打了回来，战争持续了一天一夜，罪恶滔天的国民党兵被全部歼灭。

战争开始的那个下午，宋长河刚准备从后山老窑洞出发，隐约听到枪声从镇那边传过来，他担心小儿子跟白桂花安危，拔腿就往过跑。等到了石梯子，不觉叫苦不迭，当年打日本人的那条沟里好像枪声正浓。他赶紧拉起石梯子上的绳子，听着枪声渐近，三下五除二，爬到旁边的一棵柏树上。

太阳偏西，斜照在皑皑白雪上很是刺眼，宋长河看到沟里到处腾起雪雾，判断是被手榴弹炸起来的。

这几天他反复嘱咐过白桂花，如果自己不在，她就带孩子钻到右边窑里的红薯窖子里，为此还"演练过"两次——进窑洞后只关门不能插门，然后下到窖子从里面把木板盖好。

这个红薯窖子很隐蔽，宋长河一家住过去后一直没发现，要不是秋天薛黄芩上来无意说起，他也不会知道。薛黄芩说红薯拿到镇里不好保存，就挖了这个窖，平常虽然没人，却没丢过一块红薯。

枪声爆炸声越发密集，宋长河正胡思乱想，突然发现有个人影从那条沟里连滚带爬出来，然后直起腰朝着自己这边狂奔。

宋长河吓了一跳，赶紧悄悄溜下柏树，石梯子上的绳子早已拉起，伸手从旁边捡起两块石头，就趴到石梯子边，再伸手掬了些雪挡在脑袋前。他微微抬头，看这个人越来越近，跌跌撞撞跑着有些瘸，身上的衣服不伦不类，手里提着一把枪。

宋长河赶紧拿起一块石头，想若是国民党还乡团的敢爬石梯子，那就必须砸下去。远处枪声更加密集，他无心再去听，因为石梯子下已经隐隐约约传来脚步声和呼哧呼哧的喘气声……宋长河抓紧石头往下看，这个人几乎已经到了石梯子底下，是薛平！

宋长河赶紧低头，知道他就是薛黄芩那个所谓的堂侄子，无恶不作的狗东西。听药铺的伙计说，就是这个吃里扒外的王八蛋带着国民党部队去抓的掌柜，还拿走了掌柜的金烟袋……

他恨得牙根痒痒，再次微微抬头，见这个薛平已经将枪插到腰里，正准备爬石梯子，裤袋上来回摆动着的正是薛黄芩的金烟袋。

薛黄芩的面容清晰地出现在脑海，他咬了咬牙，心说："亲家，你这是把害你的人引到我跟前，让我给你报仇了吧！"

他抓住石头就想往下砸，但一时犹豫了，想："等他上来，我抓住他送到镇里，让解放军处置。可是他有枪啊……"

正自犹豫不决之际，就听到呼吸声越来越近，薛平已经快爬上来了，再想到薛黄芩赤身裸体的尸体被挂在村公所墙上的情形，宋长河不由怒从胆边生。

薛平已经爬了多半，突然觉着石梯子上有个人，抬头一看，就看到那顶熟悉的黑貂皮帽，顿时心里慌张，本就爬到最陡峭的地方，脚下没蹬住，"啊"的一声惨叫便摔了下去。

宋长河愣了下，捏着石头探头往下看，只见这个家伙摔在不远处抽搐着，也不知掉的过程怎么还翻了身，脸正好戳到一块露出地面的石头尖上……

宋长河觉着两腿发抖，往后退了退，一屁股坐下。这家伙怎么就摔下去了？他扔掉手里的石头，下意识地伸手挠头，突然想起自己还戴着个貂皮帽——这是薛黄芩入冬后最后一次上来给他的，说自己有两顶一模一样的，宋长河说不要，薛黄芩伸手就戴在他头上。这一个月内，前后山两头来回跑，实在是冷，耳朵都有了清疮，就在几天前才戴上。

这个薛平肯定把自己当成薛黄芩了。活该，这就是薛黄芩来索命的。他正要往起站，准备再看看石梯子下的情况，突然平地起了个旋风窝子。

宋长河伸手摘下貂皮帽，打了个冷战，对着旋风喊："亲家，是你吗？你的仇报了，那些杀你的人解放军正在消灭！带路指证你的那个王八蛋摔下石梯子了！"

那旋风好像听懂似的，打着旋就朝着石梯子下转去。他把帽子戴回头上，伸手按着地站起来，看石梯子下那旋风在薛平趴的地方转了几圈，顺着山谷朝着镇里方向旋转走了。

不远处的枪声断断续续地传过来，宋长河下到石梯子下，从薛平身上解下金烟袋——这石梯子落差有五十多米，但这个金烟袋毫发无损，光滑的烟杆和烟袋锅上，小坑都没摔出一个。

宋长河提着金烟袋上了石梯子，抽回绳子，回到老窑洞那边，这个事情他至死跟谁都没提过。第二天一早听到枪声停止，他便去了镇里。在下石梯子的时候，薛平的尸体还在那儿，周围一片血已经冻成了冰。

路过那个河沟的时候，解放军正在打扫战场。宋长河就说自己住山里，刚才路过看到有具尸体是镇里的大汉奸薛平，几个解放军战士就朝着他指的方向走去。这部分解放军也不是"本家团长"手下，但他们明确告诉宋长河："镇里重获解放了，我们全歼了这伙儿国民党反动派。"

得到确切消息的宋长河先是去前山窑洞院，白桂花跟承信果然在红薯窖子里钻着。听到枪响两人就进去了，已经一天一夜没敢出来了。

"镇里解放了，你跟孩子赶紧弄饭吃吧，正大光明弄着吃，不怕了！我回后山。"宋长河说，"明天就都搬回来这边住。"他从怀里掏出那根金烟袋递给白桂花说："我来的路上捡到的，估计是国民党部队逃窜的时候掉下的。"

白桂花不接："我又不抽烟，你留着抽烟吧。"

当然不行！宋长河把金烟袋藏到了红薯窖子，他在窖子里挖了个坑，等白桂花百年以后，再把这杆烟袋放到薛黄芩墓里。只是没想到她也横死，匆忙里没想起，再后来成为青山镇博物馆的镇馆之宝。

当天下午返回，山里恢复宁静，石梯子下的尸体不见了。他把老婆孩子都接到前山窑洞，但白桂花胆战心惊，不敢下去镇里，于是就在一起过了年。正月里，药铺看门留守的伙计上来几次说镇里已经没有兵了，白桂花才带着宋承信下去，说好看情形不对就马上上山来。

等到快生孩子时，何桂花又被送回老窑，宋长河怕再有"拉锯战"，折腾应付不来。白桂花也带承信去了，反正药铺是干了多年的伙计们在弄，她基本撒手不管。

白桂花跟宋长河越来越熟悉，有时候还开几句玩笑，只是宋长河从来不应，最多笑一下就到一边去了。

很多年后，宋长河跟老婆在窑洞前的院子里晒太阳闲聊，对于当年那些有鼻子有眼的传闻，何桂花笑他有便宜不占。宋长河哼了一声，要不是都八十多了岁，估计一个耳光就扇过去了，只是狠狠地吐了一口唾沫："我宋长河对天发誓，这辈子我就动了她一指头。"这是说薛黄芩"头七"当晚，白桂花晕倒，他上前用大拇指掐她人中那次。

宋长河在薛黄芩死后曾跟白桂花说起沟里的"存货"，他的意思是取出来让白桂花拿到镇里过日子。白桂花淡淡地说："这个事情我知道，不管有多少但不用取了，当下不太平，给我拿了更是祸害，留着救急吧。"

能听出来她不知道有多少，宋长河又把去买棺材的细节说了，包括摸着有金元宝，只是剩多少他也没数。

白桂花自薛黄芩死后第一次露出笑脸道："亲家，我当家的活着的时候说如果有啥急用，不用吭气你就送来了。所以这事不提了，到该用的时候再用吧，你做主就行。"

小闺女生在初夏，老窑洞这边山高，窑顶上一棵桃树开得红艳艳，闺女不进族谱，本来宋长河说叫宋桃花，但何桂花马上就说不行，"那岂不是跟她娘一个辈分。"白桂花当时也在跟前，笑着说："那就叫青桃吧。"想前山窑洞院墙边一树树的青桃发亮，于是，这个闺女就叫宋青桃。

这是何桂花生的第十个孩子，此前的四个女儿都没成人，本以为没闺女的命，小青桃却来到人间。只是生下后的开心就几个时辰，何桂花再次没有来奶水。这让宋长河犯了愁，心想这是老五出生后给惯出的毛病，只是那一次"本家团长"送了俩猪蹄，这一次去哪儿找猪蹄？

镇里这些年部队来回拉锯战，不要说买卖，养猪的都没了，鸡都难找出一只。也就药铺差不多都开着，吃五谷杂粮生世间百病，只是国民党部队不要脸，把药铺里值钱的补品都搜刮走了……

他一筹莫展，蹲在老院子里抽闷烟。白桂花出来低声说："药铺有下奶方子，但已经配不齐药物，要不你下沟里拿些东西，去县里高价买猪蹄吧？"

宋长河马上站起来说："绝对不行。亲家在世说过，这是救急的！"

白桂花跺跺脚说："现在不急吗？"

"就是个下奶，"宋长河摆手道，"嫂子，我能想出办法，你不用管了。"

也就在这个时候，他想起薛黄芩曾说鸽子蛋是"动物人参"，对女人尤其好，是啥阴补啥(滋阴补肾) 的。薛黄芩没说鸽子蛋下奶，但宋长河理解既然是"人参"，下个奶肯定没问题。他马上想到了镇里那群野鸽子，琢磨趁天黑抓两只回来，再摸几个鸽子蛋。事情想好了只是觉着罪孽，这可是住在庙里鼓楼上的野鸽子，肯定有灵性。

青山镇西北角这个老鼓楼，据说是唐代的老建筑，宋长河在镇里当长工的时候就知道，鼓楼上住了很多野鸽子。晨钟暮鼓，对面的钟楼是后代修的，背后的大庙主建筑能看出翻修过多次，但香火一直不旺，这十多年更是荒废。

这个野鸽子学名叫斑鸠，因为总是咕咕叫，当地也叫它们咕鸠子。宋长河抽着旱烟皱着眉头，真没招了，只想这野鸽子下奶行不行？

行与不行没时间考虑了，丫头的哭声越来越微弱，白桂花给熬的小米粥喂过了，嘴都不张，只是闭着嘴，鼻翼翕动着哭。

死马当活马医吧，所有罪孽我来扛——宋长河站起来就出发了。天擦黑前就到了鼓楼，他找个隐蔽处默默坐了好久，眼见一群野鸽子归巢，蚊虫开始围着他嗡嗡飞。

天越来越黑，鼓楼最高处的阁楼里"咕咕咕"声叫个不停，宋长河拍打着蚊虫。镇子里的灯火一盏盏熄灭，夜深人静，野鸽子也安静下来，他赶紧走过去，搬过来几块砖头垫着爬上鼓楼底座，然后顺着一道梯子进入鼓楼三楼，再爬上三楼延伸出的挑檐，很快到了阁楼外。

阁楼小门早就不知去向，只剩下一个圆圆的黑窟窿，群居的野鸽子好似知道危险来临，突然就"咕咕咕"地叫个不停。宋长河没时间再想，站稳脚跟，直接就伸手进去抓，摸来摸去很快掏出俩鸽子蛋。夜色里，看着比大拇指甲盖大不了多少。宋长河将鸽子蛋小心翼翼地放进口袋，再次伸手进去。

夜晚，群居动物都是凑挤成一团，宋长河胳膊伸直，张手探过去，抓着一条腿扑棱棱就拉出一只。摁住翅膀抓好，换一只手进去，野鸽子受惊乱跑乱撞，有一只直接撞进他伸进去的手里。

阁楼里的野鸽子已经炸了，有飞出来的随便落在鼓楼顶上或者旁边树上，更多的是在"窝里"乱飞乱撞。

两只野鸽子在手里"咕咕咕"地叫着拼命挣扎，宋长河狠了狠心，一手一只把野鸽子脑袋窝到翅膀跟前，牢牢抓紧，拔腿就往山里走。身后扑棱棱乱响，咕咕声嘈杂刺耳，走了二三十里路进了山好似还能听到。

宋长河气喘吁吁地回到老院子，天微微明了。他一声不吭，热水拔毛，开膛刨肚，再剁成小块，看着翻滚在锅里的野鸽子肉，宋长河默默念叨："老天爷保佑我老婆吃了这个会下奶，权当鸟命换人命吧。"

还真是奏效，连肉带汤吃了一碗，俩鸽子蛋也顺带吃下去，当天下午何桂花就有了奶水。宋青桃吃得小脸红彤彤的，叼着奶头，满足地睡去。

宋长河松了口气，但耳边的咕咕声越来越响，挥之不去。

此后两年，青山镇的老百姓过得提心吊胆，不知什么时候就能听到附近隐约的枪炮声。但青山镇再没驻过兵，征兵的都算来了，当天就走，包括征粮队，也是三天两头来，敲着锣走街串巷地喊着，不管有没有征到粮，从不过夜。

前山窑洞院下的梯田宋长河到时令就去种，只是提心吊胆地看着镇子方向。有三个地方需要他照顾，青山镇是白桂花跟小儿子，前山窑洞是他跟老三宋承礼，老窑洞那边是何桂花带着老四还有刚生下的小丫头，来来回回，很多时间都消耗在路上，就没在地里操多少心。

土地是公平的，付出与得到永远成正比。饿不死也吃不太饱，药铺的经营也是入少出多，日子如水，不管多么担惊受怕，哗啦啦就流过去了。

每年秋后，不管是玉米高粱，还是南瓜山豆角，宋长河总是拣最新鲜最饱满的先给镇里的白桂花送，剩下的大多也都运到后山老窑洞那边。

老四承智出生那年，他在老窑这边院子附近种了些树，主要是核桃树与杏树，树苗大多就地取材，沟里刚冒出来就连土带根挖出来，挪过来大多也就活了。老五出生后不久，薛黄芩给拉了一车核桃树、苹果树苗，前山这个窑洞院子及部分梯田都种满了，夏秋雨水多，也都生根发了芽。

这些年不管世事如何变化，这些树木默默长着，枝繁叶茂，不管是后山还是前山院子，远处看已经看不到窑洞，都隐蔽到树木下，无形中种出了天然屏障。尤其是后山院子，住进去就觉着安全有保障。

后山院子周围没地种树了，宋长河年年春天就在前山院子附近种些树，还有黄芩苗，看到就移栽回来。于是，每年七八月，前山院子里，紫红色的花能开半个院子，还有沿着墙根种的十多棵山桃，都已经超过围墙。

树长人也长，孩子们在逐渐长大，四儿子承智十多岁，顶个半大小伙儿用了。老五承信也逐渐长大，只是基本在镇里，白桂花在生活上很是溺爱，但薛黄芩有过必须读书的交代，她就对这个干儿子学习非常上心。

镇里私塾被废，办了公立学校，能读起书或者想读书的凤毛麟角，所谓老师仍旧是那位老私塾先生，教条又刻板，写大字不好仍旧打手板。宋承信每天早早就被送到学校，白桂花私下还给私塾老师塞了点钱，要他对孩子严厉些。

宋承信不一定是宋长河五个儿子中最聪明的，但一定是最好学的一个，四岁进入学校，字写得好，书背得快，尽管学校三天两头停课，但他没有停过，学校关门就直接去私塾老师家。

薛黄芩喜欢看书，家里有一大柜子各种书，中草药类占一半，评书小说另一半。五岁上宋承信就开始读，这半柜子评书小说到他正式进入小学时都读完了。

一九四八年的春天，石城县全部解放，青山镇里再次住进工作队，土地改革再一次坚实地开始执行，这一次怎么看也不像走过场，工作做得非常细致。

房产登记的时候，薛黄芩留给宋长河的房子正式入户，宋长河没下去，他心里说我拿着房契呢，不是我的是谁的，但他仍旧觉着欠薛黄芩房钱，只是阴阳两隔，这辈子没法还清。

再次分地时，工作队征求了白桂花的意见，薛黄芩在镇边上的土地就顺理成章地分了大部分给宋长河。

这一次是白桂花捎的话，宋长河就去了镇里，工作队跟他谈了话，说这个不能拒绝。他没多争辩，只是觉着薛黄芩这地自己种没问题，收下粮食多给白桂花就是。工作队就笑："你俩儿子在人民军队，好好种地享受革命果实吧。"

这十多亩地堪比山上一百亩地，地块大土质好，离河近，宋长河去偷偷看了看，然后咽了口唾沫又回山里了，他甚至都没有步入地里。

这是薛黄芩的地，相处最好的时候薛黄芩也没提过让他种这些地，就算两家现在已经基本过成了一家，这么伸手就拿走，他肯定过意不去。

还有，这几年太折腾了，部队随时来，翻来覆去，来来回回。种子不是小数目，实在糟蹋不起，一大家人张嘴要吃饭。

回去给何桂花说起这事，她觉着该去种。"不管狼吃羊，还是羊吃狼，只管种地去纳粮。这是老辈人说的，咱这山里的地也就刨出个饿不死，亲家给这坡地大多种了树，也越来越粗壮，地快不能种了，亲家母同意，人家给咱就种，多打粮食肯定没错。"

宋长河哼了一声："你个老娘儿们知道个啥，如果有变，人家要往回收，分给其他家，种子都刨不回来。"

何桂花想想也是这个理，这些年躲来躲去，真是都吓破胆了，也就不多说了，弯腰牵着小闺女继续学步。宋长河伸手牵住闺女另一只小手，弯着腰跟着她蹒跚往前。

这是五个儿子从没享受过的爱，为生计疲于奔命，再加上他本就严肃，儿子们在他面前都是噤若寒蝉。也许是年过不惑，也许是生活总算不至于艰难到饿死，也许就这一个闺女，反正宋长河对孩子从没这么亲昵过，两天不见就急火火地跑回来看看。

第8章

解放

镇里给分的土地，只是停留到口头上。不管分的还是被分的，过场走了然后都不动，都在观望，不是懒，是怕，村公所墙上挂着的那些尸体好像还在，被枪毙的俩地主好像还被绑着……本是农忙时节，土地却在撂荒。

工作组很是着急，又不能去拽人劳作，尽管推出借贷种子款等措施，仍不奏效。组长便提出先找个觉悟高的带头，估计就都跟着来了，找谁？宋长河，革命家庭且对革命有贡献，贫农身份还当过长工，庄稼把式种地镇里都服气，他要是能带头，那就全动起来了。

工作组派人去请，宋长河一句"顾不上"就堵了送信人的嘴，组长只好亲自到前山窑洞院。宋长河不给脸色也不拒绝，端过来一碗水说："我可带不了这个头，镇里能人辈出，你这是把我架在火上烤呢。"

实在没办法，工作不能不做，再拖今年一年，全镇都得饿肚子，工作组组长辗转联系到宋承仁、宋承义。一周后的一个清晨，宋长河正在地里种山豆角，三儿子骑着马上来说："爹，我大哥二哥来信了。"

宋长河拍拍手上的土，几步走到地头说："好，赶紧回院子，给你娘念念。"

宋承礼跳下马道："爹，信在村公所，您得下去拿。"

宋长河皱了下眉头，说："两封信加起来不到一两重，你小子拿不动啊？"

"不是的，爹。"宋承礼说，"工作组领导说让你下去，说他们也接到我大哥的信了，说大哥批评他们工作开展太慢，让您下去给想想办法。"

宋长河顿时明白，摇头说："这是变着法儿让我带头去种分下的地，不去！礼儿啊，你把信拿回来，我这还有一盆豆角要种呢。"

宋承礼急了："爹，我看了大哥给工作组的信了，里面确实批评他们工作开展得慢，不接地气，但也提到爹了，原话是让我父亲带头是个好主意，我完全赞同。"

宋长河愣了下，说："你大哥说的这话？"看三儿子一个劲儿地点头，这才跳下埝头跟着去了村公所。路过镇边，看到那些好田地，眼看就要过了节令还没人动，他不由就加快了脚步。

老大老二俩儿子的信都不长，尽管一个在江南一个在东北，但信的内容却出奇的一致："我们都在革命队伍里，我们将很快解放全中国，你作为解放军家属，要支持当地土地改革，要给当地农民带好头……"

听三儿子念完信，心里嘟囔一声："老子是你爹，不是你家属。"看着工作组几个人眼巴巴的表情，他摆摆手说："我回去准备农具，再耽搁今年秋天，全镇的人都喝西北风了。"在来的路上，他已经做了决定。

工作组的几个人跟着他，说："种子我们先借给你，一会儿就弄到地头，你只要架起牲口插上犁，全镇就开始动了，时令不等人啊……"

这些上好的农田真就像缎子一样，以前做梦都不敢想，全部家当也换不来这一亩地啊。他在地头抽了一袋烟，弯腰伸手薅掉身边的杂草，抬腿进地里的时候还琢磨先左脚还是先右脚，这地里软绵绵的土实在是舒服，真想躺下打个滚。

正自激动，突然听到身后有马打响鼻的声音，扭头看白桂花跟小儿子承信牵着马过来，宋长河愣了下。小儿子喊着爹跑到他跟前，脆生生地说："俺干娘说这马她养不了了，让你帮着养。"

看身后几个工作组的都笑，知道这也是他们做的工作，还有地头放着的一架崭新的犁，再看镇村口，不知何时聚集起很多村民，目光都在他这里。

看着宋长河木木地接过缰绳，白桂花对着他笑了下，拉着宋承信的小手就往镇里走去。太阳斜斜地散在地上，白桂花从来不乱的头发上闪闪发光，这是她别在上面的银发卡。

不再多想，宋长河摸了摸这匹壮硕的马脊背，套上笼头架上犁，这地种什么他还没想，也不需要马上就犁地。但他明白，全镇的人都看着，架马插犁是个形式，表示这地是自己的，也就是工作队分地生效。

十三岁给许家当长工，不偷懒有眼色，三两年后就成了庄稼把式，只是山里巴掌大的一小块一小块开荒弄出的地，用不着他发挥本领，这些年的憋屈，在这一刻得到充分释放。

像一个出征的大将军，宋长河再不犹豫，他赶着马儿顺着地边犁了一来回地。谷雨节气都过了好几天，大地早已萌动酥松，新的鞭子新的铁犁，初升的太阳红彤彤地照着，工作组在看着，镇里的人在镇口看着，白桂花拉着承信回头看着……

当天下午开始，青山镇的土地上开始忙碌，每家每户都抓紧施肥下种子，荒废不起的除了田地，还有人的心。

自此，宋长河成了青山镇的一面旗帜，他挥鞭扬马犁地的样子印在很多人心里，成为一种传奇。

因为白桂花送马，这个传奇里又增添了许多暧昧。但在他心里，无论是犁地还是送马，这就是装了装样子，等工作队的人走了，他就给马儿卸下笼头，然后牵到地边看着它啃食青草。这山下的地不比山里梯田，差不多就行。深翻密犁细耙，好庄稼把式容不得地里有一块大土坷垃，真就像女人摆弄心爱的长发，天天梳理常常清洗，油光锃亮，种小麦也不比种玉米高粱，这十亩地不比山里梯田，自己随意摆弄，没有牲畜几乎就没有办法，宋长河当长工的许家，最多时圈里养着十六匹马，还有大小十头牛。

插犁后，就算接下了这地，不管政策变不变，这一季总得种好吧。牲口怎么办？看着这匹膘肥体壮的马儿，宋长河伸手掐了个青草杆儿叼在嘴角，没有马上还回药铺，因为镇子口站着很多人，他不想被人家指着脊背说三道四，尽管身正不怕影子斜，只是唾沫星子多了，腥味太恶心。

这个地边就是小河，青草茂密，看着马儿吃了个肚儿圆，太阳已经在正头顶，宋长河起身牵着马扛着犁朝镇里走去。

工作组说了这犁送他了，他坦然接受，想了半天，没有牲畜就用人，到时候让四儿子掌着犁，自己跟三儿子前头拉，慢点不怕，起早贪黑，这十亩能弄过来。

到了药铺门口，宋长河放下犁牵着马朝后院走，只见镇里俩浪荡鬼蹲在药铺旁的小门口贼头贼脑地朝里瞅，原来白桂花在后院面朝着门在择香椿。正午阳光正好，鼻尖微微出汗，两个脸蛋红嫩，如手里的香椿，掐一下就是水。

他用力咳嗽了一声，这俩浪荡鬼赶紧支起身子，嬉皮笑脸地走开了，边走边嘀咕："正主儿来喽。"

宋长河当没听见，牵着马进去，走到左侧最边上那间房。以前这里就是马圈，但到跟前傻眼了，马槽以及囤的干草都不见了，两个伙计正在里面打扫。他扭头看白桂花，她站起来说："亲家，这香椿嫩着呢，我中午炒鸡蛋，是后山咱家窑顶上的吧？"

宋长河点头，很疑惑地说："马圈要重建还是换地方？"

白桂花走到跟前说："不养马了，我一个妇道人家，养着马费时费力，也没用，你怎么把马又牵回来了？在地头不是说了让你帮着养吗？"

他顿时明白，这就是借机送自己这匹马。这做事风格跟薛黄芩一模一样，甚至更狠，连马圈都拆了……

看他发愣，白桂花接着说："亲家，我这里养马真不合适了，伙计半夜进来添草也不方便，最主要是我养着没用，现在药铺就是对付着，不再去县城贩卖。还有，我名下还有地，你得帮我都种了。"

白桂花不是薛黄芩，宋长河不知再说啥。知道他不愿意，白桂花又说："马是我的，就是你帮我养着，帮我种地，这个没问题吧？"

人家都想好了。宋长河连推让的理由都说不出，只能点头说："那好，我先给你种地，都种小麦吗？"

白桂花抿嘴一笑，说："你做主就是，中午留下吃饭吧，承信马上就下学了。"

宋长河赶紧回答说："不了，我得回去准备农具。"说着，牵着马转身就走。这匹马的事情说清楚了，是人家的，只是帮着养帮着种地，这说得过去，吃饭就蹬鼻子上脸了，就是薛黄芩在，留下吃饭的时候也是有大事发生。

镇里土改的政策是按户，成分不是地主富农，有土地的人家继续耕种原有农田，没有农田的贫下中农一户几亩均分那些从地主富农家没收来的土地。

最先第一次土改是宋承仁带人搞的，当时薛黄芩的地产其实够富农标准，舍房不舍地，他也没全想到看透。好在宋承仁找了个借口，说他这地里有一部分是种植药材，济世救人用，且没有雇过长工，所以就给定了个上中农。

这次土改弄得细致，薛黄芩的地明显超标，但成分不变，人也为革命牺牲了，于是土改组组长就想了个办法，给白桂花留了五亩地，剩下的给了宋长河——家里大小八口人，当年说的坡地都种了树，不算，反正这两家人也不分彼此。所以，除了分得的十亩土地，工作组给白桂花留的五亩地也基本上属于宋长河了。

宋长河回到前山窑洞，先把这匹马安置好，然后盘算了下，很快下山。这十五亩地拿出一半种了玉米，至于玉米种子，工作组答应借给了。最主要的是不知道下半年雨水情况，要是都留着种小麦，真怕到时候都撂荒了。

这地只种一茬玉米或者一茬小麦，当地叫细地，也有可能是惜地，是仔细的细也是珍惜的惜，是说种庄稼仔细也是说比较珍惜这田地。但大多时候，都是套种：小麦成熟前就在麦垄里种下玉米，收割完小麦，玉米已经长出十多公分，这样说起来两料庄稼都不耽误，只是田地要肥力够，而且费劲费劳力。

说起来宋长河家里人多，但老大老二在部队，老三每天学唱琴书，剩下基本就靠他一个，所以这样分开都种细地，人不累，田地也不累，收的粮食也肯定够吃。

风调雨顺，转眼入秋。玉米大丰收，前山窑洞院子地上铺满，树上挂满了玉米穗。何桂花剥玉米剥得两手都磨出了血泡，依然开心得合不拢嘴，从来没见过这么多粮食啊。

宋长河晚上帮着剥，一大早又牵着马下地了，剩下的七亩多地，早已经犁了两遍，耙得更是仔细，比小拇指头蛋大的土坷垃都找不到。当长工的时候，他只是在旁边打下手，这小麦怎么种他还没完全摸清楚。

一九四八年的深秋，宋长河就像看自己孩子出生一样，蹲在地头看自己请来的镇里唯一会摇耧种小麦的把式干活儿，小麦种子是白桂花借给的。

看着小麦很快就开始萌芽，看着小麦被冬雪覆盖，看着小麦在春天茁壮，看着小麦拔节开花，看着小麦一天天变黄。龙口夺食终于把小麦收回场院，没白没黑打场扬场，终于把一袋一袋的小麦收回家，然后迫不及待地磨面，满怀期待地蒸出馒头，咬一口满嘴生津，那个香啊……

这是幸福的一年，家里到处是粮食，窑洞下的坡地种的南瓜、落花生等也都丰收，吃饭已经不是个事了，想吃多少就吃多少。也不往后山的窑洞送了，因为镇里跟这前山两头跑着都累半死。

但是后路还是要留，他槺了部分玉米后，买回五个大瓮，在院子前面一块梯田里挖了个方窖，把瓮摆进去，粮食晒干后放进去盖严实，再用泥巴密封好。窖里四壁带底都用石头砌起来防潮，上面盖好后，用土掩住，拽一把草籽撒上前，走到跟前也发现不了。这块地本就种的核桃树，树干都已经胳膊粗细，显得更加安全。

这个藏粮食的地方，只有他跟老婆知道，因为前山的窑洞院子经常锁门，所以这是必须的。宋长河似乎开始满足青山镇的生活，因为种地需要，不能老跑山里，薛黄芩留给他的院子逐渐有了人气，老婆带闺女也经常下来住住，但何桂花从来都没把这里当家，她总是说太吵，在这里睡不着。

还了借的种子，把刚磨出的面先挖出几袋子给白桂花送去。在宋长河心里，自己家能有现在这一切，都跟薛黄芩有关系，尤其是这想都不敢想的幸福更是跟薛黄芩息息相关。所以不管啥吃的喝的，都先给药铺送过去。为了避嫌，除了送粮，其余东西都是让老婆给拿过去。

又是一年秋天，宋长河满足地牵着马去地里深翻土地。割了麦茬，先是点着烧成灰，再用翻犁连根埋入地下，沤成肥，等候小麦下种出芽，冒出地面。

这两年的日子趋向安稳滋润，过年过节可以吃顿白面饺子。可以顿顿吃饱饭了，手巧的何桂花偶尔还能变换个花样。

这里人早饭一般是十点多吃，也就是睡起来先去地里干活，到太阳逐渐热起来再回来吃饭。饭后一般都是整理农具，给牲口弄一槽草，喂饱休息好。到下午三四点吃午饭，这顿饭一般比较正式，因为有时间，可以变着花样儿做。再下地一般都干农活到天黑，晚上回来喝碗玉米糊糊或者小米粥，就着咸菜啃个玉米面加白面两料的馍。

宋长河偶尔去老窑洞那边，早春去弄香椿，夏天去挑回来一担杏儿，秋天带孩子过去打核桃；何桂花隔段时间也过去住一两个晚上，她嫁到那里，在那里生了一堆娃娃，这份感情是无法割舍的。

地里活儿多，宋长河起早贪黑忙碌，农忙时节赵家班接不上活儿，三儿子承礼就跑回来帮忙，四儿子承智更是很快地成长起来，架着犁，俨然成了庄稼把式。

当年把三儿子承礼送去跟欧阳师傅学琴书后，宋长河本计划再过两年就让四儿子承智到薛黄芩的药铺当学徒，然后拜坐堂郎中为师，只是没了薛黄芩，很多事情便不了了之。

一个傍晚，天闷热，马上就是七月十五，一家人都在镇里。月亮基本圆了，不用掌灯，俩儿一女在院子里玩耍，老婆靠在北房墙上缝补衣服，马儿在南房边上的马圈里打着响鼻，宋长河叼着烟袋锅子坐在院子中间的老榆树下，惬意地伸着腿，准备一会儿给马添草料。

街上突然由远到近响起马蹄声，刚开始宋长河以为谁家在地里干活回来晚了，细听明显不是，这是好几匹马过来的声响，就像暴雨砸在屋檐上，噼里啪啦。宋长河没有在意，把烟袋锅子在地上磕打了几下，正准备从烟布袋里掏碎烟叶，那马蹄声居然在门口停了下来，然后是清晰的下马声响。

宋长河马上站起来，脑子里转了一圈念头，想：莫不是国民党又打回来了？

不容他再想，大门被推开，一身戎装的小伙子把手里的缰绳递给身后的兵，边往里走边摘下帽子。看到院子中间的宋长河，他喊了声"爹"，脚步不停直接走到北房前，伸出双手把往前倒的何桂花扶住道："娘，承仁回来了。"

何桂花从门被推开就往起站，大儿子摘下帽子她就认出来了，一晃六年，两千多个日夜，当娘的何时不在牵挂啊。刚站直的何桂花有些眩晕，直到大儿子扶住她的肩膀才缓过口气，眼泪瞬间就流了下来。她一时哽咽，喉头动了半天才喊出一声："儿啊……"

跟在后面的几个兵，有俩拿出马灯点着提着，宋承仁单膝跪地，抱着何桂花也是眼泪横流："娘，您老了这么多……"

宋长河杵在那儿愣了下神，看着大儿子跟老婆抱在一起，不由也擦了下眼睛，扭回头想招呼跟着的这些兵，突然发现一个年轻女人站在门口，有些羞涩。微弱的马灯下，她有微微凸出来的肚子，他心里咯噔了一下：这是谁？这怀孕的女人是谁？

何桂花终于稳定住情绪，紧紧抓着大儿子的手道："儿啊，饿了吧，娘给你做饭去。"

宋承仁转头看了下这院子，这是他第一次进来，跟山里比，似乎密封很多，不敞亮。听娘问，他马上点头道："饿了，娘，我这几年只要饿了就想您摊的煎饼。对了，娘，我把媳妇带回来了。"随即扭头对着门口喊："秀儿，过来，到家了。"

那个叫秀儿的姑娘迈腿进来，宋长河不由得后退一步，宋承仁已经扶着何桂花到了他跟前。"爹，娘，承仁戎马生涯，成家没有及时告知，在这里跟您二老鞠个躬，算赔罪也算认亲。"

宋长河提着烟袋赶紧站直，何桂花紧挨着他也下意识地直起腰。宋承仁上前拉着媳妇的手，两人面对他们整齐地鞠了三个躬。宋承仁对老婆说："秀儿，这是爹。"

秀儿喊："爹。"

宋长河赶紧"嗯"了一声，声音比羞涩的儿媳妇还低。

宋承仁又说："这是娘。"

秀儿声音大了很多："娘。"

何桂花上前一步拉住秀儿的手道："好，好，让娘看看，你这身孕六个月多了吧？"

这突然的发问，搞得李秀秀满脸通红。她点点头，悄悄在婆婆耳边轻声说："差不多。"

正在这时，白桂花走了进来。紧邻的院子，马蹄声也把她惊着了，本来就想过来叫承信过去写大字，走到院门口把耳朵贴在门上听了会儿才开门出来——她听到有人喊爹喊娘，知道宋家哪个儿子回来了。她跟宋承仁并不熟悉，但知道宋长河的俩儿子都是解放军，自己丈夫的死跟这个承仁有些关系——部队要的各种药材就是他联系的。

这都是过去了，不怪谁。走进院子，她脸上没有任何显示。"是大侄子回来了，没吃饭吧？亲家母，我那边还有馒头，咱给孩子弄饭吧。"

八路军那时候来取药见过，知道这是白桂花，宋承仁马上立正敬礼："婶娘好。"不由也想起薛黄芩的惨死，忍着难过拉着媳妇说："这是婶娘。"

秀儿马上鞠躬喊："婶娘好。"

薛黄芩在世的时候，宋长河让孩子们都叫他伯伯，也只有宋承信叫白桂花干娘，剩下孩子都叫婶娘。

"好，好，"白桂花想起薛黄芩，眼泪也在眼眶打转，随手从自己手腕退下一个镯子递给宋承仁的媳妇，"这是婶娘给你的见面礼。"

秀儿摆手拒绝，白桂花抓住她的手就套到她手腕上道："你娘这刚从山上搬下来，这个算我们仨长辈给的，住下就知道了，咱是一家人了。"

宋长河有点不好意思，自己家没有能拿出手的东西，但他醒过神来，马上对白桂花说："嫂子，我看承仁带的这几个战士就安排在西院住吧，他们都背着铺盖呢，辛苦你先招呼他们住下，我这边安排饭。"

白桂花松开拉着秀儿的手说："行，我带他们过去。"

这几个兵看着宋承仁，等他的命令才敢走。宋承仁知道自己爹的用意，家里人说话有外人别扭，于是就点点头道："你们先过去放下铺盖，记得纪律，记得打扫院子挑水，然后过这边吃饭。"

"是，营长。"声音齐整，敬礼利索。宋长河顿时心花怒放，默默想："当年送出去真是对了，我这个儿子是营长了，有出息了。"

其实他并不知道营长是多大的官，但第二天看镇里的"头头脑脑"均是低头哈腰来请示宋营长，更觉得自豪，但他内敛惯了，强忍着内心的激动给这些头脑们搬凳子。这些双手接过凳子的"头脑"们请示的事情总体就一件：新中国要成立，咱们镇怎么搞庆典？

对于青山镇和已经住上的四合院，宋长河从没当个家，最多算是农忙时期的一个住处。他十三岁在这里当长工，尽管吃住都比老窑洞强，但只要没啥活儿或者东家发话歇两天，他拔腿就往山里走。对他来说，山里的一切才是真实的，每次爬过石梯子，他才觉着回了自己的天地：鸟儿飞，松鼠跑，林子里清凉，草地里松软，想喊就喊，想跑就跑。

自大儿子回来，他越发不喜欢这个镇子，原本不熟悉的镇里人见面都是点头哈腰，因为宋承仁是县里派来"主事儿"的，尽管很快就要走，但他能左右整个镇里的"人事"。当年宋承仁主持土地改革，宋长河一次也没下来，所以没啥感觉，但现在每天要去地里忙活，难免碰到镇里人，就连欧阳师傅见了他都客气太多，实在觉得不真实。

宋承仁在村里住了一个多月，全镇掀起庆祝新中国成立的高潮，彩旗飘飘，标语满墙，欧阳琴书班也排练了新段子，每个晚上都说唱两个多时辰。

眼看着就是中秋节，庆典也到了最高潮，八月初十上午到晚上，全镇的人都集中在戏台前，宋承仁上去先讲了话，他说毛主席今天在北京天安门宣布中华人民共和国成立了，我们很快就能解放全中国！然后带领大家喊口号：中华人民共和国万岁！解放全中国！

这一天是公历一九四九年十月一日，而包括宋长河在内的很多镇上的人都还不知道啥叫公历。

宋承仁是八月十五前两天离开的，李秀秀留下来生孩子。他跟宋长河说："爹，我这次本来回不来，战事还紧张，就是因为秀儿怀孕，上级领导才安排我负责镇里庆典，捎带把秀儿带回来。"随即他掏出一沓人民币递过去，"爹，这个钱叫人民币，很快咱这里就流通，应该说以后只能用这个钱，您拿着给家里用。"

宋长河接过来，说："那此前的银圆呢？"宋承仁说："会给兑换，等政府通知吧。"他接着问："如果不兑换是不是就不能用了？"宋承仁笑着说："爹，咱家的光景我知道，您还有多余的银圆啊？"他摇头说："就是问问。"

想到后山那个洞里，薛黄芩还有一袋半银圆，还有金元宝，这个事情他悄悄找白桂花商量，白桂花说："我不懂，你做主。"

这个主意怎么拿，那不是自己的东西，但也不能废了，后来他悄悄问欧阳师傅——除了薛黄芩，在这个镇里能搭上话的就剩三儿子这个师父了。

欧阳师傅说："银圆应该赶紧换，金元宝留着，啥时候都应该是硬通货。"欧阳师傅没问他情况，但他还是主动多说了一句："我就是问问，听大儿子讲新票子很快就流什么通了……"

儿子前脚走，宋长河后脚就上了山，先去后山挖出那俩袋子，银圆没几块了，剩下都是金元宝，还有几块玉石，他也不懂成色，随即两袋并一袋重新塞到老地方。回到镇里，他把拿下来的银圆都给了白桂花，说："人家换新票子的时候换了就是，我问过了，这些银圆随后就没用了。至于金元宝，留着，人家说啥时候都值钱。"说完，没进自家院子，径直往前山窑洞院子去。

白桂花送出门，指指隔壁，很奇怪地问："你不回去看看？"他摆手说："不了，苹果树上的果子鸟儿们糟害得厉害。"那些果树确实都挂了很多果，接近成熟，但这不是理由。这次啥都不说就上山去住，是因为大儿媳妇，咋咋呼呼的，住一起实在是别扭。

这个李秀秀出生在省城近郊，家里半农半商，上面仨哥，比较娇惯，但也读过书；不算大家闺秀，也算个小家碧玉，只是个性泼辣，大大咧咧，风风火火。回来后就头天晚上觉着羞涩，第二天就开始大嗓门说话，接下来一个多月，更是不得了，在镇里很活跃，发动了一群跟她年龄相仿的大姑娘小媳妇，教给她们跳舞唱歌。

每天一大早这群娘儿们就来院子里，这让宋长河烦不胜烦。在他看来，这就是不务正业，新中国成立是大事，可这一帮娘儿们折腾个啥劲？能折腾出个啥？不好好在家做饭洗衣服，嘻嘻哈哈像个啥嘛！

对于自己这个媳妇，宋承仁只说了一句"战友"，何桂花也不知道啥叫个战友，但凭空就得到这么个漂亮儿媳妇，她是高兴的。有一次，屋里就她跟宋长河，看自己男人拉着脸，她就笑着说："我当年到你家，你爹好像还给了我爹半筐玉米吧，咱大儿媳妇可是啥都没要就来了。"

宋长河哼了一声说："咱又不是不出，是她自己不要的。"

何桂花还想再说啥，嘻嘻哈哈的声音从大门外传进来，大儿媳妇带着她的宣传队就回来了。宋长河再哼一声，起身扭脸进了南房给马拌料，待那帮娘儿们都进了北房，随手提个筐就出了门。

还有一点让宋长河更恼火，好像老婆何桂花也受了媳妇影响，跟自己说话都有了脾气。什么"婆娘们也顶半边天"，宋长河听到这句话就想拍桌子。

听着隔壁院子里一堆妇女叽喳，白桂花捂住嘴笑，宋长河皱着眉头道："就这样吧，亲家，我上山了。"

按说，从这个家出来，顺着主街道走到牌楼，望北一拐，穿过庙前的鼓楼就是进山的路。可自从那个晚上掏了野鸽子窝，他总觉着耳边"咕咕"声不断，有时候坐在院子里看那群野鸽子飞过，脑袋都是嗡嗡响，所以他绕到东门，从一条田间小路插过去，再不走近路。

第 9 章

代沟

　　解放省城战役时宋承仁的营属于先遣队，需要先在外围建立起后勤保障医疗服务等。李秀秀是省城长大的，在一家教会医院当护士，被临时征召到医疗服务队。

　　战地医院设在战场外围的一个村，宋承仁把刚加入的医生护士集中起来，给他们讲了革命形势，做了战前动员。一切安排妥当，部队临出发时，李秀秀直接跑到宋承仁跟前说："长官，请您帮我们写几个字条。"

　　因为有工作经验，也泼辣大方，李秀秀被安排成小组长，她要写的字条是"手术室""医疗器械室"等。宋承仁笑了笑说："咱们部队不时兴叫长官，再说了咱这是战地医院，不需要这么繁琐，你们自己写个一二三能分辨就行。"

　　李秀秀甩着大辫子，说："那不行，救死扶伤随便不得，稍有疏忽，人命关天！"

　　宋承仁拗不过他，赶紧接过毛笔，把纸摁在墙上，按李秀秀的要求写了五六张。交接毛笔的时候，两人的手无意间碰了下，她羞红了脸，拿着纸条跑开了。战地医院的院长是石城人，跟宋承仁熟悉，这一幕看在眼里，想在心里："我这个小老乡尚未婚娶，这个大媒得做。"

战争打响后，宋承仁的副营长被炮弹炸伤住进战地医院。等省城解放后，宋承仁来探望战友，院长就把这想法悄悄给他说了。

宋承仁浴血奋战，一身战火气息，根本想不起这个李秀秀是谁。当院长指着大院门上的"手术室"字样，他才记起那根大辫子，随即拒绝："行军打仗居无定所，暂不考虑。再者，她也不是咱们革命队伍的人。"

院长拍了下他的肩膀说："男大当婚，女大当嫁，我已经问过了，没有成家，申请加入咱解放军医疗队的报告也打到我这里了。你要是不愿意要，大把的人在后面候着呢。"

宋承仁实在不忍心把人家的好心当成驴肝肺，笑着说："老乡哥啊，你这是剃头担子一头热，人家能不能看上俺这个山里娃呀？"

"能！"背后突然传出一个脆生生的声音，吓了他一跳。李秀秀羞涩地站在他身后，说出这个字后马上低头，两手扭捏地捏着衣角。

院长哈哈笑道："你们谈，你们谈，我还有个手术要做。"

院子里人来人往，李秀秀转身就往外走，宋承仁看着她倩秀的背影，愣了下，不自觉地就跟了出来。

这个院长是个有心人，战争开始前部署准备工作，拉家常般给大家讲了宋承仁的两个战斗故事，第一个是徒手攀爬日本人碉堡，第二个是舍命保护宋师长。当然，这主要是让李秀秀听的，当面拉媒会尴尬，不如绕个弯子先铺垫铺垫，然后水到渠成，这些丫头涉世之初都崇拜战斗英雄。

"宋承仁最初就是宋团长的警卫员，年纪不大，刚开始基本都是送信站岗。在一次破坏铁路干线的任务中，小鬼子的一个碉堡很疯狂，居高临下不停射击。宋团长接到任务，务必在天亮前破坏掉铁路线，否则鬼子会从这条铁路线增援，那么攻打某县城的部队会腹背受敌。因为是死命令，宋团长就亲自带着一个营前去完成。眼看着天逐渐亮起来，铁路线并没有完全破坏掉。这个碉堡火力很猛，已经牺牲了多名战士。宋团长急了，摘下帽子摔在地上，抱起一挺机枪就要往上冲。

　　"这个碉堡依着沟边，只有正面是平地，背后及两边都是深沟，易守难攻。宋承仁伏在旁边已经观察了一会儿，拉住要拼命的宋团长说：'给我几个手榴弹，我能爬上去。'知道宋承仁是山里长大的，宋团长马上说：'好，我们正面攻击给你掩护。'

　　"宋承仁拿起一根长绳子缠到腰间，抓过几颗手榴弹绑好就冲了出去，只见他弯腰伏地，灵活地绕来绕去，咱们的火力支援也很猛……很快，宋承仁跑到沟边，瞅准沟边的一些杂木，跳下去像猴子般荡来荡去，很快到了碉堡后面。在枪林弹雨中，他迅速解下腰间的绳子，一头拴住自己，另一头拴在一个粗树根上。

　　"敌人从来没想过有人能从沟里爬到碉堡上，宋承仁硬是靠手指的力量，从背面攀爬到光滑的碉堡顶子上，要知道他身下可是万丈深渊。爬到碉堡顶子上后，他将手榴弹绑在一起同时拉了线，探下身子从射击孔甩进了碉堡内，然后纵身一跃，跳向沟里。"

　　讲到这里，一大群女孩子都叫起来，李秀秀直接就站起来，脸色煞白，问道："那……那……宋营长没有摔死吧？"问完马上意识到自己错了，人家不是刚刚才写了字条嘛，她脸色通红，道："呸呸呸，宋营长是英雄，不会死的。"

　　院长笑了："英雄也会死，人哪有不死的。但宋营长运筹帷幄，上去前已经想好了退路……"

　　"当时宋团长远远地看着。碉堡顶子都被炸起来了，宋承仁跳入深沟。宋团长赶紧带着部队往上冲，等占领了碉堡，再往沟里看，宋承仁被绳子吊着腰正来回晃荡呢。这次战役后，不满十八岁的宋承仁直接就被任命为侦察排副排长，宋团长说好钢要用到刀刃上，站岗放哨不用这么灵活的兵。

　　"关于舍命救师长，发生在解放战争时期，战地医院的院长说：'故事很简单，头脑不简单。'那时候宋团长当了师长，宋承仁也已经是副营长了，部队驻扎在一个村里。宋师长带着几个营长还有警卫班去县里开会。

因为是在咱自己的根据地，有些大意了。没承想回来的路上与国民党还乡团碰上了，这伙反动派武装也不知道从哪儿窜过来的，迎面碰上就是遭遇战。尽管还乡团战斗力不行，但架不住人多武装好，边走边退，到傍晚，宋师长他们一帮干部被围在一个小树林里，危在旦夕。

"距离五六里，枪声听得不真切，正在操练队伍的宋承仁不知怎么就想到了师长。但没有命令是不能私自调动队伍的，他急中生智，紧急集合了自己手下进行拉练——实弹跑步走，赶到了现场，很快就解决了还乡团。宋师长事后问他怎么觉察到自己有危险，宋承仁嘿嘿笑了笑说：'我在山里放羊的时候，有狼来，我睡着觉都能感觉到。再说了，师长，这是晚上带队伍拉练适应环境，凑巧碰到的呀……'"

这两个故事经院长添油加醋、绘声绘色地讲完，宋承仁已经成了姑娘们心中有勇有谋的英雄，尤其是李秀秀，触碰过宋承仁的那两根手指头都开始发烧。省城解放战争结束，松了一口气的院长直接问她，早已芳心暗许的李秀秀毫不犹豫，直接点头。

宋承仁来探视副营长及战友，她就悄悄地远远跟着，关键时刻泼辣地喊出了一声"能"。这一声就是这一生，宋承仁跟着李秀秀来到村边，俩人默默走着，这时候都不知说啥了。但那时候真不是谈情说爱的时间，宋承仁摸摸兜，随即掏出自己常用的钢笔说："这个送给你吧，我经常用的东西。"

李秀秀低着头接过钢笔，掏出一块手绢塞到宋承仁手里就跑回村里。

很快，李秀秀加入了解放军医疗队。宋承仁来看过她几次后，征得她同意，就打了结婚报告，在部队渡江战役前的修整期结了婚，"本家团长"已经是副军长了，过来亲自证婚，战地医院院长主婚。

婚后三天，宋承仁带着部队南下，李秀秀跟医院待在后方，等宋承仁再次被调回来，李秀秀已经挺着大肚子给未出生的孩子准备衣物了。说起来，两口子在一起的时间加起来不到一个月。

热热闹闹的一个多月，庆祝了中华人民共和国成立的活动结束后，李秀秀这才安静下来准备生孩子。

儿媳妇临产，何桂花如临大敌，这让宋长河更加不舒服："不就生个孩子吗，你像她那么大，老四都生了。"

何桂花苦笑道："你就甭操心了，人家是城里人，又是医生，能一样吗？再说，这可是你的大孙子，风凉话，去山里跟野兔子说去吧。"

于是，宋长河回到山里住着不下去，几个儿子也不用他管，一个人吃饱全家不饿。老三去赵家班恢复学琴书，老五跟小青桃基本就在白桂花家住，何桂花带着老四每天给李秀秀做饭，小心翼翼地观察着。

宋长河独自在山里住，照料着那匹马，大儿媳妇说味道太呛，于是他便牵着上了山。干完农活，他就把马儿放到了石梯子下面的草坡上，依旧是缰绳绑在前腿上，跑不远但能移动着啃草。山里人大多淳朴，世道也逐渐地太平起来，不怕马儿会丢。

自从薛黄芩死后，宋长河养成了早上喝茶的习惯。薛黄芩断断续续地给过他几块砖茶，后来又在家里翻出来几块，一并也给了他。白桂花有一次上山看他喝茶，就顺带给了他一把薛黄芩常用的铁壶，不大不小，能盛两碗水。

每个清晨，他用菜刀剁一块茶放到铁壶里，烧火熬至沸腾，停火焖一会儿，拿出一个小瓷碗，嘘嘘溜溜喝一气，茶水喝完，把铁壶里的茶叶掏出来塞嘴里，嚼着就下地了。

由于缺乏管理也不会管理，四五年前种下的果树已经比手肘子粗了，但稀稀拉拉结不了多少果子。从窑洞的院子往下看，好大一片，但等果子红了收回来，也就那么几袋子，还净是被虫钻过被鸟儿啄过的。

已过霜降，每天早晚宋长河在窑洞里都能听到簌簌声响，满山的叶子逐渐往下落，一场寒雨落过，整个山上一片枯黄。

地里已经没啥活儿了，他就每天去摘南瓜，留山豆角种子，抽时间还去老窑那边打几袋子核桃。

又是一个早晨，起床，熬茶，美美地过着瘾，太阳出来后，宋长河居高临下，看着光秃秃的青山镇，再看漫山遍野金黄，心情很好。镇里那一群野鸽子不知为何呼啦啦飞了上来，散落到了脚下的梯田里，耳边是没完没了的"咕咕"声。

他叹口气，这些有灵性的野鸽子好像啥都没发生，而自己却想起来就愧疚。有几只野鸽子落在了院子里，他起身回窑洞里抓了两把玉米粒，出来洒过去，那几只野鸽子却腾空而起，转眼就到山下了。

宋长河盯着那几只野鸽子，突然看到山下有块梯田里有动静。现在是野兔子出没的时间，这一年果园里有好几窝野兔子出生，山下的地里活儿忙，他就没有当即处理，现在是时候了。

在宋长河心里，野鸽子是有灵性的鸟儿，尤其是庙前鼓楼里这些，而野兔子就是祸害庄稼的，如果不逮住，来年会跑满坡，啥都没法种了。

他提着铁锹和两个笼子下到了果园里。刚刚下过雨的地里湿漉漉的，他打量了下草势，找到兔子窝，很快把笼子弄好，过去拨开草，找到野兔子窝的逃生道路，几铁锹下去就把洞口封死了。接下来，就是等着晚上来收野兔子了。

在山里抓野兔子，宋长河轻车熟路，有时候一根铁丝弄个圈都能捉一只。这几年年景好些，野兔子胆大，都跑到前山了。

宋长河装好了两个兔子笼，扛着铁锹从地里出来，琢磨着整个白天干什么。地里湿乎乎的，没法干活儿，马上就要上冻了，得把山脚下拦水的坝加固加固。这时，五儿子承信一路小跑往山上来了。

他下了地堎，在山路上拦住小儿子，承信气喘吁吁道："爹，爹，小侄子生下了，俺娘让你现在下去镇里。"

宋长河表面不动声色，内心激动不已，有孙子了！俺家人丁兴旺啊。他故装冷漠道："生就生了，叫俺下去干吗？谁告诉你是小侄子？"

宋承信张口结舌、面红耳赤道："叫爹下去干吗，娘没说啊。是小侄子，俺干娘说的。"

宋长河伸手摸摸孩子脑袋，从兜里掏出一个苹果，这是刚才在一棵树上发现的，没被虫儿鸟儿松鼠祸害。"信儿，拿着吃。走，咱先回家，我刚装了兔子笼，下午估计就抓住野兔子了，到时候咱们提着兔子下去镇里。"

宋承信知道爹说的回家是回山上的窑洞，伸手接过苹果说："那我先回去告诉娘一下吧，要不她会着急。"

毕竟读书有用，思考事情已经有来回，宋长河微笑着说："信儿懂事，行，把苹果吃了就回镇里吧。"

"不了，我回去给妹妹吃吧。"宋承信转身要走。宋长河说："等等，我也下去吧。"他想到大儿子临别时跟他说的话："爹，秀秀是城里人，嫁了我个山里人大老粗，咱可不能亏待了人家。我这一去也不知啥时候才能回来，秀秀跟孩子就托付给您了。"

当时，宋长河抽着烟只是默默点了点头，在他心里，这就不是个事。这两年日子渐渐好过，能吃饱肚子，也有衣服穿，窑洞、窖子里藏的粮食够吃到明年秋收。只要有饭吃，剩余的就不叫个事。

他把铁锹塞到一个地堰下，伸脚踢了些树叶盖住，与儿子相跟着下了山。等走到镇里，碰到的人已经开始给他道喜，他明白这还是大儿子的面子，对于一个以前被称为"山猫"的人，这一刻，他还是非常满足的。

镇里人把山里下来的人叫作"山猫"，有两个意思，但都是说山里人没见识。山里的猫下来啥都没见过，见啥稀罕啥；山里的猫见不得人多，见人怕羞不敢说话。

这个称呼，宋长河给地主许勤俭家扛长工的时候就被叫过，村里的老长工也这样喊过他。刚开始他不理睬，后来也冷冷地回复："俺们是山猫，但实在，不像你们这地耗子，鬼精鬼精的。"

当时老长工就要揍他，恰好许勤俭碰到，呵斥了老长工。许勤俭牵着的小女儿许爱爱刚五岁，马上就哈哈脆笑："地耗子，地耗子，地耗子……"

人就经不起想，快到家门口的时候，许爱爱迎面过来："大哥，恭喜你当爷爷了。"

除了老婆，这是整个镇里宋长河唯一想说话的成年妇女。他马上停住脚步，笑着说："爱爱，儿女都还没养大，这又添了孙子，我就是受罪的命啊。"

许爱爱笑着说："嘴上说受罪，心里甜着呢吧。"说到这里，她低头看着承信："孩子啊，一会儿来姑姑家，今天中午炸油饼呢，你妹妹小雪那会儿还念叨说你在学校啥也会，要找你一起写作业呢。"

宋承信刚想拒绝，宋长河已经接话："行，家里乱的，你带走吧。小子，你有口福了。"

宋承信不敢拒绝爹，乖乖地跟着走了。只是他十万个不愿意，这个夏小雪学习一塌糊涂，就爱找他玩。

原来的东家闺女叫他大哥，就是从镇里第一次土改那年开始的，且一直没有改口。当时许勤俭托人捎信让宋长河下来镇里，给主持土改的宋承仁说说情，他家是镇里数一数二的地主，听闻附近镇里都要整死大地主，非常害怕。宋长河没下来，只说大儿子会秉公办事。宋承仁在随后的土改中心怀仁慈，只对房对地不对人，所以许家感恩。再加上许爱爱小时候跟宋长河玩过，所以这个大哥他就认了。

来到院门口，先把身上的土拍打了拍打，宋长河推开门，见满院子都是镇里的妇女，自己站没处站，立没处立，实在觉着别扭，就喊了声"我回来了"，出院把门带上，蹲在门口抽起烟来。

没一会儿，有个妇女出来问他："桂花姨让问孩子叫啥名字？"

他把烟袋锅子在门口的石头上磕打了下，胸有成竹道："宋继燕——俺孙子这辈按家谱该是'继'字辈了，燕云十六州的燕。"

那个妇女不识字，镇里妇女没几个认字的，根本没听懂。宋长河其实也不知道"燕"咋写，"燕云十六州"是哪十六州他能背下来，但也是一个州的名字也写不出。打跑日本鬼子那年，听了一夜琴书，压轴的就是欧阳师傅跟自己家老三承礼说唱的，说朱元璋真正收复了燕云十六州，结束了四百年的耻辱。

恰好这时候宋承礼进了胡同口，宋长河如释重负，说："让我老三给你说吧。"

"礼儿，来，你告诉她，你大哥的儿子我给起了名字'宋继燕'，'燕云十六州'的'燕'。"

从山东逃难过来时，宋长河的父亲死死地记住了十六字家谱。因为不识字还找人给刻在一块木板上，每生下一个儿子就让背会。宋长河生了儿子也一样让背，只是儿子这一辈都识字了，尤其是老三老五，一个学琴书，一个上学。

承礼点头，说："好的爹，是燕子的燕，继续的继。"

看承礼跟那个女人进了家，宋长河起身想回山里，他估计老婆叫他下来也就是起个名。这是家里的规矩，孙子名字由爷爷起，爷爷不在了才由父亲做主。他给儿子起名字的时候请示父亲，他父亲说叫啥都行，按家谱"承"，叫他自己看着办，然后就叫的"仁、义、礼、智、信"。刚站起身把烟袋锅子塞到腰带里，白桂花从自己家里端着一笼屉馒头出来，看到他愣了下来说："刚下来吧，这就又要回山里？"

"是，嫂子。"宋长河规规矩矩，"我在这里也没啥用，山里一堆活儿要干。再说，孩子名字我起好了，让承礼给她们说了。"

白桂花笑了笑，露出洁白牙齿，说："行，这里有我照顾着呢，你拿俩馍路上吃吧。"

宋长河摆摆手，说："不了，我不饿。对了。承信去爱爱家了，估计不回来吃午饭，你就甭找他了。"

白桂花伸直两条胳膊把笼屉直接递到他面前："拿俩。"

宋长河把手在裤子上擦了擦，伸手拿了俩白馒头，赶紧侧身从白桂花身边走过。小青桃蹦蹦跳跳着从白桂花家里出来，看见他就喊"爹"。他把馒头递给小女儿说："来，吃白馍馍。"

白桂花扭头笑着说："甭给她了，蒸出来就给她吃了，你拿上吃吧，吃了会噎死你啊。"

这话实在没法接，弄得他脸红脖子粗，赶紧站直身子。小青桃点头说：

"爹，你吃，刚才俺干娘给俺吃过了。"

宋长河对女儿笑了笑，对白桂花说："嫂子，这俩孩子都让你惯着了。"

白桂花对承信好，对小青桃也好，儿子是两家说定的认亲，小青桃会说话就跟着五哥叫干娘。

这都不是事，宋长河微微觉着白桂花最近对他也"好"起来，以前说话都是中规中矩，现在只要就他俩人，说话语气明显放开也热乎起来，这都开上了玩笑。

这不行。捏着俩馒头像揣着俩炸弹，他不由得告诉自己以后不要跟白桂花单独说话。

路过村边，不知谁家的葱地，看着都成了老叶子也不往回挖。抬脚进去找松软的地方拔了两棵，剥了外皮撕掉叶子只留葱白，就着馒头吃着往山里走。远远看见薛黄芩的坟在一堆土包里格外显眼，宋长河斩钉截铁地在心里再次重复：这不行。

半下午回到果园，进去看俩兔子机关都没动静，便提着铁锹下到山根下，甩开膀子开始往高往宽加固土坝……心里想着"燕子的燕"，我这孙子出生了，大儿子二儿子也该飞回来了，尤其是老二承义，这么多年都没着家。

第二天一早，宋长河正在窑洞门口煮茶喝，听到地里有扑腾声，声音不大，但山里安静，一下子就听见了。自己下的套自己知道，只要进去就跑不了。他美美地喝饱了茶，放下茶碗去了地里。果真逮着了俩兔子，不是很大个，但膘还是很肥。

杀好剥了皮，宋长河随即拎着两只光秃秃的兔子到镇里，大儿媳妇生孩子，把这兔子炖上补补身子……进院子见老婆在烧火熬汤，宋长河心里咯噔一下：这儿媳妇该不是也不下奶吧？

五儿子与小闺女生下时，老婆不下奶，费了不少劲。耳边马上就是野鸽子的"咕咕"声，一层层环绕着，挥之不去。他上前把兔子放到一个盆里，屋里传出孩子的啼哭声，果然是。何桂花叹口气低声说："你去找点羊奶吧。"

宋长河嗯了一声，转身就往出走，何桂花在后面喊他："你得拿个碗吧？"

再返回拿了个碗出来，耳边的"咕咕"声似乎越来越响，他不由自主地往那个破鼓楼的方向看了一眼。

羊奶很好找，当年老婆生青桃，兵荒马乱不敢下来镇里找，只能去掏野鸽子窝，而今处处平安，宋长河不用打问就进了一家院子。

因为经常上山放羊，一去就是好几天，所以镇里放羊的大多都认识宋长河。进了山想喝口热水啥的，只要到了窑洞院，不管前山院还是后山院，宋长河与何桂花都会很热情，没啥吃的，但枣儿、杏儿、核桃，总给抓几个。

这家的羊刚好有一只产仔，很方便就挤出一碗，主家说不够尽管来。道了谢，宋长河端着赶紧回家，进门摸着还温乎。"快端进去给孙子喝了吧。"

宋长河与何桂花从来不互称名字，在山里大多时候就他俩在，说话肯定是给对方听的，再者好像也叫不出口，下到镇里实在是众人面前需要强调这话是给对方，都是"信儿爹""青桃娘"代替。

何桂花赶紧上前接过碗，说："你烧把火吧，慢火熬，这猪蹄是亲家母送过来的，也不知她在哪儿买来的，好像托人去了县里。只是昨晚就喝了，现在还没动静，再熬熬继续喝吧。"

宋长河不再说话，上前蹲到土灶前，刚抓起一根柴，何桂花从房里又出来，手里仍旧端着那碗羊奶。看宋长河奇怪地看她，何桂花低声说："媳妇说不干净，不让给孩子喝。"

宋长河霍地站起来，刚想发作，突然明白这是儿媳妇，不是自己老婆，只能忍住又闷头蹲下说："你给媳妇说，烧开了再放温乎就干净了。"

何桂花弯腰把碗放到台阶上："我去问问行不行。"很快又出来，没说话，只是摇摇头。

"又为啥？"宋长河一脸怒火，但声音压得很低。

何桂花把碗端起来，闻了闻说："怕孩子将来长大，一身羊骚气。"

一个"屁"字到了嘴边，又硬生生咽了回去，然后一肚子的不舒服。恰好小青桃进门，白桂花跟着也进来，宋长河赶紧扭头对着土灶说："趁没凉，给妮子喝了吧。"

何桂花把碗递向青桃，问："娘，这是啥？"

青桃的发问声很大，又清脆，宋长河猜屋里的儿媳妇肯定听见了，也就不再忍："羊奶。妮子，好喝着呢。"

青桃毕竟才四岁，哪知道这前面的事情，直接伸手就接过，咕咚咕咚喝了个精光，一边用小舌头舔碗一边说："爹，娘，干娘，真好喝。"

三个大人都笑了，而屋里突然传出撕心裂肺的哭喊："承仁啊，你在哪儿啊，我给你把咱儿子生下了，你在哪儿啊……"

俩桂花面面相觑，宋长河尴尬地站起来，指了指锅里炖的猪蹄汤，起身拉着小青桃就出了门。

也没个去处，家里这有事不能撇下上山，想了想把女儿青桃抱起来，出胡同溜达到欧阳师傅家。琴书班今天有演出，宋承礼跟另外几个人去了。见宋长河进门，欧阳师傅只是微微地冲他笑笑，然后指了指门口的凳子，继续认真地一字一句地传授徒弟。

宋长河把小青桃放到凳子上，自己站在门边听，有节奏的琴书声根本挡不住他脑子里的"咕咕"声。他伸手摁了摁太阳穴，不由就叹息一声："该不是又得偷这野鸽子去吧？"

这群野鸽子在这里繁衍生息，好似有了庙就有了它们，最为惊奇的是，这群野鸽子一般早晚出巢归巢，都会在那块"灵柱"顶上停留，蹦蹦跳跳几下才又继续飞回或者飞去，当地人都说这些鸟儿是负责祭奠灵柱的那些人的转世，所以镇里人从没有胆敢去掏鸟蛋的，更不要说杀死吃肉了。

当年提着两只野鸽子回到老窑洞院，白桂花吓得哆嗦了一下："亲家，这个使不得吧？"再想不出办法，女儿就靠小米稀饭是很难养活的，且刚生下就嘴刁，不喝米清。看着手里已经不扑腾的野鸽子，宋长河随即咬着牙蹦出四个字："有报应，朝我来。"

再来一次，报应我也都承受就是了！想到这里，宋长河就不再琢磨，专心看欧阳师傅教徒弟。小青桃坐不住，自顾自地下了凳子，去玩一个琴书敲的坠子，时不时弄出点声响，但不至于打扰到欧阳师傅。

眼看着脚下开始有了阴影，天已过午，宋长河知道该回去吃饭了，于是站起来冲着欧阳师傅摆摆手，弯腰对小青桃悄声说："妮子，走，咱回家。"

欧阳师傅摆手走过来说："老宋，别走啊，中午在我这里吃吧，徒弟有孝敬的好酒，咱哥俩喝两杯。"

宋长河拒绝的理由还没来回转顺，欧阳师傅又开口道："甭想推辞的话了，我有事给你说，就这么定了。"

宋长河只能点头，说："我把妮子送回去，就来。"

欧阳师傅回头喊了一个徒弟名字，说："你就留下吧，孩子我安排徒弟送。"

宋长河笑了笑，心想回去吃饭也别扭，就开口道："早晨从山里逮了俩野兔子，我回去拎过来一只，咱剁成块炒了下酒，很快，很快。"

欧阳师傅点头，没有客气，"好，我也好久没吃过野味了。"

何桂花把猪蹄子汤都盛出来，再加水加盐熬了会儿，本来准备午饭就对付一口，这个孕妇不下奶实在是烦，儿媳妇这也不行那也不行，更是搞得她不知咋办。

见宋长河牵着青桃的手进院，她压着嗓子问："咋办？"

宋长河摆摆手说："你甭管了，俺想办法。"说完不再多言，拎起一只看着大点的兔子就出了门。何桂花以为他是拿兔子换啥催奶的吃食，从青桃嘴里知道宋长河去喝酒，不由就想追出去。可媳妇在屋里炕上躺着，她也不敢多管宋长河，叹口气只能赶紧弄饭。

李秀秀咬着牙喝了一大碗猪蹄汤，没盐没味，油腻得想吐，但强忍着。她用手慢慢揉着自己的乳房，尽管比平时大了很多，可是怎么就一滴奶也下不来呢？

小青桃端着个碗进来问："大嫂，俺娘让俺问你，还吃馒头吗？"

李秀秀摇摇头说："你们吃吧，我睡会儿。"

小青桃看了眼睡着的侄子，蹑手蹑脚地出去了。何桂花端着个碗，坐在土灶前的台阶上，没滋没味地吃着饭。她知道自己男人，他说有办法肯定就有办法，只是这个时候喝啥酒呢？做母亲的直觉，这肯定跟老三有关系。大媳妇回来后，很快成了镇里妇女们的"头"，前两天就听有个多嘴的女人跟她叨叨，说自己三儿子跟欧阳师傅的女儿好着呢。

她想对了，欧阳师傅跟宋长河喝了一会儿酒，就直接点明了："我跟你嫂子都喜欢承礼，咱们结个亲吧。"

宋长河愣了一下，端起酒杯道："来，欧阳师傅，我敬你一杯，你的做事你的为人我都清楚，这是好事，这是好事。"

搁以前，这事想也不用想，两孔破窑洞，衣不遮体，吃饭都是问题，但现在镇里有房有地，大儿子也给长脸，所以能结这个亲。这个也不意外，此前三儿子承礼就带欧阳师傅家女儿去山里玩，看出些苗头。只是，这个欧阳师傅就这么一个闺女……

哥俩儿再喝一杯，欧阳师傅的老婆端着一个盆来到桌前，笑着说："老哥俩儿喝慢点，来，吃兔子肉。这只兔子真肥，把徒弟们馋得流口水呢。"

宋长河赶紧站起来，伸手接过盆说："我们也吃不了这么多，嫂子你也吃，给徒弟们分一些吧。"

欧阳师傅的老婆说："放心吧，给孩子们舀了汤分了肉了。你们吃，你们吃，我去和面，一会儿给你们老哥俩儿吃臊子面。"

欧阳师傅夹起一块兔肉，在盆上面停住，看着油汤往下滴。"不管他们，老宋，你刚才的话意犹未尽，继续，这不是逮一只兔子那么简单，有啥说啥。是好事，怎么办这个好事？"

宋长河拿过酒壶，先给欧阳师傅倒满一杯，再给自己倒上，斟酌差不多才开口："琴儿闺女是好闺女，咱青山镇这茬姑娘里是站头里的，要个子有个子，说懂事真懂事。按道理说求之不得，只是我们高攀不起啊，我这只山猫，在镇里住都不习惯……"

欧阳师傅抖了抖筷子上那块肉，打断宋长河："不痛快了不是？你不是这样的人，说话转弯你自己都脸红。你不说我可就说了，咱有啥说啥，可不要我说出来，你没法回了。"

宋长河端起酒杯自顾自地喝了一杯，放下酒杯也就直接说了："倒插门不行，我们宋家有家规，可以一辈子打光棍，但不许改姓倒插门。"

欧阳师傅的老婆说和面，但一直没走，就在门口站着。听到这里，她从台阶上拿起一个小盘，再次掀门帘进来说："忘了忘了，这是蒜泥，兔子肉蘸着蒜泥吃最好。"

欧阳师傅皱了下眉头，把那块肉直接填到嘴里，然后用筷子点了点老婆，再指了指门外，随即慢慢咀嚼。

第 10 章

琴书

三儿子拜到欧阳师傅门下，欧阳师傅很是照顾，基本是倾其所有地教，刚开始也许是薛黄芩的面子，也许有孩子的天分，但最根本的是因为喜爱。

在这点上，宋长河是感激的，这些年兵荒马乱，孩子在欧阳家没受一点委屈，当徒弟的时候该送的口粮不管早晚，欧阳家就没提过。尤其是早早就带着上台，此举肯定能让宋承礼成长快。

只是，感恩归感恩，倒插门肯定不行。当年薛黄芩对宋家的恩德无法比拟，宋长河都是咬着牙说了小儿子过继，薛黄芩说不用，马上就不吭气了。这不是小算盘，也不是脸面，是宋长河内心强烈的归属感，悖逆祖宗之类的话，他说不出也不理解，但跟父亲从山东逃难出来，刻在木板上的家谱，已经刻在他的心里。

看欧阳师傅变了脸色，宋长河有些惶恐，但他不动声色，站起来接过蒜泥碟子说："是了，是了，我们山里人吃饭都是对付，那我就蘸着试试。"

把蒜泥碟子放到桌子上，宋长河并没有动筷子，顺手再拿酒壶，他脑子很坚定：就算三儿子不学这个琴书，也绝对不可以倒插门。

欧阳师傅本来不姓欧阳，他就是倒插门到这家的，是他岳父"欧阳师傅"

的徒弟，原来的"欧阳师傅"也是就一个闺女……现在欧阳师傅的姑娘琴儿已经年方十八，出落得如花一般，但提亲的不敢上门，因为欧阳师傅的老婆说："欧阳家不能无后，不能倒插门的免谈。"

关于这个事情，宋承礼跟宋长河说过一次，常年朝夕相处，难免有些感情，尽管说得很含糊，但宋长河马上就明白，随即就否定了："小子无能，更姓改名！你敢动这念头，老子就打断你腿。"

看着宋长河脸上的表情，走南闯北见过世面的欧阳师傅顿时明白。于是，他咽下嘴里的兔肉，用筷子指着盘子说："老宋，你也吃肉，今年兔子吃上了粮食，肉是真香。"

宋长河倒满酒杯，放下酒壶说："家里还有一只呢，你多吃，我晚上回去吃就是了。"

欧阳师傅夹起一块，放到蒜泥碟子里，再把碟子推到宋长河跟前说："吃吧，吃点肉，喝酒更舒服，酒肉酒肉嘛，喝酒就是吃肉过瘾。"

看宋长河夹起肉，欧阳师傅端起酒杯自己抿了一口，把自己这段时间琢磨的事情和盘托出："我想了，你们家现在不比以前，老大老二都在部队，将来肯定在外面发展。老三呢，跟我有几年了，确实喜欢这孩子，将来肯定接我衣钵，只是你这老四老五还小，说起来老三将来也得给你老宋家顶门面，实话给你说，我就没做这'倒插门'的打算。"

听到这里，宋长河很感激地点头，嚼了两下嘴里的肉，再伸手端起酒杯道："欧阳师傅这话对，老大老二三五年都见不得一次，我都四十多了，老三得照顾弟妹。"

欧阳师傅端起酒杯跟宋长河碰了下。"你听我说完。"俩人喝了这杯酒，欧阳师傅继续道，"我跟老婆商量过，俩孩子也情投意合——你可能不知道，琴儿跟承礼好着呢。"

看宋长河不接话，欧阳师傅笑了笑，拿起酒壶给俩人倒酒。"不入赘，不倒插门，你宋家娶媳妇，我把闺女嫁到你家，好不好？"

宋长河惊喜得端酒杯的手都在抖。"当真？我不会亏待琴儿，房子有现成的，我跟老婆子回山里住就行了。"

他想到了薛黄芩留在杏林沟的"货"，但马上就打消了这个念头，房子的钱还没有还上呢，再开口借不是自己打自己脸吗？他准备一会儿回去就找人给大儿子二儿子写信，一人拿一点，然后想办法再凑凑，老三承礼今年十八岁了，该成家了。

欧阳师傅笑着说："当真啊！承礼这孩子我跟老婆都喜欢，琴儿也喜欢，怎么能不当真！"

这话里有水分，琴儿是真喜欢，他跟老婆本来有些不情愿，且不说门不当户不对，他们试探过承礼，倒插门的话根本就没接。只是宋承仁这次带媳妇回来主持镇里工作，给欧阳师傅很大震撼。天真变了，他很快意识到，将来这个宋家了不得。

宋长河跟欧阳师傅碰了下杯说："回头我就酿媒人，绝对不会缺了礼数。"

欧阳师傅笑呵呵地喝了酒道："你先不要着急嘛，我还没说完。"

宋长河愣了下，放下杯子说："你说，不急！你说，不急，不急。"

欧阳师傅拿起酒壶道："你知道我们欧阳家人丁一直不旺，我老婆这年纪肯定生不了了，现在政府也不让纳小了。"说到这里，他叹了口气，把酒壶伸过去。宋长河心说"让纳小你这倒插门也不行"，赶紧把酒杯端起伸到壶嘴跟前。

欧阳师傅倒满一杯，再倒他跟前这杯："我肯定让承礼继承我的衣钵，就是将来接我的琴书师傅的位子，所以有几个小条件。"

宋长河从腰里摘下烟袋锅，挖出一袋子碎烟叶，一言不发，听欧阳师傅说。只要不入赘不倒插门不改名换姓，所有不出格的条件都没问题。

"第一点，我们嫁姑娘你们娶媳妇，这是没有任何疑问的。"

宋长河点着烟袋抽了一口，点头，仍旧不说话，这是刚说过的不算条件。

"第二点，前两个孩子生下是你老宋家的，第三个孩子得给我们，总不能让我们绝了后，也就是说第三个孩子得姓欧阳。这条件不过分吧？"

宋长河再深深地抽了一口烟，觉着有些恍惚，盘算了一下，马上开口："不过分，行。第三个如再是姑娘，第四个是儿子也姓欧阳。"

这话让欧阳师傅非常高兴，但等他第二天把这意思给何桂花说了，何桂花哼了一声："如果前两个生的都是姑娘，那将来咱家老三也得招上门女婿？"

何桂花这话说出来，宋长河心里咯噔了一下，随即镇静地说："不会，我老宋家辈辈代代生儿子都是四五个，我记得我爷爷辈上就是五个儿子，我这辈也是五兄弟，你个没见识的娘儿们，甭胡乱想了。"

欧阳师傅跟宋长河提的第三个条件是："承礼跟琴儿结婚后，得两头住，家里就剩我老两口很孤单。再说承礼还要精进说琴书的技艺，我想起了随时都要教，离远了也不行。"

这个更没问题，就这么大一个镇子，宋长河想住哪儿不是家，人是咱的就行。何桂花后来听宋长河学话，说得更直接："直接去他家住也没问题，他家那么一个大院子，将来还不是咱老三跟琴儿的。"

对此，宋长河很生气："你不要每天听大儿媳妇乱讲歪道理，直接去住，我脊梁骨会被镇里人从后面戳穿！啥叫个男女平等，谁家都一样？道理不是这么讲的，她懂啥叫'五常'吗？"

宋长河一辈子不占人便宜，跟欧阳师傅说了没问题后，接着稳稳地坐着开始商量："本就是两家的孩子住两家，只要不被乡党们乱议论，都行，都行。"

欧阳师傅常年穿村走镇说唱琴书，但被宋长河这句话震了下。没有入赘，那就算经常住娘家，有些日子也肯定不行，比如过年，正月十五前除了初二，其他日子女儿女婿在他家肯定会被说闲话。他马上解释道："不会不会，只是让琴儿多回娘家住，不会被嘲笑成假嫁真插门。"镇里有过这样的婚姻，怕被笑话，男方就明面说娶媳妇，实际是为倒插门掩人耳目。

话说到这份上，已经没有任何问题，老哥俩儿接下来又谈了一些细节，诸如找阴阳先生看看俩孩子八字定日子，如果能行，大致就在腊月里先定亲。

"等老二承义结了婚，随即就能给承礼跟琴儿办了。"宋长河仗着酒意，"说不定我家老二过几天也带个媳妇回来了。"

这不是大话，欧阳师傅哈哈笑道："我猜也差不离。"

大事说毕，随后开始频频举杯畅饮，这顿饭吃到天黑，俩人都有些醉意才结束。

宋长河摇摇晃晃走出欧阳师傅的家，他酒量本就不大，有些晕晕乎乎，但心情大好，走在路上还哼哼了几声琴书。

大儿子带着媳妇直接回来，这是自豪的事，但当爹的总觉着少了啥，他不懂新事新办，儿子结婚这么大的事情，父母之命、媒妁之言断不可少啊。

就算三儿子是欧阳家先做主，但这是他这个爹亲自给孩子找的媳妇。他很是激动："这是第一桩婚事，五个儿子的第一桩。不，是第二桩，老大结婚了，老大有孩子了，我有孙子了！孙子，燕儿，孙子还没奶吃呢。没奶怎么办？怎么办，掏野鸽子，那玩意儿炖汤最下奶。掏！掏！掏！"

他摇摇晃晃，不知不觉就来到破庙跟前。四周一片黑暗，鼓楼上的野鸽子好似意识到危险来临，"咕咕咕咕"叫得很急，扇动翅膀的声响更是啪啦啪啦，在这初冬的晚上传出好远。宋长河顿时酒醒大半，犹豫了片刻，耳边除了"咕咕"声，还有孙子宋继燕没了力气的微弱哭声，以及大儿子临走时的嘱托。他咬了咬牙，左右看了看，就走到破庙门。

此时已没有了犹豫，宋长河这个人，只要下了决心去做就一定要做成。再加上又喝了酒，他搬砖头垒台子爬上鼓楼，再顺着旁边的残垣断壁往上爬。

岁月沧桑，但遗留下来的都是坚硬，平时看着摇摇晃晃的墙壁，这么一个成人爬上去站着居然稳稳当当。

野鸽子的叫声越来越大，宋长河有些心虚："这些鸟儿真是有灵性啊，我还没逮呢，就这么惊恐。"

镇里有些人家有微弱的油灯光，像一团团鬼火，在青砖老瓦间闪动。宋长河心里默念着"只能如此，报应我来扛"，一只手把紧，另一只手伸进去。上一次就是这样，鼓楼上这个阁楼磨盘大的空间，估计住有上百只野鸽子，很容易就能抓两只。

半只胳膊进去来回动，啥也没抓住，"咕咕"的叫声如群鼓乱敲，宋长河有点纳闷，于是再往里探，肩膀都挨着墙壁了，再来回挥动，好似抓住一只斑鸠脖子，赶紧往外，觉着拖拖拉拉不像，但手已经拿出来，随即觉着胳膊上缠上什么东西。微弱的光线下，一条蛇昂着头吐着信子发出"滋滋"声响。

宋长河吓出一身冷汗，抓蛇的手用力往外一甩，随即松开——这是一个错误的决定，本来无意抓住了蛇的七寸，蛇只能缠住他胳膊但咬不住他，这一松手，蛇张开嘴闪电般咬住他的手腕，好在他甩的力道很大，刚咬住就被甩开，蛇从他胳膊上被狠狠甩出去，啪的一声砸到庙门屋檐上，再掉到庙门口，又是一声响。

阁楼里的斑鸠好似知道去了危险，叫声逐渐减弱，宋长河伸出衣袖擦了擦额头的冷汗，嘀咕了一声"也不知有毒没毒"，顾不上多想，再次把手伸进去，很顺利地逮住一只，拿出来再伸手进去，摆动了下就又抓住一只。

比上次顺利太多，很奇怪这两只野鸽子就没怎么挣扎，或许被蛇吓傻了，更或许是报恩，宋长河救了这一窝。宋长河想到这里，比刚才抓出蛇更吓人，灵性的鸟儿让他瞬间大汗淋漓。

他叹口气，把野鸽子举到脸跟前，悄声说："我得拿你们救孙子，将来我有机会养你后代几百只还债。"

下到庙门口，那条蛇还在那儿翻腾。宋长河腾出一只手捡起一块石头砸下去，看蛇不动了，提起尾巴甩了一圈，顺着沟就扔了下去。

宋长河溜着墙脚进镇子，左右来回地看，好在天色已晚没碰到人，手里提着的野鸽子居然一动不动。他不敢多想，小跑回家。听到门响，何桂花迎出来，宋长河喘口气说了句："烧水。"

怕叫出声让人知道，宋长河一只手牢牢捏着俩野鸽子脖子，直到何桂花点着土灶，他伸到灶口的火光下看，两只野鸽子的眼睛都已经闭上，很安详的样子。

宋长河叹口气，开膛剖肚，褪毛剁成块，看着熬上了汤，他才洗了血污的手，手腕上不大的两个伤口在不停渗血。

何桂花关切地问："这是咋了？"

"蛇咬的，也不知有毒没毒。"

何桂花尖叫一声，她小时候在山里被蛇咬过脚，当时半条腿都黑肿了，疼了两三天，后来整个身体都浮肿起来，发高烧说胡话，差点就死掉，她爹说死马当活马医，换了三次药。她命大才活过来，后来她的腿逐渐退去黑色，掉了一层皮，才算是捡回来一条命。

她伸手抓住宋长河的手腕，马上开始用力往外挤血，这时候屋里的李秀秀喊了声："爸。"

孩子们都喊爹，儿媳妇喊爸，宋长河一般都是嗯一声，这次不同，因为李秀秀接着说："爸，你进来我看一下。"

知道儿媳妇就是医院的，何桂花不由分说就把他推进了屋里。

自李秀秀待产，宋长河就没进过北房，连孙子出生，他都没进来看一眼。毕竟是公公跟儿媳妇，不方便。

李秀秀脑袋上围着个花围巾，在炕上斜躺着，旁边的孙子在睡觉，看着很瘦弱。何桂花把宋长河拽到炕跟前，松开手拿过窗台的油灯说："媳妇，你给看看，不是毒蛇吧。"

李秀秀缓缓坐起来，伸手握住宋长河的胳膊，这让他瞬间僵硬，呼吸都急促了。李秀秀在油灯下反复观察伤口渗出的血，嘘出一口气："爸，是无毒蛇。"

何桂花几乎吓傻了："有五种毒的蛇？那不是要命吗？"

李秀秀松开老公公的手腕，笑着说："娘，不是五毒，是没有毒，放心吧，没事的。"

宋长河一颗心放到肚子里，借机把胳膊撑在炕沿上，仔细看了看孙子，心里说："是我宋家人，看这深眼窝，高鼻梁，真像老大。"

看了几眼后，宋长河直起身子，转身就往外走，边走边说："这野鸽子汤是最下奶的，一会儿你娘熬好，你多喝点，保准明天就能让继燕吃饱了。还有，这个事情不要跟其他人说啊……"

野鸽子汤大补,李秀秀第一次觉着这个公公好,从自己回来就拉着个脸,鼻子不是鼻子眼不是眼的，好像对她这个儿媳妇极大不满意。她不知道这野鸽子从哪儿掏来的，但被蛇咬肯定不是伸手可及,很是感动，随即喊了声："爸，谢谢您！"

宋长河心里哼了一声，也不回头说："一家人，谢什么谢！你歇着吧，我去烧火熬汤。"

酒劲被那条蛇当下就吓没了，宋长河在土灶前坐下，掏出烟袋锅子塞满烟叶，拿起一根正着火的柴火点着，美美地吸上一口。看着锅里翻滚的汤，想着孙子的小脸，他不由就笑了，但耳边的"咕咕"声随即而来，越发响亮。

何桂花在屋里给儿媳妇讲了当时生小青桃的经历，这让李秀秀非常高兴，她在书上看过野鸽子汤是补品，但没想到这么灵验，巴不得马上就喝野鸽子汤，然后让燕儿吃饱自己的奶水。

"我去看汤熬得如何了。"何桂花来到宋长河跟前，还是不放心，"你去亲家那边找些消炎去毒的中药捣碎裹上吧。我小的时候被毒蛇咬了，差点没命，就是我爹弄的中草药给治好的。"

宋长河把烟袋锅在灶台上磕了磕说："不去，没事。"

知道自家男人有多倔，何桂花没再说啥，上前看了看锅里，嘱咐道："火小点，还得熬一会儿，我去接青桃回来。"

这话声音很大，她本就是给屋里屋外说的，随即扭动着小脚出院子去了隔壁。没多大一会儿，何桂花跟着小青桃回来了，一进来小青桃就喊："爹，俺干娘让你过去，给你上药。"

宋长河坐着没动，何桂花到灶台跟前看了看汤，拿起勺子搅了搅说："就好了，你去吧，亲家都找出药了。"

这会儿确实觉着伤口麻酥酥疼，宋长河也有些犯嘀咕了，他在山里见过被蛇咬死的人，浑身黑肿没个人样，苍蝇都不往尸身上落。尽管不想直接面对白桂花，但想了想还是站起来，抬腿出了院子。

在隔壁药铺门口站了站，他才推门进去："嫂子，我过来了。"

白桂花在翻箱倒柜找药材，听他说话，从柜台后面探出脑袋："大哥，你先坐下。"

薛黄芩去世后没多久，白桂花就改了称呼，不再叫他亲家而是叫大哥，但这个称呼仅仅是在没外人的时候，也正是这个称呼的改变让宋长河觉得如坐针毡。许爱爱叫大哥，那是自己当长工时候经常带她玩，也确实有些兄妹情感，这个实在不舒服，但又不能堵住白桂花的嘴。

尤其是这时候，白桂花提着药铺的马灯，在柜台后面，这一声"大哥"，还有笑吟吟发亮的脸，更是让他脊背冒汗，好似被蛇又咬了一口，马上就想转身出去。也就在这个时候，宋承信从里面的院子进了药铺："爹，怎么不小心被蛇咬了呢？"

宋长河长出一口气，像看到救星一样，一把拉住五儿子。"爹没事，来，给爹说说最近念啥书了？"

宋承信有些奇怪地看着爹，他可是从来不问这个的。"我说了你也不知道，不说了。"

"咋地说话呢！"白桂花拿着两把药材走出柜台，"信儿，给你爹说说。"说着话，她走到捣药的钵子前，把手里中药放进去，开始一下下捣起来。

宋承信被爹拉着走不脱，没办法就说了些自己最近学的书。宋长河一句也听不懂，装着饶有兴致的样子，间或还插两句八竿子打不着的话。

很快，白桂花端着钵子过来，放下马灯直接说："胳膊拿出来。"

宋长河犹豫着抬胳膊，白桂花直接抓住起他的手，低头看看伤口，再用另一只手抓起一把药末摁到他的伤口上。宋长河浑身瞬间僵硬，觉着脸上发烫，看着摁在胳膊上的白嫩的手，觉着心脏都要跳出来了。

白桂花不到三十岁，这手保养得又好，跟自己老婆天天操劳的手是没法比的。宋长河觉着自己发抖，也感觉到白桂花手轻微抖了下，真想马上抽出胳膊，但看宋承信很认真看着他的伤口，心静了很多。

上了药，包扎好，宋长河觉着自己又是一身汗，赶紧起身道："我过去了，火上还熬着汤呢。"

白桂花捂嘴一笑，说："熬汤还用你啊，信儿他娘估计早弄好了，你吃了晚饭没？我给你拿俩馍吧。"

"吃了吃了。"宋长河转身出了药铺，深深地出了口气，心想就算是毒蛇咬的，也不来换药了。

也许是真管用，也许是心理暗示，也许本就该下奶了，喝了野鸽子汤的李秀秀，第二天一早就下了奶水，且多得孩子吃不过来，导致乳房肿胀。何桂花就找了个碗每天让秀秀往外挤，倒了太可惜就让小青桃喝了。

蛇确实无毒，在偏房睡了一夜，宋长河第二天一早就下了沟，在"灵柱"根部不远处找到了死蛇，青绿青绿的，就是条草蛇。估计是马上冬眠，到处找食物才窜到野鸽子窝了。

当地人很少打死蛇，就是在家里发现，一般也是用铁锹端起来放生，宋长河把蛇提起来扔到一个坑里，用脚踢了些土掩埋，随后顺着沟走到山根，找不陡的地方爬上去，找路就回山里了。

又逮住一只野兔子，宋长河没有立即杀掉，而是扔到一个破瓮里盖好，用石头压着，继续设笼子机关。直到下雪，陆陆续续抓了十多只，估计整个坡地基本不会有野兔子祸害庄稼才作罢。

这些兔子有一半让欧阳师傅吃了，他"提亲"那晚说吃着舒服，宋长河每次到镇里就送他一只。其实野兔子肉很柴，并不是很香，但炖兔子时就放几块肥猪肉，马上味道大增。

李秀秀刚开始还稀罕吃几块，很快就腻了，宁可窝头就咸菜也不再吃兔肉，她已经开始想念部队，更想念自己的丈夫。

很快进了腊月门，欧阳师傅一家催得紧，一直要求先给孩子定了亲。按习俗，老二不结婚老三是不能办喜事的，这让宋长河很为难，可这个二儿子连封信也不捎回来。

念叨有用，腊月初八，老二真就回来了。

何桂花正在熬粥，八种粮食好凑，宋长河勤快，在山里梯田见缝插针到处种，杂粮豆子不缺。李秀秀依着门框抱着孩子看婆婆忙碌，眼见着锅里的粥越来越稠，咕嘟咕嘟冒着泡。院门被推开了，宋承义披着件军大衣进来，进门就扑通跪下："娘，我回来了。"

跟老大回来如出一辙，何桂花手里拿着的木勺子掉到锅里，张开双臂挪着小脚就往门口跑："义儿啊，你可回来了。"

宋承义跪着往前快速移动，直接扑到娘的怀里。"娘，我想您啊。"

何桂花摸着儿子的脑袋，眼泪止不住往下掉。"来，娘看看，怎么瘦了这么多，啊，怎么……"她的手本想从儿子脑袋两侧摸到脖子端起脸，但左手到耳边就觉着异样……

宋承义把头抬起来，双手抓住何桂花的两只手站起来，说："娘，没什么，渡江战役被炮弹片切掉了，要不是我下意识地扭头，估计脑袋就被削下来了。不幸中的万幸吧，那一战我们炮兵连牺牲了一半战友……"

李秀秀突然发出一声惊呼："娘，粥糊了！"

不管啥时候也不敢糟蹋粮食，何桂花把手从儿子手里抽出来，转身到土灶前，伸脚把灶膛里烧旺的柴都踢出来，随即不顾烫手从粥里捡出木勺子赶紧搅动，空气里已经有轻微的糊糊的味道。

宋承义站起来上前敬礼："嫂子好。"

李秀秀慌得赶紧回礼，差点把孩子掉到地上，于是都笑了。何桂花含着泪花苦笑，心想儿子破相了，媳妇是不好找了。

喝了两碗粥，都不再提这只耳朵的事情，宋承义说："我进山去见见爹，明天下午就得返回厂里，我们解放军很快就要进藏了。"

何桂花跟李秀秀没有听出回厂跟回部队的区别，李秀秀马上接话说："我真想跟你走，可孩子这么小……"

何桂花笑了笑说："想去你就走吧，孩子给我留下就行。"

已经走到门口，宋承义扭头说："娘，嫂子，我先去看看爹，这事爹回来再商量吧。"

看来只是没了耳朵，听力没问题，何桂花跟出门，可她这小脚实在走不快。等她出去，宋承义已经打马出了胡同，哒哒的马蹄声在冻得很结实的路面上响得很干脆。

远远看着马上的儿子，何桂花想到他少了只耳朵，心疼得忍不住又掉下泪。李秀秀抱着孩子跟在后面："娘，不要伤心了，我在战地医院，这个见多了。"说完觉着不妥，毕竟是自己家人，刚想接着说啥，何桂花扭头擦着眼泪："俺知道打仗总是要死人的，可你不知道啊，我身上掉下的肉我清楚，这五个儿子，老二是最要面子的，小时候在河边对着水面照的就是他，唉，偏偏……"

宋承义是在半路截住宋长河的，他跳下马问过好后，就把自己没有耳朵的侧脸给爹看："爹，我命大啊，弹片不长眼，要不是机灵，儿真就血溅沙场回不来了。"

宋长河听到消息就往回走，见到儿子的一瞬间，愣在当地，远远看着骑马奔到跟前的儿子，满腔喜悦迅速被冻结，然后碎成一地痛苦渣渣。他张了张嘴，但啥声音也没发出来，伸手拍了拍儿子肩膀，缓了好一阵才说出话来："儿啊，是爹把你送到战场的呀！"

宋承义牵着马很认真地说："爹，您让儿子从北打到南，我们很快就会解放西藏台湾，感激您让儿子走出这大山。一只耳朵真不算啥，俺们连长都被炸碎了，安葬的时候都拼不起来一个囫囵尸首……"

"孩子，不哭。"宋长河上前再拍儿子肩膀，"男人不是靠外貌活，我儿是英雄。"

眼泪也不擦，宋承义从兜里掏出一枚奖章道："爹，这上面四个字就是'战斗英雄'，是部队奖励给俺的。"

"好样的！好样的！"宋长河激动地接过奖章说，"义儿是好样的！"

自打参加八路军，宋承义第一次回来，炮兵部队本来很难请假。他没大哥提拔快，到现在只是个连级干部，但全靠自己努力。对此，宋长河很是欣慰，连长多大他知道，当年老大回镇里弄土地改革就是副连长，已经够神气了。爷俩儿走着聊着到了青山镇。宋长河得知宋承义已经不在一线部队，现在是在兵工厂担任护卫工作，是护卫连的辅导员。

返回青山镇，见宋承义把自己棉军帽的"耳朵"放下，宋长河装没看见，只要碰到人，他一反低调的常态，而是把儿子的奖章举起："瞧瞧，我二儿子是战斗英雄！战斗英雄啊！"

晚饭的时候，欧阳师傅派徒弟送过来两瓶烧酒，还有一只杀好的鸡。白桂花拿过来三颗鸡蛋，还有一小袋子山楂。

当着三个弟弟的面，宋承义说自己暂时不考虑婚姻的事情，"你们仨谁想结婚就结婚，不用顾忌我，哥是革命部队的人，万事以革命成功为先。"

宋长河真想说胡扯，不孝有三，无后为大，但看着酒后有些激动的二儿子，一句话也没说，而是看了一眼何桂花。这是俩人的默契，关于教育儿子，只要是宋长河说不出口，何桂花就能绕弯子圆着把事情说了。宋长河把这叫"儿跟娘总比跟爹亲"。但这一次何桂花啥也没说，只是默默地站起来给大家盛粥。

宋长河狠狠地瞪了老婆一眼，他心里明白，儿子成了这个样子，一下子真还找不下媳妇，耽误了老三，他也不会长出耳朵来。

第二天宋承义出发前，把两个事都定了："先给老三订婚完婚，钱我出，这些年给的津贴够了，我也没用。大嫂开了春再回部队吧，接下来的仗都很难打，孩子太小正吃奶呢，好歹养到半岁后。"

宋承礼闻言，马上说："二哥，这钱算你借我的，等你结婚的时候我再还给你，当下我没立门户，赚的钱都交师傅，结婚后就能自立。"

宋承义摇头笑了笑，伸手拍拍三弟肩膀说："咱是亲兄弟，不用借啊还啊的，我跟大哥不在，你多帮我俩孝敬父母，照顾弟妹，已经是帮我俩最大的忙了。"

看自己这俩儿子这么懂事，宋长河实在觉着自己没本事，何桂花低头抹眼泪。至于李秀秀，孩子才三个月，马上走，她自己都舍不得。

送二儿子到了镇子口，直到宋承义要上马，宋长河才说出来从头天见到儿子起就开始酝酿的一句话："义儿，两年内你在外面找不到媳妇，回来爹给你弄房子娶媳妇！"

宋承义敬了个礼说："这个是后话，爹你保重。"然后上马就走了。

尽管心里难受，但事情已经这样，宋承义走后七八天，宋家与欧阳家搞了个很红火的定亲。

欧阳师傅在定亲宴后拉着宋长河说："咱以后就是一家人了，你家老二的事情我觉着你甭愁，好歹也是连队辅导员，是干部，将来回来公干的时候，村里的姑娘随便挑，这事情包我身上。"

听欧阳师傅这么讲，宋长河心里舒服点，但就算找农村姑娘，也得有房子啊，这可不是一句话，得想办法，可办法从哪儿来呢？这想法不能给欧阳师傅说，不管盖还是买，都需要钱，好好经营两年地，粜了粮食能筹一部分，但实在有限，十年八年也难凑出个子丑寅卯。

很快出了正月，耕牛遍地走，李秀秀一天比一天焦虑，很快就又没了奶水，好在孩子已经七个多月，她再次提出要回部队。

断断续续地通信中，宋承仁也流露过这个意思，宋长河马上就一口应承："行，你去吧，孩子留下我们带。我去找承礼，让他驾车把你送到县城。"

何桂花张了张嘴，本想说"好歹等孩子过了周岁"，但又咽了下去。说实话，除了看孩子可怜，她也巴不得这个媳妇赶紧走。今天说不卫生，明天说不科学，伺候她这个产妇比自己养六个娃都累。

毕竟骨肉情深，临别，李秀秀哭了好几次，抱着孩子舍不得放下。宋承礼牵着马车在门口都等急了，她才依依不舍地出来。

何桂花抱着孩子，白桂花牵着承信，承信拉着青桃，站在门口看马车远去。宋长河嘱咐了一句"慢点"便返回，蹲在院子里抽了一袋烟，估摸着马车出了镇子，闷头就出去了。

儿媳妇没了奶，孙子每天喝小米稀饭都瘦了，这个问题得马上解决。

第 11 章

置业

大儿媳妇估计还没到县城，宋长河已经牵着一只羊回来了，羊肚子下的乳房饱满鼓胀。

小青桃欢喜地上前接过拴羊的绳子，那羊估计舍不得留下的羊羔，低头往外冲直接把小青桃带了个跟头。宋长河伸脚踩住拖在地上的绳子，承信上前双手拉住，一家人哈哈大笑。

白桂花赶紧上前抱起青桃，伸手给揉着屁股。

宋长河指挥小儿子把羊拴到马圈里："信儿，这羊是咱家买回来的，你二哥留的钱，接下来就交给你了，割草铲粪，这可是你侄儿接下来的饭啊。"

小青桃本来摔在地上屁股疼，有些哭丧脸，马上接话："爹，我跟五哥一起。我也是小姑姑啊。"

何桂花板起脸说："一个小妮子家，跟你干娘学点针线活儿，不能总是跟小子们出去疯跑。"

四儿子宋承智从屋里出来，帮着五弟拴羊。当年他养的两只羊才半大，国民党打过来，来不及管就逃到后山，再回来就不见了。再次看到家里有羊，很是开心，随着娘的话说："就是，小妹，缝补衣服去！"

小青桃噘嘴说："爹，我娘偏心，我不喜欢针线活，我就想去地里割草抓蚂蚱。"

宋长河微笑着摸了摸女儿脑袋，说："我觉着你娘说得对。"

承信拴好羊，提着筐，上前拉着妹妹说："走吧，跟小哥哥割草去。在咱家，爹最偏心的是你，娘跟干娘也偏心你，你还说这话，没良心的。"

看弟弟妹妹出去，承智跟宋长河说："爹，要不再买只公羊，去地里捎带就放了，来年就生小羊，很快就是一群，能卖钱给二哥买房子娶媳妇。"

宋长河跟老婆谈过承义娶媳妇的事情，当时承智在跟前，没想到这个十多岁的孩子有了心。他很是欣慰，也不忍让孩子的这片心掉地上，于是说："好啊，稍后我就再买只公羊。"只是四儿子这个计划得到猴年马月，也未必能实现。

想着山里坡地还有几块玉米地没锄草，孙子吃的问题解决了，他起身上山去了。干着活儿想着心事，突然地边的路上传来一声喊："大哥，你下来，我给你说个话。"

他脑子嗡了一下，是白桂花的声音。地埝高，看不到路上，于是他放下筐子走过去。果然见白桂花在路边站着，手里挥动着个手帕在扇汗。

"是嫂子啊！"宋长河蹲到地埝上，"你怎么上山来了，有急事啊？"

白桂花停住扇手绢的手，擦了擦额头，估计走得急，脸上红扑扑的。宋长河随即收回目光，从腰带上解下烟袋锅，开始装烟丝。

左右看看，没人，白桂花说："我走上来听玉米地有动静，估计是你。也不是啥急事，是想告诉你，后山藏着的货，你去拿一些出来，给老二买个院子吧。"

"啊！"宋长河差点从地埝上掉下去，伸手摁了下地才蹲稳当，"这不行，现住院子的钱一毛没还呢，再动这个货对不起薛大哥。嫂子，这个事情从长计议吧，承义也说暂时不考虑他的婚事，我再想办法。"

太阳逐渐往天上爬，地边的露水晶莹透亮，天气越来越热，白桂花穿着夹袄，只见她扇动手帕说："大哥，你是死脑筋啊，我当家的要是还活着，肯定直接就给你拿了。这都是身外之物，先顾眼前要紧，老二不成家，老三肯定不好意思，都也不小了。你听我的，既然你说这个事情我做主，那就去拿。"

宋长河抽了一口烟，坚定地摇了摇头。白桂花扭腰跺了下脚，说："你这个人，我要用，你去给我拿，行不行？"

"行。"宋长河站起来说，"我现在就去拿给你。"

白桂花抿嘴笑了，说："行，你拿下来，我一个寡妇，不能抛头露面，你帮我出面买个院子。"

"这不是一样的吗？"宋长河不吭气了。

白桂花说："大哥啊，咱们还能分出个你我吗？承信跟青桃喊我干娘，都跟我在一起吃住，咱两家有啥吃的喝的都是端过来端过去，我下半辈子的吃喝不都是你管着吗？"

"药铺已经没法经营了，"白桂花叹口气道，"我这手无缚鸡之力，没有你，没有你们家，我活不下去。"

宋长河说："这是什么话，你卖了院子的钱加那些货，我觉着再过一辈子也够。"

白桂花摇头道："钱能买吃喝，能买来一家人热热闹闹吗？没有你们家，我早就被欺负死了。定成分后，我当家的对承仁对你都是满口感恩，再后来给我烈属身份。现在谁敢在我家门口探头探脑，承信一个砖头就砸过去了……"

"我走这半天路，费这么多唾沫星子，"白桂花说，"就这么个事情，去拿吧，先给承义买了院子，然后就都顺了。"

"就这样吧！"白桂花边说边扭身往回走，"承信快下学了，我还得做饭呢。"

宋长河赶紧站起来道："有半筐子苦菜很新鲜，你拿回去吃吧。"

白桂花摆摆手，挪动着小脚，头也不回道："我拿不动，你一会儿拿回来吧。"

人家的房子，人家的地，人家的马，这……宋长河抽了一袋烟，看白桂花远去的背影，叹了口气，又进了玉米地。他看着筐子里的苦菜，苦菜根嫩得能掐出水，不由就笑道："这也拿不动？"

很快弄满筐提着回到镇里，路上思来想去，宋长河叹口气说："那就如此吧，这份恩情总会找机会还的。"

进家门，宋长河对何桂花说了句："我去找亲家说个事，午饭不回来吃了，你把这苦菜送给隔壁一半吧。"

何桂花知道他是去欧阳师傅家，摇晃着正哭闹的孙子，说："你把亲家母叫过来，帮我抱孩子，我要挤羊奶。"

宋长河愣了一下，反应过来这不是让叫欧阳师傅的老婆，而是叫白桂花，硬着头皮"嗯"了一声。

看他往外走，何桂花赶紧喊住："过去就拿上苦菜啊。"

宋长河倒出一半提着另一半，出门来到隔壁药铺门口。门开着，但看不到人，新中国成立后，镇里有了医务所，这个中药铺基本就歇业了，只留下一些药柜及少许中药放着，白桂花也不收拾。他只好迈步进去，到了里面院子，先咳嗽一声，喊道："嫂子。"

白桂花掀开门帘说："大哥啊，回来了，进来坐吧。"

"不了。"宋长河看着院子里的石凳子，"你过去帮抱下娃娃，承仁娘要挤奶。"

白桂花有些诧异："挤奶？挤谁的奶？"

话说出口，不觉就满脸通红，跟一个大男人讨论这个问题，实在是羞人。宋长河更是尴尬，放下筐子咳了一声，说了一个"羊"字转身就走。

白桂花在背后咯咯笑了，宋长河加快脚步，他越来越怕看到她白皙的脸，感觉自己心都在颤。走了两步他又回头，这事情也琢磨了一上午，他说："嫂子，那个事情就按你说的办吧，我记着，随后我一定都还回去！"

白桂花已经迈步出了门，闻言止住笑道："这就对了。这两个家你都做主，咱们是一家人，不用商量，更不要提还的事情。"

　　宋长河还是觉着需要解释两句："老二这事情，耳朵没了就破相了，买个院子，等他回来好说些。"

　　白桂花挪着小脚，边走边点头道："应该，镇里的姑娘不行，咱就从山里找一个，好的多着呢。"

　　这是实在话，能落户山下，很多山里姑娘宁愿降低门槛。北山上宋家是"大户"也多是亲戚，西山东山上可以，这话给宋长河宽了心。眼见着白桂花靠近，赶紧再次扭头，边走边说："你就在那边吃饭吧，我中午不回来。"

　　自订婚后，只要宋长河在镇里，欧阳师傅就会约他喝酒。琴书的生意基本已经交给承礼，除非大场面或者老关系，一般的场合欧阳师傅就不用出去，已经半退休状态了。关于宋承礼跟琴儿的婚事，欧阳师傅是见面就催，但宋长河总是说："再稍微等等，我准备准备。"

　　他说这个准备不是准备承礼的婚事，而是给承义准备，就算老三先结婚，也得给老二买一套像样的院子，有备无患才心安。

　　早上去叫承礼套车送大儿媳李秀秀，欧阳师傅就喊住他说："中午过来喝一杯，有新鲜的浆水，咱吃浆水面。"

　　宋长河当时含糊着答应下了，这个事情自承义离开，他就琢磨，现在白桂花张口解决了钱的问题，那就抓紧给欧阳师傅商量商量，也事关承礼跟琴儿的婚事。

　　下午没啥事情也不带徒弟，欧阳师傅喝了半醉，胸有成竹道："这个事情好办，你看上的这个院子以前谁也买不下，因为人家就不卖，咱想个办法就可以。"

　　宋长河夹了一口拌茵陈野菜塞进嘴里问："啥办法？加钱？"

　　"不是钱的事情。"欧阳师傅拿起烟袋锅子，宋长河赶紧把自己的烟袋子凑过去让他挖了一锅。欧阳师傅撮实了烟丝，点着抽了一口，说："这个马半城不缺钱，当年他儿子娶媳妇，我带着班子给他们家说唱了一个月，好吃好喝招待，那是我第一次在一家把全本《岳家将》说唱完。"

宋长河也装一袋烟，苦笑道："人家不缺钱，你又说了，这院子就是人家夏天来避暑的，哪还有什么办法？"

"嘿嘿，"欧阳师傅狡诈地低声说，"欲擒故纵。"

宋长河抽口烟满脸疑惑："什么意思？"

欧阳师傅继续低声说："咱吓唬吓唬他，让他乖乖卖给咱，求着卖！"

"吓唬？"宋长河自己先吓了一跳，"坑蒙拐骗的事情咱可不干啊，昧着良心，就是弄下房子住着也不安心。"

欧阳师傅直起身子倒酒说："咱买，不是抢。你的为人我清楚，我是想啊，他怕'运动'！我不是很清楚他这几次运动是咋挺过来的，但肯定提心吊胆，现在稍微弄出点动静，我估计他马上就会出手。"

俩人说的房子在镇中心靠北一点，是青山镇最整齐的一个四合院，是石城县首富马半城的产业。这个马半城叫什么，没几个人知道，但全县人都知道石城县半城店铺属于他。

宋长河早就看上了这个院子，实在是气派，要不是二儿子少了耳朵破了相，他是想都不敢想。现在要给老二说媳妇，这院子就能撑起他掉的耳朵，再加上干部身份，估计就差不离了。

宋长河明白这个"运动"，只是当下天下太平，共产党解放军已经建立政权，老大老二俩儿子都说"解放全中国指日可待"，还有什么"运动"？再说"运动"跟买卖房子有啥关系。

不等他发问，欧阳师傅伸过来酒杯说："先造势，然后等待，最后手到擒来。"

他碰下酒杯，没问"手到擒来"啥意思，猜就是买下房子呗，造势他懂，怎么造？一肚子疑问，宋长河反而一句也不问了，只是喝酒抽烟、抽烟喝酒。他知道自己这个亲家一肚子主意，正的邪的、歪的直的、弯的曲的都有，听就是了。但他打定一个主意：给人家付钱，付足够多的钱。只是当地人很少卖房子，偶尔迁徙才会依依不舍，所以有钱你就自己盖，败家子才卖房呢。

马半城不同，这院子据说当年是顶账顶回来的，他看这里三伏天比县城凉快，于是就不惜成本在原址重新布局，也就住过两年。兵荒马乱的，据说马半城多半时间是在省城生活，连县城都不住。

最初，宋长河本想盖个院子，但花费时间长不说，主要是太招摇，不如悄悄地买个现成的，不显山不露水。而马半城的院子用料讲究，院墙堆砌得也讲究，下半段黑石上一截白石，门楼前的青石板石狮子都是考究石材。最主要是这个马家一直不来住，空着实在是可惜。

欧阳师傅的老婆端上来浆水面，这是每年开春当地最好的佳肴。麦地翻绿时节，地头堰根，荠菜新鲜冒出，很快就是绿油油一片，挖回来洗干净切碎放到新鲜面汤里，发酵三五天就成了浆水，用新蒜热油炒过当臊子，加入些山药蛋丝、豆腐条，浇在擀面条上，香得让人能吞下舌头。

俩人稀里呼噜地吃了面，坐到院子里，早春的太阳已经偏西，晒到身上暖洋洋的，欧阳师傅坐到摇椅上说了自己的计划：

"我有个徒弟，他爹就在马半城原来的丝绸店干活儿，后来政府把马半城的店铺大多没收，我这徒弟的爹人实在，马半城就留了他在身边，据说现在就是在县城看马半城的院子。我要给这个徒弟随便拉呱拉呱，就说政府马上有新的运动，重点就是清理县城有钱人在村里的宅子。当然，我就是无意说，我还会无意说你——我的亲家急于买房，因为大儿子在外面为官，在青山镇生了儿子，买个院子就为了自己常回来看孩子。"

宋长河咽了口唾沫，没觉着不妥，但觉着这有些儿戏，人家马半城啥不知道，会信这个？他没把这想法说出来，因为他知道这个亲家会继续圆谎。

果不其然，欧阳师傅吐出一口烟，很满足地在椅子上前后摇晃了几下。"赵半城听到这消息估计半信半疑，得有个有力证据让他下定决心卖房子——借你一封信，承仁给你写的信，我来找人伪造一封，信里会提到这事，就说他在外省正在清查此事——你放心，不会连累到我大侄子，因为这事本就子虚乌有，我只是借你一封信的封皮，内文及笔体都不是咱孩子写的，就算将来有个风吹草动，木已成舟，而这些事情无处可查。

"我就是让我这徒弟捎带着瞅一眼，然后就销毁了，去哪儿找证据啊？再说了，咱是买又不是抢，字据写了，房契拿回来，都是正大光明！"

宋长河听呆了，他大字不识几个，伪造什么内容啥的根本弄不清，他也没想啥后果，假的真不了，买房给了钱，不是啥为非作歹，但他提出一句："用老大承仁使计，但是给老二承义买的房，事后人家肯定知道，这恐怕要穿帮。"

欧阳师傅停止摇动，用烟袋锅子敲打了几下地面，说："我打听过了，马半城在咱镇里没熟人，如果所料不错，他会委托我卖房，所以，卖给谁我来定。这不是问题。房卖了，你管我给谁住啊，也许你家老大变主意了，带孩子去大城市生活了，这房先给老二住着有啥错？亲兄弟，打断骨头连着筋，这个没说道。"

这确实不是问题。

半个月后，马半城的房子成了宋长河的，而价格是一个金元宝——欧阳师傅事后问宋长河这元宝咋来的，成色很好，含金量足百，马半城看到后一点儿没犹豫就签了卖房协议，急于出手是一方面，价钱也公道。

宋长河拿着房契跟欧阳师傅进了这个宅院，真的很好，进门一个天井，北房高，东西南房略低点，十根松木直溜溜的有两尺粗，北房前四根，东西南房前各两根，屋檐下一圈相连的石头围着。没进房，欧阳师傅就赞不绝口："圆圆满满，十全十美，大户人家的气派啊。"

宋长河满心欢喜地到处看，说："我得好好谢谢你啊，亲家。"

欧阳师傅旧话重提："你先告诉我金元宝咋地来的？"

宋长河弯腰捡起院子中间的一块碎石，起身笑了笑说："是捡的。"

欧阳师傅也笑了："在哪儿捡的，告诉我，我也去碰碰运气。"

宋长河再笑，转换话题说："我请你喝酒，真得好好感谢你。"

欧阳师傅说："喝就喝喜酒，承义有这宅子，媒人我来做，三乡五里的女子随便咱挑。现在，我家琴儿跟承礼就能先办了吧。"

"行，办。我明天就酿媒人来商定，把琴儿娶过去。"

欧阳师傅装出一本正经的样子说："把我家姑娘娶到马半城这宅子里吧，不，你这座新宅子里吧。"

明知是玩笑话，但宋长河没有往下接。"亲家，我现在住的院子不错，等承礼完婚，我跟老婆就搬回山里窑洞住了，孙子在山里长得快。有这院子，承义缺的耳朵算是长回来了！"

欧阳师傅这时候才明白为啥宋长河要这个院子，没想到他想事情也算深谋远虑，便不再开玩笑，严肃地说："镇里的地你来来回回跑着种，太辛苦了吧？"

"逐步都交给承智种，"宋长河叹口气，"儿子多了就是这样，一个一个都长大了，老四承智这过年也十四了，我帮着他种两年，再给他盖个院子。"

欧阳师傅意味深长地说了一句话："杀人放火子女多，行善积德独一个。"这句话让宋长河马上头皮发紧，当年薛黄芩就说过。

没有隐瞒，宋长河当下就说："这话薛黄芩当年给我说过，就是那几十个日本鬼子在镇子外面被干掉那年，如今你又说起来，什么意思呢？我一直没弄清楚，行善积德，天经地义啊！"

欧阳师傅深深地叹口气，摇头道："薛黄芩是个大善人吧，我也算好人吧，为啥我俩都是这般孤苦呢？他是独苗没长成，我呢就有个丫头没小子。"

看宋长河直着眼睛看自己，欧阳师傅又摇了摇头说："当然，这句话也不是说你五个儿子个个聪明壮硕，你就是杀人放火的土匪。这是说因果轮回。"

宋长河听到这里插话："薛大哥也这么说，可除此再没说过啥，亲家你给好好说说。"

"就是说上辈子作恶这辈子就该受到惩罚，给你生很多儿子让你受罪受累，"欧阳师傅觉着解释得太沉重，就笑着问宋长河，"你这想了老大想老二，老三没结婚呢就开始考虑老四，还有老五，还有小丫头，累吗？"

累吗？宋长河愣怔了下，有些张口结舌，六个孩子挨着从脑海跳过。说实话，这么多年他从不会想这个问题，也想不起，他只是想着一天天喂饱这六张嘴，盼着他们慢慢长大，操心他们的婚事，这是累吗？

"不累！"宋长河想不出答案，但回答得很肯定，"我信多了多福！"

欧阳师傅推开正房的门，估计是运费比家具贵，大多东西马半城都没动。正门对的大方桌后中堂字画居然还在，知道宋长河不识字，自顾自念了一遍："贫不学奢富而无娇，当勤精进但念无常。"随即摆手，指着中堂这副对联扭头对宋长河说："人啊，做到做不到都往好上靠，但书里说儿女有四种来头，一是报恩，一是报怨，一是还债，一是讨债。"

宋长河看着屋里，开始盘算再添置什么，对于"杀人放火子女多，行善积德独一个"这话，他自己理解就是"吃不着豆腐就说豆腐酸"，把这辈子活好已经不易了，还管上辈子下辈子，那才是真累。想归想，还得接着拉呱。宋长河很虚心地问："亲家，这对联啥意思？你再给解解。"

欧阳师傅觉着自己关于"子女"说多了，自己倒插门进赵家，师傅给改的名字很直接，就是"欧阳生子"，这个名字常被人要笑，好不容易熬出头当了师傅才没人敢叫。关于金元宝，怎么来的问两遍就不该，这会儿反复说这个，好像要把多年酸楚全扔给宋长河。

欧阳师傅觉着这个亲家确实有一把刷子，别看大字不识一麻袋，但做人踏实，稳稳重重，努力活着，正符合了"贫不学奢""当勤精进"。

"亲家啊，我就是会说，书真没读过几本。"欧阳师傅进屋转了一圈，伸手把窗户推开，"这马半城估计跟我差不多水平——我说肚里的墨水啊，中堂字画在评书里有提到，但没这么往一起堆的，我知道'贫不学奢，默无过言'，就是说穷也不能小气，话呢，不多说就不伤人。"回头指着对联："这好像是从几副对联里摘出来凑一起的，意思是对的，但押不押韵我也搞不清。这上联是我刚说的穷也不小气，再加上富也不炫耀，下联呢大意是说人生很短，要加紧努力。"

宋长河伸手扶住方桌，点着头说："这好！人穷志不短，人勤地不懒。"

　　割完麦子，宋长河给老三办了个体面的婚礼，这是他第一次操办儿子的婚事。好在欧阳师傅徒弟众多，基本都是女方家操持。尽管宋长河反复强调"我家娶媳妇，你家嫁姑娘"，但"办事"可不是种庄稼，有诸多讲究，很快他就成了"靠边站"的人。

　　当地把红白事、小孩满月、老人过寿等等都叫"办事"，比如宋承礼娶琴儿，镇里人都会说，这是宋承仁家办事呢，这是欧阳师傅家办事呢。镇里很多人不知道宋长河的名字，但他们都知道宋长河大儿子在部队是大官，可以左右镇里的事情，所以呢，宋长河就成了他们嘴里的"宋承仁他爹"。

　　欧阳师傅优哉游哉地喝酒转悠，女儿出嫁好像跟他无关，他只需每天晚上把徒弟们喊到一起，一二三四五安排妥当，然后嘱咐有事问师母，便撒手不管了。他也喜欢上了熬茶，一大早就跑到宋长河这边，你一碗我一碗地喝茶，他对宋长河说："办事办事，就是一件件办，啥时候等正事过了，前面办的一件件事圆满不圆满都无所谓。"

　　因为有很多事情要办，宋长河就把山上的铁壶拿下来，只是茶叶所剩不多，于是熬的时候不多放，欧阳师傅喝着正好，他喝着就没啥味道。

　　听欧阳师傅解释"办事"，宋长河苦笑道："你的事都有徒弟办，我的事都是我一个人办。喝完茶该干啥就去干啥吧，我娘没了，我还得上山把我爹背下来，快八十了，走不动路。"

　　今天是婚饭的事，明天是花轿的事，到了后天又是新房布置的事……就这么一件件地往前赶，总算看着儿子承礼、儿媳妇琴儿在自己跟前磕头改口，他又一次成了"爸爸"。只是自己的爹身体不好，到后山去了一趟也没背下来，又说："你过得好我们都知道，我这马上入土的人，不去添乱了。"

　　解放之初，县里倡导文明婚姻，镇里推行得慢，半推半就，土洋结合，新娘没了盖头，但花轿还在，没了跨火盆、拜天地等老讲究，但认亲还得有。最大的讲究是婚事不能过午，新婚的都是如此，二婚才下午办到晚上呢。

没有爷爷奶奶，爹娘就最大。宋长河跟何桂花坐在椅子上接受承礼跟琴儿磕头改口，只是自己的孩子都叫爹，这儿媳妇却都叫爸，好在此前大儿媳妇经常叫，也不至于尴尬，答应着心里照样乐开了花。

宋长河说到做到，婚礼当天下午，他就赶着马车把老婆、四儿子、小女儿和小孙子拉到山上。何桂花抱着孙子很舒坦，她对镇里的生活并不是很喜欢，总说"太吵了"，"人太多了"。承礼跟琴儿让她再住几天，她马上说："不行，我得带燕儿。还有你爹，一个人在山里吃不上饭。"

回到前山的院子里，宋长河听着儿子姑娘嬉闹，听着孙儿哭泣，看老婆摊煎饼烧着麦秸，很是满足。

吃过晚饭，宋长河坐在院子里抽着旱烟袋，看着不远处的山，扭头看到小女儿青桃噘着嘴，于是笑着逗她："咋啦，你个小妮子，也想当新娘子了？"

小青桃扭头不理他："娘，我想跟五哥去上学。"

何桂花换个手抱紧孙子说："你四哥打都打不去，你一个女孩子家倒是天天嚷着去！上学有啥用，跟娘学摊煎饼做针线活儿吧。"

小青桃哼了一声，说："女孩子咋了，镇里学校里有很多女孩子。"

宋长河起身去喂马，听女儿说这个，从土墙上摘下马鞭，啪的一声甩了个脆响。"那是她们不懂礼数，咱家不行。"

但这个"不行"就是说了说而已，当晚，小青桃自己偷偷下了山，不到六岁的一个小女孩，竟然走了十多里山路，走回青山镇。白桂花半夜被敲门声惊醒，吓了一跳，赶紧喊醒宋承信起来。

天快亮的时候，宋长河骑着马跑回来，但宋青桃死活不跟他回山里。宋承信看着暴怒的父亲，怯生生但很坚定地说："爹，啥都在变，不是旧社会了，现在讲究男女平等，就让妹妹留下读书吧。"

宋长河气哼哼道："再变你们也是我的孩子，这个不变，我说咋地就咋地，这个也不能变！"

白桂花在旁边插话："亲家啊，青桃也是我的干闺女，这事我也参与个意见，就让她读两天，识几个字总不是坏事。我看就这样吧，先住我这里，估计上不了几天她就烦了，到时候就自己回山里了。"

不能给白桂花使脾气，宋长河看着小女儿躲在干娘身后，咬着牙，一副九头牛也拉不动的样子，只能叹口气说："嫂子，明天我把她的口粮送下来。"

也许是天性，也许就是从这一刻的"屈服"开始，宋青桃开始自由自在的生活，亲爹亲娘在山里管不上，干娘一味地惯着她，也就五哥每天板着脸训她，她咯咯一笑根本不当回事。

对于孩子，宋长河很少对话，但他定的规矩就是潜移默化在家里实行，比如不可狂言诳语，不可偷懒耍滑，不可赌博耍钱，等等。

现在解放了，有时候老婆何桂花都顶他，这让他不舒服，孙子都满地跑了，他从来没给老婆动过手，只能嘟囔几句："都是跟你大儿媳妇学坏了。"

这也就是饭后的一句闲话，何桂花从不做主，都是听他的，真正学坏的还"轮不上"宋青桃，老二宋承义回来没几天就捅了个天大的篓子。

抗美援朝前，宋承义犯了耳疾，其实当年耳朵被削掉时，他的内耳就受了伤，当时战地医院只是消炎包扎，这一次流脓不止，只能住院治疗。

这一住就一年多，在全国人民都在喊"抗美援朝，保家卫国"的时候，他只能静静在医院躺着，尽管也写了请战书，但被"毫不留情"地驳回。

病好了些回到兵工厂，随后又一次犯病，再次被送到医院，等他病情痊愈，受伤的那只耳朵半失聪，《朝鲜停战协议》已经签订，想想自己这形象这身体，他就提出转业。

部队也没有挽留，但也没有给他转业，而是安排到石城县兵役局继续服役。宋承义个性本就强，再加上受伤后少了耳朵，心情不好也敏感，到石城工作没俩月就跟兵役局一把手干了一架。

事情起因就是这个局长一句话，本是个小事，局长在全体人员会议上部署后，宋承义随即过去局长办公室请示某个事情细节如何操作，这局长也是因为老婆转业问题心情不好，就随口撂了一句："会上我已经讲过了，你又没聋，问什么问？"

宋承义拿起桌上的茶杯就砸了过去，幸亏局长躲得快，要不得满脸开花，局长气急败坏，指着宋承义说："无法无天了，我要严肃处理你！"

"我耳朵聋也是为了革命，"宋承义伸手又操起凳子，"你再说一句试试，你处理我试试？"

后来政委他们赶紧拉开，再后来，局里下了个文件：鉴于宋承义同志身体问题，经请示上级，局党委决定，该同志暂时回乡修养，其间享受在职全部待遇……

宋承义二话不说，卷起铺盖卷就走。返回青山镇后，宋长河让他住进马半城原来的宅子，随即就操持他的婚事，开始托人打听合适的闺女。

只是这不是赶集买菜，挑萝卜黄瓜差不多拿上就走，再加上这个二儿子对成家根本不上心，说了几个，不是人家听闻宋承义少一只耳朵免谈，就是对方姑娘实在是丑得拿不到桌面。

本以为买了这个好院子，很多事情就补上了，现在看不是这么回事，有两家人倒是不在乎这个，但打听这个宋承义，镇里人说打领导被闲置了，于是打了退堂鼓。

还是人的问题，少了耳朵不能少了德行。只是儿子成人了，走南闯北的打仗，宋长河高声说一句，宋承义转身就走，自己气得要死，但人家该干吗干吗。

农忙时节偶尔来地里，但干不了多大会儿就说不舒服，宋长河从大儿子信里知道宋承义住过很长时间的医院，也不敢问，一点儿办法没有。

部队每个月给的钱够他花，没了部队纪律约束，宋承义很快留了长长的头发，心情不好，农活儿不干，每天无所事事，镇里几个好吃懒做的家伙开始勾搭他打牌赌博。

这种纸牌类似于麻将，但比麻将简单易学，老成持重的家长都会这样告诫自己的孩子不要沾染———一顿饭学会，一辈子受累。

　　宋承义性子直，又在部队养成言出必行的习惯，那点津贴根本不够他输，刚开始寅吃卯粮，然后向三弟借，再后来直接开始用"高利贷"——也就是镇上那些二流子自己弄的，借三还五，借六还十。

　　不到半年，宋承义深陷其中，等宋长河得知消息赶到镇上，气得差点儿吐血，这个家伙已经把宅子输给了那几个二流子。

第 12 章

回头

　　这是一个下午，虽然已经入秋但秋老虎肆虐，天气仍旧闷热。宋长河在亲家欧阳师傅家闷头坐了两袋烟的时间，欧阳师傅建议他花些钱把宅子赎回来，宋长河没答应。"赎回来还会再输出去！再说，这明显是被人家算计，不能这样白白算了。"

　　宋承礼的意思是"报官"，宋长河看着三儿子说："愿赌服输，天王老子也是这个理，但这不是赌，是骗。报官丢人，可能会把你二哥的饭碗打掉。"

　　"这也不行，那也不行，"承礼气哼哼道，"爹，你说咋办？"

　　把烟袋锅子扔到桌上，宋长河站起来说："咋办，我杀了狗日的！"

　　这话把承礼吓了一大跳，尤其是看爹去琴书班子的伙房提着把菜刀往外走，他赶紧要上前拦。老岳父拉住了他，然后轻声说："你去下镇政府，就说你爹要杀你二哥，原因是几个二流子把你二哥房子骗了。记得，你得给镇里头头说，这是宋承仁的亲爹亲弟弟，骗的是县兵役局干部，最好大事化小，小事化了。"

　　承礼愣了下，马上明白过来，答应着要往外跑，欧阳师傅喊了声"不要着急"，然后自己迈步往外走，说："你等会听到街上乱起来再去。"

欧阳师傅提着把蒲扇来到镇广场，戏台上坐着镇上几个老成持重的人，他一屁股坐到台阶上，边跟他们拉呱，边捕捉着街南边的动静——镇南边有个菜园子，菜园子里有个破烂屋子，那是镇里赌徒经常出没的地方。

这个破烂屋子就是当年薛平住过的地方，透着一股子邪气。越走越近，眼前突然出现薛平摔在石梯子下的情景，宋长河心里有些忐忑，但不能退缩。他是演戏，亲家欧阳师傅肯定懂，所以就站住喘口气。事已至此，也不至于着急，他自认为了解这个亲家，自己要干啥他肯定猜着了，并且安排了善后，这会儿就是时机。

宋长河提起刀的时候已经想好了，所以出了欧阳师傅门就杀气腾腾，天热本来街上没几个人，只要碰到人他就喊："狗日的，把老子辛苦半辈子买的房输掉了，老子要杀了他……"

一传十十传百，等宋长河一脚踢开菜园子破房大门，他身后已经跟了一大帮子人。围在一圈赌博的人听到声响，看宋长河红着眼提着刀扑过来，赶紧起身四散，宋承义更是狼狈窜出，跳过栅栏就往镇子里跑。

宋长河一刀就劈了赌博的烂桌子，看旁边有一堆麦秸，一不做二不休，上前掏出洋火弯腰就点。看着火起，他提着刀大踏步出来左右看了下，然后朝着镇子就追。

这地方在镇子外的一片菜地里，所以不怕烧了其他房子，而且这会儿也没风，这破房子不经烧，估计很快就烧光了。想起当年点油坊，那时要灭日本鬼子，声东击西，这会儿点着这破房子是造声势，是让镇里人都相信"宋长河真是急红了眼了"！

宋承义跑了几步回头看菜园子的破房子着了火，怕烧了他爹，又跑回来，正好迎面碰上，看自己爹眼睛都是红的，吓得掉头又跑。绕过中心街，宋长河大声喊着在后面追，宋承义在前面跑，很快在镇里转了一大圈，两个人都累得气喘吁吁的。

那几个赌徒远远地看着不敢走远，也不敢到跟前，这时候欧阳师傅已经给那几位老成持重的乡党说了话："我这亲家是个受苦人，他这老二真是败家子。各位老哥哥，我不便出面，有劳几位说合说合，让这几个别再要承义的房了了，退一步算了，要不搞出事，他们也脱不了干系。"

听到街上闹哄哄的，宋承礼也进了镇政府，按照老丈人的安排给镇里领导说了，这几个领导本都是宋承仁提拔的，赶紧就跑了出来。

一拨老成持重的镇里老人和一拨镇政府领导，十多个人把那几个赌徒围住，动之以法，晓之以理。"你们弄出的事情，你们自己处理。"镇政府主要领导板着脸，"如果不能妥善处理，我们马上派人去县里找公安局的人来。再说了，你们手里拿着的欠条是赌博来的，不算数，房契在宋承义他父亲手里呢。"

都是见风使舵的主，等宋长河再追一圈过来，几个赌徒上前抱住，夺下菜刀说："叔，叔，你消消气，我们闹着玩的，就是闲了耍高兴，我们不要你的房子，你饶了承义吧。"

宋长河喘着气挣扎着，不依不饶地说："你们不要拦我，今天非砍了他不可，等他大哥回来，不用等我动手，他大哥也会弄死他。你们不要管，愿赌服输，不是有字据吗？你们去分房子吧，我不拦着。"

这几位赶紧掏出字据："给，给，叔，叔，这都是写着玩的，你拿着我们不要了，饶了承义吧。"

那两拨人也上前劝，那几个家伙把字据塞到宋长河手里，灰溜溜地跑了，宋长河一屁股坐到地上，汗水湿透全身，目光扫了下在外围站着的欧阳师傅。

欧阳师傅赶紧挥着扇子上前道："各位，各位，我代亲家谢谢大家伙了，没事了，没事了，散了吧，这里有我。"

等人群散去，欧阳师傅上前拉起宋长河说："你啊你，这下子你又成了青山镇的话题了。"

宋长河叹口气，把手里的字据递给亲家，紧张地说："你看看，这字据全了吗？"

欧阳师傅没看字据，只是接过来，说："回家再说吧。"

回到家里，欧阳师傅一张张看，从门楼到南房，再西房东房，最后北房，"一套院子"凑齐了，他也忍不住恼火："这个承义，这么一套院子真是输得干干净净啊。"

宋长河浑身发抖，哆嗦着把桌子上那些字据攒成一团，拿起火柴点着，看着纸团变成灰烬，他才开口："你说这孩子咋地变成了这？"

欧阳师傅装好一袋烟递过去，说："咋地变的咱不管了，接下来咋地戒了才是正事。我的意思是，让老大出面给县里或者镇上说说，让承义干点啥吧，拿着工资这样闲着肯定会出问题。"

宋长河点着烟抽了几口，反复思量："老大好像还在朝鲜，上一封信是年前来的，大儿媳妇前几天也写了一封，老五念的，说她在东北，一时回不来啊。"

"要不，"宋长河抬起头，"给他娶媳妇吧？找个厉害女人管着。"

欧阳师傅想了想说："是个主意，有个媳妇就管住他了，可这事不是说成就能成的。"

"不惜代价，"宋长河狠狠抽口烟道，"条件就一个，必须是厉害的主，我是管不了了，追都追不上了。"

欧阳师傅哈哈大笑，摇头道："亲家啊，我是服你了，能追上你也不会追。对了，我家菜刀刚才谁给拿去了，这晚饭没菜刀咋地做饭呢，我这一帮徒弟晚上得饿肚子啊。"

宋长河终于笑了，站起来拱拱手道："亲家，今天的事情没你不成，不多说了，过几天我弄点野味下来，老窑那边有几只野鸡，我下套了，咱哥俩儿得好好喝一杯。我回山里了，你让承礼找见承义，让他今晚务必回山里——你捎话给他，如果明天天亮前看不到他，我跟他断绝父子关系！我说到做到！"

走出亲家门，他很意外地看见白桂花在街边站着，宋承信在她身边。看到他，白桂花马上上前求情："大哥，饶了孩子吧。"

他哼了一声，看了眼白桂花问："承义躲你家去了吧？"

白桂花还没回答，宋长河接着对宋承信说："信儿，你去给你三哥说下，说你二哥在你干娘家呢。"

白桂花张了下嘴又闭上了，估计是走得急，满头大汗，衣服都贴到了身上。宋长河无意间扫了一眼，马上抬起头道："嫂子，麦子晒干了就给你送下来，山上果树地里的菜也有些能吃了，我过两天就下来送。"顿了顿，叹口气："唉，孩子们的事，让你操心了。"

这句话的孩子包括承义，也包括承信与小青桃。白桂花明白，估计事情不会再搞大，就笑了笑："不操心，有孩子们在，我就不孤苦。"

宋长河伸手从兜里掏出些钱，这是承礼悄悄给他的，上前一步递给承信道："信儿，给了你干娘，买油盐酱醋。"说完，他从欧阳师傅门口的石柱子解下马缰绳，"嫂子，热就上山住几天，窑洞里凉快。"

白桂花答应一声："等孩子们学校放假我就上去，带俩孩子都上去，镇里晚上热得睡不着了。"

宋长河缓缓骑着马回到窑洞，何桂花正在跟孙子宋继燕在院子里玩，老二赌博的事情，何桂花一点儿也不知道，她也不知道宋长河去镇里干吗，只是看去的时候急匆匆的，有些不安，看他进院子忙问了句："没事吧？"

"嗯，没事。"宋长河把马牵到屋后的池子里饮饱，自己也脱下褂子浸湿擦了全身。这时候他有些瘫软，想着那已经烧成灰烬的字据，仍旧后怕，再次怒火冲天。每个月国家给的钱，还有借老三承礼的，这个二儿子再不管。估计这个窑洞院子也得输给人。

他把马拴好，添好草料抬头见宋承义已经站在院子里。实在是气不过，他从老槐树上取下马鞭，大步走过去，甩手就是一马鞭。宋承义没有躲闪，这一鞭子直接抽到脸上，瞬间留下一道血印子。何桂花不明就里，嗷的一声就站起来，尖叫着："你疯了？"

"你闭嘴！"宋长河甩手又是一鞭子，这次没有照着脸而是顺着承义肩膀甩到后背，宋继燕吓得哇哇大哭。

宋长河不管不顾，再甩一鞭子，这次是横着抽，就环绕着宋承义的腰抢了一下。

此时，何桂花已经拉着孙子跑到跟前，伸手把二儿子拉到背后："你疯了？没来由地打孩子？"

宋承义绕到前面说："娘，你不要管了，我咎由自取！"

不知道"咎由自取"是啥意思，宋长河估摸是是"活该"的意思，何桂花更不懂，但估计是儿子做错事了，再绕到儿子前面说："取什么取，快给你爹认错。"

宋长河叹口气，把马鞭子扔到地上，说："宋承义，深明大义，战斗英雄！你也是部队的人，也是县城工作的干部，这些都不说，你还算是个人吗？跪下，想，想清楚给我说。"

宋承义默默地站了会儿，然后扑通跪在地上。宋长河不再理他，过去把宋继燕搂在怀里道："燕儿不怕，燕儿不怕。"

这让宋承义非常嫉妒，从生下到现在，他不记得父亲拉过他的手。父亲永远是板着脸，永远是"你什么做得不对"，永远是服从……这一刻，他终于发泄了出来，眼泪涌出眼眶，脑袋深深地埋到腿里，咬着嘴唇，浑身抽动。

何桂花叹口气，伸手扶住儿子肩膀问："义儿啊，这到底是咋了？"

宋承义伸手抱住娘，抽泣着说："娘啊，我憋屈啊。"

六个孩子长这么大，从来没有动过一个指头，这么多年为孩子们受苦受累，自己从来不说，只要孩子有点儿出息马上就是高兴……宋长河闻言马上要发作，但扭头正好看到二儿子没了耳朵的脸庞，皱巴巴的伤痕实在是不忍目睹，于是强忍着没有做声，轻轻摸着孙儿的手，听宋承义接下来说什么。

"我跟我大哥一起去当兵，他现在是团长了，在朝鲜战场叱咤风云，我报名两次都被刷下来……娘啊，儿子这么多年没混成个样子，还丢了耳朵变成半聋子……回来县里好好干活，狗屁局长嫌弃我，娘啊，我命咋地这么不好啊？"回到山里的家，彻底放开，不用劝导，宋承义直接把心里话全倒了出来。

这是男儿抱负，何桂花不懂，但知道二儿子是说啥都不顺，只是跟自家大哥有啥比的，她求救般回头看着宋长河。

天色逐渐暗下来，蛐蛐与不知名的虫儿在草丛、墙角叫着，不远处的萤火虫一闪一闪飞过，夜风徐徐，宋长河不由把满腔怒火化为同情。他起身走到二儿子跟前，在宋承义没有受伤的耳朵那边说："义儿，你站起来，咱爷俩儿好好聊聊。"

何桂花拉了一把，宋承义顺着劲站起来，这个院落恢复了安静。爷俩儿坐在院子里，宋长河没有再指责，将自己当年在青山镇做长工时被人称为"山猫"的事情说了一遍。"儿啊，我当年送你哥儿俩出去，就是想让你们出人头地，也好把咱这一大家人带起来。后来逐渐明白，想当人上人是多么的难啊，又想一家人能平平安安就好。你大哥本来就懂事早，也舍得下力气，当然，我想你在部队也肯定懂事下力气，可是，一窝兔子有黑有灰，没有人会因为毛色判断兔子大小的。"

这话绕来绕去，宋承义其实都明白，这段时间他放纵自己，所作所为确实过分，只是太空虚也太怨天尤人，只能去发泄，赌博时就能忘记很多。

宋长河觉着自己嘴干舌燥，在镇里追赶就声嘶力竭，回来连口水都没来得及喝，但又不能不接着说：

"儿啊，你现在吃着公家饭，镇里很多人都羡慕啊，你怎么能这么堕落下去呢？说实话，我不是生气你把房子赌丢了，就算咱一家人再回到石梯子后面的老窑老院子，穷也干干净净地活着！我是生气你怎么可以这么糟蹋自己呢，堂堂一个解放军，天天跟一帮镇里没人理睬、成天游手好闲的浪荡鬼混在一起，你让镇上的人戳咱家人脊梁骨啊。"

宋承义拿起磨盘上的烟袋锅，默默地装了一袋烟，递给宋长河。"爹，我知错了。"

宋长河接过烟杆含在嘴上，点上抽了一口，就着火光看儿子脸上红红一道子都渗出血了，有些不忍道："明天我去下县城，给你们领导说下，回去上班吧。"

宋承义看着山下的青山镇，灯光点点，斩钉截铁道："爹，你不用管了，我自己处理。"说完站起来，"爹，我回镇里了，你放心吧。"

宋长河本想说"住一晚再回"，却只是"嗯"了一声，看着宋承义进了窑洞跟娘说了一声，然后踢踢踏踏走出院门。

坐在院里看着缓缓往山下走的儿子，宋长河叹口气，把烟袋锅子在石磨上磕打得火星四溅。

第二天上午，宋承义先找到那几个赌徒，挨着道谢，他脸上的鞭伤说明一切，那几个家伙也都是见风使舵的，后来合计这房子肯定住不上，也不敢卖，人家大哥回来肯定不会放过，也都打着哈哈结束此事。

不愿意回县里求那个局长，但不能再闲着，下午宋承义进了镇政府，仍旧是道谢，同时提出个请求："能否给个干的，打杂也行，不给钱也行。"

几位镇领导合计了下，有些为难："你是县兵役局的人，我们不好用你。这样吧，镇里决定明年在街道两边种些树，咱这镇里土质情况你也知道，如果你能行，就把这活接下，有工钱，但得种活了树。"

他想都没想就应承下来，出来才觉着这是很难完成的任务，这个镇子里能追溯的十几代人，就没种活过几棵树。从山上看这个村子，就那么稀稀拉拉几棵树，还长得歪歪斜斜。夏天，院子在太阳地里暴晒，没有风的日子，晚上跟蒸笼差不多。还得请教爹，石梯子那边的窑洞旁都是石头滩，宋长河不也种满了各种树，且长势良好。

又是傍晚，何桂花看儿子又回来，一头汗水，脸上的鞭伤肯定更疼，因为脸蛋子都在轻微抖动。她心疼地说："儿啊，你去池子里洗洗，我给你做饭，想吃啥？"

"煎饼。"宋承义脱掉褂子，洗了把脸，站在正给马剁草的宋长河跟前，把镇政府给的活儿说了下。

宋长河听完，把剁草刀放下说："肯下功夫，这个简单。"

说简单也不简单，宋长河多年摸索，上冻前先挖好树坑，把挖出来的盐碱土与石块倒掉，然后换半坑好土。等来年清明前后，再用新土填满树坑，然后再挖开栽树，基本就能活了。

"镇里多年种不活树，一是院子都是四合院且院子里铺石板，没地方种树；二是想种也懒得下功夫，不把树坑深度与宽度挖够，换的土很快就被盐碱化了；三是这乱石滩上本就渗水严重，就算浇树，也多跑漏。"

宋承义仔细听着，盘算着，何桂花已经搅好玉米面糊糊，盘腿坐在鏊子前开始摊煎饼。晚上宋承义没有下去镇里，吃饱后又跟宋长河探讨树坑的宽度、深度，以及如何防止渗水等问题。

临睡前，宋长河问了句："镇里没说给多少钱？"

宋承义在土炕上翻个身说："我没问，只说种活一棵给一棵的钱。"

宋长河微微笑了，知道这个儿子找回来了。换句话说，不计成本，他种的不是树而是他自己，还有以后在青山镇的脸。

青山镇基本没有树，不是大家懒，也不是有啥讲究，而是种了树根本活不了。据说最早到这个镇子安家立业的人先看上了镇后面这土地，就是从宋长河这窑洞往下的土地，小旱小涝都不受啥影响，基本保收，确实是好田地。

土地就是命啊，于是所有安家的都不侵占这些良田。两边是沟，又不能住太远，那么只能在这块两面依着沟的盐碱地上盖房子。

如今这个镇子一千余户四千余人，就算曾拥有土地最多的地主家，也都没有超越盐碱地范围，去占一分良田。

由于这块盐碱地石头多，土地板结，所以青山镇的房子都盖得很结实。有利的是用料方便，背后就是石头山，麻烦的是打地基太复杂，往往二三十个小伙子挖好几天。因为费工费时，盖房的咬着牙都想一劳永逸，房子都是结结实实用石头打地基砌到半墙高，接下来的青砖房梁也都尽量用最好的。

也不知住了多少代人，当下没有谁记得最早来的是谁、何年何月来的。村口的石碑记载，汉武帝刘秀曾在这里驻扎过，还有一块巨石在村左边的沟里，略微比村子高一点点，底端十多个成人手拉手才环一圈。这块石头上有六个字隐约可见：天赐救主灵柱。

这块石头就像一个方柱子，从沟下面往上看，直耸云天，且上下一般粗细，大自然天然形成但方方正正，实在神奇。

镇里的人都知道这么一个传说：刘秀被王莽追赶逃到此地，又困又乏，便在沟底一块方方正正的石头上睡着了。梦里突然听到一个声音让他快逃，赶紧睁开眼坐起来，不远处王莽的追兵喊杀着已经迫近。左右是沟，前是高山，刘秀发现自己陷入绝境无路可逃，随即跪在石头上祈祷老天救他。

眼看着追兵到了跟前，突然一声炸雷，他睡过的巨石开始迅速长长，扶摇向上，到了跟前的追兵傻了眼，而石头周围的土开始下陷，直到把追兵尽数掩埋。

坐在石头上的刘秀又惊又喜，喜的是追兵没了，惊的是这么高的石头怎么下去？于是刘秀就在石头上许愿："救主灵柱，上天所赐。待我为王，代代祭祀。"他刚许完愿，这块石头开始缓缓倾斜，直到搭靠到沟沿才停止。后来刘秀成了东汉开国皇帝，他没有食言，亲自来这里拜祭，并且着人凿刻上"天赐救主灵柱"，随后留下一些人在这里生活，要求他们"代主祭祀"。

传说终归是传说，石城县志记载，青山镇曾叫过"吉寺村"，"祭祀"跟"吉寺"音同，于是镇里就说在这里驻扎随后落户的人，其后代不喜欢祭祀这个词，就改了名叫吉寺村。

这个石头靠沟沿的地方旁边十多米真就有个寺庙，因年代久远早已破败，只留下一个鼓楼及一个大殿。而在这块盐碱地盖房住下的人，珍惜土地，随着时代发展，逐渐成了这么个大村子，因为背后的大山叫青山，所以这个镇子不知何时改成了青山镇，再后来成为附近十多个村子的镇政府所在。

自这个秋天开始，此后五年，宋承义在青山镇主街道种活了一百八十余棵树，当年赌博输了房子被父亲满街追杀的败家子，一举成了青山镇的大人物——别看少个耳朵，能着呢，青山镇能种活树的都是能人啊。

毕竟是走南闯北见过世面，宋承义给镇里每条街道种的树都不一样，槐树、杨树、泡桐、核桃，分类成行，很快树荫遍地。他拿到一笔钱，一分没动，都交给了宋长河，每个月的工资也如数上交。

宋长河一分不动，留着给他娶媳妇，只是这个事情实在伤脑筋，一直到处央媒人，但不是这问题就是那问题。看着儿子在镇里撅着屁股早出晚归挖坑种树，何桂花忍不住问，宋承义苦笑着说："不着急，不强求。"

这事情确实强求不来，但该来的早晚还是来了。也就是宋承义种的第一批树发芽的时候，惊蛰已过，一天上午，宋长河正在院子里收拾农具，有个人背着手进来说："老宋大哥，我来讨要我的斧子来了！"

抬头看来人面熟，但肯定不是青山镇的人，宋长河站起来问："来，喝完水慢慢说，斧子？什么斧子？"

来人哈哈笑道："老宋哥啊，你真是贵人多忘事，记不得我了？我给你说个事情吧，那年半夜你敲我们买了一口棺材，我带徒弟给你送到地里，但你随手拿走我一柄斧头，是不是？"

原来是柳家庄子开棺材铺子的柳木匠，宋长河赶紧上前拉住柳木匠的手说："稀客啊稀客，我是欠你这份人情，得还得还！午饭就在我这里吃了，大儿子给拿回的酒，说是好酒，得喝一杯！"

柳木匠居然一句客气话没有，马上答应说："好，那就叨扰了。"

宋长河心想这个人肯定有事，但想起当年，说定的钱少了也不生气，还帮着装棺材，帮着将棺材放到坟里，知道这个人心眼不错，于是赶紧喊："承仁娘，弄两个菜，中午我跟柳师傅喝两杯。"

俩人坐在石磨前，柳木匠看着院子里那一片黄芩，频频点头道："老宋哥，柳家庄离青山镇不远，这些年我听了太多你的故事，但能冒着掉脑袋的危险去扛出薛掌柜的尸体，还是最传奇。"

宋长河拿出包纸烟撕开递过去，说："大儿子给拿回来的，我不抽这个，柳师傅你抽着。"随即自己装烟袋点着，"人得感恩，对薛掌柜如此，对你也得如此，当年你跟徒弟送棺材到薛家坟地，也会掉脑袋啊。"

柳木匠抽出一根纸烟点着说："可不一样，我是收了你的钱。"

宋长河笑道："说起钱，我除了斧头，应该是还欠你几块银圆。"

柳木匠哈哈笑道："玩笑的玩笑的，当时咱都两清了，没有拖欠。斧子估计你当时着急，用完就丢掉了，也不用还了。我就是来看看你，顺带说个事情。"

俩人闲聊，说起当年，宋长河说斧子估计砍完绳子就放下忘了，那些狗日的呼噜声像在耳边，装银圆布袋子估计也是那时候丢的。柳木匠说自己也提心吊胆了好几天，告诉徒弟打死不能说一个字，直到解放后才把心放到肚子里……

等两个凉拌菜端上来，宋长河打开一瓶酒，柳木匠都没说找他啥事，他也不问，俩人只管开喝。

这几年风调雨顺，地里收成不错，家里有了余粮也去赶集买点猪肉。何桂花又炒了俩热菜，跟孙子继燕在旁边就着半碗菜吃馒头，她也纳闷：这个柳木匠这时候来干吗了？

柳木匠酒量不大且上脸，喝了几杯，便摆手说不喝了。"老宋哥，到现在你都不问我来有啥事？你知道我肯定不是为吃饭喝酒，对吧？"

宋长河笑了笑，就拧住酒瓶盖说："该说的时候你就说了，我欠你的情分，你说的我能办就办，办不了努力帮你办。"

柳木匠红着脸说："我知道我喝了酒就脸红，正好掩饰住我的不好意思。我给你明说吧，我是给我女儿提亲来的！人家都是男方到女方提亲，我这女方到男方家提亲，有些羞愧啊。"

宋长河愣了下，回头看了何桂花一眼，忐忑地问："柳师傅啊，你家姑娘看上谁家小子了？这事情得我老婆去帮忙吧，镇里的谁家？我这老婆跟镇里人不熟悉，要不我让我三儿子的丈母娘去？"

柳木匠伸手搓搓脸，笑道："我姑娘看上你家老二了！"

宋长河手里的筷子啪地掉到磨盘上，他简直不敢相信自己耳朵，旁边坐着的何桂花更是吃惊：怎么个回事，女方家亲自来提亲，还是二儿子宋承义？

不知道人家闺女如何，宋长河马上恢复平静，捡起筷子放到自己跟前，说："柳师傅，你慢慢说，这新社会，不脸红不害臊，但得说清楚。"

宋长河抽出一支纸烟递过来，拿火柴给点着。柳师傅抽了几口道："说实在的，姑娘看上了，我也看上了，你家老二是吃公家饭的，所以没托人说，就怕被拒绝难受，再加上咱俩有过交情，我就自己来了。"

柳木匠这个姑娘读过书，所以很多提亲上门的，她都回绝了，跟她爹说的就是要认字能沟通。也就凑巧，今年正月这个姑娘到镇里走亲戚，看宋承义大年初三就在刨树坑，到亲戚家聊，人家说那可是战斗英雄。

在亲戚家吃完饭出来，宋承义还在忙活，人高高大大，腰杆直，模样也好，所以芳心暗许，回去就扭扭捏捏给柳木匠说了。姑娘大了，来说媒的不少，但都不同意，这看上谁了是大事，于是柳木匠赶紧打听。

听柳木匠说完，宋长河喊何桂花："端馒头啊，柳师傅不喝酒了。"

何桂花在旁边听着十分高兴，只是这个柳木匠的闺女长啥样、什么秉性，这都不知道啊，听宋长河喊，赶紧起身去拿馒头。

等老婆端过来馒头，宋长河伸手拿起一个递过去，说："柳师傅，这是好事，只是我得说明了，不知你知不知道，我家二小子战斗中负伤，有只耳朵没了。"

柳木匠右手接过馒头，伸出左手，说："你看我，不也少根指头吗？学徒的时候走神，一斧子砍去了小拇指。人啊，有几个全活的，只要心眼不坏，就没错。这个我姑娘知道，我也知道。"

这话很明白，不嫌弃。宋长河心里暗喜，接着说："那就看俩孩子意思，见面吧？孩子们同意，我马上就请媒人上门，礼数一点儿都不会缺！"

哈哈笑着，柳木匠伸手拿过酒瓶，说："这得再喝一杯。"

这年秋天收了玉米后，宋承义跟柳木匠的女儿柳叶结了婚。

柳家日子还算殷实，一家人平平凡凡，这个柳叶人长得普普通通，但心眼好人实诚，关键是知书达理。虽说不是宋长河当时的气话"厉害点能管住他"的，但宋长河非常满足。忙了一阵子，小两口在"追杀"回来的院子里认亲改口后，他把房契交给柳叶，照旧带着老婆孙子回山里。

第二年，宋承义在自家院子门口的这条街上栽种了两行柳树。

又是一年，日子越来越好，但分的地又都收回去了。镇里先是建立小互助组，然后大互助组，很快就是人民公社，土地都成了大队的。宋长河在山里的梯田也都归了集体，只是离镇里太远，就单独成立了一个小队，队长是宋长河，社员呢就是何桂花、宋承智、宋承信、宋青桃。其中，宋长河与宋承智算俩全劳力，剩下何桂花与小儿小女都是半个劳力。

地里长下的一切都归集体，就连那匹老马也是集体的，然后到秋收后再按照劳力及工分分配粮食及棉花等，这一切对宋长河来说就像笑话——自己种、自己收、自己记工分，但所有收成都必须交到大队去。

随即，到处都是"人民公社好"，推行两年开始建立大食堂，镇里人到吃饭点都拿着碗到镇政府大食堂排队领取，然后端回去吃。没办法，宋长河一家人只能到镇子里住，要不然没法一日三餐都端着一碗饭跑十多里。老二承礼跟媳妇本就在欧阳师傅家住得多，宋长河他们下来就住到老院。

第一次去食堂打饭，就在镇政府，就是原来的镇公所，白桂花低头端着一盆玉米面糊糊出来，看着当年吊薛黄芩死尸的墙，不由得把盆掉在地上。

知道这个事情后，宋长河对何桂花说："别让亲家去打饭了，你跟承智去打饭就打上她那份，让她在咱这边吃或者端回去都行，反正就是顿顿稀糊糊，吃不饱也饿不死。"

宋承信考取了师范去县城读书了，青桃每天野得不着家，她一个人在家也确实难熬。尤其在生产大队混日子出人不出力，镇里多了好多游手好闲的男人，白桂花的院子半夜就跳进去过人，好在她里屋的门结实没被弄开，宋长河听到小青桃喊，提着个棍子出来，人早跑了。

　　这个集体劳动对白桂花也是个笑话，她脚当年缠得狠，真就三四寸长，又从没干过农活，到地里风一吹她就捂嘴，锄头都提不起来。队长没办法让她回去食堂帮工，白桂花又不愿意进镇政府那个院子，还是宋承义出面，白桂花就帮着大队饲养处割草去了。

第 13 章

惩恶

宋承信一直是镇里学习最好的,字写得漂亮,话少,就连走路都是规行矩步。白桂花当他亲生儿子,好吃好喝的都是先紧着他,但宋承信认为干娘就是干娘,自己山里的亲娘可以啥也说,对干娘就只是恭恭敬敬。尤其是逐渐长大,他更是定义自己是干娘的保护者。

镇是镇,村是村,镇是村,村是镇——这是青山镇村民都要绕来绕去的,青山镇是个村,叫镇子,镇政府又设在这里,有镇长有村长。现在改成青山镇公社,更复杂,青山镇村又分了四个大队,附近村子也成立了小队,队里有队长、副队长,还有会计、管库、饲养处管事等等,用欧阳师傅的话,隔着墙扔出块石头,都能砸住个领导。

白桂花属于三大队,刚解放那会儿,由于要分地,宋承仁做主把弟弟们的户口都落到镇里了,宋承信就在白桂花户头下。这个三大队队长是个实在人,当年跟宋长河一起扛过长工,对白桂花睁只眼闭只眼,但他手下的副队长是个炝蹶子货,据说也是因为弟弟抗美援朝去了,有了当官的资格。

这个炝蹶子货姓吕,名字全有。他上头俩哥哥——全发倒插门到外地了,全高早早就病死了。还有个弟弟全胜读过几天书当兵走了。吕家属于青山镇的外来户，吕全有的爷爷当年从河南逃难过来，因为会阉牲口，就靠这手艺在当地走街串户。薛黄芩的爷爷看他一家可怜，就把自己村边最早做布匹库房的小院子白给了他们，一家人才逐渐站住脚，落户生根。

这个吕全有啥本事没有，好吃懒做的毛病全有，诱导宋承义赌博的主谋就是他，后来撺掇抵押房子继续赌的也是他。当时镇里领导做工作时就他不同意，有个镇领导说："你弟弟在承义他哥手下当兵，你自己掂量吧。"

这是一句没来历的话，谁也不知道宋承仁是部队哪个团，但这话把吕全有镇住了，他们一家现在在镇上能抬起头，这个当兵的弟弟是最主要因素。思谋半天，这个家伙才把手里字据交出来，那上面有宋承义亲笔手书"愿将院子北屋正房抵押"。

由于家贫人又不正经干，吕全有三十多岁仍旧没有娶上媳妇，所以在镇上见了妇女都会搭话，转着圈说些不咸不淡的话，于是得了个外号尥蹶子——牲口尥蹶子一般是不好好干活，另外发情也会蹦跳弹后腿，主要是犟驴。

也不知谁弄的，这个尥蹶子当上了副队长，这下可好，上工下工撩猫逗狗，动手动脚，搞得全队妇女见他就躲。

白桂花啥农活都不会干，每次出工都是苦不堪言，在饲养处割了几天草，又被叫回队里，尥蹶子说割草就是捎带，不用派专人。

没办法，白桂花也不好意思总给宋长河讲这些，就提着锄头跟着下地，反正是能干多少就干多少。吕全有刚开始还假惺惺地帮她干些分配的活儿，很快就原形毕露，言语挑逗不说，还动手动脚。有一天下午下工，他背着手让白桂花必须把他分配的活儿干完，看人们都走远，竟然把白桂花摁倒在玉米地里猥亵，幸好有人路过喊了一声，这个尥蹶子货才跑掉。

当晚，从学校回来的宋承信发现干娘没有做饭，而是坐在院子里哭，衣服凌乱。他问清楚原因，握着拳头坐在院里想了一阵子就出去了。白桂花提心吊胆，她怕这个干儿子去跟吕全有干架吃亏，但没多会儿宋承信就回来了，进门就说："干娘，不哭了，你不会白白被欺负。"

白桂花忍住眼泪再问，宋承信啥也不说了。

第二天一早，宋承信去学校前说："干娘，你该干吗就干吗，不要怕！如果尬蹶子再欺负你，你就抓把黄土撒他脸上，迷了他的眼。我快考试了，得赶紧温习。"

这话说得没头没脑，白桂花没有主意，只能扛着锄头默默出门。有没有工分尚在其次，因为宋长河经常下来偷偷送粮送菜饿不着，食堂实在吃不饱，只能拿出些藏着的粮食半夜下来。只是这出工，全镇人都看着，本来就有苗头叫她恶霸婆，再不去劳动会被戳脊梁骨。

差点得手的吕全有一晚上想的都是白桂花的样子，手上嘴上都是白桂花的味道，那股劲不散，撩拨得他第二天一上午就在白桂花跟前晃，荤段子说了一条又一条，白桂花只是闷头干活儿不吭气。

到了中午下工，吕全有故伎重演，说吕桂花锄过的地还有草，必须返工。由于白桂花平时不跟镇里人交往，也没人出头说啥，尽管大家都明白这个尬蹶子不干好事，但多一事不如少一事，人就散了。

看附近没人了，吕全有进了半人高的玉米地，很快走到吕桂花跟前，伸手就往她怀里掏。"甭为薛黄芩守寡了，今天我让你好好舒服舒服。"

白桂花羞红了脸，拼命挣脱他就往回跑，只是小脚实在挪不快。尬蹶子像猫逗耗子，几步就抓住白桂花的头发，顺势拉倒了。他解下裤子要往下伏，白桂花想起干儿子早上的嘱咐，伸手抓了把黄土就扬在了吕全有脸上。这家伙没料到，黄土沫子就进了眼睛，他赶紧伸手去搓。

就在这个时候，不知从哪儿蹿过来几个小伙子，其中一个手里拿着破麻袋套在了吕全有脑袋上，然后几个人拳打脚踢，把尬蹶子揍得像杀猪般叫。

白桂花惊呆了，爬起来整理衣服站在一边直喘气。一个小伙子冲她摆手，意思是赶紧走，她弯腰捡起锄头，顺着玉米陇跑出地。身后尬蹶子的叫声渐低下来，她虽然恨，但心里念了声："可别打死了，那就麻烦了。"

回到家舀了瓢凉水，咕咚咕咚喝完，白桂花才想起其中一个小伙子是宋承礼的师弟，这才明白自己干儿子昨晚出去干吗了，但她不可能想到宋承信短短时间就安排好了一切，包括下午的"善后工作"。

不管咋说，总算出了口恶气，白桂花心情好了很多，赶紧洗了把脸就给干儿子做饭。宋承信从学校回来，她就一五一十地把事情说了，最后问："儿啊，你让你三哥出面，不会惹事吧？"

宋承信端着碗，摇头道："干娘，吃饭吧，啥事都没有。下午该下工就下工，人家要是问你，你就把刚才对我说的给人家说，但不要提三哥，就说都不认识，不是咱镇里的人。"

人家是谁？宋承礼派的人肯定不会提。白桂花满腹疑问："儿啊，我又不傻，我就说没看清是谁，可……"

宋承信摆摆手，笑了笑："干娘，其他不问了，以后谁欺负咱，咱就让谁吃不了兜着走。"

下午，白桂花忐忑地跟着本队人到了地里，全体一片惊呼，一大片半人高的玉米被踩得乱七八糟，正中间躺着受伤的吕全有。白桂花偷偷看一眼，这个货嘴里嘟囔："你们可来了，去报案啊，这是有人破坏人民公社，我在保护现场。哎哟，疼死我了，疼死我了。"

很快，镇里派出所所长带着人来了，宋承义也跟着。县里兵役局已经改成了武装部，换了领导，恰好大点的镇里也成立了武装部，他就顺利成章地成了青山镇武装部的负责人。镇政府没有办公地点，就把武装部设在派出所院里，给了两间房。

吕全有不让人扶，也不让人靠近，说是要好好保护现场，派出所所长到了跟前问："这不是尬蹶子吗？咋回事？"

"我也不知道咋回事，莫名其妙就被蒙住头打了一顿。"挨了顿胖揍，中午又没吃饭，吕全有几近休克，但嘴很硬，"要抓住凶手，这是迫害贫下中农，这是破坏人民公社。"

所长皱了下眉头问："你是不是惹啥麻烦了，得罪了谁，被人寻仇？"

"没有，我每天带人劳动，去哪儿结仇。"吕全有暗想这是不是白桂花叫人揍的他，但据说这个寡妇是薛黄芩买回来的，娘家在哪儿都不知，从哪儿叫人啊。

所长看了看围观的人群："你们了解情况的说一下。谁是队长？出来说下上午的情况。"

队长本就对这个尥蹶子不满意，于是毫不隐瞒一五一十地把事情说了。不管愿意不愿意，白桂花"露了出来"，在队长说话的时候，她不由自主地看了眼宋承义。他只是眨了下眼睛，然后微微点了下头，就不再看她。

所长听完队长的话，扭头问已经坐起来的吕全有："你把白桂花单独留下锄草，后来干什么了？"

尥蹶子这下慌了，结结巴巴道："没……没干什么啊。"

白桂花这时候才明白干儿子做了全部安排，马上就上前跪下："请政府给我做主，给我这个烈士家属做主。"说到这里，白桂花泣不成声。按政策，革命军人、烈士家属就算是经商者也不得以地主恶霸论，她听干儿子给她说过，她是烈士家属，薛黄芩伯伯是为革命而牺牲的。

随后，白桂花把事情经过说了一遍，并且把头天傍晚的事情说了一遍，所长听完脸一沉道："吕全有，是否属实？"

吕全有彻底蔫了，低声闷哼了一声，随即朝后倒去。

由于没有形成强奸事实，依照政策，这个吕全有并没有被判刑，在家里躺了两个月，公社责成村里撤掉了他这个副队长。而打人者，派出所勘察现场后做出结论：是外地路过此地的人，猜测是路见不平，后多方侦察无法找到……

这几个小伙子下手狠，那天埋伏在玉米地周围等时机的时候，带头的宋承礼轻声嘀咕了一句："狗日的一家子阉割牲口，我是不能出面，否则把这个尥蹶子也阉割了。"于是，被打倒后，其中一个师弟朝着吕全有命根子狠狠踹了几脚。吕全有被抬回家，尿了几天血，羞于启齿，就吃了些消炎药。等能下地才发现自己丧失了男性功能，怎么弄也硬不起来了。

这件事后，白桂花居然成了整个镇里的风流寡妇，多年不抛头露面，这一次成了人们茶余饭后的谈资。不到四十岁的白桂花，多年不劳动，保养得好，白白净净，浑身上下一尘不染，这本就跟村里的妇女不同。再加上她本身就是丰乳肥臀，有些男人就又耐不住了，但考完试的宋承信每天都跟着干娘，让那些心怀不轨的男人们干咽唾沫。

宋承信去县里拿师范录取通知书，顺带体检，白桂花高兴极了。也就是这个晚上，有个人半夜跳进了院子，如果不是里屋门结实，小青桃尖叫，真不知会发生什么。

炝蹶子被打，宋长河过了一段时间才知道，他不好打听镇里的这些事情，给他说这事情的是二儿子承义，也不是给自己表功，而是夸奖宋承信："爹，我这个五弟是个人物啊，他短短时间就把事情都安排妥帖，甚至让她干娘撒土迷眼，让三弟安排什么人，给我说怎么跟所长和稀泥，头头是道啊，这可不像一个十三四岁的孩子干的。"

宋长河听完，沉吟片刻道："老二，这个事情不能传出去，你也知道，那个吕全有有哥有弟，狗日的也不是省油的灯。"

宋承义哼了一声，点头说："不传，就算传出去，他能把咱家人怎么样！"

这话不算狂妄，老大在部队已经是副旅长了，自己是镇里武装部的负责人，老三带着琴书班子呼朋唤友……最主要的是，尽管一再拒绝，宋长河还是当了镇贫协副主席，就算从没进过镇政府，啥也不管，但全镇谁都知道宋承仁的爹是这个村子的二把手。

等宋承信拿着师范录取通知书回来，宋长河居然抹了眼泪说："信儿啊，咱家往上数八代也没个考上举人的，你这真是光祖耀宗啊！来，我给你作个揖。"

宋承信慌得差点儿跪下，说："爹，这可使不得啊，再说这是师范，出来要当老师，也不是举人。"

何桂花也替儿子高兴，拉着宋继燕的手看宋长河与宋承信爷俩儿在院子里唠，低头说："燕儿，你也好好学习，将来胜过你小叔叔。"

宋承信笑着说："娘啊，燕儿肯定能行。刚才爹说我中了举人，我读过相关书，爹说得差不多。小学读完就是秀才，考上高中或者师范算中举，再往上还有贡士、进士。燕儿聪明，记性好，将来肯定能考个状元。"

抽着烟，宋长河笑眯眯地看着宋承信说："这事还得靠你。"

这句话宋承信听了没多想，直到他师范毕业，宋长河坚决要让他回镇里教书，他才明白，这下一代的教育工作，千斤重担全压在他的肩头了。

要去铁谷地区读师范，宋承信放心不下干娘，这点宋长河也想到了，当了贫协副主席后，第一次进了镇政府，只一句话："让白桂花到我们小队吧。"

大队知道白桂花受欺负，啥农活儿也干不了，就当甩包袱，也当给副主席面子，就同意了。宋长河说："人民公社好，只是我们小队太远，就在山上弄个小食堂，标准、形式跟大队一样，行不行？"

"行。没问题。"这个大队书记家儿子要当兵走，正准备去给宋承义说。这事情不违规，后山有好几个小队都是小食堂。

马上就搬，包括白桂花，这镇里乌烟瘴气的，回山里清净，还是那么多地，就是让四儿子承智给记上工分，然后打下粮食送下来，再分一些拉回去……

白桂花到了山里，何桂花早就收拾好了一眼窑洞，两家的关系这些年亲如一家，也就没有任何客套。待干娘安顿好，宋承信才放心地去师范学校报到。他心里明白那个炝蹶子吕全有不会善罢甘休，所以反复嘱咐白桂花："锁了门，我不回来，你不要回镇里住了。"

这个吕全有能下炕走路，便扯掉脸皮满镇子嚷："白桂花让自己的姘头把我打成了残疾，老子不会放过她，她让我断子绝孙，我让她不得好死。"

镇里人刚开始不搭理他，后来弄清楚他不能生育了，尤其是妇女们在拍手称快时也觉着残忍，于是很快就成了传闲话的"帮凶"，白桂花成了十恶不赦的烂女人、臭寡妇。

　　这个事情用屁股想，也能想到是有人替白桂花出气，至于是谁，白桂花无亲无故，肯定就是宋家呗。再往下，就牵扯上了宋长河。这些年，镇里很多人对宋家是敬畏的，但骨子里很不服气，凭什么一个"山猫"在镇里风生水起，不就是凭着大儿子在部队当大官吗！如今二儿子也是镇里领导，三儿子继承欧阳家琴书班子，全镇两百多人考师范，一共考取俩，其中一个就是宋家老五。看他们家一个个都是挺着腰杆在镇里风光，最早还不是薛黄芩帮衬。看人家现在，住的是马半城的宅院，几个儿子也是霸占了半个镇子，宋半镇！

　　这都是酸溜溜的怪话，就算宋家人听到，都会一笑了之。但随后的话就不堪入耳了："这个宋长河外表忠厚，但艳福不浅啊，左手何（黑）桂花，右手白桂花，想咋地就咋地，薛黄芩留下点产业都给了姓宋的……"

　　如果听到这话的是老二承义，他估计大吼一声就捏起拳头，肯定就没人做声了；如果是老三承礼，他肯定会针锋相对地骂，没人比他天天说琴书的嘴皮子利索；如果是老五承信，他会记住是谁，然后考虑怎么收拾这些乱嚼舌头的。但，听到这些话的是老四承智。

　　又是一年过去，随着老二成家，老三的儿子宋继蓟出生，宋长河把老四承智的婚事提上了日程。

　　首要的就是房子。镇里房子多的几家土改时被处置，现在几乎没有一家有多余的房子，只能是盖。白桂花的意思是把自己住的先给老四娶媳妇，宋长河坚决不同意："老三住的就是亲家白送的，老五给你养老送终，你也给他留了一个院子，说成啥也不能再占你的院子了。"

　　白桂花笑笑说："将来我死了，这房子还不是给信儿，信儿跟智儿亲哥俩，不一样啊？"

　　何桂花摇头道："亲家母，这个事情坚决不行。我看不如就让智儿在这个窑洞结婚，咱们回石梯子那边老窑住。现如今地都是集体的，种下啥都是大家分，不如在咱石梯子那边随便开个荒地，起码种下啥都是自己的。"

连年干旱，镇里生产大队很多地都减产，再加上"放卫星"，大多粮食都上缴，宋长河这几十亩山地居然成了香饽饽。他勤快，山地也就不论个旱涝，种个豆子、山药蛋、红薯啥的总也能行，所以大队把宋长河这个小队称为"保命小队"，就算杂粮也能给队里社员分一些。

为此，何桂花很不满意，凭啥自己种的都给他们分了，所以经常晚上出去挖一袋子红薯、扣一袋子山药蛋回来。宋长河刚开始也制止何桂花，但她都是半夜出去，他也就睁只眼闭只眼不管了。怕被大队抓住，何桂花在断崖那边掏了个洞，就在鸡窝旁边，外面严严实实地盖着高粱秆。

但她一个女人没力气，洞掏得没兔子深，宋长河最后给"扩建"出规模，于是本来看着满满的土豆红薯显得没有多少，当晚何桂花半夜又提着个布袋子出去了……

鸡早就没了，生产队啥也不让养，那是"资本主义尾巴"。何桂花舍不得都杀，留了三只母鸡一只公鸡，悄悄送到石梯子那边，但只是悄悄捡了几个蛋回来，鸡就不见了。她给宋长河叨叨说也不知是黄鼠狼还是狼给吃了，要不就是直接跑进深山找野鸡去了。

宋长河回老窑那边看了看，判断是被人逮走了，他叹口气，连年都是食不果腹，估计连鸡毛都能吃下去——要知道，这一年生产队推广了一个经验，就是把玉米蓴剥下来，洗净晒干，粉碎过滤沉淀，渣子叫"淀粉"，每家每户分一些当粮食吃。

鸡被路过的人或者后山的人抓走了，但山沟下宋长河偷偷种的一些菜，就是让何桂花找都很难找到，看着是一蓬酸枣刺，拨开就看到几个圆滚滚的大南瓜。对于山里人，尤其是逃难过来的人，这里就是天下最美好的地方：随便扒拉一块荒地，便能种下庄稼，尽管不丰产，可旱涝都能有收成；野菜遍地，四季都能吃到；野杏树野桃树野核桃树漫山遍野，能吃能卖，核儿能榨油……

宋长河离开山东老家时刚刚十岁，当地大旱，地里几乎寸草不生。讨吃要饭走了整整一年，直到走进这个大山里，宋长河的爹一屁股坐下道："儿啊，这里永远饿不死人。"很多年以后，宋长河听孙子们说"三年困难时期"，他有些糊涂："我咋不知道这个，咱这里没有饿死过人，一个也没有，吃不饱不算啥，我到四十岁才能天天吃饱，随后就又半饱半饥，到六七十岁才可以白馍馍随便吃的嘛。"

宋承智是一九六二年初冬成的家。当宋长河在山里熬煎怎么盖房子的时候，这小子却上了一个女人的炕，等这个女人肚子大起来没法收拾，就在山里完婚——其实就是一家人在一起吃了顿饱饭，包括这个女人的哥哥姐姐。

在此前半年多，宋长河反复掂量，何桂花说在山里先办，但这不是一顿饭混个肚儿圆，而是娶媳妇过一辈子光景。"就你觉着咱这窑是宝贝，谁家闺女往这山里嫁啊，还是让承义想办法给批块宅基地，集咱全家之力盖个院子吧。"

白桂花不言语，悄悄给宋长河说："大哥，你再从那儿拿出些货，买一套院子或者买砖瓦盖房，省事。"

宋长河说自己想过，但现在镇里没人卖房，欧阳师傅打听过了。还有那些金元宝现在就没法花，都只认新纸币，拿出来只能是惹事，说大了得蹲班房。

宋承智户口在镇里，记工分送粮食都是他跟大队接触。宋承智去大队摁手印办手续时出来，经过戏台时，无意听到了几个妇女在嚼舌头说他爹，装作没听见疾步走过去了——他恨这个吕全有，也开始恨起白桂花，这个狗日的跟这个娘儿们败坏了他爹的名声。

宋长河这五个儿子，他最看不上这个老四，按说五个指头不一般齐，各有各的用，只是这个老四好似山沟里的野蒿，春天跟着绿，很快就变黄，又长得虚空，一大捆点着，火苗子没冒呢，已经全是灰烬。送他去读书，不到两天就跑了，说看见字脑仁子疼；说让他学点手艺，跟二嫂他爹去学木匠吧，他摇头说做棺材晦气……

老大老二都有刚性，老三嘴皮子本就利落，老五更是聪明好学，这个老四啊，干啥都是一瓶子不满半瓶子晃荡，性格就是个半坡子地，懒洋洋地晒着日头，不存水不留肥，野草都不会长满。

宅基地批下，宋长河从山里下来看了看，在镇子北边靠沟边，说是五分地，可东边是个乱石滩，再东边就是沟了，如果下功夫垫垫，能整出个一亩地左右的大院子。蹲在这个沟边抽了一袋烟，他就去了大队部，这是他当了贫协副主席后第二次去。

几个队领导笑着说："老宋你随便弄，东边没法再批宅基地，你能把沟填起来也归你。"

宋长河说："好，给我写个证明吧，我只信白纸黑字。"

几个领导没办法就写了张纸，说明这块宅基地包括东边乱石滩，盖了大队部的章。宋长河接过来笑了："等我老四结婚，请你们来喝喜酒。"

走出大队部，戏台那边坐着一堆人撇着嘴指指点点，宋长河当没看见，背着手挺起腰抬着头就去了宅基地。此前，宋长河听承智说了，他说让白桂花回镇里，别跟咱家搅合了。

"什么屁话？没有薛家，咱们还在石梯子那边喝西北风呢；没有你白婶子，你二哥三哥就没房子娶媳妇，你五弟也不可能考上师范。你给老子记住，人不能忘本，再提这个事情，我揍死你。"

宋承智唯唯诺诺，没有再说啥，但心里是一万个不服气，只是不敢顶嘴。他知道自己的爹不可能跟白桂花做出苟且之事，但众口铄金，镇子里一帮没事的人天天嚼舌头，那些话让他如芒在背，越来越不自在。

拿着大队部的补充"契约"，坐在宅基地里的一块石头上，宋长河抽了两袋烟，脑子里灵光一闪，于是站起来去找老四宋承智。"这个宅基地真好，上面可以盖房子，下面可以砌出三孔窑洞。"

宋承智懒洋洋地说："算了吧，爹，咱随便搭三间房就是了，费那劲干吗？"

宋长河立马就火了，指着四儿子就骂上了："你干脆随便挖个洞住进去算了！你这是成家，将来生几个孩子，像狼崽子一样钻地洞啊！老子把你们一个个养大，给你们弄院子娶媳妇，咋啦，老子还弄出罪了？"

这是明显的迁怒，虽说身正不怕影子斜，但人活脸树活皮，唾沫星子实在臭。老三结婚的院子和老五的院子都是薛家直接或者间接送的，这让他很不舒服，常常感到自责。

给老四尽心弄这个院子，宋长河想证明自己，更是要在儿子面前树立一个男人形象的机会，所以此后半年，他没日没夜地在这块宅基地上折腾——先是把乱石都翻捡出来放到一边，再靠着沟边切进去一个平面，雇人给碹了三孔石头窑洞，两侧台阶通到院子里，然后用土填平，本想次年开春就盖三间房，但院墙刚简单围起来，承智就"出了事"——这是件丢人的事，也是件喜事。

窑洞弄好，院墙围起来，看着平平整整小一亩地大的院子，宋长河很舒坦，开始琢磨这个盖房子的砖从哪儿弄。他让放假在家的老五承信给大哥写封信，宋承信问："直接要钱弄砖？"宋长河说："看你大哥能不能在石城县砖瓦窑给买上砖瓦。"

宋承信笑了："爹，这个我估计二哥就能办，有钱就行。"

宋长河说："我知道，有钱我也能让你去买，家里有点积蓄，碹窑时都花干了。但给你大哥直接要钱不好吧，他看到信估计能猜到我要钱，毕竟还有你大嫂嘛。"

知道自己这个爹好面子，也确实隔着大嫂，宋承信说："我懂了。"于是趴在院子里的磨盘边上开始写信。

宋长河不忘加一句："问你嫂子好，说你侄子好着呢。"然后宋长河直接给老二承义老三承礼开口了："你四弟盖房子，你们看不见？不用你们去出干活，拿点钱吧。"说这些的时候，他避开了两个儿媳妇，俩儿子都或多或少给了。宋长河说："给多少你们看，你爹现在难住了，你俩现在住的房子已经榨干了家里。"

基本凑差不多了，宋长河这天在家用个棍子在地上画，计划着再去老窑那边悄悄砍几棵树——都是集体的了，自己种的也是，但那边没人管，谁知道有多少棵啊。他准备去找亲家柳木匠，半夜去锯下来，就在山里晾干，盖房前再运下来直接就上梁。

何桂花跟白桂花在窑洞口纺棉花，这姐俩儿最近一段时间夜夜出去，在生产队的棉花田里想给老五弄床新被子。宋长河每晚都跟在她们后面但不出声，这老姐俩儿也都知道他在望风，装作不知道。

知了有气无力地叫着，天瓦蓝瓦蓝的，有几朵白云在天边，好久没下雨了，偶尔一阵风扬起些黄土，在阳光下如淡淡的一片雾。

坐在院子前头，盘算差不多了，宋长河刚装起一袋烟，猛然看到山路上出现一个女人。他赶紧站起来咳嗽了一声，窑门口俩桂花抬头看，见宋长河下巴往院子下的山路抬，赶紧把新棉花掩藏起来，把一些破棉絮旧棉花套子摆出来。

那个女人径直走到窑洞大门前，伸手推开刺荙门，打量了下院子里的人，然后直接就走到何桂花跟前扑通跪下："婶子，我……我怀了承智的孩子。"

这话声音不大却掷地有声，院子里的人都听得清清楚楚，包括小青桃。她正抱着五哥拿回来的一本书看得入迷，闻言不由就跳起来道："啥，我四哥？他不敢吧。"

何桂花手一抖，纺棉花车上的一根绳子啪地断掉，花絮崩出来，四散乱飞。白桂花没顾上这些，伸手拨了拨挡在眼前的头发，问："小雪，夏小雪，你说啥？"

正在窑洞里写大字的宋承信出来看了眼爹，心里有些小别扭，毕竟夏小雪自小就跟自己一起上学玩耍，虽说不是学习的料，长得略有些丑，但经常给自己带些好吃的，本啊铅笔啊也时不时塞给一个。

宋长河坐着没动，内心翻江倒海一般，先是怒火中烧，马上又冷静下来，这可是青山镇老地主许家的外孙女。尽管这些年他从没嫌弃过这家人，尤其是许爱爱，当年自己扛长工的时候，人家没有亏待过自己，甚至都没有训斥过。但此一时彼一时，当下各种斗争越来越厉害，躲在山里都能闻到味，娶个地主家的外孙女，这可不是闹着玩的。这可不比老大带个怀孕的媳妇回来，承仁跟秀秀是在部队办了的，"本家团长"证的婚……

但，这个姑娘怀孕了，宋长河站起来，心里就一个念头：如果确实是承智做的事情，就是跟着被批斗也不能做昧良心的事情，得娶。

宋长河扭头，用眼光示意了一下老婆，何桂花赶紧站起来到跟前说："来，孩子，有啥坐下说。"伸手拉着夏小雪的手，"不怕，孩子，我们宋家不会亏人。"

这事自己没法问，宋长河转身回到磨盘跟前，低头对宋承信说："信儿，你去把你四哥找回来，就说我不生气，让他回来说清楚就行。"

宋承信放下手里的毛笔，站起来就往外走，路过窑门口，夏小雪低着头悄悄瞥了他一眼，无限哀怨。

第 14 章

继承

很多年以后，宋长河才知道，这是那个叫他大哥的许爱爱耍的"阴谋"。

在镇子里斗争形势越来越紧张的时候，这个许爱爱就盯上了宋家，其实从刚解放时她就在未雨绸缪——原本想把自己最小的闺女小雪嫁给宋承信，夏小雪自己也喜欢，但自宋承信考上师范，她娘俩儿觉得这事不可能了。原本宋承信就有些看不上夏小雪，很快成了吃公家饭的宋老师，那肯定是门也没有了。

于是，许爱爱把目光转向了宋承智，哥俩儿身高差不多，长得也像，但老四明显没有老五灵光。只是放眼整个青山镇，能拯救他们许家的，只有贫协副主席宋长河。他不爱管事，除非是自己家的事——当年，舍命把薛黄芩死尸背出去埋了，这是青山镇人人竖大拇指的。

许家曾经拥有青山镇一半以上的土地，最红火的时候，马圈牛圈都是满满的牲口，有自己的磨坊、油坊，沿着镇子东沟边九座院子相连，最虎气的就是第五座，那是许家自己的书院——整个石城县，有钱人有一个算一个，地主家有这么大书院的，许家独一号。

据说许家在明代曾有个子弟做过石城县令，到清朝更是出了个翰林院编修，这是青山镇有史以来最大的官。许家人认为这块"灵柱"所在的沟有灵气，一般人看风水不愿意在沟边盖房修院，他家就把沟边这一条都占住了。

宋承智的宅基地就在夏家第一座院了后，因为有片乱石滩，当初许家圈起来就是客人来放马车拴马的地方。

土改时，许家已经分家，许爱爱也分了一座院子，生下一男三女。这个夏小雪是许爱爱最小的女儿，此前一儿俩女解放前门当户对配婚姻，现在个个成分高，天天提心吊胆。现在，她想找个靠山拉许家一把，然后不再任由人欺负，只能寄托在小女儿身上。

宋长河跟宋承智收拾院子的时候，许爱爱就支使小雪过去送开水。窑洞碹好那天中午，宋长河看着宋承智按规矩磕头祭了下天，放了鞭炮，就回山里计划接下来的砖瓦房了。

宋承智脱了个光脊背，闷头把窑洞口前的地夯实。等忙得差不多了，他直起腰顺着台阶往上到院子，无意间看到夏小雪在她家院子中间擦身子。

宋长河对这个院子的设计是一流的，正正方方一个院子，靠东边的沟边两头往下台阶，沟边切进去一些，然后挖开碹了三眼窑洞，洞口朝东，沟那边就是郁郁葱葱的山林。但他没有考虑过，青山镇是斜坡地势，宋承智这个院子算是村里最高处了，隔着围墙看不见人家院子，可到了沟边台阶往下看，夏家的院子一览无余。

夏小雪没有脱衣服，只是拿着毛巾在一个水盆前，洗洗毛巾就伸进衣服里，再弯腰洗毛巾，短衫在这一刻就露出半个腰，肌肤在阳光里闪着，细嫩细嫩。

宋承智咽了口唾沫，觉着这样不好，就想把眼光移开。恰在这时候夏小雪开始洗头，腰就一直弯着，那细嫩细嫩的肉下面似乎都能看到屁股沟缝子……突然她直起身子，脑袋左右甩动，长发上无数水珠跳动着奔向四面八方……

宋承智一屁股坐在台阶上，终于把目光移开些，他突然有些自怨自艾，在家里，爹娘似乎最不喜欢的就是自己，而跟兄弟们比较，自己确实是最没出息的一个……也就是这时，他看到夏小雪在向他招手，揉揉眼睛，确实是笑着的她挥动的手。

他穿上褂子，好似被一根绳子牵了过去，顺着沟边到许家这个院子的小门处。这个小门原来是许家通往沟边一块小平地的，铺了青石板，在最热的夜晚，他们家在这里乘凉，山风顺着沟往下，尤其是傍晚，清爽消汗。

小门虚掩着，宋承智推开进去，夏小雪已经在擦头发了："四哥，你自己去屋里舀水喝吧。我爸妈去县城了，说晚上才回来。我看你干活不回山里了吧？中午我给你做凉面吃。"

这是北方一个最典型的四合院，夏小雪站在院子中间，宛如一枝荷花在池塘。她磨磨蹭蹭地擦着头发，心里有诸多不满，妈妈出门的时候说了，他爹好像回山里了，中午宋家老四要是还在干活，就喊过来喝碗水。

这话她明白，因为头天晚上妈妈跟她聊了，宋家现在是青山镇势力最大的人家，能嫁到他家最好。只是夏小雪一直喜欢宋家老五宋承信，她妈妈知道她心思："孩子啊，人家承信已经考上了师范，很快就是老师了，吃公家饭的，且那孩子眼高，肯定不会再找个农民了。"

夏小雪不服气，嘟着嘴说："二哥还是解放军呢，咋地就能找个木匠家闺女？"

许爱爱伸手抚摸了下闺女的脑袋说："孩子啊，承义没多少文化，也不准备再离开青山镇，最主要是他少了只耳朵嘛。承信呢，我听人说在师范仍旧考第一，估计就留在县城不会回青山镇了。"再叹口气，"认命吧。老四我看也不错，慢慢调理，也能成大器。"

进了小门后，宋承智进屋里喝了一瓢凉水，出来到院子里说："小雪，四哥也想洗洗。"

夏小雪把毛巾递过去说："你把我脖子后面擦干，然后再给自己洗。"

一个十九，一个十七，正晌午，太阳在半天放肆着，那条毛巾隔不住热乎乎的感觉，脖子上也就擦了两下，一个回身一个拥抱，然后相互拖拉着进屋上炕，昏天黑地。

许爱爱也没想到这俩会直接上炕，而是对姑娘说先好上。只是夏小雪突然明白过来了，反正是要结果，那就直接点……进了腊月门，夏小雪的肚子看着大起来，没办法就在山里布置了一孔窑洞，饥荒年也不计较隆重不隆重，就是请亲朋好友吃了个饭，随后二人入洞房。

新婚之夜，俩人居然大打出手，因为怕丢人，就是默默闭着嘴打，咬着牙在炕上滚。原因很简单，进了洞房，夏小雪嬉皮笑脸地从衣服里掏出个枕头，原来怀孕是假的——她还振振有词："你睡了我的身子，我不装怀孕，你不跟我结婚，那我怎么办？"

闹腾到窗户纸发白，俩人筋疲力尽。看着炕上被子褥子乱七八糟，夏小雪忍着泪开始收拾，宋承智突然也想通了，上前再从后面抱住她，两人再次滚到一起，这一次更闹腾，夏小雪真就怀孕了。

第二天俩人起得很迟，然后回门去娘家，何桂花收拾窑洞进去看有条褥子都被蹬烂了，不由就嘀咕："都怀孕了，还这么折腾，也不怕孩子掉了。"

等宋承智的儿子出生，何桂花看着自己第八个孙子宋继云笑："小雪啊，别人怀胎十月，你这儿子云儿居然怀胎十五个月，一定是个人才。"

大家都笑，事后都明白过来生米煮成熟饭，也就皆大欢喜了。

宋承智跟夏小雪结婚后，被这个有见识的丈母娘耳提命面几年，还真出息了，"文革"结束后居然当上了青山镇的大队书记，而后村长书记一肩挑。最大的"出息"是这个家伙开始管不住裤裆，他的风流韵事成了青山镇街头巷尾的议论重点，夏小雪闹了几次没效果，就上山给老公公诉苦，已经六十多岁的宋长河叹了口气，提着烟袋就随夏小雪下山了。

打不得也骂不得，宋长河就住到了宋承智家。他去哪儿，自己就跟到哪儿，半夜清晨都跟着，把这个老四烦得终于表了态："爹，你回山里吧，我知道你的意思了。"

宋长河再回山里的路上就暗笑，坐在果园门口的石头上，他自言自语道："这个老四从一开始就没管住裤裆，老四媳妇啊，你自己当年不是随手就扒下他裤子了吗，如今能咋样，你就想不到啊？"

第二年秋初，集全家之力给宋承智修起三间北房，盖了门楼，围起院墙。站在新院子里宋长河说："老四、老四媳妇，当下就这么大力气了，剩下你们自己打拼吧。"顿了顿，他叹口气道："爹真老了，已经觉着力不从心了。"这话是说老五宋承信与老六宋青桃，马上就五十岁的宋长河照样能赶马车扛麻袋，但这俩孩子，一个是啥也不说，一个是啥也不怕。而镇里的情况更是让他无奈，好好的地不去种，天天折腾人，今天斗这个，明天斗那个，好好的人都成了牛鬼蛇神，还要横扫。

石城琴书成了"破四旧"的典型，欧阳师傅差点被揪出来游斗，要不是承礼给大哥去了封信，承仁给县里革委会汇报革命工作的方向，估计宋承礼都得倒霉。

琴书班子解散了，宋承礼实在是舍不得砸那些乐器，悄悄送到了后山老窑洞藏了起来。按照革委会要求，他表明了态度，弄了堆木柴，上面放了几个破的旧不用的乐器及说琴书的架子，点着冒了火才开门让人看。

走一步看三步，宋承仁电话里给革委会建议，在青山镇成立个农宣队。"我看我三弟就可以当这个队长，毛主席语录与最高指示需要大力宣传。"于是，坏事变好事，宋承礼就成了农宣队的队长并且进了革委会班子，也算是镇领导。欧阳师傅每天领着外孙子迈着八字步在街上走，镇里人见了照样的尊重有加。

疯了，都疯了！乱了，都乱了！这就是宋长河眼中的青山镇。何桂花下山给孩子们送点东西，被村口的红卫兵拦住背"老三篇"，她一句也不会，张口结舌道："俺不识字啊。"

红卫兵就一句句地教："纪念白求恩。"

"纪念白救恩。"

"白求恩同志是加拿大共产党员，五十多岁了。"

"白救恩同志是拿加大共产党员，五十多岁了……孩子，这个白救恩五十几了？我快五十了，他比我大吧？"

……

直到宋承智路过，才把自己老娘"解救出来"。何桂花满头大汗，口干舌燥道："老四，这个白啥是干啥的？怎么了？为啥都要念他？"

宋承智没有心思说这个，把娘送到村外，叮嘱道："最近您就不要下来了，镇子里形势很乱，听说县里革委会很快要下来煽风点火，你们就在山里不要下来。承信也是的，他在学校乱讲话，我好歹才把革委会各位同志怒火平息，明天让他也回山里躲躲。"

何桂花急匆匆返回山里，宋长河抽着旱烟袋听她絮絮叨叨讲这些，叹了口气说："让老五去送继燕吧，现在去学校又是学工又是学农，不让好好念书，就让他去找他爹当兵去吧。也正好让老五避避风头，他性子直，在镇里学校再待下去会吃亏。"

宋承信师范毕业后，县里教育部门把他分配到县里学校工作，与他一直要好的一名女同学也被分配到同一学校。宋长河听说后直接跑到县教育部门索要。"比起来，我们青山镇最缺老师，到现在都没个正经老师，我们家是革命家庭，觉悟要高，把宋承信安排回青山镇教学吧。"

教育部门领导不同意，学校更不放人，人才得留住。宋长河就蹲在办公室门口，一蹲一天，不吃不喝，天黑也不离开，也不让人家下班。"领导你家在哪儿，我送你回去，明天再接你来上班。"

领导哭笑不得，实在无奈，最后说："看你儿子意见。"宋长河起身就到宋承信刚报到的学校门口蹲了一夜，第二天宋承信没吵没闹，出来校门只是问他爹为什么。

宋长河直截了当地说："我把你们五个拉扯成人，接下来你得接过爹的担子，把下一代弄得更好。"

承信说："下一代有大哥二哥他们，我现在还没成家，怎么管？怎么弄？爹，你到底要干吗？"

宋长河叹口气，张开干裂的嘴唇说："信儿，先说你的前程，老话说，宁当鸡头不当凤尾，你回镇里是唯一的公办教师，吃不了亏，在这儿，你再努力也是论资排辈。"

"最重要的是，"宋长河接着说，"我没文化没本事，把你们兄弟拉扯大已经拼了命，还得感谢你薛伯伯关键时候拉了咱家一把。我就信'万般皆下品，唯有读书高'，你回到镇里，孙子辈的孩子都交给你管，你天生就是做老师的料，咱镇里的先生都说你是他最好的学生，你也能教出好学生。再说了，你娘你干娘都舍不得你在这县城，她们惦念得不行啊。"

承信一万个不愿意，但他知道父亲要做啥，任谁也拗不过，看着父亲疲惫的脸色，只能卷起铺盖跟着回青山镇。

他能回镇里，镇里领导非常高兴，教育局也直接就给了他副校长职务，但那个女同学没多久就结婚了。两人本就是互相好感，并没挑明，看他回镇里，人家家在县城，老大不小的，肯定不会跟着去镇里。

这似乎让宋承信有些埋怨自己这个爹，随即开始"报复"——我就不结婚。当然，这是宋长河的想法，因为介绍了好几个姑娘，这个小儿子都说不行，见都不见。其实宋承信有自己的要求，听了姑娘的介绍就判断不行。

这一拖就二十四了，宋承信就是专心教学，尤其是自己的侄子们，他要求异常严格。在他办公室门后面，有一根硬灌木条做的教鞭，侄儿们到了上学年龄进了小学校，很快就会被抽手心抽屁股，背不出来书要打，错了字要打，写不认真也打，反正宋家下一代最怕的就是这个小叔叔，在路上远远看见都躲着走。包括年龄差距不到八岁的宋继燕，看到小叔叔也是腿肚子转筋。

这就是宋长河叫宋承信回来教学的真正目的，他深知读书的用处，现在有条件了，就得有这么一个儿子来管教下一代，孙儿辈总能出几个举人吧——宋青桃听他说这个就撇嘴，说："五哥说对照科举制度，举人就是完小毕业，那太容易了。"

宋长河哼一声："那就出进士，出状元！"

宋青桃马上做个鬼脸，把手指头伸到嘴唇边发出"嘘"的声响："爹，你再这么说，估计就被揪斗了。还进士状元，现在学校都是停课闹革命，你这是典型的封建思潮。"

镇里的革命浪潮越来越高，宋承信"惹出事端"是因为他教育大侄子宋继燕，这小子要改名字为宋红兵，被宋承信骂了句"忘了祖宗家谱"，然后一巴掌给扇掉了念头。这个事情被人报告给镇里革委会，于是马上就"上纲上线"——宋承信这是破坏伟大的无产阶文化大革命。

好在宋承智已经是镇革委会群众代表，他赶紧各方说好话把这事情压了下来。"文化大革命"初期，许爱爱就鼓励自己女婿："你家根正苗红，爹是贫协副主席，大哥二哥也是部队的官，三哥现在是农宣队的干部，你该去争取，这是你在咱镇里风光的最好机会。"

原本冷眼相看的宋承智突然就像被点着的钻天猴，吱一声就蹿了出去，然后啪的一声就响亮起来。先是找三哥进了农宣队，很快就跟革委会几个头头儿混熟，然后当上了群众代表，成了革委会班子成员。

弟弟阻止侄子改名字，本来无可厚非，但这个要改的名字是"红兵"，性质就不同了。原本在兄弟中最不起眼的老四，好似找到自己的爆发点，变得能言善辩。他给革委会的解释是："我问过我弟弟了，不是不让改，是他认为我这个侄子出发点是伟大的，但没有认清本质，红卫兵是忠于毛泽东思想、保卫毛主席革命路线的，我弟弟准备给我大侄子直接改为卫东。"

当然，谁也不傻，只是有个借口，就没人说啥了，毕竟这个七人的班子宋家就占俩，且宋承信一个年轻的教师，还是学校的副校长，生在红旗下，长在新中国，就算有些思想波动，也是可以团结教育的嘛。

只是宋承信自"文革"开始就唱反调，学校停课他不同意，要斗老校长他也挡着不让，这次这个事情虽有"借口"，但革委会会议有了新决定——尽快揪出封建余孽老私塾批斗。

革委会班子研究，就让宋承智去找宋承信，让他上台发言揭发，宋承智瞬间感觉到自己老爹才是真"承智"。他马上给革委会汇报说："我弟弟带着我侄子去了我大哥部队，听说我侄子要进入革命部队了，我弟弟要在部队参加高级革命学习班。"

揪斗"牛鬼蛇神"和"走资派"是上级命令，当老私塾先生戴着纸糊的高帽子被拉着游街批斗时候，毫不知情的宋承信已经带着侄子孙继燕在县城上了火车。

宋承仁这些年南征北战，抗美援朝归来后，又在边疆驻守多年，如今年尽不惑，回到了省城军区，已经是副师长了。其间他与李秀秀都回来过，但宋继燕坚决不跟他们走，自生下就在这片土地，宋继燕跟爷爷奶奶感情非常好，且五弟对他学习要求抓得紧，这都让宋承仁与李秀秀放心——他们都是居无定所，一个命令下来就调防，孩子在老家受教育比跟着他们要强很多。生在部队，一直跟着他们的二儿子宋继瀛，无论学习还是做事，眼见着没宋继燕踏实。

在火车上，宋承信给宋继燕重新讲了一遍他们这一代名字的来历，着重讲了失去燕云十六州后，中原地带四百年的不稳定，最后他压低声音说："年轻人有热情是好的，但得判断这个热情有何后果。你把爷爷给你取的名字改掉，本来不是大事，但这说明你内心出现了问题。你爷爷不希望你们忘本，国家不希望你们动荡不安……唉，你要改的不是名字，而是对爷爷的背叛，再说得重一点，是对这个民族的背叛。"

宋继燕本不想离开，宋长河说："当今不让考进士，你就找你爹，走他走过的路吧，还有小叔叔得躲出去一段时间，没办法必须走。"何桂花哭成个泪人，情绪一直就缓不过来。宋继燕听到这里不服气："小叔叔，我就是想参加红卫兵，保卫毛主席保卫革命成果，这错了吗？"

宋承信摇摇头说："错是没错。"看着火车上到处都是搞串联的红卫兵，他从背包里掏出一张煎饼递给宋继燕道："你知道我这次送你是提心吊胆的，不是害怕斗我，而是害怕他们斗你干奶奶，你说你干奶奶是牛鬼蛇神吗？"

"不是。"宋继燕接过煎饼，斩钉截铁道，"亲奶奶与干奶奶都是伟大的女性，她们勤奋劳作，任劳任怨，自食其力，怎么能是牛鬼蛇神呢？

再说了，爷爷给我讲过薛爷爷的事情，他是烈士啊！"

自己也掏出一张煎饼，宋承信很满意大侄子的回答，接着问："你说你要革命，要卫兵、卫东，那你要革谁的命？又要保卫什么呢？你知道什么叫牛鬼蛇神吗？"

宋继燕咬着煎饼笑了，这个小叔叔读书多，古代的名人逸事和很多成语的出处如数家珍。他崇拜地看着宋承信问："五叔，我其实早就知道自己是热血冲头不问来去，但这个牛鬼蛇神不就是说伪装成好人的坏人吗？"

"差不多，本意是说形形色色的坏人，当下是被打倒被横扫的这些人的统称。"宋承信叹口气，看着手里的煎饼道，"唐朝时期，多才而短命的诗人李贺留下不少著名的诗篇，'雄鸡一唱天下白''黑云压城城欲催'等名句，至今被人传诵。同代诗人杜牧专门给他写过《李贺诗序》，评价他的诗为：'鲸呿鳌掷，牛鬼蛇神，不足为其虚荒诞幻也。'"

叔侄俩说说谈谈，一天一夜后，火车进入省城，接到电报的宋承仁安排一辆车把他俩接到了部队。很快，宋继燕当兵走了，宋承信则被安排在部队与地方联办的学习班当临时老师，一为躲躲风头，二是宋长河悄悄让大孙子捎信给大儿子，下了个死命令——这一次必须给你弟弟解决了婚姻问题。

这命令怎么解决，宋承仁苦笑，只能先留下弟弟再琢磨，也跟办班的负责人说了一嘴，请人留意一下。

这个学习班也就每天下午上课，作为"请来的"教员，宋承信主要是讲《毛泽东选集》，他已经通读过两遍，很得心应手。地方上的人不多，这个班大多是部队年轻的干部，其中有个军区医院大夫，经常下课请教宋承信问题，一来二去，办班的负责人就给宋承仁汇报：韩巧姑看上你家五弟了。

这个叫韩巧姑的姑娘正好是李秀秀的手下，当宋承仁说起爹给的"任务"并提到这个姑娘时，李秀秀马上就说好。"巧姑是个孤儿，父母都是烈士，在部队长大，根正苗红。"

宋承仁知道自己这个小弟弟个性强，读书多，有才华，所以自己先找机会接触了一下。这个女孩子刚满十八岁，为人善良，作风正派，个子不低，长相不俗，他立马就看上了，跟李秀秀说："我看行，你安排一下，让五弟跟人家私下见见面。"

李秀秀是个藏不住事情的人，她不懂得迂回，革命军人嘛，什么事情都是快刀斩乱麻。一周课没上完，她憋不住了，直接就安排人去叫。听说副院长叫自己，上午在科室忙碌的韩巧姑赶紧跑过去："李院长，您找我？"

"啧啧，女大十八变，巧姑越来越漂亮了。怎么样，咱俩做个妯娌吧。"李秀秀就这脾气，到医院相处了三年了，巧姑尽管习惯了，仍旧羞红了脸。"李院长，您又乱开玩笑。我怎么能跟您做妯娌？"

李秀秀哈哈笑道："宋师长是老大，他有个老弟，就是培训班的宋老师。他可是正规师范学院毕业，镇里完小的副校长，二十刚出头，有才华且为人正派，是他们五兄弟里的秀才。"

想着宋承信的样子，韩巧姑这才知道不是开玩笑，更加扭捏道："李院长，李大姐，这事……"

李秀秀知道此前的事情，明白这姑娘对承信有好感，她一摆手，说："我挑明了，你自己再感觉感觉吧，我再给你一周时间考虑，行不行给我个话，我五弟不愁找媳妇。"

韩巧姑羞涩地点着头跑开了。当天下午，宋承信在台上滔滔不绝地讲课，韩巧姑害羞地在下面偷偷打量。这个小伙子口才好，但没有一句多余的话，浓眉大眼，人长得比宋师长高，也比宋师长更加棱角分明。

春心萌动，情窦初开，韩巧姑在部队长大，做事情也是直接大方，于是下课继续问问题。等宋承仁、李秀秀安排他们在家里吃饭，宋承信马上就明白怎么回事了。

饭后，宋承仁让弟弟送韩巧姑回医院宿舍，路上宋承信开门见山道："我只是在我哥哥这里住一段时间，很快会回老家，那是大山下的一个小镇子。"

韩巧姑捏着衣角，好似没在意大山、小镇，问："你家人很多吧？"

宋承信笑了笑道："我兄妹六个，现在侄子侄女十一个，我爹娘让我读完师范回镇里，就是为了这些侄子侄女们学习。"

"真好。"韩巧姑的回答让宋承信有些诧异，他不明白这有啥好。韩巧姑接着说："我父母建国那年双双牺牲，我还不到一岁就进了部队孤儿院，这么多年，我最羡慕的就是一大家子人其乐融融，那就是最大的幸福。"

不知怎么安慰这个姑娘，宋承信只能接着说："我爹娘都是善良人，正直坦荡，我们兄弟姐妹也都团结，欢迎你有时间去做客。"

韩巧姑笑了笑说："这个时间由你定。"

这算很直接的表白，韩巧姑说完，脸不由得红了，她从兜里掏出一根钢笔，外面还包着一张纸条，落落大方地递给宋承信说："我到宿舍了，你回吧。"

钢笔带着体温，字条上写着"愿我们能为了共同的革命目标走到一起来"。

回到大哥家，宋承信没有隐瞒，把钢笔带纸条递过去。"这不现实，我就是个乡村教书匠，人家是省城部队医院大夫，这没法走到一起来。"

李秀秀摆手，笑着说："五弟，农村是一个广阔的天地，在那里也可以大有作为。"

宋承信端起茶缸子喝了口水，看了家里就他们仨人才开口："大嫂，毛主席语录我也会背，'知识青年到农村去，接受贫下中农再教育，很有必要……'可知青上山下乡的都是没有工作的，且早晚都要回城市，人家韩巧姑是医院的大夫，这就不是一回事。"

宋承仁想了想说："我看也不是不可以，巧姑可以转业回地方，比如去石城县医院工作，这样你俩结合就不是问题了。"

"放着大城市不待，去咱山里？大哥，这不现实。我的事情大哥跟大嫂就甭操心了，这事不讨论了。"宋承信把钢笔递给李秀秀，"大嫂，请代为转交给韩巧姑同志。"

李秀秀不接,说:"五弟啊,你明天不是还上课吗,自己还吧。"

这个晚上宋承信心神不定,韩巧姑勾起了他对故乡的想念,从师范毕业后他就再没有动过感情,对提亲的厌烦至极,不管是谁,他都不给面子,当面提的更是直接让对方下不了台。这是对爹的反抗,更是对现实的不满意。放眼看青山镇适龄的女子,没有一个能跟自己谈到一起的。但韩巧姑不同,这个姑娘简单大方,经历过人生最惨,也换来了多方疼爱,走过很多地方,也读过不少书,只是……这太不现实了。

一个月后,他跟韩巧姑携手回到青山镇,才知道这个晚上心神不定,是因为干娘没了——她被开了"砖头会",又气又恨,当场就咽了气。爹众目睽睽把干娘背出青山镇到了薛家祖坟,娘给干娘擦洗换了干净衣服,二哥带着三哥去柳家庄老岳父的木匠铺子拉回棺材。

事发后,小妹青桃披麻戴孝不去坟上,而是在青山镇见人就骂。她手提哭丧棒,直接把领头砸人的"炝蹶子"吕全有打得满街乱窜,后来被派出所"拘留"。革委会认为她这是破坏无产阶级文化大革命,要批斗,但派出所答复"宋青桃已经直接送到县公安局了"。其实是宋承义安排人给送上了火车,目的地就是大哥这里。

宋承仁没敢留这个小妹在部队,当时军区内部政治形势非常微妙,更不敢让她见五哥,这个老五跟干娘白桂花的感情他知道。宋承信知道消息肯定马上回去,毫不犹豫拿刀劈了"炝蹶子"等人。

火车站接上青桃,宋承仁把青桃直接送到了省城近郊的李秀秀家,路上也没责骂,只是温言相劝,让她先躲一段时间再看情况。

白桂花其实一直在山里住着,就像当年解放前,提心吊胆的。大门上的"烈属"牌匾不知去向,而镇里对薛黄芩的污蔑扭曲从来就没停止住,且愈演愈烈。

对此,宋长河心知肚明,但一点儿办法也没有,他曾给大儿子写信让他证明,宋承仁也写了。"我以××部队副师长的名义证明,当年八路军某部在石城附近打游击时，薛黄芩同志多次免费提供药材，也是入党积极分子……"但这个"亲家"当年的热血沸腾不如"尥蹶子"这类混混儿天天扯淡。白桂花屡屡被列为批斗对象，在这个父子兄弟夫妻都能互相举报的年代，宋长河唯一能做的就是不要下山。

上山砍了几捆酸枣树条子，加固了院门围墙，宋长河明白，只是给白桂花宽心。

大儿子在部队是高官，二儿子是镇武装部一把手，三儿子四儿子都在村里革委会，去山上窑洞抓人下来斗，青山镇的成年混混儿还真没有胆子，也没有想跟宋家翻脸的。但一帮孩子敢，尤其是从县城过来的几个，登台一呼，举着红旗，喊着口号就冲进了宋长河的院子里，白桂花正在窑洞口缝衣服，被抓着头发就拖了起来……

宋长河与何桂花正好不在家，宋承信在省城，宋承礼带着宣传队去县城了，那么宋承智呢？

头天下午，镇里革委会召开紧急会议，县里革委会来通知说要来几位红卫兵小将，帮青山镇挖出隐藏的牛鬼蛇神，这是变相批评镇里工作不踏实。

隐藏的是谁？当时谁也不知道。来的红卫兵里有吕全有的侄子，这个"尥蹶子"被打得成了"太监"，这口气一直没咽下去。

在镇里弄不了白桂花，"尥蹶子"就去了趟县里，他知道侄子在县里红卫兵中算领导，于是鼻涕一把眼泪一把，诉说自己被白桂花欺负。他侄子皱着眉头听完说，这跟革命无关，不管。这个吕全有马上开始编造，说白桂花的丈夫薛黄芩，在抗战时期大发战争财，自己帮薛黄芩给八路军送过药材，当时薛黄芩跟八路军漫天要价……

这还了得，革委会马上给青山镇下了通知，吕全有的侄子亲自带队杀回老家，誓死要把反动黑心商人的余孽揪出来。

镇里不知道实情，上级说不彻底，革委会开会讨论，那就推出一个人吧，当时就有人提议许老财——就是宋承智丈母娘的爹，按说这个许老财也不是坏人，勤勤恳恳，对长工也都好，解放前也把房子、土地都分给了兄弟姐妹，仍旧定了个二地主的成分。这些年运动来运动去，许老财也被批斗过，但都是象征性的，镇里人都明白，周扒皮半夜鸡叫那才是坏蛋。

宋承礼带队去县里宣传公演，宋承智刚开始不吭气，等最后大家准备举手表决，他突然站起来："我不同意。按道理说我该避嫌，更该大义灭亲。但县里通知说得很清楚，是挖出隐藏很深的牛鬼蛇神，这话就是说从没批斗过，隐藏的意思就是我们从未找到。"

"有道理，那是谁？"

除了地主老财，镇里该批的都批了，该斗的都斗了，有嫌疑的只能是薛黄芩的老婆白桂花。可研究半天，革委会的领导们都看着宋承智。

"我有个舅舅去世了，正好要请假，明天出殡，所以明个一大早我跟爹娘去另一个镇上。"说完这话，他站起来走出革委会，擦擦脑门上的汗，觉着抓心的难受。丈母娘许爱爱的老爹已经八十多岁，再也经不起折腾了。

他急匆匆回到家，马上安排夏小雪回趟姥爷家，连夜把老爷子送到了远房亲戚家。"躲几天吧，天知道这帮兔崽子怎么折腾呢！"

第 15 章

算计

这群不大的孩子头戴绿军帽，身着绿军装，腰间束武装带，左臂佩红袖标，手握红宝书，在"尬蹶子"的侄子带领下进了青山镇，先是高喊"造反有理""打倒一切牛鬼蛇神"等口号，游行了一圈，然后就进了镇革委会。

宋承智嘴里的这帮兔崽子本就是冲白桂花来的，又听镇革委会汇报了她的历史，马上群起激昂道："我们这次来，就是要揪出这个反革命奸商余孽。"

在尬蹶子吕全有的带领下，这伙人就上了山，窑洞院里就白桂花一个人，于是二话不说直接揪起来，看着窑洞实在没啥值得打砸的，悻悻然拖着白桂花离开。

白桂花小脚走不快，被揪着头发拖着下了山，到镇里后游行一圈，她连惊带吓，脑子里一片空白，被弄到戏台上，低着头，批斗大会随即开始。

镇里的人都被叫到台前，许爱爱拉着夏小雪的胳膊差点尿了裤子，心里一遍遍感谢女婿宋承智，要不然上台的是自己老爹，这架势肯定直接就得背过气去。

先是让交代罪行，白桂花不知说啥，被这帮兔崽子又扇耳光又踹肚子，很快就靠在戏台柱子上半昏迷。也就是在这时候，"尥蹶子"带着人提着一筐筐砖头瓦块，倒在戏台下喊："坚决打倒反革命余孽白桂花！"喊完口号，他捡起一块半大砖头直接甩到白桂花脑袋上。"反革命余孽死有余辜，打倒反动妓女！"

这半砖头直接将白桂花砸倒，只见一道鲜血溅到戏台上，她突然觉着很安静，四周都是黄芩开花，紫红色一片，她心里暗暗叫了声："掌柜的，我来陪你了。"

揪斗的红卫兵跳下台，也是每人都捡起一块扔了上前，当地叫这个"砖头会"，很多年前处置土匪恶霸时用过。现在白桂花奄奄一息地躺在台上，镇里人刚开始没有人上前，但"尥蹶子"吕全有开始喊："不动手的都是反革命余孽！迁就敌人就是反革命！"

那些红卫兵叉着腰看着人群，一个接着一个，弯腰捡一块扔上去。有心眼儿的捡小块不往白桂花身上扔，胆小的胡乱扔上去就走，和"尥蹶子"一伙儿的就冲着白桂花身上使劲砸过去……

宋长河带家人去参加的是何桂花姑表哥的葬礼，原来也在山上住，后来落户到另一个镇，就是宋长河当年卖马闯进"本家团长"驻防的那个村。正好这天有个该村的人去青山镇，这个人以前收过草药，跟薛黄芩熟悉，他看到白桂花在戏台被折磨，赶紧跑回自己村，气喘吁吁地把送葬队伍里的宋长河拉到一边，悄悄说了情况。

宋长河脑袋嗡的一声，一下子就炸了，二话不说就往青山镇跑。等他气喘吁吁地到了戏台，县里的红卫兵早已趾高气扬地返回了，"尥蹶子"还带着镇里一帮人在台下喊口号。

宋长河一个健步就跨上了戏台，不管不顾地上前抱住白桂花。满脸是血的白桂花已经就剩一口气，她看清楚抱住她的是宋长河，眼神亮了亮，轻轻含笑张了张嘴，随即就暗淡，浑身瘫软。能看懂白桂花的口型是"大哥"，宋长河不由得想掉泪。

镇里的人静静地在台下看着，愣了片刻的"尥蹶子"吕全有刚喊了声"放下反革命余孽、反革命妓女",一根棍子就砸在了他头上。他回头一看，宋青桃一身孝服，手里拎着的哭丧棒不由分说又抽了过来，他摸着脑袋躲着跑，边跑边说："好男不跟女斗……"

那个村去世的是舅舅，宋青桃本就得穿重孝，在送葬队伍看爹转身跑，她就上前问那个报信的，没听完就提着哭丧棒跟着往青山镇跑……

宋长河把白桂花身上的砖头瓦块扒拉掉，弯腰背起，猛然站直身子对着台下，内心充满悲愤道："你们还是人吗！说啊，你们还有人性吗？薛黄芩当年怎么帮你们，看病拿药从来不问你们多要，没钱照样拿药材，白桂花怎么惹你们了，你们都是畜生吗？"

当年药铺里有个本子，来看病拿药的穷人要赊账，都是自己记。宋长河曾经问过薛黄芩："人家记账你从不看，也从不讨要，这能行啊？"薛黄芩笑着说："你看药铺门口这对联'但愿世间人无病，宁让架上药生尘'，谁愿意生病啊！如果你早点抱你四闺女下山来药铺，也许就救回她那条命了，可你没钱，不到最后不敢来啊。我也不能说谁来都白白给药不要钱看病，这是生意，只能尽量维持，敢到本子上记账的都是镇里认识的人，还不还的看良心吧。"

"良心啊，良心！"宋长河声嘶力竭道，"畜生们啊，一群畜生啊！你们对得起自己良心吗？拍着胸脯问问自己啊，良心都让狗吃了吗？"

全场鸦雀无声，默默散开，宋长河咬牙切齿道："青山镇是黑心镇，老子是看透了，这是一个没有人性的村子啊！我宋长河对天发誓，老子自打今天起，誓死也不会再踏进这恶心地方一步。"他顺着戏台台阶一步步走下来，场地里瞬间就只剩下喘着气牵着马追来的宋承智,他肠子都悔青了，不是说就批斗批斗吗，怎么把人开了"砖头会"？

看了眼马背上的老婆何桂花，宋长河到跟前低声说："你回去准备下吧，给亲家母弄一身干净衣服，在薛家坟地等我。"

何桂花捂着嘴，哭得差点背过气去。宋长河背着白桂花，突然想起当年就是这样把薛黄芩背出青山镇的，那时候是漆黑一片，寒风呼啸，而现在太阳高照，万里无云。他看了一眼宋承智说："你去找你二哥，让他带你三哥去他老丈人木匠铺子拉一口棺材送到薛家坟地。"

宋长河一步步出了戏场，花白的头发很快开始滴汗，白桂花的身子越来越重，但他并没有选择直接往镇外走，而是绕着十字街走遍了镇子主街道，边走边喊："你们有胆子做没胆子看啊，出来啊！你们的心都让狼吃了！亲家母啊，你还没走远，看看这些狼心狗肺的东西，化成鬼也不要放过他们啊……"

除了宋青桃仍旧满镇子追着打"炝蹶子"，整个镇子静悄悄的，家家户户关着门，连孩子的哭声都没有。

很快宋长河又成了大家议论的对象，悄悄说他仁义的不在少数，也有说他不顾老婆娘家表兄出殡，只是给"妍头"出气……只是自这天起，宋家老二老三老四哥仨在镇里都是冷着脸谁也不理睬，于是各自惭愧，嚼舌头的估计也觉着良心不安，很快风平浪静。

那个"炝蹶子"吕全有被宋青桃满街打，差点被戳瞎了眼睛。欧阳师傅有事去外村，听说这事情赶紧往回走，进了村子就看到这一幕，跟在青桃后面怕她吃亏。

心里有愧也真不敢跟青桃动手，这丫头是镇里有名的疯，好不容易摆脱了，"炝蹶子"就跑出镇子躲了一天。第三天这家伙再次窜到县里，找见侄子说自己被反革命家属打了，就在前天揪出反革命余孽白桂花那会场。

他侄子问谁打的，他说是宋青桃，白桂花的干女儿。这个侄子没他那么蠢，他知道这是宋家的小闺女，自己正准备报名参加解放军，户口在青山镇，能不能当兵是宋家老二管着的事情。于是笑嘻嘻地说："一个女孩子能把你打成个啥，算了吧，听说这个女孩子已经去省城了，咱不能去省城闹吧？"

看"炝蹶子"不服气，一副不依不饶的样子，这个侄子说："你举报有功，随后找机会再去批斗吧，我送叔叔一套军装，回去好好革命吧。"

也就是这一身军装让"炝蹶子"送了小命——再回到青山镇，他时时刻刻把自己当成造反派的干将，天天穿着这身旧军装趾高气扬地晃来晃去。

白桂花头七那天，村里革委会组织集会，会后"炝蹶子"自告奋勇抱着毛主席半身瓷像，兴奋地在前面喊着口号，带领人群在全镇子游行。本来很好的天气突然转阴，就快到那块"灵柱"附近，沟里转出好几个旋风窝子，一时间飞沙走石，游行的人群都伸手遮住眼睛。这个炝蹶子两手端着瓷像，眼睛眯着看不清路，一脚踩空便扑到在地。

沟边这条路原来是许家的，都铺着青石板，只听"啪"的清脆一声，瓷像掉地上摔了个粉碎，趴在地上的炝蹶子顿时傻了眼，跟在他身后的人也都蒙了。跟在人群最后面的宋承智突然喊了声："这是现行反革命行径，给他开砖头会。打倒现行反革命吕全有！"

是啊，所有人开始义愤填膺，跟着就喊："打倒现行反革命吕全有！"

"炝蹶子"哭丧着脸站起来，傻笑了几声，挥动着手里托瓷像的红布，猛然跨了几步便跳进旁边深沟，呼啦一声，红布飘在半空，那些旋风跟着就下了沟。

只听到扑通一声，人们拥上沟边往下看，"炝蹶子"直直地摔在沟底，嘴里吐着血沫子，四肢抽搐。没人下去，下去救他也是反革命啊！第二天，村里有人发现，这个"炝蹶子"往前爬了几米，已经蜷缩着死在那块"灵柱"边，"灵柱"上面斑驳的字迹还可以辨认出是"横扫一切牛鬼蛇神！"

刚开始"破四旧"，镇里革委会认为这块石头就是最大的牛鬼蛇神，准备炸碎，于是叫人用红墨汁写了这么斗大一行字，只是刚写完最后一个"！"，本来晴朗的天瞬间阴沉，随即就开始下雨，雨后字就斑斑驳驳。本地人都知道灵柱的传说，谁也不敢再写了，也再没打这块石头的主意，包括旁边的破庙都没去动。

与天斗其乐无穷，镇里住的知青却不知深浅跟这块石头较上了劲，但不管写啥，即使不下雨，过不了几天，字也模糊，原来这石头材质异常坚硬，墨汁根本渗不进去。

知青们没办法，只能隔段时间就去描一遍，要知道描一次是多费劲：

先用绳子拴住描字人的腰，再慢慢往下放，一次好几瓶墨汁，费时费工。如此，断断续续一年后才作罢，知青队伍没地方出气，就把"灵柱"旁的破庙又砸了一通，那些野鸽子所在的钟鼓楼就更加摇摇欲坠。

也就在这帮知青砸庙的当天晚上，知青点莫名其妙就失火了，好在没烧着人，知青们的行李全烧没了，损失最大的就是砸庙那天叫嚣最凶的……

知青们老实了，各种传言都有，宋长河听到后，下来远远看了看钟鼓楼，他是担心那些野鸽子。至于那些知青，他才懒得理睬。他回去跟何桂花说估计是镇里人放的火，至于为何烧那些存放到高处的行李，是因为飞扬跋扈的人爱欺负人，存放衣物肯定是占高处，火从上面烧，不烧他们的烧谁的。

安顿好妹妹宋青桃，宋承仁给家里写了封信，报平安的同时也把韩巧姑的事情说了下，信的最后写道："请二老定夺。"

韩巧姑自生下来就在军营，打小就穿军装，然后就是白大褂。说实话，一个姑娘家谁不想穿得花花绿绿，只是部队的规矩不能违抗，她心里一直向往自由自在的生活。她喜欢宋承信稳重、有知识，尤其听李秀秀说自己被拒绝后更加喜欢，这是个心里装着他人的人，他的拒绝正好说明他在乎她，为她好。

第二天下课后，宋承信喊住了韩巧姑，当他把钢笔递过去的时候，巧姑没有接，只是笑了笑问："宋老师，你老家的山高吗？山上好玩吗？"

宋承信愣了下，回答说："层层叠叠的。高？不至于吧，石梯子那边略微高些。山里很安静，春天野花到处都是，夏天有杏子吃，秋天可以逮野兔子抓山鸡，冬天下雪后烧一堆柴火烤红薯……我出生在大山里，后来是镇里山里两头跑，但骨子里是对大山有感情的。"

韩巧姑又问："你家里那么多兄弟姐妹、侄子侄女，肯定热闹吧？"

缩回往外递钢笔的手，宋承信想了想说："家里穷，爹娘为养活我们操碎了心，大哥二哥早早就去当兵了，那时候我还没有出生。三哥跟小妹跟我感情好些，四哥……四哥也行。总体来说，我们家比较和谐，爹严厉但不死板，娘性子柔软闲不住。我还有个干娘，人善良，对我跟小妹非常亲。"

"真好！"巧姑不再绕弯子直接就说，"我送出的钢笔是不会拿回的！另外，我自小孤单，你能让我加入你温暖的大家庭吗？"

宋承信想了一晚上这事，随即就回答："韩巧姑同志，你是军人，省城的军医，我是个乡村教师，咱们身份有悬殊。就算我们不计较这个身份，可省城与乡镇生活完全不同，而我是不可能来省城工作的。"

韩巧姑打断他的话："为啥不能来？部队现在就缺教员，或者就让宋师长跟李院长把你调过来不就行了。"

宋承信摇摇头，苦笑道："当年我要留县城，我爹都不许，他老人家赋予我重任，要我教育好下一代，让他们读书成材。以前我不理解，这两年我逐渐明白爹的苦心，一个家族繁衍，不是简单地吃饱肚子，而是需要知识。就说我这大侄子，刚参军就被军校选拔走了，因为这些年我对他要求严格，读书习字从未间断，别看我们年龄差不多，但他对我是又敬又怕。我二哥家的三哥家的孩子，四岁都交给我了，不管别人家孩子怎样养，到我这里就俩字——学习。"

韩巧姑听得都入迷了，看宋承信停住不说，好像在想老家镇里的生活，她更加直接。"其实我就不喜欢城市，到处都是人，关系复杂，我也对这个省城军医并不看重，我就是想在你说的爹娘身边看四季变换，看庄稼生长，然后一家人其乐融融的，那是我经常梦到的。"说完这话，韩巧姑上前一步，"宋老师，我想邀请你去我宿舍坐坐，可以吗？"

本想拒绝，可看着韩巧姑红扑扑的脸蛋和满怀期待的眼神，宋承信收拾了书包，把那只钢笔塞回兜里，点头说："好。"

两个人并肩走了一段路，反而不知说啥，彼此陷入沉默。快到医院门口时，韩巧姑突然叹了口气，宋承信扭头，发现她眼含泪花，正不知所措，她开口了："这支钢笔是我父亲留给我的唯一物品，他跟我母亲一起被炮弹炸飞，后来孤儿院的阿姨在我懂事的时候给了我这支笔，阿姨说当时这笔已经断成两截，是父亲的战友在城里找匠人给修好的……"

宋承信这时候才明白，韩巧姑给他的不仅仅是一支笔，而是把全部感情都托付了过来，他很感动，但对未来还是踌躇不安。

进了她的宿舍，有三四个姑娘在，她直接就宣布了这件事："这是我对象宋承信，这是我们科室的护士、我的姐妹们！都别愣着啊，今晚食堂吃啥，我对象今天讲课累了，我们去打菜回来吃吧。"就这样，宋承信跟韩巧梅很快就黏在一起。

宋承仁这时候也收到宋长河的电报，内容就四字：多住。同意。

肯定是"同意"，他把关，错不了。"多住"也理解，回去怕承信闹事，白桂花已经入土为安，等过一段时间，他跟弟弟说了这个，提前有些心理准备，好接受些吧。随后韩巧梅打了成亲报告，宋承仁没敢让弟弟回去打结婚申请，直接就安排部队的人到青山镇给宋承信办了相关手续，军婚受保护，当地婚姻登记处赶紧就给办了。

白桂花死后七天，"尬蹶子"就死了，镇里的革命工作有些消沉，因果报应成了茶余饭后的谈资，尤其那天莫名其妙的旋风窝子，被人说得神乎其神。其实，这里在山根，沟壑密布，当风在这些凹凸不平的地方刮过和地面发生摩擦时，要急速地改变它的前进方向，于是就会产生随气流一同移动的涡旋，这就刮起了旋风。

不能任由"尬蹶子"烂在沟底，镇里找他的亲属，没有一个人出面，只能公家出钱随便挖了个地方给草草埋了。

宋承信要与一位省城女军医结婚的消息，很快又成了青山镇最大的说头。

宋承仁给弟弟与巧姑在军营办了个简单的婚礼，一盘瓜子、一盘花生、一盘水果糖，"革命伉俪多奇志，不爱红装爱绿装"，两口子穿着军装，先给毛主席画像鞠躬，再给革命战友鞠躬，随后夫妻"对拜"鞠躬，来参加婚礼的战友们都是送的毛主席选集、毛主席语录、毛主席像章……

婚后两口子在省城转了转，培训班结束后，结算了代课费，宋承信就跟妻子准备回老家。宋承仁两口子送到军营门口，张了几次嘴仍旧没把白桂花死了这事说出来，只是说："我们尽快给巧姑办转业、调动，就依巧姑，直接办到青山镇医院。"

司机开过来车，宋承仁上前对弟弟说了一句："帮我多孝敬孝敬爹娘！有些事要想开些！你得为巧姑负责，她舍弃了很多，与你同奔未来，可不能蛮干！"

第一句能理解，大哥多年不回家，当下也走不开，后面这话怎么感觉话里有话，宋承信看着大哥的脸，看不出答案。司机已经拉开车门道："宋老师，咱们走吧，得赶火车。"

不知道"炝蹶子"吕全有死了，宋承仁是真怕这个弟弟回去闹事，如果知道就不嘱咐了，类似于法不责众，这个弟弟绝对不会把青山镇所有扔砖头瓦块的人都记恨。

宋承义从县里武装部借了辆吉普车，到石城火车站接弟弟、弟媳，他接过行李问："小妹怎么没回来？"

"小妹？她也去省城了？多会儿去的？为啥去？"宋承信愣了下，马上发出一串疑问。

宋承义当下仍旧是现役军职，耳朵受伤后更是直来直去："怎么，大哥没跟你说？"

等宋承义把一切都说了，车也拐进了青山镇，韩巧姑一路没有看外面的风景，而是一直盯着自己丈夫越来越铁青的脸庞。等车停下，她去握宋承信手，发现他死死地攥着拳头，巧姑使了很大劲才扳开他的手指，他手心里已经湿漉漉的。

事情过去了一段时间，"炝蹶子"也死了，宋承义也是直性子，根本没考虑这个弟弟的心情，进了青山镇回头问了句："回你干娘家还是回山里？"

韩巧姑马上接话："二哥，咱回山里吧，我该先见爹娘。"

已经准备停车了，宋承信的目光死死盯着戏台的方向，宋承义顿时明白巧姑的用意，马上又启动车。很快驶出青山镇，他正准备往山里的土路上拐，宋承信突然冒出一句："二哥，我要先去给干娘磕个头。"

宋承义愣一下才明白这是说去上坟，马上就拒绝："五弟，不是二哥绝情，你带着弟媳妇不便。"

宋承信一拳头就砸在座椅背上，大喊大叫："怎么不方便了？怎么不方便了？我给我干娘上个坟磕个头怎么就不方便了？"

宋承义没有理他，只顾开车。巧姑赶紧伸手拿过他砸椅背的手，看没受伤，严厉地说："宋承信，你冷静下来好不好！我们这车全镇人都看着呢，你是教师，我是军人，我们俩去给，去给……"她本想说"反革命余孽"，但马上意识到不妥，随即改成"干娘上坟，镇里的革委会红卫兵都看着呢"。

"看着怎么了？"宋承信满眼泪水，声音也开始哽咽，"干娘啊，干娘，你死得好惨啊，你说我干吗去省城，干吗在这个节骨眼去省城……"

宋承义摇摇头道："弟弟啊，人死不能复生，你先忍着，晚上二哥陪着你去上坟，再说了，你上坟不得烧些纸钱啊，咱回去让娘剪一些。"

宋承信将脑袋在座椅背上使劲拱了两下，仍旧重复那句："我就不该去省城。"

宋承义叹口气说："五弟啊，你不去省城也得去给表舅送葬，那一切不是照样得发生啊。"

宋承信突然抬起头说："咱们家的人都去给表舅奔丧，红卫兵怎么就知道了？这也太巧了吧？"

这个问题宋承义在事后也琢磨也打听，他当时在县里武装部忙活新兵审查，三弟承礼也在石城县宣传队唱琴书，镇里当时只有老四在，他还是镇里革委会群众代表。他从侧面也打听到，老四是头天开完会离开的，第二天一大早就上山接父母小妹去了临近镇上奔丧，他也听说会上原本要斗许老财主，后来不知为啥就成了白桂花。

最重要的一点，这个表舅跟他们这一代都不亲，所以宋长河已经发话："我跟你娘去，你妹妹代表一下你们这一代人，你哥几个各忙各的去吧。"

那么，一向不勤快的宋承智为何勤快巴巴赶去了？宋承义没敢往深里想，他也不愿意把四弟想成那样的人，这一刻更是啥都不能说，只能把县里红卫兵来了指名就是要抓斗白桂花的事情大致说了下。

宋承信红着眼道："谁要斗不重要，如果爹娘在，他们是不敢抓人的！二哥，我走的时候给干娘说过不能下山，她一直没有下来，为啥偏偏是咱们家人都去奔丧这天出了事？"

"就你说的凑巧吧，那些红卫兵没轻没重，就是爹娘在，估计也得拉走，少不得还得起冲突。"宋承义把车停在窑洞下的山坡边，熄了火开车门下来，再开后门，不再接弟弟的话茬，"五弟妹，这车开不上去了，接下来咱们得往上走。"

韩巧姑点头下车，收拾了下行李，把给公公婆婆的礼物拿出来。宋承信被这突如其来的悲痛打蒙了，麻木地下车，仍旧看着薛家坟地方向，只是车已经到了半山，沟沟壑壑的已经辨不清。

宋承义叹口气，伸手接过巧姑提着的包说："老五，走吧，爹娘在家等着呢！你干娘死后，咱爹娘都大病了一场，如今爹还咳嗽着呢。"

"啊！"宋承信终于醒过神来，"不要紧吧？什么病？巧姑就是大夫，赶紧给看看。"

韩巧姑暗暗舒了口气，随即笑了说："这会才想起我啊，来，拉我一把，有点晕车。"

宋承信这才发现巧姑脸色很白，赶紧上前伸手要扶。

一路火车上听宋承信讲过去，韩巧姑对薛黄芩夫妇都很敬佩，也知道这位没有见过面的干娘是多么宠爱自己的丈夫，于是拉住他的手说："我没事，有些晕车，不过闻着这大山的味道好多了。"

"承信啊，我在孤儿院那时候，就在大山里，经常就送来很多孤儿，我们院长总是说死了的已经死了，活着的还得活着。二哥说得对，人死不能复生，你好好活着，干娘才能闭眼。"

已经初冬，山里的风已经冰凉，宋承信点点头，脱下自己的外套给巧姑披上，宋承义低着头提着包慢悠悠地走好远了。

进了窑洞院子，韩巧姑微微出汗，她正要脱下宋承信的外套，何桂花已经迎了过来，说："闺女啊，不敢脱，你没在这山里住过不知道，这山风要是凉着了，骨头都疼。"

韩巧姑看着这个小脚女人，衣服破旧但干干净净，一脸慈祥，尤其那一双眼睛，目光柔和。她不由心头一热，上前就跪下喊了声："娘。"

这一声"娘"让站在窑洞口的宋长河非常高兴，大儿媳妇也是城里来，天天"爸爸妈妈"地叫着生分，老二媳妇就在镇里长大，也学了个叫"爸"。这个老五媳妇是军医，能进门就下跪，他很开心。

何桂花眼含泪花，拉起巧姑说："闺女啊，现在不实行磕头了，看把裤子都弄脏了。来，娘给你拍打拍打。快，进窑，咱吃饭。"

宋承义把包放下，端着盆水出来说："弟妹，来洗手。"

宋长河怕这个媳妇给自己磕头，赶紧也接话："我去看看给你烤的山药蛋、红薯好了没有，信儿说你爱吃这些。"

巧姑紧走两步到他跟前说："爹，我给您也磕个头，我从小就没了父母，这里以后就是我的家了。"

何桂花抹着眼角的泪花，赶紧上前拉住巧姑说："闺女啊，自今往后你就是我们的亲闺女！头咱就不磕了，你爹他死板，你要磕头他就不知该咋地弄了。"

"咋地弄？"宋长河嘟囔了一句，转身去土灶方向，"给你磕就是给我磕了，咋地弄……拿棍扒拉开灰，拿出来剥了皮……"

大家都笑了。宋承信第一次听爹开玩笑，下火车后第一次勉强露出笑容。于是一家人吃了一顿丰盛的午饭：煮玉米、烤红薯、烤山药蛋，当然有何桂花摊的玉米面煎饼，还有一锅野兔子肉。

省城完婚后，宋承信给家里写过一封信。接到信，宋长河跟何桂花就开始准备了，这一顿饭忙活了七八天：生产队的玉米都掰回去了，何桂花就每天挨着地块转，大大小小"拾"了这么十几穗玉米；红薯、山药蛋也是何桂花弄的，天黑出去，别看脚小，走得飞快，到了红薯地里就匍匐下，伸手掏土堆大的红薯根部，挖出一块塞到怀里，挖出一块再塞……

宋长河提着抓兔子的工具，每天早出晚归，也不敢明目张胆，养鸡都不许，打野味更是不行，终于在老窑那边逮着一只……

韩巧姑没有想到这顿饭会费这么大劲，但第一次吃这么多没吃过的东西，肚子都撑圆了，一个劲儿地说："娘，够了，我吃不下了，您不要给我拿了。"

吃饭中间，宋承信出去了下，巧姑赶紧低声对宋长河说："爹，干娘的死对他打击太大，您得开导开导。"

宋长河捏着张煎饼不由就神色黯然，白桂花的音容笑貌马上就浮现。儿媳妇这么说，肯定老五有些反常了，他神色镇定道："嗯，吃饭，让你娘再给剥个红薯，她可是摸了两夜才摸回来的。"

"摸？"巧姑愣了下，"怎么摸？"

正好宋承信进来听到这句，坐下就大致解释了下。巧姑很是感动："娘，您辛苦了。"

宋承信叹口气说："巧姑啊，咱们在城里天天说夜不闭户路不拾遗，可农村的现实是家家偷，但是只偷集体不偷个人，自留地的东西就是在路边也没人动，但不偷队里的就得饿肚子。"

韩巧姑更加不明白："集体的东西最后不是都进了食堂平均分配吗？干吗要偷？"

宋承义把手里的煎饼渣渣倒嘴里，叹口气低声说："第一是青黄不接，队里庄稼熟了但拖拖拉拉不收割不分配，家里小孩子都饿得哭；第二，大队干部虽然不敢正大光明往家拿，但暗地里都是饱肚，就连做饭的也是油光满面。但食堂的饭根本吃不饱，普通社员个个面黄肌瘦。"

看看山下的路没人，宋承信才接着说："最大的问题就是你说的平均分配，干好干坏一个样，干与不干一个样，人人有份，都不出力，食堂也就是饿不死人便可以……"

宋长河咳了一声，板着脸说："你俩都是吃公家饭的，议论这个干吗，吃饱撑的吧！记住，以后少在人前说这个。"

哥俩儿相视苦笑，承义站起来说："爹啊，我们也就在家里说说，哪敢在外面议论。我吃饱了，得先走，今天必须把车还回县里。五弟、弟妹，你俩儿的行李我先放回我家，晚上要下去，我让你嫂子想办法给你俩儿偷着擀碗面条。"

何桂花马上接话说："在山上住两天再下去，你忙你的就是了。"

吃过饭，宋承信领着巧姑在山里转了一圈，但他一直郁郁寡欢。巧姑装作没看见，自顾自地欢呼着。

晚饭何桂花弄的野菜豆面糊，吃完后，宋长河拿着烟袋站起来说："信儿，你来，咱爷俩儿到下面地里看看，有几个果树上还有果子，我都用树叶盖住了。"

天灰蒙蒙的将黑，宋长河点着一袋烟，抽了一口就开始咳嗽。宋承信上前给他捶了捶后背说："爹，咳嗽就别抽了，一会儿回来让巧姑给你把把脉，她是全科大夫。"

宋长河摆摆手，说："不打紧，再喝几天黄芩根泡的水就好了。"

无意说到"黄芩"，宋承信无法再压制内心的愤怒，憋了一天实在是给新婚妻子"面子"，这会儿马上发作："爹，我干娘被抓下去的当天，他们怎么知道你们都去给我表舅奔丧了？"

这个问题宋长河也在想，他已经发誓不再踏进青山镇一步，没法找人打听，只能自己琢磨，但没几天承智就露出了马脚。那天他上山送了一碗盐，还提了两块茶，当下可是稀罕物。宋承仁问茶从哪儿来的，他说是他丈母娘让拿上来的。

本来许爱爱给亲家两块茶也不是啥大事，但是在白桂花刚刚死的这个节骨眼上，又不年不节的，宋长河很纳闷。宋承智突然就发了火："给了喝就是了，管为啥啊，为的是让我心安！"

说完这话，他知道失言了，马上转身就走了。宋长河愣了下，随即就在院子边喊了声："老四，你捎个信让欧阳师傅上来下，就说我病了走不动路，想跟他商量个事。"

　　第二天一大早，欧阳师傅提着一瓶酒上来，老哥俩儿就着一盘黄豆、半碗咸菜喝到半下午。欧阳师傅把自己听说的都倒了出来，镇里人对白桂花的死议论纷纷，镇革委会的会议内容及宋承智干啥了都被传来传去。

　　尽管茶早就断顿了，但欧阳师傅下山后，宋长河还是毫不犹豫地把那两块茶扔到了粪堆，随即一口血就喷了出去……

第 16 章

闹腾

躺在炕上睡了三天才下地，宋长河打碎了牙只能往自己肚子里咽，承智做的这个事情他只能装作不知道，那是自己的亲儿子啊，他为了自己丈母娘的爹干这缺德事，丧了良心……

再后来，欧阳师傅又上来了一次，说"炝蹶子"死了，他说那天的游行要求全村的人都必须参加，他跟在后头看"炝蹶子"摔了瓷像后，宋承智带头喊"打倒吕全有"，"给他开砖头会"。

报了仇？不是这样的，宋长河仍旧不能释怀。

现在小儿子问，他只能打岔转移矛盾："我把你干娘背出镇后，发誓这辈子再不踏进镇里一步，这个事情也没人再说起。我只知道是县里几个红卫兵过来，直接点名就是批斗你干娘。'炝蹶子'吕全有跟你干娘有过节，这个你也知道，所以他跳出来，两筐子砖头也是他带人提到戏台下的。唉，恶有恶报，那个畜生也跳到沟里摔死了。"

宋承信说："这些我都知道，我只是不明白他们怎么知道当天咱们家就我干娘一个人？那天二哥三哥也不在镇里，四哥干吗去了？"

宋长河心里咯噔一下，随即不动声色指着不远处一棵果树说："你四哥上来接我们去你表舅家奔丧了啊……信儿，你去那棵树上，右边那枝上有俩果子，昨天我看见的，红透了，密密树叶下就是。"

宋承信答应着跳下一个地堰，扒拉着杂草到了那棵树下。宋长河心里一直犯嘀咕：这事情肯定掩盖不住，但绝对不能让他们亲兄弟反目成仇，这可怎么说？这可怎么办？

看宋承信摘下果子，他马上指着另一棵树说："那棵树上有一个大的，那棵树上也有……"

这都是提前看好"藏起来的"，这些年生产队也不管这些果树，基本都被荒草掩住了，宋长河也不能管，资本主义尾巴啊。他经常进来溜达，也在几个空隙地种着几颗山豆角。

把苹果都放到提着的筐子里，宋承信说："爹，差不多了，天也黑了，还有的话明天再摘吧。"

宋长河说："好，咱回。"

不能不说，啥也不说更让他怀疑，宋长河弯着腰上坡道："信儿啊，人呢，活着难，不能太惯着自己，也不能让自己太懒。睡觉舒服，天天睡也就不舒服了。更不能逼迫自己，不能啥事都较真，毕竟咱不是玉皇大帝，可以想干啥就干啥；最重要的是不要就盯着眼下，要往前看。"

宋承信听得莫名其妙，扶了一把宋长河上地堰，说："爹，你是要说啥啊？不要绕了，我只是想知道谁告密。"

"告密？"宋长河咳一声道，"你说小报告谁打的吧，我反复琢磨，觉着就是巧合。"

一辈子很少说谎，这句话说出口，宋长河马上就咳得直不起腰，宋承信赶紧放下手里的筐子给爹轻轻捶背。

这个"巧合"宋承义车上就说过，宋承信没有再往下问，但宋长河知道这个儿子肯定不信，于是临进家门时候叹口气道："人死不能复生，我看巧姑是个难得的好媳妇，你好好过日子吧！你干娘命苦，你们过好了就是对她的报答。"

　　宋承信嗯了一声，提着篮子闷头再不说话。

　　在山上住了两天，宋承信跟韩巧姑回到镇里，本来说好去上坟，何桂花说不行。"上坟也有上坟的规矩，想啥时候上就啥时候上啊？头七到三七我跟你爹都去偷偷上过坟了。十月初一送寒衣，也没几天了，到时候再去吧。"

　　这话也是宋长河嘱咐她说的，儿子是教师，媳妇是医生，都是吃公家饭的，这节骨眼上被人抓了把柄就麻烦了。

　　二人先去了宋承义家，本来说拿了行李就走，承义媳妇柳叶说："那可不行，咋地也得吃顿饭。"随即吼喊着孩子："去叫你爹赶紧回来。"

　　实在是就那么点面，就着食堂打回来的稀糊糊吃了饭，承义喊孩子去叫三叔、四叔。"老五啊，我们哥仨商量好了，你先不要回那边住，毕竟人死了没百天，房子里怕不干净。"

　　巧姑皱了下眉头说："不干净打扫下就是了，你们这是说啥呢？"

　　柳叶上前拉住巧姑的手说："俺们乡下人穷讲究，但那三所连着的院子是依街而建，都不是坐北朝南，本就阴……你跟我去镇医院看看，不是很快要去那儿上班当医生嘛，这些事让他哥四个商量吧。"

　　很快，兄弟四人坐在了一起，商量的事情就一件——老五跟新媳妇接下来住哪儿。

　　宋承信自己不信这些，说："那个院子也住久了。"宋承礼摇头说："你干娘那院子大队收走了，已经成了大队库房。原来你干爹留给你的西边院子一直就没住人，年久失修，我昨天还进去看过，不拾掇根本没法住。"

　　当年薛黄芩把东边院子给宋长河，让他给老三承礼娶了媳妇。西边院子留给义子宋承信，他住的院子本想早晚也是给承信，不料自己惨死。白桂花也是这么想，但同样突然就死掉了，没有只字片言留下。无儿无女无亲戚，按说这房产给干儿子宋承信也是正理，但大队说缺库房，一句"反革命分子的家产没收"就给占用了。

　　宋承信说："那就把西边院子拾掇拾掇吧，我跟三哥挨着住。"宋承义摇头说："不好，那三个院子里西边院最不好住，委屈你不怕，人家韩大夫放弃部队的大好环境，放弃大城市来咱这里，不能委屈了人家。"

宋承信说："好好的房子我们拾掇下。"宋承礼不接他话说："还有重要一点，你得给侄子们上课，学校现在闹腾得没个学校样子，孩子们上课没个像样的地方不行。"

承信逐渐明白这三个哥哥肯定早就商量好了，现在这些说法就是怕他不同意商量好的方案，在变相地做工作，于是笑着说："二哥、三哥、四哥，你们定好了吧？说吧，我先听听啥决定。"

宋承智一直抽烟没说话，这时候站起来说："住我那个院子，上面新房子我刚收拾好，就没住过，可以当你跟弟妹的新房！下面三孔砖窑，抬眼就能看到对面山，对面山上的树，听说弟媳妇喜欢开阔自由，她肯定满意。"

承义跟承礼对望了一眼，这个事情哥仨商量的时候，承智就提出过，但承义说咱老大不在我就是老大，住我的也不能住你的。当时承智说他跟媳妇商量过，许家本来就想让他倒插门去她家住，许家的书院大着呢，但当年宋长河的态度让她家没敢开口。

承礼笑了说："你这么说我就搬回媳妇家吧，反正每天在那边排宣传队的节目一大堆事。"

承智说："你那房子是在药铺旁，不也是让五弟天天乱想？"

这个事情，宋承义上山跟爹宋长河商量过，他说了哥仨的意见。宋长河想了想说："大队占薛黄芩的药铺房子不合理，咱不贪财但得讲理，等我琢磨琢磨怎么要回来，将来把这两个院子打通，到时候给你大哥留两间，剩下承礼、承信仍旧一人一个院。至于承智，他想倒插门就去吧，改姓也行，我没意见。"

说完宋长河就不吭气了，宋承义马上就印证了白桂花死的原因。这当然是气话，他不接话，更不会给任何人传这个话，随即就说："都娶了夏家的小雪，娃都有了，说这干啥！我上来是问问爹，老五跟媳妇回来后住哪儿？薛家老院子左右都不行，他肯定受不了。"

"既然说出来了，那就住老四承智的新房子吧。"

爹这个答复有些意外，宋承义知道自己爹的脾气，言出必行，重信重诺，那新房子说了给老四，现在直接让给老五，心里是怎么想的？

宋长河看承义疑惑，叹口气说："如果这样老四能好受点，那就随他意吧。"

彼此心照不宣，宋长河从没问过宋承义，但他清楚自己这个在武装部的儿子肯定听到了"老四在革委会上假请假真泄底"的说法，点到为止，再不多说。宋长河叹口气说："我在评书里听过一句话，得饶人处且饶人，且这不是外人，是我儿子，你亲兄弟。"

宋承义下了山，其余都不说，只说爹的意思是先住老四新房子，哥仨就算商量妥当。但这会儿说出，宋承信却不同意，他站起来笑着说："三个哥哥费心了，我明白你们的意思，但谁的院子我也不住，学校有一间宿舍，我跟巧姑先对付住下，明年开了春再拾掇我干娘西边这院子。"

"你坐下，"宋承义摇头说，"那可不行，小学校那宿舍跑风漏气，马上就是冬天，巧姑肯定受不了！"

"我是二哥我决定了，老五先住到老四新院子那边。明年开春，咱哥四个齐心协力，或者收拾药铺西院，或者再弄个院子就是了。"

看宋承信还想推辞，承礼马上说："我同意，哥四个，仨同意，老五你就不要说了，老四那个院子上面房下面窑，我找人看过，就是文人之风，你住合适，孩子们跟你去那儿也能学下东西。"

"最根本一点，"承礼神神秘秘地说，"那地方隐秘，给咱自己孩子上课也得躲着，不去学校学工学农闹革命，会让人抓小辫子……"

宋承义点头，说："我们不都是给你夫妻俩着想，还有我们的孩子，所以这个事情就这么定了。老三说家里有些木料，我明天找我岳父，派俩徒弟，把下面窑洞里弄几张课桌。"

等韩巧姑回来，哥仨提着行李不多说，直接朝宋承智的新院子走。宋承信没办法只能牵着巧姑跟着。这个院子确实有特点，特别是院子下的窑洞，巧姑非常喜欢，能看到山上四季变化，但她不知道这院子怎么回事，问宋承信："这是咱们的家？"

宋承智听了，总算觉着舒服些，笑着说："弟妹啊，当然是你们的，我们哥五个亲如一人，我的就是你们的。"

宋承义跟宋承礼也跟着笑，承义又说了几句话："弟妹啊，你喜欢就是你的了，明年开春咱们一起把上面院子盖上东西房，中间哥给你种树——青山镇只有我能种活树，说吧，你想种啥树？"

巧姑非常开心："谢谢三位哥哥，我在这个窑洞随便看对面山上的树，至于这院子，二哥您随意，如果能种花更好……"

看媳妇喜欢，宋承信也不想扫兴，就跟巧姑住下了。很快他就听到了关于"四哥告密"的传言，这让他非常难受，跟亲哥翻脸做不出来，可干娘就那么惨死了。在学校上课讲《毛选》《毛主席语录》还好受点，回到这个院子他就不舒服，好像是拿干娘的命换了这里，但看妻子巧姑实在是喜欢这个院子，他又不能马上说搬走，就这样矛盾了一段时间，大哥回来了。

宋承仁和李秀秀回来给韩巧姑办了工作的事情，因为业务水平高，县医院都难找，又是中共党员，于是直接就任命为青山镇镇医院业务副院长。

宋承礼也看出老五的别扭与日俱增，就张罗着给母亲过了个生日——何桂花根本不知道自己啥时候生的，解放后普查人口登记，宋长河说："那就跟老大同一天吧，他过生日就能想起你。"

"你们都生在这山里，非要给你娘过生日，就在山里过吧。"宋长河坚决不下山，青山镇肯定不去，石城县更不去。

那就都回山里，宋承仁动用了下关系，很快送来一车吃喝的东西，五个媳妇齐动手，山里的窑洞院热闹了一天，儿子媳妇敬的酒宋长河都喝了，后来喝醉了，眼泪纵横道："总算是把你们养大成人、成家立业了，不容易啊……"

午饭后，宋承信跟大哥骑马到石梯子，爬上去，站在高处看着青山镇。

宋承仁说："我经常梦到这里的这几棵松树柏树，当年咱爹跟黄芩伯就在这里折下树枝去镇里放火，吸引了鬼子的注意力，然后我那时候的团长带兵在这里打死一个小队的日本兵。"

又提到薛黄芩，宋承信实在是憋屈，就把事情一五一十地给大哥说了。宋承仁仔细听完，沉吟片刻说："五弟，这个事情你四哥有错，但那个'尥蹶子'的侄子才是罪魁祸首。不，是这革命……算了，你听大哥一句，当下父子成仇、兄弟反目的事情到处都有，已经没有起码的人性了！"

宋承仁伸手拉着弟弟坐下，看着青山镇的方向叹了一声，继续说："现在看来，你四哥自保没错。你想下，就算他啥也不说，那天县里过来的红卫兵就不上咱家抓人了？咱爹娘要是都在家，肯定就闹出更大的事情了，那帮兔崽子都如疯狗……现在，你干娘已经入土为安了，愿她安息！逝者长已矣，生者如斯夫。你读那么多书，这个道理不懂吗？"

大哥这话打开了他多日的心结，宋承信听后如醍醐灌顶，他点头又摇头道："大哥，是我眼界太小，四哥这房子还给他吧，我不再记恨他了。"

宋承仁伸手捡起一块石头，抡起胳膊扔了出去。石头在空中形成一条抛物线，落入一个沟边，再弹起来落下，顺着那个沟边滚下去。

"老五，院子你不能还，在这件事情上，老四最痛苦。如果你还了房子，他这辈子都无法原谅自己。我跟爹沟通过这个事，你干娘的房子大队不能占，先不吭气，等机会我出面要回来。你是薛伯伯白姨的义子，这房就该是你继承。将来把那俩院子打通，我老了回来跟你住。老四媳妇家那个院子也不小，就由他吧，夏家背负的这个包袱得解下啊，勒住他们的绳子就是这个院子啊。"

宋承仁靠在石梯子上的一棵松树上抽了一根烟，指了指西偏的太阳说："人生一世，白驹过隙！老五，得饶人处且饶人，咱们是亲兄弟，你过几天就跟老四说你媳妇太喜欢这个院子了，你就要了——这就把他们痛苦的包袱卸了。老五啊，信任和原谅才是真正的救赎。等他们翻盖院子或者新建院子，哥几个都伸把手。"又叹气说："当下这世道，需要救赎的人越来越多。唉，但愿尽快结束，因为信任有限度，原谅有程度。"

大哥这些话宋承信也明白，警卫员留在家里不带出来，他知道大哥更憋屈。他也弯腰捡起一块石头扔出去，说了一句："高处不胜寒，大哥，累了就回来呗，这里是我们的生命起点，也可以作为我们生命的终点。"

石梯子下突然传来脆生生一句话："好好的，说啥死呀活呀，大哥、五哥，二哥让我叫你俩回去，说要拍张全家福。"

宋承仁与宋承信对望一眼，不约而同地笑道："这个疯丫头。"

宋长河跟何桂花坐在正中间，非常满足，这张合影后来每家都放大了一张。尽管是黑白照，也不清晰，但大家的笑容发自内心。

没想到烦心事很快到来，小青桃的任性与盲目，让这个家族开始陷入混乱。

宋承仁第二天就返回部队了，临别前，他看着四个弟弟，苦笑着说："在省城，我们跟地方上的干部有时候一起开会学习，听他们说起过当下'十二字方针'，我记下了，你们也该记住。弟弟们，这些年我观察你们，老二话少人直爽，老三活套会变通，老四聪明脑子好，老五博学爱思考，这些性格都是你们自己的，而当下形势是要求共性，暂时只能这样。所谓本事能耐，随着年龄增长，有些变成内中习惯及性格，有些露出来让人敬畏尊重。独善其身与明哲保身不矛盾，这'十二字方针'当玩笑也当真就对了——随大流、莫出头、少说话、不评论。"

日子不管这些，自顾自地朝前走，不紧不慢，一如窑洞院后面的清泉水，时而哗哗，时而滴答，很快就是一年，接着又是一年。

宋成仁再次返回老家，真是百忙中抽时间，因为自己唯一的妹妹宋青桃"怀孕"了，未婚先孕。接到这个信时他没惊讶，这个小妹就没有不敢做的事情！

上一次在省城住了几个月，本来宋成仁想让她当兵，被她拒绝了，说军队管理太严格，受不了。给她在军区找个工作，或者让地方的朋友帮忙找个工作，宋青桃头摇得像拨浪鼓，说："我不干，我回老家呀，想干啥就干啥，大哥，你这地方规矩太多，我受不了。"

宋承仁苦笑，只能让她回青山，虽说年龄相差较大，但还是兄妹，话重了不行，话轻了一点儿用也没有。哥五个也就是宋承信能管住她点，年龄相近且在一起的时间比较长。

宋长河是越来越管不了，一是年岁大了，再就是生了五个女儿就成了这一个，从小就舍不得打骂。亲娘干娘更是自小就惯着，再加上她生性强硬，所以宋青桃自小就是随心所欲，想干吗就干吗。

抢着哭丧棒满镇追打"尥蹶子"，让她成了当地人口中最厉害的姑娘，所以提亲的寥寥无几。好不容易有个说合的，听说是青山镇的男人，她直接就拒绝："这地方就没好男人，看不上。"

这让宋长河哭笑不得，他说再不踏入青山镇一步是发自内心，本来就没啥感情，恩人薛黄芩夫妇死于非命，拉锯战时候国民党还乡团不说，吕全有之流的混蛋也不说，同为一个镇子几代人在此朝夕相处，抬头不见低头见，这样的狠心没人性，让他失望到极点了。

只是他把儿子们一个个都安置到青山镇生活，毕竟山里没有发展，但这个丫头居然绝不嫁青山镇人。眼看着就二十岁了，个子不低，长得也不难看，就是嫁不出去，这让他跟老婆何桂花大伤脑筋。

何桂花看见青桃就唠叨："我像你这么大，都生下你三哥了。"

宋青桃满不在乎道："那是万恶的旧社会。我生在红旗下，长在新中国，恋爱自由。"

何桂花笑骂："你倒是给我'自由'回来一个啊。"

结果还真给"自由"回来一个，而且是拉着男人的手挺着大肚子回来的，她笑嘻嘻地说："爹，娘，你们不是着急吗，我连外孙子都给你们带回来了。"

宋长河气得差点吐血，五个儿子个个规规矩矩，怎么生出这么个女土匪。他看都没看那个男的一眼，起身就往山下走。一路上几次要跌倒，好不容易到了青山镇口，他找块石头坐下喘气，默默拿出烟袋，嘴里苦得像嚼了黄芩根。

一袋烟没抽完，有几个孩子背着书包从镇子出来，他站起来拉住一个说："孩子啊，麻烦你去下学校，把宋老师叫出来，就说他爹在这里等他。"

"你是宋校长的爹？"孩子们站住问。

他赶紧点头道："我是宋承信的爹。"

不一会儿，宋承信急匆匆地走了过来，看着宋长河说："爹，你是说我妹的事了吧？"

宋长河站起来就发了怒："这事情你知道？丢死先人了！你说，你知道怎么不拦着？不知廉耻地挺着个大肚子在这镇子里咋地活人？"

"啊，怀孕了？"宋承信先是惊讶，随即苦笑，心说这事情我怎么拦着，但嘴上只是说："爹，先不要生气，咱回家说吧。"

"不去！"宋长河一屁股又坐下说，"你把你二哥三哥四哥都给我叫出来，就这么一个妹妹还管不了，也不知道你们哥四个在镇子里咋地活人呢！"

宋承信知道自己的爹，说不踏进一步就不踏进一步，自己俩儿子出生过满月他都没到镇子里，就是吩咐何桂花多住几天。"巧姑没娘家，你就奶奶姥姥一起都当了。"

韩巧姑懂事，她自跟宋承信回来，就喜欢上了这个地方。这个宋家，哥四个互相帮衬，妯娌们更是亲如姐妹，让她体会到从小就缺失的家的温暖。于是俩儿子宋继寰、宋继朔断了奶就送到山上"窑洞院"住了一段时间。在镇里医院她更是如鱼得水，上过部队的正规军医学校，又为人和善，很快就成了镇里的红人，县里有些病人慕名来镇医院找她看病。在宋家家族更是起到大团结的核心作用，日子都不好过，但隔一段时间她就组织大家一起吃个饭聚聚，几家轮着。山里是窑洞院，剩下哥四个的家她也给起了名字，老二家是"半城院"，老三家是"东院"，老四家是"书院"，自己家是"结合院"。于是下一辈的孩子们就热闹了：今天去半城院吃饭，小婶婶说我们一起去挖野菜包饺子；明天一早上窑洞院，奶奶摊煎饼，小婶婶说她从县城带回来糕点了；放学就去结合院，小叔叔今天让每人写五张大字……

一大家人其乐融融，宋长河很满足，十六个孙子把他当初定的燕云十六州都占满了，亲家欧阳师傅给他开玩笑："再有一个孙子叫啥呀？"

宋长河扳着指头算："老大承仁俩儿子，老二承义仨，老三家齐刷刷四个，老四家五个，他们四个我问了，都不生了。巧姑接茬生了俩儿子，我问信儿，他说也不要了。对了，当初咱们两家有协议，说承礼生第三个姓你的欧阳，你为啥没有坚持？"

欧阳师傅哈哈笑道："随着年岁增大，我跟我老婆都看透了，只要孝顺，姓啥不一样。再说，这事不能便宜了你，还得占你的一个州呢。"看开是看开了，其实欧阳师傅藏着个小心眼，眼见宋承信对下一代教育有方，怕自己的外孙子改了姓，宋老师不给好好教。

尽管日子仍旧是勉强过，但这个家越来越和谐，大孙子宋继燕军校毕业已经是代理排长了，宋继蓟、宋继瀛够了年纪也都去参军了，高考取消后，这是最好的出路。有文化有知识，干啥都错不了，这是宋长河一贯的理念。因为宋承信对下一代抓学习抓得紧，宋长河的孙子都识文断字，且都能写一手漂亮的毛笔字，这就是优势，就是到了部队的仨孙子也很快都站稳了脚。

说起来，这个女儿也上了几天学，怎么这么不争气呢？未婚先孕，气死个人。宋长河看着宋承信转身进镇子，叹了口气，把目光转向镇边的土地。麦子刚刚露芽，在土坷垃遍布的地里，就像"鬼剃头"的脑袋，东一撮西一丛，宋长河又叹口气道："这地种成这样，也不知道大队的头头们咋地活人呢。"

哥四个很快就都到了，路上他们商量了半天，赶紧给宋青桃完婚，这个事情比较复杂，因为妹妹的对象是个男知青。

其实宋青桃跟知青王大宝搞对象，哥四个都有耳闻，宋承智还见过俩人并肩在镇里溜达，迎面走过也不躲不藏。

只是也不知这俩人"自由恋爱"的时间太短，还是他们哥四个知道得晚了，还没有商量出对策，这个王大宝探亲时居然把宋青桃带回了天津。

宋青桃跟王大宝走之前，还跟五哥宋承信要了些钱，确切是给五嫂巧姑拿的。那天宋承信正在上课，学习毛主席最新指示，青桃就进了学校，在教室窗户外冲他招手。宋承信看见是妹妹，便让学生们齐读，自己出了教室。宋青桃直接说："哥，给我两块钱。"

宋承信沉下脸问："你要钱干什么？我正说要去找你，听说你跟一个知青搞对象……"

宋青桃直接打断五哥的话，眼角一挑道："你就说给不给吧？我的事情不用你们管，我又不是吃奶的孩子。再说，你不也是从省城带回了嫂子，现在过得不好？"

"那不一样！"已经二十岁的大姑娘了，宋承信跟小妹关系好，也不能声严色厉。听到教室里诵读停止，他赶紧说："你去找你嫂子拿吧，我身上一般不装钱。晚上你到我家来吃饭，五哥跟你聊聊。"

宋青桃嘿嘿一笑，一根油亮的大辫子甩在胸前。她指指教室说："行了，五哥，上你的课去吧。"

白桂花没有死之前，她就跟着住，后来出事她去了省城，回来房子被占，她就搬到了三哥家，也就是白桂花老房子的东边。宋承礼一家基本不在这边住，欧阳琴儿母亲身体不好，欧阳师傅家院子大房子多，没徒弟都空着。只是不放心妹妹一个人住，就让老婆晚上过来跟她做伴，青桃直接把她"撵走"："三嫂，我就没怕过啥，你回去给三哥暖被窝吧。"

这个丫头很快就干了一件事，说是为白桂花出气，其实是为了给知青男朋友王大宝改善生活。

薛黄芩这个房子大队说做库房，其实就是把北房封闭了窗户，当了公粮存放处。宋青桃住东院最靠西的这间房，她只要得空就用剪子朝西墙上固定地点戳，很快就把一块砖弄松动了，拿出这砖，里面露出薛黄芩北房的墙。这三个院子原本就是连着的，所以北房就是两个山墙紧贴。

她继续用剪子一块块往下弄，七八天后，一个小窟窿显现，一股子小麦就流了过来。宋青桃也不多弄，每天小半脸盆，装个小袋子就揣怀里，悄悄给王大宝送过去。

从学校出来去医院，宋青桃也不说干啥，只说急用，韩巧姑忙着，就没多问。从五嫂那儿拿了钱，宋青桃就去找王大宝，当晚两人坐上了火车。王大宝给生产队请的是探亲假，宋青桃谁也没说，生产队这么多年，都是疲疲沓沓，她下地也不干活，反正是见人记公分，不见人就不记。

王大宝家在天津，父母都是厂里的普通职工，对于儿子领回来的这个女朋友，正眼都没看，甚至连在家里吃顿饭都没有说出来。宋青桃居然没有发作，她在省城住过一段时间，在王大宝大嫂家住着就是外人，她看惯了城市人的小里小气。

"你父母看不上我，没啥，"她直接问王大宝，"你喜欢我吗？"

王大宝点头。

再问："咱俩结婚吧？"

王大宝犹豫了下："怎么结婚？我父母肯定不同意。"

宋青桃哼了一声，说："是你跟我结婚，还是你父母跟我结婚？我会让他们同意的！对了，我还没见过大海呢，你骑车子带我去看看吧。"

"原来这就是大海，在这上面航行靠舵手啊。"宋青桃其实没多少心思看大海，她拉着大宝坐在海边，看进港出港的轮船，脏兮兮的水荡漾着，一眼看不到边。她很严肃地讲了四嫂夏小雪怎么"逼婚"的，然后扭头对大宝说："给我找个枕头，不能像四嫂那么大，小一点儿薄一点儿就好。"

王大宝很是踌躇，低头轻声说："这……这不好吧。"

宋青桃猛然站起来，转身就走。"不好就拉倒。我现在就去买票回青山镇，这事当我没说过。"

王大宝赶紧爬起来上前拉，一把没拉住，差点儿摔倒。他看着宋青桃背着夕阳往前走，突然就想起每天这个时候，知青们都饿得肚子咕咕叫，就他偷偷往自己嘴里塞着煮熟的麦粒，那是多么香甜啊。他紧走几步追上去说："青桃，你别生气嘛，我没说不结婚，我就是想有没有别的办法。"

宋青桃转身扭头，大辫子甩过道："有办法我不会这么做，一个黄花闺女挺着肚子，这意味着什么？意味着不要脸，你知道吗？不要脸！"

王大宝看了眼四周，扭捏着说："你小声点，依你，就依你还不行吗？"

"我可没有逼你啊，"宋青桃放慢脚步说，"是你自愿的。"

"嗯，是我自愿的。"王大宝推着自行车说，"咱去找个商店买枕头吧，只是我父母都见过你了，突然就肚子大了，会不会很假？"

宋青桃想了想道："不买枕头了，你只需要告诉他们我怀孕了，如果他们仍旧不同意，我就去他们厂里闹腾。"

王大宝叹口气道："姑奶奶，咱不闹腾，行吗？"

不闹腾确实不行。王大宝吞吞吐吐地对父母说青桃怀孕了，父亲上前就扇了他俩耳光，母亲黑着脸说："想办法处理掉，反正你不能娶个农村姑娘！"

宋青桃就在门口，闻听此言直接就推门进来，对王大宝说："大宝，你好好活着，我去××厂找个楼跳下去。"说完就往外走，边走边在两排平房中间哭嚎："我命真不好啊，我不活了，肚子大了没人要啊……"

听到门外宋青桃的哭喊，王大宝的父母顿时就惊呆了。"快，大宝，把你对象劝回来，丢死人了。"

在返回青山镇的火车上，青桃抱着王大宝的胳膊说："回去还得再闹腾。"

王大宝知道这个"闹腾"不是宋长河与何桂花同意与否，而是知青在农村安家落户，各种困难将接踵而至。

首要问题是，在农村结婚的知青经常受到来自各方面的歧视，村干部普遍认为，招工去不了、保送没人要、过筛子剩下一些没出息的人，才在农村结婚。"没出息""傻瓜"将是习以为常的说法，留下就得忍受着。

　　他们知青点有个女的嫁到了当地，村干部本来就把插队知青看成是生产队的"包袱"，经常冷嘲热讽，说那个女知青"把根子扎到石头缝里了"。最可怕的是，大队干部把已婚青年不再当下乡知识青年看待，青年点的理论学习、政治活动等都不叫参加，生产和生活上也不大过问了。队干部认为，下乡知青结婚以后，人离开了青年点就是农民，就不用管了。

　　宋青桃在天津这次"闹腾"虽然成功了，但代价太大了。王大宝父母气坏了，临别时，他父亲先说"家里最近困难，就不给你拿钱了"，他母亲更是恨铁不成钢地直接"断绝来往"："你就扎根吧，甭回来了。"

　　看王大宝郁郁寡欢，宋青桃有些看不起他："叹气有用，你就叹上一路，我看能不能叹来结婚的房子……你就甭胡思乱想了，接下来你跟着我就行。亲爱的，房子会有的，面包也会有的，一切都会有的。"

　　俩人回到青山镇，宋青桃拉着王大宝就上了山，至于怀孕，她只是随手拿一件衣服，胡乱塞到怀里而已。

第17章

良心

对于这个妹妹，哥几个一点儿办法也没有，沟通都困难，更不要提管教了。但必须管，怎么管？这个丫头根本不给人喘气的机会，想起啥直接就来，就算天上下刀子，她照样我行我素，毫不畏惧。

爹从山上下来，说明事情已经到了节骨眼儿上，宋承信明白。其实自己这个妹妹不是毫无顾忌，她心里有这个家有爹娘，要不然直接就去结婚，谁又能挡住？当然，征得父母同意是一方面，还有一方面是她做不来的，比如知青王大宝的落户，比如结婚住哪儿。

宋承信给三个哥哥路上说了这些，他们仨也都叹气，爹在镇子口露天坐着，先见了再商议具体吧。

看着四个儿子急匆匆来到自己跟前，宋长河不容他们喘口气就气哼哼地站起来问："怎么办？"

自己知道的肯定最晚，这四个儿子明白自己要说啥事情，承信也肯定给三个哥哥说了，问完就把目光在四个人脸上扫了一遍。

老大不在，老二承义就得挑头，此前也商量过。他直接就说："抓紧给青桃办事吧。"

宋长河也知道肯定是这么个回答，而且这是目前唯一解决的办法，不由又叹口气，问出第二个问题："怎么办？"

宋承义掏出一盒纸烟递给爹说："爹，你先别急，抽根纸烟吧。"

他挥挥手里的烟袋锅子，道："我抽这个。"

宋承义笑了笑，给三个弟弟分了烟，说："爹，队里领结婚证老四负责，他们结婚就先住在药铺西房这边吧，一切从简。至于青桃结婚收拾房子的费用，我们哥几个均摊……"

宋长河摇摇头说："我手里有些钱，不够了，你们再分摊。"

宋承信上前一步道："爹，你跟娘好好的，比啥都强！我们哥几个就这么一个妹妹，我跟二哥三哥四哥都商量过了，尽快把这事办了，他们一结婚就啥事也没有了。"

"唉，"宋长河看着五儿子的脸说，"结婚才是开始，这找了个知青，不知根知底，麻烦会不断的呀……"

老四宋承智点着头很无奈地说："爹，您说这个我们哥四个都知道，可现在眼前的麻烦是小妹肚子都大了，只能走一步看一步了。"

咳了几声，宋长河唉声叹气，说："这房子好说，结婚也好说，以后就难说了，你们说我怎么生出这么个女土匪？"

他往起站，腿有些麻，晃了下，哥四个赶紧都伸手扶。宋长河苦笑道："你们哥几个都好！一个姑娘家，由她，我回去了。"

知道宋青桃跟王大宝在山里窑洞院，宋承礼赶紧嘱咐："爹，回去别吵，生米已经成了熟饭，再气坏了您的身子。"

宋长河摆手说："不气了，自己做的孽自己担着，你们哥四个商量怎么办事吧，爹回了。"宋长河往回走，腰板仍旧挺得直直的，只是头发花白，背影落寞，这让哥四个看着都觉不忍。

哥四个抽着烟往回走，老四宋承智突然就笑了："你们说，咱们这个妹妹是不是在搞阴谋，是不是跟我那老婆学假怀孕逼婚？"

一语点醒梦中人，老二宋承义把手里的烟屁股扔到地上，伸脚搓了搓说："我看有可能。"

老三宋承礼随即点头附和，宋承信看着三个哥哥说："就算是假的，也得尽快办！我刚去叫三哥的路上，碰到镇里几拨人都在议论青桃怀孕的事——我估计啊，咱这宝贝妹妹已经挺着不知真假的大肚子在镇里溜达了好几圈了。"

"如果她今天回窑洞院是'将军'咱爹娘，那么此前在镇里转悠就是给咱哥四个看。"宋承信说到这儿苦笑，"小妹怀孕没怀孕已经不重要了，当年四嫂只为逼四哥答应，现在她是逼咱们全体都得答应！好吧，题来了，解吧。"

宋承义掏出烟再散一圈道："走，到我家，我上午去县里开会，老战友给拿了瓶酒，本来说给爹拿上去，咱哥四个商量事情先喝了吧。毕竟，咱就这么一个妹妹，她出多大的难题咱都得解。"

"题咱解，但不能让这个小青桃觉着咱几个哥哥都是好骗的。再者说，通过这个事情得让她学会收敛。"宋承信接话说，"你们先去二哥家，我去找巧姑安排下，随后就过去。"

宋承礼哈哈笑道："对着呢，小妹瞒咱们哥四个谁也没法证实，五弟妹是医生，让巧姑探探虚实，如果是假的，就揭穿她。"

宋承信刚要走，宋承智拉住他说："五弟，我看就不用证实了，不管怀孕是真是假，咱这个小妹妹已经必须嫁给这个知青了。我带他们知青们干活，那个王大宝看着光眉俊眼，可不是个敢扛事的人，三巴掌打不出个屁来。我猜啊，王大宝都是被逼迫的。"

哥几个都觉着有道理，宋承义摆摆手道："咱还是先回我家吧，喝点酒，商量怎么尽快给小妹成婚。至于她这次怀孕，真的假不了，假的也真不了，四弟说得对，已经不重要了。她是铁了心要嫁，就算大哥回来也管不了。"

进了"半城院"，哥四个刚坐下没多久，承义媳妇柳叶一盘黄豆没炒熟呢，巧姑抱着一个孩子拉着一个孩子，进门就笑着说："咱这小妹真够调皮的啊。"

宋承信上前把她怀里的孩子抱过来，摇摇头道："我们都猜到了，你去帮二嫂弄饭吧，是不是被你揭穿了？"

巧姑继续笑道："我刚从东院过来，三嫂让拿几件衣服，就是她儿子小时候穿过还能穿的衣服。我们正在屋里说话，小妹进来，边推门边把怀里鼓鼓囊囊的衣服掏出来，嘴里还嘟囔着'憋死我了'。"

宋承义把宋继寰拉过来坐到自己腿上，把满是胡子的脸在孩子脸上蹭。"老四分析得对，但有一点咱们四个谁也没想到，小妹估计就是吓唬双方父母，对咱们她从不隐瞒。"

韩巧姑挽起袖子边往厨房走边说："对我们四个嫂子也是这样，想要啥就说啥。我刚才跟三嫂问小妹'你这是玩啥呢？'你们猜她怎么回答？"

宋承礼脱口而出："玩王大宝他父母，玩咱爹咱娘。"

巧姑伸出大拇指道："到底是说琴书的！"一屋子都哈哈大笑起来。宋承智第一个止住笑，有些担忧地说："我跟知青点有过接触，这个王大宝一贯好吃懒做，生产队里干活偷奸耍滑，据说他家也很普通，你们说咱这妹妹怎么就看上个他？"

宋承义叹口气道："他俩有了苗头后，我也打听过，这个王大宝很不爷们儿，但咱这妹妹我行我素惯了，尤其是现在说这些，有啥用？商量正事吧。"

宋继寰趁宋承义说话，挣脱了他的怀抱，摸着被扎疼的脸边跑边喊："二大爷，你真讨厌！"

宋承信马上就喊住他，虎着脸厉声喝道："站住，怎么说话呢？二大爷是亲你逗你，道歉。"

不满五岁的宋继寰有些委屈，但马上就站直身子低声说："二大爷，我错了。"

"声音大点！"宋承信不依不饶。宋承义赶紧站起来，摸着宋继寰的脑袋说："我听到了，继寰去东屋里找哥哥玩去吧。"

宋承礼看孩子进了屋子，扭头对宋承信说："老五，我是服你了，下一辈的有一个算一个，哪个见了你都像老鼠见了猫。有规有矩，但你对继寰、继朔是不是有些过了，都还是毛孩子嘛。"

宋承信摇头道："把我从县里弄回来，咱爹就一个意思，好好教育下一代。规矩就得从小养成，三岁看小，七岁看老！你们看青桃，家里就这一个丫头，爹娘宠着，干娘惯着，咱们也惯着，现在管不了了吧。这个王大宝我也打听过，就不是个玩意儿，还城市长大的呢，写的字不如我读小学的侄子。关键是现在不是咱们给小妹结婚，而是小妹绑架着双方爹娘，逼着咱们给她办事，不办都不行。"说到这里，他低声说："我最近看报纸，全国各地的知青已经开始出现返城的苗头，有评论里提到一个字'潮'，潮水来去迅速，我估摸着国家大形势要变，这个王大宝变了怎么办？跑了怎么办？"

说完，他伸手拿起桌上的烟，一脸愁容，哥四个陷入沉默。是啊，给这唯一的妹妹结婚没问题，房子有现成的，花销四家摊开也没几个，只是谁也不知道接下来会有多麻烦，未来让他们犯了难。

巧姑端出来那盘炒黄豆，放下盘子对承信说："抱着孩子还抽烟，给我吧。"接过孩子，她笑了笑说："哥几个也甭犯愁了，我觉着你们把小妹叫过来，当面锣对面鼓地说清楚。如果小妹仍旧执意要这么做，那就依她。我说这个不是推卸责任，感情的事情勉强不来——聚、散都是如此。小妹是成年人了，这个主得她自己做。"

宋承礼抽了一口烟，摇头说："巧姑啊，咱这小妹已经挺着大肚子在青山镇转了个遍，双方父母面前也是如此，这还用问啊，她是吃了秤砣铁了心。估计爹下来找我们，她就跟王大宝下来了，目的性非常明确。她的个性向来是一点就炸，从不计后果。"

老大不在，老二做主。宋承义伸手把酒瓶拿到手里，边往开拧边说："人累了就容易生病，云多了就容易下雨。这个事情没法从长计议，咱所有的担心现在说出来只能惹小妹不高兴，咱今天先按照尽快办事来商量。明天一早我和老三回窑洞院跟爹娘再说说，老四老五呢，明天分别跟王大宝与小妹聊聊——好好说话，不许吵。明天下午咱碰头，开二次会议，最后决定。"

　　只能如此……

　　宋长河说："办吧办吧，丢死先人了。"

　　何桂花叹息道："不办咋能行呢，肯定是没人要了。"

　　王大宝低着脑袋点着头："她对我好。"

　　宋青桃嘿嘿一笑："五哥，我自己的路我自己走，就是火坑我也跳进去，没准儿能炼出个金刚不坏之身外加火眼金睛。"

　　只是这个婚没有办法马上结，王大宝的母亲虽然嘴上骂但还是惦记儿子，她悄悄来到青山镇，知道宋青桃没有怀孕后，跟大队大吵大闹，到县里说青山镇迫害下乡知青。

　　县里派人下来调查，王大宝唯唯诺诺，但也说了一句人话："我们是自由恋爱，我自愿扎根农村。"至于他为何说这句话，宋家人都很奇怪，随后县里派人去天津……

　　折腾到农历八月，这俩总算领到结婚证，定下八月十五当天办事。药铺西边院子装修一新，恰好王大宝的母亲折腾这段时间，有了收拾的时间，四个哥哥不想委屈这个妹妹，出钱的出钱，出力的出力。

　　宋长河跟何桂花没下来，王大宝的父母更不可能露面，宋青桃的五个哥哥倒是齐刷刷都到了，婚礼按照当下要求，简单热闹。

　　在讲恋爱经过时，王大宝红着脸啥也不说，宋青桃直着脖子面不改色心不跳："我经常去知青点玩，有一次他在吹口琴，真好听，一下子就把我迷住了，再往后我们就开始交往。"

　　一院子人都笑，有个知青把王大宝的口琴塞过去道："王大宝，吹一曲，就吹你勾引宋青桃的那首曲子。"

　　于是满院子的人都喊："吹一曲，吹一曲。"

　　王大宝拿过口琴吹了几下，专程赶回来的宋承仁皱着眉头就出去了，宋承信看在眼里，跟着出来问："大哥，你怎么了？"

宋承仁叹口气道："你应该知道他吹的啥曲子吧？"

"应该是一部电影的插曲吧？"宋承信摇头说，"记不得了。"

宋承仁拍了拍宋承信的肩膀，左右看了看说："越南电影飞机大炮，朝鲜电影又哭又笑，中国电影新闻简报，阿尔巴尼亚莫名其妙，罗马尼亚搂搂抱抱。"

宋承信马上明白，笑着说："大哥，这个曲子是罗马尼亚的吧？"

"是啊，就是《多瑙河之波》，也许曲子本来没什么，可怎么这个王大宝吹出来这么轻佻刺耳呢？"宋承仁再看左右，说，"我这次回来已经把你干爹干娘的房子给你要回来了，县里出面，估计这两天就发还。当年薛伯伯在那个院子的房契上写着'义子'，中间院子的继承权也是你的。"

"只是，"宋承仁再看左右，然后低声说，"昨天在腾粮库的时候，大队发现少了麦子，本来平平整整的"面"有下陷像旋涡。后来人家调查，把麦子清理出来就看到一个洞，直接就通到小妹现在住的屋里。"

宋承信不由得"啊"的一声惊叫，他知道偷公粮可不是小事，尽管他知道这个事情大哥已经摆平了，但仍觉着可怕。

宋承仁摇摇头说："镇里不敢多说，但有多嘴的报到了县粮站，好在粮站站长是我以前的兵转业回来的，亲自来了下，说是老鼠掏的——我昨晚悄悄问小妹了，她承认了，说是王大宝每天吃不饱。"

实在不愿意想这个王大宝的嘴脸，宋承信掏出烟说："大哥，你说，这个王大宝要是每天都能吃饱，还稀罕咱家小妹吗？"

宋承仁叹口气，接过宋承信递过来的烟说："婚姻的事情，最好的是男欢女爱，最不好的就是相互利用，能对付的呢便是年龄大了，折腾不起了。

"这是你大侄子继燕跟我说的。有人给他介绍了一个女兵，见了一次面，他就回绝了人家。我问为啥，他就说了这番话，原来那个女的打完招呼就提出给她调动工作。"

宋承信点头，说："继燕做得对，这太功利了。"

"是你培养得好，"宋成仁继续说，"我不懂男欢女爱，觉着你跟巧姑算；咱爹娘属于该娶该嫁，或者他们是先结婚后恋爱；青桃小妹跟王大宝呢，一个是急于把自己嫁出去，一个呢是要在这个贫瘠的农村有个依靠……也许是我看走眼了，不说了，回去吧，咱们做哥哥的真心祝福他们吧。"

二弟三弟四弟结婚，宋承仁都没回来，要么是在战场要么是部队实在忙得不能脱身，小妹这个婚礼，父亲宋长河特意给他拍了电报：必须回来。哥几个担心的，宋长河也担心，老大回来是个震慑，女儿不怕大哥，但王大宝得掂量掂量，只是在这个事情上，宋家所有的努力都是白费。

宋承仁原本打算在老家多住几天，但在小青桃与王大宝完婚第二天天不亮，他就匆匆赶回了部队，因为毛主席去世了。

当天，全体村民都集中到镇政府，哭声震天。

没多久，"四人帮"被粉碎，青山镇好似回到解放初期，天天锣鼓喧天，人们再次欢天喜地，但不包括宋长河与何桂花。这两位辛劳的农民，他们不懂也不太去关注那些惊天动地的政治事件，女儿宋青桃与女婿王大宝常常打架闹腾，已经伤透了他们的心。

宋青桃真怀孕了，挺着个大肚子，王大宝天天折腾着要回天津，她是死缠烂磨。她很明白，跟着去了天津就只有离婚一条路，她知道王大宝父母对自己的厌恶，而自己在那个城市根本无法自立。

转眼过年，转眼就是春天，山上还没全绿，已经晃荡到了夏天，再一晃又到了秋天，"文化大革命"结束，镇里再次锣鼓喧天，宋青桃参加不了庆祝活动，她临产，住进了镇医院，王大宝却趁机"逃走了"。

因为国家宣布恢复高考，宋承信正在加紧给已经报名的宋继莫、宋继淼、宋继檀、宋继顺、宋继云五个侄子补课，这么多年，这是他听到的最好的消息，大哥也从省城第一时间给他捎回了教材，他边看边学边给侄子们讲。

好在恢复高考的最初几年，外语并未列入总分，而是作为录取的重要参考。文理两类都只考政治、语文、数学，文科加考史地，理科加考理化，这些他都能辅导。

这天清晨，宋承信正在看书，镇医院的一个护士跑进家说："宋校长，我们韩院长说你妹夫找不见了。"

他愣了下，想这个王大宝是不是跑了。看五个侄子都站起来，他板着脸说："都坐下，天塌下来，眼睛也不要离开教材！"随即，他站起来说："我回来检查你们的作业，坐下。"

这是早晚的事情，这一年多妹妹跟王大宝闹得全家不得安宁，现在妹妹临产，这个王八蛋不至于这么绝情吧，这可是他的孩子啊。

宋承信起身出门，骑上自行车先去镇医院，又到知青点，顺着大路追到县城火车站也没发现王大宝的踪迹。闻讯赶到的宋承义、宋承礼、宋承智哥仨把县城转了个遍，也没找到，直到后半夜才回到青山镇。

后来得知，宋青桃在产床撕心裂肺的疼痛时，王大宝这小子居然翻过石梯子从老窑洞那边进了后山，他知道宋家人肯定会去石城县追他，于是咬紧牙关不管不顾花了三天时间走出大山，从山后的一个县城拦车去了省城，再从省城回了天津。

宋青桃带他去过石梯子上那边的老窑洞，也告诉过他从这里到后山，再翻过一座山就去了另一个县城，只是这条路宋家哥五个都没走过，这个家伙这一次表现出的"毅力"，只能说明他是绝不回来了。

巧姑亲自给宋青桃接生，她含着泪看着这个小姑子死死咬着嘴唇一声不吭，二嫂三嫂四嫂都在产房外等着，只是所有的和谐都难掩王大宝这个王八蛋的绝情，这种情绪一直蔓延到王小宝长大的过程。

哥四个疲惫地返回青山镇，先去了镇医院，到产房门口看自家媳妇都在，不约而同地摇头。也就在这时候，产房内传出一声微弱的婴儿啼哭。

宋青桃天天跟王大宝生气，怀孕期间都没有消停过，她的脾气说来就来，拿起啥砸啥，王大宝打不过就跑，后来也还手，为此宋承智还扇了他几耳光。

宋青桃吃不好睡不好，天天生气后悔，瘦得厉害，孩子生下后更是瘦弱。好在有巧姑精心照料，总算没有什么闪失，唯一的问题是宋青桃没有奶水。

出院回家，四个嫂子排队排班照顾，只是小米稀饭与面汤喂养实在没有营养，看着孩子肚子鼓鼓的，面黄肌瘦，哭都是哼哼唧唧没有劲，一点儿办法没有。

韩巧姑跟丈夫说起奶粉，于是宋承信马上给大哥拍个电报。

牛羊都归了集体，方圆几十公里也找不到一只，外孙子这个样子看着就成不了，何桂花在下面住着天天抹眼泪，没办法就回去求着宋长河再去弄两只野鸽子。宋长河听完就发了火："你跟大儿媳妇那时候是有奶下不来，催一催行，青桃丫头你看她那死相，就是给她炖一锅天鹅肉，天天吃也没用。"

何桂花叹口气说："你多久没见闺女了，还有说自己闺女死相的？"

宋长河气不打一处来，哼了一声道："骂她是轻的，要是现在在我眼前，看我不拿鞭子抽她！"

王大宝从石梯子那边逃走的消息，宋家人第一个知道的是宋长河。姑娘要生了，何桂花去镇里。他说："你去干吗，五儿媳妇是好大夫。"说归说，何桂花下山后，他也坐卧不安。此前老四上来说其他事情，说漏了嘴："这个青桃，人家怀娃娃是胖，她是越怀越瘦。"闺女两口子整天吵嘴打架，也是这一次知道的，宋承智也不是卖功，是气不过这个王大宝，就说了几句。

这个王大宝，老婆怀孕了还敢伸脚踹。那天他正好路过药铺那边，听到屋里争吵赶紧推门进去，一眼看见王大宝喊着说"这孩子不要了"，然后伸腿作势要踹青桃肚子。宋承智见状，上前一把薅住王大宝脖领子，揪住脖子就抽了他几个大嘴巴子。

宋长河知道肯定过不好，没想到过成个这样，他没给老婆说，却也愁得睡不着觉，总想着有了孩子估计就好了。

外孙子生下第二天，何桂花没回来，他正在院子里给黄芩浇水，有个山后的亲戚气喘吁吁地进来说："你家女婿昨晚从我窑洞后走了，我问他干吗去，他不说话只是跑。"

宋长河扔下水桶就往外走，只是翻过石梯子他便停下了。那个家伙铁了心要跑，这会儿都翻过后山了，追是肯定追不上了。他坐在石梯子上，眼看着镇子的方向，老泪纵横道："我是做了啥孽了，怎么养了这么个闺女，嫁了这么个畜生女婿啊……"

又是不下奶，又是不下奶，有再一再二，还能没完没了啊？可是没有奶，外孙子肯定活不了啊。跟老婆吼了几声，天黑后他还是下了山。出了窑洞院，耳边就是"咕咕咕"的声音，缓缓接近破庙的那个鼓楼，他知道野鸽子已经归巢不叫了。

以前都心存敬畏不敢，"破四旧"后，好些村民好像不惧怕了，知青打砸了那个破庙后没多久，仅存的大殿也在一个风雨交加的夜晚塌了。再后来，这个庙里的砖头都被村民捡回去围墙盖房了，如今只剩下一堆堆的荒草围着那个摇摇欲坠的钟鼓楼。

宋长河不进镇里，从地里绕了过去，好多年不到这边，才发现这个鼓楼随时会倒。只见下面支撑的两根石柱子只剩下一根，还被掏得半空。他转了一圈又一圈，根本不敢上去，很可能人没上去，整个钟鼓楼就塌了。

他蹲在旁边抽了一袋子旱烟，站起来溜达到宋承信住的院子外，这本就在村头最北边，不算进过镇子。听到院子里面有动静，他咳嗽一声问："谁在里头？"

正是宋承信给侄子们补课累了，上来到院子里抽烟。听到声音，他赶紧回答："是我。爹吧？"

宋长河嗯了一声，不再说话，他听宋承信说恢复高考，也就是说他的孙子们又有可能进士及第、金榜题名了，这会儿打扰他们用功读书，实在是觉着难为情。

宋承信疾步走到宋长河跟前说："爹，你咋这个点下来了，我娘没事吧？听巧姑说，下午我娘才回去。"

"你娘没事，你给孩子们用功了吧？"

"是，他们在复习，还是有差距，我又让大哥给买了些书，正在给他们抓紧补课。没几天了，报纸上公布了今年高考日期，咱们省是12月5日，就是农历的十月二十五，眼看着没几天了。"

宋长河有些激动，这都是要紧的事情。"嗯，好。你娘让我下来的，说你妹妹下不来奶，所以……所以让我下来再抓两只野鸽子。可是我看了看，那个鼓楼快塌了，爬不上去了。你赶紧给找个梯子去吧，不要多耽误时间。"

宋承信赶紧摆手，说："不用抓野鸽子了，爹，我给大哥打了电报，估计就这两天，大哥就捎回来奶粉了——就是用牛奶加工成的粉，冲成稀的喂孩子，跟母乳差不多。"

"母乳？人奶吧！"宋长河长长出了一口气，"这就好，这就好。你去忙吧，我回去了。"

"爹，"宋承信吞吞吐吐地说："青桃扔下孩子去天津了，临走跟我说，能劝回来就跟大宝一起回来，劝不动就离了婚自己回来。"

青桃肯定是去离婚，那个王大宝翻山越岭逃走，肯定不会回来了。听到这个消息，宋长河觉着眼前一黑身子一歪，就要往地上倒。宋承信吓坏了，赶紧上前一步拉住道："爹，爹，您别生气，您别生气！"

宋长河咬了咬嘴唇，扶着小儿子努力站直，浑身发抖道："宋家的脸都被她丢尽了，你说你妹妹以后咋地活？唉，早知道今天，当年我就不作孽去抓野鸽子给你娘下奶喂养她了，直接饿死了她多省事。"

不知道该说啥好，宋承信只能伸手给爹抚摸后背。宋长河缓了缓道："信儿啊，你忙去吧。我没事，我回去呀。"

宋承信知道爹的脾气，肯定不会进自己家，更不会去镇里，只能扶着爹的胳膊走了一截，直到看宋长河脸色逐渐恢复正常才放手说："爹，您在这里坐会儿，我去叫巧姑过来给您看看。"

宋长河摆摆手，觉着心跳很快，嘴里苦，一腔怒火，真想跟着去天津把王大宝跟宋青桃全捏死……再想到孙子们正在用功学习，不能没有老师，挤出笑容道："信儿啊，爹真没事了。唉，事已至此，由她吧，我回了。"

宋长河知道小儿子在身后看着，便咬着牙装作若无事地往前走。他努力挺着腰，直到爬上一个地堰，再绕过一片高粱地，才一屁股坐到一块石头上。宋青桃跟王大宝在他脑子里来回撕扯，他拼命捶打着脑袋，老泪纵横。

他在路边捡了根棍子，一路上拄着歇了十几歇，好不容易才回到窑洞院。何桂花看他浑身是土，摇摇晃晃，赶紧迎上来问："你这是咋了？野鸽子不好抓？摔着了？"

"唉，"宋长河提都不想提小青桃，"别大惊小怪的，给我拍打拍打土，没事，该干啥干啥去吧。"

连着好几夜，宋长河都没睡好。这个王大宝在老婆生孩子的时候跑，那是丧尽天良，这号人是劝不回来的，青桃就是去离婚，最多出出气。女儿的事情已经如此，只能走着看。而他这几夜睡不好，却是因为野鸽子。一闭眼就看到一群群飞到他跟前，扭着头眼睛死盯着他，"咕咕咕"地叫个不停，好似在说那个钟鼓楼要塌了，它们无处可住了。

又是一夜睁眼到天亮，在熬茶的时候宋长河突然有个念头：要把那些野鸽子全弄到山里来养着，当年欠下它们的，自己要还。

这个念头很快就坚定下来，只是怎么养，这可是一群野鸽子，没有经过驯化，肯定不会乖乖跟着上来。喝着老大拿回来的茶，他反复琢磨，终于想出办法——在断崖上凿些洞，明年开春把它们"请"上来。

这一年底，参加高考的宋继莫、宋继涿、宋继檀、宋继顺、宋继云一个上了本科三个上了专科，宋继顺尽管没考上，但离分数线只差一分——随后补录也上了师范院校。

宋青桃到天津没有哭闹，很平和地跟王大宝的父母聊了聊，再跟王大宝说了几句话，其中一句是"如果这辈子我不让你后悔，我就不姓宋"，然后就去办了离婚。她跟王大宝的父母说："不管怎么说，你们曾是我的公婆，就算你们从来不承认，我只是告诉你们，我的孩子姓宋，这辈子，你们谁敢去认，我就跟谁拼命。"

临近过年，宋青桃抱着儿子回到窑洞院。

这是个清晨，这段时间都是几个嫂子轮流伺候她，管着这个孩子，大哥从省城捎回一箱子奶粉，还有两个奶瓶。只是这个孩子喝不了多少就吐，韩巧姑说消化不好，给用了些药但效果不明显。想不能总麻烦嫂子们，都有一堆孩子，尤其想自己的娘养大了六个孩子，哪个生下来也都是瘦小，不都养到高高大大，于是天不亮就抱着孩子上山了。

皮包骨头巴掌大，宋青桃抱着孩子进门的时候，正在熬茶的宋长河屁股都没有动窝。宋青桃喊了一声"爹"，他只是抬了抬眼皮，目光瞟了眼她怀里的孩子。他喝着茶听着窑洞里动静，听闺女说放下孩子一段时间，孩子不好好喝奶粉，宋长河心说还是不饿。

很快，宋青桃就出来窑洞，擦着眼泪说："爹，我去镇里了。"

自己没奶也不会看孩子，宋青桃打定主意不在青山镇了，当天下山就去了县城。至于干什么她没想，就是要离开这个地方。

孩子放下的时候没名字，亲生父亲没等他出生就跑了，宋长河对这个外孙子有种说不出来的厌恶。宋青桃去天津说了啥做了啥谁都不提，姓宋也不合规矩，于是还是跟他爹姓了王，因为宋长河老婆何桂花一口一个"宝儿"，上户口就写了王小宝。

开春后不久，宋长河成功地给青山镇那一群野鸽子"搬了家"。他用绳子编制了一个细密的网，天蒙蒙亮就套在斑鸠进出钟鼓楼的唯一出口上，然后从另一侧开始敲打墙壁吓唬，很快全部落网。再搭梯子上去把一窝窝的蛋都小心翼翼拿出来，带着草窝子放到平车里，然后运到窑洞院断崖跟前。

这件事他做了俩月，在断崖上凿洞还不太难，因为中间偏上恰好有个横向的缝隙，搭梯子弄了几天就凿出几十个窝。去全部抓住再运回来也不是太费劲，宋承义给借了个高梯子，四个儿子都上手。

由于天不明，镇里基本没人知道，这野鸽子也不会有人在意，只是在鼓楼塌了后，才发现，那群野鸽子上山住了。

如何留下这些野鸽子是最关键的：把有蛋的窝在裂缝处凿出的洞里排列好，再用提前编制的一张大网严严实实地罩住——宋承义从县武装部库房找了一张废弃不用的大网，宋长河与何桂花忙活了七八天，大窟窿眼都织成了指头粗细的小孔。

一切就绪，把野鸽子放进去，刚开始四散乱飞，咕咕咕乱叫，到傍晚就有一些雌鸽飞到断崖的窝里开始继续孵化，其余的也都钻进缝隙，那里面提前都放了干草。两天过去，好像逐渐适应，但宋长河没有敢扯掉网，只是定时往里面撒些玉米粒。

如此一个月，实在是没玉米可喂了，宋长河咬着牙把网子扯掉了，除了七八只在孵化，其余的数十只野鸽子扑扑棱棱就飞走了。看着它们散入天空，向着青山镇方向飞去，宋长河心脏好似都要停了。

当晚，回来十多只，宋长河躺在窑洞里，听着明显减弱的咕咕咕声，再次失眠，一晚上进进出出，观察了十多次。

第二天一早，回来的这十多只再次飞走，当晚就回来了二十多只，宋长河这才放心——它们确实没地方去了，那个钟鼓楼已经倒塌了，没有人去推也没有地震大风，好像完成了自己的使命。

自此，这群鸽子就在断崖安了家。宋承义看爹实在是上心，就去叫岳父的徒弟过来，用木料给断崖上加了个"帽檐"，然后又在断崖上错落弄了很多结实的木头小房子，里面放上干草。

能找到些玉米高粱就喂养，刮风下雨时时操心，在断崖下还修了个水槽。第二年王小宝开始蹒跚走路时，这群鸽子已经发展到一百多只，每天早上起飞，声势惊人。

一早一晚，宋长河看每只鸽子都是亲切的，而看王小宝的每一眼都充满厌恶。

第18章

分地

身旁的磨盘上放着已经看不出本来颜色的茶壶，旁边一个茶碗里，茶垢跟碗壁差不多厚了，宋长河刚刚喝足了每天清晨必需的浓茶，正叼着旱烟袋往山下看。刚刚收割过的田地并不缺少生机，尤其是才下过一场透雨，各种野草在田埂上努力往上，争取在上冻前把自己的种子播撒出去。

地还是那些地，一分不多一分不少，下地干活的还是那些人。一年来的雨水算起来其实也差不多，到了秋末，各家各户都欢天喜地，因为丰收了——年年生产队喊的丰产，分开地头一年就实现了，实实在在能看到粮食，不是虚报瞒报那种的丰产。

对于这个变化，宋承信说是拨云见日，宋长河看了眼天，干干净净没有一丝云可以用来拨动。日头天天见，眼见着就活了一甲子，从给地主扛长工，到给自家开荒地，随后这土地是分了合、合了分，个人到集体，集体到个人，宋长河已经不太激动了。

但这一次好像不一样，五儿子天天读报听广播，说这个家庭联产承包生产责任制能推行下去，然后肯定不变了。看多似懂非懂，宋承信说党的十一届三中全会的核心意思，对咱农民来讲就是一个字："包"，通俗易懂地讲就是地承包给个人。大队不管了，谁的地谁做主，想种啥就种啥，想怎么种就怎么种。打下粮食，除了交公粮交提留，剩下的全归了个人。

儿子说完，他说："懂了。这是好事，但愿不是一阵风，这地在个人手里有个三四年，那才能熟悉地的秉性，才能知道种啥，怎么种。"

这道理宋承信懂，住到四哥那个院子后的第二年，妻子巧姑找了些花籽撒到院子里，隔三差五浇水松土，但稀稀拉拉就出来几棵，最终开花的更是凤毛麟角。

这事情宋长河无意知道后，头一年就从山坡的地里弄出一堆土，像晒粮食一样摊开到路边。第二年开春，他让承信用平车拉回去，说："把原来院子里的土都清理出来或者垫下面，这些熟土放进去平整了，等下了雨后让巧姑再种花，切记浇水不要太勤。"嘱咐完这些，顺手还递过去几包在山里开得好看的野花籽。

很快，密密麻麻的各种花草都出了芽，旱得厉害了才浇一遍水。自此，从立春到立冬，这个院子里姹紫嫣红。巧姑欣喜不已："咱爹真是有名的庄稼把式啊。我听来医院看病的镇里人说，咱爹干啥像啥，使唤牲口、农具得心应手，懂天时，熟悉土地，还有勤快，见不得庄稼地里有草，地埝上都得光溜溜的……"

宋承信说："是啊，所谓行行出状元，咱爹大字不识几个，但种庄稼在全镇是拔尖的。这些年没办法，他偷偷在山里坡地的草丛里种菜，南瓜土豆山豆角照样结。"

日头很快就出来了，但山下的青山镇仍旧在一片阴影中。宋长河站起来伸伸腰，大队捎信上来说今天要重新分地，这次是按照人口分，包产到户。经历归经历，朝前还得朝前。昨天四儿子承智上来，大致解释了这次分地，这两天正在理顺户口。于宋长河而言，就是女儿宋青桃跟外孙王小宝，户口原本在白桂花名下，现在要归回来。

宋承智来窑洞院的时候拉了个平车，说是大队饲养处存下的几麻袋高粱玉米。牲口都分给各家了，所以饲料没人再问。他看到后，给队里交了几个钱，弄回来喂马喂鸽子。宋承智急匆匆地放下就走，宋长河追问了一句："你们哥几个这次分地怎么打算？"

宋承智说："这两天就是理清户口，丈量土地，分的时候再说吧。"

宋长河指着断崖上的野鸽子窝说："说起来是一大群，其实分的好几个小群，只是都挤在一个檐下。村里你现在是领导，你二哥三哥都是一堆杂事，所以分地的事情你做主，就说我说的。"

宋承智点头说："商量着来吧，我先下去了。爹，明天你非要下去，少说话只看着就行，我基本筹划好了。"

随后，宋长河老两口把这些高粱玉米在院子里晾晒了晾晒。玉米高粱掺杂在一起，倒是没生虫。何桂花说："这有了粮食就糟蹋，咱在后山的时候，有这些个粮食起码一年不发愁。"

看老婆拿着个袋子往外拣好的玉米粒，宋长河说："这地要是实实在在地分到个人手里，你拣出来最终还是要喂鸽子。听老四说，这本来就是大队喂牲口的料，没人要，他花了几个钱买下的。"

何桂花有些不解："这好好的粮食咋就没人要了，真就没人喂牲口了？就算牲口归了个人，不喂这些喂白面啊？"

宋长河没接话，心里说："咱这老四这几年历练的，他的话现在能听一半，啥叫没人要，粮食还没人要？喂牲口这些是最好的料，归个人也是喂这些。"

头一年镇里实行家庭联产承包责任制，土地按照劳力划分给各家，牲口也从集体分给了个人，只是不够分，于是这三家牵一头牛，另两家领走一匹马，很快，大队饲养处连根缰绳都没了。

对于宋长河，兄弟几个孝顺，商量了下给牵回了那匹老马，就是最后一次土改时候薛家那匹，这些年在生产队不好好喂，瘦得厉害。本就是让他出门骑或者架车，不去地里受，再加上用心喂养，这匹马好像焕发了第二春，毛皮很快泛出油亮，响鼻都响亮很多。

儿子说不让管，但他不可能不去想，宋长河心里琢磨这次分地，既然是分给个人，那就是按户。虽然孙子都十六个了，但这该操的心还得操，尽管宋长河知道这是白操心，老四承智肯定盘算好了，只是不由人。

老大宋承仁一家人都是城里人了，不用参与分地；老二自己仍旧属于部队的人，但老婆孩子都是农村户口，得分；老三不但自己一家连带老丈人欧阳师傅一家都得分，这次算下来他该分得最多；老四跟老三差不多，自己家带丈母娘一家，唉，这俩儿子苦重啊；老五是校长了，老五媳妇也是院长了，都是吃公家饭且吃得"高级"，他的这俩孩子户口也不在农村了，这次分地没有份，他俩够忙的了，分了地也没时间种，反正哥几个谁家有基本都是大家有；最烦的是闺女青桃，离婚后每天不着家，说是准备在县城做生意，人没做好呢还做生意，哼，我看就是溜逛。孩子就扔在这里，看着就想起狗日的王大宝，真想一把捏死拉倒……

他端着一盆高粱、玉米粒出来到断崖前，一边撒一边心里琢磨。看这些野鸽子在他周围咕咕地叫着，脖子上像搭着一条围巾，太阳光平射过来更是色彩斑斓，看着它们不老实地啄食，上下跳动，心情顿时就舒服极了。

等把一盆粮食喂食完，宋长河把盆翻过来，敲打了三下，野鸽子们扑棱着翅膀腾空而起，在窑洞院子上盘旋一圈后一头扎向山下。

顺着野鸽子飞行的方向往下看，这大大小小的梯田就在眼皮底下，顺着山势延伸，山坡上露水晶莹，淡淡雾气升起来，宋长河放下盆拍拍手，准备下山去。他跟何桂花加小青桃、外孙子四口人，看能不能把这坡地都承包下来，镇里人这么多年也没人来种过，那些果树二十多年了，好好拾掇拾掇也许都能结果子，核桃树更是粗壮，随便敲几杆子都落一地核桃。

至于困扰多年的吃饭问题，土地到了农民手里就迎刃而解，听四儿子承智讲，他这个大队干部都惊讶，今年一年全村的粮食产量比过去五年的总和还多。宋长河一点儿都不惊奇："你看看大队集体劳动的劲头，一个个装样子都懒得装，现在你再看，男人把地看得比老婆都紧。"

从窑洞院往下，大小四十多块梯田，解放前是薛黄芩买下的，后来给了宋长河，再后来各种折腾，到如今，也一直都是宋长河在种，算下来二十余亩都是旱地且离镇子太远，最主要都是小块，最大也就半亩，收种都不方便。

昨天，作为这次分地的主要领导，宋承智还跟宋长河沟通过此事："爹，你还是要镇子周围的好地吧，咱窑下面这一坡地大队也做过调查，就没有人要。到时候大队研究下，荒了可惜，最终还不是咱家的？你想种多少种多少，就近扒拉几块菜地就行。"

宋长河说："那不一样，咱要了镇里的地，再要这里就不理直气壮。你以为这里就这二十多亩地啊？我在这些地里转了快三十年了，随便在周围扒拉扒拉，这地就能变大一倍。咱名正言顺把这些地承包下来，山上的泉水咱也能支配，下点功夫引下来，到时候，这可是整个青山镇最肥的聚宝盆啊。"

何桂花旁边插嘴："还有那些果树、核桃树，山下人以为在荒草里干枯了，其实这些年净长树了，我看粗的都碗口粗了，好好管管，收下果子打下核桃卖了钱买粮食，肯定比种粮食强。"

宋长河摸着胡子，笑着说："智儿，你娘比你想得都多。"

宋承智摇摇头说："爹、娘，你们说这些我都懂，可是那样太累了。大哥五弟都忙，我跟二哥三哥自己家能干过来就不错了，爹都六十岁了，就别辛劳了。我的意思是这地就随便弄弄，山下的地分下，我跟二哥三哥匀开，您二老就甭下地劳作了，我们随时把粮食拉上来就行。"

宋长河扭头看了眼何桂花，再看她牵着的王小宝，叹口气道："唉，你妹妹跟她的儿子不还得管吗？就是八十岁了，儿女不成家，父母也都得管着。这分地的事情我就这打算，剩下的你看着办吧。"

宋承智无奈地说："好吧，但是我妹妹青桃不能全让你管。"

宋长河叹口气，盯着王小宝又来气了："再说吧，你们忙你们的，我的孩子没成完家，责任就都是我的。"

何桂花也早早起来了，等宋长河熬完茶，她没让土灶里熄火就直接做了一锅煮疙瘩。原本山里人没有清早起床就吃饭的习惯，一般都是起来就去地里干活，等太阳爬高了有些热了才回来吃早饭。这些年宋承仁回来住，就把城里这"毛病"带回来了，宋长河不知大儿子说的"科学"，但也没觉着不好，他认为吃饭就是为了干活儿，没有啥科学不科学，在凉快的时候干活儿快，热的时候就干不动，但饿着肚子也干不好。

宋长河就着咸菜，稀里呼噜喝了两大碗疙瘩汤，抹抹嘴，站起来从南窑解下老马，牵到大门口的一块石头前，骑上去便出发了。

去年大队分牲口，这匹老马谁都不愿意要，宋承智跟宋承礼哥俩儿商量："咱爹年岁大了，这老马干不动农活儿，平常就是骑骑没问题，跑不快但性子慢也稳当。"

于是哥俩儿就要了，按劳力和地，这哥俩儿能分头黄牛，于是大队就又给搭配了一头毛驴。这毛驴虽然正值壮年，但队里人都知道，调皮捣蛋不好好干活儿，为这匹老马，哥俩儿二话没说就要签字。

宋承义老婆柳叶在旁边说："这可不行，你二哥回去骂我呀，爹就是你俩的爹啊？弄这么个尥蹶子货，你两家怎么种地？"

宋承智笑着说："二嫂，就这么定吧，我二哥事情多，帮衬你少，农活儿大多是你干，你家没个好牲口可不行。"

"就我一家也分不上好牲口。"柳叶说，"跟别人家搭配我不愿意，你哥俩儿看着办。"

想想也是，于是宋承智跟队里人商量，三家合起来，就分了一头母牛跟这匹老马。

地里活儿是真多，宋承信看在眼里，跟巧姑商量，俩人拿出些钱也买了一头牛说："爹也是我们的爹，所以这牛算我们家入股，反正每年的粮食也是吃你们的，钱的事情就不提了。"

三家的地很快就合在了一起，两头牛、两个壮劳力加三个女人及孩子们，这一年光小麦产量就过了两万斤。麦收后，宋承信笑着说："这才是最真实的'大跃进'！"

每每骑上这匹马，宋长河心里就觉得美滋滋的，看镇里有些人家，兄弟们为分家大打出手，不就是仨核桃俩枣子的事情嘛。自己的儿子说起来都分开住了，但有事都是在一起商量，尤其是儿媳妇们很难得，没有一个是小心眼儿的，妯娌如亲姐妹……在这点上，宋长河非常开心。只是家家都有一本难念的经，自己的姑娘青桃自离婚后更加管不了，三五个月不露面是常事，常常担心她在外面的生活，尤其是看到她留下的孩子，气就不打一处来。

分地不复杂，祖祖辈辈在这里，整个镇子里的地都在每个人脑子里，这些都有名字，就像青山镇的每一个人，什么秉性有多大本事，大家都清楚。大队干部已经尽可能把一碗水端平了，从地的远近到地块大小，都在考虑范围内，人均三亩一分，地都标了号，一大早就张榜公布了，有意见的就再微调下。

宋长河骑着马到了镇子北边一条小沟旁，他下了马把缰绳拴在马腿上，附近没有庄稼地，就任由这匹老马在沟边啃食野草。他自己溜达着往镇子方向走，路上断断续续碰到熟人，这些已经确定了地块的人，急匆匆地去看看，这将是此后他们一家人赖以生存的根本。

自白桂花死后，宋长河连青山镇的人都懒得搭理，但他现在是青山镇大队副书记宋承智的爹，所以问候不断。他点着头嗯哈着，直到看到一群人在镇外不远处站着——那是大队的主要干部跟一些要调整地的村民。

看到他，大队会计笑着上前说："宋叔啊，你跟我婶子就种你那窑洞坡下那些地吧，大队研究过，也征求过社员意见了。"

宋长河点头嗯了一声，他原本就知道这是铁板钉钉的事情，自己种了几十年了，就算个别社员有想法，也只是想想罢了，太远了，尤其是在人家院子下，没法种。他从会计的嘴里听出另一层意思，那坡地梯田是自己跟老婆的，于是就主动问了句："我闺女青桃与她儿子的地分到哪儿了？"

会计把手里的纸展开伸到他跟前，说："嗯，在这里。宋叔，青桃与她儿子家里缺劳力，大队考虑就给分了上下埝两块连着的，和尚坟坡的六亩，差二分，承智说无所谓，补到您那坡地下。"

宋长河心里一喜，青桃分到的这是一块好地啊，当年给许家扛长工，这块地就是许家最好的地块之一。传说这里曾是"灵柱"后面庙里和尚的墓地，但连着十五块地并没有一座坟，挨着后面就是大队的机井，能浇上水，且土质绵厚，种啥都行。

宋长河不由就看了眼四儿子，但宋承智根本没有看他，自顾自地跟身边社员说着啥，想起昨天的嘱咐，他就笑着对会计说："好，我知道了，你去忙吧。"

回到小沟边，把老马拉到身边，他原本想去看看那块地，再想想算了，本来这次分地承智就不让他下来，说自己都会安排好，但这不是小事，土地是跟命一样珍贵的存在。

回到窑洞院，何桂花正跟小外孙玩，听到马蹄声站起来问："咋样？"

他下马看了眼老婆，掩饰不住的高兴，伸手指着院子往下挥动说："这些地分给咱俩，青桃与这小子分到和尚坟坡地连着的两块六亩。"虽然不是很懂地，但都分上了，何桂花马上就笑了，弯腰对小外孙说："宝儿，你也有地喽！"

自天津离婚回来，宋青桃就把孩子送到山里，连带宋承仁托人捎回来的奶粉，随即她就匆匆走了，甚至连孩子叫啥都没说——她根本没给孩子起名字，韩巧姑当时问过她，宋青桃咬牙切齿说："叫王八蛋！"

巧姑笑不出来，回家跟宋承信说。宋承信叹口气道："我这妹妹恨死了王大宝，现在连孩子都捎带上了，但不管咋说，王大宝是孩子的爹，咱娘叫孩子宝儿，就叫王小宝吧，先给上了户口。"

宋青桃在天津咬牙切齿地说孩子姓宋，但她回来只字未提，等上了户口后，她没生气也没吭气，天知道她是怎么想的。妯娌几个分析说，咱这个妹子对王大宝这辈子是忘不掉了。

刚开始奶粉都不好好喝，估计是不喜欢奶瓶，何桂花就先把自己干瘪的奶头塞外孙子嘴里，看他嗫不出奶水张嘴要哭，赶紧塞奶嘴，如此折腾了几天，果然就开始慢慢喝上奶粉了。只是一直吃不胖，干瘦干瘦的，倒是有了精神。

自开始走路，这个王小宝就在窑洞院为所欲为，天不怕地不怕，宋长河甚至都动用了马鞭，但无济于事。话不多，就是蔫赖，胆子大，啥都敢干。宋长河总是骂道："没吃过人奶，就跟人不一样。"

六岁那年有个早上，王小宝偷偷在马跟前转悠，也不知怎么就爬上了马背，随即马儿挣脱了缰绳。先是在院子里跑了一圈，这小子估计觉着不过瘾，就掏出裤兜里的弹弓抽马屁股，揪着马鬃从山上蹿到了山下镇里。

正在地里种小米的宋长河看到山坡上冲下匹马，定睛看是自己外孙在自己的老马背上颠得龇牙咧嘴，赶紧连跌带爬追下来，差点就破了自己"有生之年再不踏进青山镇一步"的誓言。要不是宋承义出门看到，赶紧喊了几个人把马拦住，还不知要出啥事呢。

八岁起王小宝上小学，从山上下来，很快就把四个舅舅家折腾得鸡犬不宁，就连从不说脏话的宋承信有一次气急了，都咬着牙暗暗骂了一句："真是个小王八蛋。"

没有吃过一口母亲的奶，没有见过一次父亲，王小宝虽然瘦弱，但精力却出奇的好，每天早晨从炕上爬起来下地开始，能一口气折腾到天黑，不知疲倦。

分了地后，镇里的地儿子们都种了，宋青桃的地打下小麦都送上来。多年撂荒，杂草丛生，又有果树核桃树，窑洞下面这坡地宋长河就起早贪黑地忙活，何桂花也会经常去帮忙，王小宝就被一根布带子拴在地头的树干上。这个小子从来都不哭，在被拴住的有限圆圈里，他总是把能够着的石头都捡到一起，然后把这些石头扔向自己选定的目标，比如一棵酸枣树，比如一个田鼠洞，或者就是另外一块大些的石头。后来，他打弹弓就比镇里的孩子准很多。把这些事情做完，如果宋长河与何桂花还没干完预定的活儿，王小宝就呆呆地看山下。

只是没办法，儿子、儿媳妇们家里地里都忙得不可开交，青山镇没人能照顾到王小宝，最重要的是青山镇上找不到这孩子的妈。

宋承义武装部的事情越来越正规，镇里的一把手兼职县武装部的副政委，家里活儿都是二儿媳妇拼命干；日子逐渐好过，村里人办个事都要用到琴书，所以宋承礼经常不在家，三儿媳妇还得伺候自己的老爹老妈；宋承智是大队副书记，尽管地都分给了各家，但收公粮收提留等事情一点儿不少，还要学习开会。

这都不是最重要的，孩子们的学习，才是重中之重。

分地后第二年，宋家兄弟的两头牛都生了牛犊，于是聚在一起开了个"协调会"：地里的事情听宋承智的，宋承义的老婆专职喂牲口，宋承礼的老婆专职给孩子们做饭，反正一切围绕一点——让孩子们好好学习——四家人一共六十余亩地，带上青桃的，基本就是种小麦，也就是收割时候全家出动，龙口夺食，其余的时间全力支持宋承信给孩子们补课。

国家解决温饱问题，就用了这么两年，接下来就是精神层面的需求了。

第一年高考，宋家考走五个娃，其中俩大学生，这成了青山镇甚至石城县的特大新闻，面朝黄土背朝天的农民们最期待的就是自己的后代能告别这种生活。

说起这一年高考，国家宣布恢复考试，就两三个月时间，这么多年就没个专心学习的孩子，所以当年本省大学录取分数线才六十来分，加上中专技校师范，录取率不到百分之五。宋家这五个孩子之所以能全部都考取，是因为作文，从没忘记读书看报学习的宋承信押了两道高考作文题，侄子们写出后他反复改，最后要求都背会……

整个石城县报考一万多人，最后连本科加专科、技校、师范，也就考取了四五百人，其中县城基本占了九成，在镇上的宋家居然报名五个考取五个，这是传奇中的传奇。

很快，宋承信就被委任为青山村小学校长，学校各方面恢复正常，孩子们年龄大的大，小的小，分年级分班没个参考，他是忙得脚不沾地。最后都按考试成绩，于是一年级六个班还人满为患，二年级到五年级一个班都坐不满。

宋长河原本说王小宝三岁后就给送下山让承信管着，但看小儿子在学校太忙了，只好作罢，于是王小宝只能孤单地在山里长大。而在这个孤单里，他开始"折腾"，也许是为了引起注意，也许是实在没有玩的了，也许什么都不为，"有啥样的老子就有啥样的儿"，他就是跟他爹一样操蛋——这是宋长河的结论。

小麦说熟就一片片熟，天气也是说下雨就下雨，所谓"龙口夺食"，怠慢不得。麦收季节，宋长河一般都会提着把镰刀，凌晨四点多就下山去，等儿子、儿媳妇们到了地里，他基本都割了一个来回。

农村最忙最紧张的就是这个麦收，不熟都不熟，要熟就都熟，眼看着一片片麦田由绿转黄，然后就是抓紧收割、晾、晒、碾、挑、扬，稍有耽搁来了雨，麦粒在麦子上就发芽。

第一年最后收的一块地就是这样，后来发了芽的麦子晒干磨成面，看着差不多，蒸馒头马上就明显出区别，黏度太大，发甜不香，后来就都喂马喂鸽子了。

全家人连着几天都下去，一块地挨着一块地收割，包括学校校长宋承信、医院院长韩巧姑都上了手，早上天不亮就下地，到中午休息会儿，下午继续，晚上甚至都要连轴转。宋承智心疼宋长河："你这天天起早贪黑在地里、场里忙活，身体怕吃不消，剩下这些我们慢慢弄吧。"

想着当年孩子们吃不饱饿得哇哇哭，宋长河抓起一把饱满的麦粒笑着说："这收成，累死也是开心的。"这一年，宋家小麦总产量超过三万斤，各家按地均分。宋承信没地，也给匀了三千斤，他说吃不了，三个哥哥都说孩子们晚上在你那儿自习也吃馍馍呢。

看着一家人在一起不争不吵，互帮互助，宋长河心里乐开了花。年岁不饶人，他也确实干到下午就腰酸背痛。

有一天，他半下午就回到窑洞院，发现王小宝在断崖前兴高采烈地玩，原以为这孩子就是看野鸽子开心，于是进窑洞打了盆凉水出来擦洗身子，等泼了水再看王小宝，却发现这小子一把把往天上扔羽毛。

这不是野鸽子褪毛的季节啊，宋长河满腹狐疑地赶到了跟前，眼前的一幕差点儿把他肺气炸了：王小宝不知怎么抓住了三只野鸽子，现在这三只野鸽子已经成了"光腚子"，浑身上下几乎没有一根毛了，正在地上来回挣扎，凄惨的"咕咕咕"声已经嘶哑。

宋长河上前一把薅住外孙子的背心直接就提起来，怒不可遏道："你个小杂种，这野鸽子碍着你啥事了？你干吗拔光它的毛？"

王小宝正玩得高兴，冷不防被这一提一吓，一句话也说不上来，两只手上还沾着些羽毛，只是来回摆动却甩不下来。

宋长河真想使劲把他摔到地上，可这是个孩子，他伸出另一只手，在王小宝屁股上狠狠打了两巴掌道："你小子记着，再到这断崖野鸽子窝跟前，我见你一次揍你一次，滚一边去！"

王小宝摸着屁股，苦着脸走到窑洞前，正好何桂花提着一筐菜进院子道："小宝这是咋了？"

宋长河蹲在地上打量着那三只光溜溜的野鸽子，心疼万分，听到何桂花问，没好气地说："咋了？他把野鸽子拔了毛，你把他头发也往下薅几把，问他疼不疼？"

何桂花把菜篮子放下，哼了一声，说："不就是三只野鸽子吗？你要咋，还要让孩子偿命啊！小宝，你给姥姥说怎么回事？你为啥要把鸽子毛拔了？"

王小宝噘着嘴，很委屈地摇摇头说："我……我没拔……"

宋长河闻言又扬起巴掌道："你小子还嘴硬，我瞪着眼睛看你在薅着扔，还不承认！过来，撅起屁股，我让你长长记性！"

何桂花一把把王小宝拉到身后，说："行了，你看看孩子屁股都被你打红了，还打！"

他翻出个纸箱子垫了些软草，到断崖下把那三只光溜溜的野鸽子捡起放到箱子里，再回屋抓了些绿豆过去撒到箱子里，他知道这就是尽人事听天命，估计能活下来的可能性不大。

王小宝在窑门口看姥爷忙活，也不吭气，只是噘着嘴。

晚上何桂花熬的小米稀饭，炒的豆角，吃馒头。王小宝本来就不敢跟宋长河说话，挨了打更是不敢说话。他低着头喝了半碗稀饭，馒头吃了一小块，就回窑洞上炕睡觉去了。

天太热，何桂花吃得也不多，在旁边摇着蒲扇，宋长河这几天累，就拿出儿子买的酒，倒了半碗慢慢喝着。"咱儿子孙子个个都是稳稳重重，怎么生出这么个猢狲，一会儿看不见就造反。你说从过年到现在，揍了几次了？"

何桂花叹口气道："小宝可怜，爹不管娘不问，差不多就算了，就是个孩子，甭再揍他。"

"三天不打，上房揭瓦。"宋长河喝了一口酒，很享受地龇牙咧嘴，"大年初一，你给他做的新鞋穿了半上午，就有一只烧焦了，这小子把鞋脱下来，放到一边，把鞭炮往里面扔；三月杏花开，我弄的那一箱子蜜蜂，好不容易能割蜜了，这个小东西一泡尿就把我俩月心血浇没了；你说今天我要再回来晚点，他还不定要给多少野鸽子拔毛呢——这可是灵鸟啊，要没有这些野鸽子，他娘都活不下去，怎么还会有他这个小王八蛋……"

何桂花摇着蒲扇，也很无奈："再过两年，把小宝送到镇上给承信管，读了书就好了，这孩子脑子好用，机灵着呢。"

宋长河再喝一口酒，看着院子边的萤火虫道："你就惯着吧，青桃就让你惯成个不着调不着家，这小子再惯下去估计比他娘都难管。你五岁的时候是这样吗？我五岁的时候是这样吗？咱五个儿子五岁的时候是这样吗？还是打得少，棍棒底下出孝子，真是个外孙子，要是我儿子我孙子，你看他敢！"

"看把你能的，"何桂花站起来往窑里走，"当年青桃不到五岁，半夜就一个人走回镇里要上学，你都忘了？闺女是你亲闺女，外孙子也是你的亲外孙子。"

想想也是，王小宝他娘就不是省油的灯，那可是自己的亲闺女。宋长河再伸手拿过半个白馍馍，由衷感叹这日子说话间就变得好起来。以前吃上顿没下顿，弄点杂粮还东藏西藏舍不得吃饱，塞了牙缝勉强能不饿死就不错了。怎么这分地才两年，家家户户粮食都是钵满盆满，当年薛黄芩家也不敢顿顿吃白馒头，现在哪家的笼屉里都是啊。

想当年在村里的老二老三老四媳妇生孩子，生产队给五六十斤粮食让坐月子，哪敢可劲吃白面啊，都是吃一顿半顿就赶紧掺上杂粮。而如今，一亩地小麦产量咋地都能过了五百，家家户户存下的麦子吃个三年都不是问题。

当天有些累，又喝了酒，宋长河睡得特别香甜，等一阵杂乱的"咕咕咕"声把他吵醒，天已微亮，他第一反应是王小宝又去祸害野鸽子了。

第 19 章

放纵

"咕咕咕"的叫声越来越杂乱,宋长河赶紧扭头看,发现王小宝还在炕上睡着呢,他松了口气,穿衣下炕,等他开窑洞门走到断崖跟前,顿时愣住了。

只见七八只雄健的野鸽子正围成个圈,圈里面有两只野鸽子惊恐不已,只要想动想飞,外围的鸽子马上就冲上去开始啄,羽毛飞扬。

圈里面那两只应该不是自己所养的野鸽子,虽然说很难辨别,可仔细看就会发现它们个头略大,应该是最近麦收地里全是人,能吃的不多,误打误撞飞到这里的。

宋长河远远看了会儿,心里突然对王小宝有了愧疚,其实仔细想就明白,一个五岁的孩子怎么能徒手抓住活蹦乱跳会飞的野鸽子——他昨晚玩的那三只看来也不是这个群的,估计是看见外来的鸽子已经被啄掉了大部分毛,奄奄一息动不了了,觉着好玩就上去拔了几根而已,正好被自己撞见。

他摇摇头叹口气,回屋端出半盆玉米走到断崖前,喂熟了的野鸽子都围过来,那两只外来的趁机赶紧飞起来,但估计是饿坏了,只是在周围盘旋。

宋长河喂完了野鸽子,发现盒子里的那光秃秃的三只野鸽子已经死掉了，便拿过铁锹在窑洞旁的一棵核桃树下挖坑埋进去，然后到窑洞口烧火熬茶。

等他喝了一气茶，王小宝才睡醒出来，揉着眼睛到院子里的菜地边尿尿。宋长河换了个难得的笑脸说："小宝，赶紧去找姥姥洗脸，一会儿带你去摘西瓜。"

昨天挨打的屁股仍旧火辣辣疼，王小宝知道宋长河在跟他说话，但他没有应声。

满怀歉意的"讨好"没有得到回应，宋长河脸一沉道："你耳朵聋了？跟你说话听不见啊？"

王小宝嗯了一声，扭身进了窑洞，默默接过何桂花递来的湿毛巾，在脸盆里胡乱撩了一把，再用毛巾在脸上抹了下，这就算洗过脸了。

宋长河正扛着一把铁锹出门，看王小宝没有跟上，他也懒得再叫。西瓜是在中间坡地种的，半亩多地结了不少，估计有熟的了。山下地里的麦子都收割回场院，他上午就不下去了，到傍晚再去帮着扬场。西瓜本就不准备卖，要有熟的，准备下去的时候拎几个。

王小宝昨天挨了打，不跟姥爷去摘西瓜，是怕再被打屁股。他提个马扎坐到窑洞口等吃早饭，像个大人一样打量着这个再熟悉不过的院子。

院子正中间是一片黄芩，左右有两块菜地，豆角秧子已经很长了，在搭的架子上来回缠着；茄子长得像棵小树，每一棵上都有几个或大或小的绿茄子紫茄子；辣椒显得小很多，正在开花，小白花就像野鸽子脖子上的斑点；两行葱都有指头粗了，密密的一棵挤着一棵，旁边的胡萝卜刚出芽。

菜地不远处有棵老杨树，这是白天喂马的地方，一个石槽在树下，有些蚊虫在上面起舞。靠右边的两孔小窑洞，一孔做了马圈，另一孔放干草，窑洞口有把铡刀，每个傍晚老两口都会在这里铡草，把长长的草切成一小段一小段，然后抱到马槽里。再往后，就是断崖与野鸽子。王小宝扭头看，大多野鸽子都飞出去了，仍有十多只在地上走来走去，咕咕叫着，他不由就哆嗦了下。

昨天下午就是看到好几只"欺负"另三只，他才过去，本来想救出那三只可怜的野鸽子，但到跟前发现已经晚了。他刚弯腰捡起几根羽毛扔起来，准备吓唬走那些霸道的野鸽子，宋长河就进院子了……

这是个普通的院子，也是个神奇的地方，王小宝觉着魔力十足，不但有一大群咕咕咕叫个不停的野鸽子，还有马。他最高兴的是，舅舅们会经常来，且提着吃的喝的，姥姥时不时地给他嘴里塞一些。

扭头再往山下看，"老宋"已经进了果园，林子稀疏，仍旧能看到他在里面走动，王小宝是从三舅的老丈人嘴里听到"老宋"这个称谓的，马上就记住了。

他听那个声音洪亮的老头说："老宋啊，你尽管不进青山镇，但你的儿子们都出息了，可以说你在这个院子啥也不干就把青山镇控制了，你的一举一动甚至一声咳嗽都会让青山镇抖三抖。"

老宋没有得意，很平静地说："欧阳师傅说啥呢，我就是一个不中用的老头子了，孩子们是孩子们，他们努力有出息我高兴。至于青山镇，好歹算了吧，我就是在村边地里干活累死渴死也不进去一步。"

听欧阳爷爷说"老宋"这么威风，王小宝当时就打量这个院子，他搞不清这个院子跟热闹的镇子有啥关系。现在再看一圈，没啥啊，估计就是舅舅们威风。他并没有完全懂啥叫有威风，只知道哪个舅舅对他如何。大舅回来过两次，非常气派，好几辆车都开到院子下面，很威风，回来带的东西有好大一堆。对自己说不上好坏，因为就到不了跟前。二舅上来次数不多，姥姥说他有只耳朵经常听不见，话少，一般都是笑着点点头。三舅来得更少，姥姥说他到处唱琴书，但来就提着一堆点心罐头，说是别人给的。他从不自己提东西，让两个徒弟提，还说让他当徒弟。四舅来得多些，十有八九都是空着手来，进门就是问地里种啥，该收割了该播种了，特没意思。看见自己马上就板下脸，不爱见他。五舅跟五舅妈经常上来，他们会留下跟姥姥与老宋吃饭，说啥自己听不懂，就是反复提到一个词"高考"。五舅妈最好了，兜里总有水果糖给自己，真想喊她"妈妈"。

妈妈，王小宝突然就想哭，妈妈又半年没有回来了。

宋青桃突然就想小宝了，这几年在县城混着，也就能顾了自己。先是在理发店当学徒，差不多能出师的时候，看到一个顾客跟自己师傅吵架，觉着伺候人的事情太麻烦，于是就不干了。但她实在不想回青山镇，一是觉着婚姻把脸丢尽了，二是对农活儿一点儿没有兴趣，三是觉得自由自在好。于是，她向五个哥哥借钱，这次是打借条真借，自己也有孩子了，不能再白要他们的钱。就这么一个妹妹，都能理解她不回青山镇的初衷，五个哥哥都也过得不错，除了五哥问了句，其余问都不问就给了。

反复琢磨后，她开了个服装店，就在石城县中心广场的红旗商场旁边租了一间房，就轻车熟路地去天津进货，款式与价格都合适，但比较时髦，很快就在县城有了名声。只是看的人多，"敢"买的不多，也就勉强能打住成本。就这样对付着，到一年头上挤出些钱还给哥哥们，但哥几个都没要，于是她就给折合成股份，言明第二年开始分红。

除了大嫂在省城，其余四个嫂子的衣服都是她定期送过去，但只有小嫂子韩巧姑敢穿，毕竟是从省城回来的，其余三个嫂子在家里穿着照镜子还脸红，根本不敢上街。

四个哥哥见她有了正经事情做，也都高兴，赚不赚钱不重要，养活了她自己就行。只是宋长河仍旧冷眼相看，话都跟她不多说一句，所以她有几次回青山镇就没上山，只是托五哥五嫂给爹娘及儿子小宝捎了几件衣服。

这个早晨，也就是小宝对着菜地里一棵辣椒撒尿的时候，宋青桃突然就醒了。一般服装店开门都是九点多，她睡得晚，八点多才睁眼，天有些阴，更是觉着没睡好，浑身不舒服。

这是二哥宋承义在县城的宿舍，位于县城正中心广场的西北角，武装部的地方。当年离开县城回青山镇，宋承义没有交回，也没有人问。现在宋承义虽然在镇里工作，但兼任着县武装部副政委，要开会就两头跑，这房子更没人问了。这是一栋三层的楼房，一、二层是城关派出所，三层一共九间房，好像都是武装部的家属在住，宋承义占了门对门两间，一间住一间做饭。二哥偶尔过来，就从镇里给她捎些白面及油，自己再晚都要回镇里住，说尽管一只耳朵听不见了，但在这里仍旧嫌吵睡不着。恰恰相反，虽然这楼下从早到晚都是熙熙攘攘，但是宋青桃倒头就睡，反而是回到青山镇就失眠。

醒来后她也不想继续睡了，觉着孤单难忍，起床胡乱弄了口饭吃了，随即就下楼。没有地方去，只能去服装店。太阳刚刚爬起来，街西边的路上被阳光照得明晃晃的，宋青桃有些头疼，过了马路沿着东边走，临街的房子挡着光，阴影下会舒服些。

过了一个路口，迎面走过来一个女人，宋青桃随意打量了眼对方的穿着，很朴素的灰布半袖及黑色裤子，觉着自己店里随便一件都比她穿的高级，刚想摇头，才注意到她牵着孩子，一个小男孩。这娘儿俩边走边说笑，大人胳膊与小孩子胳膊一起甩过来又甩过去……这一幕比对面的阳光还要强烈，瞬间就让她呆在当地。

这母子俩跟宋青桃擦肩而过，笑声很快到了身后，宋青桃不敢回头，脑海里全是小宝，胸口犹如被粗粗的钢针扎进，浑身发抖。就像在烂泥里，宋青桃好不容易挪到自己服装店门口，掏出钥匙开门的瞬间，她咬牙切齿地说了一句："混不出人样我就不回去！孩子，你等着，我会给你创造出好的未来。"

母子连心，但王小宝就那么一瞬间难过，很快就开始琢磨断崖那边，昨天挨打的原因是外来野鸽子，今天若还有来的，他准备"报仇"。

何桂花提着昨天摘的菜说："宝啊，姥姥去镇里了，一会儿你姥爷回来给你弄饭，乖，听话别捣乱啊。"

王小宝答应了一声，看姥姥出院门朝山下走远，他从马扎上站起来，进窑洞翻箱倒柜，终于找到了他昨晚就思谋的东西——弹弓。这是五舅家的宋继朔哥哥去年送给他的，小哥哥说这是整个青山镇最好的弹弓，是纯钢的，是大舅家大哥从很远的地方拿回来的，现在自己要读书不能玩了。

王小宝不知道很远是多远，也不知道纯钢是啥，但这个弹弓确实比自己原来的好。原来那个是硬树杈上拴了根皮筋，这个沉甸甸的，两根皮条不用力都拉不开。他捡起个小石头，随便一拉打出去，已经穿过院子落到果园了。结果拿上还没玩几天就被老宋没收了，原因是老宋看到他坐在窑洞口拿弹弓打马——弹弓被强行夺走，还挨了一巴掌，王小宝没吭气，其实他就是想打咬马的大苍蝇，但大苍蝇飞了，石子就直接打在马肚子上，马就跳起来。

很多年后，王小宝已经改叫宋继洲了，他向宋继朔请教这个事情，因为宋继朔是心理学博士。

他说后来知道那大苍蝇就是牛虻，在马身上叮了好多血，爷爷非说是他打的，但他为啥不辩解呢？

宋继朔哈哈笑道："我记得你当时才四五岁吧，你当时应该不懂人赃并获，你把石子打在马身上，马流血，这都是爷爷亲眼看到的，而牛虻已经飞走了，所以你就没法辩解。"

"巧合只存在于观察者自己的眼中，瑞士心理学家荣格提出非因果性联系的法则，这是专业知识，很复杂。小宝，我说你能理解的，你是一个热衷于寻找意义的人——这是你用弹弓打牛虻的判断，不是爷爷揍你的原因。"

隔代抚养有很多问题，宋继洲云里雾里地努力想，点头说："博士确实厉害，似乎说到点上了。那你再分析分析后来我把外来的鸽子打下来烤着吃，还给爷爷奶奶吃，这是为啥？我骑着马蹿到镇里没吓死，路上还用弹弓抽马屁股，又差点被摔死为啥？"

宋继朔这次没有笑，严肃地说："弟弟啊，你小时候缺失父爱母爱，爷爷及我父亲对你又太严厉，所以你的很多做法看起来匪夷所思，但是你内心的抗争，就像现在，你已经成了石城首富，仍旧要继续思考发展。你似乎永远有不安全感。"说到这里，宋继朔叹了口气道："弟弟啊，用一句话总结是'成人疯狂追求童年缺失'，这在心理学上叫自卑补偿机制，又称'优势代偿'理论。由精神分析心理学家阿德勒提出，他是奥地利人，个体心理学的创始人。他认为人的心理源动力是内心的控制欲望。当由于身心缺陷和环境的阻碍无法实现时，就会转化成自卑感，从而积极地寻求补偿，这是人有动力去实现自我的根本原因。童年期大量没有实现的欲望，压抑到成年以后就成为疯狂追求的动力。积极的就会实现个人成就，消极的可能就变成破坏性的力量，而这一切归根到底是源自于自卑。"

宋继朔端起一杯酒，伸手拍拍宋继洲的肩膀说："弟弟啊，都是过去了，不管是博士还是首富，不管是农民还是皇帝，身份不是人活着的根本，我个人认为黑格尔的'存在即合理'可以解释一切，凡是合乎理性的东西都是现实的，凡是现实的东西都是合乎理性的。"

实在听不懂这一大套理论，宋继洲挠挠头，也端起酒杯说："我不懂了，当年做出的那些事现在想不合乎理性啊，爷爷差点儿被我气死，但这都存在，我跟爷爷提起事情本来原因，可是他现在仍旧想揍我。"

宋继朔哈哈一笑，喝了酒说："爷爷现在要揍你是亲你！这个'合理'是翻译过来的，与通常意义下中文的'合理'的含义并不相同，中文的'合理'为'合乎道理或事理'，但这里更接近的含义应指'合乎事理'。"

喝了酒后他变得沉默起来，那些往事挥之不去，再次显现在脑海，好像性格从那时候就形成了，吃不得任何亏，被误解也得找平衡。

王小宝拿着弹弓，捡了一把合适的小石头，"埋伏"在断崖对面的树后。他本想先弄死昨晚那三只已经光溜溜的外来野鸽子，但找见纸箱子发现是空的，又发现有棵树下有新土堆，扒拉开看到死野鸽子，就往上吐了两口唾沫再埋住，随即躲在了树后。

外来的野鸽子三三两两在断崖附近盘旋，王小宝手劲不够，打了半上午，连根毛也没打下来。正失望呢，突然又飞来了一群野鸽子，而自己家的野鸽子都在窝里不出来了，他也不躲了，就站在断崖下往上打，误打误撞竟然打下来两只，而且吓走了那群气势汹汹的野鸽子。

这还不解气，他提着那两只死野鸽子到了土灶前，拔毛后点着火，像烤红薯、土豆一样埋到火炭下，等宋长河回来，他已经半生不熟地啃了半条鸽子腿，满嘴是黑灰。

奇怪的是，打外来鸽子这事情，宋长河没再生气，只是把王小宝放到磨盘上的黑乎乎的烧鸽子扔了，然后说："下不为例，不管是外来的还是咱家的，不能吃！"

后来王小宝才明白，这是无意掺和了两群野鸽子的争斗，且拯救了断崖上宋长河养的这群。当那群野鸽子飞来的时候，宋长河在果园看到了，他正想回，又看到那群野鸽子突然四散飞走，当时还纳闷，进了家看到王小宝、弹弓和烧野鸽子，马上就明白了。昨天的冤枉加今天的无意，宋长河没有再责备，但吃野鸽子这事情他还是不舒服，于是给王小宝定了规矩。他没有再没收弹弓，想自己不在家，别的野鸽子来，外孙子还能护着自家的鸽子。

这就是隐患，半年后，进入腊月门，王小宝挥着弹弓骑着马冲进青山镇，宋长河正在果园剪树枝子，看见后一路追，路上跌了两跤摔了一嘴血，一颗本来有些晃动的牙直接就被磕出来。

在王小宝的眼里，这个院子里宋长河最看重三样东西，一是早晨熬茶的铁壶，二就是断崖的那群野鸽子，再就是那匹马。

那个茶他偷偷喝过一次，差点儿没把舌头烫掉，当时宋长河熬好茶进了窑洞里，他在旁边赶紧低头到茶杯里偷偷喝了一口，等嘴里的麻木劲过了，开始泛苦，苦得脑袋都疼，从此他再没动过姥爷的茶壶茶杯，只是更加奇怪每天早上姥爷为什么喝得那么开心。

自打他记事起这群野鸽子就在，天天看着姥爷喂养，他挨了打后还去救它们，好似这个家的一份子。

那匹马宋长河更是当宝贝，有事没事就站在它跟前，有时候给它刷毛，有时候给它添草，有时候抓几把玉米高粱洒在槽里，更多时候啥也不干，就是站在马跟前，像在悄悄说话一样，但又不张嘴。

每次姥爷骑着马出去，王小宝都激动半天，他总想着骑在马上的就是自己，威风凛凛，如果在马上再拉起弹弓，想打哪儿就打哪儿，那该多好。

从那次打了外来野鸽子后，老宋对自己的态度似乎开始转变，这是王小宝的感觉，因为老宋说话不再板着脸，偶尔还开个玩笑，粗壮的手还摸摸自己的脑袋。

人就是这样，冷着脸对你五年，让你看到他都不寒而栗，突然有了几次微笑，马上就感觉人家不那么厉害了。王小宝开始跃跃欲试，经常在马圈附近溜达，有几次还专门选宋长河在家的时候这样做，发现老宋没在意，于是就变本加厉，开始踅摸着找机会骑马了。

这一年苹果丰收，过了中秋全部卖掉后，宋长河把四儿子宋承智叫到山里，递给他一沓钱："我前段时间听亲家欧阳师傅说别的镇有电动磨面的机器了，跟石磨子比，又快又好。说是磨一百斤小麦收一毛钱，还能落下些麦麸，我琢磨这是个好事……"

宋承智接过钱没有说话，他知道自己的爹还有吩咐，宋长河看了眼王小宝，接着说："你去把你妹妹叫回来，在县城鬼混不出个样子，不想种地就经营这个电磨，不至于累，赚的钱也够她花了。"

宋承智本想说"我估计说不动她"，话到嘴边忍住了，因为他看到老父亲的头发已经白的多黑的少，一年年为子女操碎了心，于是决定回到镇里后把哥几个叫到一起商量商量。

哥几个也都知道，爹这么做是为了小宝，总不能跟自己的亲娘永远不见面。还有，娘跟他们几个都说过，看合适的给青桃再找个人家嫁了。

经营磨坊还能商量，这再找人家哥几个都不敢了，跟青桃关系最好的宋承信提了一嘴，她直接就瞪了眼睛："这个事情谁再提，我就一头撞死。"

就这个磨坊，地方好办，薛家那个药铺一直空着，临街地方也够，但这个小妹能回来？

宋青桃果然一口回绝，她对去找他的二哥说："我不用他管，你把钱还给他。"

宋承义有些恼火，黑着脸直接就吼上了："怎么说话呢？爹对你最亲了，你连声爹也不叫了？什么叫不用管？小宝没有爹娘管着，能长那么大啊！他很快便到了上学的年龄，很快就啥也懂了，你不回去，他怎么办？我们能管，你不怕他记恨你一辈子啊？"

不喊"爹"是真发怒了，后面关于小宝的话是宋承信教的，果然句句如鞭，抽在青桃心上。青桃想起那天路上看到的母子俩，眼泪马上就下来了，她低头抽泣了一会儿才接话："我觉着对不起咱爹娘，当年他们就不同意那个王八蛋，是我自己一意孤行，逼迫他们同意，所以自己酿的苦酒自己喝！"

想着五弟的话，宋承义叹口气继续说："过去的事情已经过去了，但孩子是无辜的。小宝明年秋天就该上小学了，这些年你管得少，该回去尽尽做母亲的责任了。你回去弄了这个磨面房，又能照顾孩子还能赚钱，两全其美。至于你跟咱爹娘，啥矛盾也不会有，你以为你不在，他们就不念叨啊？爹嘴上不说，但这买电磨的钱都是他从地里抠出来的，娘每次见我说起你都抹眼泪……"

苦口婆心地劝说了半天，宋青桃反复权衡后才点头说："好吧，我这服装店雇个人看着，我县里镇里两头跑，反正一个月就去天津进一次货。"

人先回去再说。随后宋承义就去了铁谷地区订了磨面机。立冬后，原来薛黄芩的中药铺子开始隆隆作响。镇里第一家，磨出的面粉又细又白，每天从清晨干到后半夜，饭都是嫂子们轮着给送。宋青桃干了一个月后算账，比服装店赚钱，于是就把精力转回到镇里，石城县的服装店雇了个人能卖多少算多少，够房租就行。

正当宋青桃准备把王小宝往下接的时候，这小子自己快马加鞭"跑"下来了。

这天一早喝了茶，宋长河就拿着剪子去了果园，关于苹果树的管理，宋承信买了本书，抽时间就上来给爹讲，他已经算半个专家了。冬天剪枝、拉枝就是其中很重要一点。

王小宝是从马槽上直接跨到马身上的，当时缰绳还拴着，老马又跳又蹦，但这个小子牢牢抓着马鬃，随着马上下蹦跳，屁股在马背上硌得生疼，但他觉着很兴奋，随后马挣脱了缰绳蹿了出去。

何桂花正在窑洞口择花生，从秧子上一把把往下薅，然后搓掉泥放一边晒，听到动静抬眼看，吓得面如白纸，站起来手一抖，一把花生洒在面前的簸箕里，噼里啪啦如雷雨突降。

马在院子里转了一圈，冲出大门就往山下镇里跑，这是近几年它的唯一工作。何桂花踮着小脚在后面追了几步，叫了几声。她看到王小宝居然能抽出一只手拿出弹弓，然后在马身上抽打了两下，马更快地跑起来。

这马跑到镇子口慢下来，平常宋长河也就骑到这里。王小宝异常兴奋，挥动弹弓皮条抽在马屁股上，于是老马直接就冲进了镇里。

等宋承义在青山镇喊人拦住了马，上前一把将小宝扯下来，这小子已经不会走路了，像尿湿了裤子般叉着腿，两股战战，前仰后伏。他仍旧努力站着，脸上的惊恐里多半是惊喜。

知道爹娘肯定担心，说不定就在后面追赶，宋承义扬手就是一个耳光，王小宝这才倒在地上。宋承智听人说也跑了过来，上前照小宝屁股上踢了一脚，随后哥俩儿一个拖拽着小宝一个拉着马，等他俩出了青山镇，宋长河已经气喘吁吁追了过来，一嘴鲜血。

哥俩儿吓坏了，宋承义知道宋长河不进青山镇，忙拉住一个跟着看热闹的半大孩子说："去，到镇医院把韩院长叫来。"

看王小宝没事，宋长河心里松了一口气，一屁股坐到路边地堰上，喘了几口气后说："甭叫了，就是掉了个牙。"说话间，鲜血飞溅。

王小宝这时候才知道害怕，紧攥着弹弓浑身发抖，但宋长河没上去揍他，只是摆着手说："孩子没摔着就好。"

韩巧姑提着个医疗箱赶过来，宋长河已经喘匀了气，不怒反笑："老五媳妇，就是摔掉了一颗早就松动的牙，省得去拔了。你别急，爹没事。"

巧姑不由分说，拿镊子夹起酒精棉球给宋长河清理嘴里的血，反复观察，确定是连根摔掉了一颗牙，就在掉牙处塞上新棉球止血，说："爹你咬住，甫说话了，我给你再拿些消炎药，三两天就好了。"

宋长河咬住药棉点头，伸指头点了点王小宝，再指了指青山镇，站起来牵着马，头也不回地往山里走去。

看着父亲略微有些佝偻的背影，宋承义作势又要打王小宝，巧姑上前挡住，拉着这小子去医院了。"二哥、四哥，你们回吧，我带小宝去医院检查下。"

两个小睾丸都充血了，巧姑给王小宝冷敷了半天，宋青桃才赶到。她正在给人家磨面，听到消息赶紧跑到医院来。只见她满脸都是白面沫子，一脸惊恐地进了病房，冲上去就抱住了小宝道："吓死妈妈了。"巧姑笑着说："问题不大，小妹你去擦擦脸吧，看你眼泪在脸上都和面了。"

之后到年前，王小宝都跟着青桃住，很快又不安分。有一次青桃去给人家送面，这个小家伙居然自己就把磨面机开了机，差点儿没把听到声音赶回来的宋青桃吓死。

磨坊忙得不可开交，吃饭尚在其次，都是电动的，怕出个啥事，青桃只能去找五哥，于是宋承信提前半年就把王小宝撂到了小学一年级教室。

窑洞院消停了，宋长河跟何桂花却总觉着缺了什么。宋承信开始痛苦——他的十六个子侄在他教育下都能安心读书，而这唯一的外甥能把他气得吐血。

开学新鲜了几天，王小宝就开始了"表演"。

"同学们，今天立春。这个民间叫作打春的节令，现在无声无息就过去了，但在古时候有很多庆典活动，其中最有特点是鞭打泥牛，俗话说春打六九头，也是这个意思。"这个上午，宋承信正在津津有味地给五年级同学上课，教室后门有个老师探头进来，对他点头示意。

宋承信让学生先熟读一遍课文，然后走出教室，那位老师赶紧从后门走到前门说："校长，王小宝不见了。"

宋承信皱了一下眉头问："怎么不见了？"

"他上课时在后面捣乱，我就叫他站到教室外面，过了一会儿我出去喊他进来，却发现他不见了。刚过来我问了门房，说大门锁着呢，没见学生出去。"

宋承信扭头看了一眼操场，空荡荡的，没有一个人，靠墙那一排柳树看着有些生机，但并没有发芽，只是树皮不那么干巴。宋承信笑了笑："你回去上课吧，不用管了，丢不了。"说完，他转身回去继续上课。那位老师有些疑惑：这位教育子侄鼎鼎有名的宋校长，不心疼外甥？再说这小子能跑哪儿去，学校这围墙，高年级的也爬不上去啊！

自从恢复高考，宋家的孩子每年都有考上大学的，这几年石城县高中从高一到高三，只要有宋家的孩子，那肯定是前几名，这都成了整个石城县的传奇。而这个传奇的中心不是这些孩子，而是这些孩子的叔叔——青山镇小学校长宋承信，传说中的这个人，知识渊博，出口成篇。所以他当校长也代课，这是他自己要求的，也是镇里老百姓要求的，宋家的孩子都能考上大学，就是宋校长亲自代课的呀。

王小宝可不这么认为，原本在山上的时候，他对这个小舅舅感觉最好，每次上去窑洞院都给他带些好吃的，还有新衣服，更多的是连环画。他记得那时候这个五舅笑眯眯的，摸着他的脑袋给他擦鼻涕，而现在变得都不认识了，啥时候都是板着脸，张口就是训斥。表哥们在学校都是躲着他走，到了下午放学后，没有一个敢去玩，都是乖乖地背着书包去五舅家——天哪，那是另一个学校，比这个学校还要严厉，同样有一排排的课桌，同样有黑板，还有一根教鞭在门后挂着。

被二舅从马上一把拉下，王小宝就没了开心，先是跟母亲每天轰轰隆隆推磨，看着小麦被擦拭湿，看着小麦被倒在铁皮斗子里，看着小麦进入推磨机器中，看着小麦变成了白面与麦麸，刚开始的稀奇很快就成了无聊，耳朵里嗡嗡嗡的，脸上黏糊糊的，嘴巴里干巴巴的。

王小宝开始想念山里，那些草丛里的蚂蚱，那些断崖边的野鸽子，那些不知名的鸟儿，还有那匹老马。这种感觉上了学后越来越强烈，昨天晚上他跟最小的表哥宋继朔显摆，说自己在山里玩得开心。小表哥读三年级了，一本正经道："等学校统一放了麦假吧，到时候爷爷会下来割麦子，咱们跟爷爷一起到窑洞院玩。"

农村的小学初中把暑假分成两部分，拿出一半时间放到麦收时节，就叫麦假，很多孩子在这时候都是半大劳力，有一份力就出一份力。宋继朔说的就是这时候，爷爷会下来帮着收割小麦，他们这些孩子到晚上可以跟爷爷回窑洞住，山上凉快。

他俩聊天时，宋承信正往院下的窑洞走，听到这俩孩子对话，他若有所思地看了眼对面的山，那些四季常青的松柏也都是黄绿，摇摇头咳嗽一声，继续往下走。

听到这声咳嗽，宋继朔马上坐直身子继续背诵他爸爸安排的内容，王小宝很失望地握着笔，继续写已经写了几百遍的"人""口""手"。

第 20 章

书院

随着宋家的"继"字辈考上大学，这三间窑洞也成了神奇之地，县里教育局局长来镇里，看完小学后对宋承信说："宋校长，我想参观下你们宋家的书院，这是我个人的一点好奇，请你允许。"

宋承信笑着说："没问题，只是家里孩子课余读书的地方，可不敢称书院。"

当年宋长河弄这个院子的时候，估计就是因为窑洞情结，还有出了窑门就能看到山，尽管不是自己住的北山，但山都相连着。后来宋承智因为内心有愧把这个院子让给了自己的弟弟，宋承信是看这里清净，就把三孔窑洞布置成了"书房"：

正中间一间是教室，进门三排桌椅，两边墙上挂着十个马灯，对门的墙上有块黑板，黑板两侧也挂着马灯，是晚上宋承信给子侄讲课用的。黑板上沿有块长石板，上写着"天道酬勤，功不唐捐"几个字。

这是老三宋承礼拿来的，他让宋承信写好后找石匠刻在薄石板上，然后把四个角打上眼，牢牢地钉在窑洞后墙上。这是他的大儿子考上南京大学那年，他高兴之余去做的事情。

左边窑洞被宋承信布置成了阅览室，一圈的铁架子都焊接成书架的模样，通天通地，这是老二宋承义弄的。几千本书分门别类整齐地摆放在上面，除了各类考试辅导书，大多是历史及文学名著。这些书主要是老大宋承仁买回来的，而后由考上大学出去的"继"字辈陆续补充。

阅览室中间有个厚重的长条木桌，围住桌子是同样厚实的木椅子。这是老四宋承智弄的，他的大儿子考上了复旦大学，这是"继"字辈截至目前考上的最好的大学。

拿到通知书，他就过来问能为"书院"做点什么，宋承信想了想说给阅览室弄个好桌子，孩子们读书时间越来越长了。于是，宋承智为一个桌子十把椅子忙活了一个多月，没有去买而是找二哥的老丈人柳木匠来做，量身定做。据说用了两根井口粗细的松木，几年了，现在这个阅览室仍旧有淡淡的松香味道。

右边窑洞里，桌子都是木板搭建，看似简单，但也废了不少工，因为这是宋承信规划的书画室，他原想琴棋书画都给侄子们学，只是自己除了毛笔字写得还行，画画一窍不通，于是这孔窑洞成了"大字房"——每个"继"子辈的孩子到了书院后，必须先写一张大字。他会提前放好字帖，难易有别，但认真用心是统一标准。达不到要求就用教鞭抽手心，所以这个窑洞是"继"子辈孩子最"痛恨"的地方，也是他们最被激励的地方。

读过私塾的宋承信把十六个孩子名字都书写在两面墙壁上，"燕云十六州"按照长幼顺序一边八个，考取大学的后面都写上某年某月高考多少分考取某大学，没有考取当兵走的也写上某年某月应征入伍，后考取某军校。正在读初高中的也写上，下面是空的——这是最要命的激励，个个都怕将来写个"务农"。

至于"宋家书院"的来历，得从老四宋承智媳妇夏小雪的姥爷家说起。许家当年出过俩举人，于是就盖了一个院子，大门上就写着俩字"书院"，据说是后来一个举人又考取进士为官后省亲写的。这个书院就是许家的私塾，却再也没有出过举人，即便这样也在青山镇具有举足轻重的地位，这就是宋承信著名的一句话："不读书，种地也不会种出啥名堂。"

这句话宋承信经常给自己的学生讲，整个青山镇也都知道了，当传到宋长河耳朵里，他就直接问："信儿，读书能多打粮食？"宋承信笑着说："现在都讲究科学种田，比如咱这里的地基本都是缺钾不缺磷，如果不懂这个，下了磷肥就不管用。当年刚搞合作社，土地板结就是乱施肥的结果。还有这果树管理，我给参说的，也都是看的书上知识。"

宋长河似懂非懂，但很是自豪，当年把五儿子从县城拽回青山镇的决定起了决定性作用，现在孙子辈个个出息，而五儿子也过得不错。随即，他就又问："听说县里教育局又要调你去，你是怎么想的？"

宋承信淡淡一笑道："暂时不考虑，等继朔读了初中再说。"

宋长河抽口旱烟袋，很欣慰地看着小儿子说："当年我做的可能是对的，现在要走，我也不说啥了。但我觉着你说得对，最好等小宝也上了初中再说，你是宋家的功臣，忠孝两全。"

宋承信再笑，当年的事情宛若云烟，如今老婆贤惠孩子听话，日子也过得有滋有味。哥哥嫂嫂们因为他费心费力，做啥吃的都是先端给他家，粮食晾晒干了也是先给他家送。尤其是侄子们学习努力。"天道酬勤，功不唐捐"，这是他灌输给每个侄子的，也是自己每天都念叨的。所以，当教育局长站在书院窑洞前直接说准备调动他，他毫不犹豫就婉拒了："谢谢局长，只是镇里小学离不开我，镇里正准备兴建新小学，这个节骨眼上离开肯定不好，毕竟镇里这些年待我不薄。"看局长有些不悦，他赶紧递过去一根烟说："再给我两年时间，镇小学过渡好了，您要还看得起我，马上去给您报道。"

教育局长接过烟，宋承信划着火柴点着，陪同的人员都在上面院子里。他抽了一口烟，回头又看了看"阅览室"说："局里办公室缺个副主任，写些材料，副股待遇……"宋承信没等他说完，就笑着说："我知道您是咱县里有名的笔杆子，给三任县委书记写材料，那是响当当的啊，我得跟您好好学呢。"

教育局长抽着烟，站在院子里看远山，他看宋承信坚辞也就没再勉强。"这样吧，镇里联合小学缺个副校长，破格把你安排过去，兼任镇里小学校长，这样两三年后你从联合小学副校长可以平调到教育局，也可以直接升任个股长。"

宋承信很意外也很感动，刚想表示感谢，教育局长摆摆手道："这个决定是我刚做出的，就为你这里的八个字'天道酬勤，功不唐捐'。现如今人人拼命往前跑，张牙舞爪朝'钱'跑，却忘记自己最该把最根本的东西弄扎实。"

这就是宋家"继"字辈能依次考上大学的根本保证。关于王小宝，宋承信没跟宋长河多说，他心里明白，这孩子不可能考取大学，因为他跟自己教育出来规规矩矩的宋家子侄完全不一样。

找不到小宝的那个上午，宋承信上完那节课，沿着小学校围墙走了一圈，然后指示学校后勤部门把一个围墙上的洞补起来。

这个洞不是很大，加上比较隐秘，周围长满了杂草，所以很难被发现。因为头天晚上王小宝聊天说山里好玩，宋承信一眼就看到枯败的杂草被踩踏出的痕迹，他断定王小宝是从这里钻了出去，上山回窑洞院了。

学校有事，自己走不开，他抽了点时间去镇里武装部找到二哥宋承义，让他上山看下。"见了就带回来，也别骂了，这孩子刚入学，我正在培养他的学习习惯。"

这是宋承信培养子侄的最重要一步，从读小学前就开始养成良好的学习习惯，上学后更是对这个习惯要求严格。在学校，哪个子侄上课不专心，回到"宋家书房"就得接受惩罚。他认为上课时间是最重要的，一定要提前预习，然后把课堂上的老师讲的弄懂，这是一切学习的根本，然后才是做作业巩固。

在这一点上，他对自己的二儿子是最满意的，孙继朔在课堂上极少做笔记，刚开始宋承信以为偷懒，于是随意抽查，却发现都会。对此，宋继朔回答："我学会了就不做笔记了，不懂的才记下来。"

王小宝是最差的，他根本就坐不住，勉强听课十分钟八分钟就走神，左顾右盼，屁股就像坐在了刺猬上，上下前后乱动。他脑子里全是山里的一切，小时候宋长河和何桂花把他用布带子绑在地头，他用能捡到的石头砸自己选的目标抗争，现在宋承信用自己的威严与学习纪律来约束他，他就逃离。

宋承义骑着摩托车去了窑洞院，果不其然，王小宝正在断崖前喂野鸽子玉米粒，野鸽子们争先恐后往起飞着捕食，他格格笑着。

看二儿子急急慌慌的，宋长河以为出了什么事，宋承义指了指王小宝。何桂花有些疑惑："小宝说学校今天来了检查的，一年级都放假了。"

宋承义摇摇头，苦笑着说："这小子捣蛋被罚站，于是就从学校墙上的一个破洞钻出来了。五弟在上课，就让我上来看看，带小宝下去。"

宋长河脸一沉，几步到断崖前把王小宝拽住问："你怎么逃课，还撒谎？"

围着王小宝身边的野鸽子受惊，扑扑棱棱往起飞，王小宝把手里剥了多半的玉米棒子扔到地上说："我不想上学！我不想上学！"

"由不得你，"宋长河伸手拉住王小宝的手腕，连拖带拽地弄到窑洞口才放手，"站好！"

何桂花想说啥，张了张嘴咽了下去，孩子的教育她不懂，也从不插嘴。宋长河弯腰从土灶前捡起一根树枝，挥起来就抽到王小宝屁股上。"我生了五个儿子十六个孙子，到今天也没有一个敢逃课，你倒好，把我骗得一愣一愣的。"

宋承义于心不忍，赶紧上前说："爹，五弟嘱咐不要打骂，我把他带下去，让五弟教育吧。"

宋长河狠狠地把树枝扔回原处，指着王小宝说："真是有啥样老子就有啥样儿子，你爹就是个二流子，你要学他，我揍死你。"

王小宝一脸无所畏惧的样子，嘴里嘟囔道："我就是不想上学！我就是不想上学！"

"闭嘴吧你!"宋承义上前把王小宝拖到摩托车前,抱起来放到后座,自己跨上去,"山路陡,抱紧我腰。爹,娘,我走了啊。"

王小宝不情愿地伸出手。摩托车发动,那群野鸽子再次飞起来,王小宝看着它们在天空来来回回,想怎么飞就怎么飞,突然想哭。

看着摩托车下了坡往镇子里去,何桂花扭头对宋长河说:"我觉着也该揍,这孩子都会骗人了。但你说小宝爹干啥?孩子大了,有些话还是不要太直来直去。"

宋长河哼了一声,气鼓鼓地说:"大了咋了,再大我也要说,他爹就是个二流子,他娘也好不到哪儿去。"话是这么说,他的目光却追着摩托车后面的尘土,一直到山下,再到通往青山镇的路上。摩托车像只蛐蛐在往前,宋长河突然想起王小宝骑马,不由想笑,于是掩饰着拿起旱烟袋准备点火,发现没有装烟丝。

再返学校,宋承信并没有过多指责,毕竟这孩子是插班,下学期才正式入学,王小宝插班的班主任也不再多管他,只要不是太出格,就睁一只眼闭一只眼,权当不知道。

好不容易要期末考试了,没有考试压力的王小宝实在忍不住了,再一次捅了个大篓子。

这年麦收后,青山村村委会改选,宋承智如愿当选村委会主任。他上任后第一件事就是拿大队钱买了台彩色电视机。这可是件稀罕物,有钱没关系买不到的,大家都说宋承智是求师长大哥才有了指标。

宋承智找人用钢管焊了个架子,架子上又用厚铁皮弄了个柜子,电视机就锁到里面。每晚六点左右,宋承智走出家门,一群早就等待的孩子就开始欢呼。他像带队的将军一样,很有派头地在前头走,后头跟很多孩子,也会有几个无聊村民,等他走到放电视的铁皮柜子跟前,掏出钥匙开柜子,开电视,又是一阵欢呼。

电视开始播放,村民也很快都聚过来,宋承智很满足。这电视一直播放到晚上十一点,从《新闻联播》开始到最后的电视剧,每晚村委会的院子里都挤满了黑压压的人。

每晚把宋承信要求的作业对付完，王小宝就一溜烟跑到大队部门口看电视。仗着四舅是大队书记，他成了每晚"掌控开关"电视的人，别看年龄不大，这小子很快就混成一帮毛孩子的"领导"，有时候宋承智有事来晚点，孩子里只有王小宝敢进四舅家"侦查情况"。

这个晚上，雨一直下，宋承智就没出来开电视，大人们看雨暂时停不了也就没出来，但一群孩子没事干，仍旧在大队部门口等。王小宝尤其心里痒痒，昨天播放的电视剧故事他看进去了，今天要看"续集"。于是一帮孩子去了四舅家门口，王小宝进去看了几次，只见四舅在跟几个人吆五喝六地喝酒，根本不理他的茬。

雨哗哗地越下越大，王小宝里里外外跑，很快就淋湿了衣服。他毫不在意，摇头甩着头发上的雨水，招呼着他的"兵"："再等会儿，我看雨快停了。"

又等了一会儿，雨仍旧没有要停的迹象。天越来越黑，有几个孩子忍不住想回家，王小宝拍拍胸脯道："坚持住，我现在去拿钥匙。"

王小宝再次进了四舅家，浑身往下滴水，夏小雪一把薅住他："看你小子淋成个啥了，小心感冒，来，进屋，舅妈给你找身衣服换上。"

夏小雪进屋，翻箱倒柜地找衣服，王小宝的目光一直盯着写字台上的一串钥匙，一步一挪往跟前凑。等夏小雪找到衣服，王小宝已经站在写字台前，很听话的样子换了衣服，等夏小雪拿着他淋湿的衣服往盆里放的时候，他迅速把那串钥匙捏在手里。

再回到大队部门口，已经没几个孩子在坚持了，这时候雨也开始小了，王小宝挥动着手里的钥匙自豪地说："我说能看就能看。"

一帮小孩子心急火燎地怂恿王小宝赶紧开开柜子看电视。王小宝架不住大家吹捧，手一挥，走到电视柜前。

这个电视柜不高，来看电视的大都拿着小板凳，王小宝踮起脚尖就够着了。他拿着钥匙挨着试，打开了柜子，学着四舅摁开关，可是摁了好几下也没有画面出来。

一个稍大点的孩子突然明白过来："没电！"

电线是从大队部拉出来的，为此还在电视柜旁栽了一根简单的杆子，王小宝看大家失望，就又着腰笑着说："这是一串钥匙，肯定也有大队送电的地方，我去看看。"

他招手叫了俩孩子跟着自己，踩着地上一洼一洼的水进了大队部的院子，看电线是从边上一个房间拉出来的，就到这个房间门口开始试钥匙。

王小宝确实猜得不错，宋承智这串钥匙上有这间房的，打开门进去，门口有跟开关绳，拉一下灯亮了。他傻眼了，因为墙上一溜闸，他根本不知道合哪个，其实他都不知道啥是合啥是开。

那俩孩子连门都没敢进，就在门口往里看，王小宝看那根线好像是进了最左边一个闸盒，咬了咬牙上前就嗯了下去，屋里瞬间就一片漆黑，他下意识地扭头看门外，整个青山镇都黑了下来。

王小宝不知道这是关了整个青山村供电的总闸，手忙脚乱，扭头看墙上，依稀能看到闸盒。他伸手又摁了一个，没反应，再摁还是没反应，努力想了下，又伸手摁到那个总闸上，屋里又亮了，整个青山村也亮了。

王小宝不敢再折腾，拉灭了灯出来锁上门，他有些垂头丧气，等他们仨到了电视柜前，几个孩子围上来七嘴八舌："这电视刚才闪了下，然后从后面冒出火花，就又没动静了。"

王小宝皱着眉头看了看电视，黑乎乎的啥也没有，空气里有一股子烧胶皮的糊巴味，他上前再次去摁电视的开关，一阵麻酥酥的感觉瞬间就布满他全身，头发也迅速直立起来，他浑身颤抖着，手指头却离不开那个开关……

孩子们都吓呆了，正在这时候，一个男人冲过来，一脚把王小宝踹到一边。原来是村里的电工，又一个男人冲过来，上前把王小宝抱起来就往镇医院跑。

原来当天在宋承智家喝酒的就有电工，停电的时候，他放下杯子站起来要出去看看。夏小雪点着煤油灯，宋承智说：“算了，估计是县里又停电了，或者是下雨把哪儿连线了，这电也就割麦子的时候能天天保证，咱继续喝。”

正说话间，灯又亮了，但闪了几闪，电工说：“不行，得去看看，现在晚上停电的时候少，估计是咱村里的问题，别把变压器烧了。”

宋承智说：“我跟你看看，咱溜达溜达回来接着喝。”等他俩走到大队门口，看到一群孩子围着王小宝在说啥，没等出声王小宝已经上前去摁电视……

其实王小宝已经醒了，但他在四舅怀里吓得不敢睁眼不敢出声，只是觉着难受想吐，手里还紧紧握着那串钥匙。

作为镇里医院的院长，韩巧姑当晚也恰好有个病人比较麻烦，所以待得有些晚，正出办公室准备回家，就看到四哥抱着王小宝跑进办公室说：“快，快，巧姑，小宝被电打了。”

看小宝在四哥怀里一动不动，巧姑也吓坏了，赶紧让把孩子抱到诊室放床上，随即开始检查。王小宝仍旧不敢睁开眼睛，其实他最喜欢这个五舅妈，有很多次都想直接叫妈。她脾气好，身上有淡淡的来苏水味，关键是从不骂他，啥时候都是和颜悦色。

巧姑检查了一遍，松口气，摘下听诊器，扭头问宋承智：“四哥，他是怎么被电击的？”

宋承智刚刚喘匀了气道：“这小子跑到我家把大队电视柜的钥匙偷了出来，估计是下雨受潮，他开电视的时候就被电打了。”

不是高压电，再看王小宝的脚，果然是穿着胶底的鞋。她笑了笑，刚想说话，宋青桃跑了进来，哭腔十足：“儿子啊，儿子啊……”

韩巧姑笑了笑，把手指放到嘴边做了个嘘的动作，然后装模作样地对外头喊：“徐大夫，把那个大针管煮上消毒，王小宝需要打十几针。”

听到打针，王小宝马上就坐了起来，嬉皮笑脸道：“没事了，我没事了，不用打针！不用打针！”

　　韩巧姑用眼神制止住宋承智挥起的巴掌，伸手拉了下宋青桃的胳膊，故意拉下来脸。这小子啥都敢干，就是不敢打针，生病了坚决不打针，宁可喝一碗碗的中药。巧姑了解这个外甥，她坐到椅子上，严肃地说："你一字不漏地把今晚干啥了说一遍，我再来判断打不打针。"

　　第一次见五舅妈对自己这么严厉，王小宝不敢隐瞒，一五一十地把事情说了一遍。韩巧姑听完后站起来说："小妹，你给孩子买的这胶底鞋救了他的命。四哥，我看他的屁股上不用打针了，你使劲打几巴掌吧。"

　　宋青桃知道五嫂这是开玩笑，她看了眼四哥，儿子这次惹祸不小，只是从小没有多带他又给不了他完整的家，心有愧疚，想了想才张口："四哥，损失我来赔吧。"

　　"这不是钱的事情，再不严加管教，这小子能反天！"宋承智恨不得上前就揍，可是在弟媳妇、妹妹面前，他不能动手——自己说到底也不是他爹，就是个舅舅。他哼了一声，从王小宝手里抽出钥匙转身就走。

　　走出镇医院门口，电工急匆匆也赶了过来问："人没事吧？"

　　"没事，"宋承智掏出烟说，"这小子命大，我弟媳妇说，亏了他穿的是胶底鞋。"

　　电工接过一根烟，擦擦脑门的汗道："是啊，要是孩子光脚或者穿咱这布鞋，几分钟就能要了命。胶底鞋绝缘。对了，我看了，那电视烧了，估计是下雨后操作不当连线了。"

　　宋承智狠狠地抽了一口烟，摇摇头叹口气说："明天再说吧。"

　　看宋承智出去，巧姑摇摇头站起来说："小宝啊小宝，你小舅总是教育你说'成人不自在，自在不成人'，你啥时候才能懂啊？跟你妈回家吧，你记住，调皮也有度，今天你差一点儿就把命丢了。"

　　电视拉到县里修理了好几天，整个青山村的人都知道这是王小宝的"功劳"，对这个孩子如此捣蛋直摇头。宋承信当天晚上听巧姑说了此事，有些无奈地说："学多少算多少吧，也许就是个当兵的料。"

　　自这件事情发生后，王小宝老实了几天，很快九月又开学，他成了一名正式小学生，被电击后的恐惧早就丢到了爪哇国，本性难改，在青山镇小学天天出洋相。

因为提前上了半年学，这小子对学校早已熟悉，而且熟悉各个代课老师的秉性，比如语文老师性子急比较暴躁、数学老师脾气好。这让他有恃无恐，语文老师上课他装也能装下来一节课，数学课就成了他的表演课，一会儿拽前排女学生辫子，一会儿抽回答学生的凳子，他知道就算数学老师看到了，被捉弄的学生告状了，也无非是被叫起来站到后排或者门外。

而语文老师只要看到他捣乱，就会告诉校长小舅，他就会受到最严重的惩罚，接着就是写大字背课文……也就是从这个学期开始，宋承信成为青山镇联合小学的副校长，这个青山村小学校长已经是兼职，不再代课。但他对子侄的教育从来没有放松，王小宝成了天天被惩罚的孩子，大字一张张临摹，他看着小舅提着教鞭也就非常用心。多年后，他跟已经退休的宋承信坐在当年的书院聊天。他说："小舅，我读书的时候你偏心，我问过我的哥哥们，也亲眼见过，你对他们很严厉，对我太放松。"

宋承信看着这个青山镇首富外甥笑了，说："不是对你放松，是我真管不了你。一是我当时身兼两职，太忙，跟你关系很好、年龄相当的小哥哥继朔我也管得少；二是对你心怀怜悯，你缺少父爱，你母亲也管得少，你第一次从墙洞钻出去回山里，我都嘱咐你二舅别骂你；第三是我管不了你，一个耳光三天不吃饭，你让我怎么管？但我也抽过你的手心吧？"

"县政协提案，都说我的字是最好的。"他说，"这可是抽手心抽出来的。"俩人都笑了，他接着说："小舅，您说的是我熬炸药那一次吧，其实我没有三天不吃饭，第二天继朔哥就塞给我俩烧饼，第三天给了我俩鸡蛋。原本真想扛着，但饿得实在受不了，就吃了。"

宋承信伸手拍了拍他的手，笑着说："我后来就知道了，那是你小舅妈让继朔给你的。其实刚才说的三个原因是表面的，深层次是我早早就放弃了你的学习，因为你就不想学习。后来你没有去当兵而是跟你母亲经商，我为此懊悔过，也许当年多在你身上费点心，你也许能考个中专师范。"

他给宋承信递过去一根烟，说："小舅，其实我也是后来才明白，我不是不想学习，我也不是没有目标，我是对山里的窑洞院子太想念了，或者说我就属于大山。现在投资生态观光园就是那时候的理想，或者是妄想，当然也是为爷爷高兴。我记得有一次你罚我站在操场旗杆下，是大冬天，西北风把国旗吹得哗啦哗啦响，当时我就有一个念头——等我长大了，发达了，就把十六个哥哥全叫回来，给他们每个人都盖一个院子，给他们钱花。我不一定是我们这一代最成功的人，但要让他们都佩服我。"

宋承信刚接过烟，韩巧姑从院子下来伸手就拿走了，说："你心脏不好不能抽烟，记不住啊！我说小宝，你再敢给你小舅抽烟，我就给你打针，用粗针管子。"

大家都笑了，他把烟塞回烟盒，说："那我也不抽了，省得小舅馋。小舅妈，当年我最恨的是这个地方，现在累了就过来坐会儿，再烦的事情在这里都不是事，我小舅把这里弄成了一个神奇的地方。"

韩巧姑深情地看了一眼宋承信，两鬓斑白的她对他说："我当年第一次听你小舅讲课就入迷了，回到宿舍翻来覆去想他的每一句话，当时可是讲的《毛选》，我仍旧能从他的语言里听到自己的未来。尽管你在这个地方没有好好学习，但你该得到的都得到了，比如坚持，比如信念，比如练字，比如读闲书。"

宋承信扭头看了眼作为书房的那孔窑洞说："你舅妈说到了点子上，在十七个兄弟中，这里面的书，你是读得最多的。只是当年这里面的书太杂了，那时候即便有钱，有些书也买不到，于是我就到处搜集，目的是填满书架，满足我自己的虚荣心。"他沉浸在往事中，不由就叹气，顿了顿接着说："但是，开卷有益，只要读书，正式出版的书，总是对的。我原来给学生讲读书要读正经书，后来你成功后我觉着自己错了，书不是按照正经不正经分的，只要用心读，肯定这个人差不了。"

他点头说："我跟我母亲做服装生意的时候，有一次偷偷拿了她几千块钱都买成了书，放到这里书架上。那一刻我才明白，我最恨的是这里，我最爱的也是这里。"

宋承信打量着重新装修过的这个书院，觉着话题有些沉重，青桃妹妹已经没了，随即就打岔："小宝，当年你去熬炸药是不是在这里看了啥书才有了念头。"

他点头道："对对，小舅，那就是你说的不正经的书，我现在都记得是关于民用化学的书。"

王小宝三年级的时候，小哥哥宋继硕以全县第一的成绩进入县城初中，石城县人民医院征求韩巧姑意见，准备调她去做外科主任。其实韩巧姑的水平做个业务副院长也绰绰有余，但考虑到去了县城能照顾到孩子，老大在石城县已经高三，住校吃不好，需要补充营养，准备高考，于是没怎么犹豫就答应了。

韩巧姑住进了此前宋青桃住的那两间房，但县医院事情太多了，她又敬业，照顾孩子有些力不从心，于是就动员宋承信也调动过去，只是那个赏识宋承信的教育局长已经换了岗位，新的局长是县委办一个副主任提拔过来的，满口官腔。

也就是在这个节骨眼上，王小宝又干了一件"惊天动地"的事情，带领几个同学熬制炸药，居然差点儿成功，只是最后时刻熬炸了。好在他们的技术不过关，"土制炸药"威力不大，围在跟前的三个同学跟王小宝全"黑了脸"，后来都蜕了一层皮才恢复本色。

燕云十六州的最后一州、"继字辈"的宋继朔比前面十五个哥哥都用功，天分也好，小学毕业就考进县城最好的初中，还是全县第一名，于是这个书院每晚就剩下王小宝一个人。宋承信工作忙，还得经常去县城看老婆孩子，管王小宝的时间不多，但仍旧要求他坚持下午放学到书院，该写的毛笔字得写，学校老师布置的作业与自己布置的作业都得完成，除了不能天天检查，其余照旧。

尽管学习一直中不溜，但王小宝认的字是班里最多的，语文也还不错。这得益于宋承信每天要求他临摹的毛笔字。其实说起宋家书院的神秘，主要是宋承信自己对语文的理解，更多是让小学生产生学习兴趣，初中生拥有学习方法，高中生懂得考试重点。

王小宝每天不敢不去书院，小学五年每次出格的调皮捣蛋，宋承信都是黑着脸教训，拿棍子抽手心也不多。王小宝怕这个小舅的原因是哥哥们的口口相传，最吓人的一个故事是，宋继武练习大字不用心，临摹还写错了几个字，小舅一个巴掌上去，宋继武鼻血横流，小舅拿起教鞭喊："不许擦，用毛笔蘸着鼻血写你写错的字。"

习字的窑洞里有好大一摞子"十六州"临摹过大字的纸，王小宝懒得翻看去证实这个故事，但他内心对小舅是害怕的，因为他亲眼看见过宋继朔背诵古文磕绊，小舅拿起教鞭就抽。看着教鞭落在小哥哥手心，王小宝自己都哆嗦，也就是从那一次，他内心极度想逃离，每天来书院比去学校还厌恶。

按要求写完大字对付完作业，王大宝就进书房看书，他没有规划，抓起一本看，有意思就读，没意思就换，刚开始多是看插图多、文字简单、好懂的，那本制炸药的书就是这样一本书。

这本书本就是给识字不多的农民看的，王小宝翻到"土炸药"一章就仔细了，他翻来覆去地把这个章节读了几遍，"造炸药"的念头迅速萌生。

跟镇里很多孩子一样，王小宝特别喜欢放鞭炮，可是宋长河不太喜欢这个。他认为听个响就行了，买多少不都是炸成了碎纸。所以大年初一他有时候都去地里干活，这几年年岁大了才作罢。但王小宝对鞭炮的喜好几近疯狂，每年年底都想尽办法到处"要鞭炮"，他对他妈宋青桃说："我不要新衣服了，你把买衣服的钱给我买了鞭炮吧。"

到了大年三十，只要听到有人家放炮，他就蹿出来注视着放炮的人家。等舅舅、舅妈、哥哥们来给宋长河拜年，他得到些压岁钱，到了镇里悉数都用来买鞭炮，且一定是二踢脚。

从四岁那年起，王小宝就敢手拿着二踢脚放，而且非常熟练：两根手指虚抓着二踢脚上部，然后点着伸到一边，看着炮捻子快着完松手，嗵——

啪，地下一声，蹿到天上一声，然后满天碎纸碎渣子落下，声势惊人。这很危险，把握不住很容易被炸到手，但王小宝没有一次被炸过。

　　每年的腊月到第二年正月，这两个月是王小宝最快乐、最期待也最受煎熬的时间，因为只能搞到那么点鞭炮，根本不经放。所以王小宝有个理想就是有放不完的二踢脚，想啥时候放就啥时候放，想放多少就放多少。

第 21 章

门第

十年后，宋青桃磨坊不干了，服装店也盘了出去，凑了一笔钱直接投资煤矿，但血本无归。好在此时她遇到人生中对她好的男人，于是东山再起，很快成为远近闻名的"富婆"。没多久，宋继洲开始开采铁矿，当年对炸药的痴迷，使得他成为当地最有钱的矿主，但好景不长，因为私造炸药，他一审被判处有期徒刑三年。

那本书仿佛就是实现"二踢脚"这个美梦的钥匙，他拆过多次没有响的哑炮，二踢脚的结构略微复杂点，一般的鞭炮他看多半是黄土，少量炸药，就是用纸卷住后塞个炮捻子。

说干就干，他按书上写的，跟自己的几个玩伴分了工，又把二舅院子里的一个破铁锅弄了出来。一个周末，他带着人与各种原料偷偷来到"灵柩"后的沟里。当年"深挖洞广积粮"时这里挖过地道，因多年失修已经塌陷多半，剩下的少半截子就成了他们的乐园。

捡柴烧锅，按照书上说的开始炒，第一次弄出些黑面面，但用火都点不着。王小宝悄悄问从县中学回来的十五哥宋继寰，学了化学的宋继寰大致给他讲了讲。他琢磨自己失败的原因是"比例"，第二次造炸药开始，能点着了……就这样一次次，王小宝仿佛着了魔，直到最后一次。那天学校正组织期末考试，但王小宝带着俩铁杆大中午就开始"实验"，废寝忘食，连考试都忘记了。宋承信看考场没有王小宝，就把跟他经常在一起玩的孩子叫到一边，问了几句就得到王小宝的行踪。

宋承信气哼哼地来到"灵柩"沟边，刚好看到王小宝一左一右拉着俩孩子快速钻出洞，然后就是一声闷响。那个沟边窑洞裂开一道口子，随即就开始塌陷，尘土飞扬。他几近瘫软，醒过神来大喊一声："快跑。"

等宋承信看到三个孩子跑出尘雾，才把刚才几乎跳出嗓子眼的心放回肚子里，脚下有明显震动，而那个窑洞已经被黄土完全掩埋。

"滚上来！"宋承信惊后是愤怒，等仨孩子站到他跟前，扬起胳膊就是一声脆响，王小宝脸上像被灰尘涂抹过一遍一样，只剩俩眼睛转动，他脑子里还是刚才的场面：这是最成功的一次，炒到后面已经能闻到火药的香味，也就是这时候，烧火的孩子不小心把一根着火的棍子踢了起来，他伸手没能拨弄开，直接落在地上准备卷炮仗的两本书页上，再弹起来向锅里飞。王小宝反应快，伸手拉着俩孩子就往外跑，刚刚出了窑洞，身后就是爆炸声，他刚想喊"成功了"，气浪已经把他们仨掀翻……宋承信的一声喊，让他们仨爬起来再跑，心有余悸，这时候这记耳光都没觉着疼。王小宝偷偷看了眼小舅，突然想起今天的考试。"小舅，我们得回去考试，晚上您再惩罚我吧。"

"考试？马上就要收卷了。"宋承信哼了一声，转身往学校走。仨孩子从他身边跑过，头也不回，他站住搓搓手，叹口气，这孩子怎么啥都敢干呢？

当天晚上开始，宋承信罚他三天不能吃饭，这小子头一天真就不吃不喝，后两天承信知道妻子给他拿了吃的，也装作不知道。

王小宝这个学期一门课就得了"八分"，便得了个外号"王八分"。一个孩子叫的时候把"分"去了，王小宝上前把人家打得鼻血横流。宋承信没再揍，只是叹气道："我十六个子侄加起来，都没有你王小宝一个人难管啊。"

又是一年夏至，下了一天雨后，开始闷热，进入一年最热的三伏天。这一天，宋承智用马车给宋长河拉上来一车小麦，然后把陈粮倒腾出来再装上车。趁父亲坐下歇会儿抽根烟的空，他开始劝宋长河不要再储存粮食了。宋长河看着这些年逐渐积累的二十多个大瓮问："世道真不会变了吧？"

宋承智背着手说："变啥呀？现在的政策老百姓都拥护，你看看谁家还存粮，陈粮吃着肯定没新粮好，爹啊，老脑筋得换换了。"

五个儿子，这话也就宋承智敢说，他已经很有村干部的派头了。宋长河就是看不惯他这样，已经四十多岁了，不便再当面训斥，私下里给老婆何桂花说："老大师长、老二武装部政委、老三也是琴书师傅，老五联合校长，哪个也没他派头大，管个村子比县太爷还摆谱。"

宋长河哼了一声，没有明说，但言语里有些不满："你就甭管我了，留一年照样卖一样的钱，存着总比不存好。"

宋承智觉着自己言语过了，赶紧掏出纸烟递过去，说："爹，这是小事，你想存就存吧。我是想跟你说一下，我们哥几个商量，想把地分开，各种各的，以后给你送的小麦均摊到每一家头上。"

"在一起好好的，互帮互助，干吗要分开？"宋长河接过纸烟撕开，把烟丝塞到旱烟袋里，这个事情他有觉察，自老五宋承信准备调到县里开始就有苗头。他没法再伸手管了，但对这个事情非常恼火，弄好烟看宋承智不说话，就接着说了一句："我都没有给你们兄弟五个分家，怎么在一起种个地都不行了？"

宋承智深深地抽了一口烟说："爹，老五马上就调到县城了，他的大儿子今年高考估分很高，现在宋家书院名存实亡，这个互助就该结束了。老二家的读完大学，一个在北京一个在省城工作了，就剩一个人的地，他捎带就种了，跟我们一起太吃亏。老三呢，现在琴书生意每天都有，他也不在乎地里那点收益……"

宋长河实在忍不住了，一下子就站起来说："我看是你觉着干得多吃亏了吧？老五这么多年为你们辛苦，我咋地没有听他说过一句？"

按村里政策，孩子考学出去，土地留到毕业工作，其实这也是当年宋承智坚持的，其他村里都是迁走户口便退地，为此村里人颇有微词，因为这些年考出去的基本就是宋家的"继子辈"。对此，宋承智也没有回避，软中有硬："孩子们考出去读书期间要吃要喝要用钱，这不都得从地里来？我们宋家能考出去，你们也考啊。政策是对人不是对姓，我也请示过镇里领导了，他们原则上都同意。"

土地收回后，重新分配给娶媳妇生孩子的家庭，这些年宋家兄弟几个的土地确实少了很多，这个考虑也不是完全没道理，所以哥几个看老四提出来，也都没说啥。

看宋长河撂出狠话，宋承智把烟头扔地上使劲踩了下道："爹，我也是你亲生的吧？这些年地里的活基本都是我来干的吧？老五辛苦为孩子们费心劳神，我们都知道，可他也不是只教了我一家的孩子吧？你说我们老兄弟分家，怎么分，他们都有院子，我让给老五后不是一直住老丈人家吗！"

何桂花在旁边看父子俩呛呛，刚开始没在意，听到宋承智说这么多，不由也火了："智儿，你怎么跟你爹说话呢？你的院子是你自己要让的，现在青桃住的西边院子不是说好给你了吗？我们老两口努了一辈子，现在住在这窑里说啥了？"

直接顶撞，这是儿子们里的第一次，宋长河气得胡子乱颤，举起旱烟袋使劲在磨盘上磕，刚抽了一口的卷烟烟丝跳出来，火星四溅。宋承智转身走到马车跟前，牵上就走，迎面宋承信推着自行车进来问："四哥，老远就听见你跟爹娘吵吵，咋了这是？"

宋承信这些年对"继"字辈的付出那是巨大的，成绩也有目共睹，再加上哥五个数他文化程度高，所以没有老大宋承仁在场，老五说啥就是啥。宋承智停下马车强笑了下，说："没啥，老五你也上来了，我来送麦子，跟爹说不用年年存粮，爹就不高兴了。"

其实宋承信在坡下就听到吵吵，他站了几分钟听了个原委，娘发话了他才上来。听宋承智这么说，他没捅破，转了话头说："四哥，我看到饭点了，咱吃了一起下去吧。娘，馋你的煎饼了，我买了猪头肉，咱中午煎饼卷肉吧。"

宋长河暗暗叹了口气，一屁股坐下，何桂花也觉着闹翻不好，手心手背都是肉，就是十个指头不一般长，可扎了哪个也疼，于是挤出笑容答应说："信儿来了，好，我去搅糊糊，智儿你把车放下，马牵到窑后头跟老马一起啃草吧。"

一家人再次围坐在磨盘旁，太阳直射得火辣辣的，磨盘旁两棵梧桐树阔大的叶子都耷拉下来，知了有气无力地叫着。

一盘咸菜丝、一盘猪头肉，还有一把洗干净的小葱，何桂花还弄了一锅拌汤，里面加了野菜，炝了油。

宋承信拿起一个煎饼先递给爹说："爹，继寰考得不错，全铁谷地区第一，我给他报的北大，估计能录取。"

宋长河接过煎饼睁大眼睛，胡子、嘴唇抖动着说："好好好，继寰给咱宋家长脸，考了铁谷地区冠军啊。咱得喝一杯庆祝庆祝！"

何桂花站起来准备去拿酒，随口问了句："北大是啥学校？"

宋承智也被感染，他刚才气头上顶了爹娘，有些不好意思，赶紧站起来往窑洞里走，说："娘，你坐着，我去拿酒。北大啊就是北京大学，全中国最好的大学。"

宋承信伸手扶着娘坐下，再拿起一个煎饼递过去，笑了笑，解释了一句："四哥说得差不多，北大是咱中国最好的大学之一吧，还有清华大学等都是好大学。"

何桂花没有接煎饼，说："信儿你先吃，我再去炒个花生吧，你们爷仨儿好好喝酒，是得庆祝庆祝。"

这顿饭吃得时间有些长，其实一瓶酒大多被宋承智喝了。宋长河从来不多喝，不管多少人多长时间的席，总量就二两；宋承信喝了差不多二两，他自控力很强，看四哥喝得快，自己就喝慢点，其实就酒量来说他们哥五个，数宋承信能喝。

有一年宋继燕探亲，宋承仁安排车送回来拉了一后备厢好酒，就在这个院子里，一大家人能来的都来了，热热闹闹弄了两大桌。宋继燕在部队多年，从士兵到团长，喝酒就没人见他醉过，他让奶奶拿出一叠小碗，就是平常吃饺子蘸蒜泥用的，说是要放开喝一次，给叔叔们排下酒量。

大家都很高兴，于是一碗二两酒，三碗后宋承义先醉，第四碗宋承智喝后就吐了，宋承礼常年走外，说唱琴书也练出来了，但喝了第四碗也很快舌头大得说不成话。宋承信喝了四碗仍旧谈笑风生，跟大侄子聊天思路清晰。宋继燕有意试试这个严厉的小叔叔的酒量，于是又倒了两碗，宋承信跟他又干了。宋继燕来了豪气说："五叔，咱们喝个八碗不过冈吧。"韩巧姑一把就将他手里的酒瓶子夺走了。"人家三碗不过岗，武松喝过了去打老虎，咱这里没有老虎，不能再喝了。"

一斤多高度茅台酒喝下去，宋承信仍旧思维不乱："继燕，我给你出个题，你说武松在景阳冈打虎前喝了多少碗酒？说对了我喝一碗，说错了罚你一碗。"

论年龄，宋继燕其实跟小叔宋承信算同龄人，但五叔师范毕业回来第一个就是教他学习，所以很是尊重。"五叔啊，今天咱只喝酒不弄学问，行不行？不过你说这个我记得，《水浒传》里说武松喝了十五碗酒，然后提着棍子就上山了。"

宋承信笑着说："咱俩数数啊，小说里是这么说的。武松先吃了三碗，小二怕他醉了就没给他筛酒了，并告知其三碗不过冈，武松不信，于是又筛了三碗酒。这时小二再劝，武松不听，又要了三碗。这时武松又要了两斤肉，吃得口顺，便又加了三碗。最后武松让小二不要找钱，把剩下的钱又买了六碗酒。"说到这里，他扭头对大儿子说："继寰，你给你大哥加加。"

宋继寰当时已经读初三了，记性好又聪明。"四个三碗是十二碗，再加六碗，一共十八碗，大哥你记错了。"

宋承信摇摇头，微笑着说："寰儿，你大哥没记错，书里原话确实是说武松喝了十五碗酒，然后就上了景阳冈。这应该是作者写作时候的笔误，这种错误很多长篇小说里有，但不影响阅读，我们知道武松是真英雄就好了。"

宋继燕佩服到五体投地，给小婶子韩巧姑作揖道："小婶子，我一定跟五叔再喝一碗，就一碗，这辈子我最服气的人就是五叔，知识渊博且容易变通，他是咱宋家的大才！默默奉献这么多年，无怨无悔，我爸说起来都掉眼泪，没有他，就没有我们这辈人的出路。"

宋长河一碗酒慢慢喝，只在旁边笑眯眯地看着，这时候插嘴道："巧姑，我看这个赌没赢没输，让他们再喝一碗吧，今天高兴，信儿也受得这碗酒。"

当时在场的宋家"继"字辈都站起来，有大学毕业工作了的，有正在读大学的，有到了部队已经进军校的，也有高中初中小学的。巧姑眼睛湿润了，很豪气地将酒瓶塞给宋继燕道："我不是扫兴，是怕你们喝醉了难受。"

那是窑洞院第一次那么热闹，除了宋承仁与妻子李秀秀部队有事走不开，宋青桃也回来了，大大小小算七家人。

宋承信又跟宋继燕喝了一碗，然后对继寰、继朔说："你俩吃饱饭该去温习功课了，不管是窑洞院还是书院，学习必须坚持，将来要向你们的哥哥们一样有出息。"

宋继燕张了张嘴没有说话，他知道在这个事情上，宋承信是不会通融的，而他的弟弟们就是这样才能够出人头地。宋承信看俩孩子懂事地放下筷子进了窑洞，扭头对宋继燕说："酒咱不喝了，你也没带孩子回来，要不也送回来，我给你教吧。"

宋继燕赶紧摆手，给自己又倒了一碗酒说："五叔啊，你的酒量我服气，人品我更服气！下一代人真不敢麻烦您了，一是他们回来读书不现实，二是你给我们继字辈已经灌输了很多理念，我们拿出来教育兆字辈的孩子绰绰有余。最主要的一点，您得活活自己了，这么多年就是我们让您困在这个小镇子。来，我代表我们这一代兄弟们再敬您，我自己先干……"

往事在宋长河脑海里翻腾，看着喝酒都让四哥先过瘾的宋承信，他心里想："我怎么能不偏他，可是我又偏了什么？把他从县城弄回来，这些年就是给侄子们弄学习了。"

宋承信心里坦然也开心，拿起煎饼卷上葱咬上一口道："娘，这一口是我这辈子最爱吃的了。"

何桂花亲昵地拍了一下五儿子肩膀道："啥就叫一辈子，你享福的日子在后头呢，娘只要活着，你啥时候想吃，娘啥时候给你摊。"

宋承信笑了，说："娘也说错了，您老一定能长命百岁，等我安顿好，明年咱去县城摊煎饼。"

宋承智喝得有些热，解开褂子敞开怀，看着弟弟说："老五，你这是调动成功了吧？"

咽下嘴里的煎饼，宋承信点头说："是，我正准备跟爹娘说这事。得感谢继寰，那个老局长走后，新局长不认识我，想调动也不想求人，所以就搁下了。这次继寰考了个铁谷地区状元，石城县这么多年第一个状元，县教育局肯定是人人知道，新局长问起我的情况，大家伙说起宋家书院，他马上说调进来。不过不是以前说的办公室副主任，这次直接就给了个教育股股长，就是主管全县教学的股室。"

"不管啥股室，去吧，比在这镇上强。"宋承智把杯子里的酒一饮而尽，话语里有些羡慕。宋长河马上又想发火，强忍着说："去吧，不用跟爹商量，我跟你娘能照顾了自己，继朔到了县里读书，巧姑也调过去了，你两头跑太累了。"

这是关键所在，来回跑确实辛苦，宋承信看了一眼爹又看了一眼娘，说："我准备在县里买个院子，到时候把爹娘接下去，你们岁数眼看着就大了，在山里我们不放心。"

看宋长河摇头，不等他说话，宋承信就接着说："我们兄弟早就商量过，你想去谁家就去谁家，可你又许了个不进青山镇的诺，所以就去县城跟我吧。"说到这里，他不由就想起干娘白桂花，有些黯然。宋承智听着也瞬间被拉回过去，愧疚顿生。尽管过去很多年，每次有话头仍旧觉着像被揭开伤疤般疼，他拿起磨盘上的烟，岔开话题："老五，县城买个院子可不是小数目，我们一起给你凑凑。"

宋承信叹口气道："四哥，确实不是小数目，我们这些年有一点积蓄，继寰去北京估计够，所以我想把现在住的院子还给四哥，干娘那边给我留的西边院子卖了……"

宋长河马上摆手，打断他的话："说什么啊，怎么了就卖院子，不行！老四，你也不用凑了，省得将来你们兄弟们为了点钱再翻脸，老五把这个院子腾出来你去住，原来薛家的正房西房本来都是信儿的，留着等老了回来住，你答应你大哥还有他两间呢。县城院子多少钱，不够我来出。"

眼看着马上又要言语冲突，宋承信赶紧说："我就是来跟爹商量下，咱吃煎饼吧，这个从长计议，我先调动到局里再说。"

想着五儿子的付出，宋长河摆手道："兵马未动，粮草先行，没有个住处肯定不行，巧姑跟孩子现在就是对付着呢，这事就这么定，不说了。"

宋承智今天被老爹一再训斥，也有些不管不顾，更是体现自己并没有分家的自私。"县城的院子顶镇里三套院子钱，爹，您给老五买院子钱不够，有些积蓄留着您给娘养老吧，我们兄弟会想办法。"

这话宋长河听了很高兴，尽管语气不好，但起码说明自己的儿子们是团结的，他伸手拿起宋承智刚才递给他、被放到磨盘边的烟，再撕开塞进旱烟袋说："好，咱们一起想办法，但镇里房子不能卖，咱没穷到那地步，让人笑话。"

宋承信知道再说下去就是争吵了，于是专心吃煎饼。在他内心里，父母、哥哥的钱都不能要，就算是用，也是跟手头宽裕的哥哥先借下再慢慢还，眼看着就上升到了宋家大家族团结不团结的高度，他也没有办法。今年麦收前，四哥四嫂就提出明年各家地分开种，当时儿子宋继寰准备高考，他没心思管这些，现在看来不分是不行了。

对于四哥说的这个凑，宋承信明白，他就是一句话，因为他刚买了镇里的门面房，就算没负债，手头也不会有多余的钱。就算是借，他也不会跟四哥借，给大哥去信说了这个事情，宋承仁说："你要多少我给你拿多少。"这个不提了，至于爹说的给钱，肯定不能要，于是吃完饭聊了会儿就回镇里了。

青山镇本来是"三六九"逢集，一个月九天，原来看够密集了，家里买个菜弄件衣服，买卖牲口都在这几天，但也就是那么几个附近村的人来。随着经济条件逐渐提高，家家户户温饱不愁，青山镇这个"三六九"已经形同虚设，因为每天都是人来人往，十字街两边本来都是露天摊点，现在临街的家户大多都开了门面，宋承义就是其中最早弄开围墙盖了一溜房子的，房租收入比他的工资高很多。

宋承智是村里大队书记，脑袋灵光，顺着大队部原来的围墙，用大队的钱盖了二十多间，两层，上面住人下面门面房。毕竟青山镇刚开始有了商业，表面红火，但手里有闲钱的不多，房子也不是很便宜，所以没有几个人问津。宋承智一次买了八间，盖的时候他其实就蹅摸好了，这房子是按照三层地基盖的，四间房一个开间，干个啥都可以。

很快，宋承信办好了调动手续，到县城后，临时先在医院的单身楼跟老婆对付住着。县里买院子的事情尽管提上了日程，但钱不凑手，合适的房子不是很好找。

石城县城区很小，周边是西关村、东关村、南关村以及城内村，其实都已经连在一起。宋承信下了班就找合适的房子。空院子是有，好的太贵，差的都得翻盖，太费事。找了个把月，宋承信有些失望，于是跟巧姑商量，买个破点的院子，重新翻盖，麻烦是麻烦些，不过可以按照自己的想法设计。

入秋后，天气很快凉起来，这天上午，宋承信正在办公室忙活，楼下看门房的喊："宋股长，有人找。"

宋承信抬眼从窗户往下看了一眼，马上往外小跑，下楼梯都是一步两个台阶——宋长河手里拎着个旱烟袋，正笑眯眯地站在门房门口。

看宋承信跑出来，宋长河笑着说："信儿，不急，你跑啥啊。走，爹看看股长咋地办公。"

宋承信扶着爹上楼进了办公室，拿自己杯子倒了一杯水，再递过去烟，问："爹，你来县城怎么不吭声，不会是骑马来的吧？"

"骑马？"宋长河笑了，"那匹老马估计走到也累趴下了，我溜达着来的，我数数啊，今天是来的第五天。"

"啊！"宋承信愣了，"五天？爹有啥事吩咐我就好了，自己跑来，这么些天也不吭气，在哪儿住？吃啥喝啥？"

宋长河拿起一根烟撕开，再拿过旱烟袋装烟丝，摆摆手道："信儿，你莫急嘛，我跟你妹妹下来的，在你二哥那楼上住着呢，有吃有喝。至于来干啥……"他点着烟，很满足地抽了两口，然后从兜里掏出一根绳子拴着的几把钥匙递过去，很是自豪地说："爹给你买上院子了，一会儿叫上巧姑去看看。"

宋承信知道爹向来不打诳语，不由得眼眶湿润，说："爹，您这么大岁数，还为我费心。这可不是小数目，爹，钱……"

宋长河再次摆摆手说："好了，没事，我在窑洞院每天坐着，来县城就当是逛逛，你能请假吧？如果能行，就去叫上巧姑，咱去看看房子。你们满意，爹就回去，你娘在家估计都急了。"说到这里，宋长河站起来微微叹口气道："信儿，你为宋家做得太多，爹怎么能忍心让你在县城没个住处。再说了，这是你干爹留下的，本来就应该是你的。"

"我干爹留下啥了？"宋承信伸手抹了抹眼睛，"爹，您这是什么意思？"

"甭管什么意思了，"宋长河深吸一口烟道，"将来我会告诉你，现在能请假吗？"

"能，能。"虽说办公室现在就自己一个人，但门都开着，他刚来没多久，不愿意在教育局留下啥话头。"我去找局长说一下，爹，您先坐着。"

没有细说，宋承信只是给局长说自己父亲来了县城，准备带着出去转转。局长说："行，去吧，下午也不用来了，带老人吃点好的，看个大屏幕电影。"

宋承信从车棚里推出自行车，说："爹，你坐上，我推着你走。"

宋长河本想拒绝，但看儿子的语气坚定，就坐到了后座上，低声笑着说："爹能走，不过在你单位，我给你面子。"

宋承信稳稳地推着往前，也笑了。"爹，我不要面子，您老快七十岁了，还这么为儿子操劳，我要您健康长寿。"

"好着呢，好着呢。"宋长河一只手扶着车座，一只手拿着旱烟袋，任由儿子推着走出教育局大院，走在县城的街上，走到县医院大门口。

宋承信停下车子，两只胳膊有些累，但心情非常愉快。"爹，我去叫巧姑，您老在这里等下吧。"

宋长河点点头，下了车子说："儿啊，把烟给我，这个烟袋子只能装两天的烟叶，这两天上瘾只能嘬烟袋嘴。"

宋承信支好车子，掏出兜里的半盒烟递过去，说："爹，我知道一个卖烟叶的地方，一会儿就给您买几包。"

巧姑正在跟护士们聊天，宋承信招手让她出来，说了原委，于是马上就去请假。

宋长河买的这个房子在城内村，走到院子门口，宋承信马上就扭头看巧姑，两人不约而同道："爹，这房子我们看过，但，价钱太离谱……"

"开门吧，咱回家说。"宋长河内心澎湃，但面无表情。宋承信掏出钥匙递给巧姑说："我猜出来了，肯定是妹妹给爹说了……"

宋青桃现在大多数时间都在县城，推磨那点小钱她早已看不到眼里了，县城的服装店生意越来越好，便把磨面房交给了三嫂，言明磨面机自己赚回来了，但钱要拿到县里投资服装。

"三哥三嫂，磨面机的钱是爹出的，如果赚了帮着我慢慢给还了，捎带把小宝的日常开销给了就行。"

　　在商言商，柳叶觉着这个小姑子说这么明白见外，有些不高兴，宋承礼天天在外跑见惯了，于是跟媳妇说："我这个妹妹这么做已经很仁义了，她要直接包给外人，每个月都能拿不少钱。再说这院子当年大哥要回来，爹就说给青桃住，咱房子都是白用，二哥四弟的门面房都是外租的，你也知道多少钱吧。"

　　县城跟镇里的消费观念仍旧存在着差别，磨坊赚的钱宋青桃都攒着，专心经营服装店后，几乎一周从天津发一次货。很快，她的服装店由一间房扩成两间，规模不断扩大，现在她已经租下了红旗商场的一层。今年趁麦收时节是服装淡季，她抓紧装修了下，很快石城县最前卫的秋装冬装都到了货。

　　这时候的宋青桃好似完全摆脱了婚姻造成的阴霾，整个人用一个新鲜词形容最合适：时髦。不仅仅是穿戴与发型，就是张嘴说话都是新鲜词汇，手下雇了十多个姑娘，也都被她打扮得很时尚，宋青桃与她的"青桃时装"已经成了石城县的一道风景。

　　宋承信到县里教育局工作后，有个周末让青桃陪他看房子，那时候服装店正在装修，青桃就骑着摩托车载着他转了一天，当时听说城内这栋房子要卖，看了也很满意，只是对方开了价后，宋承信就有些尴尬笑了："我们再转转看看。"

　　即使在县城里，这个院子也很出类拔萃，青桃进去转了一圈，说："五哥，这院子跟二哥在镇里的半城院差不多啊。但要我说，再忍忍，跟我一起买单元楼住吧，我认识个朋友准备盖……"

　　宋承信笑着摇头："我喜欢接地气，也不喜欢拥挤，一栋楼几十家子，想着都像鸽子窝。"

　　这个院子像二哥的"半城院"，宋承信也有类似的感觉，虽然面积略微小点，但格局非常一致，且更加的坚固，院子都是青石板铺就，看着就很厚重。

门楼很气派，只是有个挑檐被破坏，略显可惜。巧姑开了锁，两扇硬木门有些年代了，但没有一条裂纹，"吱扭"一声，敦实舒服："爹，您老先进。"

宋长河没有客气，跨过门槛进去说："是青桃带我来的，这么好的院子不买，再找就难了。"

巧姑跟宋承信一起进了院子，她立马就呆住了，问："爹，这是地主老财主的老院子吧，这么好，这得多少钱啊？"她只是有个周末跟丈夫看房从这里路过，没进来过。宋承信看着爹问："是啊，一共花了多少钱？"

宋长河从兜里掏出房契及字据递给巧姑说："我直接就让写的信儿名字，上面有钱数，我也不隐瞒你们俩，但从现在开始不能再提起任何还钱的话。还有，这事就你俩知道，嗯，青桃也知道，我不识字，她给把的关，家里其他人就没有必要知道。另外，钱从哪儿来的，没偷没抢，我将来会告诉你们，现在不能说。我还是说明白吧——你大哥不会说啥，老二老三老四也不必解释，最好啥都不说，如果真问起来，就说是爹买的。"

韩巧姑眼泪马上就下来了，她双膝一软就跪下了。"爹，您对我们太好了。"

"快起来！"宋长河给闹了个尴尬，他看着宋承信说，"快，快扶起来，这是闹啥了吗！"

宋承信没有扶，也跪了下来，说："爹，请受我们夫妻一拜吧，镇里房子是您给的，那时候我小，但薛家是冲着您，后来住四哥院子是您亲手盖的，现在我大儿子都读大学了，您还惦着我们……"

宋长河眼眶也有些湿润道："行，受一拜。孩啊，起来，咱一起看看房子。"

第 22 章

出轨

　　房间里老式的桌子，老式的床都在，宋长河买房的时候多出了些钱，这些便都留下了。"反正咱住进来还得买，留下也合用。至于门楼的挑檐，我记心里了，回去看镇里有拆房的，肯定能找下一样的，老房子这些都是一个模子弄出来的。"

　　"钱的事情先不问了，爹说将来说那就将来说。"宋承信对巧姑说，"一会儿咱们下馆子吃一顿，然后下午你请假去买些日常，我呢回趟山里，雇个车把咱娘接过来，顺带把被褥啊啥的都拉下来。爹，这个得听我的，您跟我娘在县里住段时间，您跟娘住正房，我跟巧姑住东房，西房给俩孩子住，南房当库房。

　　宋长河坐在太师椅里抽着烟，这会觉着有些累了："信儿，巧姑，你们孝顺我明白，可窑洞院有马要喂，还有十多只鸡，还有那一大群野鸽子，我们都下来，这些活物谁伺候啊。饭也甭下馆子了，能省就省，还得过日子，咱对付一口，我就回去了。"

　　家里离不开是实情，怎么处理这个事情得慢慢考虑，但这顿饭不能对付，宋承信折中了下，宋长河点头说行。

找了个饭店订了几个菜，然后都端到这"新房老院"里，把二哥还有小妹都叫来，从学校把二儿子宋继朔也接回来，顺道买了两瓶好酒，算暖房，更是感恩。

饭间，青桃笑着问巧姑："小嫂子，咱家的院子都是你给起名字，这个院子叫啥啊？"

巧姑心情好，喝了点酒，脸红扑扑的，指着东房上的一块牌匾说："感恩堂，这是感恩院，感恩咱爹娘。"

宋长河不认识这三个字，扭头问宋承信："儿啊，为啥这里挂匾，是啥意思？"

宋承信想了想，说："得考证考证，我查看了房契，这房子建于清末，这个感恩堂呢一般是基督教，新中国不信这些，估计这牌匾是漏网之鱼，要不在'破四旧'那会儿早就被砸了。"

宋承义最近都在县城忙活，看了院子很是羡慕，点头说："估计是，五弟，你是捡到宝了，这房子肯定值钱吧？"

宋承信还没说话，知道这个五儿子不善掩饰，宋长河马上就接过话茬："义儿，你吃饱了饭送我回去，我咋地听到我那匹老马在嘶叫。"

武装部的政委，说起来也是县团级干部了，宋承义一直也琢磨搬到县城，但思谋了两年多，买房置业不是说办就办的。而弟弟来了这么几天就有了这么好的院子，心里有些酸溜溜的，他估计是爹在中间使劲，至于多大劲他闹不清。他知道小妹肯定知道内情，这几天爹跟青桃神神秘秘的，于是笑着说："行，爹，我跟小妹一起送您回去，返回来还有个说话的。"

早就看出二哥吃醋，进了这院子眼光就变了，宋青桃把刚烫的头发一摆道："二哥，你自己跑一趟吧，我下午还上货呢。"

宋承信啥也明白，笑着说："二哥，我下午没事，咱俩一起送爹回去，今天呢就不回来了，在山上住一夜，明早咱俩一起再下来县里。"

宋承义不好再问啥，站起来说："好，我去武装部开车，爹您再喝点。"

宋青桃眼看着宋承义出了门，噘了噘嘴，轻声说："以前觉着二哥憨厚，如今咋也变成这样了？当年爹给他买的半城院可是镇里最好的房子，如今得陇望蜀，哼，想让我说内情，门儿都没有。"

宋承信轻轻嘘了下，作势要打她："就你话多！还知道得陇望蜀！对了，小宝改名字是咋同事，我怎么听说这事让二哥哭笑不得。"

宋青桃指指耳朵说："二哥现在变得我都不认识了，过几天就把我住的地方腾出来还他，昨天他吞吞吐吐地说，这两间房交回去，武装部才给安家费。"

宋长河听着心烦，放下酒杯，扭头看着女儿说："一直让你住着就好？小宝为啥突然改名字？"

巧姑听宋承信说过这事，拍了拍青桃的手，说："你搬过来跟我们住，我给你收拾一间房。"又指了指宋继朔的脑袋对宋长河说："爹，王小宝改成了宋继洲。这孩子自己去了镇派出所，说要改名字，派出所的说得大人出面才行，王小宝说我二舅宋承义让改的，你去问他吧。派出所的户籍警觉着一个孩子真没这胆子，估计真是宋政委安排的，就给他改了。"

宋长河闻言摇摇头问："青桃，你的主意吧？"

青桃伸出右手食指中指指向天，赌咒发誓："天打五雷轰，我可没说过，王小宝都不是我起的名字。不过叫啥不行啊，我觉着宋继洲比王小宝好听多了，沾沾宋家风水，说不定将来也能考上大学。继朔，你跟小姑说，小宝改名字你知道吗？你俩关系最好。"

宋继朔做了个鬼脸说："小姑你别诈唬我，小宝弟弟我就暑假见了下，他改名字我真不知道。要不你去趟北大吧，暑假里小宝跟继寰哥哥聊过几次，神神秘秘的，我猜他知道。"

"不过，继是我们继字辈的继，洲不是燕云十六州的州，有三点水，是七大洲四大洋的洲。"

宋承信笑道："好嘛，我这个外甥目标很远大。"

宋长河抽了一口烟不再言语，他知道王大宝前段时间回来过石城县一次，先找的就是宋承信。老四宋承智给他说了一嘴，随即就不说了，他也没往下问，孙子一代的事情他已经没有心力再管了，但内心深处对这个王大宝仍旧恼怒，尽管已经过去十多年了。

王大宝坐了一夜火车，大清早到了石城县后，直接就奔教育局，他之所以知道宋承信调到县里工作，是当年一起的知青告诉他的。那个知青暑假回来转了转，镇里就那么点事情，也就了解得差不多了。

宋承信骑车到大门口下了车子，王大宝硬着头皮迎上去道："五哥。"

宋承信愣了下，上下打量，才想起这是妹妹的前夫，看着比自己老多了，穿着也比较朴素，怎么看也不像是从大城市来的。

时间可以消磨淡化掉很多东西，但恢复当初就是一念间，比如愤怒与仇恨，当年妹妹在医院临产疼得死去活来，这个王八蛋居然就跑了。

恨得牙根痒痒的一个人，十多年后站在跟前，宋承信很是恼怒与戒备："你来干什么？"

"五哥……"

"别叫我五哥，我不是你五哥。你来干什么？"

"我来看看孩子。"

"你还知道你有孩子？"

"我……我就是看一眼，五哥，请你帮帮我。"

"回去吧，孩子从生下到现在你没看过一眼，你知道他怎么长大的吗？虎毒不食子，你连畜生都不如，怎么突然又有了人性了？"

教育局大门口没什么人，宋承信声音由低沉变得激动起来："王大宝，我从小到大没说过脏字没骂过人，可是今天忍不住了，你走吧，要不接下来该动手了！"

他推着车子就往里走，王大宝扑通跪在宋承信自行车前道："五哥，你不答应我就不起来了。"

宋承信左右看了看，很快局里就会有人来上班，这样下去会被传得沸沸扬扬，自己刚来工作没多久，肯定影响不好。他用自行车前轮碰了碰王大宝说："你站起来，那边有个五金杂货铺子，你去门口等我。"

王大宝知道宋承信的秉性，做人诚实不打诳语，于是站起来拍了拍膝盖上的土说："五哥，我等你。"

宋承信放了自行车，从教育局出来。那些仇恨又一次被淡化，他设身处地想，这个王大宝也有可怜之处，孩子这么大了都没见过，那种煎熬肯定是有的，除非他真是畜生。

走到杂货铺子门口，王大宝明显哭过，宋承信装作没看到也不正视他眼睛说："你说吧，你这次来什么用意，直接简单点，我要上班了。"

"我就是看一眼孩子，五哥，就是让带我也不敢带回去，在天津我都养活不了自己。城市不是乡村，还有互帮互助，这两年更是冷酷……"王大宝一口气说了一大段话，大意是自己回去后没有文凭很难找工作，后来顶替了父亲进了厂子，这两年也不景气，眼看着要下岗，生活不死不活，人也不死不活。

宋承信掏出烟没有给王大宝递，自己点着一根问："说这些干吗，咎由自取罢了。你没成家？"

"成了，又离了。"王大宝也掏出烟，宋承信下意识他看了一眼牌子，确实是最便宜的烟，证明这小子确实活得落魄。他心里闪了下青桃与之复婚的念头，随即就明白不可能，自己的妹妹现在风生水起的，最主要的是她变了，这么多年摸爬滚打再加上眼中好像只有赚钱。

看教育局大门口已经越来越多人往里走，宋承信不再多说，直接就问："你来就是看一眼小宝？"

"嗯嗯，就是看一眼。"

王大宝的可怜相让宋承信不由就心软了："我没时间，你骑我车子回青山镇吧，现在还是暑假，他应该在我四哥家吃住。"他回局里推出自行车交给王大宝说："你骑回来就放到里面车棚，我给看门的说一下。咱就不见了。"

他回头就往里走，没有看到身后王大宝脸上狡诈的笑容，这个家伙这次回来就是想把王小宝弄回天津，他是顶替了父亲进了厂子，也确实过得不怎么好，但并没有离婚，只是一直没有生育。他的父亲总是念叨这个孙子，于是他就来了。之所以要先见宋承信，不是要用自行车，而是回去碰到宋家其余兄弟有说的——是五哥让我回来见的。

他一路骑行，进了青山镇，临近正午，天热得如蒸笼，王大宝擦着汗，轻车熟路地就到了村大队。那位知青同学回去也告诉了他，宋家依旧是青山镇影响力最大的家族，当年的小队会计宋承智现在已经是大队一把手了。

大队部一个人也没有，他转了转脑筋，又骑到薛黄芩的老房子那边。他在这里生活过，门锁着，当年的中药铺门楣上写着一行字：青山镇磨面房。

背心已经湿透，王大宝正琢磨下一步去哪儿，突然听到动静。他抬头看，一个十多岁的孩子骑在墙上，彼此都没想到有人，一时都愣住了。

那孩子只是稍微停了下就跳了下来："你看啥呢？这是我家，忘带钥匙了。你是哪个村的？在这里干吗？"

王大宝更加愣怔，张口结舌道："我……我……我找人，你家？这不是宋家吗？"

"满嘴普通话，"那孩子不屑地看了他一眼道，"你不是当地人吧，这是宋家，我娘的磨面房，你是想磨面吧？我去喊我三舅妈。"

这时候的王大宝已经大致猜出来眼前这孩子是谁了，毕竟是自己的亲儿子，眉眼里依稀是自己小时候的影子："我不磨面，你是王小宝吧？"

王小宝露出一副毫不在乎的表情问："青山镇谁不知道我是王小宝，说吧，啥事？"

他心里一热，眼眶一湿，手一抖，自行车啪地倒在地上。王大宝嘴唇哆嗦着伸出手说："孩子，我是你爸爸啊……"

王小宝好像吓了一跳，愣了一下，突然就哈哈笑了："占便宜啊，我没爸爸，早就死了，你是鬼啊！不对啊，这大中午的，鬼也不敢出来啊！"笑完转身就走，别看这个王小宝才十二岁，但脑子好用得很，跳下来听王大宝说普通话就猜了个大概，现在又这么失态马上肯定了——这是他那个在天津的爸。

他趁中午大人们睡觉就回来拿点钱，钥匙在三舅妈那儿懒得去要，钱也不是偷，是青桃给他的零花钱，就在屋里五斗柜抽屉里放着，他本想拿出来下午去打台球。小舅去了县里教育局当官，青山镇没有人能管住他，所以暑假的每一天都是他的逍遥日，那个"宋家书院"也去，写几页纸大字应对小舅检查，再有就是看闲书。

王小宝无数次设想过自己父亲的模样，但想来想去总是跟小舅重合，他怕这个五舅，也无限爱这个五舅，啥都懂但不显摆，所以威信满满。在青山镇小学，宋承信咳嗽一声，不要说学生，就是老师们都会马上闭嘴安静。

宋青桃在离婚后把王大宝所有的印记都擦干净了，剩下的衣服、用过的被褥都烧了，离婚证都撕碎了，曾经有一张合影，把自己那块剪下，"王大宝"被她扔到土灶里成了灰。

这一刻，王小宝看了几眼王大宝就烦了，根本不是他期望的那样，还大城市呢，怎么就像自己读到书里的反面人物：背心卷到肚皮上，头发像鸡窝一样乱糟糟，汗流浃背，狼狈不堪……三舅妈跟他说过王大宝的无情无义，再加上青桃无数次说过："小宝，你就是娘的孩子，你没爹，记住，他死了。"

看他转身就走，王大宝在身后凄惨地喊了声："我真是王大宝，我是你亲爹啊！你是王小宝，你是我亲儿子啊！小宝，你跟我回天津吧。"

王小宝脑海里闪现小时候在窑洞院的孤独，最后停在老宋在他逃课回去的骂声："真是有啥样老子就有啥样儿子，你爹就是二流子，你要学他我揍死你。"他停住脚步扭转身，咬了咬嘴唇说："你认错人了，我姓宋，你是二流子，你不是好人！不要跟着我，要不然叫我舅舅打死你。"

喊完话王小宝就跑开了，越跑越快，眼泪不争气往下掉，他也不擦，眼前模糊，他一直跑出镇子，再跑到窑洞院，汗水湿透了全身，就像从水里捞出来的。

王大宝不甘心，他咬着牙问到宋承智家，正午睡的大队书记被叫起来，不由分说就给了他一个耳光。没等他说完要带小宝回天津接受更好的教育这话，宋承智又是一脚踢了过去："滚你奶奶的，我们宋家的教育是天底下最好的，我们的儿子北大复旦都考上了，你个王八蛋能给啥教育，只会骗人只会害人！你滚不滚，再不滚老子把你剁碎喂狗。"

看着宋承智操起扁担，王大宝赶紧跑出来。他根本不敢上山去，估计宋长河看到他直接就会剁碎他，其余宋家哥哥肯定也是，最主要的是儿子根本不认他，只能灰溜溜地骑车返回石城县。

这个小子真就没救了，他居然在火车站附近把宋承信的自行车贱卖了，然后提着两瓶酒上了火车。一晚上长吁短叹地喝闷酒，到了天津站勉强下了车，下站台时一脚踏空，摔了个全身多处骨折，将养了一年多才再次站起来。

王小宝回到窑洞院，十五哥宋继寰在，他马上要去北京读书了，陪爷爷奶奶住几天。他正在院子的大槐树下舞动着蒲扇看书，宋长河与何桂花去石梯子那边摘杏子了，本来他也想去，爷爷却让抓紧时间读书，"你去的是全中国最好的大学，不敢放松，要不去了学习跟不上就丢人了。"看着表弟好像从水里捞出来，宋继寰赶紧站起来问："小宝，你这是咋了？"

王小宝哇的一声大哭起来，宋继寰上前把他拉到树下，再取来毛巾，毛巾从小宝脸上擦过后，汗水泪水鼻涕混杂，宋继寰急切地问："小宝，怎么回事，你先不要哭，咋地了，你给哥说啊。"

在宋家，王小宝最亲的就是宋承信这俩儿子，年龄接近，而且宋继寰跟宋继朔都是和和气气的人，再加上小舅跟自己母亲关系最好，从来都是把他当成自己三儿子对待。他内心多年积攒的情感决了堤，抽抽搭搭地把王大宝来找他的事说了，顺带说了自己多年的凭空思念及现在的失望。

宋继寰听完，知道自己不能做王小宝任何的主，但他为小宝的决定叫好："小宝，你是咱宋家人，咱们是一家人，他只是你生理上的父亲罢了，但人是后天培养感情为主，这里才是你的根，这里才有你所有的魂。"

这话小宝似懂非懂，但他听懂了"你是咱宋家人"这句，马上就说："继寰哥，我也改姓宋吧，你说我叫宋啥？"

"宋继洲！"宋继寰脱口而出，"爷爷给我们继字辈取了燕云十六州的名，巧合或者是天意，到继朔正好，我看我父母也不生了，计划生育及年龄不允许，一直都遗憾没有个收尾的。你母亲是宋家收尾的公主，你跟你妈还有舅舅们商量下，可以叫宋继洲，他们肯定同意。只是，得稍有区别，也算扩大志向，你这个州加上三点水。燕云十六州在宋元明时期是很重要，但地盘不大，当代更是就几个小城市，你这个七大洲四大洋的洲，有谐音更是发展。"

王小宝基本听懂了，想了想，面露喜色道："好，宋继洲，就这么定。"

这小子也是言出必行的主，洗了把脸就下山了，下午就去了镇里派出所。这事情对他很简单，五个舅舅随便抬出一个，估计都给办，只是看二舅不在镇里，武装部跟派出所就在一个院子办公，肯定最好用，于是王小宝就变成宋继洲。

这么个小事情，派出所户籍上也没跟宋承义讲，只有这小哥仨清楚，直到再开学，才都知道这名字。

最纳闷的是宋长河，这个小宝以前从来不叫自己，怎么突然开口叫自己"爷爷"，随即想村里本来姥爷、爷爷都叫"爷"，以为跟着孙子们普通话叫就叫吧。

在他九十大寿的时候，最小的孙子宋继朔说："爷爷，这一大群野鸽子衬托，你跟小宝的名字在一起也有一说，"关关雎鸠，在河之洲"。《关雎》可是《诗经》首篇，又为十五国风第一篇，这一句是《关雎》第一句。"

宋长河耳不聋眼不花，摸着胡子说："我不懂，但听着都是第一，那就在河之洲吧，反正现在就我跟小宝在镇里，你们继字辈的都在外面飞。"

也就是从那时候，他才觉着第一次从内心接受了这个外孙子，宋承信明白，随后跟他说："爹啊，其实从一开始，您就没有不喜欢他，只是自己不明白罢了。"

提着过往，宋长河不由想笑，他摸着胡子，说："小时候他太淘了，随后又是瞎折腾，我是真没看上，再后来，再后来他差点把这窑洞连上我都埋到土里……"

看着周围山上树木茁壮，十六个院子彩旗飘飘，而这个窑洞院子里一切不变，宋承信不由感叹道："爹啊，我有个县城小院心满意足，而小宝拥有的却是整个青山镇及这背后所有的大山，他当得起这个继字辈的收尾，也是一个完美的收尾。"

宋长河点头说："信儿啊，买那个县城院子的钱，我现在给你交个底吧，当年我说的，都是骗你三个哥哥的，其实也不是骗，就是怕伤了和气……"

给小儿子在县城买了院子，这个事情其实老二老三老四都犯过嘀咕，只是宋长河又没问他们拿钱，最多是偏爱这个老五，也该偏，只是有些不舒服罢了。这个宋长河也能想到，于是找机会就说钱是老大给他的。后来宋承智问大哥这事，宋承仁不置可否，此事也就过去了。

院子非常合意，承信跟巧姑那么开心，这让宋长河长出了一口气，从县城回来第二天，一切恢复正常。

宋长河熬好茶，坐在磨盘前，满意地一小口一小口喝。晨光里野鸽子咕咕声渐浓，他很舒服地靠在椅子上，看天蓝得像一块绸缎，万里无云万里天。宋承信早早就下山跟宋承义回县城去了，昨晚爷俩儿聊了会儿，关于县里购房的钱，宋长河说就是自己多年的积攒，而这里面就有当年准备给薛黄芩的房款，只是还未付款他这个人就没了。宋承信说："这么多年大哥给得多，我们也就逢年过节象征性给点，爹娘的钱大多都是从地里刨牙缝里省出来的，我跟巧姑得慢慢还。"

何桂花在旁边坐着，闻言抬头笑："信儿啊，老子跟儿子还分这么清啊？我们留着钱又没用，你去县城置业是大事，吃喝都得买，不像咱这窑洞院子，随便种点就够吃够用。再说了，儿子有了，跟爹娘有了不一样啊，我信我的儿子们都是孝顺的……"

宋长河冷冷地打断何桂花的话："孝顺不是给俩钱提两盒点心，孝顺也不是有事没事就来坐坐，孝顺是不要丢我的老脸。从这点来看，咱家老四就未必孝顺，最近在青山镇被风言风语传，苍蝇不叮无缝的蛋，管不住裤腰带早晚得弄一屁股屎。我就奇怪了，当年觉着最老实的儿子怎么成了这样？唉，屎橛子就是屙在山顶上，也会有苍蝇飞来，他真就有这个味？"

宋承信不好说自己的哥哥，但又不能不接话，这些风言风语他听到的比爹多，只能叹口气岔开话题："爹，娘，我觉着这些事情未必都是真的，镇里从来也不少这方面的传言。我明天去县里后尽快把房子打扫拾掇出来，今年冬天您二老就跟我们去县城住吧。"

宋长河摆摆手，很坚定地说："可不去了，人来人往，吵得脑壳子疼，我在山里清净惯了，可不去受那个罪。你是官身不自由，等老了退下来，还是回来吧。"

何桂花站起来，端过半簸箕落花生说："信儿，这是你爹种的新品种，皮薄子圆，用沙子炒了，反正没事，剥着吃吧。"

宋承信答应着抓过两颗，指了指油灯说："到现在，这里也不通电，二老过得太清苦了，还是跟我去县城住吧，看个电影听个戏都方便。如果您二老坚决不去，我就张罗把这里通上电，这事情我早就盘算过，也就五十根电杆子把电线就拉上来了。"

"要电干啥？"宋长河也捏起来一颗花生，"楼上楼下、电灯电话就是好日子？你们都让我省心，不把我老脸丢了，才是好日子。"

听着话又转回四哥，宋承信笑着说："这花生真好吃，明天给我带一小袋子，我给巧姑、继朔也尝尝。嗯，还有青桃，她跟她小嫂关系好，就住爹新买的院子里吧。"

宋长河笑了："信儿啊，房子地契名字是你的，以后不要说爹买的了，老二、老三、老四我会给他们说。现在你的房子你安排，我觉着青桃早晚也得成个家，先住你那儿，你管着也好，整天风风火火的，一点儿都不省心。"

开了磨坊后，春桃才时不时地上山来，父女关系逐渐"修复"。王大宝回来的消息，宋承信给哥哥们都打了招呼，不要告诉爹娘了，要不肯定生气。宋青桃也是后来才知道的，她随即买了辆二八男士自行车推了过去："五哥，你那破车早该扔了，除了铃铛不响哪儿都响，王大宝尽管龌龊，也算干了件好事。"

巧姑笑骂说："你真就不生气？也不想见见？"

宋青桃把自行车放好，神情也就有那么一会儿暗淡，随即就隐然不见道："不生气，不想见。儿子没出生就跑了，他还算个人？"

巧姑摇头说："他不回来，儿子还姓王，他回来一次，彻底没了儿子，宋家多了个孩子。"

王小宝真正变成宋继洲，是他进入初中的第一天，分班领书本，五舅都安排好了，青山镇中学校长是宋承信的好朋友，所以他报到就写的宋继洲，只是入学前的花名册都还是王小宝。

当天下午班主任老师拿着花名册准备点名前，王小宝在教室门口拦住老师："老师，我五舅让我改了名字，请您点名的时候就叫我宋继洲吧，以前那个名字再也不用了。"

宋承信宋校长、宋股长安排的，那就改了吧，于是王小宝正式成为宋继洲。青山镇的孩子都知道宋家"继字辈"，那是家长们教育孩子的正面典型，他们也知道大名鼎鼎的王小宝，但在一起玩的时候叫"王小宝"的都挨了耳光，宋继洲咬着牙说："谁他妈的再叫错，我再造一罐炸药把他炸成碎片。"

因为在青山镇"偷开电视""造炸药"等诸多"壮举"，再加上青桃给他的零用钱多，这个宋继洲很快成了青山镇中学的"大哥"之一。尤其是临近过年，他跟初二一个学生往死里干了一架，这让他更加出名：下午放学刚出校门没多远，冲过去迎面就把一把长改锥扎进对方肚子里，差点儿出了人命。

这一架的确切原因是宋承智把这个孩子的娘睡了，且一次又一次，这个孩子在家里敢怒不敢言，到了学校找宋继洲出气，不承想肚子"跑"了气。

此前在学校里，这个孩子不但打了宋继洲，还满口污言秽语，从宋承智骂到宋家。但这不是捅人的理由，宋继洲随即就被弄进派出所，这是宋承义跟宋承信商量后做出的决定，得让他记住这个教训，但无济于事。妥善处理了这个事情，打架的过程及原因也就知道了，自此，宋家的老二老三老五就开始躲着宋承智，这事没法开口，一次又一次，记吃不记打，实在丢人。

宋长河很快也知道了这个事情，在宋继洲到窑洞院的时候，狠狠地说了一句："小宝，你该直接捅你四舅，捅死了我去给他偿命。"

宋继洲吐了吐舌头，说："爷爷，这事情其实不怪四舅，男人嘛，是那个狗日的他妈不要脸，勾引大队书记。"

宋长河差点被噎得喘不过气。何桂花怕小宝挨打，赶紧伸手拉着外孙子的手说："走，跟姥姥去地里挖野菜去。"

这时候的大队早就不应该叫大队了，只是这个词消失的时间比存在的时间长。新中国成立后，从合作社到联队，再到人民公社，然后下设生产大队，党的十一届三中全会后，大队就成了村委会。只是存在了二十年，老百姓都习惯了。

改革开放过去十年后，大队的权力越来越小，但大队书记宋承智却越来越放肆。尽管不再管吃、管住、管身份，但在交公粮、批宅基地等方面还是有些权力，宋承智也不是利用这个，他也不知道自己在这方面怎么就那么如鱼得水、游刃有余。

宋长河跟何桂花聊过这个，他摇着头说了句难听的话："就是不要脸碰到不要脸了。"

最先是有次喝酒，在电工家。起因是青山村打了眼深井，电工想承包，于是拉宋承智去喝酒。这顿酒从中午喝到半下午，电工大醉如泥趴在酒桌上，电工媳妇接着跟宋承智喝。这个娘们本就是个风流坯子，在青山村是很有名的，做姑娘的时候就怀了孩子，后来从东山招女婿，电工家里穷，就认了。

因为也是从山里下来的，并且当年在外地跟人架电线当助手，宋长河当了大队领导后，就提拔他当了电工，收入是小事，但身份无形提高很多，为此这个电工很是感激，基本就是宋承智的跟屁虫。王小宝那次偷钥匙开电视柜差点被电死，宋承智就是在跟他喝酒，要不是他那一脚踢过去，"王小宝"在没有改成"宋继洲"前就没了。

这眼井承包后，想多会儿浇地就多会儿，还能赚钱，所以电工两口子志在必得，电工跟媳妇商量说咱承包了，给宋书记些暗股。电工媳妇说宋书记才不在乎这些呢，咱就多请人家吃饭喝酒就行。

电工媳妇喝酒也跟男人一样，一杯杯地干，但酒量一般，很快也多了，电工趴在桌上流着哈喇子哼哼唧唧，俩人借着酒劲在电工"面前"就开始言语挑逗，你摸我一把，我捏你一下。后来宋承智也喝得晕晕乎乎的，电工媳妇就让他去另一间房上炕躺会儿，然后顺势躺在他旁边。

正是三伏天里，本就穿得不多，宋承智一头就拱进了电工媳妇怀里。事毕，宋承智呼呼大睡过去。电工媳妇赶紧提起裤子去另一个家，看电工仍旧趴在桌上流哈喇子才放下心。

中午晚上的又喝了好几顿，这眼井的承包权就给了电工，宋承智更是隔三差五去电工家坐坐，基本都是晚上有人浇地，电工去了井房的时候。

这个电工媳妇刚过三十，长得一般但骚得可以，宋承智就这样享了一年"福"，夏小雪刚开始还劝宋承智少喝点，每次回来半夜都醉醺醺的，后来发现有几次半夜回来身上没有酒味，便开始怀疑，于是有个晚上听宋承智说去喝酒就偷偷跟了去。

刚立春，村里都在浇春麦，电工忙得不可开交，白天晚上都在井房看泵，饭都是媳妇做好送。

宋承智先到自己的门面房那边转了一圈，靠里的四间是台球房，天还有些冷，台球案子没搬出来，有人就在里面打。到门口往里看，见镇里一帮小年轻正在打，嘻嘻哈哈的，就没进去。把边的这两间房是个杂货铺，他背着手进去拿了一瓶酒，说了句"记账"，然后出来疾步去了电工家。夏小雪远远看他提着酒出来，暗暗责备自己想多了，但看着宋承智去了电工家的方向，疑心又起："电工这几天不是在井房看泵吗？他去人家家里跟谁喝？"

进巷子，宋承智左右看看，上前推开虚掩的大门，屋里就传出一声娇喘："你咋现在才来？"

进去反手插上大门，宋承智嘿嘿笑道："我去拿了瓶酒嘛，今晚咱俩喝点。"

夏小雪跟得远，对话没听清，但马上就明白这个死鬼是跟电工媳妇俩人喝。她上前不管不顾地就踹门，道："宋承智，你给我出来，你说，你他妈的跟一个娘儿们喝的哪门子酒？"

左邻右舍都被喊了出来，有看热闹不嫌事大的拿起个树枝递过去："嫂子，你用棍子挑开门不就找到书记了。"

两扇门中间缝隙大，宋承智只是随手上了门插，并没有把门插上的大钉子塞上，所以夏小雪用树枝往上一捅，门就开了。人们跟着夏小雪拥进去，电工媳妇插着腰站在北房门口："呀，这是咋了，嫂子，你这是……"

夏小雪一把将电工媳妇拨拉到一边，可是屋里并没有看到宋承智，她气哼哼地把两间房都找遍，仍旧没有找到。电工媳妇冷笑道："嫂子，你这是搜啥呢？我家就我一个人在啊。"

夏小雪并没有傻到家，她进屋一眼就看到一瓶酒放在桌上，不用猜也是刚才宋承智拿进来的。她估计宋承智跳墙跑了，这会儿她更想起自己男人是大队书记，如果就这样不管不顾，那他怎么在村里继续当书记，怎么做人？她哼了一声，狠狠地跺了下脚说："没事，我家狗跑了，我看着进了你家院子，怕咬了你就急急进来了。我再去其他家找找……"

大家哄堂大笑，夏小雪低着头就出了电工家门，她回到家发现家门是自己刚才锁着的样子，不由靠在门上哭出了声。

第 23 章

晃荡

　　两边都是家，两边都舍不下。只是机关里天天得上班，只能星期天回青山镇看看爹娘。恰逢周六，宋承信琢磨拉电线到窑洞院的事情，妻子韩巧姑已经是县医院的业务副院长，忙得不可开交，下班已经天黑。俩人骑着自行车回到镇里，满头大汗，但一路有说有笑，倒也不累。因为回来晚了就没直接回窑洞院，俩人进了镇子便拐弯顺着沟边朝着宋家书院骑。

　　搬到县城后，这个院子说是还给宋承智，但这个大队书记却坚决不要，他对宋承信说："你们经常回来呢，就住着吧，这院子已经是下一代的精神寄托，我可服不住。"这是场面话，其实上次因为分开干，跟宋长河呛呛几句后他也想通了，孩子们都在外地工作了，许家这个院子本来就很大，正房五间，东西房三间，南房带门楼还有两间。丈母娘过世后，家里就他跟老婆俩人，这些房住着都嫌空荡荡的，再要个院子干吗？宋承智很明白，宋家书院拿回来，卖肯定不能卖，会被儿子这辈人埋怨，无非就是多了几把钥匙，还不如顺水人情就让五弟住着，将来再说。

　　对此，宋承信心里明白，也就没再拒绝，这么多年住着也有了感情，且各种旧家当搬到县城也没用，尤其是一院子的花草，妻子喜欢，最重要的是那三孔窑洞的记忆。

　　他多配了两把钥匙，四哥家放了一把，外甥小宝一把。这次回来匆忙，就忘了带这边家里的钥匙，小宝满世界的疯，肯定难找，于是俩人就到宋承智家拿钥匙。到了门口发现夏小雪靠在门上无助痛哭，俩人赶紧下了自行车。

　　本来想嫁给宋承信，可是宋承信考取师范后转了户口，身份变化让她死了心，于是转而求其次，使了个"手段"逼婚宋承智，可是这哥俩儿差别怎么就这么大呢？夏小雪又恨又气，看到俩人过来，擦了把眼泪赶紧止住哭声。等看清楚是宋承信与韩巧姑，夏小雪直起身子喊了声"巧姑"，眼泪再次止不住地往下落。宋承信不知道发生了什么，赶紧问："四嫂，你这是咋了？"

　　夏小雪真想上去搂住这个自己从小就暗恋的人，但她知道不能，只能上前将韩巧姑搂住，抽抽搭搭地说："你四哥，你四哥不要脸，太欺负人了。"

　　宋承智美滋滋地进了电工家，进屋放下酒，刚搂住电工媳妇，门口就传来自己媳妇的喊叫。他吓得出了一身汗，正手足无措时，电工媳妇一把将他推出屋子，然后指了下靠在墙上的梯子。

　　这里本来就是村边，从山上下来落户的，大队多少有些歧视，基本都是镇里边角给批宅基地。他迅速爬上墙跳下去，宋承智知道这边是大队原来的饲养处，这些年荒废，再往外就是沟边，这个胡同就是断头胡同。

　　对这个饲养处，电工媳妇多次提出卖给她家，将来打通可以一溜盖十间北房，宋承智捏着她屁股说："你连孩子都没有，盖那么多房干什么，这地方我有用，等找机会给你们批块好点的宅基地就是了。"

　　这块五亩地大的饲养处，宋承智准备弄个加工厂。自实行家庭联产承包责任制后，转眼就十年了，老百姓已经不满足在地里种小麦玉米了，除了留几亩地种粮食，剩下的土地开始种植经济林或者中药材。他大儿子就在林业学校，毕业后留校跟他谈过一次，于是萌发了弄个中药材加工厂的想法。

这个饲养处废弃多年，当年本就是临时搭起来的牲口房，现在大多都倒塌了，院子里更是野草杂树密布，宋承智只是在外面大致看过。他打算将来办厂子，就在背后开门，直接修一条专属的路接到镇子中心街。先不说未来计划，只说这狗急跳墙，正好跳到墙边一个老鼠洞上，如果不是他觉着脚下不对顺势倒下，估计脚脖子都得崴断。听着电工院里动静，宋承智捏着脚脖子，浑身被杂木枝子刺得到处是伤口，但他一动不动，只能心里骂着老婆，嘴里吸着凉气。

尽管已经立春，但青山镇基本还在冬天，宋承智觉着自己穿的棉袄都被划破了，脊背上一阵又一阵的冰凉。

就在夏小雪跟韩巧姑诉苦的时候，电工媳妇爬上墙头把梯子抽起来放到饲养处这边，宋承智咬着牙爬上去，再把梯子抽回来放进电工院，随后电工媳妇给宋承智处理了衣服跟伤口，好在脸上没有被划伤，但脚踝很快肿胀起来。

把那瓶酒倒出些点着，擦抹了半天，看着好点，就这样宋承智仍旧跟电工媳妇缠绵了一会儿。他喘着气咬着牙心里骂着夏小雪，仰躺在炕上，电工媳妇坐在他身上，一边动一边说："现在是最安全的时候，你是不是疼，我喂你口酒……"

韩巧姑忙了一天，对这些龌龊事她并没有表现出生气，而是主动把夏小雪劝回了家，任由她又哭又说。宋承信不便听，也不想听，推着车子回到家，点着根烟又出来了。他先去了大队部附近转了转，又去了电工家附近，他猜这个四哥肯定还在，哥几个里面数这个老四执拗。

果不其然，宋承信在饲养处破败的大门口抽了两根烟，就看到宋承智瘸着腿出了电工家院子。黑暗里看着他一瘸一拐，又好气又好笑。他悄悄地跟着走出胡同，看宋承智强忍着直起腰，随即叹口气，咳嗽一声上前低声问："四哥，你这是怎么了，脚在哪儿崴着了？"

宋承智如惊弓之鸟，打了个趔趄，差点儿摔倒，扭头看是弟弟才松了口气。宋承信上前扶住说："走吧，我带你去镇医院看看医生。"

宋承智摇摇头，很是尴尬地笑着说："没事，天黑走路踩到坑里扭了下。老五，今天周六，回来也没接巧姑？"

"接回来了，"宋承信没有隐瞒，"在你家门口被嫂子拦住了。"

"咳咳，"宋承智掩饰着自己的脸红说，"你俩还没吃饭呢吧，别听那死娘们嚼舌头，回吧。"

宋承信之所以过来堵自己这个四哥，就是明白这事情说不清，他是弟弟更不能说，只能用行动来警告下，让他不要太出格。

俩人溜达着往回走，宋承智听弟弟说计划明天上山栽电线杆，就说："你不用管了，这个事情我处理，大队有这个计划。"

宋承信很是高兴，这个时候不宜谈这个事情，倒也不担心四哥回去四嫂闹腾，三个夏小雪也弄不过宋承智。他既然说他处理，那就先把窑洞里的电线电灯都弄好，到时候电线杆栽好拉过去电线，接上就简单了。

面对夏小雪压抑的哭叫，韩巧姑想出一招，有些夸张但非常有效。"四嫂，你先不要哭了，闹半天你是怀疑四哥跟这么个女人啊，我告诉你大可不必——这个电工媳妇当年未婚先孕自己乱搞，后来大出血，到镇医院是我处理的，当时没有办法，为保命把她的子宫摘除了。你想想，一个女人没了子宫不就没那方面的兴趣了。"

夏小雪顿时就不哭嚎了，随即转悲为喜："巧姑，你说的是真的？"

"我是医生，怎么能乱说呢，你可不要出去乱传啊！有七八年了吧，估计小电工也不知道。"巧姑站起来说，"怕四嫂想不开，我就说了这个秘密，你放心了吧。我得回去给继寰爹做饭，来回骑了四十多里路，他还饿着呢。"

夏小雪将信将疑，但这个事情只能自己骗自己，又不打算离婚。眼看着他进了电工家，就电工老婆自己在家，肯定是跳墙到了饲养处那边。没鬼他干吗插门，干吗跑啊？等那个死鬼回来再问清楚！

　　看巧姑要走，夏小雪有点儿不好意思，赶紧站起来上前拉住她说："我挖了荠菜，刚投的浆水，给你端一盆回去炒一下，和面吃吧。"

　　承信两口子回到窑洞，坐下吃晚饭，荠菜很新鲜，浆水很爽口，韩巧姑说了自己如何劝四嫂，宋承信叹口气："我这四哥是无可救药了，四嫂闹完，他居然又返回了小电工家，我就是在人家门口堵住他的。"

　　巧姑摇摇头："这是你哥，不是你的侄子，我看就不要管了。"

　　宋承信点头说是，咱俩以后周末直接回山里窑洞院，就不要进这个镇子里，耳根清净。巧姑说好，本来就是回来看爹娘，各过各的吧。

　　也不知道他回去怎么编派的，反正这个事情就这么草草没了下文。镇里这事情传得快，有些话就到了宋承智的耳朵。他总算是顾忌脸面收敛了一段时间，再加上夏小雪每天都跟着，还叨叨说没有子宫的假女人你也喜欢之类的话，最主要是小电工听到些风言风语每天都回家，一来二去就跟小电工的老婆断了关系。

　　这年夏天，村里又打出一眼机井，靠近山边响水河的位置，就在宋青桃的那两块地跟前。栽电线杆的时候，宋承智跟供电局的说了说，给人家掏了成本钱，从这眼井向着山里栽了十多根，很快，窑洞院供电了。

　　拉开开关，灯泡亮晃晃的，年过七旬的宋长河嘴上不说，心里很高兴。接着宋承信利用几个周末时间在院子里挖了一个大水窖，砸瓷实后用水泥做了防水，然后从窑洞后的泉眼向蓄水池引渠埋了水管，再写信给宋继燕，让买回一个压水泵给安上，于是这个窑洞院率先实现了城里才有的自来水。

　　吃水是个大问题，过去十多天就得拿出一天时间，从泉眼往回提一瓮，现在每天宋长河踩几脚就弄一瓮水，这是想都不敢想的事情，尤其是浇菜浇黄芩，实在是方便。更高兴的是，孙子宋继云带了一帮子学生回来，把那些老果树都嫁接了，还带回一批苹果苗子，又栽种了几块地。

　　宋继云在省农业大学毕业后留校，他主修的就是果树学专业，这次回来，课题就是多年生果树嫁接存货现场课。那些长了三十多年的老果树基本都是半腰锯断，然后贴芽，都是新品种。

每天都带学生在地里"上课"，宋继云对爷爷说："三年后便可以挂果，这些果树初步估算当年就能产量过万，而红富士在市场的价格是两块左右。"宋长河笑着说："好，这些老树我本来准备砍了，如果像你说的一样，我分一半钱给你。"

宋继云笑着说："爷爷，我可不要你的钱，按道理在您这地里上课，学校还得给您费用呢。"

宋长河赶紧摆手，说："给我干活还给我钱，你甭吓唬爷爷了，让你奶奶给孩子们包饺子吃吧，这不给工钱，得管饭。"

尽管地分开了，可是老三宋承礼到处说琴书，有稀罕吃的用的就送上来，老二宋承义、老五宋承信周末差不多都回来，也从不空手。老四宋承智呢，背着手在村里派头十足，有事没事也上来——最主要的是镇里这个新井他自己承包了，孩子们都在外地，他跟夏小雪就搬到了这个新机井旁边新盖的两间房，宋青桃那六亩地都变成了菜地。

他跟宋青桃商量过，青桃说想种啥种啥，她不问，这块地本就是他分下的，记得多给爹娘多送粮食跟菜就行。也正是这些菜又惹出个风流，宋承智跟村里一个搞蔬菜批发的女人弄在了一起，直接让夏小雪抓了现行。

这个女人本来不是青山镇的人，因为常年在青山镇卖菜，所以就租了当地一个院子，就是当年尥蹶子的老屋，宋长河一把火烧了，这家人来后就又盖了两间。

说起来这个女人长相很普通，打扮却很大胆，她的衣服基本都是从宋青桃的服装店里买，该露的都露，不该露的也若隐若现。再加上勤快，胳膊腿的肉都发着亮，尽管黑点，但很快就成了青山镇的一道风景。

镇里男人买菜基本都去她的摊点，有好事者就给这女人起了个外号"菠菜西施"，给这个女人的丈夫起了个外号"蔫茄子"，又矮又胖，老实没话。

宋承智种了几块韭菜，他舍得下肥又勤浇，所以长得很好，"菠菜西施"就来收，一来二去俩人就熟了。宋继云带学生回来嫁接果树时，宋长河说包饺子，宋继云安排俩学生到菜地拿。他们不认识韭菜，以为是小麦，宋承智就笑着说:"这可不一样,因为长大后,一个是饺子皮,一个是饺子馅。"

夏小雪抱着一捆韭菜跟俩学生去了窑洞院。十多个学生呢,怕娘累着,于是宋承智就让老婆跟着上山去包饺子。也就是夏小雪刚到窑洞院的时间,"菠菜西施"又来拉韭菜,宋承智就把这个"韭菜麦苗"的事情说了,这个女人笑得前仰后合,差点跌倒,宋承智顺势就在她腰上扶了一把,"菠菜西施"毫不在意:"四哥啊,能不能给你弟弟说说,把我儿子转到青山镇中学,开学该初二了,我们不在跟前,这个小子就不学习。"

宋承智说:"没问题,你怎么谢我?"

"菠菜西施"说:"你要怎么谢,我就怎么谢。"

宋承智看看左右无人,就笑着说:"我想吃菠菜。"

对于自己这个外号,"菠菜西施"很得意,宋承智这么说她当然明白,本来对这个大队书记就仰慕,于是脸只是微微红了下,便低头走进了井房……

"吃菠菜"舒服了几次,宋承智没有给弟弟说,而是自己去找了中学校长,转个学生也不是啥大事情,村委会主任出面,再加上这是教育局领导宋承信的哥哥,于是"菠菜西施"的儿子新学期开始就转了过来。

跟小电工媳妇比,这个"菠菜西施"身材更好,且更有活力,宋承智很快就迷恋得一塌糊涂。俩人明铺暗盖,找一切机会野合,直到夏小雪觉察菜钱有些出入,这才上了心,于是悄悄地跟踪了一次宋承智,就在村南"菠菜西施"租的地方,当场将两人摁在炕上。宋长河知道后气得直摇头:"尻蹶子死了,咱宋家又出了个尻蹶子。"

这一次夏小雪气急了,把宋承智的脸抓了几道子,"菠菜西施"也被薅掉了好几把头发,整个青山镇传得沸沸扬扬,宋承礼两口子听说后赶到,赶紧劝道:"你家儿子就在咱爹果树地里讲课,他还要脸呢。"这才把夏小雪拉走,要不然估计"菠菜西施"得变成秃顶西施。

也就是这个事情发生后的第二天,宋继洲在操场上被"菠菜西施"的儿子摁住捶了几拳头,本就没有人家壮实,再加上没防备,于是吃了哑巴亏。这个宋继洲擦擦嘴角的血没有吭声，中午就去磨坊那边拿了个长改锥，放学出了校门直接就捅到了"菠菜西施"儿子的肚子里，那小子捂着肚子先是蹲在地上，随后就慢慢倒下，血很快流了一地。

宋承义正好开个吉普车回来，直接就把这孩子送到了县医院，巧姑说肠子都捅破了，离肝脏就一厘米，晚来十分钟就得要命。

宋承义给派出所打了声招呼，宋继洲就被"拘留"了三天，宋承信请假回到青山镇，铁青着脸说只能给他水喝，不能给饭吃。三天后放出来，宋承信在派出所门口就扇了他几个耳光，这小子梗着脖子根本没看出悔改。叹口气，宋承信想这事情起因是自己的四哥，拿这个孩子也没办法。随后宋承信跟宋承义聊了聊，商量说好歹让这孩子初中毕业，然后送去当兵算了。

"菠菜西施"与"蔫茄子"在县医院看着孩子，韩巧姑给做了做工作，医药费都是宋家出，宋青桃还给了一笔营养费，最后他们答应不追究。

这一改锥让宋继洲成了青山镇小年轻嘴里最狠的人，派出所出来后挨了五舅的耳光，随即他的一帮狐朋狗友凑钱请他下馆子接风洗尘，当晚在镇里一个新开张的录像厅看了《英雄本色》。自此后，宋继洲原本就凑乎的学习基本都扔了，上课就是看武侠小说，只要有时间就泡在宋承智门面房的台球厅。

也许是内疚，也许是跟宋承义宋承信想的一样，这个四舅居然给租他房开台球厅的老板打招呼："我外甥来打台球不用收钱，明年我给你减免点租金。"

宋青桃的生意越做越大，根本顾不上管孩子，她俨然成了青山镇最有钱的人。尤其是她买了一辆红色桑塔纳轿车后，整个青山镇都震动，这可是方圆十多个村第一个买私家车的。

青山镇三面环山，本来是个波澜不惊的地方，自家庭联产承包责任制实行十多年来，这里发生着深刻的变化，各种各样的店铺在青山镇的十字街蔓延，有了几个"万元户"，更有的是想发财的心。

当下，能让全镇子人都议论的就是"谁发财了"，这议论里多是嘲笑或者羡慕，或者羡慕的时候酸溜溜的嘲笑，还有捕风捉影的传说，比如这个小青桃的前夫肯定从天津给了她很多钱；她一直不结婚，年轻貌美肯定是跟有钱人在一起了，人家随手给她就是一辆车……

对于这些议论，也有些传到宋青桃的哥哥们耳朵，他们也不做解释，因为青桃妹妹提前说了："买这车就是面子，县里服装店越来越多了，只是暂时竞争不过我，我买了车全县都会传，算广告，哥哥们不要生气，笑笑就是。"

确实如此，石城县的街上天天红火，尤其是工地多，一幢幢大楼开始拔地而起，宣传牌子随处可见。而宋青桃确实是跟一个"有很多钱"的人在一起了。

对于县城的发展与自己的未来，宋青桃未雨绸缪，在县城中心开始动工的"服装城"预购了一层，这不是小数目，为此她贷了款。如此大笔贷款她刚开始弄不出来，后来二哥宋承义帮她介绍了个农行的朋友帮着跑贷款。通过这个朋友，宋青桃跟县农行行长卫三牛认识了，随后不久，两人就成了情人关系。

朋友托朋友，卫三牛是在自己办公室接待的宋青桃。这个每天开一辆红色桑塔纳的女人，他早就有所耳闻，见了面聊了几句，他发现很亲切，根本不是传说的"风骚"。尽管知识面不够，可骨子里透着倔强、好强，且家教很好，懂礼数。宋青桃这些年苦熬，最根本的原因是没看得上的男人，这个卫行长个子长相跟王大宝有点像，很有男人味。

第一句话，卫三牛笑着对宋青桃说："你们宋家的传奇故事我听过。"

宋青桃说："不包括我。"

第二句话，卫三牛说："你也是传奇，正在引领石城县的潮流。"

宋青桃笑了下，说："我是有这个梦想，但得你卫行长帮助。"

第三句话，卫三牛说："你得给我一个帮你的理由。"

也许是最近这段时间为钱的事情费劲脑筋，也许是命中注定，宋青桃居然开始倾诉，从自己失败的婚姻开始，一直到现在服装生意的艰难。

自己说了三句话，宋青桃就滔滔不绝，卫三牛随后就帮了她，很快便离不开彼此，只是这个行长有家，尽管是失败的家。

卫三牛出身农家，靠自身努力考取了金融中专，毕业后一步步扎实努力，四十多岁终于熬成了县农行的一把手。但与相对成功的事业相比，他的家庭生活却是冰火两重天。

刚分配进县农行工作，马上就到铁谷地区集中学习。当时石城县农行行长的姑娘是同批，因为看上了个子高大、长相俊朗的卫三牛，这姑娘铁谷地区农行都不留，就要回石城县工作。

刚开始卫三牛不愿意，接触了两三次后他就发现这个女人脾气暴躁，说话不把边。对于自己女儿的眼光，老行长同意，随即委托县农行办公室主任跟三牛谈了谈，大意是娶了行长姑娘就能留在县城发展，前途无量，否则新来的这一批都得去乡镇跑信贷。

本就有志向，卫三牛有些松动，就跟这个行长姑娘又见了几次。老行长直接在县城买了个小院，声称结婚就给姑娘当嫁妆。自己老家在农村，为了他上学真是砸锅卖铁，大哥把院子里的树都砍伐完卖钱给他读书，二姐更是节衣缩食挤出口粮送到学校……想着好好努力报答家里，如果自己结婚后陆续将家人弄到县城，尤其是哥哥姐姐的孩子们能有个好的未来，所以卫三牛就这样屈服了。

说起来挺可怜，结婚后他老婆就更加强势，卫三牛总结这个女人特点就七个字："奸懒馋滑不孝顺"。个人毛病可以忍，不孝顺卫三牛实在忍不了，父亲过世早，三牛给母亲钱她闹，三牛回去看母亲哥姐她也闹，后来，卫三牛实在忍不住就咬着牙说："我就是不要这工作了，也得离婚。"

可就在这时候，他老婆怀孕了，当年因为基础差补习了两年，结婚的时候卫三牛已经老大不小了，坚持了几年婚姻，眼看三十有了孩子，他只能打碎门牙往肚子里咽，忍。儿子生下后，更是必须忍，因为他不想儿子单亲家庭长大，就不再提离婚的事情。就这么忍啊忍，终于等到孩子考取大专走了，他再次提出离婚，自己净身出户。卫三牛老婆估计到了更年期，越加撒泼耍赖，以死要挟根本不答应，再加上老行长后来出面给三牛都跪下了，他不得不再次打消了离婚的念头，但再不跟这娘们同床，婚姻形同虚设。

爹给五哥在县城买的院子，宋青桃根本没去住过，因为没过多久她在县城也买了房，就是她向往的单元楼。县教育局盖家属楼，成本价，只是县城的人要么有老院子，要么是从乡镇来住不惯楼房，所以很多人都不要，宋承信问局里，自己的名额给妹妹行不行，局里说没问题啊，房子三年不买卖就行。

出身差不多，感情经历也都有苦楚，最先是业务上的来往，后来两人无话不谈，成了知己。于是，卫三牛心里苦，喝醉无处诉说，就找宋青桃；宋青桃有时候太累，也给卫三牛倾述。终于，某个晚上窗户纸被捅破，俩人睡到了一起，很快如漆似胶。暂时离不了婚，卫三牛怕给彼此添麻烦，俩人到铁谷地区租了套楼房。都有车也方便，每周两三次去过夜。

也就在宋青桃事业爱情双丰收的时候，宋继洲再次惹事，这一次捅的大窟窿把马上就要退休的宋承仁都惊动了，宋家人能用的关系都用上了。这家伙在中考前两天被判劳教半年，在宋承信的过问下勉强拿到初中毕业证，但档案里这个劳教谁也不敢改，于是去当兵成了空谈。

宋承信为此气得一天没吃饭，眼泪都下来了："我管了十六个侄子，出了十个大学生，考了中专师范的后来也都读了本科。这十个大学生里有三个博士三个硕士；六个去当兵的五个连以上干部，怎么就这么一个外甥，还给管到了监狱里？"

这一切得从宋承智的台球厅开始说起，宋继洲到了初二根本不想学习，刚开始还在教室坐着，只是心思早就飞了出去，后来索性早晨去学校溜达一圈，然后就逃课。

三舅妈因为接了小姑子的磨坊，每日三餐都会做好等宋继洲来吃，这小子按照学校作息时间出家进家，谁也没发现。初一那年，宋继洲一改锥捅破了"菠菜西施"儿子的肚子，也堵了青山镇中学老师的嘴，他旷课的事情，班主任不吭气，代课老师不吭气，校长知道了也不吭气。不是宋承信得罪了谁，按道理本来就熟悉，现在也是教育局的领导了，谁见了都该说一声，但好像成了默契，也许都认为宋股长肯定知道这个事情。

宋继洲狂热地迷恋上台球，专门跑去县城给宋青桃说自己要买书，听儿子这么上进，宋青桃二话不说就塞给他几十块钱，宋继洲是买书，可买的大多是台球方面的，外加一根好球杆。

很多年后宋继洲在省城路过一个台球厅，突然心血来潮，就给司机说进去玩会儿。他不知道那个台球厅在省城很有名气，是一个参加全国斯诺克大赛拿过亚军的人开的。进去刚开始跟司机打，显露的高水平让老板惊奇，于是上前邀了一盘，宋继洲微弱劣势落败，再打居然赢了。俩人就这样你来我往打了一上午，后来老板不但不收钱，还送了他一根高级球杆。宋继洲没客套，示意司机去办了个年卡，但这卡跟他车上诸多年卡一样，办下跟扔了一样。

在青山镇刚开始流行台球的时候，来开台球厅的多是在县城打过一段时间且自认为水平可以的主，他们也不贴广告，都是口口相传：打一把五毛，挑战老板赢了免费。

镇里常玩的小年轻管开台球厅的叫台主，而挑战台主就成了他们最刺激的玩法，只是这些台主天天泡在台球厅，熟能生巧，偶尔挑战成功一把半把也多是台主为生意让球。

租宋承智这房子的台主水平不赖，房东的外甥他就另眼相看，从最基础开始教，据说在青山镇开台球厅的台主们曾经搞不正式的比赛，宋继洲这个师傅是绝对冠军。一个愿意教，一个愿意学，半年不到，爱琢磨的宋继洲已经经常赢师傅了。

在初二暑假期间，宋继洲提着个杆，十字街东到西，南到北，挨个挑战，一路无阻碍，一毛不花打了一天，他的"师傅"笑着摇头："我教不了你了，我也知道你赢我都不在话下，只是很多把都是给我面子让球，我能看出来，你小子这点仁义我喜欢。"

青山镇称霸后，宋继洲就去了县城。这时候宋青桃有意把他转学到县城，宋承信也同意说在跟前能管住，但宋继洲坚决不同意，声称如果转学就退学，宋青桃只好作罢。宋继洲去县城继续挑战台主们，他也不跟小舅及母亲打招呼，自己默默来打完一家，不论输赢很快骑车子又回青山镇，如此来来回回打到初三开学，他的台球水平已经在石城县找不到敌手了。

再回到青山镇，有来挑战台主的，师傅就指指趴在球台上研究球路的宋继洲。

来一个输一个，来两个输一双，这个台球厅名声大振。师傅乐开了花，不但不收宋继洲的台费，还时不时给他塞点钱作为奖励。至于宋承智许诺过的减免租金，从没兑现过，宋继洲明白，老板更明白，所以这小子就捎带着帮老板当台主赚钱。

转眼又是过年，因为工作读书忙，孩子小不方便，宋家继字辈没回来几个。

改革开放进入第二个十年，农村的变化日新月异，守着几亩地还受穷的是极少数，实在是懒或者家里真没劳力。而在大城市，原有厂矿破产重组，真就是一拖一大片。好在宋家继字辈，基本功扎实，有俩下岗后便下功夫继续读研究生了，其余都在所在城市站住了脚，且多半结婚生子。

对于再下一代的"兆"字辈，宋继燕的儿子生下后曾请示宋长河，宋长河说问你小叔叔吧。

宋承信想了想，就定了一条："兆"字辈名字的最后一个字，生在哪个城市就用那个城市的简称吧。现在计划生育，一家就一个，不分男女中间字都可用"兆"，后一个字如果俩孩子在同一个城市重复了，就用现在城市名中的一个字，还重就用别称里的字。

学校放寒假，宋青桃回来镇里接儿子，宋继洲摆手说不去。到了年跟前，没办法，宋继洲下去县城住了两天，大年初一一大早就一个人窜了回来。哥哥们回来不多不热闹，宋继洲初一便打了一天台球，都没上窑洞院去。

初二一早，青桃从县城回来，没办法他只能跟着上山，到了窑洞院给姥姥姥爷拜了年，午饭都没吃就撒谎说跟同学约好复习，着急忙慌地又回到青山镇那个台球厅。

也就是从这个大年初二开始，因为台球，和一个比他大三岁的女孩子搅合在一起，宋继洲当兵的梦想破灭，开始走上另外一条路。

第 24 章

早恋

　　青山镇原来最富有最有威望的是许家，也就是宋承智的老丈母娘家，后来宋家在薛黄芩帮助下落户后，宋长河砸锅卖铁把五个孩子培养起来，尤其是到了孙子辈，五湖四海撒了出去，成为青山镇最具影响力的家族。除了宋家，自八十年代开始，吴家逐渐风生水起，短短十多年，已经成了青山镇最有钱的代表。

　　这个吴家最早在当地开铁匠铺子，祖上是从河南逃难过来的。到吴子文吴子武俩兄弟时，开始在北山后头弄铁矿。人们都以为他们是小打小闹，但到大家争万元户的时候，这哥俩儿手头已经有几十万的资产了。

　　当地人都叫吴子武吴大，叫吴子文吴二，这俩兄弟尽管有钱但都没儿子，吴大生了仨姑娘，吴二生了仨，也都是姑娘。

　　吴子文家本就临街，这两年手头有了钱，就把围墙打开盖了三层上下十八间的门面房，他没有外租这些房子，而是自己经营：一层一半当大厅，二三层都是包间。有钱好办事，装修讲究，厨子从县城大饭店挖过来俩，很快这里就成了青山镇最好的饭店；一层另一半刚开始开商店，后来他的大姑娘吴芳初中毕业后不想读书，就弄成了台球厅。

这个吴芳个子高挑，皮肤白、容貌美，除了学习不开窍，其余都是一点就通。她先去省城待了一段时间，回来后很快就接管了这个饭店，台球厅也不为盈利，就为来吃饭的贵客免费消遣。

宋继洲挑战青山镇台球厅的时候，吴芳这家是空过的，他知道这里没有台主，就是一帮人喝醉了胡乱玩。他不知道吴芳在省城专门报过班，还参加过一次省城的业余斯诺克比赛，获得女子组冠军。

不是冤家不聚首，这个正月成了宋继洲最甜蜜也最苦涩的日子。吴芳在大年初二下午提着杆来到宋承智门面房这边的台球厅，她中午在饭店听说宋继洲挑了全石城县的台球厅，有些惊诧，这个小毛孩有这么厉害？

吴芳比宋继洲大三岁，跟宋继朔是小学同学，但论学习一个是最好的一个是最差的，她也听家人闲话说起过王小宝的名字改成了宋继洲，但天性孤傲，家庭优越，她在镇里似乎就没有看得上的人。

饭后实在无聊，她就提着杆去了，宋继洲正趴在台球案子上琢磨旋转球。吴芳悄悄地在旁边看了会儿，说："台主，我来跟你打两把吧。"

这个下午，青山镇喜欢不喜欢台球的都围在了这个台球厅，吴芳跟宋继洲打了十局，不是随便的十五球，而是正规斯诺克，还找了个青山镇有水平的台主当裁判，最终宋继洲七比三赢了。

冬末，天黑得早，吴芳笑了笑，掏出十块钱扔到台子上说："你这个台子我不适应，邀请你明天来我台球厅，咱再打十局，行不行？"

刚十五岁的宋继洲已经接近一米八的身高，白白净净的，嘴唇上的胡子初现，只是有些瘦。他很成熟地笑了笑道："好的，明天下午两点，准时赴约。"

第二天下午，俩人再战，仍旧是七比三，最后一局懂行的都看出来宋继洲让了几杆，吴芳才以微弱分值赢了。都是不服输的人，也都酷爱台球，俩人自此开始经常交手，逐渐也开始聊些其他，春天开始俩人拉手，夏天开始试探，冬天再来热恋。

呼呼就是一年又过去，宋继洲跟吴芳已经海誓山盟，随后很自然地就睡到了一起，就在宋继洲要中考前，吴芳怀孕了。

吴二勃然大怒，扇了女儿一个耳光后强行把她塞进车里送到了省城，然后写了一份控告信，趁女儿睡着后摁上她手印，再返回青山镇，去了派出所，声称宋继洲强奸了他女儿吴芳。

跟宋承义关系好的老所长已经退休，青山镇武装部早两年就撤了，他已经完全在县城上班。新上来的这个派出所所长在吴家矿山有暗股，马上就去学校把宋继洲铐起来拘留，突审的时候宋继洲坚决不承认还挨了打，当宋承义宋承信宋青桃听到消息匆匆赶回青山镇，派出所说案情重大，已经把人送到了县公安局。

大家略微商量后兵分三路：宋承义去县里，先到公安局了解情况，顺带看看孩子；宋承信去吴子文家，协调把事情压下来；宋青桃马上去省城找吴芳了解情况，如果能带回来就带回来。

不是事情紧急且必须沟通，宋承信估计一辈子也不会踏进这个吴二的家，用宋长河的话说，这就不是一路人。

吴大吴二的爹吴老闷跟宋长河年龄相仿，但貌丑家贫娶不上媳妇，后来娶了个腿有残疾的山里女子。成亲后没多久，这个女子的弟弟要去外地求学，吴老闷出了些钱，怀恨在心，至死再没去过丈母娘家。

那时候山里的矿洞相当危险，不是穷疯了走投无路，没人愿意去那儿赚钱的，就算无奈去了，一般也是爹进洞、儿在外。进矿洞干活儿给得多，但随时都会被要了命，所以进洞前都要签"生死状"，如果出事，黑心矿主最多赔一副棺材钱。

那时候的矿洞口都是一米多高，人要爬着才能进去，还不能碰了撑矿洞的坑木，要不洞就会塌，出了事挖出来的基本都没了人样。

宋长河十三四岁的时候，与吴老闷都跟各自父亲去过矿上，一般都是年根，要过年、还债、弄些种子钱，实在没有来钱的门路了。当然，儿子在外面也不是闲坐，一般都是装车赚小钱。来拉矿的马车都是胶轮车，两边车帮子都加高，一车拉千多斤，装一车给几个钱。

这个装车要求速度，一轮矿拉出矿井，往往要求几十辆车短时间都拉走。宋长河自小力大，一把方头铁锹一锹二十多斤抢得上下翻飞，四五十锹就装一车，这个吴老闷个小力气小，半天都装不满，让拉车的直骂。

想着一起来的，也是一乡人，于是宋长河就喊他跟自己一起，工钱平分。就这样连续两年都合伙，吴老闷对宋长河很感激地说："你家里有要弄的铁器就到镇里来找我。"

这话是年前年后说的，宋长河开春消冻后掏窑洞准备跟何桂花圆房，去镇里打两把镢头便去吴老闷的铁匠铺，连口水都没给喝，价格还要得不低。这都不是事，关键是用了两天有一把就断了，维修照样收钱，话还多："最好是刨土，刨石头谁家打的也不行。"

这年底两家父子又去挣命，宋长河理都没理这个吴老闷，自己一个人装车，收入翻番还痛快，吴老闷是找谁谁不跟他搭伙。

认清了这个人后，宋长河宁可多走几里路去另一个乡镇，再没进过这吴家铁匠铺，待儿子们都长大了他还念叨："就不是一路人。这个吴家奸诈到极点，切记不要跟他们家打交道。"

分开地没几年，吴大吴二俩兄弟为分家大打出手，俩人为争吴老闷在十字街口的铁匠铺要拼命。吴老闷老婆死得早，他自己身体也不好，为此气得吐了血，不久就死了。

对凑着打发了父亲，这哥俩儿居然把一个十多平米的铁匠铺一分为二，里面的炭块都你一块我一块分得清清楚楚，而后兄弟阋墙，再不来往。

时过境迁，就这样的人家居然也有财运，吴家兄弟有个舅舅，当年外出求学，吴老闷给拿了钱，如今在铁谷地区钢厂当了一把手。他念起旧情，就给俩外甥指了条路："青山镇的后山有俩铁矿要对外承包，经营权是我们钢厂的，你俩一人干一个吧。先期投资，舅舅先给你俩垫着，承包费你俩赚钱后再付。"

当然这里面有他们这个舅舅的大股，本就是找自己人干，多年不来往，也掩人耳目。采出来矿，铁谷地区钢厂都是直接收购，价格比市场还略微高点。这俩小子等于空手套白狼，再加上钢材价格上扬，铁矿价格跟着水涨船高，除去给舅舅的，也都赚了个盆满溢。

这个吴二老婆白净，当时吴家家境还一般，但成分好，于是就娶了这个成分不好但长相好的老婆，后来生下姑娘也都随了老婆，只是不知道哪儿出了问题，俩兄弟生了六个丫头就赶上了计划生育。

当年生下三姑娘后，吴二兜里有了钱，脾气就大了，嫌老婆没给他生下儿子，一不高兴就打老婆。这个老婆忍无可忍，就去大队部告状，随后便传闻宋承智跟这个吴二老婆搞上了。也许就是传言，也许就一两次，所以不像后来小电工老婆及"菠菜西施"那样闹得沸沸扬扬。

无风不起浪，这事情影影绰绰地传到吴二耳朵，他对老婆更加不满意，打得更狠。他老婆娘家也没男丁，直到吴芳长大些护着妈，他才有所收敛。

宋承信跟这个吴二只打过一次交道，那时候他是镇里小学的校长，新学校盖起来后，不知为何这个吴二赞助了些课桌椅，是他接收的。当时想这是善举，就弄了个答谢仪式。

仪式结束后，吴二看着校门口操场堆着的旧课桌说："宋校长，我赞助了新的，这旧的该归我吧？"

宋承信愣了一下，说："你要这干吗，好多都没法用了。"

这个吴二哼了一声，说："拉回去劈柴烧火。"

宋承信想这是什么话，说："这些都是学校的财产，我无权处理。"

"不给拉倒。"吴二气哼哼地走了。

后来宋承信才知道，吴二捐这批课桌是"被逼"的，他想在村里弄一块地搞选矿厂，当时的村委会主任就说："你给新小学捐一批课桌，我就给你找地方。"

再后来吴二的选矿厂到底没弄起来，因为没多久宋承智就当了村委会主任，前任的话他不认。再再后来，吴二的老婆就去找宋承智诉苦，然后他就帮着"排解"了，吴二对宋家就开始怀恨在心。

但这还不是吴二一定要置宋继洲于死地的出发点。

尽管临街住着，宋承信从未进过吴二家的门。一路想说辞，凭记忆到了吴二家门口，以为走错了。大门楼，两道铁门，门口还蹲着俩石狮子，大门楼旁边的门面房三层高，一个大牌子上写着"青山镇大酒店"。

他这两年大多时间在县里，回来就直接上山去了窑洞院，镇里谁家盖房子他都不知道。这街上翻盖的又多，左右看了看，这才上前敲门。

先是狗叫，接着是喝骂狗的声音，再然后一声："谁啊？"

宋承信清清嗓子道："我，宋承信。"

"呸！"听脚步已经到了门口，但瞬间停住，"我不见宋家人。"

宋承信忍着，咽了口唾沫说："吴二哥，事情已经发生了，我来是听听你们家有啥要求。"

跺脚声里，狗叫声又起，吴二闷声闷气道："没啥要求，欺负了我妮子，就得蹲大牢。"

宋承信正琢磨怎么说，院子里传来狗挨打的惨叫声，然后就是吴二明显地指桑骂槐。没有办法，宋承信只能转身往三哥宋承礼家走，进门见宋承智也在。这事情本来该四哥出面来找吴二，但都知道他去肯定更坏事。

哥仨儿抽了一阵子闷烟，没有头绪，宋承礼的老丈人欧阳师傅叹口气道："我去吧。这个面子他得给我，当年吴老闷的老婆病重跟我借过钱。这个吴二我也帮过他，娶媳妇时候也是吴老闷来张的口。"

看着已经白发苍苍的老岳父，宋承礼很是感动："爸，我陪您去。"

欧阳师傅摆摆手道："人家说不见宋家人，是在气头上，你们宋家人就先不要露面。我去探探口风，你们觉着我该说啥，人家就不告了？"说着，拿起旱烟袋站起来。欧阳师傅看这仨兄弟都不知该说啥，摇摇头叹气说："钱，人家不缺，这口气肯定是咽不下，尽人事听天命吧。"

果不其然，吴二很客气地请欧阳师傅进了家，还拿出好烟，但听欧阳师傅说到宋继洲，脸马上拉了下来，说："欧阳师傅，您在镇里德高望重，对我们吴家也帮助很大，在这点上我尊重您。但这个事情不要再提，我妮子被那小杂种糟践了，以后怎么嫁人？他害了我妮子一辈子啊！还有，吴家今后在镇上个个都抬不起头了！就这两天已经乱了，饭店，饭店关了；矿山，矿山停了。您要拉呱其他的，我陪着，再说这个事情，请回！我现在就是想尽快把那小杂种弄进监狱，这样才能稍微消消气。"

宋承义从县里回来，天已经擦黑，闷热的天气就像蒸笼，进了宋承礼的院子就脱下了制服，搭到院子中间的绳子上。"我见到小宝了，他很委屈说自己没有强奸，是你情我愿，他们在搞对象。"

宋承智松了口气道："这不就结了，让他们放人啊。"

"怎么可能这么简单。"宋承义接过宋承礼递过来的毛巾擦了把汗说，"我也去了县公安局，局长说人家证据确凿，这个吴二把台球案子上的布子割下来一块，上面就有咱大宝的那啥，还有吴二妮子吴芳的控告信，虽说是打印出来的，可有手印。"

宋承信停住手里的蒲扇，想了半天说："现在的关键是找到吴芳，但我觉着小妹找不到；还有一个关键，那就是吴大吴二的舅舅，就是铁谷地区钢厂的厂长，他说话，吴二肯定得听。"

"要不这样，明天一早给大哥打个电话，我听继燕说大哥跟咱地委书记认识，如可以让地委书记找那个厂长聊聊，这个事情或许能有所缓解。当下全国严打，这类案件又说不清楚，得抓紧。二哥，一会儿咱俩回县里，今晚就打电话给大哥，然后再去找县公安局长说说。"

宋承智觉着自己啥忙也帮不上，点着头接话："我明天一早去山里，给咱爹咱娘说说情况，这次抓人动静很大，甭惊着他们。"

欧阳师傅从吴二家回来说了情况后再没开口，听到这里放下旱烟袋说："承信说得在理，吴二这个舅舅就是他家的财神爷，我觉着可以让老大转告，完全可以结个亲家。"

宋承礼不由苦笑道："爸，小宝不满十六岁呢，这是违犯婚姻法。"

"十五岁咋了，先定亲，到了十八办事不就行了！再说，这也算缓兵之计，三年后谁知道咋回事呢。"欧阳师傅摸着胡子说，"我一直琢磨这个事情，你们宋家跟他们吴家也没深仇大恨啊，这个吴二也不怕丢人，干吗非要把这事情弄成个这？"

宋承信站起来道："叔，我觉着您这个缓兵之计不错，如能定了亲，吴家脸面也好看，至于为什么，现在不深究了，我跟二哥现在就回县里。"

他话音未落，天空一道闪亮，接着一声炸雷，铜钱般的雨点开始铺天盖地砸下来。大家都在院子里坐着，看到闪电就收拾，都没来得急。等跑进屋里，外面已经是天地一片茫茫，这雨就像粗麻绳一样把天地密密缝合在一起。

突然想起自己的制服，宋承义赶紧蹿出去，再回来已经浑身滴水。他赶紧掏制服兜，里面的证件及一些钱都也滴水。雨下了足足半个时辰，且一直如倾盆。

欧阳琴儿弄了一锅和子饭，现成的馒头，一盘子腌咸菜、一盘子腌蒜薹。自各种各的地后，宋家老弟兄们难得在一起吃饭，就连过年都分开了——宋承信说山里寂寞，咱哥几个从初一到初六排吧，能让爹娘多高兴几天。

吃过饭，眼见雨逐渐住了，刚刚凉爽的天气却又逐渐热起来，宋承义宋承信哥俩儿放下碗就挽起裤腿，欧阳师傅在屋檐下斜着头看了看黑漆漆的天说："这么大的雨，路估计都冲垮了，你俩今晚就甭走了。"

宋承义已经走到院子中间说："叔，不怕，就咱镇门外一截子是土路，过了就是沙石路，问题不大。"

宋承信心里也有同样的担忧，但这个事情耽搁不得。"叔，您放心，路要不通，我们就返回来。"

路果然被冲垮了，但宋承信并没有返回来。

恰逢月半，月亮已经出来，就像被大雨洗刷干净一样，又大又白又亮。车刚出了镇子不远，宋承义看情况不对，就来了个急刹车，车子在稀烂的路面直接就掉了一百八十度，然后突突两声灭了火。

拉开车门，哥俩儿下来一看，路中间有道深两三米宽度一米多的深壕，明显是山里下来的水冲垮的，壕里还在流着黄汤般的水。

宋承义掏出烟递，给弟弟一根，说："今晚肯定是回不去县城了。"

　　宋承信叹口气，接过烟点着，说："不修路，明天车也过不去。"

　　往左右两边看，这壕沟从右边半坡上下来，穿过路面直接冲到左边的沟里，水声哗哗，寂静的夜里传出好远。宋承义自己也点根烟说："明天早上叫几个人来填，这旁边大石头多，抬过来几块很快就能过去。"

　　"等不急了，这个吴二说要尽快把小宝弄进去呢！"宋承信深深吸口烟说，"二哥，你把车开回镇里，我步行回县里。"

　　宋承义说："不急在这一时，就是判决也有法律程序，小宝才十五周岁，没那么容易被弄进去。"

　　"拖一天是一天的麻烦，"宋承信抽完这根烟，把烟头扔到哗哗流水的壕沟里，目测了下宽度说，"我跳过去，二哥，你明天尽快赶到县城，我先给大哥打电话，然后去公安局门口等你。"

　　宋承义没再劝，把手里拿的半盒烟和火柴都塞到弟弟裤兜里说："行，我明天一早叫人填坑，尽快赶过去。"

　　他后退两步，跑起来，用力一跳，已经快四十岁的宋承信跨过了沟壕，但脚下一滑，身体失去重心，扑通一声，一屁股坐到了地上。

　　宋承义吓了一跳，赶紧喊："承信，你没摔着吧。"

　　宋承信忍痛爬起来，摆摆手道："二哥，没事，你回吧，我走了。"

　　看着弟弟一瘸一拐地逐渐走远，宋承义恨恨地骂了一句："这个兔崽子。"

　　宋继洲在县看守所也没有睡着，他不知道舅舅们为了救他，已经像热锅上的蚂蚁了。他没有想后果，只是想念吴芳，那青春诱人的身体与甜蜜的嘴唇，已经填满了他的脑袋。

　　浑身是泥的宋承信回到县城的家里已经是凌晨两点，路上想抽根烟，掏出来却发现已经全湿了，只是觉着屁股疼，后来在路边找了根棍子拄着才挪回去。

　　韩巧姑在院子里给他冲洗干净，伸手摁了摁爱人的胯骨，宋承信疼得吸了口凉气，她马上脸色就变了："走，现在去医院。"

胯骨骨裂，宋承信居然徒步走了十几公里，这是怎样的意志啊，X光片出来，本来是轻微骨裂，因为走路加剧了骨裂程度，韩巧姑眼泪马上就流了下来，骂道："这个小兔崽子，这是要害死全家啊。"

宋承信卧床三个多月，其间宋承仁回来了一次，虽然刚刚退休，他的身份就不顶用了，这个吴二水泼不进油浸不湿，他舅舅也是阴奉阳违。最主要的是这个吴芳怎么也找不到，有消息说她在省公安厅采集了指纹，然后就消失了。吴二说自己也找不到，阴沉着脸说："估计见不得人，不定去哪儿自杀了……"

宋青桃在省城转了几天，心急如焚，卫三牛一直陪着。他给一个同学打了招呼，这位同学是铁谷地区的中行负责人，铁谷地区钢厂在他们银行有很大一笔贷款。经过暗中使劲，吴二的舅舅终于松了口，吴二也不再上蹿下跳。

只是事情发生在全国严打期间，影响又大，尽管原告选择原谅，宋继洲未成年，还是被判了六个月劳动教养。

事情处理完，宋承仁去医院看了五弟。对于这个结果，他苦笑道："不在台上，办事难了，你大侄子本来要回来，可部队有任务。也好，让这个小宝受点罪，他就知道锅是铁铸的了。"

趴在病床上，看大哥两鬓有了白发，宋承信有些释然了："大哥说得是，人这一辈子，沟沟坎坎跌跌撞撞的，人家不是说生容易，活容易，生活不容易嘛。"

处理完宋继洲的事情，宋承仁跟老婆李秀秀回窑洞陪父母住了几天。老婆李秀秀异常消瘦，他也没多说，其实李秀秀被查出胃癌，已经切去了三分之二的胃，好在都是高干，在国内最好的医院做的手术，恢复还不错。

这天一大早，宋长河喊大儿子回了趟石梯子老窑洞那边，已经快八十岁的老汉，走路爬山都比大儿子快，尤其是爬石梯子。宋承仁挺着大肚子，是靠老爹拿绳子拽上去的。

宋承仁气喘吁吁地到了老家窑洞院子，不明白宋长河为啥一再坚持要来这里，但肯定有事，且不是小事，因为爹的表现有些兴奋。有些日了没过来了，宋长河看着有些破旧的窑洞叹道："这窑洞啊，一直住着人就好好的，如今多年不住人，里面都塌了好几处。"

坐在院子里的一块石头上，宋承仁左右看着，也有些感叹："我就是在这个破地方生的，长到十八岁才离开，那时候咱们家真是穷啊。"

"破地方？"宋长河弯腰，伸手把院子里一棵蒿草拔起来说，"吴二曾经到窑洞院找我，说他找人探测过了，咱这窑洞下有铁矿，他要出钱买咱这窑，由我开价。"

宋承仁突然就明白了宋继洲这件事的症结，也知道爹肯定不会卖，吴二为了钱恨得牙根痒痒，正好小宝跟他闺女来了这么一出。

宋长河把手里蒿草扔到一边说："老子当时就没给他好脸，让他趁早收了这心，我这窑不卖。"

宋继洲的事情，宋长河也难过，何桂花更是哭了多次。他刚开始觉着这孩子自作自受，还对何桂花说他爹就不是好东西。但很快他就明白吴二之所以一定要把宋继洲严办，肯定有这个老窑的问题。想明白后，他跟宋承智说："我不进镇里，你去给吴二说，咱老院子我卖给他，让他放过咱家小宝。"

宋承智很纳闷，说："这事情跟咱老窑有啥关系？"听爹解释了后就答应着回到镇里，只是他不能去找吴二，没想好怎么转告呢，大哥回来了，于是这事情就放下了。

宋长河弯腰又拔起一棵杂草道："老大，你说这下面真有铁矿，那咱这老窑岂不是成了聚宝盆？"

宋承仁笑了笑说："爹，这事得找专家实地勘察，就是真有铁矿，怎么往出运？最重要一点，爹，咱家不缺钱吧？"

拍拍手上的土，宋长河拿出旱烟袋，说："往出运还不容易，从这里拉到石梯子，然后扔下去，再顺着沟修条路就拉下去了。缺钱？你们给我的钱花不完，苹果树马上也挂果了，可是，钱还有嫌多的啊。"

宋承仁有些奇怪地看了看自己老爹，在城市，"下海"已经成了流行词，而在自己的故乡，生于斯长于斯的安静大山里，莫不是也都为了赚钱啥也干？知子莫如父，看大儿子瞅自己，宋长河抽了一口烟道："你看镇里有些家都盖三层楼了，我听你五弟说国家鼓励一部分人先富起来。这事情我琢磨着跟以前大地主许家富起来不一样，那时候大家都穷，他一家富得流油，我给他们家扛长工时，看老四媳妇把白馍馍吐到地上喂鸡，都想过去跟鸡抢着吃。现如今，家家都过得好了，拔尖那么几个就不显眼。"

身边有棵泡桐树刚冒出来一人高，宋承仁伸手撇下个大叶子，扇了几下说："爹，改革开放十几年了，吃饱穿暖有住处已经不是什么奢求，我们小时候的苦都远了，更不要说您了。可是，我总是觉着，这么一窝蜂都要赚钱，很快就会出问题。"他把手里的泡桐叶子举起来挥动了一下，又说："您刚才说咱这老窑下面有铁矿，我相信。可您知道咱这山里石头多、土地少，若谁想开采去开采，过不了多久，山泉断流，植被荒芜，钱让少数人赚走了，受苦的是大多数人。"

怕老爹听不懂，宋承仁接着解释了几句："没了泉水，地下水就会下降，响亮河就会断流，青山镇的井都会干涸，老百姓不都受罪了啊。植被荒芜，咱这儿的小气候就会变坏，下雨也少了，庄稼都长不好了。"宋承仁顿了顿，叹了口气说："最大的问题是，这些富起来的人开始为富不仁，就像这个吴二。我记得吴老闷三棍子打不出个屁来，看他小子现在张狂的，我登门都不见，他跟他那个舅舅准备拿钱给法院，判小宝十年八年。有钱能使鬼推磨，旧社会那一套现在又冒了出来，甚至更过分。长此下去，国家会变成什么，不敢想。"

宋长河静静地听着，这个儿子是他的骄傲，他说的这一席话自己也都听懂了。他心里不由感叹："见过世面的就是见过世面的。"只是自己没有什么国家的概念，他只想把宋家过好。不偷不抢，安分守己，勤劳致富，尤其是在青山镇，自己的儿子们最好都盖起楼。

他抽了口烟袋，发现烟丝抽完了，就弯腰在地上找个石头磕打，又装了一袋烟，有些不服气地直起腰看着大儿子说："你可能不记得，在你小时候我每年过年前都会去后山挖半个月的矿，因为得赚钱过年，得准备第二年的种子，那时候我就想，如果矿山姓宋，是我的，我给孩子们一下做好几身衣服，单的夹的棉的都做……"

这有了争辩的味道，宋承仁站起来走到跟前，见宋长河裤腿上有几棵新鲜的苍耳，就弯腰一一摘掉。"爹，我很多时候都梦到自己衣不遮体，那都是过去了。这个矿的事情，我不建议咱们家人去干，一夜暴富，扶不住啊。还有，国家有法律，所有的矿产资源都归国家所有，不是那么简单的事情。您也下过矿，记得您说过那地方年年死人，如果经营矿山出了事故，那可比小宝这事麻烦多了。"

宋长河本来是想带大儿子来老窑这边商量下开采矿的事情，这个念头在他脑海里转了好久，没想到宋承仁一口回绝，且有一堆道理，这让他有些懊恼。自薛黄芩拉自己一把起，宋家逐渐在青山镇站稳脚跟，人活得有模有样，甚至都是楷模，而现在吴老闷这样的烂人子女都盖起楼，他心里很不舒服。吴家不是开矿赚大钱吗，咱家老窑下面就是，挖出来让几个儿子也盖楼，宋家要在青山镇站牢了，并且得一直高高在上。

"回吧，当爹没说。"宋长河口气里带出不满，"老大，我看你是退休后没了锐气，还不如我这个老汉。"

宋承仁哈哈笑道："爹啊，我大致能猜出您的意思，咱家在青山镇有没有威望，不是看房子多高、兜里钱有多厚。我的子侄们个个在外，等我们老兄弟几个将来不在了，谁还回来啊。"

"叶落归根，都回来！"撂下这句话，宋长河转身就往老窑院子外面走。宋承仁不想爹生气，突然顽皮地"哎呀"叫了一声，宋长河赶紧回过头问："咋啦？"

"嘿嘿，爹，我看那棵树上的杏快黄了，咱爷俩儿摘些回去给我娘吃吧，我记得她老人家最爱吃这棵树上的杏。"

宋长河点点头，转身走到那棵杏树下看了看说："来，你摘，熟的是不少了，我弄把柳条编个筐。"

院子边曾种过一行簸箕柳，如今长得乱蓬蓬的，宋承仁伸手摘下一个杏子塞嘴里，酸得马上就吐了出来。"爹，这杏儿还是这么酸啊？"

"对啊，就那品种，这院里院外、窑上窑下上百棵杏树，这棵结的杏最酸，你娘当年怀你们，这树的杏发青就摘着吃。"

宋承仁拉下一根杏树树枝，拣发黄的摘下，放地上一堆。"我娘十五岁就生下我，那时候她自己还是个孩子呢……唉，我娘真不容易。"

宋长河弄了一小捆簸箕柳条，坐在窑下一块石头上开始撸叶子。"你娘八岁到咱家，九岁就得做一家人的饭，她受的苦，你们想都想不到。"

"爹，你说这个小宝，刚过了十五岁就能把人家肚子搞大？我娘那时候结婚都早，不算稀罕，现在结婚都得十八岁以后，如果是真的，这么大当爹，这小子也算是青山镇头一个了。"宋承仁突然想起宋继洲。

宋长河把一根柳条弯成个椭圆，愣了一下，然后用柳条上剥下的皮捆绑结实，边干活儿边说："吴老闷那个孙女去哪儿了？是不是真怀了咱家小宝的孩子？"

宋承仁叹口气道："我妹妹在省城都转遍了，也没找到，我估计出省了，吴二的老婆也不在镇里，肯定跟自己姑娘在一起。"

宋承仁把手里的几颗杏放到地上，走到爹跟前蹲下，看爹编筐。"这是个麻烦事情，如果吴家不要这个孩子，出去打了胎还好些，如果生下来，早晚小宝也得管，人家不会善罢甘休，会继续闹腾。"

宋长河伸手再拿起一根柳条，看了眼宋承仁道："能咋？咱家小宝都蹲大牢了，还想枪毙了他啊？"

"这是两个事。"宋承仁蹲不久又站起来说，"强奸罪名不成立，法院弄了个糊糊说法——诱奸，一个十五岁的男娃娃诱奸一个十八岁的大姑娘？但没有办法，这样才能轻判。这个事情完了，孩子出生，是父母双方的责任，那个事情就又来了，谁来养，抚养费谁出等等都是问题。"

　　宋长河横一根竖一根地交叉编着筐，有些激动地说："吴家不是有钱吗？还在乎这么几个养孩子的钱？是小宝的孩子，他们不养，我跟你娘养。"

　　那可不是掏钱或者看孩子那么简单，但不能再惹老爹生气，现在想也没用，等这个事情发生了再解决也不迟，宋承仁就又返回杏树旁继续摘杏子。"爹说的是，兵来将挡，水来土囤，走着看。"

第 25 章

开矿

返回石梯子，父子俩坐下休息了一会儿，看着青山镇就在脚下，宋承仁拍了拍当年自己爬上去过的柏树说："爹，那年您跟薛伯伯去镇里放火，帮助八路军打日本，这一晃快半个世纪了，但历历在目啊。"

宋长河抬头看这棵柏树，说："人就不经混，转眼就老了，但这树就没啥变化，这些树的根都在石头缝里扎着，这里风大不存水，尽管没粗了多少，可越来越结实啊。"

走到边上看看沟下，宋承仁说："爹啊，您说得太对了，这树的根已经深深地扎入地下，所以能屹立不倒挺且直，不像人，总是活个面子。临退休前，部队给授了少将军衔，这次回来路上就想到那句'将军百战死，壮士十年归'，但进了家，我却发现曾经走过的路，都是为了回到这里。"

虽然没懂儿子最后一句话，但前面那句听得真真的，宋长河激动得老泪纵横："儿啊，你是将军了？了不起啊！"

宋承仁回头看着爹，说："将军也已经解甲归田了，所以这个事情我就没提。爹，这么多年经历过无数生死，眼见着我的兵成片倒下，眼见着鲜血染红了大地……我活着，替他们活着，无非一床一被、一餐一饭，要那么多干吗？"

知道儿子还是劝导自己，宋长河看着石梯子下当年炮蹶子摔死的地方，隐约看到血在冒出来，又想到薛黄芪倒悬的尸体，还有砖头瓦块中的白桂花，叹口气说："儿啊，我懂了。"

父子俩提着一筐杏子回到窑洞院时已经晌午，宋承智两口子是刚进门，何桂花跟俩儿媳妇围着磨盘择韭菜。

"爹，大哥，"宋承智上前接过大哥手里的筐子，"今天中午咱包饺子，井边种的头刀韭菜，新鲜着呢。"

宋承仁笑着说："好啊，老四，我听说头茬韭菜不好吃，你这怎么就新鲜着呢？"

这些年种菜，宋承智俨然成了专家，说："不一样不一样，大哥，头茬韭菜柴，一般都不吃，头刀韭菜可是最鲜嫩的韭菜。年前栽种的韭菜，在霜降之前割完最后一次就留着不动了。等到了来年春天暖和，这茬韭菜就猛长开了，叶厚且发墨绿色，割起来韭菜干粗壮、嫩白，根发紫，又叫紫根韭菜。"

"要卖的菜跟咱自己吃的都不一样，"宋承智有些洋洋自得，"菜地里最里面留着的都是咱自家人吃的，不乱施化肥，基本不喷农药，黄瓜西红柿都不用洗，直接摘下便能吃。

宋承仁苦笑，说："老四啊，都是人，都像你这样，我们在城里都不敢买菜了。"

宋长河在旁边哼了一声，说："我说上次去你菜地，洋柿子基本都是又大又红，就边上的几棵没长开还发绿，小雪也不说，只是告诉我这红了的不好吃，过几天就给送有洋柿子味的。"

夏小雪择着韭菜笑道："爸，我送上来的都是好的，您可别多心啊。"

宋长河摇头，说："我不多心，你们卖菜的时候不觉着亏心就好。"

这都是明着的事情，宋承智赶紧接话："爹，没乱用农药化肥，都是符合标准的，就是给咱家吃的多下点功夫罢了。"

宋承仁不便再说啥，知道当下社会风气有些不正，于是洗了把脸拿起两头蒜，坐在院子的老槐树下开始剥。宋承智随即就凑到跟前压低声音说："大哥，想跟你商量个事情。"

宋承仁有些奇怪，这些年家里的事情都是老五传话，尤其是这个老四现在迫不及待的样子，这是要干啥？他先不接话，而是把石头蒜窝子递过去道："老四，你先把这个蒜窝子洗洗拿过来。"

看着四弟接过蒜窝子进窑洞舀水，宋承仁把蒜皮归拢到一起扔到土灶里，脑子在一直转：这个老四找我要说啥？没个头绪，但不想跟他私底下说啥事情，看宋承智出来把蒜窝子里的水摇晃了几下倒了，随即大声就问："老四，你有啥事情，哥现在也退下来了，来，咱们哥俩好好盘算盘算。"

这话有进有退，要爹听见，也说自己退休，真求自己办啥，不好办的也好有个推脱。果然，坐在院里躺椅上抽烟的宋长河直起身子，宋承智也有些别扭起来，把石头蒜窝子放到磨盘上，伸手往里面放剥干净的蒜瓣。"也没啥大事，就是……哥，实话实话吧，事情也不是小事情，我想弄个矿窝子。"

看宋承仁没有惊讶，他接着说："靠山吃山，当下这是最赚钱的营生。咱这山里铁矿含量丰富，咱再不动手，就叫他们都挖干净了。"

宋承仁笑了笑拿起捣蒜锤，看了眼背对自己的老爹，说了句："这是最危险的营生，咱先吃饭吧，娘煮上饺子了，一会儿咱哥俩唠唠。"

"我刚被顶回来，你小子就能啊！"宋长河又躺到了椅子上，心里嘀咕了一句。他明白老大不出面，老四干不成。

山里的饭家常爽口，李秀秀多吃了几个饺子，一个劲儿地喊撑着了。何桂花笑眯眯地看着大儿媳妇："不怕，一会儿娘去弄些马兰头，给你拌上，晚上吃，保准消食。"

李秀秀问啥叫马兰头，宋承仁笑着说："满山遍野都有的一种野菜，营养价值丰富，我小时候经常吃，但那时候可不是为了消食，肚子从来没填饱过……"

何桂花舀了半碗饺子汤过来说："大媳妇，原汤化原食，你先喝半碗，一会儿娘带你去挖野菜。"

李秀秀双手接过，对丈夫说："你就爱翻老黄历，上次给你孙子说这些，他不是问你啥叫吃不饱吗？"

大家都笑，宋长河点头说："我这重孙子肯定不知道，但继燕肯定知道，大锅饭那时候后半夜饿醒了，就摇醒他奶奶要烤红薯。"

何桂花说："你跟你大儿子一样，翻这些老黄历，要不是我天天晚上去大队地里想办法，燕儿肯定长不了那么高的个子。"

"娘啊，我知道，继燕给我讲过。"李秀秀笑得前仰后伏，感激地说，"娘啊，真是难为您了。"

五个儿媳妇中最看不起这个山村的李秀秀这几天很舒服，这次回来第一次改口叫爹娘。也许是年龄，也许是大病，宋长河私下跟何桂花说："原来我最看不上这大儿媳妇，这次回来怎么觉着跟巧姑一样了。"

这日子就像做梦一样就好起来，想着当年半夜提心吊胆去大队地里挖红薯掏土豆，何桂花摇头说："不为难，秀秀啊，这野鸽子飞出去，到晚上就回来了，将来城里不想住了就回来住，不用想办法，这啥都有了。"

"不是将来就现在，"宋秀秀扭头对宋承仁说，"我看咱们就在这里住一段时间吧，回去也没啥事情。这里空气好，食材新鲜可口，这几天我都胖了。"

"求之不得，"宋承仁笑着说，"我走到天边都念这山，住多好的房也想这几孔窑洞，吃遍山珍海味，就数我娘摊的煎饼最香甜。"

宋承智在旁边笑着说："好啊，大哥大嫂，住下就甭回城里了。我井边菜地今年准备弄大棚，到冬天也有新鲜蔬菜，咱自己想吃啥种啥。"

"要是打定了主意，"宋长河点着一袋烟，"我看你们住老五在镇里的房子就行，山里还是没镇里方便。"

李秀秀喝口面汤说："爹，我们就住这里，窑洞养人，二老年岁也大了，我跟承仁就在跟前，有啥跑个腿方便，不是您清净惯了，嫌弃我们吧？"

"你这么说你爹高兴着呢！"何桂花笑了，"哪有嫌弃自己孩子的父母！只是没清净，半夜三更都是野鸽子咕咕咕叫，不耽误你们事情，想住哪儿就住哪儿。"

听到这里，宋承智马上说："那就住这里，大哥大嫂，我一会儿下山去镇里叫几个人，咱把这三孔窑收拾收拾，我跟小雪菜地离这儿近，晚上没事也能上来睡。"

尽管这有些无事献殷勤，但宋长河还是很高兴，摆手说："承智，干活儿的人你帮着叫，工钱料钱不用你，中间我跟你娘睡的窑不用动，两边好好收拾下，门窗都换了，屋里刷白，炕上垫平些。"

饭后，何桂花带着俩儿媳妇去果园挖野菜，宋长河抽着旱烟袋坐回躺椅，宋承仁提着个马扎招呼宋承智坐到宋长河跟前。这段话从老窑洞开始酝酿，现在说出来，不再是反对，但肯定不支持。

"爹，四弟，这次为小宝的事情回来，我在地区住了几天，大概也了解了些矿上的事情。我们国土上的矿产资源属国家所有，地上的地下的都是，不因其所依附的土地权属而改变——也就是说矿产资源全部属于国家所有，不能属于集体所有，也不能属于个人所有，不能说矿产资源埋在你村的土地上就属于你村了，更不能说在你家窑洞你家房子下面就是你的了。开采矿产资源必须获取国土资源部门批准，获取采矿权的方式有招标、拍卖、挂牌等出让方式，必须缴纳采矿权价款，也就是咱老百姓常说的出让金、矿产资源补偿费、采矿权使用费等巨额费用，一般办一本采矿证费用少则几十万元，多则上亿元，门槛非常高，不是想开采就开采的。

"老四，你是村委会主任，你应该知道这些，说这些也是让爹听听。就算借东墙拆西墙拼凑出这个采矿证，接下来的费用更是惊人。我听地区朋友讲，像咱这山里的矿都是深埋在地下，一般都得挖进去上百米才能见矿，一米的造价最低是一万，如果碰到大石头或者难挖的，用炸药想办法继续往下挖，一米造价十多万。你算算这是多少钱？

"还有，千辛万苦挖到矿了，矿的质量如何？当下铁矿价格好，可这个会变啊！开采还要人工、电力等费用，挖出来往外运还得给地方上交各种费用，这样七算八算，最后是赚是赔还搞不清呢。"

宋承智掏出烟，宋承仁伸手，缓和下语气说："给我一根，戒了好久，你大嫂不在，偷着抽一根。"

宋承智赶紧递过去，掏打火机点着，有些不服气地说："吴大吴二怎么那么容易就赚了大钱，不就是弄了矿窝子吗？"

宋长河仍旧把儿子递过来的烟弄碎放到烟袋锅里。"是啊，老大，吴老闷的俩儿子从哪儿弄那么多钱开始干？"

宋承仁抽了一口烟，叹口气道："他们弄的是现成的，地区钢厂在咱后山有俩矿窝子，国家开采出来的，吴老闷的小舅子现在在钢厂说了算，于是就把这俩外甥拉扯了一把，吴大吴二明着是老板，暗地里是给他们这个舅舅打工。"

宋承智把马扎往阴凉地移了移，觉着这就是办法。"大哥，虽然说你退下来了，可是你在咱地区那是大名鼎鼎，谁敢不卖你的面子。我跟着你干，很多事情不就迎刃而解了吗？"

这话像下象棋拿车将军，爹也有这心思，宋承仁没办法躲，只好支了个士。"老四，哥都六十岁了，对这些事情不愿意操心了，你大嫂说回来住我很高兴，她可是大病初愈，差点要了命的病啊。你就让哥多高兴少担忧，静下来住一段时间吧。"

听老大说到这里，宋长河坐直身子，拿起烟袋锅在旁边石头上磕打。"老四，我看老大说得很清楚了，咱们也能过下去，过得也不错，就不再在这个矿窝子上打主意了。你看着下面的果园，嫁接后明年就能挂果了，你要不忙就上来打理打理，老大你也劳动劳动，把你的将军肚瘦下去，将来苹果卖了钱，你哥俩儿分着花。"

宋承仁哈哈笑道："爹，劳动我没问题，钱可是您的，我跟秀秀退休金够用。老四，说好了，咱哥俩儿一起帮爹弄这个果园。"

宋承智苦笑着说行，仍旧想动员大哥，他知道这个矿窝子没有大哥参与是弄不成的，但大哥已经说到这个份上，他只能暂时作罢。

就在他们商量弄不弄矿窝子这天，说干就干、从不瞻前顾后的宋青桃已经在地区开始着手办手续了。她跟卫三牛说："我咽不下这口气，我儿子被吴二弄进去，我就得把这个吴二弄下去。"

她打听清楚了，这个吴二开采的矿洞旁边还有一个矿洞，当下因为资金周转不开暂停着，卫三牛帮她打听到这个矿洞的归属权后，她马上就开始筹钱——这个洞跟吴二的洞开采的是同一个矿体，她要从吴二嘴里抢矿，正大光明地抢。

对此，卫三牛有些犹豫，他劝说宋青桃："君子报仇十年不晚，铁矿的价格现在是不错，但原来的矿主我知道，资金链断了，咱们要接手，起码还得上百万的投入才能见到矿，风险很大。"

宋青桃也不是当年的宋青桃了，她说："我多方面打听过了，这个事情不是盲目上马，当下到处需要钢材，铁矿价格下不来，得抓紧。这个矿手续齐全，不用太费劲，我那个服装城门面贷款还完了，可以抵押再贷款，咱出气也赚钱，等我儿子出来就让他慢慢参与进来。"

卫三牛反复思考，就同意了，随即就帮宋青桃筹集资金。这个女人对他非常好，房子收拾得很温馨，多年梦寐以求的家的感觉越来越强烈。

宋继洲出来了，是被抬出来的。

在里面待了三个多月，宋继洲从对吴芳念念不忘到咬牙切齿，然后什么都不想了，他得了黄疸性肝炎，不思茶饭，浑身无力，脸皮发黄，本来就瘦弱的身板开始佝偻。

也不知道谁是第一个得病的，刚开始没人理会，直到一位劳改干部觉着不舒服去医院检查，随即整个劳改大队普查了一下，这才引发大的震动：该劳改所百分之三十都患了这病，劳改干部有四分之一也患病。

宋青桃接到通知后赶去给儿子办了保外就医，劳改所的二把手是大哥宋承仁曾经的一个兵，这个事情就是人家主动联系的她。

宋继洲根本不像一个十五六岁的少年，扶着腰喘着气没走出劳改砖厂大门，就软软地倒下了。

他被抬出来放进车里，宋青桃看着儿子这个样子，眼泪马上就出来了，赶紧拉到地区医院。

宋青桃暂时没打算让卫三牛露面，卫三牛也是这个意思，于是一个去接，另一个在医院办手续，等一个接过来另一个已经消失。

在地区医院住了几天，病情控制住，略微觉着有了力气，宋继洲就吵着要回青山镇。宋青桃拗不过儿子，只好办了出院，自己开车拉着儿子回到石城县。

宋青桃知道五嫂能管住他，于是直接去了县人民医院，从病情发展到将来影响，巧姑声严色厉地训斥了几句，宋继洲才又住了几天院。

胯骨没好利索，宋承信拄着拐来看了看，在病房语重心长地说了几句话，大意是高中肯定不上了，当兵也泡汤了，接下来好好做人，当好老百姓做个好农民也不是坏事。

宋继洲一直默默听着不吭气，离开前，宋承信叹口气，说了几句重话："小宝，小舅不是吓唬你，这一次咱们全家用尽全力，因为我们知道你是委屈的。但小舅也不止一次给你说过，苍蝇不叮无缝的蛋，咱自己真的一点错都没有吗？不玩物丧志，不旷课逃课，会发生这一切吗？吃一堑长一智，小宝，你还不到十六岁，人生的路长得很，如果连自我约束都办不到，那么监狱的门永远都为你开着。"

看着小舅舅一拐一拐离去的背影，宋继洲眼泪止不住地流，他捂着被子痛哭了一场，要知道，从戴上手铐到现在，他没有掉过一滴泪。

巧姑在病房门口没进去，她明白这个孩子委屈，更明白自己丈夫说的道理。宋继朔也来了，但宋承信没让他进去，就让在医院门口等着。"他是黄疸性肝炎，稍有不慎就会被传染，你马上就要去学校报到，这个可耽搁不起。等你寒假回来吧。"

第二天，宋继洲给巧姑说："小舅妈，我觉着我差不多好了，我想回青山镇，你跟我妈商量一下吧。"

宋青桃没主意，韩巧姑觉着西医差不多了，就找了个中医朋友给望闻问切一番。第三天一早，宋青桃后备厢放着二十包中药，又去买了些吃的喝的，接儿子出院回青山镇。宋继洲提着抬自己去医院的折叠担架上车，宋青桃说："这个担架没用扔了吧。"宋继洲说："咱花过钱的，我从地区带回来就是要留个纪念。"

车快进青山镇的时候，坐在后排的宋继洲突然说："妈，我想直接回窑洞院，我想姥姥、爷爷了。"

矿很快投产，自己忙得一塌糊涂，路上还琢磨回青山镇去哪个哥哥家，给哪个嫂子说好话。听了儿子的提议，宋青桃马上就答应了："行，你姥姥、爷爷也想你。"

宋继洲冷冷地接话说："姥姥想我，我信。妈，我大舅大舅妈也在山上呢，我这么去，爷爷估计会生气，可是我就是想在山里静一段时间。这样吧，你到镇里后到四舅的台球厅那边，叫俩人把我抬到山上，我爷爷肯定就不会撵我出来，更不会气到他了。"

宋青桃停下车，扭头看着自己的儿子，突然觉着自己读不懂这个孩子。也许她从来都没有读懂过，这些年缺乏母子之间的陪伴，她不觉就愧疚："儿子，要不咱回县城吧，你跟妈妈住，我最近哪也不去啥也不干，就陪你，给你熬药，给你做好吃的补身子。"

宋继洲摇摇头，说："小舅妈跟我聊了几句。妈，我知道你在跟吴家争矿，你去忙吧，无论输赢，起码得让他们知道，咱们宋家不是好欺负的。我就想回窑洞住段时间，我想那匹老马，想那些野鸽子，就这么定吧。"

扭回头启动车，宋青桃叹口气道："那匹老马前两天死了，你爷爷说活了四十多岁，算长寿的马了。"

宋继洲不由就坐直了身子，有些结巴道："怎么……怎么……怎么能……能死了呢？"

"傻孩子，马一般只能活二三十年，这匹老马到咱家都二十岁了。"宋青桃从后视镜看了一眼神色黯然的儿子，赶紧换了热烈的口气，"你大舅看你爷爷埋马的时候伤心，就让以前的警卫员给送来一匹退役的战马，很威风也很听话，最主要跟咱家那匹老马个头儿、毛色都差不多——我要不给你说，你肯定分辨不出来。"

宋继洲哼了一声说："我闭着眼睛也能分出来。"儿时用弹弓打马肚子，后来骑马冲进青山镇的一幕幕在他脑海翻腾。

车在青山镇穿过，已经没人指指点点了，这个镇子已经有几辆小轿车经常出入。家家户户都在忙着赚钱，闲操心的人越来越少，宋青桃曾向小哥哥感叹，宋承信说这不是见怪不怪，而是淳朴民风变成了奢华比拼。

台球厅依旧是那个老板承包，宋继洲为他赚了不少钱，听宋青桃说了请求，马上喊过一个小伙子说："我来亲自抬我这个'台主'。"

宋继洲在后座装睡，宋青桃也不说破，她不知道自己儿子这是一石二鸟，爷爷接受了他，"他出来了"这个消息也得有人传播传播——奄奄一息回来的，吴芳你真就不心疼？

山里窑洞院通了电后没多久，镇里修路，宋承智给师傅买了两条烟，于是推土机就往上推了一截路，现在车都能开到窑洞院下面了。也就不到一里地就能到院子里，但坡实在太陡峭，绕个圈子修路也得大型器械，于是作罢，就弄出一块停车的地方。

正好这天宋承仁一位战友来看他，车就停在这个地方，宋青桃把车停在旁边，心里直犯嘀咕：爹要是不接纳小宝，那该咋办？这得多伤孩子的心啊？

宋承仁这位战友也是回家探亲，所以没有久坐，午饭也没吃。宋青桃犯嘀咕的时候，宋承仁跟李秀秀已经送了下来，宋青桃赶紧下车打招呼。

等战友的车下山走远了，宋承仁回头发现小宝已经下车躺在担架上，不由就皱起眉头问："小妹，这孩子是怎么回事？"

宋青桃含着泪把情况说了下，宋承仁就对台球厅的承包者及那位小伙子说："我这外甥已经瘦到皮包骨头，劳烦二位给抬回家去。"

这个"回家"让宋青桃感动得眼泪直流，她上前拉住大嫂的手道："我命苦，我儿子跟我命一样苦。"

宋继洲在担架上睁开眼睛道："妈，我们都不苦。大舅、大舅妈，我不争气，把你们也给折腾回来了。"

宋承仁摆手说："你不折腾，我们也要回来，回家再说吧。"

担架进了院子，宋长河吓了一跳，何桂花直接就哭上了。宋承仁没让他们到跟前："小宝是黄疸型肝炎，吃饭都得单独碗筷一段时间。娘，您年岁大了，稍微注意一下。"

宋青桃放下手里提着的东西说："是，娘，尽管已经好了，还是得注意，让小宝自己住一个窑洞，再过几天，等五嫂回来说没事才行。"

小宝躺到炕上，宋青桃送了那个台球厅老板，从车里提出中药返回院子跟大哥说了会儿话，给何桂花塞了些钱就匆匆忙忙走了。

院里清净下来，宋承仁对宋继洲说："小宝，你站起来，我知道你能站起来。"

看着宋继洲起来，宋承仁第二句话是："你记住，永远不要把自己的懦弱、胆怯、躲藏、痛苦展现给别人，即便是家人。"

宋继洲点头，似懂非懂地跟着宋承仁走出窑洞，在阳光下看着马圈里的新马，他再次想哭，大舅说了第三句话："所有过往都是过往，人这辈子得把自己活成结实的屋子，不要活成任人骑行的马，只要自己坚挺，那些马儿不都是想换就换吗？"

宋长河看小宝走出窑洞，心里哼了一声但没发作，见大儿子跟他说话，起身出了院子，到果园溜达了一圈才回来。

接下来的半年，除了喝那些难以下咽的中药，每天陪着宋承仁到处溜达就是宋继洲的主要事情。上山下山，果园里干活，逮野兔子，抓野鸡，俩人很快都晒黑了，宋承仁瘦了，宋继洲胖了，都看着健康很多。

自己俩孩子那时候部队事情多，基本都没管，老大送回来长到十八岁自己都没抱过，等到他们结婚生子有了自己的世界，突然发现自己是个很不称职的父亲，现在突然冒出个问题少年，宋承仁的父爱好像压抑多年突然迸发，宋继洲很多时候那个"爸爸"的喊声都在嘴里转来转去。

其实宋继洲从出生到现在，也就见过这个大舅两三面，且都是匆匆忙忙。在他小小的心灵里，大舅是高大的，犹如青山镇背后这大山，层层叠叠看不清全貌。小舅就像青山镇每天见到的一切，真实在变，大舅就不会变，永远是叱咤风云的大将军，随手一指，摧枯拉朽。

而这半年相处，宋继洲发现不是的，大舅给自己展现了很多脆弱面，尽管他一再强调做人不能示弱。后来他明白这是大舅在现身说法。比如某一场战役后的思考："也许当时我想到这一点，代价会少一点，你要知道这些代价都是鲜血与生命啊。所以，从士兵到将军，就是把事情想得全面一点、再全面一点，后果想得惨烈一点、再惨烈一点。只有这样，才可以用最少的代价换取最大的胜利。胜利不全是把红旗插上敌人的山头，那是任务是目标，而完成这个任务这个目标还得活着，还有太多你拼命想却总存在的可以说是不可避免的遗漏。"

这些话很多，宋承仁好像要把自己人生得失和盘托出。于是，半年时间里，这舅甥二人除了睡觉基本都在一起，一个说一个听，说者不在乎听者听不听得懂，听者也不在乎说者说得对不对。

每天清晨，宋承仁坚持要打一套拳，这是当年宋团长教给他的，也说不上是啥拳法，但一套下来大汗淋漓。宋继洲在旁边看了几天，就缠着大舅教给了他。于是每天清晨，这一老一少在院子下的"停车场"打拳，打得虎虎生风，汗流浃背。

也不知道是何桂花的饭菜可口，还是韩巧姑给拿的中药管用，或者是宋承仁的拳法神勇，半年后，宋继洲告别瘦弱，变成了一个壮实的小伙子。

这半年宋青桃没有闲着，她一句也不问大哥，偶尔回山里窑洞院，一般都是拿回一大堆吃的用的，但不提生意一句。而这个大哥在她嘴里出现的次数已经数不胜数——在地区，她几乎动用了大哥的所有关系，从最初知道的一个关系开始，一个连着一个，她好似在替大哥经营着这个关系圈，但又不告诉大哥一句。

这是个庞大的关系网，当年春节前，宋青桃从天津发了几十袋子海鲜，送了一圈就剩两袋，当她提着这些宋长河笑称的"蟹兵虾将"回到家，已经是年三十了。

生活越来越好，但年味越来越淡，宋长河看着宋承仁跟李秀秀收拾海鲜，自己下不了手，只能抽着烟唠叨："想当年，为给你们过个年，我是提着脑袋进矿洞，每每装一车就想着给老大弄下一件外套了，再装一车就想老二的裤子有了……"

知道爹还惦记开矿洞的事情，宋承仁不接话，这多半年四弟承智上来的次数明显增多，话里话外也总是说这个事情。他烦不胜烦，往往看到山路上有人上来，马上喊："小宝，跟大舅去后山打核桃去。"

因为大哥在山里窑洞院过年，承义承礼兄弟俩腊月里也上来了几次，但也没见到，宋承仁跟小宝已经从院子后的一条小道进山了。

宋承信在机关没了寒暑假，但儿子继寰、继朔回来也都回到青山镇，除了晚上回青山镇住，白天都在窑洞院，这俩北大的侄子宋承仁也喜欢，一个读研究生一个读本科。他开口闭口就是请教，吓得俩侄子赶紧说："大伯，您是将军，再说请教我们俩就当逃兵下山了啊。"

宋承仁哈哈大笑，真是觉着开心。有一天下雪后他带着仨孩子到石梯子"赏雪"，说"你们的爷爷当年英雄着呢"，随即讲了宋长河当年的故事。他指着前面沟里说："这里掩埋着日本兵一个小队，在八路军的军史里，有很浓重的一笔，只是你们的爷爷用'当地一个长工及药店掌柜'代替了。"

小宝很是生气："大舅，你是将军，为啥不给他们讲我爷爷及薛爷爷的名字，让这俩爷爷名垂青史！"

宋承仁伸手接着雪花，说："我很快要写回忆录，会写到，他们看到会修正。只是，孩子们啊，啥叫名垂青史？"

这问题小宝肯定不回答，就看自己的十五哥、十六哥。北大生没开口呢，宋承仁就自问自答了："是为人民为老百姓做了伟大的好事情！小宝啊，你看这青山镇在大雪里很不真实，可你知道这个镇子的每一条胡同、每一个院子，如果将来这个镇子里的每个人都说宋继洲为他们干了多少好事情，改变了这个镇子的很多东西，那么，你就会名垂青史。"

已经过了生日，说起来虚岁就十七了，宋继洲越来越觉着大舅高大，看事情都有很高的高度。他明白这一席话肯定是给他说的，但为啥这么说，他不清楚，也不问，只是点头，心里默默地说：我会的。

其实，宋青桃在地区做的事情，宋承仁很快就知道了，他对这个妹妹的做法很不赞成，只是木已成舟。他也明白自己挡不住当前的热潮，处处都在搞建筑，脚下这座山里的铁矿肯定是要挖出来的，只是发展后的治理是大问题。

不远的将来，宋继洲肯定会介入他母亲的矿业，再往后估计就会接手，所以他提前说一些，希望这个孩子能有大胸怀，这也是这一次"赏雪"的目的所在。

既然一定要干，那就让妹妹干，这么多年打拼，她有商业头脑；爹一辈子就是为孩子为这个家活着，想不远，且年岁已高，肯定不能让他再参与；至于四弟承智，有点小聪明，但眼光不够，干这么大的事情，他驾驭不了。

宋承仁激励过了，也得说点"丑话"，返回的路上，说："就在掩埋日本鬼子的地方，后来解放军又消灭了上百国民党还乡团，这里面很多都是石城县的人。"

"后来我听说日本政府来挖走了一些遗体，但本地没有人来挖还乡团的尸骨，这就叫遗臭万年，本家人都不屑认了。"

宋继洲说："我听五舅讲过，这些人害死了薛爷爷，该挫骨扬灰。"

宋继仁点头，很欣慰地说："赶紧回家吧，你们的爷爷奶奶该着急了。"

第26章

杀狗

转眼又是一年，因为宋承仁回来住，这个窑洞院几乎热闹了一年，到了大年三十更是欢声笑语不断，间或有鞭炮的噼里啪啦声，断崖上的野鸽子也凑趣，"咕咕咕"叫得此起彼伏。

"承"字辈夫妻都在，"继"字辈回来九个，"兆"字辈也回来三个，四世同堂，其乐融融。吃过午饭，开始准备年夜饭、洒扫庭院、贴春联……

宋长河给土灶里塞了根柴火，准备炸麻花，他很满足，不时地扭头瞅着院子里。腊月二十下了一场大雪，白亮亮地泛着光，他眯着眼睛看着三个重孙子在院里放鞭炮，笑容满面。

宋承礼让徒弟们又抬上来三个大方桌、三十多个方凳，说是自己从另一个村收来的老货，以后家人会越来越多，回来吃饭得有个地方。

媳妇们准备年夜饭，何桂花拿个抹布擦方桌说："我觉着你爹上次说得就不错，整几个磨盘上来，在这院子里摆好，不怕刮风下雨，再围着磨盘种几棵树夏天有阴凉，实用。"

宋承礼笑着说："这个简单，没人用的东西都扔在路边了，就是磨盘太重，得找吊车弄上来，工钱不比这桌子便宜。"

　　在旁边帮着摆放凳子的宋继洲接话说："三舅，这个事情交给我，不用几年，弄十几个磨盘上来一字摆开，再找石匠弄些石凳。"

　　何桂花直起身子捶捶腰说："小宝啊，你这身体也好了，不是姥姥叨叨你，一个大小伙子天天吃闲饭可不是回事啊，你得找个干的。过年就十八了，是顶事的年龄了。"

　　"虚岁。"宋继洲上前扶着姥姥到一个凳子上坐下，然后绕到她身后帮着捶腰，"姥姥，您就不要操心了，我不会吃闲饭，我要干一番事业。我跟我妈说好了，过完年就去县城帮她经营服装店，先历练历练。"

　　这举动，这几句话，宋承信很欣慰，他走到西窑洞土灶里，递给正在炸麻花的大哥一根烟说："看来这半年多，你对咱这宝贝外甥下了很大功夫啊，谈吐都不一样了。"

　　宋承仁指了指妻子，摆摆手说："五弟，是你给他打了个好底子，这娃本性就不坏，我看将来咱下一代，小宝不一定是最成功的，但一定会是最有钱的一个。这小子做事情有韧性，喜欢的东西能下功夫琢磨，我跟我老团长学一套拳一年多，小宝跟我学俩月就比我利索了。"

　　"你那时候行军打仗，居无定所。"宋长河往土灶里塞一把柴火，有些不以为然道，"现在除了吃就是睡，学几个花架子有啥。"

　　"爹，你就是偏心，你就是觉着考大学当兵才是好孩子。"宋青桃心情不错，端着一箅子刚搓好的麻花过来，她知道自己的爹嘴硬心软，放下箅子，还是忍不住说了几句。

　　从油锅里夹出两根炸得焦黄的麻花，抖掉滴答的油放到旁边的竹筐内，宋承仁伸筷子指着宋青桃说："小妹啊，爹都这么大岁数了，你还是这么说话，小心大哥揍你啊。"

　　宋承信拿起一根炸好的麻花，掰开递给爹半根，笑着说："就是，大哥，你揍，我帮你拿住，这个小妹都让咱们惯坏了，没个样子。"

　　宋青桃吐了吐舌头，三十大几的人了，但在哥哥们面前仍旧是那个调皮的妹妹："大哥，五哥，甭揍，我怕疼，我给爹赔个不是，一会儿给爹倒酒认罚。"

　　说完，她伸手从五哥手里抢走另半根麻花，拿起个空算子，脚步轻快地回窑洞了。矿上很顺利，已经开采到矿体，且铁含量很高，儿子养好了，身体情绪也不错，宋青桃这个年过得非常开心。

　　当地风俗，年前一般都要自己炸麻花，宋承义的老婆柳叶就是调麻花面的高手。进了腊月，整个青山镇的人都会找她去调面，她调的面炸出的麻花又脆又酥，这是她娘给她的方子，就是用盐用矾，但比例与分寸拿捏是学问。

　　宋承义家很多年都不烧油锅，但年年有吃不完的麻花，老婆出去一天调几家的面，炸好都会送一些来，厨房里一个瓮里很快就能放满。本来宋承义说把炸好的带上来就行，宋承仁说那多没氛围，年夜饭前咱炸一些，菜不说，麻花饺子都有，咱娘高兴。

　　于是，他亲自来炸，在部队过年都下连队，炸过多次，轻车熟路。宋承信再拿一根咬一口，脆酥适中，很是钦佩："大哥，你这带兵打仗的将军，居然会炸麻花，真是一行行，行行都行。"

　　宋长河嘴里嚼着麻花，也点头说："是不错，比承义拿上来的好吃……""啪"的一声响，一个鞭炮在窑外面炸响，吓得他手一抖，半截麻花掉在地上。

　　他扭头看，发现宋继燕的儿子拿着根香正得意地笑。宋承信赶紧出去道："可不敢这么玩，里面是油锅，要是着了火，你爷爷你太爷爷可是要揍你。"

　　宋长河哈哈笑，捡起掉地上的麻花吹吹土说："信儿，让孩子们玩吧，着不了……"

　　宋承礼有个徒弟家是做炮仗的，腊月二十三前送上来一大车，鞭炮、二踢脚、蹿天猴应有尽有。到年根儿，宋承仁的一个战友来，又带了十多箱礼花（当地人叫火花子），尽管日子过得越来越好，放这几十块一墩子的还是少数。

　　继字辈最小的虚岁都十八了，所以这些鞭炮就是给兆字辈的玩。昨晚宋继燕就让宋继洲带孩子们放了几墩子，何桂花在窑洞口仰头看着说："是好看，就是这么几下就几十块钱，太费了吧。"

很快年夜饭，三个窑洞分开三桌，宋长河、何桂花跟儿子女儿中间窑洞，东窑是继字辈，西窑是媳妇们带孩子，吃吃喝喝，说说谈谈，这顿饭吃了"两年"。

三个窑洞三个电视放着春晚，吃饱不喝酒的就看电视，就等着过了十二点放炮仗烟火。

有了电后，宋承信给爹娘买回个彩电，自己在县城还是看那个黑白的，儿子读书期间，从不打开。宋承仁回来也拉了一台，屏幕大，直接就放到中间窑洞，旧的拿到东窑每天看《新闻联播》。宋继洲回来后不久，宋青桃怕他闷，也买回一台，这个小宝很懂事，就把新的搬到东窑，自己看旧的。而这才是这个家最快乐的事情，百事孝为先。

电视里倒数，宋继洲带着仁侄子早已摆放好烟火、鞭炮、二踢脚，然后定出顺序……第二天拜年串亲戚，青山镇人又有了说头："宋家真是厉害，昨晚那炮放了一夜没停，火花子隔一会儿就蹦出来，五颜六色映红了半个山。"

宋继燕回来的时候带了十张行军床，宋承仁提议承字辈五兄弟跟爹娘睡一个炕，继字辈都睡行军床，剩下两个炕睡女人跟孩子。

窑洞里温暖如春，宋长河听着五个儿子的鼾声，想过去这七十多年，很是激动，辗转反侧到天亮才睡着。

早在上冻前，看爹娘烧暖炕不方便且危险，宋承仁就去镇里找了四弟宋承智，他出钱，用半个月时间给窑洞院改了土暖气，把断崖边原有的一个小窑洞改造了下，装了一台小锅炉，这是他让儿子宋继燕从省城买下送回来的。

送暖管道在三个窑洞的炕下穿过，每个窑洞又装了两组暖气片。宋承信周末回来带了一大卡车炭，卸在窑洞院下的"停车场"，宋承仁跟宋继洲花两天时间用平车倒腾到"锅炉"小窑外。怕淋了雨雪，俩人还搭起个棚子。

这是青山镇有史以来第一家用上暖气的人，就是石城县也只有个别单位用上了，大多仍旧是一个铁炉子，烟筒光亮的都不多，尽管兜里有了几个钱，但是还不敢提到享受这个层面。

没过正月十五，宋承仁就回省城了，老团长要弄回忆录，老部队要收集相关历史材料，休干所也想请他写点东西，最重要的是李秀秀该回去复查了。

这是他自当兵走后在父母身边住得最久的一次，怕麻烦，走的时候，没对一个弟弟说，只有爹娘跟宋继洲送到窑洞院下停车场。何桂花泣不成声，把煎饼鸡蛋等吃的塞到车上，宋长河也有些眼眶湿润，宋承仁沿袭一直以来回家探亲的习惯，上车前给父母趴下磕头道："爹，娘，等我把事情都了了，就回来不走了。"

也就是到这时候，他们才知道大儿媳妇生的是啥病，眼见李秀秀也要磕头，何桂花赶紧拉住说："媳妇啊，你早点回来，这里穷但养人，我今年多挖些野菜，晾晒干了冬天也能吃上。"

宋继洲默默地看着车沿着盘山路下山，然后进入青山镇，就像一只兔子离巢去找食，恋恋不舍似的，但越走越远，直到不见。这段父子般陪伴生活瞬间结束，他真想大哭，可大舅说男儿有泪不轻弹。等他回头醒过神来，宋长河已经往回走，何桂花抹着眼角仍旧看着远方。他上前扶着姥姥，说："大舅走了，我妈让我过了十五就去县城，我没答应。我要再住一段时间，你们烧不来锅炉，等开春吧。"

这是宋承仁临行前给他的任务，也是他自己的"小九九"，他不想再面对镇里那些尔虞我诈，爱情都成了阴谋，尽管一万个不信，但吴芳怎么能签字画押摁手印呢？

窑洞院恢复了往日的宁静，宋继洲每天半夜起来给锅炉加炭，恍惚回到十多年前，那时候的冬天自己每天都面对这样一个宁静的世界，除了偶尔听到野鸽子低沉的咕咕声和老马咀嚼草料的嚓嚓声，再无声响。

宋承仁在下雪的时候说过一句"雪落无痕"，在夏天还说过一句"蝉噪林逾静，鸟鸣山更幽"。在这每一个夜晚，宋继洲都默默咀嚼，内心深处渴望闯荡外面的世界，但看着日出日落就又想放弃，从劳改所出来回到山里，路过青山镇时没下车，如今，青山镇怎么评说自己呢？吴芳呢，她到底在哪儿呢？

他表面上就这么静静地待着，但内心越来越激荡。

过了春分，锅炉停了，宋继洲仍旧没有下决心离开。一天清晨，他打完一套拳，在晨光里喘着气往山下看，突然发现苹果树开花了，白的粉的，好似小说里的撒豆成兵，一眨眼就是满满当当挤满了全树，再一眨眼十多块梯田依次向下，都是一树树的灿烂。内心的波澜终于涌了出来，自己也得开花结果，宋继洲回到自己住的西窑洞，洗了脸开始收拾东西。

宋长河熬好茶，长期放茶杯、茶壶的老磨盘边，已经被茶水浸成一片暗黑色，刚端起一杯喝了一口，宋继洲拿个马扎坐到他跟前说："爷爷，跟您商量下，我准备去县城，您看行吗？"

宋长河闻言，手抖了下，滚烫的茶水顺杯流下，捏茶杯的三根手指头疼了下。他赶紧把茶杯放下，淡淡地说了一句："去吧。"

这个外孙子是孙子辈中跟自己时间最久的，不会走路就在身边，没折腾几年又回来，他对小宝是恨铁不成钢，有时候睡不着想小宝小时候的淘气，不由就捋着胡子想笑。这次惹这么大麻烦回来，本不想理睬，但大儿子却对这个外甥子出奇地好，他就冷眼看着。一直觉着自己不喜欢他，但这小子说出要走，自己心里怎么就像被扎了一刀，比大儿子离开还难受呢？

宋继洲看着宋长河苍老的面容、花白的胡子，头发白完了但仍旧硬茬茬，心里有些不忍道："爷爷，我会经常回来，到冬天天天回来烧锅炉。"

听说外孙子要走，何桂花眼泪又流了出来，随即就搅面糊摊煎饼。每个孩子要离开，她都会摊煎饼，不管家里日子怎么好，这一盆用自己种的玉米磨出的面，再用自己操劳的手搅出糊糊摊出的煎饼，是每个孩子永远的乡愁。

宋继洲本来打算早饭后到镇里，直接去三舅家骑自行车去县城，三舅妈在接手磨坊后给他买过一辆自行车。但刚下山就在路口碰到四舅，他慌慌张张地问："小宝，你妈没回来吧？"

宋继洲摇摇头，觉着有事发生，但很沉稳地问："四舅，怎么了？"

宋承智看着个子已经超过自己的外甥，突然觉着自己的慌乱有些丢人，随即轻描淡写地说："也没啥，吴二到处宣称要揍你妈，说你妈挡了他的财路。"

"我妈不是你妹妹？"宋继洲直视着自己的四舅，"他说这话，你不收拾他？"

"我……"宋承智有些语塞，他这个大队书记这两年越来越形同虚设，失落的同时，锐气也逐渐不在，除了一些必要的事情，基本就在井房这边住着。"吴二昨晚喝多了在街上乱叫，早上来拉菜的嚼舌头传话，我就准备上山通个气，这不就碰上了你。他要真敢动我妹，看老子不剥了他皮！"

宋继洲笑了笑说："四舅，不用你，我去剥他皮！上次的事情还没了结呢！既然人家在街上骂，这就是挑战，咱宋家总得迎战吧。"说完这话，宋继洲突然感到一身轻松，他明白自己是不愿意去县城的，青山镇是生他养他的地方，闭着眼睛也能一户户摸过去说出哪家是哪家。也正是因为熟悉，他本想躲避，但这一刻他觉着没有必要走，尤其是有了最坚实的理由："欺负我，看吴芳面子忍了，欺负我妈，谁的面子也不给。"

早春的太阳逐渐升高，宋继洲一路疾行，微微出汗，他冲宋承智摆摆手就往镇里走，边走边说："四舅，你回窑洞院看看姥姥跟爷爷吧，我这下来，院子里更静了。"

宋承智看着外甥拐过个弯，走路稳身子正，抖抖手里提着的一捆菠菜，自己也迈开腿朝山里走去。他心里感叹小宝长大了，不到一年，脱骨换胎般就成了个爷们儿。他有些担心这个外甥去跟吴二拼命，但又觉着不可能，也不知为啥，他判断这个外甥现在已不是蛮干的人。

知道这是自己安慰自己，走到窑洞院前的停车场，他心里一直七上八下。

小宝要是去打架，他这个四舅明明知道，却躲着不出来不是个事啊。可山下那几句抢白又让他生气，等进了窑洞院，心里说："就算打了，看情况再说。"

等他陪爹娘在山上吃了午饭，抽着烟往下溜达的时候，宋继洲已经完美拯救了自己"强奸犯进劳改所"的名声，转而成了青山镇最狠的角色。

进了青山镇，宋继洲目不斜视，径直走进宋承智租出去的老台球厅。老板迎出来还没开口，他先声夺人道："谢谢叔亲自把我抬上山，这个情晚上还，现在我来借个东西。"

也就是头天晚上，吴二喊了镇上几个关系相对好的人到他饭店里喝酒，没多会儿就好像喝多了。吴二扯着嗓子在街上骂，刚开始是骂宋青桃，后来骂宋家。宋承义宋承信在县城，宋承礼正好外出唱琴书，宋承智在井房这边，天刚亮有个来拉菜的过来给他叨叨了两句——整个青山镇都知道这个事情，宋家居然没有动静，这可是公开叫板啊！

台球厅老板知道昨晚发生的事情，愣了一下问："你借啥？"

宋继洲指了指台球厅靠墙角的一根棒球棒说："借它！"

台球厅老板还没说话，宋继洲上前一把抄起，扛在肩上笑了笑，就转身出了门，朝吴二家走去。

尽管过了春分，但地里活儿还不多，十点多是青山镇最热闹的时候，十字街上人来人往，见宋继洲扛着根"棍子"朝前走，认识的不认识的都有些惊诧。棒球棒农村本来就不多见，这个台球厅老板为了防身，去县城买台球杆顺手就买了一根。他还在棒球棒上弄了些红油漆，斑斑驳驳更显得凶狠。

昨晚的叫骂已经发酵，镇里人大多知道，好事者远远地跟着，与宋家关系不错的赶紧去找"承"字辈的报信，大家心里就一个想法：这个宋继洲要干吴二了。

要的就是这个效果，但宋继洲真没想好见了吴二打不打，只是箭在弦上不得不发。此刻，他脑子里能想起来的就是一句话——人若犯我，我必犯人。

吴二家的大门是开着的,宋继洲刚走到门跟前,一条大狼狗嗖地蹿出来,又被脖子上的铁链子猛然拽住。这狗像翻了跟头,马上又转身狂吠,四肢在地上乱扒,铁链子嚓嚓响。

宋继洲退了一步,再进一步,挥动棒球棒照着狗头就砸了过去,一声惨叫,那只狼狗躺在地上四肢抽搐,狗血散在地面开始四处流淌。

听到狗叫,吴二出来,看到宋继洲挥动棒子,一瞬间就愣在当场。

宋继洲提着棒子,强忍着对吴芳抓心挠肺的思念,冷冷地看了眼吴二,清清嗓子:"你给我记住,在青山镇,宋家人不是谁想骂就能骂的。"他转身往回走,跟在后面看热闹的让开一条路,就像夹道欢迎。

回到台球厅,宋继洲把那根棒球棒竖在门口,提着一把椅子出去坐在门口,任由早春的阳光照着,浑身好像有使不完的劲。

愣了会儿,吴二终于醒过神来,他对看热闹的人群喊:"看啥了,打狗欺主,老子怕过谁。"

他从门下面解开铁链子,拖着那条死狗气哼哼地朝宋继洲走的方向追去。人群四散开,有几个跟他不错的上前劝阻,他突然就来了劲:"毛没长全就想跟老子叫板,宋家是天爷啊,挡老子财路还有理了!"

吴二拖着死狗经过村委会,来到台球厅门口,宋继洲看都不看他,坐在椅子上悠闲地晒太阳。看热闹的里三层外三层,吴二只能硬着头皮把死狗甩过去道:"你……你为啥打死我的狗?"

宋继洲抬起眼皮看了眼吴二,站都没往起站,哼了一声道:"狗咬了人,就得打死。"

"兔崽子,你再说一遍?"吴二上前一步道,"打死了老子的狗,你说咋办?"

宋继洲慢腾腾地站起来说:"咋办?煮了吃吧!"说完,一个健步就进了旁边杂货铺,转眼提着一把菜刀出来,谁也不看,走到死狗跟前弯腰一刀就砍向狗脖子。只是这菜刀没开刃,这一刀下去并没有砍下啥,吴二却吓得不由得后退了两步，手里的狗链子啪啦一声掉在地上。

宋继洲蹲下，想起爷爷当年逮回野兔剥皮的情景，于是慢条斯理地顺着狗肚子开始动手，这次是先用菜刀尖划，三下两下就开了口子，随即顺着口子两边割。看差不多了，一手提着菜刀，一手提着狗身子站起来，手上的狗血滴滴答答，狗的肠子肚子顺着划开的口子往下掉，看热闹的人纷纷后退。

宋继洲上前一步，睁大眼睛死死地盯着吴二说："你冤枉我蹲大狱，按道理这仇不共戴天，看在吴芳的面子我不计较了！但你找我妈碴儿，我绝不答应，今天在这里我发誓，你敢动宋家任何人一指头，我一定不让你好过！"宋继洲把死狗摔到地上，冷笑一声，用正在滴血的菜刀指着吴二说："不信，你试试！"

吴二僵在当地，这两年发了点财，趾高气扬，但骨子里全是他爹吴老闷式的窝囊。听到消息跑来的俩民警也吓了一跳，喊道："宋继洲，你先放下凶器。"

没说话也没放下菜刀，理都没理，宋继洲只是蹲下继续剥狗皮。吴二刚想硬气地说几句场面话，一声急刹车，宋承义虎着脸下了车走到跟前说："咋啦！咋啦！吴二，听说你昨晚在街上喊着要剥我皮，小宝，你把菜刀给他，让他剥。"

两个民警赶紧上前道："宋政委，您回来就好办了，我看咱们去派出所商议善后吧，这么多人看着不好。您先让您外甥放下凶器好不好？"

宋承义看了眼宋继洲，这小子仍旧有条不紊地剥狗皮，心里满是赞许。他一早从县里回来，刚进村口就碰到熟人，闻听小宝一棒子砸烂了吴二家的狗头，很是痛快，再听说小宝喊"宋家不是谁想骂就能骂的"，更是觉着过瘾。"啥凶器啊，我外甥对的是狗不是人，咬了人的狗就该剥皮，这没错。"

人越围越多，宋承义觉着这样下去不是办法，就转头对民警说："行，去派出所。"说完走向派出所。随后，吴二也被警察带进了派出所院子，围观的人一部分跟着到了派出所门口，一部分逐渐散了。

宋继洲好像什么都听不见，仍旧专心地剥着狗皮，仿佛就他一个人在山上的窑洞院子里。突然，一把刀子递到宋继洲面前："继洲哥，这把刀快，你用吧。"

宋继洲抬头一看，是自己的初中同学、当年跟他去熬炸药的钟强，后来一直跟在宋继洲屁股后面混，宋继洲打台球赢下汽水都给他分半瓶。小宝被劳教，钟强初中毕业没干的，跟他爹在镇里卖猪肉。宋继洲回来他知道，但他爹不让看。这会儿听到小宝打死了吴二的狗，马上就喊好，他爹没拉住，这小子从卖肉摊提着把尖刀就跑了过来。

本想帮着打架，看宋继洲专心剥狗皮，就把刀递了过去。宋继洲笑了下，觉着有些累了，站起来直起腰说："钟强啊，你帮我剥着，我去弄个盆，中午咱炖狗肉吃。"

本就是简单的人，在青山镇卖了半年肉，钟强的脾气让他爹天天吼喊着也憋屈，这会儿看宋继洲仍旧这么高看他，马上答应。毕竟是卖肉的，刀快手也快，等宋继洲拿过个大盆，那只狗已经被分解出来。

台球厅老板在二楼有煤气灶，宋继洲不用，提着案板跟锅下来，找了几块砖头当街简单垒了个灶，再找了些柴火点上。钟强切肉，他端出一锅水，等吴二跟宋承义一前一后从派出所出来，一大锅狗肉已经炖在火上，狗皮铺在台阶上。

看宋继洲提着一把杀猪刀在搅拌锅里的狗肉，吴二不敢再上前骂，哼了一声绕着走远，宋承义笑嘻嘻地上前说："小宝啊，放盐没有？放辣椒没有？"

派出所所长出面调解说："宋政委，人都没动手，小宝赔吴老板一条狗吧。"

宋承义说："没问题，我明天就捉一条回来，只是乱咬人的我找不到。"

吴二说："老子有的是钱，不用赔了，明天买条藏獒回来，咬死敢到我家闹事的狗杂种。"

所长嘿嘿笑道："都甭这么大火气，也甭跟个小孩子置气，这事就算了，乡里乡亲的，扯破脸皮不好。"

宋承义也嘿嘿笑道："我们宋家没钱，可也不是谁想欺负谁就欺负的，就是养只老虎，该打死照样能打死！"

"我不跟你斗嘴，"吴二站起来就往外走，"有本事自己弄，干吗挡人财路，这口气老子咽不下，走着瞧。"

这锅狗肉宋继洲一口没吃，宋承义把他叫到一边说："你跟我回县城吧，你妈搞了个矿洞，就在吴二旁边，挖的是同一个矿体，前两天你妈这边放了炸药震塌了吴二那边的洞，二舅怕这家伙狗急跳墙。"

"井下的事情说不清楚，他的矿洞是自己没加固塌的吧，这就是找我妈的碴儿呢！大舅跟我说过，地下的矿又没写他的名字，谁挖出来算谁的。"宋继洲说完这话，宋承义愣住了，这孩子啥时候学得嘴巴不饶人了。

宋继洲把手里的刀扔到狗皮上，很认真地对二舅说："我去县里干吗？卖女人衣服啊？我妈的事情她自己处理吧，我不去县城，吴二不敢拿我怎么样。"

宋承义说："不卖衣服可以，二舅给你找个干的，在这镇里晃着没啥出息。"

宋继洲笑着说："不用了二舅，我准备去趟省城，回来再做打算吧。"随即上前一步，指了指台球厅低声说："走之前我得先把这个门面租下，等我想好了干啥马上就能开始了。"

本来还发愁自己能干啥，而今这一锅狗肉煮在当街，好似整个青山镇都飘散着狗肉的味道，宋继洲瞬间就觉着自己没有啥不能干的，也没有啥是干不成的。

宋承义对这个外甥的提议很是吃惊："小宝啊，这是你四舅的房子……"

宋继洲伸出一根手指到嘴边嘘了一声，看着二舅点点头，然后指了指他的车说："您去忙吧，我一会儿就去找四舅，早晨在山口碰见了，他提着一捆菜去窑洞院了。"

刚开始煮狗肉就是给吴二看，这会儿钟强进台球厅拿出盐跟辣椒放进锅里，用勺子搅和了几下，捞起一块肉看了看颜色说："继洲哥，狗肉快熟了。"

宋继洲扭头看了眼钟强说："记住，以后叫宋哥。"

钟强愣了一下，马上点头，宋继洲摆摆手道："熟了你拿一半，一半给台球厅，我不吃。对了，一会儿你去找下秦二伟，晚上过来打台球。"

那锅狗肉放了盐更是香味四溢，宋承义看着，咽了下口水，随即拍了拍宋继洲肩膀说："小宝，走，跟二舅回家吃中午饭，我想听听你接下来的打算。"

宋继洲说："二舅你先回家，我得先找见四舅，这个事情得从他那儿开始，给二舅妈说馋她的浆水面了，一会儿我就过去吃两碗。"

看二舅走了，宋继洲扭头进了台球厅，开门见山地对老板说："叔，今天我是把吴二给惹下了，这打死狗的棒球棒是你的，煮肉的锅也是你的，对不住了。"

那老板苦笑着说："你是痛快了，我这摊子估计没法干了。"

正中下怀，宋继洲故作沉吟了片刻才说："我惹的事情我处理，你干不下去我接，你说个价格，我凑钱给你。"

台球也就热了两年，再加上满街都是，这个老板早就不想干了，于是很快就算出个价。宋继洲让他去了房租部分，剩下的数字他点头就应承了下来："行，三天后这个时间你来拿钱。"

"今天你就接手吧，我啥也不拿了。"老板一个外地人，夹在青山镇最有势力的宋家跟最有钱的吴家之间，自己觉着肯定没好果子吃。宋继洲义气，他也大方了一下："这床，这桌子，还有二楼的锅碗瓢盆也都留给你。"

宋继洲没想到这么容易，他不露声色，叹口气说："叔啊，这两年你很照顾我，没说的。但你得吃碗狗肉，新鲜，我还有个事情出去下，吃完饭你就走吧。"

"三天后，你来拿钱，我说到做到。"撂下这句话，宋继洲站起来就走，再次穿过青山镇。他见熟人就笑就点头，回报来的也是笑容。

四舅家里门锁着，他又去了井边的菜地，夏小雪说："你四舅上山没回来呢。"宋继洲就说："舅妈，你给我四舅带个话吧，回来得空让他来大队部这边一下，就是咱家租出去的那个台球厅，我找他商量个事情。"

夏小雪有些纳闷，说："小宝啊，啥事这么神神秘秘的，先给舅妈说说。"

宋继洲心说你做不了主，但满脸堆笑说："我给四舅说吧，他回来肯定给舅妈请示呢。"

在二舅家，他端起一碗面稀里呼噜地吃完，说了自己的一部分打算："我妈现在弄开矿了，跟这铁矿相关的产业肯定不少，但我得先笼络几个兄弟帮我，这个台球厅就是干这个。"

宋承义实在吃惊，说："你租你四舅的门面房就为给狐朋狗友玩？小宝，这烧钱的事情我不同意，就算你妈天天给你钱，也经不住这么折腾吧。"

好像知道二舅要这么说，他放下碗说："这事情我跟大舅商量过的，他赞成，我随后去省城就是跟大舅沟通下，接下来要干啥。台球厅也对外啊，现在不如以前赚钱，但两个台球案子都是刚换的桌布，顺带赚个房租，我估计差不多。也许还能干点其他的营生，只是我没想好呢。"

大哥会支持小宝胡来？宋承义琢磨了下，觉着好像又不是胡来，只是这个事情不能由着外甥性子，他下午回到县里就去找宋青桃，服装店的服务员说去铁谷地区了。

实在不放心这个外甥，宋承义就给大哥打了个电话，宋承仁听他说完就笑着说："由他吧，小宝不会胡来，你放心。对了，这小子打死吴二家狗这出，很精彩啊。"宋青桃知道后，笑了笑说："我早就想在镇里开个分店了，'青桃服饰'的分店。四哥那门面房是镇里最好的位置，二哥你就放心吧，在大哥的调理下，他已经不是以前的小宝了。"

第 27 章

筹划

在二舅家吃完面出来，宋继洲回到台球厅打扫卫生，很快满头大汗。窗明几净，前任老板留下的被褥都已晒到了屋后，他决定以后就吃住在这里了。

是时候自立了，大舅这多半年教了他很多道理，包括健康的身体与上进的心，再加上本就有的胆量与聪明，他在这个上午下定了决心，要自己历练。

真是没想好干啥，但凭借自己打球的水平，维持这个台球厅的运营不难，他的打算就是先有个落脚处，然后去省城跟大舅商量商量，顺带出去开开眼界。只是宋继洲没有想到，四舅坚决不租给他，无奈他只能迂回。省城回来后，他又想租小电工家旁的老饲养处，宋承智仍旧不同意。这一次他发了狠，硬是让宋承智下不来台，只能把地方租给了他，吃瘪还不敢声张。

那天宋承智吃完午饭睡了会儿，才从山上下来，其间他故意问到小宝，宋长河说："估计去县城找你妹妹了吧，走的时候撂了句话说帮着经营服装店。"

宋承智笑了下，说："爹啊，青桃那儿卖的都是女装，我去过一次，服务员都是女孩子，这小宝去了肯定如鱼得水。"

宋长河看了他一眼，心说咱宋家就你管不着裤腰带，这个外孙子十五岁就把人家姑娘肚子搞大，你俩不是一路货啊？于是哼了一声，说："你是小宝的舅舅，不说帮着点孩子，这还嘲笑上了？"

宋承智闹了个脸红，讪讪地说能帮肯定帮。他背着手溜达下山，看爹经营的苹果园里蜜蜂飞舞在苹果花上，想这两年苹果价格贵，估计比自己种菜划算。他边走边想，自己大儿子是果林专业的副教授，能让爹这果园里老树焕发新春，山下的地留点口粮田，剩下的地也种成苹果树。

正自思谋计划，一声"宋书记"差点惊了宋承智，他抬眼一看，是原来大队的会计、现在的村委会副主任，于是站住问："你这是咋了？这么大声，想吓死我啊？"

村委会副主任赶紧掏出烟递上一根说："你还不知道吧？你外甥今天给你们宋家出了气，也给自己出了大风头。"

宋承智斜眼看了一下对方的烟盒，知道没自己的好，摆了摆手。他就一个外甥子宋继洲，闻听此言又吃了一惊，这个小宝又干啥了，赶紧问咋回事。

等对方绘声绘色地讲了经过，他不由得皱起眉头说："不就打死吴二家一条破狗吗，看把你敬佩的。话说回来，这个吴二青山镇快装不下他了，欺负到我们宋家头上，当街叫骂？我实在是碍着村委会主任这个头衔，要不现在过去直接就砸他吴二的头。"

马屁拍到马脚上了，这个村委会副主任有些尴尬，又聊了几句别的，就扛起铁锹顺着路去地里了。

看人家走远，宋承智掏出好烟点着，抽了半支才朝着菜园子走去。突然他就烦躁起来，就像吃黄瓜却拿起根苦瓜，咬了一口才发觉，不由就呸了一声，暗暗骂了一句："老子还没死呢，宋家在青山镇还轮不到你个小崽子出面。"

到了井边，还没进屋，夏小雪从地里抬起头说："小宝饭前来过，说让你得空去下咱家门面房，就是台球厅，这孩子也没跟我说啥事情，但看着挺急。"

"他倒是指挥上我了！"宋承智没好气地说，"老子不去，有事让他自己来。"

夏小雪不知道丈夫为啥发火，也懒得理他，弯腰继续拔菜地里的草。宋承智气哼哼地进屋倒了杯水，突然想起爹说小宝要去县城，这时找自己有啥急事？去帮妹妹经营服装店也没啥商量的啊？

他左思右想，怕是吴二继续闹事，毕竟是亲舅舅，于是喝了一碗水，还是赶去了镇里。当他走到门面房前，那锅狗肉已经被分吃了，但炉子在锅也在，宋继洲正坐在台球厅门口，手里拿支笔在一张硬纸片上写写画画。

宋承智松了一口气，心想在这儿装啥好学生，他按捺不住，上前一脚就把那个锅踢到地上。咣当一声，宋继洲抬眼赶紧站起来，一声四舅没叫出来呢，宋承智已经骂上了："张狂啊，不是到处叫着要咬人，被宰了炖了，叫啊！恶心死了，脏了老子的锅，脏了老子的房……"

路边的人看是宋承智，都想这是骂吴二呢，宋继洲却听出了画外音，走到跟前拉了一把宋承智说："四舅，杀鸡焉用宰牛刀，收拾他，外甥我就够了，您甭生气了，您可是大队书记。咱进屋吧，我给您汇报个事情。"

这个"汇报"让宋承智停住了嘴，看到旁边杂货铺的老板娘在门口站着，他脸色缓和了些："啥事？小宝，就在这儿说吧。"

"咱进家里说。"宋继洲笑容满面，跟去吴家的杀气腾腾和在二舅家吃午饭的信心满满完全不一样，就像从山顶的窑洞院看山下的青山镇，明明高高在上，却又觉着很低很低。

从小就在四个舅舅家吃饭，每个舅舅啥脾气，每个舅妈喜欢听啥，他了如指掌。尤其这个四舅最好对付，讲面子，爱摆个架子，其实很抠门。

闲聊了几句，宋继洲就提到租房的事情，他说："原来租房开台球厅的走了，这家伙一直埋怨我给他惹了事，说以后夹在宋家跟吴家之间没了活路。"

宋承智看了眼墙角的那根棒球棒，这不是断自己财路吗，刚想发火，宋继洲马上就堵住了他的嘴："租房的费用加一些，比原来每年提高二百块。"

宋承智摆手说："不行，我是你舅舅，怎么能要你的房费。"说完就觉着不妥，这不是不租给外甥房子的理由，随即补充说："正好我另有他用。"

宋继洲知道啥意思，他太了解四舅了，就伸手指着窗外说："四舅，看到对面那个卖肉的摊子了吧，我同学钟强跟他爹开的——没个固定的地方，日晒雨淋的，所以就求我给您说说。"

"卖肉？"宋承智说，"他需要这么大的门面啊？"

宋继洲笑了下说："肯定用不了，租咱这里继续开台球厅，钟强喜欢，卖肉就是在门前，刮风下雨您这房子的屋檐下就够用。我给他们家说一下，以后您来买肉，排骨还是得多给几块。"

这房子的位置是好，但现在临街的家户都拆了围墙建了门面房，能有多大的生意。宋承智这房不好往外租的，于是抽了一根烟说："好，小宝，我给你面子，就租给钟强家吧。说好的每年多二百，还有买肉多给点啊。"

"好嘞！"宋继洲马上递过去纸说，"四舅，钟强的字丑得不能看，他爹不认字，我帮他写好了，你签个字就生效。正好咱这房下个月就到期，我帮他跟原来的老板也谈好了，给您的房钱下个月十号，一次半年，先签三年如何？"

宋家承字辈，就数宋承智没文化，但还是看出来问题。"小宝，这咋地没写谁租房？"

宋继洲站起来拉开门，喊："钟强，事办成了，我替你签名字吧？"

钟强正在肉摊前无聊，听到喊，也不知道啥意思，但知道小宝哥仗义，也看得起他，随即就回答说："行，宋哥你看着办，我听你的。"

宋承智不再怀疑，接过笔就签了名，然后说："小宝你今天不去县城了？我怎么听你爷爷说你要给你娘看服装店去？"

宋继洲笑着说："今天不去了，明天一早。四舅，这事情你回去给四舅妈说一下，我那会儿过去找您，没多说啥。"

宋承智站起来哼了一声："说啥说，娘儿们还能管了爷们儿。我走了，村委还有事。"

看着宋承智出去，宋继洲拿起那份合同，随即在租房人后面写上自己名字，然后上二楼放到桌子抽屉里锁上，再下楼招呼钟强："把你家肉摊子拖过来吧，以后咱这台球厅门口就是你的固定地方了。"

租不起门面，确实是日晒雨淋，钟强很开心，赶紧推着车过来说："宋哥，你给你四舅说好了吧！我听你刚才喊我，是不是就这事？"

宋继洲点头，左右看看说："钟强，以后你家就固定在这里，靠边点，不要影响台球厅的人进出就行。另外，跟谁也不要乱说，要是有人问，我租的跟你租的一样，你就拍着胸脯说，这门面房是我家租的。"

钟强激动地点头说："宋哥，以后我就跟你混了。对了，秦二伟我告诉他了，说修理厂下班就过来，还有大胖，我也喊他了。"

宋承智过去把四舅踢翻在路上的锅捡起来，看没摔坏，就提着回到台球厅，再出来过去把土灶拆了，砖头正好给钟强垫放肉的平车，宋继洲随即就掏出钱说："强子，给我剁三斤排骨，你会做，给炖上，晚上咱哥四个吃。"

钟强说："不要钱。"宋继洲说："便宜点也得收，要不然你爹来了收拾你，咱亲哥们儿明算账，拿着。"

当晚，哥四个聚在这个台球厅。秦二伟伸出满是油污的手说："宋哥，你牵头，我跟着你干吧，在修车店当学徒，真没意思。"

宋继洲点头说："我今晚叫你们来就是商量这事情，但干啥我真没想好，明天我去趟省城，估计回来就确定项目了，你先干着。"又扭头问大胖："你是不是没干的了？"

大胖其实不胖，本名是陈大军，只是上学的时候不认识"胖"字，老师点他起来，直接念成"月半"，于是就得了"陈大胖"这么个外号。听宋继洲问，他就说："中考完就跟着我爸妈去地里，也扒拉不出个啥，在思谋着过完年干点啥呢。"

"这样吧，"宋继洲说，"你帮我照看几天台球厅，等我回来再做打算吧。放心，以后只要有我一口，就有兄弟们一口。钟强，排骨炖好了吗？端过来，我去旁边拿瓶酒，咱少喝点。"

大胖马上说："好，跟着宋哥肯定没错。"

很快，宋继洲提着一瓶酒上来说："大胖，下面有来打台球的，你去看看，该赚的钱还是要赚。"

四个人就一瓶酒，一锅排骨钟强弄得有些咸了，秦二伟吃一口说两句，宋继洲听到第三遍就拉下脸，冷冷地说："我之所以耐着性子听你嘚啵嘚，不是你说得对，更不是你说得有道理，而是因为你陪我喝酒。"

"要么不吃，要么对付着吃，要么想办法合口味，唠叨不起任何作用。"

在修车厂干了一年，有些自以为是，秦二伟直接噎住，随即就笑道："宋哥别生气，这样吧，我家离得近，回去拿几个土豆放进去，加点水炖，肯定就不咸了。"

宋继洲眼皮都不抬说："土豆炖熟，天也亮了，对付着吃吧。"他伸手指了指后窗说："那下面是谁种的小油菜，拔几棵回来洗洗扔锅里就是。"

大胖到窗前往外看，随即回头说："我去。"宋继洲马上吩咐："隔着几苗拔一苗，或者一苗上掐个叶，尽量不要让人家看出来，这里很快就是咱们的大本营，邻里关系很重要。"

这就是宋继洲，从自己事业之初考虑问题就全面，有些狡诈但不会走极端，但也不手软，只是在实施过程中尽量顾全大局。

第二天一早，宋继洲给大胖留下一个信封，嘱咐他给原来的老板。这是昨晚凑的钱，其实大部分是跟他三舅借的。磨坊免费给了，地方也免费用着，柳叶二话没说就拿钱，宋承礼问了几句，宋继洲实话实说。

跟大舅无话不说，跟二舅不多说，跟三舅不胡说，跟四舅想着说，跟五舅不敢说——这就是宋继洲跟五个舅舅相处的原则，宋承礼见多识广，且满肚子故事一套套的，骗他基本没有可能。最主要的是宋承礼是说琴书的，该说不该说把握得很好。

一晚上翻来覆去，宋继洲想好了才说："三舅，这个房子我已经签下来了，四舅肯定很快就知道不是钟强而是我租的，但他不会挑明，因为他只管收房钱。但我不能真像二舅说的，弄成狐朋狗友聚会的地方，我没那么大气派，也没那时间——我昨晚想好了，这次去省城主要是跟大舅讨论我下一步的方向，顺带看看省城的台球厅经营，我听说有些店可以顺带卖牛仔服，围着墙挂一圈，也不妨碍打台球。"

宋承礼说："小宝啊，过年我跟你大舅聊过，他说你接下来就是创业期。如果需要，我全力支持你，但我很纳闷，你为何不去帮你妈妈？"

宋继洲笑了笑，说："三舅，帮我妈太舒服了，那是她的事业，我得有我的事业，就算联手我也得独立干。"

欧阳琴儿把钱递给他说："小宝啊，今天上午那一出精彩！三舅妈在磨面，知道吴二骂咱家就提着个扫帚出去，等走到十字街看到你在剥狗皮，然后看到你二舅车进了镇里，我就回来了。我一个女人家，宋家有的是男人……小宝，你给三舅妈说实话，是不是去省城也想找找吴芳？"

青山镇的人都是这么想的，但宋继洲不是，他到了省城真就直接去了干休所。大舅去"采风"了，大舅妈说："写回忆录，要把当年带兵打仗走过的地方再走一遍。"

宋继洲马上说："坏了，我是不是跟大舅走两岔了，他回青山镇了吗？"

李秀秀笑着说："那是起步的地方，你大舅闭着眼睛都知道那时候写啥，他是去朝鲜了，正好有个机会。"

宋继洲有些失望，李秀秀接过他带来的一大塑料桶浆水，说："小宝啊，你大哥一会儿就回来了，咱就吃浆水面，有啥你跟你大哥商量商量？"

宋继燕听宋继洲说了想法，给了三条意见："干熟悉的或者家人正在从事的；就在青山镇；一步步来，贪多嚼不烂。"

　　这就是天时地利人和的通俗说法，宋继洲说："我是这么想的，但真没头绪啊，大哥，你给直接指条道吧。"

　　宋继燕笑了笑说："这道得悟，这样吧，你在省城住几天，具体行程怎么安排的？"宋承仁其实猜出来小宝要来省城，临出国前给大儿子交代了下，恰好有个商机，但不直接给他，让他讲出了自己的打算再说。

　　宋继洲想了想说："我要参观下省城钢厂，连带钢厂附属的企业，看看铁矿如何变成钢材的。"

　　宋继燕说："行，我有个兵在省城一家钢厂当宣传部长，我安排。"

　　宋继洲接着又说："我想去农业大学找继云哥哥，旁听两节跟经济有关的课，再让他帮我买一些书，回去我慢慢学习。"

　　宋继燕很是欣慰，点头说："这个好，参观完钢厂我就派车送你去农业大学，如果可以，你也听两节跟矿业相关的课。还有什么？"

　　宋继洲犹豫了下，但没头绪，这么大个城市去哪儿找吴芳。"没啥，看时间允许，我再去趟省城服装城看看牛仔服，我把四舅的台球厅租下来了，作为安身之所，也能笼络几个兄弟帮我干点啥。"

　　宋继燕摆手说："这个不用去了，我小姑干了十多年服装，你要实在想捎带，找她就行，而且那肯定没啥意思，青山镇的人谁在镇里买衣服？有钱的去县城，没钱的你这牛仔服也买不起。"

　　宋继洲马上说："好，听大哥的不去了，就是觉着租了四舅两层门面房，就台球勉强维持，有些浪费。"

　　宋继燕说："那你为何一定要租这个门面？是想没事就打打台球还是想跟吴二一样，等其他方面发展起来，这里会客？"

　　大哥就是大哥，宋继洲像被点了穴道，马上站起来说："打台球整个石城县敢跟我叫板的不多，已经做到了极致，没啥意思了。我确实想让这个十字街口、青山镇的中心所在位置作为一个企业的门面。"

　　宋继燕点头说："我爹说你看得远，确实如此，那就不要纠结这个事情了，先参观钢厂，去大学，买上你想要买的书。走吧，我另外给你安排了个事情，跟我的新兵训练一周。"

两周时间，满满当当，很多人学一辈子也未必能学会，但有些人有那么一两次就上了心，随后一生坚持，受益无穷。

宋继燕看着自己这个最小的弟弟在新兵连被军姿训练磨了一周。这个说起来简单，就是"三挺三收一顶一睁"——挺颈、挺胸、挺腿；收下颌、收腹、收臀；头要向上顶，眼要睁大，并直视前方。这是军人的第一课，也是一切军事动作之母，是一个普通人变成一个兵的开始。

验收训练效果后，宋继燕竖起大拇指："小宝，这一周学的你要坚持一辈子，这就是男人的威武与阳刚。你看你大舅，他就是榜样，你懂吧？"

懂！宋继洲不折不扣地学了一周，主动要求住到了新兵营。随后他就穿着迷彩服又去了钢厂三天。他拿个本子边走边看边记，连机器的品牌出厂都不漏过。

进大学，八哥宋继云听了宋继洲的要求马上就安排了，给拿了相关书籍，还陪着去新华书店。燕云十六州有几种排序方式，他们这一代人是按照地理位置依次，也许是专业也许是本身性格，他说："弟弟啊，咱这一代人说起来就你留在老家，但我人在省城心从来没离开过青山镇。"

"小宝啊，哥退休肯定回去生活。"宋继云送出校门的时候很是不舍，也算是激励，"所以，不管你接下来干啥，好好干，哥回去给你当个顾问。"

宋继洲信心满满地点头说："没问题，八哥放心，我发誓，将来一定在青山镇找地方盖十七个院子，就用咱兄弟的名字为院子名，从燕院到洲院。"

二十年后，他实现了自己的这个誓言，只是没有"洲院"，因为他觉着自己跟宋长河属于一个院子，就是那个长满了黄芩的院子，命名为"黄芩院"。而这一切的实现，得益于宋继燕给他的机会，就是第一桶金。

参观学习后，宋继燕带着宋继洲在兵营里吃过饭，溜达到一个大操场，指着半操场锈迹斑斑的报废汽车说："小宝，这些你要不要？"

宋继洲来到跟前一看，表面确实不成样子了，但轮胎都还能用，尤其是这军车的底盘扎实，转着看了几辆，他知道这就是大哥给他指的"方向"。

这几年围绕着青山镇的三面山非常热闹，"矿窝子"到处都是，尽管多半投资者挖下去见到的矿体并不理想，但这个过程需要运输工具，各种设备要拉进去，废渣废料要倒腾开。还有运气好的，直接打到含铁量非常高的矿，马上就是一波猛采，也急需拉出去卖掉换成钱。只是山里基本没有路，跑运输的汽车"娇贵"，临时挖得坑坑洼洼的路根本没法跑车，于是一种叫"技改"的车应运而生——结构很简单，一个柴油发动机固定在汽车底盘上，除了方向盘与刹车油门，能去的都去掉了。

这种车马力大，操作简单，且耐折腾，只要底盘不坏，掉沟里拖出来换个发动机继续跑，尤其适合在山路上跑。

宋继洲扭头看着大哥，说："我要，多少钱？"

宋继燕说："一共一百五十辆，这三年陆续淘汰下来的，师部已经批示按废铁处理，具体数字不给你说了，送到青山镇加运费，总共十六万左右。"

这不等于白送嘛，宋继洲毫不犹豫地说："没问题，大哥，我今晚连夜回去，一周后您安排送到，当面给钱，现金。"

宋继燕伸手拍了拍弟弟肩膀，说："按道理这个钱大哥该给你凑一点，但我想你创业不能太舒服，得作难犯愁……"

宋继洲打断大哥的话，有些激动地说："大哥，你帮我已经太多了，现在镇里一台'技改'车能卖七八千，算下来，加发动机和各种零件，这批车按现在行情都出了手，利润是二十万左右，我给你拿一半。"

宋继燕摇头说："我不要，我跟小姑年龄差三岁，小时候经常拉着我玩，跟我感情非常好。所以我对你就一个要求，不管发达到什么程度，都得对你妈好点。我这么帮你，因为你是我弟弟，更是因为想让你妈高兴。"

"这个放心！"宋继洲随即给大哥讲了打死吴二家狗的事情，不是炫耀自己多厉害，是想给大哥说背后骂他妈都不行。

宋继燕听完了哈哈笑道："对着呢！小宝，你是宋家的男人了，要着急回就得走了，省城去石城的火车今晚两趟，我安排车送你去火车站吧。"

得准备，得筹钱，得找场地，宋继洲突然归心似箭。坐了一夜火车，宋继洲几乎没有睡，未来可期是一方面，感觉吴芳就在省城但就是见不到是另一方面。出了石城县火车站，太阳初升，他深深地吸了一口气，告诉自己，先做眼前事。

正好当天上货，宋继洲在商场门口碰到宋青桃，说自己刚从省城回来。宋青桃没有吃惊，只是说："宝啊，你去省城也不跟娘说一声啊？"

宋继洲笑了笑说："走得急，下次一定给娘说。"他给宋青桃谈了自己的想法，以及大哥的支持，捎带分析了下市场前景，然后直接转到了投资："妈，这个启动资金你得给我凑凑。"

也就一年，儿子的变化是巨大的，尤其这次从省城回来，举手投足更加成熟了。宋青桃本不同意儿子干这个，辛苦，还赚不了几个钱，但看儿子没有商量干不干的意思，只是看自己帮不帮的态度，于是说："好，你说个数。"

宋继洲说："二十万，算我借的，将来还。"

矿上运营很顺利，每天净利润都在一万上下，而这个儿子从小自己管得少，内心一直愧疚，所以就没多说啥，带着儿子就到了车跟前，打开后备厢，提出个袋子递过去说："儿子，这事情我知道，昨晚你上了火车后，你大哥给我打了个电话。"

宋继洲接过说："我给你打个借条。"宋青桃笑了："咱娘俩不用这样吧。这是二十五万，你回去还得选地方，雇修车师傅，不够再来找娘。"

宋继洲没打开袋子，也没有笑。"妈，你这也太随意了，大舅说治大国如烹小鲜，我觉着生意也是如此，钱上的事情还是要谨慎，进出有账目，心里有谱。"

宋青桃苦笑道："宝啊，怎么教训娘呢？钱当然要走账，只是你是我儿子，唯一的儿子，不需要丁是丁卯是卯的。"

"需要。"宋继洲提着这袋子钱进了服装店，找张纸写了借条。

这时候的宋青桃春风得意，如果说县城服装生意早已驾轻就熟，那矿上的资金到位后也是如鱼得水。她对儿子这举动并不理解，只是由着儿子写了个借条，随后就悄悄撕掉了。

因为要忙着上服装，宋青桃喊了个朋友送儿子回青山镇，等车的时候，她问儿子回去在啥地方弄这个改装厂。

宋继洲说："钱我回去放到三舅家，他家就挨着镇里的储蓄所；厂子选址得跟四舅商量，村里的地只有他能给解决，娘，你就别管了。"

这么大的事情，宋青桃之所以放手让儿子干，对孩子愧疚是一方面，两个哥哥在镇里都有影响力是一方面，最主要的是她知道儿子不乱花钱——捣蛋淘气出格，但花钱非常有节制，尤其是在大哥调教多半年后。

宋继洲抱着一袋钱，坐车返回青山镇，他一路沉默。要知道在整个镇子，能一下子拿出这么多钱的人家就那么几户。当然，他不是因为这么多钱而激动，而是琢磨接下来要怎么办。

他在镇中心下车，道谢后看着车掉头走远，随即去了宋承礼家。他将手里的钱袋子递给欧阳琴儿说："三舅妈，这是二十五万，您帮我存了也好，放起来也好，反正我要用时马上就得用。"

欧阳琴儿吓了一跳，没敢接，吃惊地问："小宝，你从哪儿弄这么多钱？"

"跟我妈借的。"宋继洲说，"我去省城见了大哥，他给我指了条明路，具体干啥过两天就知道了。"

欧阳琴儿迟疑地接过钱，赶紧提着去了旁边的储蓄所，就要进门又返回了家，心想："这小宝说要用马上就用，这存了储蓄所容易，取钱时还得等。"看姑娘出去又回来，在院子门口坐着的欧阳师傅问了句："进进出出，你这是干吗呢？"

她走到欧阳师傅跟前说："小宝给我二十五万块钱，说让我先替他保存，说用就要用，我本想存起来，又怕不方便，就又拿回来了。爸，你说小宝这么小个娃娃，青桃怎么放心给他这么多钱让他折腾。"

欧阳师傅摇摇头，说："小宝不会乱折腾，刚从我身边进出都很礼貌喊我爷爷，感觉这小子变了，脚步不乱，腰板笔直，他要做大事了。"

欧阳琴儿将信将疑，打开看了看，随即放好了钱，想等自己男人宋承礼说唱琴书回来商量一下，这个小宝说从青桃手里接过钱到现在就没打开过袋子，这孩子心真大。

宋继州返回十字街，走进台球厅，见有几个学生模样的在打台球。大胖看到他马上站起来说："宋哥回来了？我给你交下账吧？"

宋继州摆手说："稍后再说，你盯着吧，我上楼躺会儿，午饭时候叫醒我。"

火车上，一夜未眠，他实在是累了，躺到床上就睡了过去。等大胖叫醒，他赶紧起来洗了把脸，就说："我出去下，你抽时间把钟强跟二伟叫过来，就说我有重要的事情商量。"

出门先去隔壁杂货铺买了包好烟，老板娘"米大嘴"笑着说："小宝抽上烟了？我听说你包了台球厅，咱们是邻居了，给你便宜五毛钱吧。"

宋继洲付钱拿烟，摆手说："不用，以后叫我宋继洲，小宝这名字只有我家长辈叫，记住啊。"

"米大嘴"撇了下大嘴，但看宋继洲冷冷的眼神，随即答应说："好的，宋老板，以后多照应小店啊。"

宋继洲把烟揣到兜里，疾步走到大队饲养处，他在从省城回来的火车上就想好了，镇里这个地方最合适搞个装配厂，地方大，平整，这几间破房子简单修修就能用，关键这地方旁边的沟里荒着，给村里说下就能用。

这是镇里最北边的一排房子，再往后是乱石滩，推开直接就是一条现成的路，拐过来就到了镇上的主路。

在井房前的葫芦架下，当他把要干啥、怎么干都给宋承智讲了后，夏小雪拿过几个馒头，端过来一盆炒豆角和一盆拌黄瓜说："小宝，你跟你四舅先吃着，我弄个糖拌洋柿子。"

这不像一个不满十八岁的人说出的话，头头是道，利弊得失都能分析到，宋承智暗叹，大哥这是调理出一个商业人才啊。只是他不知道，接下这个"商业人才"居然变成了"全才"，把他这个四舅耍得团团转。

其实宋继洲第二天去省城的时候，宋承智就知道续租那个台球厅的不是钟强了。想着说买肉便宜他上午就过去了，钟强的爹果然多给他拿了几块排骨，只是千恩万谢的时候就露馅了。自己租的门面房前头肯定随便用，需要这样吗？

他随即走进台球厅，大胖赶紧站起来："四舅，宋哥去省城了，我帮他看摊，有事吗？"

他哼了一声说没事，但心里马上就明白了，这个小宝怕自己不租给他，就随口扯出钟强，只是必须装糊涂，要不然租房给自己外甥还多要钱，这传出去不好。

他知道小宝肯定不给他人说价格，在这点上，这个孩子做得很爷们儿，但这个饲养处不能租给他，宋承智想都没想就拒绝了："不行，这房子我正准备租下弄个中草药加工厂，你再另想办法。"

其实这两年他一直在观望，当地中草药不成规模、产量低、管理费劲，很多农户都改种苹果、桃子、山楂、核桃等经济林。只是这个饲养处盯了很久，将来干点啥都行，最近他正琢磨弄到自己手里，这节骨眼租给小宝肯定不行。

宋继洲听宋承智说完话，笑了笑说："四舅，那玩意儿不赚钱，这个地方名义上是大队租给我的，但等我有了利润马上给四舅一部分提成。"

宋承智看着自己唯一的外甥，更加诧异这不到一年时间，大哥是怎么调教出来的，就像打仗，不择手段就是为了赢，但似乎总有兵法套路。这个提成很诱人，他拿起个馒头递过去，很坚定地说："不是四舅绝情，这地方我真有用，吃饭吧，这事情免谈。"

宋继洲接过馒头，琢磨对面的四舅想什么，他没有胡搅蛮缠，话到这份上就得放放，得先明白对方想要啥。他咬了口馒头，伸筷子夹起一片黄瓜问："四舅，饲养处旁边的沟我直接占用，这个不需要啥手续吧？"

宋承智摇头说："没那么简单，得出点承包费，小宝啊，你知道村委会不是就四舅一个人，得议。"

宋继洲再不吭气，闷头吃了饭，站起来笑着说："四舅妈的饭越做越好吃，我先回镇里了。对了，上午从县里回来时，我娘说让你得空下去，新回来一批衣服。"

夏小雪说："好的，这茬菜卖了我就下去。"

宋继洲扭头看看菜地，说了句："这当年是分给我跟我娘的地吧，四舅，当时分地的时候你就知道这里要打井啊？"

宋承智愣了下，心想这小子想要回这地，便淡淡地说："从分地到打井过了六年，你以为四舅长着后眼啊。"

宋继洲用眼睛"丈量"了下这片地，笑着说："我去山里看看姥姥跟爷爷，有没有啥捎的东西？"

夏小雪说："没有，我早晨上去送了菜，你去吧，你姥姥给我念叨了好几次你。"

出来菜地拐到上山的路上，宋继洲想，如果这个地方弄不到手，镇里还有啥地方可以装配"技改"，要知道，这一下子回来一百五十个汽车底盘，往哪儿放都是问题啊。

宋继洲走了没多久，宋承智叼着根烟也出来了，他给老婆说下午大队有会，其实是去勾搭"米大嘴"。走在回镇里的路上，他总想这个小宝说这菜地的事情要干吗。尽管分地是自己使了劲，但这地确实是写在宋青桃跟王小宝名下。走到大队部跟前，他并没有直接去杂货铺，而是进了村委会。饲养处旁边的沟里全是石头，一直荒废着，上头最近有政策说承包条件恶劣的荒山荒沟，可以减免十到二十年的费用。既然小宝说了菜地的事情，何不做个顺水人情，就把这沟"顶"给他，省得落下话把儿。

村委会班子就三个人，他是书记一把手，还有一个村委会主任和一个副主任。这事情也不能私自办，于是就去了村委会主任家，说了意思。对方说："这还用商量，你办就是。只是你外甥子要这破沟干吗？"

宋承智摇头说："热血青年，想一出就是一出，我这当舅舅的问都懒得问，那就这么办了，我去弄个文，然后找会计盖章。"

办好这个事情，将这张承包合同装到兜里，宋承智很高兴地出了村委会，径直进了杂货铺。从山上下来的宋继洲正好看着四舅的背影，有些纳闷地进了台球厅，在顾忌宋家脸面的前提下，策划了一出"捉奸"好戏。

第28章

起步

从四舅菜地出来，宋继洲就回窑洞院，因为走得快，进了窑洞院出了一身汗。宋长河跟何桂花刚吃完饭，正坐在磨盘前闲聊，见宋继洲进来，何桂花赶紧问："宝儿回来了，吃饭没？没吃，姥姥给你做饭。"

宋继洲说吃过了，帮着收拾磨盘上的碗筷，端回窑洞洗了。这是前段时间做惯了的，宋承仁告诉他"一屋不扫何以扫天下"，做家务不是女人的专利，很多成功的男人做饭都很好吃。

宋继洲回西窑洞洗了把脸出来坐到磨盘跟前，从兜里掏出那盒好烟递给宋长河说："爷爷，我去了趟省城，见到大舅妈、大哥跟八哥了，大舅去朝鲜采风——就是写回忆录，重新走一遍过去走过的地方。"

宋长河应了一声，这小宝转眼走了十多天了，他心里高兴，但脸上毫无表情，只是摆手说："我不抽纸烟，你留着办事用吧。"

宋继洲伸手打开烟盒，拿出一根撕开将烟丝装到宋长河的烟袋里，再递过去。"年龄大了，还是少抽点。"又从兜里掏出个打火机，再掏出一罐专用的油放到磨盘上说，"这是在省城买的，爷爷，人家说这是美国人用的，我也不懂，比火柴方便，打不着了记得灌点油就行。"他把打火机摁了下，火苗子就冒出来，来回摆动了几下说："说是防风的，一般灭不了。"

宋长河伸过来烟袋锅子点着抽了一口，看小宝合住打火机放到他跟前，吐着烟说："你又不赚钱，以后不要乱买东西了。"

宋继洲笑了笑说："已经开始赚了，没多有少，爷爷，这没几个钱，您就用着吧。"

其实这个打火机一点儿都不便宜，八哥说这是美国制造的金属打火机，防风技术高，能够满足在任何恶劣的天气下随时点火的需求。

何桂花在旁边看着，心里说这个外孙子知道孝顺了，问了句："宝儿，你不是说去给你娘卖衣服吗，怎么没去？昨天你三舅说你去省城了，找着干的了？"

宋长河想起宋承智说的"全是女服务员"的话，接话说："不去就不去了，要不跟我一起弄这果园吧，女人衣服有啥卖的。"

宋继洲笑了笑说："好的，爷爷，忙不过来就让人给我捎个信，我带人帮您弄。姥姥，我暂时不去县城了，在镇里弄个摊子，先干好再说吧。大哥帮我出的主意，也帮我很大忙，肯定行。"

他们闲聊了几句，宋继洲惦记选地方的事情，就站起来说："我去镇里了。"他临走在断崖前站了站，看着野鸽子飞回来飞出去，突然就想起当年打日本人，爷爷声东击西地烧油坊，不由暗骂自己不该给四舅说那么多，他肯定是眼红了，想分更多的利。

下了山先去老庙那边看了看，他想这个地方一直废弃着，也许能用，到跟前却发现有十多个工人在清理地基，旁边堆着很多料。这是要重建？上前随意问了两句，包工头是青山镇的，姓贾，随即笑着说："你不知道啊，吴老板吴子文找大师给看了看，说最近不顺，也不知是怎么说的，随即就要把这个庙修复。"

宋继洲点头说："好事，人得有个敬畏才不乱做事乱说话。贾师傅，这庙的样子能恢复如初？"

贾师傅指了指旁边竖着的一个牌子，说："吴二就是这么要求的，已经撒出去十多个人，当年在这里捡走砖头垒墙的统统收回来，这庙当年有人画过，里外都可以比对。

宋继洲到牌子跟前看了看，不置可否，打他记事起，这庙就塌了，也就是老人们描述过样子。跟贾师傅打了个招呼，又到"灵柱"跟前看了看，然后顺着沟边走到磨坊。

门关着，有钥匙也没进去，他想一会儿去找三舅妈拿出一万块钱，买两辆摩托车，接下来肯定要经常去县里买配件，还有各种需要跑腿的事情，靠自行车肯定误事。绕过十字街，他就看到四舅从村委会走出来，于是放慢脚步。见四舅进了杂货铺，他才紧走几步进了台球厅。

宋继洲今天不想再跟宋承智谈饲养处那块地的事情了，这事先放放，实在不行就找五舅，宋家有事情最后拍板的基本都是五舅。但不由他不想见，刚进了台球厅的门，大胖就迎了上来说："宋哥，你四舅又去米大嘴的杂货铺了，最近基本一天来两回。"

想着那会儿买烟，这个米大嘴的轻佻劲，他马上就明白是咋回事，脸一绷道："乱嚼舌头，小心我揍你！"

大胖吐了吐舌头，说："我没跟其他人说过，昨晚你四舅从杂货铺出来都后半夜了，咱这里有几个打球的走得晚……"

宋继洲摆手，心里突然蹦出个主意，只是这是他亲舅舅，妥不妥？

大胖拿出个本子把这几天台球厅的收入报了下，支出却是零，他很奇怪地问："你不吃不喝啊？"

大胖笑了笑说："吃饭就回家了，你刚接这个摊子，能省就省吧。"

宋继洲伸手拍了拍大胖肩膀，说："我没看错你，这样吧，下午你找个会开摩托的去趟县城，我给你拿一万块钱，买两辆摩托车回来，要马力大的。我记得你说过，你有个表舅在县里卖摩托车，记得开回来正规发票。"

大胖吓了一跳，马上问："买摩托车干吗？咱这是开台球厅，又不是开赛车场。"

宋继洲又拉下脸说："我说了算还是你说了算？买摩托车肯定是有用。

赛车场咱不开，装配技改车场马上就开。"

他简单地跟大胖说了下情况。宋家人做事肯定能行——大胖的爹听说儿子跟宋继洲干时说的话。真是这样啊，一百五十个汽车底盘，还是军用的，确实大手笔。

台球厅这会儿没生意，俩人随即锁门去了宋承礼家。锁门的时候，宋继洲看了眼旁边的杂货铺，下了决心。他拿上钱，打发走大胖，没回台球厅，去了米裁缝的店。

刚才在三舅家坐了会儿，无意间听说电工要卖房子，如今包了机井也想学着宋承智种菜。饲养处旁边这院子太偏，所以他急于出手，想先搬到井房住，再找机会弄院子。

太好了，真是瞌睡就有人给枕头，宋继洲就让三舅马上去谈，差不多价格就买下。他跟三舅说了一半自己的目标，说到建选厂，宋承礼点头说好，这是个赚钱的买卖。宋承礼说："我去东山那边镇里说琴书，有个选厂老板，每年赚大几百万。"随即宋承礼就去找电工，宋继洲对那个饲养处已经志在必得，他考虑的已经不是租而是直接拿到手——让宋承智想办法当宅基地批给自己。不读书了，要娶媳妇，户口就是青山镇的，就该给批块地基。

原本想用分成来说服四舅，现在看不用了，只是得考虑周全，不能伤了一家人的感情，更得维护宋承智的面子。再说，没他这个大队书记同意，很多事情办起来就不方便了。

宋承智的门面房多半租给了台球厅，还有两间开了个这个杂货铺子——租房的是本镇米裁缝的姑娘，离婚后自己经营，倒也够吃够喝。这个女人的嘴巴不是一般大，大笑的时候能扯到耳根，皮肤也不白，读书的时候捣蛋同学给她起了外号"米大嘴"。

这个米大嘴后来嫁到石城县郊的一个村，随着县城扩张发展，丈夫家没了土地，但得了一笔钱，于是去县城弄了个杂货铺。后来青山镇发展起来，本就跟丈夫感情不好，这个米大嘴经常回娘家住着不回去，看这十字街天天人来人往，就租下宋承智的房子，弄了间杂货铺。

说起来，米大嘴跟宋承智的大儿子宋继蔚是初中同学，她只比宋继蔚大一岁。跟镇里中学绝大多学生一样，初中毕业就回了家，但她没有去务农，而是跟她爹学习裁缝。本就是躲避不想干农活，只是学了两年都剪不出一件衣服，但对服装审美啥的懂了不少，于是就开始打扮自己，按说黑脸蛋大嘴巴，嫁人应该困难，但她硬是靠着衣装打扮把自己嫁到了县城边。

她本就是个好吃懒做的，不管孩子，不孝公婆，他男人拿她没办法，听她说要回镇里开杂货铺，给拿了本钱但提出要求：离婚。

这个米大嘴找到宋承智租房的时候，说她是宋继蔚的同学，还坐过同桌呢。"叔叔，我想租您的房子，弄个杂货铺，咱镇里的代销点东西不全。"

宋承智当时正坐在井房的葫芦架下摇着蒲扇乘凉，上下打量了下这女子，不由就坐直了身子，心说这衣服穿得也太紧了，奶子就像南瓜，没了秧子，就那么张扬在地里。他暗暗地咽了口唾沫，笑了笑说："我准备自己干点别的，你再找找其他家的房子吧。"他想这么个女人不能成事，看着就不是脚踏实地的，租金到时候都没着落，怕打麻缠。

米大嘴也笑了笑道："叔叔，我一次给你交一年的租金，你看怎么样？"

那时候镇里刚开始红火起来，所谓门面房不比县城，就算在十字街，也都是按月交租金，最好的也是一次交一季度，这样一次交一年的更是少数。宋承智闻言反而又躺下了说："姑娘，你回吧，我这房子真是想自己干点啥呢，镇里空房子多着呢，你再找找吧。"

这是坐地起价，宋承智想既然你这么迫切，就得多要几个。也就这时候，他老婆从镇里回来，手里捏着一封信："是蔚儿写回来的，哦，你就是米裁缝的姑娘吧。"

宋继蔚在铁谷地区上班，是铁谷地区重点中学的老师，接到米大嘴的信就笑了下，这还需要自己出面吗？但碍于面子还是给父母写了封信，说如果方便就租给她吧，听说离婚了，独自一个人也艰难，算有个生活来源吧。

看了眼夏小雪手里的信，米大嘴笑着说："是，婶子，我就是宋继蔚的同学米莉莉。我给他写了一封信，就是想租您家的房子。"

夏小雪从屋里提出个凳子递过去，俩人聊了会儿，宋承智闭上眼有一句没一句地听，都是宋继蔚上初中那会儿的事情，到最后夏小雪满口答应："行，就租给你，知根知底的多好。"

宋承智索性闭眼装睡，但米大嘴那两大奶子就在眼前晃悠，扇子放到了一边，宋承智很快满头大汗。好不容易等米大嘴走了，他赶紧又摇动扇子，米大嘴的背影不远，屁股蛋子来回扭动。

这两间房是夏小雪租出去的，她知道自己丈夫见了女人走不动，这又是个离了婚的，商量好价格就不让宋承智出面了。她去跟米大嘴写了字据收了钱，并且声明有事找她就行。

毕竟隔着辈分，老婆这样干也明摆着态度，宋承智这些年就不跟米大嘴来往，话都不多说一句，直到宋继洲被带走，租他房开台球厅的那位啥都不多说。他急了，就去找米大嘴了解具体情况。一来二往，夏日井房初见的欲望暴涨，随后就隔三差五去杂货铺买包烟，趁机摸下手，然后闲聊会儿。

苍蝇不叮无缝的蛋，这个米大嘴本来就不甘寂寞，再者离婚后也真寂寞，最主要的是镇里招蜂引蝶的几个年轻男人都对她不感冒，这时候宋承智来得勤，她也知道他要干啥，只是隔着辈分这层纸。

这几天，她对宋承智的称呼突然从"叔叔"改成了"叔儿"，这让宋承智心花怒放，他知道火候差不多了，哼着小曲，脑海里马上就是米大嘴紧绷的奶子跟屁股。

宋继洲推开米裁缝的店门，只看到屋子里到处是布料，却没有人，随即咳嗽了一声。

米裁缝家是个老房子，跟薛黄芩的中药铺背靠背，相对偏一些，但他手艺好，所以一直没往外头街面上搬。本来米大嘴租宋承智房子，想的是二楼给米裁缝用，但他一口回绝："我看见你就饱了，别给我说这个事，你想干吗干吗。"

米大嘴的爹，镇里能叫上名字的除了家人，估计只有派出所户籍警，他是倒插门到米家的。那时候米家就是镇里一个普通农家，米裁缝眉清目秀，像个花旦，米大嘴的妈妈一眼就看上了。

遗传这玩意儿确实厉害，米裁缝有一儿一女，儿子跟他一样长相俊美，脑子灵活，后来也考取了中专，毕业后回到镇里地税所上班。而这个姑娘跟她娘几乎是一个模子刻出来的，尤其是大嘴巴，有过之而无不及。

宋继洲知道这个米裁缝，有一次他跟娘到这里做衣服，量了尺寸后，宋青桃问："你也不记下来？"

米裁缝指指脑袋说："这么几个数字还用拿笔记啊。"

宋青桃听说过他记性好，于是就问："真有这么神啊？"

米裁缝随即递给宋继洲一个计算器说："小宝，你妈妈报数字，三位数以内的加法，你用计算器，我用心算，咱看谁快。"

试了一次，宋继洲完败，那时候他读初二，佩服得五体投地。

所以，从打算开始干企业，他首先想到的是这个米裁缝，让这个人做账肯定能为他省很多心，尤其米裁缝的儿子在镇里地税所上班，这个更能在税务上省心不少。

跟山里下来的其他人不同，这个米裁缝干不得农活，倒插门来后不久，米家的一头驴子把他拖得鼻青脸肿。那时节正是农闲，老米看这个女婿弱不禁风，没让他干重活，就让他去山边放驴。米裁缝答应着从槽上接下缰绳，刚出米家大门，这头母驴兴奋得往前蹿，他根本拉不住缰绳，随即就被带倒了。原来，镇里配种站的工作人员骑着一头种驴刚好路过。这个米裁缝不敢松缰绳，那头种驴往前跑，米家母驴后面追，等骑在驴背的配种站小伙儿觉着不对，回头赶紧勒住种驴，米裁缝已经满脸是血。

老米问他驴惊了咋不松手，米裁缝说他能驯服了这畜生，于是就每天拉着这犟驴出去，也不知他怎么弄的，这头驴后来只听他的话。尽管做事有韧性，但手无缚鸡之力，没办法，老米就托人把女儿女婿送到铁谷地区学裁缝，正如当地那句俗语"每一只羊嘴边都会有一把草"，这小伙子很快就学了一手好裁缝，回来后就在镇里开了个裁缝铺子，然后凭手艺全镇扬名。他进的布料讲究，逐渐创出名头，再加上本名原本就知道的人不多，于是米裁缝成了他的名字。他自己偶尔签名，只要不是正式的官方签名，也是"米裁缝"。

随着成衣市场蓬勃发展，各种款式层出不穷，他这老手艺已经站不住脚了。尤其是这两年老婆气喘啥也干不了，每天都得吃一把药。此前儿子娶媳妇，结婚的时候在石城买房，几乎掏光了他的老底，日子越过越紧巴。在听了宋继洲的打算后，米裁缝说："就改几辆技改车，你需要雇个人专门做财务吗？"

宋继洲笑了笑，说："这只是开始，接下来我要弄个选矿厂，改装'技改'车很快，选矿厂就复杂了。但我想你提前就参与进来，比如今天我派人去买两辆摩托车，就让拿回发票，接下来采购零件啊什么都是这样。我做事跟一般人不一样，一切都必须讲规矩。"

这是宋继燕跟他聊过的，之所以让他跟新兵营训练就是这个意思，没有军姿就不会有军威，干企业经商也是如此，从头就要立规矩，该如何就如何，这样才能长久。

宋继洲接着说："我知道你家里离不开人，这样吧，每天你就上午去厂里，有着急的事情再喊你，工资我按照全天给你付。"

米裁缝对宋继洲并不陌生，来做衣服的嘴碎者不少，看着这个小伙子，没多想就答应了。他知道宋家人现在实力有多大，宋青桃现在日进斗金，所以这个选厂肯定能行。

看米裁缝答应了，宋继洲说："今晚你吃了晚饭就来台球厅，就在你闺女杂的货铺旁边，我四舅的门面房，我准备随后当办公室用了。"

这是一个远大的创业计划，在省城参观了钢厂后，宋继洲就开始规划，简单来说就是改装技改——弄选矿厂——投资铁厂——建设钢厂。

什么叫选厂，青山镇还没有，当晚五个人坐在台球厅二楼，宋继洲从书本上照本宣科："选厂就是选矿厂，是矿山企业的重要组成部分，专门利用各种选矿方法和工艺流程，从原矿中获取品位较高的精矿，就是精粉。"其实他就是看了一遍过程，但已经胸有成竹："选厂要开在矿山附近，咱青山县就是这样的地方，北山东山都有矿窝子，这样原矿运输省钱。尤其是得建在一定坡度的斜坡上，以资利用物料的重力作用自流输送——就是拉回来矿倒出来，自己就流到球磨机里了。"

"技改车只是开始，所以我选址是为选厂。"宋继洲说，"做事情不能只看眼前，我已经初步谈好了老饲养处那块地，旁边就是沟，五六里长，弄个大型选厂绰绰有余。我听说小电工现在住的平房要卖，已经让我三舅去谈了，买下后推倒围墙，就跟饲养处成一个大院子了，平房就先办公用。米叔叔以后就是咱们厂的财务负责人，我手头现在有二十多万现金，明天就交给你，跟储蓄所联系好开户。"宋继洲看大家都张着嘴两眼放光，于是就开始安排具体工作，"二伟你懂修车技术，所以这个改装技改你全权负责，雇师傅，拉出需要买的零件清单等等；大胖，以后你就是咱们厂的采购，你为人谨慎，花钱不大手大脚，但买回东西要入库要有发票，要给米叔叔交账；钟强你先跟着我，历练历练，选厂建起后我再给你安排具体工作。"

"丑话说在前头，不合规矩乱做事，马上滚蛋。至于工资待遇，"宋继洲说，"我不会亏你们，你们是燕云矿业公司的元老，我们一起合力干一番大事业吧。"

"米叔，"宋继洲事无巨细，"以后来的工人都要穿工作服，这个你来弄吧，就照着部队穿的那样，咱们半军事化管理。"

事情交代清楚，宋继洲最后说："大家都回去想想，如果觉着行，明天上午过来跟我签用工合同，我在省城看过一家公司的管理，材料都拿回来了，一切照搬，这就是规矩。"

也就在这时候，本就隔墙边坐着的他，耳朵里传来一声调笑，知道是自己那个管不住裤带的四舅，随即就说："散了吧，米叔你留一下，咱俩商量下这个财务怎么管理，我明后天看时间带大胖去下铁谷市，先进回来二十台柴油发动机。"

秦二伟说："这有啥商量的，宋哥，签啥合约我现在签。"

宋继洲脸一沉，瞪了他一眼道："说明天上午就明天上午，这是规矩。"

大胖就拉了下他，说："走吧，二伟，还是得给家里说一下。钟强，你也是，回去给你爹好好讲，卖肉能赚几个钱啊。"

宋继洲说："回吧，明天早上八点来。另外，弄选厂的事情谁也不许声张，只说装配技改，要不然吴二先弄出一个，咱们喝西北风去啊。"

看三个兄弟下楼走了，宋继洲正想说话，看米裁缝脸色变了，对面"叔啊叔啊"的声音已经很放肆了，屋里安静下来，听得一清二楚。说起来，杂货铺跟台球厅互不干扰，两头都有楼梯，但中间的隔墙是后来加的，宋承智为省钱就是垒的单行砖，所以说话声稍微大点儿都能听清楚。

这就是留下米裁缝的用意，他赶紧装作不好意思，上前低声说："米叔，咱楼下去说吧。"

别看他斯斯文文，但也是能降伏了犟驴的主。米裁缝站起来到隔墙，按捺不住，飞起一脚就踹了过去。只听"哗啦"一声，墙被踹了个大窟窿，本来那边没开灯，窟窿透亮，灰尘落下。趴在米大嘴身上的宋承智一脸惊恐，光屁股被照得发亮，赶紧扭过头。米裁缝已经操起一根台球杆要钻过去。宋继洲伸手拉住，低声说："家丑不可外扬，米叔，消消气，消消气。"随即，宋继洲站过去用身子挡住那个窟窿，那俩男女赶紧穿裤子，台球厅外头已经传来夏小雪的声音："你们见我男人没？"

吃完中午饭说镇里开会，能开到晚上九点？夏小雪满怀狐疑就过来找。因为在这里吃住，米大嘴的杂货铺一般都开到很晚，这会儿怎么关了？没有不透风的墙，宋承智撩拨米大嘴，很多人都看在眼里，也有风吹到夏小雪耳朵旁，所以她径直就到了这里。恰好碰到大胖、钟强、二伟往外走，于是马上扯着嗓子问了一句。

大胖心知肚明，但一言不发；钟强在门口卖肉时看见宋承智进了杂货铺再没出来，他也不吭气；二伟愣了下刚要说没见，宋继洲已经开了窗从二楼探出脑袋说："四舅在我这里说事呢，四舅妈，我们马上下去。"

再关窗，宋继洲扭头看涨红了脸气哼哼的米裁缝，拉了他一把说："叔，这事传出去，米莉莉再婚就别想了，我来处理吧。你跟我下楼，先回去，不敢声张啊。"

米裁缝本就聪明，这事情一个当爹的能怎么样，男的又是大队书记，于是叹口气，摆手说："我当没这个女儿。"随即下楼，推开台球厅的门便走了。

宋继洲像是对着墙上的窟窿说了句"四舅，从这边下楼来，赶紧着啊"，随即跟着米裁缝下楼，出来就下台阶看着夏小雪笑道："舅妈，害你跑过来，四舅是帮我想办法弄地方开厂子呢。"看钟强他们还在旁边站着，脸一沉说："你们仁不回家，戳这里干吗，明天一堆事呢，赶紧回去睡觉。"

夏小雪松了口气，但总觉着不对劲，说："你四舅咋没下来？你不是骗我吧？我上去找他。"

不能让上去，但又不能拦着，宋继洲只能喊了声："四舅，那个合同明天再弄吧，四舅妈着急了。"

宋承智咳了一声，从台球厅的门里走出来说："找啥找啊，我能丢了？小宝，这合同弄好了，你填上你的名字，那条沟是你的了，二十年内不用交任何费用。"

宋继洲接过来，先递给夏小雪说："舅妈，我要弄个厂子，四舅帮了我大忙了，说到天边，咱也是一家人啊。"

夏小雪总算完全放心，如果自己男人跟米大嘴有一腿，真是没法活人了，怎么说也隔辈了，太不像话了。她接过来看了一眼说："小宝你要弄啥厂子，这么大动静？我刚去你三舅家，你三舅说已经帮你买下了小电工的房子，赶紧把墙推平了吧，小心再有人去爬墙头。"

这个外甥子做事真是雷厉风行，宋承智顾不上想这些，随即沉下脸道："你先回，我跟小宝嘱咐几个事情就回去。"

夏小雪说："嘱咐吧，我就在这里等你，不至于也瞒着我吧？"

"你个娘儿们嘴长话多的，"宋承智说，"等就等吧，小宝你进来，我就说两句话。"

宋继洲拿过那纸合同，笑着说："舅妈你稍等，我还没吃晚饭呢，四舅，咱边走边说吧。"他是真怕夏小雪进台球厅，要是说去二楼看看，啥都露馅儿，于是进屋把合同放台球桌上，赶紧出来就关门锁门。宋承智就在门口站着，他低声说了声："进去上楼就没办法了……"

三个人相跟着往井房走，夏小雪边走边给宋承智拍打了后背的土问："你这谈事还要钻地洞啊，一身的土？"

宋承智吓了一跳，仿佛噎住说不出话，宋继洲在旁边说："四舅带我去看饲养处的房子，我这后背也全是土"——他挡在墙洞前，确实有些土。

到了井房，夏小雪去端饭，宋承智苦着脸低声说："小宝啊，你得帮帮四舅，刚才这个米大嘴非要让我娶她，我不答应，她就要下来跟你舅妈闹腾。"

宋继洲叹口气，说："我来想办法吧。"说完，就站起来伸手接过夏小雪端过来的稀饭说："舅妈，给我凉拌个辣椒吧，放点葱跟香菜，用咸盐醋跟香油拌，省城里叫这个老虎菜，做法简单但好吃着呢。"

夏小雪答应着去菜地摘辣椒，宋承智哼了一声说："这个母老虎……"宋继洲打断他的话，沉下脸说："四舅，这个事情怪我舅妈吗？米大嘴跟我继蔚哥是同学，要是传出去，咱们宋家在青山镇都得低着头走路。"

没想到外甥子会训斥自己，但这个事情确实被抓了现行，宋承智马上想这是不是小宝故意的，随即也沉下脸道："米裁缝怎么能去台球厅？那个婆娘勾引我……"

宋继洲不再有任何隐瞒，他开始讲自己的创业理想，包括要让米裁缝给自己当会计，算账快且儿子在税务所呢……讲了大约十分钟，宋承智都听呆了，灯光下看这个外甥，笔直地坐在小板凳上，挺着腰，说话不紧不慢，语气中无不透着自信。

夏小雪端过来拌的老虎菜，听了几句，笑着说："小宝啊，等你厂子弄起来，舅妈给你送菜吧？这种菜的地越来越多了，很多菜没人来收。"

宋继洲说没问题，然后低声说："我准备给你们家百分之十的股份，只给四舅，所以不能说出去，要不然我会被其他舅舅骂成白眼狼。"

宋承智愣了下，从刚才的讲述中，他知道这个百分之十不少，于是沉吟了下说："我不白要你这股份，饲养处那块地租给你，我再帮你弄水电，总之需要大队帮啥忙，四舅尽力帮你弄咱这个燕云公司。"

宋继洲端起稀饭喝了一口，说："一劳永逸吧，四舅，那块地就当地基批给我，我跟我娘在镇里从没分过宅基地，也说得过去吧。"

宋承智马上点头说："说得过去，明天上午我就去给你办。"

吃过饭，夏小雪去洗碗，宋继洲站起来说："我回镇里了，四舅，你放心，那个大嘴婆姨我处理，保证从今往后她不会再骚扰你。"

宋承智有些不过瘾，但想着事情没办完呢，她就要逼婚，还是心有余悸，本就是你情我愿地玩玩儿。他嗯了一声，指了指旁边桌子说："小宝，你拿个手电，今晚没月亮，路上小心摔着。"

宋继洲答应着拿起手电，一路也没开，只是想事情。回到台球厅，开门上二楼，窟窿还是窟窿，米大嘴正在那边嗑瓜子。他拿把凳子坐到窟窿这边开口说："听说你想当我四舅妈？"

米大嘴抬眼看，只见宋继洲两眼圆睁，顿时想起他在门口剥狗皮的样子，菜刀都是从自己店里拿的。她手一抖，一把瓜子掉在地上，结结巴巴地说："我……我随口说说。"

宋继洲弯腰捡起一块砖头掂量着看看，再放下，说："你这店一个月能赚多少钱？说实话，我能大约估摸出来。"

其实捡砖头是看这个四舅垒墙用的都是最薄的砖，但米大嘴以为要砸她，吓得赶紧站起来说："七八百吧。"

宋继洲点头不看她，伸伸腿说："这样吧，今晚你就回家去住，明天我找人盘货，这个杂货店我接下了。至于你，去我娘的服装店干吧，想当经理还是想自己租个柜台随你。"

米大嘴愣在当场，她早已厌倦了这个杂货铺，只是没个生活来路。"青桃服饰"是石城县最好的服装店，服装城一楼全是人家的买卖。"干经理吧，能给多少钱？"

听她低声回了话，宋继洲站起来说："我跟我娘说，至少一千吧，你好好干，肯定比这个还多。另外，我听你爹说你前夫来过，想复婚，孩子也长大了，劝你还是回去吧，好好过日子。唉。"

听宋继洲最后一声叹息，米大嘴知道他想起吴芳，再想自己这么多年鬼混，于是就又说了一句："我爹那儿……"

事谈完，宋继洲起身说："我先去你家，给你爹聊聊，一会儿你就回去吧，收拾收拾，明早盘货。"

米裁缝对宋继洲的处理千恩万谢，他知道这个女儿去了县城，肯定就得回原来的家，现成吃喝不用租房，复婚就是时间问题了。"你去让她回来吧，我当啥都没看见。"

宋继洲笑道："米叔，看见啥？啥也没有啊，就是我觉着公司面积不够，所以就盘了你姑娘的杂货铺。"

米裁缝不住地点头，说："小宝啊，不，继洲啊，我给你干。一直自诩自己聪明，但我这样的脑袋，三个也顶不了你这一个。"

米大嘴把值钱的东西提上，高兴地回家了。宋继洲对着隔墙又踹了几脚，哗啦啦隔墙就都倒塌了。第二天早上钟强跟大胖先到，上二楼都发愣，宋继洲看了他们一眼说："这个楼就是咱公司的总部所在地了，明年估计不够用，那就往上再加一层。赶紧收拾啊，愣着干啥。"

第 29 章

长远

当一辆接一辆的汽车底盘被军车牵引着，很壮观地驶入青山镇的时候，似乎已经注定了宋继洲的顺风顺水。但宋青桃很明白，当下矿的价格一直走低，她一直在增大库存，所以自己儿子这时候介入，并不是最好的时候。只是，她年近四十，越来越觉着自己力不从心，服装城六十个柜台租出去一半，另一半仍旧需要她来具体安排。

尤其是矿山，各种事情随时都得处理，她是真想赶紧锻炼锻炼儿子，尽快能接手矿上这摊子事，这个改装车能赚多少她看不到眼里，所以就想着任由宋继洲折腾，无非就是买个教训。

刚开始的发展确实如她所想，但很快她就对卫三牛说："我看行，我家这宝儿是个做生意的料。"

秦二伟挖来改装车的师傅水平过硬，很快改装出一台"技改"，还有驾驶室，马槽也都是加高加厚。本来这玩意儿就是"四不像"，能跑能拉矿就行，这么弄似乎有些哗众取宠，尤其是宋继洲说试完车再卖。

但人家是老板，秦二伟也不敢吭气，只是服从，他知道这个宋哥不是胡来的人。

在初中时候秦二伟被篮球队的队员欺负，宋继洲问清楚情况，直接冲到篮球场，把正在训练的几个五大三粗的队员挨着扇了个遍，不知道的还以为是教练打队员呢。

事后，秦二伟问宋继洲："哥，你就不怕人家群殴你？"

"占理，"宋继洲满不在乎道，"如果让教练知道，揍他们更狠。再说了，我宋继洲从来不欺负人，做事情动脑子，打架更要动脑子。"

宋继洲一点也不急，等改出十五辆后，才从青山镇找来十五个司机试车，从石梯子侧面的沟里开进去，直接就到了宋青桃的矿洞跟前。这里原来没有路，此前宋继洲带人进去勘察，该垫的地方垫了垫，该平的地方平了平。

给宋青桃的矿上留了五辆车，剩余十辆车装满矿石就返回了青山镇。

由于发动机功率大，所用的零配件也都是最好的，每辆车都实打实装了五十吨，这是宋青桃此前挑选出的上好铁矿。第二天当这十辆"技改"返回，宋继洲指了指旁边的沟，五百吨铁矿石，稀里哗啦就"填"到了沟里。

当下一吨铁矿的价格三百五左右，这五百吨铁矿肯定比五辆"技改"值钱得多，宋继洲对米裁缝说："记下来，现在算借。"

虽说那路说起来垫过平过，但仍旧跟没路一样，上高爬低，基本就在石头滩里跑，十辆"技改"车拉这么多矿回来，连个螺丝都没掉。

一传十，十传百，这改装好的车谁都想要，宋继洲随即定了个规矩——车出厂免费保修一个月，一年内更换零件，只收成本费。这是对自己改装车的信任，更是对买车者的一种保障。但价格就是一万五，少一分也不行，就这，两天就卖完了十辆。

说实话，现在镇里有的几辆"技改车"，都是七八千块钱买来的，跑风漏气，天天坏天天修，拉一趟矿修三天，算下来比这个贵多了。

回收了十五万现金后，又改出十五辆。

只是这些提前预定的"技改车"卖不出去了，因为在这一年的后半年，矿价持续低迷，已经跌至历史最低，每吨两百元左右。

宋继洲吩咐："该干吗干吗，不怕，继续改装。"他出去一周左右回来，带着钟强跑了几个铁矿，用自己改装好的十辆"技改车"，换回一千吨铁矿。

谁也没觉着宋继洲这买卖值，矿价格继续往下掉，很快铁矿都停产了，因为挖出来的不够成本钱。这"技改车"性能好，不拉矿还能干其他的，换矿回来先不说价格起不来咋办，手里的流动资金都押着了。

矿主们也都是这么想的，也都为没有流动资金发愁，反正是守着一堆矿卖不出去，宋继洲上门马上痛快答应，换回"技改"随即就抵给了另外的债主开始周转。随后有铁矿主亲自来宋继洲这个改装厂，于是又换回一千吨铁矿。

这时候米裁缝说话了："宋总，咱们手里没有钱了。"

宋继洲笑了笑说："我手里有一笔风险金，这样吧，先拿出十万，给大家伙儿发了工资，再买配件继续改车，卖不了咱继续换铁矿，我想这铁矿已经是最低价了，除非天要亡我，否则到年底肯定价格就起来了。"

宋继洲每天读书，经济类为主，《新闻联播》更是每晚必看，关注国内国外大势，这是八哥宋继云告诉他的。此前他出去到省城，宋继云带他见了两个老师——省政府智囊团的。

了解了国家当前发展形势、本省重大工程，以及省内铁矿分布，他提着一摞子书就回来了，这不一定能给他预判能力，但肯定对矿业发展有了初步认识。

这笔"风险金"有五十万，是卫三牛给拿的，当然不是白给，他说的就是入股。"小宝，我入你企业百分之十的股份，还有一台推土机与一台挖掘机，这个是'见面礼'。叔叔不是在银行工作吗，有一家企业破产，这是拍卖回来的，六成新，没几个钱。"

宋继洲点头，说："我收了，会定期给您看公司报表。卫叔叔，对我娘好点，此前她的日子太煎熬。"

卫三牛就是这一年秋天离的婚，他的儿子毕业后到了铁谷市工作，看父亲实在可怜，就反复做他母亲的工作："与其这样互相伤害，你还是跟我爸离了婚吧。"

他母亲当然说不离，"老娘熬也要熬死他"。儿子笑了笑说："妈，你不要置气了，说实在的，我爸做得到位了，姥姥姥爷去世都是披麻戴孝，但你呢？奶奶去世出殡你都不出现，这说不过去吧。"

还是死硬，后来儿子直接就发火了："如果你坚持不跟我爸离婚，我从今天起就再不回来看你了，搅成这样，我也不成家了。"

说不回就不回，电话不接短信不回，也不找对象，拖到儿子三十岁，最后这个女人没了办法，五十岁退休后就跟卫三牛离了婚，去了海南，那边有一套海景房，离婚的时候给了她。

国庆节前一天，宋继洲去了县城，公司成立后安装了电话，方便多了。宋青桃说："下来吃个饭，务必下来，还有重要的事情给你说。"

真不知啥事情，但不想去，宋继洲说："我准备一会儿上山，跟爷爷姥姥一起过国庆节呢，你忙就不用回来了。"

宋青桃说："我跟你舅舅们商量了，国庆当天中午都回去，我是想跟你说说这矿的价格，年前如果继续这价格，我这里也撑不住了。"

这是正事，他手头也没多少钱周转了，车还在改，但这个本就是矿业的辅助产业，基本是矿价起车价起，矿价落车价落。他又坚持改出最好的车，一辆车算下来成本不低，好在这个汽车底盘就像捡来的，才勉强撑住。

卫三牛的儿子也在，算是一顿认人的饭吧。不多说话，也大致猜到这五十万是娘给的，当然没有卫行长的帮忙，娘也赚不到这么多。但该如何就如何，随后真就每年底给卫三牛送公司报表，娘去世后也送，但卫三牛从来没到公司拿过分红，只说继续投入吧。

聊到这个铁矿价格，宋继洲说："我去省城跟专家聊过，肯定不会这样一直低迷，娘，你的矿洞出的矿我都收了吧。"

宋青桃笑着说："我的不是你的啊，只是你吃不下那么多，每天产量都在一百吨以上，你卫叔叔给联系了钢厂。宝儿，我这儿的钱够撑到年底，我陪你押矿，大不了咱们重新再来，娘有留的后手呢。"

饭后，宋青桃拿出两把车钥匙说："俩儿子一人一辆车，我给你们的礼物。"

给卫三牛儿子的是一辆轿车，铁谷市内上班用。宋继洲开回青山镇的是辆大面包车，客货两用，镇里用着方便。

这辆车宋继洲开了十年，公司资产过亿也是如此，再后来顶账回来一辆奔驰，他才换了车。

开车拉着五十万回镇里，继续拿"技改车"换铁矿。吴二都撑不住了，拐弯抹角地换走十辆。宋继洲心知肚明，装不知道，只是一个字：换。

进入腊月，公司账上真是一分钱也拿不出来了，宋青桃又给了他二十五万，算起来从开始干到现在，一百万都"填"到了改装厂的沟里。

从这一年的腊月初八开始，铁矿的价格开始飙升。四百一吨，不卖；五百了，不卖；六百了，再看看；七百多了，再看看……

宋青桃算是个能沉住气的，矿价到了七百三就清了库存。她给儿子打电话，宋继洲说："再忍忍，我觉着没到顶呢。"

到了腊月二十三，短短半个月，一吨矿的价格到了八百块左右。

"一吨矿净利润五百，乖乖，"米裁缝乐得嘴巴都合不拢了，"差不多了吧。"宋继洲于是笑了笑，随即下令："清库存。"

被矿填平的沟又恢复成了沟，天寒地冻，宋继洲过年都没休息，带着人白天晚上干，清明前后，一百五十辆车底盘很快就改装了出来，留了五辆自己用，其余全部出手。随着铁矿的价格升高，一辆"技改"车标价两万一，全都被预定了。

热闹的厂子就安静了两天，选矿厂的各种设备就运了回来，春暖花开，选厂开始轰隆隆地运转，宋青桃矿上的产量跟这个选厂的规模基本匹配，矿价持续保持高位，选出的精粉价格更是惊人。

等选厂运营正常后，宋继洲提着一百万现金，专门跑到母亲的矿山，但宋青桃没接。"儿啊，我赚的都是你的，哪有母亲跟儿子借钱还钱的。"

宋继洲说："我当初说的是借……"宋青桃说："你的选矿厂跟这个矿洞已经挂上钩，一条龙产业，现在账目单算着，你再历练历练，娘就都交给你了。你讲信用娘喜欢，但人要没了感情都是金钱往来，就没活头了。这样吧，宝，你请娘吃顿饭吧。"

娘儿俩去铁谷市内找了个饭店吃饭，宋继洲还把宋继蔚叫上了："哥，你帮我弄些规章制度吧，就是选厂用的、公司用的等等，严点，我陆续都能用上。"

到第二年底，米裁缝变成了米财务，他对宋继洲佩服得五体投地。短短两年时间，公司账上已经有了三百万资产，另有流动资金两百万随时可以用。

其间，宋继洲又陆续出去了几次，他将继字辈逐渐都弄成了他公司的智囊团。每到一个哥哥的家，看没有电话马上掏钱给安装一部："联系方便，哥，这没几个钱，你要是急用钱就打给我，十万八万的没问题。"

他兜里随时都装着电话本，第一页就是十六个哥哥的联系方式。几年后，有了传呼，他统一给配，后来有了手机，照样一个哥哥一部最好的。

了解国家大政方针，熟悉市场行情，制定公司发展规划……又是一年良性运作，"燕云矿业公司"已经下属两个选厂、一个技改装配修理厂、一个运输车队，总资产达到八百万。

年终结算中，米裁缝发现钟强有一次采购的账目不清，当时陈大胖在选矿厂忙，就让钟强去县里买了两台卷扬机，回来票据没看就交给了米裁缝。

先不声张，宋继洲带米裁缝专门去了县城，把当时供货单位的底账调了出来，查出钟强从中拿了两千块钱。此前钟强家盖房子，宋继洲给过他一万块钱，多年的兄弟了，就这还要贪污，所以回来的路上他很是气愤。

回到厂里，他从自己兜里掏出两千块钱递给米裁缝说："先平了账吧。"米裁缝不接，说："有第一次就有第二次，你这不是包容，是包庇！"

宋继洲苦笑着点头，说："米叔，你该这么提醒，我肯定不是老好人，当初公司成立之前我就说过话，你放心，会给你个交代。"

很快放假，当天下午，宋继洲召集骨干人员开会，说了节后上班的事情，说了值班纪律，然后拿出账本扔到钟强跟前："你看看，说说怎么回事？"

钟强心知肚明，说："我错了，宋哥，家里盖房买木料急用，我爹在路上截住我要钱，想着是这个月领了钱就补上……"

宋继洲一个耳光就扇了过去，顿时鼻血就流了出来，钟强伸手摁住不敢动。他瞪着眼睛道："家里急用，你不会跟我说？用了，不会给米叔打个借条？盖房前我给你钱的时候就说了，再需要张嘴，啥时候缓过来啥时候还！你耳朵里塞驴毛了？你说吧，是滚蛋还是接受处罚？"

钟强差点跪下，说："宋哥，我认罚，这辈子都要跟你干。"

宋继洲沉下脸，扫视了一圈，说："米叔，从钟强年终奖里扣除两千平账。这个事情我给钟强留面子，也是给在座的提个醒。你们都是企业骨干，未来都有大用，但规矩就是规矩，我犯了也得处罚。你们说，我规定的上班时间，谁见我迟到过？另外，今天发生的事，谁传出去我请谁走，但今晚都不走，等一件事。"

旁边的人递给钟强卫生纸，他卷了一团塞住了流血的鼻子。宋继洲指了指装配厂的院子对钟强说："会写'贼'字吧？出去捡一根树枝，把这个字写满院子。我们都等你写完，然后大家去公司吃饭，那边请的厨师等着呢。"

钟强愣了下就出去了，大家都坐着，看窗外钟强弯腰写字。宋继洲拿出一摞摞装订好的文件说："这是公司下一步的发展规划，大家过年期间看看，有意见标注出来。另外还有几项制度，觉着没问题签字交回。"

陈大胖给大家发下去这些文件，突然说："宋哥，强子这个事情我也有错，我能帮他去写这个字吗？"

宋继洲点头说："可以。"

宋继洲扫视了一圈，从最初的五个人开始，到现在中层已经快二十个人了，他需要的是严格管理，还有团结。毕竟跟他多年，秦二伟马上也站起来出去了，随即米裁缝叹口气也出去了……

全体中层人员把院子里写满"贼"字，用时不多，也没说写多大，也不会说必须密密麻麻，这就是一个切入人心的教训。

当晚在公司总部，宋继洲给大家发了年终奖，然后说了一段意味深长的话：

"今天的事情大家记到心里，这不是惩罚，也不是侮辱，而是公司未来。有了私欲就没了公心！大家在同一条船上过日子，你拿一根葱，他拿几瓣蒜，是小事吗？我五舅给我讲千里堤坝，毁于蝼蚁，以前不明白，等管理开公司，顿时就清楚这是多么重要的问题……承蒙各位看得起跟着我干，我宋继洲保证，只要懂规矩，守信用，对公司忠诚，公司在，你们就都在，相信我会越做越大，你们将来老了干不动了，我给诸位养老。"

随后宋继洲陪着喝了几杯酒，便对陈大胖说："你招呼着，酒管够，喝好了想玩，把台球案子支起来，我得上山了。"

从开始改装车，他就没动过一下台球杆，随着公司发展，宋承智这上下十六间房逐渐都变成了办公室，两个台球案子都收到了一边，

宋继洲驱车上了山，停好了车，提着厨师给做好的鸡鸭鱼肉进了中间窑洞。宋长河跟何桂花正在看电视，随即问："你吃过饭没？"

宋继洲放下东西摇头说："就喝了几杯酒，姥姥，给我弄碗拌汤喝吧，麻花我提上来了，老咸菜切一小碟就行。"

他答应了大舅照顾姥姥、爷爷，就经常上来，尤其是上了冻，基本天天都上来烧土暖气，就算出去办事了，也会嘱咐钟强骑摩托车上来帮着干。

说起来，现在最孝顺的就是小宝，何桂花经常就是一句话："宝啊，不要买了，吃不了，吃不了。"

至于宋长河一直劳作的苹果园，宋继洲刚开始带人上来干，后来实在是忙，就在镇里雇了俩劳力帮着干了一年，等卖了苹果，他不接宋长河给他的钱。"爷爷，我给您商量个事情吧，这个果园给我四舅干吧，让他每年给你承包费。"

眼看着就要八十岁了，也确实干不动了，宋长河第一次听了外孙子的建议："好吧，你跟你四舅谈吧，我听你三舅说你小子把他治了，嘿嘿，治住好。"

　　说的就是米大嘴那个事情。陈大胖跟钟强不说，但当时对面商铺也有人看到了，尤其是米大嘴第二天就不干去了县城，这事情就传开了。

　　再后来，宋承智喝了酒又撩逗镇里一个寡妇，正好让开车路过的宋继洲看到，他实在忍不住了，下去一把就给拉住塞到车里，然后径直拉到井房。

　　宋承智确实喝多了，从车里下来嘴里嘟嘟囔囔。宋继洲觉着再不管管，这个四舅会继续给宋家丢脸，于是当着夏小雪的面，操起一根正流水的管子，直接就给四舅"洗了个澡"。

　　不知道发生了什么，夏小雪上前拉了一把。宋继洲扔掉水管发了狠道："四舅，我尊你是长辈，要不然我今天当街就给你难看！"再扭头对夏小雪说："舅妈，你去给我装菜，厂里需要茄子、西红柿、蒜薹各二十斤。"

　　估计是自己男人又干啥见不得人的事了，夏小雪叹口气进了地里，宋继洲看宋承智浑身滴水，气哼哼地说："马上就五十岁的人了，四舅，你就不能检点些？这是最后一次，再让我知道你乱来，我先停了给你的年终分红，接着便会给继云哥、继蔚哥打电话，让他们回来——我说到做到！"

　　这三年，宋继洲在镇里已经是最大的传奇。他在前头走，后面的议论就开始了："别看只二十出头，短时间就可以跟吴二平起平坐。这个人做事有条理，对事不对人，能忍又狠，且一口唾沫一个坑，真就是说到做到。"

　　宋长河年龄大了，兄弟们都碍于情面都是睁一只眼闭一只眼，宋继洲这么"收拾了"他一次，宋承智便收敛了。此前处理米大嘴的事情，舅舅们都也逐渐知道了，都也对这个外甥刮目相看。

　　也正是从这件事开始，宋继洲逐渐把青山镇的宋家撑了起来，包括宋承礼都服气，有大事都去找这个外甥商量商量。除了宋承仁，剩下的哥四个也经常回来，看他安排得井井有条，都也欣慰。宋继洲对舅舅们说："家里啥都不缺，人回来就行。"

　　大家都哈哈笑，宋承信是最欣慰的，他笑得流出眼泪，说："这不是我们的家啊，你小子混得好了，就看不起舅舅了吧。"

　　宋长河经常摸着胡子点着头对何桂花说："咱这宝儿真是越来越懂事，

越来越有出息了。"

这一年过年，宋继洲收获最大的，不是公司赚了钱，而是几个哥哥回来给他提供的重要的信息和对公司未来提出的新规划。

大年初一晚上，从各地回来的哥哥们在"燕云矿业公司"的二楼喝了顿酒，为这个公司出谋划策，指点未来——这是宋继洲的原话，为此专门把厂里的厨子叫过来整了几个菜。

吃喝都是次要的，哥几个几乎聊了个通宵。

在大学里刚提拔当了系主任，宋继云过完年又要挂职铁谷市分管农业的副市长，他率先开了口："咱铁谷地区行署所在的这个城市之所以叫铁谷，不是因为海拔低，它本身就在山上，只是一个相对的谷底，再加上富含铁矿所以得了这么个名字。作为铁谷地区行署所在的市，组织上跟我谈挂职很突然，你们也应该听说了一些传言——因为这个城市大部分地区成了采空区，数十年的规划都忽略了这一点，实在令人痛心。"

大家点头说："是听到一些传言。"

宋继洲有些纳闷："八哥，这跟我有啥关系吗？"

"当然有关。"宋继云说，"我看过你的公司未来规划，在座的都参与过意见，那么下一步你的铁厂建在哪儿？我这次回来看了你的选厂与公司现在的规模，这个事情你肯定已经提上日程了吧？"

宋继洲抓了一把花生放到八哥跟前说："我娘的矿在山里，选厂也都建在镇里，铁厂也不能太远吧，否则运费会大大增加。"

宋继云摇头，说："我从各方面信息中得出一个猜想，这次来铁谷市挂职的人很密集，是从省里抽调了二十多个各方面的专家，行业性质居多。弟弟啊，你从地图上看看咱们铁谷地区的各县位置，如果铁谷市不宜居住密集人群，那么石城县最有可能替代铁谷市，成为咱们铁谷地区行署所在地。"

宋继洲顿时明白，马上接话说："那么石城县周围的地就会寸土寸金，我要是在县城附近建设了铁厂，将来就算这个铁厂不赚钱，地皮也是稳赚不赔的。如果八哥这个分析最后没有实现，而铁厂就是要建的，说起来也没啥损失，对不对？"

"也对也不对。"宋继云说，"矿业是个资源性产业，我的建议是你此前的规划到铁厂后就转产，转房地产，甚至旅游业，那才是未来。"

宋继洲说："八哥，你说这个猜想我烂到肚子里，现在问题是我还没能力投资铁厂，你也知道企业发展到现在，我不贷款不借钱，需要再经营两年，才敢进行下一步规划。"

大哥宋继燕说："老八说的在理，未雨绸缪，可以先拿地，另成立一个公司，把这个矿业公司抵押给银行，然后贷款转产。"

宋继洲没有明说，但心里拒绝了八哥这个建议，资本操作本身就是他抵触的，不是不懂，而是风险太大。他当下琢磨的是宋家老窑洞下的铁矿开采，此前他已经悄悄请专家实地勘测过，储藏量非常可观，且矿的质量相当不错，至于开采的难度有一些，但可以克服。

他想的是让母亲宋青桃出面跑手续，毕竟娘这些年跟各方面都熟悉了，然后燕云矿业公司以收买的形式购入，估计一年时间就可以挖到矿体，接下来公司会有大的资金继续发展。

智囊团不是决策层，宋继洲年前去了次母亲矿上，心血来潮就下了次矿井，好深啊，坐着运矿的翻斗车一个多小时还没到采掘面……宋青桃等他出来，开了个玩笑："宝啊，你要是孙猴子，从矿井最深处垂直钻上前，估计就到石梯子了。"

他愣了下，想起在省城看过的一张地图，上面标注的这山下的铁矿矿脉就是一条，基本都快到青山镇了，随即就问了句："吴大吴二的矿洞离得远吗？"宋青桃指了指旁边的山说："翻过去就是，他们是老矿，比咱这个还深。"

也就是说都在挖这条矿脉，如果自己不抓紧开采，那么宋家老窑洞下面的矿体，指不定是谁的呢？

这个晚上没谈这个事情，他不是刻意隐瞒，而是这个事情必须跟爷爷宋长河商量，等他同意了，再给哥哥们讲。哥哥们肯定不会反对，因为对公司而言，这个收入是眼前的，也是最大的。

看出弟弟犹豫，也明白大哥八哥的出发点，宋继寰放下筷子说："我说两句吧。"这可是北大的博士，大家都说好。

"至于铁厂建设在哪儿，我的想法是这样，时机成熟，一次建两个——不是蛇吞象，而是明一个暗一个。"

大家都愣住了，啥叫明一个暗一个。他笑了笑，接着说："哥哥们，去县城周边规划批地目的本就不是为了铁厂，那就依照铁厂的规模拿出规划图，跟县里协商，甚至直接规划个钢厂——这就是暗，明修栈道，暗度陈仓。明很简单，就按照公司规划，沿着那条沟向下，出了镇子那个小石头山下直接建铁厂，附近本就寸草不生，能将污染降到最低。八哥，铁谷地区迁址，逐步转移走一个城市，这个国家肯定是深思熟虑且慎之又慎，让你们这些专家去挂职就是前期调研，所以估计十年之内动不了，或者说这是一个过程，是十年或者二十年的规划。从这点上讲，你这个副市长是回不去了，挂职很快就会转现职。"

大家都笑了，宋继燕问："八弟，你是想当教授还是想当市长？"

"大哥，"宋继云很正色地说，"这个我真没考虑呢。"

宋继洲马上就端起一杯酒说："八哥，留下当市长吧，将来把咱青山镇附近的地都种成果树，想着都美。"

听到这里，宋继朔在旁边说："弟弟啊，这次回来，我正准备给你说这个事情，你跟八哥喝完酒，我结合哥哥们的意见说个不成熟的想法。"

宋承信这俩儿子都考取了北大，宋继朔读得是建筑学，今年刚考取了本校的硕士研究生。"按道理说我还没就业，不该参与意见，但今年回来痛心不已。"

大家听了，都愣住了，尤其是宋继洲，这个跟他关系最好的小哥哥想说啥，自己做错了啥？宋继朔摆手，叹了口气道："小宝，你别紧张，不是说你。是说镇里的老百姓，现在日子越来越好，但仍旧沿袭几千年的传统，那就是有钱就盖房，越盖越高，越盖越大，殊不知这是多么大的破坏。我去年暑假回来就考察过，咱们这个青山镇，完整的四合院有一百五十多套，破坏不厉害的有两百多套，仅存正房或者偏房的还有两百多套，这六百套院子基本都是明代建筑，也就是说存世都四五百年了。"

兄弟们静静地听着，这一直都在说矿业，宋继朔突然跳到这个镇子的建筑，但都也明白他有想法。

"小宝从县城接我回来，"宋继朔说，"进了镇子就看到一栋被拆了西房的院子，就是这六百套明清建筑中的一套，这是破坏啊！在咱们国家，保存这么好的明清建筑群，是绝无仅有的。"

大家都猜出他要说啥，但都不吭气，听他接着往下说。"小宝，有了钱，我的建议就是赶紧收购院子，具体没想好，但可以在镇外另起一个村子，这里留着保护开发。建国之初，为保护北京老城，梁思成与陈占祥两位先生提出一个方案，史称'梁陈方案'，这是专业性很强的东西，简单说就是'古今兼顾，新旧两利'，只是这个方案很多停留到文字上，所以现在……"

宋继燕听到这里，马上带头鼓掌道："继朔，这是个伟大的想法！我是在这个镇上出生长大的，对这个古老的镇子有着深厚的情感。二舅四舅的院子，薛家留下的三个院子，都是那么厚重，我建议，咱们兄弟一起做这个事情，还是小宝牵头，把这个青山古镇留住！

宋继洲想了想，有些为难地说："我不是很懂这些个老房子有啥价值，但大哥跟小哥哥说留下，那就有留下的道理，这个可以逐步收购。现在有些人家想去县城周边盖房子，一套完整的四合院大致十多万能买回来。但人家要翻盖，这个事情不好阻拦，只能让四舅出面，按照小哥哥说的那个'梁陈方案'，大队出面阻止。"

宋继云说："村委会没这个权力吧，我到了市里后跟古建保护部门沟通下，继朔再联系北大来镇里搞一次调查，这样造起声势，估计就没人敢拆了。"

"能买的先买回来。"宋继蔚一直没开口，他跟父亲宋承智有一点很像，那就是脑子转得非常快，"现在大家对这房子都没概念，如果继朔带专家来了，铁谷地区也派人来了，那么很多人家肯定就坐地还钱，再回买就得费大价钱。"

宋继朔有些不解道："十三哥，不拆就保护住了，还买来干啥？"

"经济头脑嘛！"宋继蔚笑了笑，反问，"保护住要干吗？接着就是开发，来参观的人会络绎不绝，到时候这房子可就真值钱了！在商言商，小宝，如果公司的钱能转开，那就抓紧收购，能买多少买多少，这房子可是越老越值钱，是只增不减的好买卖啊。"

宋继洲好像看到什么未来，但又觉着很模糊，赶紧问宋继寰："十五哥，你说两句，我看你一直点头。"

"小宝，你要有时间，我推荐你去个地方，回来你就啥都懂了。"宋继寰说，"改革开放马上就十五年了，人民安居乐业，生活水平逐渐提高，接下来旅游业肯定是阳光产业，去哪儿旅游，无非人文景观与自然景观占大头，咱这个镇子就是国内稀有的人文景观。我建议你去的就是国内有名的两座古城，我都去过，好多房子没咱的历史久远，尤其是明代建筑群，这可是最大的卖点啊。"

宋继寰像是拍板道："不仅仅是房子，还有相关产业，具体内容还是去实地看看吧，小宝，我建议你再成立个文化旅游公司。十三哥说的在理，不是贪小便宜，而是买到自己手里才会得到更好的保护。"

"只是，如果从这个角度考虑，铁厂就不要一明一暗了，直接想办法批地建到县城旁边吧，不能让来旅游的人看着冒黑烟的大烟筒吧。"大哥就是大哥，他在这顿饭要散的时候说了几句，跟他父亲三年前说的差不多，"把青山镇打造成旅游名片，咱的公司赚钱了，对全镇的老百姓也都是好事，旅客来了，得吃得住，开发民居与土特产……"

窗外曙光初现，宋继洲有种拨云见日的感觉，内心无比迫切。建铁厂征地买房子保护都需要钱，账上那些远远不够，差得远呢，怎么办？

他随即下了决心：跟爷爷谈妥，尽快开采老窑洞下的矿，这是来钱最快的路。

第 30 章

塌陷

大过年的，怕宋长河生气，过了正月十五才开口，宋继洲倒也没吞吞吐吐，直接说了想法且分析了利弊。

宋长河抽着烟袋静静地听着，三年前他就想弄这个事情，只是大儿子承仁很坚决，随后老四承智给老大说，也碰了一鼻子灰，现在外孙子要弄——"我没意见，小宝，给你大舅说一下，他说行你就弄，反正咱不挖，人家也要挖。"

"咱家的院子下面，咱挖名正言顺。"宋长河说，"让外人偷偷从地下弄走，那跟吃哑巴亏差不多，但当年你四舅说要弄，你大舅说了一堆道理不让。"

给承信在县城买房的时候，宋长河去了趟老窑洞那边。对于薛黄芩及白桂花，这么多年过去，虽然人都不在了，但他心里还总是觉着有个结，这些"货"是人家的，但总不能任由烂在山洞里，且这个也烂不了啊。

宋承信每年清明前后都会去给干爹干娘上坟，宋青桃也去过几次，老百姓说死了死了，一死都了，可这个事情没有了。还是拿出来吧，薛黄芩跟白桂花如果活着，养老送终继承遗产，也都是这对儿女，最终宋长河说服了自己。

除了自己种的那些树在杂草中继续生长，似乎一切都回到最初没有人住的时候。那条小河依旧不紧不慢地流淌着，十个孩子都在这里出生，窑已经坍塌了一半，院子早就不成院子，曾经天天都着火冒烟的土灶里长出一棵杏树。

下到沟里，根本到不了当年藏东西的天然洞穴跟前，好在来之前拿了把砍刀，将拦路的各种灌木左右劈开。宋长河出了一身汗才进去，土把那个小洞都埋平了。

他掏出当年的袋子提起来，银圆跟金元宝噼里啪啦掉得到处都是，觉着牢不可破的皮袋子都糟了。没办法，他再次脱下褂子，将八个金元宝跟三十多块银圆包好提着出来。

回到老院子里，宋长河喘口气赶紧割条子编筐，然后下面垫上草，上面盖上叶，都弄妥后回头扫视了一圈，年龄大了，以后来的次数会越来越少。那个时候他已经听说这院子下面有矿，心潮澎湃——原来自己"睡在聚宝盆上"穷了半辈子。

"你爷爷这辈子就是这个家，不会想太远。"这就是宋承仁跟宋继洲说的，当然他不可能明着说自己爹是"小农意识"，而是婉转说宋长河这辈子就是为儿女活着，他脑子里都是孩子们活好，所以他给我说矿窝子的时候就很简单，给孩子们都在青山镇盖最好的房子……"那么，小宝，你挖这矿赚了钱，要干吗？"

给公司安装电话的时候，宋继洲给山里也装了一部，这是博得宋家全体夸奖的举动，毕竟不是谁想回来就能回来的，但对宋长河跟何桂花的思念无时不在。有了这电话，大家随时都能问问情况，人见不上，听到声音也是一种放心。

宋长河刚开始稀罕了几天，之后就烦了，他跟何桂花一辈子都是早睡早起，但孙子辈的生活规律不是他们这样，所以晚上十点多打回来个电话也没觉着不正常，于是"叮铃铃、叮铃铃"地被吵醒，就是问一句"您二老好着呢吧"。

很快，宋继洲就发现了这个问题，于是给舅舅们、哥哥们挨个打了一圈电话，再给宋长河说："爷爷，除非特别着急的事情，我给他们规定了打电话的时间，就是早上八点到十点，下午五点到六点，这样就不会打扰到您跟姥姥了。"

往出打就不用这么规定时段，宋长河说"你问你大舅"的话音未落，宋继洲已经起身进了窑洞，拨通宋承仁的电话，喊了声"大舅"，就把事情说了。

知道这个事情挡不住，也不用再挡了，国家在高速发展，各种原材料需求量巨大，只是他需要提醒引导这个外甥。这三年来儿子宋继燕给他讲了宋继洲的情况，他很欣慰，也真觉着宋继洲是可塑之才。

关于"赚钱干吗"的问题，宋继洲愣了下，马上回答："买房子。"

宋承仁也愣了，问："你要去哪儿买房子？给你的十六个哥哥每人买一套？你现在的公司发展下去，就是都买到北京，也不是大问题吧？可是，你的哥哥们分散在全国各地，不需要你这样做啊！赚钱是不嫌多，但多了就遭嫌！"

宋继洲笑了下，解释说："大舅，是在青山镇买房子，我要把这个镇子买下来。当然，咱家人不需要这么多房子住，事情是这样的。"他将那天晚上哥几个商量的事情讲了一遍。说到明代建筑的保护，宋继仁马上打断他的话："好，功在千秋，你要用心做这个事情，大舅可以倾全力帮你。但你还是没有说到点上，买下青山镇，开发了旅游比开矿更赚钱，也更长远，你要这么多钱干啥呀？"

真不知怎么回答了，他想了半分钟直接就说："大舅啊，你直接说让我做什么，小宝肯定无条件遵从。"

"不是我说让你做什么，是你自己想做什么。"宋承仁语重心长地说，"小宝啊，这个事情你慢慢琢磨，我先啥都不吩咐，相信你会走上我希望你走的路。关于青山镇，先收购要拆的要卖的，这个刻不容缓，这样有历史价值的房子不可复制；老窑洞院子下的矿，你跟你娘商量好，就弄吧，山下就那么多矿，挖完就都消停了，与其让吴二那样的暴发户折腾，不如拿在自己手里。在开采的过程中，一定要依法依规，这是风险极大的产业，稍有不慎，全盘皆输，到时候对宋家有可能是灾难。"

宋继洲马上说："好的，大舅，公司起始就是先立规矩，重管理，这是大哥教给我的，就像新兵站军姿，这是必须的。"

"管理？"宋继仁说，"你，我放心。你的人呢？每个投资者都是算出利润才去行动，但结果很多变成了失败者，原因有很多，细节决定成败。"

宋继仁又嘱咐了几句，放电话前说："当年你四舅说过想干这个，我直接怼了回去，现在你干，他会不会对我有意见？"

宋继洲马上说："不会，因为公司用地等方面需要四舅帮忙，所以我给了他一些股份，也就是说这个开采他也有份。"

宋继仁苦笑了一声说："你四舅自制能力差，手里钱多了可别惹出啥事情……小宝啊，我还是给你任务吧，十年内，你接你四舅的大队书记，最好兼任村委会主任，如何？"

宋继洲本想说干那劳什子干吗，但不知大舅啥意思，于是就说了句："大舅，那得先入党吧？"

"那就去争取吧，"宋承仁说："有些事情你慢慢悟，就像我现在写这个回忆录，当年的某一场战斗回头看，想不出当时为什么那么打，但那么打就是最正确的战术——很多东西都是慢慢融入身体的，不知不觉却根深蒂固。"

宋长河看宋继洲打电话好半天没出来，点着一袋烟，捏着小宝送给他的打火机想，这老大肯定不同意弄矿窝子，真是想不通，这矿就在眼皮底下，为何不挖出来？尤其是盯着这矿的人那么多，自己不弄就让人家弄去了……

直到宋继洲从窑洞出来冲他点头，好像看到一堆堆矿石都挖出来了，都变成了钱，他马上就高兴起来说："承仁娘，中午包饺子吧，小宝这几天都在厂里忙活，看着都瘦了。"

当天下午，宋继洲就去了铁谷市。卫三牛跟宋青桃买了套房子，但一直没领结婚证。宋继洲问过一次，宋青桃说："我现在经商，你卫叔是行长，如果扯了证，肯定一堆是非。只要感情好，那张纸要不要都行。"

是这样吗？说起来现在给他提亲的人很多，公司雇来的几个小姑娘也都明着暗着关心他，但宋继洲一概视而不见。卫三牛给介绍过一个自己的手下，他也是直接拒绝道："卫叔，个人问题我暂时不考虑。"

当晚，在宋青桃在铁谷的家里吃了顿饭，宋继洲提起开采老窑下面的矿。卫三牛沉吟片刻说："单独申请开采证太复杂，老窑那边的矿窝子就挂在你娘的公司下吧，这个相对简单也快。"

宋青桃很干脆地说："就先这么弄，小宝，等你那边铁厂建起来，娘这边跟矿有关的摊子你都接了吧。我累了，回去弄服装就行。"

宋继洲摇头说："我知道我自己，还扛不起这么多事情，我知道娘不是只挖矿，经营一个圈子不是那么简单。再等三年吧，我逐渐介入，大舅这次明确表态倾力帮我，但我做事太硬，需要适应的过程。"

当年的所谓"强奸"从根上讲也许就是为这个老窑下的矿，对于吴芳的莫名消失现在也没下文，宋继洲明白自己"硬"的症结，但他顾不上，从开始改装"技改"起，他就不让自己闲下来。

宋青桃去跑手续，宋继洲没时间死等，第二天便从铁谷市回到青山镇，召集中层开会，然后亲自带着一伙人进了山。

提前探矿的过程中，他已经有了思路，先修了石梯子到青山镇的路，然后在石梯子上架起个吊车，陆续将开采设备运进了老窑那个院子，塌了一半的窑洞也简单修复做了宿舍。

最佳开采点就是宋长河跟薛黄芩藏"货"的山洞，等手续批下来，从沟底到老窑院子都安装好了卷扬机，随即就"轰隆隆"干了起来。资金到位是一方面，这个开采有如神助般出奇地顺利，不到三个月就打到了矿体，白天晚上地开采，源源不断运出来，两个选厂根本忙不过来，就又建了第三个。

　　厂子陆续招员工，宋继洲的原则是复转军人优先，再加上公司的工作服都是迷彩服，除了一线的部门倒班，其余部门都有了军事化管理的模式，有几个头脑灵活、做事原则性强的复转军人也很快提到管理层。

　　最初起步的兄弟们，宋继洲也没有亏待，尽管他们读书少、主意不多，但毕竟熟悉，用着顺手。陈大胖管着第一选厂及车队不动，让秦二伟负责了第二选厂跟修理装配厂。钟强自告奋勇对宋继洲说去管理三选厂——知道这个兄弟脑子转得慢，这么多年就一直在自己身边跑腿，说起来也给的中层经理的工资，但一直不放心给他个摊子。

　　看钟强提出来，宋继洲考虑了下说："你去老窑那边矿洞负责吧。"想那地方已经都理顺了，这个家伙不聪明，但能有一把子力气，最主要的是脾气暴躁，打架下得了手，矿洞那边生产已经外包了，能咋呼住包工头，维持日常就行。

　　最近几年，当地的矿老板都不自己雇用工人下洞，一般都只对包工头，而计算工资都是看出矿的数量，按吨给工头一次结算，工头再往下分发。这个包工头在宋青桃的矿山合作过多年，这边开始后就派了过来，轻车熟路的，也少操很多心。

　　至于规模最大的新选厂，他就安排了两个复转军人过去。这个厂子已经接近县城，属于城关镇的地盘，为方便各方面工作，招工原则便是就近，复转军人与中专以上的学历优先。

　　也就在这年年中，宋继洲把七哥宋继顺"挖"回了老家，大学毕业后宋继顺就被分配到外省一个钢铁公司，已经做到下属一个分厂的副厂长。公司成立之初，宋继洲跟这个七哥联系最紧密，现在各方面发展不错，就跑到宋继顺家做工作。老厂子制度僵化，干得也不是很痛快，孩子要出国读书，老婆下岗经济压力大，于是就办了停薪留职带老婆回来了。

　　此举二舅妈最高兴，宋承义在县城也买了单元楼，但她不喜欢住那样的房子，基本都在青山镇，现在儿子带媳妇回来，家里顿时就活泛起来。

　　宋继洲出自真心地想让这个七哥当总经理，宋继顺说："如果这样我就走，七哥不是回来当官的，就是想做点事情，帮你管理好这个企业，执行总监吧，就这么定了。"

"行。"宋继洲没勉强，"七哥，从现在开始，公司的管理你说了算，副总经理兼执行总监，我就一条，对我对公司都俩字：严格。"

本就学管理的，又在钢铁企业多年熟悉业务，宋继顺很快上任。对事不对人，公司发展进入良性，逐渐从粗狂型发展转为迈上有序的正规化企业之路。

宋继顺的老婆是财务出身，陪着婆婆柳叶实在没太多事，宋继洲就说到公司财务上班吧，但他这个七哥铁面无私："我当执行总监，我老婆到财务工作，这样人家会怎么想？"

宋继洲笑了笑，说："管别人怎么想！七哥，七嫂肯定比米裁缝懂财务，但创业之初米裁缝就跟着我，尽管他就是当过小队会计，但脑子好用老成持重，财务总监还是他。咱们本就是家族企业，财务不让自己人插手，算怎么回事？"

于是七嫂成了财务副总监，对此米裁缝逢人就说："宋继洲这老总仁义，对我是一百分信任，拼了这老命也得好好给人家干。"

这次对于各分厂与矿洞负责人的安排，宋继顺说："我先不参与意见，我回来时间短，原选厂的人也都是镇里人，用熟悉的人管理熟悉的人肯定有好处。公司再往前发展就是集团公司，用人就需要综合各方面考虑了，但我对钟强这个人保留看法，太鲁莽且做事思考不够。"

哥们儿义气在宋继洲心里本就占很大比重，所以七哥说了话就权衡了下，钟强确实难担起一个分厂建设及生产，就说："那我安排他去老窑那边负责矿洞吧。"

叹口气，宋继洲没再说什么。

两年后，宋继顺跪在小姑姑的棺材前，使劲扇了自己俩耳光，宋继燕忍着悲伤问他为什么这么自责，他说："当初任命这个钟强当矿长的时候，我没有坚持说不能用，后来就任由小宝哥们儿义气安排去了矿洞负责，如果我当时坚持，就不会出这事情，小姑就……"

公司七哥管得井井有条，各方面都发展很快，尤其老窑洞这边的矿蕴量丰富，开采难度不大，每天都是上千吨的产量。对此宋长河对何桂花说："那是日进斗金啊！"

矿洞正常投产后，宋长河一再说想回去看看，于是天热的时候，宋继洲弄了个车拉着宋长河到了石梯子，然后用吊车将爷爷吊上去，再用矿上的车将他拉到老窑院子里。

宋长河很是纳闷，不解地问宋继洲："宝啊，这车怎么弄上石梯子的？"

"拆开把零件弄上来，再组装起来。"宋继洲笑着回答说，"咱有装配修理厂，您是年岁大了，要是年轻几岁，我给您装一辆车，开着比老马跑得稳。"

宋长河摸着胡须，看着沟底热火朝天，两辆机改车在来回爬着拉矿，一条长长的链带正将一溜子铁筐连绵不断地向老院子这边运送，回头看石梯子已经被一堆矿覆盖，依稀有几个人在挥着铁锹往下扔矿。沟里基本没了树木，到处是矿渣，半山腰仅存的几棵杏树也晃动着枝条摇摇欲坠……

宋长河有些想念当年，叹口气说："老马也骑不动喽，宝啊，听大孙子打电话回来说，你弄了啥激励？"

宋继洲说："七哥的儿子考取了国外大学，我就想这个事情不是小事，于是就定了个规矩。兆字辈的孩子，考上大学每人每年给一万奖学金，从硕士到博士每年给两万，如果考到国外，每年给十万。"顿了顿，他接着说："爷爷啊，五舅是承字辈最小的，他管了我们这代人；我是继字辈最小的，虽说没文化，但有了几个钱，就想学学五舅。"

宋长河顿时老泪纵横，拍着手说："好啊，宝啊，你五舅说起这个事情都高兴得掉眼泪，你大舅更是在电话里直夸你呢。"返回的路上，他悄悄问："宝啊，咱这老窑下面挖出的矿能有多少钱？"

"按照现在的价格，去了各方面开支及税收，每天的收入是五万左右吧。我找专家测算过含量，挖十年不是问题。"这拉矿的路上非常颠簸，宋继洲非常小心地开着车，慢到几乎是挪动了，但他说完这话，宋长河还是差点趴到挡风玻璃上，"真是个大聚宝盆啊！"

这年冬天，钢铁厂建设选址提上了日程，县里本就对这个年轻的企业家很看重，也正在筹划工业园区。宋继洲在身后十六个哥哥智囊团的帮助下，与县里重点谈到税收与就业，还有一个企业应有的担当，尤其二哥宋继云到铁谷市挂职当了副市长，很快就在规划好的工业园区拿到三百亩地。

顺风顺水，宋青桃把让儿子全接盘的计划提上日程，她这么多年打拼，确实累了，如今跟卫三牛在一起很幸福，俩人都想再要个孩子，只是一个五十多岁一个年过四十，这个事情需要静下来安定生活。

宋继洲没办法再拒绝，只能经常跑铁谷市，熟悉宋青桃经营多年的圈子，销售渠道都还好说，繁多的饭局让他头疼不已，尤其是饭后的娱乐，更是让他脸上赔笑肚里骂娘。

接手母亲宋青桃在省里市里的各条线后，宋继洲谈吐优雅，为人不卑不亢，很快在铁谷市的商界声名大噪。

转眼又是一年，企业更名为燕云钢铁集团有限公司，宋青桃的矿业公司也合并了进来，但她坚持让儿子担任了董事长，宋继顺担任了副董事长兼总经理。在大学当老师的四哥宋继莫考取了律师证，被宋继洲聘为法律顾问。

李秀秀癌细胞已经扩散，她自己就是学医的，知道自己寿命不长久了，就想这个大山，想青山镇，于是宋承仁就带她回来了。仍旧住在窑洞院东窑，来回奔波有气无力，回来第二天她流着泪对宋承仁说："我死后就埋在这个院子下的果园里，这辈子跑累了，下辈子就静静地在这里当个像婆婆那样的人。"

宋长河在旁边哼了一声说："我都八十了，还不想死呢，你这六十刚过，就这么不想活了啊？"随即他就给宋继洲打了个电话，很快附近村里的一位老中医就被请来。这个老中医当年在薛家的药铺当坐堂郎中，水平很高，当年宋长河就想让四儿子承智拜他为师，如今都九十多岁了，鹤发童颜。

　　老中医望闻问切了一番，留下个药方，还有硬邦邦的一句话："每日服药，该干吗干吗，五年以上的命还是有的。"

　　于是照单抓药，她喝了五服药后，真就有力气下了地，随即慢慢走动。何桂花更是变着花样给她做着吃，各种野菜不离桌。半年后，李秀秀已经跟常人无异。

　　燕云钢铁集团有限公司成立的时候，下属有个文化产业公司，宋承仁带妻子李秀秀回来常住后，左右无事也热心这个事情，不挂名不担职，但青山古镇的整体开发宋继洲都要请示他。为此，宋继洲安排人陪着大舅、大舅妈，跑遍了国内的古城及古镇。

　　这时候青山镇的老院子，五分之一都已经收购到公司名下，其余的因为都挂上了省市县级文物保护铭牌，肯定是没人拆了。宋继朔的硕士毕业论文就是围绕青山古镇明代建筑群写的，他也被聘为这家文化公司的总监。

　　古镇逐渐恢复生机，宋承仁有心把薛家老药铺重新复原，那位老郎中的神奇让他钦佩不已，因为抓药经常去聊，老人家也同意出山到薛家这个药铺重温旧时岁月。

　　镇里的磨坊已经有了三家，赚不了几个钱欧阳琴儿早就把磨坊停了，随即宋继洲就把磨面机拉回装配修理厂，本想直接卖了废铁，怕大舅说大手大脚，反正厂里要经常买面，自己磨自己吃也放心。

　　因为这个院子的西院子一直没怎么住人，当年那些放中药的柜子和老药铺的桌子椅子都在，等重新收拾出来，宋长河看了复原后的照片浑身发抖，一如当年薛黄芩把那几十亩坡地与现在住的窑洞给他的感觉：仁儿啊，这咋就没变呢？一切都跟以前一样样的，只是人走的走，老的老啊……

　　这就是宋承仁对青山古镇开发的打算，所有的老铺子都恢复起来，不是装样子，尤其是手工业，比如当年的老油坊、老裁缝铺子、铁匠铺子等等。他已经跟省里相关部门联系，争取到一笔专项资金，当年许家五连院在宋承智的协助下，也得到整体修缮，颇具规模。

　　宋继洲在百忙之中也帮着琢磨，当年这个镇子曾经的土城墙，现存只有靠山的一截了，他跟宋继朔商量后，准备重新围起来。另外，整个石城县废弃的石磨盘，石头马槽等等有历史的物件，也陆续都收了回来。

在这个古镇的开发上，有个头疼的问题，那就是吴子文这几年一直在逐渐修复的那座庙——说起来这个吴二，自从宋继洲一棍子砸烂了他家那条狗的狗头，随后当街剥皮炖肉后，他就没再在明面上做啥举动。

说起来宋青桃炸矿，不能说没关系，但他的矿洞塌方主要原因是生产过程中掘进速度太快，后续保护没有做，这个他心知肚明，万幸没有伤到人。至于在青山镇的叫嚣，本来是想示威"老子干啥你干啥，这钱是你也能赚的"，随后就发现宋青桃经营起来的关系网，比他单一靠舅舅这条线严实得多，也就老实下来。

随后不久，他在铁谷市的一次酒局上偶遇一位大师，介绍的朋友说这位大师精通五行八卦，吴二根本不信，只是敷衍地笑了笑。

酒过三巡，菜过五味，这位大师看着吴二开口说："吴老板，你最近几年貌似财顺家不顺，对不对？"

吴二愣了下，嘴硬说："还好。"心里嘀咕：这个人我第一次见，在座的也都不知我的家事啊。

大师捏着手指接着说："我说了，吴老板不要生气，就是证实下我对你面相的判断——无子女不孝，妻美却不忠，当下财运有，上头有阻碍。"

吴二差点傻了，前两句很直白，这个已经是天天堵在嗓子眼咽不下吐不出，后面两句啥意思？佩服得五体投地，酒席散了就约大师喝茶求解。

这位大师没接他递过去的钱，只是问了句："你家房子背后有在高处住的人家吗？这家人现在就压着你。"这不是说宋长河的窑洞吗，但还是将信将疑，对方笑了笑说："灵鸟易宝地，富贵永相随。"

这个事情，青山镇的人都能听懂。灵鸟肯定是那群原来住庙里的野鸽子，旧鼓楼塌了后，宋长河将野鸽子"搬到"山里断崖上，镇里人也都知道，只是这个事情没有人去在意。现在上升到这么个高度，怎么办？

他随即问怎么解，大师已经起身告辞，边走边说："破解之道就是灵鸟归原巢。"

他追上去塞了一沓钱，大师说了句"功德无量"便离去了。吴二就开始琢磨修庙。

大殿修了一半的时候，他的哥哥吴子武大醉后中风。在他舅舅主持下，拿了些钱，他哥的那个矿洞就交给他经营了；大殿修好了，矿价突然飙升，因为病了，吴大矿洞外积存的几千吨矿没来得及处理，吴二大赚了一笔；钟鼓楼随即开始修复，然后是大门，两个矿洞的产量很稳定，矿价格也稳定……

其实哪有这么神，发生的一切只不过是巧合罢了，而那位所谓的大师此前到过青山镇，吴二家的事本就不是秘密，随意打听便都知晓，再"凑巧"到酒桌，便"为钱"而解。

钟鼓楼修好后，那群野鸽子没有一只飞回来，吴二也不知怎么召回，更不能去宋长河的窑洞院里捉，只能在鼓楼的阁楼里洒了些粮食，慢慢等"灵鸟归巢"。

直到宋继洲开始从宋家老窑院那边开始下挖，很快就探到矿脉，随即开始白天晚上的"断他财路"——吴二很清楚，他现在拥有的两座矿洞，用不了几年就会挖到宋家老窑下，而那儿是这条矿脉最厚实、含铁量最高的地方。

现在宋继洲直接插到那儿，他这两个矿洞也就三两年便会报废，且宋青桃就在他矿洞旁边同时掘进，这也太"欺负人了"。

就在老庙修复好没多久，吴二的舅舅给他说自己快退休了，让他筹集了一部分钱，把这两个原本属于铁谷钢铁厂的矿洞买了下来。舅舅厂长从中"捣鬼"，矿洞肯定是贱卖了，但也花费了吴二多半积蓄。其实就算挖到宋继洲在老窑下的矿跟前，吴二的两个矿洞也能赚两辈子也花不了的钱，但他的贪欲已经无法遏制，尤其是在铁谷市养的俩小老婆，其中一个怀孕说是男孩，他只想把宋家老窑这边的矿井封了，一劳永逸。

匿名举报过，但宋家的企业手续齐全，不逃税漏税；收买包工头，但吴二的人品，这个圈里的人都知道，且这个包工头跟宋青桃多年，宋继洲对他更好，不但不理睬他，还给宋继洲说了。

因为念及吴芳，宋继洲冷笑了一声，没当回事。

现在青山镇要整体开发，这个庙修复的也是按照原有模样，且在修旧如旧上下了功夫，宋家人是没办法跟吴二去谈的，但这个庙是"灵柱"传说的一部分，在打造青山古镇文化里又是绕不开的。

宋承仁对此也没好的办法，只能说先放放吧，庙可不是能买卖的，借佛家的话：法尚应舍，何况非法。

转眼进入农历八月，宋继洲放下手头的事情，开始张罗一件大事情，就是给宋长河过八十五岁大寿。

当地人讲究八十五的生日要大过，跟红白喜事一样要动亲戚，请乡邻。民间有"七十三、八十四，阎王不叫自己去"的说法，至于为什么这么讲，是因为孔子是在七十三岁没的，而孟子活了八十四虚岁。两位大圣人都无法过去的年龄坎，对普通人来说更是一个巨大的挑战。如果超过了这个岁数，那肯定得庆祝一下。

宋青桃也想带卫三牛回来见见爹娘，然后俩人就领结婚证，算是了却老人的一桩心事，也是证明自己幸福的一个仪式。宋继洲就想喜上加喜，让爷爷姥姥更加高兴。而且这几年企业发展不错，把五个舅舅十六个哥哥都叫回来，亲口道个谢，并请大家伙以后更加关注宋家自己的企业。

到窑洞院的路重新用推土机推了，压路机压了；院子里打扫干净，拉了十个相对完整的磨盘上来，中间一个，剩余九个众星捧月围着，一百个石凳分置在每个磨盘一圈；从县城里请了厨师及专业的摄像师……

挨个打了一圈电话，承字辈都在跟前没问题，继字辈大多说没问题，只有宋继新与宋继寰在国外没联系上，宋继朔说他来想办法，宋继洲说来回机票他出。至于兆字辈，已经是县教育局局长的宋承信说大多在求学，不可勉强，既然五舅发话了，那就不勉强。上了班能请假的与不耽误学业的回来。

说起宋长河的生日，其实他们这代人，穷人家的孩子，当初出生就没几个能记住日子的，就像何桂花，能隐约记住是农历什么月份已经不错了，所以后来就跟大儿子一起过。

宋长河生在八月十五当夜，他娘生下他看了眼窗外，月在中天如圆盘，这个日子特殊，所以记了下来。这么多年，他从不过生日，提都不提自己是啥时候生日。刚开始是因为穷，提了也是白提，徒添烦恼。后来日子好了，他也懒得提了，天天都像以前的过年，想吃啥有啥，过啥的生日，给孩子们添麻烦。

儿子们都以为他跟娘一样不知道啥时候生的，普查户口的时候随便填了个日期，但五儿子宋承信看户口本上写的，觉着奇怪，就问他为何写个这个日子。没想到小儿子这么问，他就随口说了是八月十五出生的。

这么大张旗鼓过寿，宋长河刚开始不同意，只是宋承仁在旁边劝，李秀秀也劝："爹，那个老中医说您是百岁的命，这过了八十四的第二道坎儿，是得庆祝庆祝。"宋继洲也说："我娘跟卫叔叔回来，如果不是您过寿，他们没领证呢，中秋节来家里肯定名不正言不顺……"

最后总算勉强同意，于是宋继洲成立了筹备委员会，一通忙活。

很快就到了中秋节。五个儿子、一个姑娘齐聚；五个儿媳妇、一个准女婿到场；十六个孙子加一个外孙子齐刷刷地给他磕头拜寿；重孙子也回来五个；亲家柳木匠、欧阳师傅被扶着也上山来了……

合影，摄像，两个亲家还依照老传统送了寿桃，一上午热热闹闹。

中午时分，院子里的十个磨盘桌前坐得满满的：宋长河跟俩亲家还有六儿一女坐在正中间，媳妇女婿加重孙子一桌，孙子们坐了两桌；燕云钢铁集团公司的中层坐在外围，随即准备开席。

孙子们起哄让老寿星说两句，宋长河摆着烟袋锅子说："有啥说的，要说就是感谢共产党，感谢毛主席，让我们天天过年……我没文化，承仁，你代表爹说吧。"

微笑点头，宋承仁站起来说："爹说得好着呢，我们有今天的好日子就得感谢党！当然，于我们做子女的而言，首先得感谢爹娘给了生命，辛苦把我们拉扯大，才能感受这个好社会。大家举杯吧，祝福我的老父亲福如东海寿比南山！祝福我的老母亲，祝福柳叔叔、欧阳叔叔健康长寿！愿我们宋家的子孙后代都有出息，过好自己生活，造福社会！"

大家纷纷站起来举杯，断崖上的野鸽子好像也在祝福，咕咕咕地叫个不停，且越叫声音越大。

菜一道道端上来，差不多上齐的时候，一碗长寿面端到宋长河跟前。他笑着，刚拿起碗上的两根红筷子，断崖那边呼啦啦一片声响，那群野鸽子腾空而起，急促地咕咕咕叫着，在院子上空盘旋。

放下筷子，宋长河有些纳闷，站起来朝断崖走去，宋承仁等兄妹六个赶紧跟着。何桂花也站起来，对两位亲家说："这野鸽子比他的命都重要，该不是有蛇捣乱吧？"

一声闷响，像是从大山深处传来，柳师傅突然脸色大变，猛然站起来喊了声："不对！赶紧离席。"

话音未落，地面开始震动，没有一丝风，但院子里的树开始摇动，上千斤的磨盘在石头底座上下晃。所有人赶紧往窑洞跟前跑，宋继洲一个箭步跑到姥姥跟前，拦腰抱起来就往前跨了一大步，因为脚下已经出现裂缝。

地面下像有什么要钻出来，那道裂缝从院子旁的山崖下像蛇一样快速游动过来，到中间那个大磨盘旁刚开始就是一拃宽，很快就像要撕开院子，越裂越大……几秒钟时间，裂缝已经有两三米宽，那个大磨盘倾斜，先是那碗寿面带着两根红筷子滑落，随即乒乒乓乓声不绝，直到那个大磨盘砰地掉入，一股尘土冒起，直穿云霄。

第31章

涌泉

尘烟落处，一个个满脸惊恐。宋继洲将姥姥放下，扭头看了一圈，人都在，随即将目光停留在钟强脸上问："这个点有没有矿工在井下干活？"

有些慌张的钟强马上摇头说："没有，这两天炸药没批回来，加上今天是老爷子大寿，上午就停工了。"

后山矿窝子负责人接任没多久，但跟宋青桃多年，踏实认真。他马上说："今天停工着呢。"

宋继洲还是不放心，肯定是发生了塌方，看院子里的巨大裂缝，这地方应该不远，赶紧就吩咐："钟强你马上回矿山看看，人没事就好，再说矿洞损毁情况；二伟，调几辆技改车从山下拉碎石拉土上来，赶紧把这坑填了。"

后山毕竟远，过去得多半天，宋继洲也相信那个负责人，但他主动到跟前请示："宋总，我也回去看看矿洞有没有损毁吧？"

见宋继洲点头，这个人就跟着钟强跑了出去。秦二伟到跟前看了看裂缝，估算了下，随即就进窑洞拿起电话开始吼喊："上来五辆车，窑洞院这里，四辆车拉石子，一辆车拉土。"

宋继洲也到跟前看了看大裂缝，掉进去的磨盘都看不到了，心说这得是多大威力的塌方啊？是谁家炸矿还是谁家储存的炸药出事了？

这可是爷爷的八十五岁大寿，不能刚开席就结束，随即他扭头到厨房低声问了几句，马上就招手叫过来一个公司中层，带着走到夏小雪跟前说："四舅妈，得去菜地拉点菜上来，开我的车，有啥拉啥吧，凑十个菜，得快去快回。"

看了眼剩下的九个磨盘，面上都已经被黄土盖上了，于是就对柳叶说："二舅妈，你带舅妈跟嫂子们辛苦下，把这些盘子、碗筷都洗一下，咱重新弄，重新开席。"

再喊十六个哥哥跟其他公司的人进窑洞搬方桌："放到院子下的果园地里，一溜摆开，十张桌子能放下……"

宋长河站在断崖前，心有余悸，要不是这群野鸽子，说不定自己就掉到那裂缝里了。他看着外孙子在院子里来来回回地安排指挥，赶紧问身边的大儿子："是咱老窑下的矿窝子出事了？"

宋承仁摇头说不知道，看着外甥遇事不慌不忙，应变从容，欣慰之余还是担心。站在旁边的宋青桃一直看着山后的方向，突然就喊："看，那个方向尘烟最浓！小宝，那儿是不是咱家老窑的位置？"

宋继洲跑过来，顺着母亲的手指看了半分钟，然后很肯定地说："不是，咱的矿洞要比这地方靠前两三里地。"

大家顿时都松了口气，卫三牛笑着对宋长河说："叔啊，我看您这个寿过得有意义，大山都给您送来了祝福，只是这动静大了点。"

众人都笑，宋承仁担心窑洞受损，跑回去看了一圈出来说："没事，窑洞没有受损。"宋长河指了指窑洞背后的大山说："这窑跟大山是一体的，山没事窑就没事。"

就在这时，欧阳琴儿搓着手过来说："小宝，压不出水来了。"

宋继洲跑到后面泉水跟前，顿时愣住了，那眼泉像憋住了气一样突然断流，这么多年了，在最旱的年月也有一线水流着，这会儿半人高的泉眼仍旧有些湿润，但真就一滴水也没有了。

他扭头往回走，强装着笑说："三舅妈，估计刚才震动堵了泉眼，一会儿也许就通了。先用瓮里的水吧，节省着，我马上安排人往上拉两大桶。"

几分钟之后，在宋继洲的安排下，一切恢复了正常。柳木匠陪着宋长河前去果园的路上，拉住宋继洲低声说了一句："做了一辈子棺材，总是有那么点判断，小宝，我似乎闻到了很浓的死亡味道。"

宋继洲心里也忐忑，但这里离不开他，便笑着说："跟前人都在，这是万幸！这么大的威力，等政府调查结果吧。"

苹果树下一溜十张桌子，本就准备的是午饭与晚饭两顿，所以很快重新开席，当重新给宋长河做好长寿面端过来，一溜"技改车"已经突突突地开到院子里。

难得宋长河跟两位亲家谈笑风生，好像什么都没有发生过。吃过饭后，大家回到窑洞院子里，那道裂缝已经填了起来。尽管仍旧像一道疤痕般难看，但本就是黄土踏实的地方，过了多久便会完好如初。

朋友们都离开了，一大家子人合了影，宋长河跟何桂花坐在太师椅上不动，承字辈、继字辈、兆字辈依次上前，摄像师也在忙碌，宋继洲要求剪出个片子，所以到处找素材多录点。

忙活到半下午，摄影与摄像才离开，宋长河起身抽了一袋烟后就把五儿一女叫到跟前，然后对宋承仁说："仁儿，你去我的寿木里提出那个筐子，小宝，帮你大舅一下。"

宋继洲愣了下，宋继仁答应着马上站起来往断崖旁的一个窑走去，宋继洲随即跟上——钟强跟山后那个矿窝子的负责人都没有回来，这说明没出啥事情，尽管他心里仍旧莫名发慌，但一直没离开，这么一大家人需要他来安排。

这个事情四年前弄的，也就是小宝的公司刚开始运作后不久，宋长河坚持要给自己与何桂花做好棺材。其实，按照当地的习俗农村老人六十大寿要大办，其中最重要的一件事就是做棺材，但那时候宋长河跟何桂花身体都很好，也就一直往后拖。

既然宋长河提出来，五个兄弟商量了下，老二宋承义就去了岳父家，早已不下场子干活的柳木匠亲自督工，关键地方挽起袖子提着斧子，很快两副上好的寿木拉到了山里窑洞院里。

宋承仁当时在，他记得自己瞬间就泪流满面，宋长河当时嘱咐说儿女在就行，孙儿辈跟亲戚就不要惊动了。

大家都明白，很多时候死亡都是突如其来的离别，不辞而永别。所以村里老人都要提前预备后事，当那一刻真正来临，也不至于太仓皇。寿木拉回来后按传统风俗有个仪式，用红布蒙住棺材的前挡板，叫"立木"。

当时宋长河的五儿一女都在，等把棺材放好，宋承仁带着弟弟妹妹跪在地上，给宋长河与何桂花磕头祝寿。两位老人早早地穿戴整齐，喝下小儿子承信敬的酒后还躺在棺材里试了试，五个儿子都是泪眼婆娑，青桃更是掩面哭泣不止。因为他们知道，从那一天开始，爹娘已经在做准备离开了。他们也要做准备，在不远的将来，可能是某个早晨，爹娘再也没有醒来，自己得把他们抱进棺材，那天是告别，现在是告别预演。

宋承仁不知道爹让从棺材里拿啥东西，跟宋继洲推开窑门，上前揭开盖在棺材上的草帘子，随即推开左边虚掩的棺材盖。夕阳斜射进来，一个筐子在棺材里露出来，提出来，盖好棺材盖再搭草帘子，宋承仁忍不住又是热泪盈眶。

筐子很沉，宋继洲提着，跟着大舅回到院子里，放到爷爷跟前。他知道宋长河要跟舅舅们及自己的娘说话，便进了主窑洞，拿起电话安排了几个公司的事情。

宋长河弯腰，缓缓解开筐子上的盖子打开，太阳西斜但很明亮，筐子里冒出金灿灿的光，围在旁边的儿女们和老伴儿何桂花大吃一惊——筐子里露出六个金元宝及一堆银圆。

宋长河坐直身子，用烟袋锅子敲了敲筐子，对宋承信说："这是你干爹当年跟我藏到山里的，那时候兵荒马乱怕被抢了，一直说留着救急。但你干爹后来惨死，再后来我要还给你干娘，你干娘又说留着吧，救急，然后她也没了……"

"孩子们，"宋长河看了眼何桂花说，"这个事情我谁也没说过，今天过这个寿，我给你们分了吧。爹娘都八十多岁了，人家说七十不留宿、八十不留饭，今晚脱下鞋明天自己也许就穿不上了……承仁，你看着给分了吧，金元宝一人一个，银圆我没数，听小宝说当古董能卖，你是老大，你做主弄匀了。"

五个指头不一般齐，只见宋承仁再次落泪，宋承义默不作声，宋承礼摆手不要，宋承智上前看，宋承信宋青桃已经拉着爹娘的手说："您二位都能活百岁，好好过个寿，分啥的东西嘛。"

"分了吧，"宋长河说，"这东西生带不来死带不走的，只是我跟你娘百年后，上坟的时候也给薛家烧把纸，他们已经绝户了。"

气氛实在黯然，宋继洲站在窑洞口，看大舅冲他挤了挤眼睛。最近跟大舅在一起交流得多，顿时他就明白，于是上前抱着姥姥的肩膀说："爷爷、姥姥，现在都过得不错，这金元宝跟银圆也换不了多少钱。现在开发镇子，大舅一直想弄个古镇博物馆，我觉着别分了，就放到博物馆吧，上面写上'薛家与宋家的故事'，千古扬名。"

点头，宋承仁很欣慰："薛宗仁义，值这个传诵。"

宋承礼、宋承信马上说好，这是个好主意，这样的金元宝可以作为镇馆之宝。宋承义跟宋承智看大哥点头，尽管心里有些不愿意，但还是同意了，至于宋青桃更是直接："就这样办！"

不知道博物馆是干啥的，但儿女们都同意，宋长河就摆手说："怎么办，你们商量吧。现在，我跟你娘吃喝都是小宝送，穿戴青桃天天拿新衣服，以前的稀缺货茶叶现在都往回拿，窑洞堆了一箱子，五年也喝不完。所以，以后都不用给我钱了，也没地方花了。"

"小宝，你去西窑后放红薯的洞里，最后面埋着那杆金烟袋，我不用，也放到这个啥馆里吧！"

关于金烟袋，故事更多，但这快乐的日子不宜多说，至于说给父母钱，大家都笑，说是说，该给的还是要给，随即就是热热闹闹地聊天。宋继洲则蹲在那眼泉跟前，老窑下的小河在开始挖矿不久便干涸，他听宋长河说过这里的水跟那边是连着的，但这两年多了，也没影响啊，这会儿该是哪儿塌陷堵了山里的暗河？

秦二伟已经拉上来几大桶水，从这里倒下去，流满了院子中的水窖，随即他像爷爷交代后事一般道："我要不在，你隔两天往上送一次水，保证院子里的水窖随时都是满的。"

厨子们在准备晚饭，中午地裂的时候，大部分饭菜都"喂"了大山，后来再开席就用了晚上预备的，所以这会儿很忙碌。

到临时搭起的棚子里对厨子们说每人加二百块钱，宋继洲说："晚饭就是家人，简单些就好。"看着基本准备停当，他终于松了一口气，走到院子里的裂缝地方，伸脚踩了踩，想明天就用水灌一下，估计再有一车土便瓷实了。再直起腰，突然看到山下有两辆警车闪着灯朝上面来，他有些奇怪，天色已晚，不会是大舅二舅的朋友吧？回头看，院落里很是热闹，五个舅舅跟娘，还有卫叔叔正跟爷爷姥姥喝茶说话，最小的女儿有了终身可靠的人，且是个稳重有身份的男人，该是爷爷跟姥姥收到的最好的礼物。

继字辈也围着一个磨盘桌，嗑瓜子剥花生，从各地赶回来难得一聚，有说不完的话，聊不完的话题。还有再下一代，来回跑着玩耍，舅妈们、嫂子们帮着拾掇桌子，摆放碗筷……

笑了笑回头再看，警车已经到了院子下，他突然想起柳木匠说的话，心里咯噔了一下，便朝着门口迎过去。

这是一次重大事故，第二天省城晚报发了一条长篇报道，题目叫《塔儿山悲歌》，报道里提到这是一次大爆炸引发的山体塌陷，四辆"技改车"及两辆小轿车瞬间消失，跟着消失的还有八条鲜活的人命。而这个爆炸发生在宋家老窑洞往里一千米左右，那儿有个天然溶洞，警方初步判断里面有人违法储存了大量私制炸药，至于爆炸原因尚在调查，而这样的炸药在宋继洲担任法人的老窑铁矿也发现了半吨多。

这两辆警车径直开进大开的院门，然后下来五个警察，为首的大声喝问："谁是宋继洲？"

宋长河正端着茶碗喝茶，听到这一声吆喝，手一抖，用了四十年的这个茶碗当啷一声掉落，没有碎但裂开了一道缝子。此后换了一个又一个，他总说没有熟悉的茶味，直到半年后，宋继燕找相关专家把这个裂开的茶杯修复拿回来，他才不继续叨叨。

宋青桃扭头看一眼，赶紧走过去说："冯队长啊，这是怎么了？找我儿子干吗？"

这是铁谷市公安局矿山稽查大队的队长，亲自带人上来，可见事态之严重。他苦笑了一声说："宋姐好，没办法，省里成立了专案组，我先带人回市里吧，具体情况不便透露。"

众人都围了过来，冯队长有点紧张，宋家在铁谷地区赫赫有名。他看着宋继云赶紧喊了声："宋市长，只是奉命行事，问问情况。"

宋继洲扭头对宋继顺说："七哥，该干吗干吗，从现在起，公司的所有事情你决策就行。"再看宋承仁："大舅，招呼好爷爷姥姥，这一天吓了两次……古镇这边开发不要停，按您的步骤先往前进行，有些想法随后我跟您交流。"

宋青桃不管不顾的劲儿上来了："就是问个话，小宝你说这么多干吗，走，娘跟你去就是了。"

也不知发生了什么，但宋继洲感觉很不好，随即就上警车。宋青桃跟宋继云马上驱车跟上，宋承仁想了想，进窑洞打了几个电话，然后出来喊："晚饭开席。"

他相信这个外甥没做什么犯法的事情，中午地裂都没有乱，这会儿更不能乱，有俩老人在呢。于是吃饭前他跟爹娘说："我问了，山里有矿的矿主都被叫进去问话了，说有个地方发生大爆炸，死了人，跟小宝没关系的。"

这个山原来最高处有个塔，宋承仁小时候在石梯子上就能远远看到，后来不知啥时候就塌了，只剩一堆碎石砖头，这次塌陷主要就围绕着这个主峰附近。

宋继洲确实不知情，但他的手下钟强明白，而这个钟强中午出了窑洞院，没到老窑矿那边，而是回家拿了些钱就跑了——矿上用的炸药都是从公安局批出来的，价格很高，这个家伙找了家私造炸药的低价购进，然后从中赚了大笔钱。

钟强以为是自己存在宋家老窑的炸药出事了，所以赶紧跑路，等这个家伙半年后从外地被抓回来，宋继洲一审被判处有期徒刑三年，而宋青桃为了救儿子直接丢了性命。

这个塌陷惊动了国家安监部门后，层层批示要求严查严惩，那个天然溶洞的爆炸无法证实是人为还是自燃，只是荒山野岭的没有找到任何有用的线索，那个私制炸药的很快供出买他炸药量大的除了钟强，还有另外一个人，而那个人也跑得不知所终。

从销售出的量对比，应该是吴二的手下最近刚买了两吨，而宋家老窑矿这边钟强买的数量与开采用的能对上，余下的半吨也都在。但两个关键人物都找不到，最麻烦的是钟强曾经以公司的名义买过工业炸药敏化添加剂，当时没在意宋继洲就签了字，小时候私造炸药的小儿科解释不了这个，只是听钟强说是为了增加开采量……

上面催得紧，于是公安局匆匆结案，检察院顺着提起公诉，法院就做出一审判决，私造炸药那位被判处无期徒刑，宋继洲作为再加工炸药的从犯也被判了三年。

这个谁也接受不了，且那种添加剂很多矿上都在正大光明地用，宋继莫赶紧联络了省内两位著名的律师，随即提出上诉，只是取证艰难。宋承仁随即去了趟北京，此案退回检察院，很快发回公安部门要求补充证据。

来来回回，半年过去，宋青桃疯了一般，本来准备跟卫三牛领取结婚证，但儿子进去后，啥心思都没了，头发都白了多半。

这个年宋家过得没滋没味，宋长河跟何桂花知道外孙子没出来，也是着急上火，但一点儿办法也没有。

皇天不负有心人，钟强的行踪被宋青桃无意中得知了，老窑矿的包工头告知她，那个家伙在矿上宿舍枕头下有本杂志，东北有个小城市被他画了个圈。

她赶紧联系警方，很快抓回了钟强，审讯的时候全部招供了，包括宋继洲不知自己私下采购，买添加剂也是自己为改良，另外，他招供说见过另外一个买大量炸药的人，肯定是吴二的亲信手下。

也就在这时候，宋青桃出事了。

知道钟强被抓的同时，宋青桃也知道了吴二是幕后黑手，宋长河有个侄孙子在后山，后来也到了燕云矿业公司上班，因为也是继字辈，宋继洲就安排他到车队当了队长。

清明过后三天，宋继洲这个堂哥回后山上坟说起此事，村里有两个老人告诉他，八月十五当天有个人从咱这村过去，还到其中一家喝了碗水，然后没多久山里就发生爆炸。

他赶紧问这人啥样子，穿啥衣服，脸上有啥特征，都问清楚后，到坟上磕了几个头就往青山镇跑。进了镇子，他就碰到宋青桃的车刚到公司门口，喊了声"小姑"，随即就描述了下那个人。

宋青桃愣了下神，知道这人肯定是吴二，因为小时候跟他爹打铁有块火炭溅到脸上，正好把右边眉毛从中间烧断了，再没长出来。

半年多的煎熬，宋青桃顿时怒火中烧，进了公司，从儿子办公室操起那根棒球棒，下楼就朝吴二家冲去。她那个堂侄子只能后头跟着。钢铁厂已经开始建设，宋继顺基本都在工地，公司就几个小年轻跟米裁缝在，当年宋继洲一棒子砸碎吴二家的狗头，也只有米裁缝知道。

老汉赶紧跟出来，他不敢管宋青桃，找其他人也怕来不及，随即就冲进了派出所。

吴二刚从家里出来，这段时间每天提心吊胆，当时炸那个溶洞本想着就是震塌宋家老窑下的矿洞，因为离得最近。他什么都不懂，发现这个天然溶洞后就开始计划，只是没想到这里炸下去，受损害最大的是他哥哥原来的矿洞。

说起来那个洞离得最远，但开采时间长且原有的支架都有些腐朽，这边炸了后，那个洞口正在拉矿的四辆"技改车"和他手下的两辆小轿车，以及六个工人瞬间就被吞没。

打开车门，想着最近一直找他要赔偿的这六个工人家属。私造炸药的那位及宋继洲被判刑的时候提到民事赔偿，但他因为心里不安，没关注此事，且那个弄炸药的是个赌博鬼，根本没有赔偿能力。

出门上车，他脑袋进去身子还没进去，脊背上就挨了一棍子，扭头从车窗看宋青桃两眼发红杀气腾腾，知道事情败露，随即钻进车里就发动车想跑。宋青桃本来是抽时间回来给干爹干娘上坟，想这半年的煎熬，想此前这个人诬陷小宝强奸他闺女，第二棍直接砸到了车上。

吴二已经慌了神，急速启动，站在车跟前的宋青桃被没关的车门带倒，旋即卷入车轮里……她那个堂侄刚跑到跟前，就看到宋青桃的血从嘴里喷出，顿时吓傻了，随即弯腰捡起掉落在地上的棒球棒，跳起来就狠狠砸到吴二脑袋上，只听"噗"的一声响，发现出事停车刚钻出来的吴二闷哼一声趴到了地上，车下的宋青桃又是一口鲜血喷过了，直接糊到吴二脸上……

米裁缝跟派出所的人赶到，只见满地都是鲜血，随即秦二伟带人从选厂过来抬起车，宋青桃已经只有出的气没有进的气了。知道小宝已经无罪释放，正在薛家中药铺子跟老中医聊天的宋承仁，听说小妹出事跟跟跄跄跑过来，人已经抬出了这胡同口。

天出奇的蓝，宋青桃仰面躺着，没觉着疼，只是觉着冷，她看到大哥满是眼泪的脸凑过来，觉着自己已经往起飘，于是努力挤出微笑断断续续说："咱家……野鸽子……飞……来了……"

宋承仁抬头看天，果然看到窑洞院那群野鸽子朝着镇子飞来，咕咕咕的声响响彻四周。他眼前发黑，看着小妹缓缓闭上眼睛，觉着心撕裂般的疼痛，朝后倒去的时候，野鸽子们已经飞到头顶，阴影如弹片般飞来。

在看守所，宋继洲一本接一本地读书，他知道自己是清白的，肯定会平安无事，这些书里有一本是生态治理方面的，这是宋承仁给他拿来的。但他不知道，自己出来后的第一站却是医院，娘已经死了；大舅、五舅都因为伤心过度也躺倒了。

韩巧姑在医院门口接的宋继洲，见他从车里下来，一句"小宝"喊出来已经摇摇欲坠，赶紧上前扶住五舅妈，路上秦二伟已经给他讲了发生的事情，一路都是默默咬着嘴唇，这一刻才张开嘴泣不成声，嘴角的血顿时流出来：五舅妈，你打我吧，是我害死了我娘啊！

宋青桃被埋到了果园里，柳木匠给选的地方，而在这个坟再上面一块梯田，是宋长河请亲家给自己踩出的坟地。一辈子见惯了生死的柳木匠说没啥讲究，"就是将来离爹娘近点，青桃是个苦命的人啊。"

卫三牛在旁边伤心欲绝：等我死了，也埋在这里陪她。

宋长河站在窑洞院前面，身后的围墙边桃花正盛开，看着果园里的招魂幡飘起来，明白坟堆起来了，自此跟闺女就阴阳两隔，顿时老泪纵横。他叹口气转身准备往回走，但两腿突然就没了知觉，随即身子一歪软瘫到地上。

就怕老人出啥事情，韩巧姑就没去坟上，正陪着婆婆在院子里坐着哭，一晃眼看老公公倒地，赶紧跑过去，随即就冲着宋青桃的坟地喊："继燕，赶紧让你的司机开车过来。"

这是突发性脑溢血，赶到县城医院简单治疗，随即就转往省城。宋继燕没让父亲跟五叔跟着，心脏都不好。二叔跟四叔去了也没用，只带三叔便出发了。

在母亲坟头跪到天黑，几个哥哥把他架回窑洞。知道爷爷也病倒送到省城了，宋继洲更加的没了话，此后三天都是如此，只是陪姥姥吃饭的时候才到跟前，剩余时间就呆呆地坐着。

宋承仁与他谈了一次，但效果甚微，这样的打击自己都受不了，只能任由他消沉了一个来月……宋长河抢救了过来，被送回来的当天宋继洲去了镇里，他说怕爷爷看到他伤心。

宋继洲把自己关在办公室里，什么事情也不闻不问，好在宋继顺把公司管理得井井有条，但董事长不表态不开会，很多事情还是没法进行，他就去找五叔。

宋承信跟小妹感情最好，这一次伤心过度引发心脏病差点儿要了命，听侄子说小宝消沉他也理解，但人得往前看，于是到公司苦口婆心说了半天。"你那么多书都读到哪去了，活着的意义不是为了自责，且这个事情你没大错，管理上的纰漏慢慢改正。"说话间，宋承信拿起那根棒球棒就扔到了窗外。"小宝，你爷爷过寿都是围着你转，宋家现在你是顶梁柱，你要塌了，我这么多年的努力都白费了！"

窗外呀的一声惊叫，宋承信吓了一跳，以为砸着了人，赶紧到窗前往外看。身后，宋继洲已经蹿下了楼，站到了一个女人跟前，这个女人背后跟着一个小姑娘。

这是吴芳，她身后的小姑娘叫宋兆兰。

当年她被父亲直接送到了爱尔兰，给铁谷钢铁厂厂长老舅的孙女陪读，且护照被吴二拿走了，根本无法离开。只是爱尔兰严禁堕胎，于是就生下了她跟宋继洲的女儿，转眼就过去了七八年。

吴二没有被打死，脑袋上缝合了十多针，很快就都招供了，被判处无期徒刑，他的舅舅也被牵扯出来。吴芳跟妈妈这才得以回国，随后才知道吴二在铁谷市还有俩小老婆……

看着这个酷似宋青桃的女儿，听着吴芳鼻涕一把眼泪一把地哭诉，宋继洲缓缓拉过她说："我们结婚吧。"

小兆兰天真活泼，在爱尔兰哪儿也不能去，到了窑洞院开心得不得了，这么大的天地，这么多的花儿。

宋长河与何桂花都傻了，这是闺女青桃复活了吗，他们抱着不撒手，窑洞院好似瞬间就回到四十多年前，老两口老泪纵横。

很快，宋继洲收购了吴二的两个矿洞，集团下属一个公司专门开采，经理便是那个堂哥，自己只敢打吴二的狗头，这个哥哥敢打吴二的人头，是可塑之才。

四个矿洞很快恢复正常出矿，三个选厂全负荷运转，钢铁厂当年底就部分投产。

婚礼很简单，但宋家人能回来的都回来了，还是在窑洞里，补齐的十个磨盘上盖着大红布，喜气冲天。

随后，吴芳接手开始管理县城的"青桃服饰"，毕竟在国外见过世面，且她本就有能力，跟丈夫商量后收购了县城一个濒临破产的纺织厂，随即开始打造自己的服装品牌。

到宋长河九十大寿的时候，燕云钢铁公司成功收购一年多都发不出工资的铁谷钢铁公司，总资产达到上百亿，吴芳又给宋继洲生了一个姑娘，起名字宋兆青。本来在石城县医院生的，韩巧姑笑着说："你五舅定的规矩，兆字辈生在哪儿用哪儿的简称或者当地城市名里的字，小宝啊，你大姑娘生在爱尔兰，叫兆兰，这个叫兆石？"

宋继洲说："我早就想好了，如果是男孩就叫兆石，女孩呢跟青山镇叫，也跟大姑娘名字有联系。"

韩巧姑在旁边开玩笑说："看来吴家这血统确实都是女孩的命啊。"

宋承信赶紧说："都一样，没有小妹，宋家不会有今天。小宝，我怎么听你大舅说，你开发镇子把山也囊括了进去？"

宋继洲点头说是，给五舅解释："公司正在联系澳洲的几个铁矿，核算后发现，含量差不多的褐铁矿运到咱钢铁厂，每吨价格也就五百左右，这跟开采出来的成本价区别不大，还不损毁咱山上的植被与环境。所以，董事会准备很快停了矿洞，咱这山跟政府也签了协议，未来一百年的绿化开发权都拿到了。"

进入新世纪，原来的铁谷地区被撤销，石城县合并区改为地级市，宋继云当选第一任石城市市长。宋继洲一直想把这个董事长让给七哥，自己去管理文化公司，专心弄古镇，但宋继顺坚决不同意："我可以多干点，你还年轻，集团未来得你把控。"他早就把关系调动到铁谷钢铁公司，名正言顺地当了燕云钢铁公司副董事长兼总经理。

那座倒塌的塔重新修起来，塔儿山与青山镇一体规划方案出台，宋继洲开始逐步打造思考多年的"燕云十六州"，请小哥哥宋继朔带专家来布局。

因为吴芳归来，当年的强奸案撤销，宋继洲全票当选青山古镇的村支书兼村委会主任。对此，宋承智有些意外，但也不至于不开心，因为许家四联院子被评为国宝级单位，游客越来越多，他跟夏小雪光收门票都忙得不亦乐乎。

青山古镇经过十多年的打造，已经是国家4A级景区，其中薛家老药铺、半城院等五处被评为国宝级单位。围绕这五个景点，宋承仁大刀阔斧，从镇中心牌楼向东南西北打造了四条明清街，各种老铺门面恢复本来面目。随着国家逐步实行双休日及小长假制度，这里成了国内著名的旅游景区。

这无形中实现了全镇人共同富裕，年过七十的宋承仁对此很是满意，他对宋继洲说："小宝啊，我一辈子打了那么多仗，这该是我最后一仗，胜利在望啊！"

李秀秀是在一个春暖花开的日子去世的，埋到了宋青桃旁边，为此宋继洲专程去请柳木匠。他比宋长河还大两岁，已经走不了太多路，看着一堆礼品，摸着胡子说："小宝啊，你这个洲字改得好啊，这是个高人给你改的名字吧。"

宋继洲笑着说："我十五哥给改的。"想着那个夏天，自己第一次见到父亲王大宝便决定改名字，宋继寰便说"燕云十六"有了"洲"就圆满了，且不要"州"，要更远大。

柳木匠说："博士就是博士，我服了，当年我把闺女嫁给你二舅，可不是因为你二舅吃公家饭，而是从你爷爷身上看到宋家有未来，薛家那个老院子更是居高望远，当时我就知道你们宋家会把控青山镇。"

"老了，唠叨劲大。"柳木匠说，"从窑洞院往下都是风水宝地，埋吧，你大舅妈回来病成那样，住到窑洞院又活了十年！"

修山门，然后石梯子往里点，就是当年宋长河跟薛黄芩抽烟订冥婚的地方建起"燕园"，随后沿着山势走向选址，到果园附近正好是"朔园"。一个园子里十六个小四合院，有窑洞有房子，可以住近百人，围绕十六个园子分别种植各种果树。各个园子直接修路架桥上缆车，塔儿山短短五六年便成了花果山。

国家全面取消农业税后，青山镇原来的村民都在镇里忙活，每年的收入都很可观，镇后面的地被村委会收回统一管理，搞成了农业体验园区。宋承智笑着说："这个好，避免城里的孩子再把小麦认成韭菜。"

秋天的塔儿山飘着果香，何桂花拄着拐杖靠在窑洞前，看大门外修起的门楼问宋长河："这小宝又要折腾啥呢？"

宋长河说："你问他吧，我搞不懂，说是让人来玩来住，当年咱逃难才来的地方，如今人家要花钱来住？以前开荒种田，如今退耕种树……你说，自古都是种地纳粮，信儿说从今年起不用了，国家还给补贴，太平盛世啊！咱老掉渣的人了，就不用搞懂了，孩子们干的都是正事。"

宋承仁笑着从窑洞里出来，接话说："爹、娘，是这么回事，不要说你们，我有很多东西也不懂了，但小宝确实是干了件正事，这山下的矿不挖了，采空区也都花大价钱填实，都种上了树，咱的子孙后代都会在郁郁葱葱里生活。"

何桂花笑着说："仁儿啊，你再找个伴吧，一个人孤孤单单的，娘不管你们的大事，只管你晚上睡觉得有个披被角的。"

宋承仁苦笑着刚想接话，突然发现娘说完话就往下出溜，赶紧上前抱住。何桂花捂着胸口喘口气说："儿啊，娘要走了，招呼好你爹。"

宋承仁抱着娘，急切地喊了声："小宝，叫救护车！"

宋继洲正在院门口看，门楼上的"黄芩园"三个字刚砌进去，闻言就往回跑，到跟前，何桂花已经咽气了，满面微笑，没有一丝痛苦。

一年又一年，青山古镇成了国家 5A 级景区，燕云园因为有特点，基本天天客满。宋长河每天坐在院子里，从早到晚都可以看到人来人往，只是"黄芩园"门口竖着一个牌子：私人住宅，闲人免入。

这个窑洞院，宋继洲基本没动，大舅买回的马死了后，他又买回两匹，只是院子里原来种菜的地方全部种成黄芩，窑洞门口挂着玉米、高粱穗，定时更换。

结婚时拉上来一个磨盘，当年裂缝的地方早已经看不出来了，但磨盘不是用来吃饭，而是放置了各种花草，有专人打理。野鸽子所在的断崖前，放置着一小袋一小袋玉米粒，旁边有个箱子上写着：一元一袋，自付自取，文明投食，请勿靠近。

自过八十五大寿出了那么多事后，宋长河拒绝再过生日。八月十五，大家都回来，却没人提他生日的事情，小辈们提回来个大蛋糕也只说好吃的，他也不懂是西方人过生日的仪式。但百岁大寿，宋长河应允了下来，已经八十出头的宋承仁都很意外，此前小宝年年问，他年年摆手，想人生百年确实不容易，爹已经走不动路了，这是想开了，想见见孙子重孙子，五世同堂，也就开始准备。

只是进入农历八月，宋长河突然就不想吃东西了，宋承仁要送他去医院，他摆手说："不去，我该去找你娘了。"随后，任谁说，就不吃饭，也不去医院，除了每天早上喝两杯熬好的茶，就是闭眼在炕上安静地躺着。韩巧姑都给他跪下了，宋长河只是微笑着说："我这辈子够了，五儿媳妇，你就不要给我拿药了。"

宋继洲发了两次火，大喊大叫说："你不吃我也不吃，要死咱爷儿俩一起死！"

宋长河抬眼看着外孙子说："小宝，你再这么说，我马上咬舌头！去吧，好孩子，把宋家人都叫回来，好好给我过个寿，回来看看吧。"

宋继洲流着泪，一点儿办法没有，给那几个原本说回不来的哥哥打了电话，就一句："这是见爷爷最后一面。"

八月十五一天天接近，宋家窑洞院里表面喜庆，但每个人的内心都充满悲伤，宋继洲已经提前腾空了"燕云园"，继字辈回来后就各找各"家"，承字辈的跟自己儿孙住，一家一个园子。

八月十四上午，宋长河突然指了指桌上的糖果盒子，寸步不离的宋承仁赶紧端到跟前，另外四个儿子听说爹要吃东西，惊喜地跑进窑洞。

宋长河很努力地含了一颗糖，说想去石梯子上看看。

接到电话，正在镇子里安排第二天饭菜的宋继洲迅速上来，先将缆车停下，把座位上垫好被褥，然后抱着宋长河坐好固定好，自己在旁边照料。宋承仁年岁也大了，宋继燕陪着坐一排，后面的就两两搭配。

缆车晃晃悠悠，速度放到最慢，宋长河看着脚下走过无数遍的地方，当年乱石杂草，如今各种果树上硕果累累，想自己夜爬断崖，镇里放火烧油坊，不由就露出笑容。

宋继洲怕出意外，一直盯着看，见宋长河笑了，不由就流下眼泪，仿佛当年被揍过的屁股如今才觉出疼。

缆车到了石梯子停下，宋长河摆手没下来，只是看着石梯子上那几棵柏树出了会儿神，然后指着当年犰貐子摔死的地方，想说啥，但啥也没说。

转了一圈回到窑洞院，宋长河躺回炕上就进入迷离状态，韩巧姑赶紧给输上营养液。到中午时，他苏醒过来看了眼吊瓶，没发火，只是示意拔掉针头，然后叹口气又睡了过去。

宋继洲看宋长河这次是睡着不是昏迷，这才起身去接兆兰，这个跟奶奶青桃长得非常像的姑娘几乎每个寒暑假都在这个窑洞院，宋承仁曾说自己爹娘能这么长寿，这个重外孙女功可没。

已经在读大二的宋兆兰听闻太爷爷病重，哭了一路，出了飞机场，两个眼睛肿得像核桃，扑到宋继洲怀里泣不成声。

车到青山镇时已是傍晚，宋继洲让司机开车绕过古镇，让女儿和自己下车走。他拉着女儿的手说："兰儿，跟爹走走吧，你太爷爷当年发誓后，再没进过青山镇，咱就算替他老人家再走一次吧。"

二人沿着主街道缓缓向前，游人如织，很多店铺老板向宋继洲打招呼。他想自己就是宋长河，于是挤出笑容摆手。到了十字街，宋承智的门面房早就拆了，宋兆兰拉着爹的手，指了指露出来的古戏台问："爹，三老舅的琴书班子今天不演出？不是每晚这个点都要唱的吗？"

戏台前的幕布拉得严严实实，想到人生的启幕落幕，宋继洲说："兰儿，你三老舅明天要登台给你太爷爷唱一出，所以今天都到窑洞院准备了。"

"爹，唱什么？"

"唱什么，不是琴书班子定，是听琴书的点，看你太爷爷喜欢听什么！"

正在这时候手机响了，大哥宋继燕打来的。"小宝，告诉你个好消息，那眼泉，那眼泉又开始出水了……"

宋继洲心里一热，抬头看着窑洞院的方向，那群野鸽子咕咕咕的叫声从青山镇迅速弥漫到塔儿山。